Gabriele von Holbach

Der Liebe so nah

Das hat man doch nicht in seiner Macht,
in wen man sich verliebt.

Henrik Ibsen

Gabriele von Holbach

Der Liebe so nah

Bibliografische Information der Deutschen Nationalbibliothek:
Die Deutsche Nationalbibliothek verzeichnet diese Publikation
in der Deutschen Nationalbibliografie;
detaillierte bibliografische Daten sind im Internet
über http://dnb.d-nb.de abrufbar.

Erstausgabe Dezember 2018
Copyright © Gabriele von Holbach
Cover Idee Volker Bartz
Umschlaggestaltung Mario Marx
Herstellung und Verlag:
Books on Demand GmbH, Norderstedt
ISBN: 978-3-7528-6950-7

Die Nachricht eines Fremden

Der Regen peitscht gegen die Scheiben und der Wind heult dazu in den schauerlichsten Tönen. Bei diesem Wetter möchte man am liebsten nicht aus dem Bett steigen. Noch gestern fielen dicke Schneeflocken vom Himmel und tauchten das Land am Lake Louis in friedliches Weiß. Heute heult der Wind in New York. Ich hasse diese Stadt. Laut, schmutzig und voller Menschen, die durch die Straßen hetzen und keine Zeit haben.

Neben mir im Bett regt sich etwas. Ein leises Murmeln gefolgt von dem quietschen der Matratze. Ein blondes Haarbüschel lugt aus einem Kissenberg und ein gebräunter Arm hängt aus dem Bett. Ups! Philippe! Ihn hatte ich völlig vergessen. Er lief mir gestern Abend auf dem Airport über den Weg. Gut sah er aus, in seiner blauen Uniform. Die Stewardessen umschwirrten ihn und die Passagierinnen hatten glänzenden Augen. Woher sollten sie wissen, dass er eine Freundin hat ... und eine Affäre ... mich!

Es bedurfte letzte Nacht keiner Überredungskünste, ihn in mein Bett zu holen. Es bedurfte noch nie einer Anstrengung, ihn zum Sex zu überreden. Leider sehen wir uns nur selten. Er ist Flugkapitän bei Air France und jettet durch die Welt. Immer, wenn wir uns zufällig in derselben Stadt befinden, gehören die Nächte uns. Selten ist es mehr als eine Nacht. Wenn ich ehrlich bin, möchte ich auch nicht mehr.

Philippe dreht sich im Bett um und ich bestelle mir Kaffee beim Zimmerservice. Ich müsste noch einige Unterlagen durchgehen, aber mir ist nicht danach. Lustlos schalte ich den Laptop ein. Auf dem Startbildschirm prangt das Facebook Logo. Ô mon Dieu! Nicht schon wieder. Seit Wochen beschert mir Facebook täglich hunderte neuer Freunde. Ich will sie nicht, aber wen interessiert das? Mehrmals habe ich Facebook darauf hingewiesen, dass mich das nervt. Es ist ihnen egal. Genauso egal, wie die vielen dickbusigen Frauen, die mir ihre Avancen machen und ihre übergroßen Brüste auf Fotos präsentieren. Erigierte Penisse, Ejakulationen und sehr viel Ekelerregendes. Facebook verkommt zu einem Schmuddelplatz. Ich war schon eine Weile nicht mehr bei Facebook unterwegs. Mal sehen, wie viele neue Freunde ich habe und wer mich mit seinen dämlichen Anmachsprüchen erfreuen will.

Ô mon Dieu! Da wollen mir doch wirklich wieder einige das Geld aus der Tasche ziehen. So viele arme Krebspatienten die nur mit meiner Hilfe überleben können, da kommt das Erbe einer entfernten Tante gerade recht. Sie hat mir ihr Vermögen in Millionenhöhe vermacht. Ich muss nur vorab einen Betrag in Höhe von zwanzig Prozent, zur Deckung diverser Unkosten, überweisen. Und die nächste Freude. Jemand hat fünfzig Millionen in der Lotterie gewonnen und möchte mit mir teilen. Wieder soll ich vorab Geld überweisen, um Unkosten in schwindelerregender Höhe zu decken. Glauben die alle, ich wäre geistig minderbemittelt? Wenn ich nur wüsste, wie ich diesen ganzen Schwachsinn beenden könnte. Facebook tut nichts. Beschwerden verlaufen im Sand. Bleibt mir nur die Nachrichten zu löschen und die Absender zu blockieren. Den Heiratsantrag lösche ich gleich mit. Sie hat sich in meine schönen blauen Augen verliebt, dass ich nicht lache. Blaue Augen! Ha! Und ein Süßer bin ich auch nicht.

Es klopft an der Tür und eine leise Stimme sagt: »Zimmerservice!« Wurde aber auch Zeit! Wie soll man so viel Schwachsinn ertragen, ohne eine Dröhnung mit Kaffee? Die Croissants übersehe ich. Es ist kurz vor fünf und mein Magen verträgt um diese Uhrzeit noch keine feste Nahrung. Ich frühstücke nicht. Kaffee oder Cappuccino, mehr brauche ich nicht. Der Orangensaft sieht lecker aus. Frisch gepresst, in einem Glas serviert, an dessen Rand eine riesige Deko aus Orangenscheiben, Kirschen und Mandarinen steckt. Schon mal was von less is more gehört? Weshalb müssen sie, in diesen sündhaft teuren Nobelhotels, immer dermaßen übertreiben? Ich genieße meinen Kaffee, während ich meine Nachrichten durchstöbere. Hier wird gewunken, dort schickt mir jemand eine TIF. Was soll das?

Die nächste Nachricht erregt meine Aufmerksamkeit. Da hat sich jemand sehr viel Mühe gemacht. Diese Infos, von denen er schreibt, findet man nicht mal eben so.

Sonntag, 12. Februar, 14:31Uhr
Hallo!
Gib mir einen Tipp, woher wir uns kennen. Leider habe ich keine Fotos von dir gefunden. Ich weiß nur, dass du Malerin bist, einer verstorbenen Freundin einen großen Gefallen getan hast und ein Versprechen, das du ihr gegeben hattest, eingelöst hast. Ich weiß auch, dass du ein guter Mensch bist. So viel habe ich in den zwei Stunden, in denen ich über dich recherchiert habe, erfahren.
Liebe Grüße Alexander

Ob er auch eine dieser Freundschaftsanfragen erhalten hat, die, ohne mein Zutun, von meinem Account versendet werden? Es tut mir fast schon leid, ihn zu enttäuschen. Ihm zu schreiben, dass nicht ich es war, die diese Freundschaftsanfrage verschickt hat, dass er sich die ganze Mühe umsonst gemacht hat.

»Weshalb lächelst du? Gute Nachrichten?«, fragt Philippe und trinkt meinen Orangensaft. »Bei diesem Lächeln müssen es ganz besondere Nachrichten sein.« Er beißt genüsslich in ein Croissant und trinkt auch noch meinen Kaffee.

So viele Worte am frühen Morgen. Er weiß, dass ich ein Morgenmuffel bin. Weshalb kann er nicht einfach den Mund halten? Ich lasse ihn stehen und flüchte ins Badezimmer. Gute Nachrichten! Ich weiß nicht, ob es eine gute Nachricht war. Jedenfalls geht sie mir nicht mehr aus dem Kopf. Ein fremder Mensch macht sich so viel Mühe, mehr über mich zu erfahren. Er sucht die Malerin. Wenn er wüsste, wen er gefunden hat … ob er sich dann auch so viel Mühe gemacht hätte?

Der Tag war anstrengend. Die Amerikaner sind schlechte Geschäftspartner. Ihr hartes englisch geht mir auf die Nerven, dass sie die meisten ihrer Sätze mit well beginnen ebenfalls. Sie sind arrogant und oberflächlich, trinken Cola aus Literbechern, stopfen sich mit Fast Food voll und wundern sich, dass sie aus allen Nähten platzen. Nirgendwo auf der Welt gibt es so viele dicke Menschen wie in den USA. Nun ja! So lange sie unsere Auftragsbücher füllen und pünktlich ihre Rechnungen bezahlen, werde ich sie ertragen.

Nach stundenlangen Verhandlungen, die Mister Wainwright ausschließlich mit mir und nicht mit meinem geschäftsführenden Direktor Jeannot Redoute führen wollte, hat er mich zum Essen ausgeführt. Amerikaner sind vernarrt in den europäischen Hochadel. Sie verschlingen alles, was sie über uns lesen können. Wenn sie dann auch noch einen von den Hochwohlgeborenen höchstpersönlich kennen … wie ich das hasse! Früher waren mir die Geschäfte egal. Vater hat alles geregelt. Heute frage ich mich, wie er all diese Schleimer ertragen hat. Mir ist mein Gerichtssaal lieber. Keine Bücklinge, die Schleimspuren hinterlassen, kein ständiges »Euer Hoheit«. Hoheit hier, Hoheit da. Ich habe einen Namen. Wen interessiert das? Niemand! Bei Gericht bin ich Madame la Marche. In der Geschäftswelt schrumpfe ich auf Hoheit. Leider übersehen die meisten dabei eines … Hoheit ist kein kleines Dummchen. Hoheit ist eine knallharte Geschäftsfrau. Ein Monster in Menschengestalt. Viele haben sich schon meinen Vater zurückgewünscht, dabei war auch er alles andere als pflegeleicht. Ich habe einen entzückenden Dickkopf, den ich den Genen meines Vaters zu verdanken habe. Wenn ich mir etwas in den Kopf gesetzt habe, will ich es haben. Koste es, was es wolle. Notfalls gehe ich über Leichen.

Während des Dinners war ich erfreut, dass mein Begleiter wenigstens mit Messer und Gabel essen konnte, ohne sich dabei schwer zu verletzen. Er hätte mich besser zu McDonalds ausgeführt, dort hätte er mit den Fingern essen können, aber in einem Sternerestaurant? Die Suppe, aus der Suppentasse, zu schlürfen, mag in den USA kein Aufsehen erregen, den europäischen Gästen fiel es auf. Ich wäre am liebsten aufgestanden und gegangen. Als er dann das Besteck zusammenschob und dem Ober mit den Worten: »So viel Metall brauche ich nicht«, zuschob, hörte ich meine Grand-mère sagen: »We are not amused«! Ich konnte mich ihr nur anschließen.

Während er mir mit seiner feuchten Aussprache auf die Nerven ging, mir immer näher auf die Pelle rückte und anfing zu säuseln, dachte ich an Alexanders Nachricht. Sie war das einzig erfreuliche an diesem Tag und zauberte mir ein Lächeln ins Gesicht. Mister Wainwright war begeistert, als ich ihn anlächelte. Erhoffte er sich doch sichtlich mehr von diesem Abend. Nun ja! Geld macht bekanntlich sexy. Leider zog diese Masche bei mir nicht. Geld habe ich selbst mehr als genug, zudem stehe ich auf Männer mit Bildung und lege großen Wert auf Etikette. Es mag löblich sein, sich vom kleinen Verkäufer in einem Computerladen, zu einem Multimillionär hochzuarbeiten, aber leider wird, mit dem wachsenden Vermögen, nicht auch noch Bildung, Anstand, Sitte und Moral mitgeliefert.

Den ganzen Abend redete er von nichts anderem, als meinen schönen Augen, meinem wundervollen Haar und wie gut wir uns doch verstehen würden. Immer wieder ließ er das Wort Verbindung ins Gespräch einfließen. Ich überhörte es geflissentlich und dachte an Alexanders Nachricht, nahm mir vor, alsbald zurück zu schreiben und überlegte, wie ich ihm beibringen konnte, dass nicht ich hinter dieser Freundschaftsanfrage stand. Ich weiß nicht weshalb, aber diese Nachricht hat etwas in mir ausgelöst.

Während ich in Gedanken eine Nachricht verfasste, fasste mir mein Tischherr an den Oberschenkel und schob meinen Rock etwas nach oben. Mit einem leichten Ruck schob ich seine Hand von meinem Bein und trat ihm unabsichtlich auf den Fuß. Er säuselte mir glückselig etwas ins Ohr, dass ich nicht verstand, weil seine Spucke den Worten ihren Weg versperrte. Als er dann auch noch an mein Herz und meine Gefühle appellierte, ihn zu einem Drink nach Hause zu begleiten, hatte er die falsche Karte ausgespielt. Ich und ein Herz …, dass ich nicht lache. So etwas besitze ich, weil es in jeden Körper gehört und man ohne nicht leben kann. Aber Gefühle … ich … niemals! Ich liebe meine Kinder, aber das war's dann auch schon mit der Liebe. Gegen dieses Gefühl bin ich immun.

Ich will nur noch unter die Dusche und mir den verbalen Müll meines Geschäftspartners vom Körper spülen. Leider ist Philippe schon wieder in der Luft. Er fliegt heute Abend zurück nach Paris. Der Glückliche! Ich muss leider noch eine Nacht in New York bleiben. Ich hätte die Verträge liebend gern heute schon unterzeichnet, aber Mister Wainwright bestand auf morgen. Anscheinend wollte er, dass ich den Ehevertrag gleich mitunterzeichne.

Der Blick auf die Stadt ist atemberaubend. Ein Lichtermeer, das seinesgleichen sucht. New York, die Stadt die niemals schläft. Wo ist das Flair, das Paris innehat? Wo das Savoir-vivre? Ich liebe Paris, die Stadt der Liebe, die schönste Stadt der Welt. Keine andere kommt an sie heran. Nie wieder werde ich sie verlassen. Diesen Fehler habe ich einmal gemacht. Nie wieder! Kein Mann der Welt ist es wert, die Heimat für ihn aufzugeben.

Ich könnte Alexander eine Nachricht schicken. Nicht anmaßend, nicht abschreckend, aber wie? Ich weiß nicht weshalb, aber ich möchte gerne mehr über ihn erfahren. Ich habe nicht mal nachgesehen, ob wir befreundet sind, aber was nicht ist …

Ups! Facebook hat seinen Nachrichtendienst verändert. Er nennt sich jetzt Messenger. Ausgerechnet heute! Mein Postfach quillt über, denn Facebook teilt mir bei jedem neuen Freund mit, dass wir jetzt im Messenger verbunden sind. Messenger? Wer braucht den schon? Ich nicht! Hinzu kommen all die Nachrichten, die täglich mein Postfach fluten. Wie soll ich, in all den Nachrichten, die richtige finden? Ich kenne nicht mal seinen Nachnamen. Merde! Weshalb habe ich nicht darauf geachtet? Es wäre so einfach, ihn mit seinem Namen zu suchen. Ô mon Dieu! Ich bin verrückt! Suche nach einem Mann, der mir eine kurze Nachricht geschickt hat. Wenn er ein Reporter ist? Einer dieser schleimigen Typen, die sich unter dem Vorspielen falscher Tatsachen an mich heranmachen. Er wäre nicht der erste, aber ich glaube es nicht. Ich will es nicht glauben. Sacrément! Weshalb habe ich nicht auf seinen Nachnamen geachtet?

Was soll ich tun? Einen Aufruf starten: Alexander … bitte melde dich! Mein Postfach würde die weiße Fahne hissen. Ich weiß nicht mal, ob er mit Alexander angemeldet ist. Bei Facebook gibt es so viele seltsame Kürzel. Mullemaus! Wer heißt denn Mullemaus? KaSy, Mausi, Hundilein, Mäuseliebhaber! Die Deutschen sind irre!

Wenn ich im Messenger Alexander eingebe, schickt mir Facebook hunderte Namen. Alexander, Alex, Alexa, Lexa, Lexi … Grrr! Ich will nur einen! Ihn! Ô mon Dieu! Was denke ich da? Ich muss nochmal unter die Dusche und mir die verrückten Gedanken aus dem Kopf spülen. Das Klingeln des Handys reißt mich aus meinen Grübeleien. Meine Tochter!

Unter mir liegen die ersten Häuser von Paris. Die Sonne scheint und das Flugzeug wirft seinen Schatten über das Land. Es ist immer wieder schön, nach Hause zu kommen. Der Urlaub ist vorbei und der Trip nach New York hat sich gelohnt. Mister Wainwright hat die Verträge unterschrieben und die Hoffnung auf ein baldiges Wiedersehen geäußert. Oh, ich komme gerne wieder …, wenn der nächste Vertragsabschluss ansteht. Ich weiß nicht, wie lange ich dieses Tempo noch durchstehe. Früher hatte ich meine Arbeit bei Gericht. Seit dem Tod meines Vaters bin ich Chef des Hauses, Herrscherin über tausende Mitarbeiter und habe das letzte Wort, wenn es um Entscheidungen im Unternehmen geht. Ich sehne die alten Zeiten zurück. Damals, als ich auch noch ein eigenes Leben hatte, Freizeit, Freunde. Jetzt bin ich das, was ich nie sein wollte.

Die Durchsage des Piloten reißt mich aus meinen Gedanken. Als die Maschine aufsetzt, hat mich Paris wieder. Zum Glück dürfen die First-Class Passagiere zuerst aussteigen. Mein Koffer ist einer der ersten, der auf dem Band liegt. Ich habe die Halle bereits verlassen, als die Passagiere der Economy eintreffen. Der Zollbeamte grüßt freundlich und heißt mich zuhause willkommen. Am Ausgang werde ich bereits erwartet. Meine Freundin Maxine-Claire und meine Tochter Emilia-Sophie. Ich bin überrascht, dass Emilia hier ist. Sie sieht traurig aus. Sicher hatte sie wieder Streit mit Lorenz, ihrem ehemaligen Lebensgefährten. Ein Deutscher! Ich mochte ihn nie. Das einzig Gute, das aus dieser Verbindung hervorging, ist Séraphine, meine Enkelin. Das deutsche Gericht hat Lorenz das Sorgerecht zugesprochen. Ich verstehe es nicht, aber ich muss es hinnehmen. Deutschland leidet unter Einwohnerschwund, da eignen sie sich schnell mal eine kleine Französin an. Wieder ein Einwohner mehr …

Sie begrüßt mich und drückt mich so fest, dass ich Mühe habe zu atmen. Maxine verdreht die Augen. Das bedeutet nichts Gutes. Mir steht der Kopf nicht nach schlechten Nachrichten. Zu viel ist passiert, dass ich erst einmal verarbeiten muss. Mein Aktenkoffer ist voller Unterlagen, die ich noch durcharbeiten muss. Zuhause muss ich noch einmal die Akten des Falles, den ich morgen verhandeln werde, durchgehen. Und … Alexanders Nachricht suchen.

Weshalb mache ich Pläne, wenn man mir doch wieder alles umwirft? Eine Woche Urlaub und schon hat sich die Arbeit angehäuft. Yannick, einer meiner Beisitzer ist erkrankt. Das heißt, ich bekomme einen Ersatz. Ich ahne schlimmes und meine schlimmsten Befürchtungen treffen zu. Giselle Turlure … der Schrecken des Tribunals. Seit Jahren wird sie von einer Kammer zur nächsten geschickt. Kein vorsitzender Richter will sie in seinem Team. Sie ist uneinsichtig, ihre Entscheidungen mehr als fragwürdig und ihre Ausführungen weitschweifend und äußerst langatmig.

Meine Tochter hat mir ihr Herz ausgeschüttet und hinterher waren wir keinen Schritt weiter. Solange sie sich von Lorenz beeinflussen lässt, kann ich ihr nicht helfen. Maxine denkt, dass sie sich genau davor fürchtet. Maman gegen Lorenz! Das kann nicht gut gehen. Würde es auch nicht, aber nicht für mich. Ich würde dieses Muttersöhnchen in seine Schranken weisen. Sechsunddreißig Jahre und steht noch immer unter Mamans Einfluss. In mir brodelt es. Meine Tochter darf ihr Kind nur sehen, wenn der Papa zustimmt. Sprich …, wenn der Papa mal wieder Geld braucht, auf Weiberjagd geht, kurz mal einen Wochenendtrip mit seinen Freunden macht oder zwei Wochen in Urlaub fliegt. Aber ich wollte mich nicht mehr über diese Zustände ärgern.

Heute hat mir mein Präsident eröffnet, dass ich in den nächsten Wochen auf sechs Symposien Vorträge halten werde. Nicht alle in Paris, non, Marseille, Lyon, Toulouse, Vannes et Nice. Ohne mein Zutun sechs Wochenenden verplant, so schnell geht das. Meine Begeisterung hält sich in Grenzen. Es sind nicht nur die Vorträge, non, es ist das Drumherum, zudem muss ich sechs verschiedene Vorträge ausarbeiten. Es konnte nicht sein, dass ich immer über dasselbe Thema referiere. Non! Sechs verschiedene! Wann soll ich die noch ausarbeiten?

Heute Morgen fand ich auf meiner Mailbox eine Nachricht meines Direktors Jeannot Redoute. Er steht schon seit vielen Jahren unserem Unternehmen vor. Mein Vater hat ihn eingestellt, als sein Liebesleben und die Unternehmensführung immer öfter kollidierten. Es ist Jahresanfang und im Terminkalender stehen diverse Vorstandssitzungen, die meine Anwesenheit erfordern. Jetzt kommen noch ein paar dazu. Nicht genug damit, dass ich anwesend sein muss, non, ich muss auch noch Reden halten. Arbeit ohne Ende! Weshalb kann ich nicht Lieschen Müller aus Hintertupfingen sein?

Zum Glück bin ich Kurzschläfer und kann meine Arbeit auf die Nacht verlegen, ansonsten hätte mein Tag nicht genug Stunden, die ich zur Arbeit nutzen kann. Meine Malerei kommt viel zu kurz und mein Dojo hat mich seit Wochen nicht gesehen. Ich freue mich auf das Kahili Martial Arts. Davon kann mich nichts und niemand abhalten. Es sind die einzigen Wochen des Jahres, in denen ich entspannen kann. Der Stress, der Frust, der Ärger, alles bleibt auf Hawaii, wenn ich nach Hause fliege.

Wann soll ich nach Alexander suchen? Er schwirrt mir immer noch im Kopf herum. Mein Kopf sagt, es ist eine Nachricht wie jede andere auch. Vergiss sie! Mein Bauch sagt, schreib ihm zurück. Ich würde gerne auf meinen Bauch hören, aber dazu müsste ich erst die Nachricht finden. Mittlerweile ist mein Postfach prall gefüllt. Ich muss unbedingt wieder einige Nachrichten löschen. Vielleicht finde ich dabei die, die ich suche. Inzwischen frage ich mich, ob es nur die Nachricht war. Spielt sein Foto, das nur winzig klein zu sehen war, eine größere Rolle, als ich mir eingestehen will? Ich weiß es nicht. Ich weiß nur, dass ich ihm schreiben will. Leider muss ich mich jetzt erst mal auf die Dinge konzentrieren, die mein Leben bestimmen und Vorrang haben, vor der Suche nach Alexander.

Wieder eine Nacht mit Philippe verbracht. Seit er nur noch Langstrecken fliegt, sehen wir uns sehr selten. Das Wochenende steht an und ich fahre nach Deutschland. Ich möchte mich endlich mit Matthias aussprechen, mir die Ahnung, dass er eine Freundin hat, zur Gewissheit machen. Ich kann es ihm nicht verdenken. Seit ich wieder in Paris lebe, führen wir eine Wochenendbeziehung. Die Wochenenden, an denen wir uns sehen, trennen mittlerweile Wochen, manchmal Monate. Wir haben nie darüber geredet, aber er kann nicht von mir erwarten, dass ich ihm ewige Treue gelobe.

Ich möchte gerne einen Schlussstrich ziehen, die Beziehung beenden. Ich kann nicht sagen, dass es mir ein schlechtes Gewissen bereitet, mit anderen Männern zu schlafen. Matthias ist ein treues Seelchen, sagt er zumindest immer. Ich weiß, dass dem nicht so ist. Er hatte einige Beziehungen, selbst als ich noch mit ihm zusammenlebte. Es hat mir nichts ausgemacht. Ich neige nicht zur Eifersucht. Wenn man nicht lieben kann, muss man nicht eifersüchtig sein. Ich habe ihn sehr gern, aber lieben? Non! Definitiv nicht! Ich bin nur für klare Verhältnisse. Entweder eine Beziehung mit allen Konsequenzen oder Trennung. Im Moment sieht es nach Trennung aus. Ich finde nicht die Zeit, immer wieder nach Deutschland zu fahren, um ihn zu sehen, mit ihm zu schlafen. Wenn ich es realistisch betrachte, ist es nur noch Sex, der unsere Beziehung aufrecht hält. Sex kann ich auch in Paris haben, dafür muss ich nicht nach Deutschland fahren. Ich mag keine One-Night-Stands. Ich steige nicht mit jemand ins Bett, den ich nicht kenne und die Männer, die ich kenne … na ja!

Meine Freundin Victoria ist mannstoll, wechselt ihre Liebhaber öfter, als andere ihre Unterwäsche. One-Night-Stands sind für sie normal. Sie ist in zweiter Ehe verheiratet und ihr Mann toleriert die Seitensprünge seiner Frau. Irgendwann hat er aufgehört zu zählen. Sie hat schon als Teenager die Jungs reihenweise flachgelegt. Im Laufe der Jahre wurde es immer schlimmer. Sie hat in einem Jahr mehr Liebhaber, als ich in meinem ganzen Leben haben werde. Neulich hat sie sogar einen im Internet aufgegabelt. Sie haben sich nie zuvor gesehen und stiegen dennoch miteinander ins Bett. Er war ein schlechter Liebhaber und sie will ihn nicht wiedersehen. Maxine war entrüstet. Victoria war es egal.

Maxine ist sehr wählerisch. Sie hat hohe Erwartungen und nimmt nicht jeden. Okay! Manchmal, wenn es zu sehr brennt, macht sie auch mal eine Ausnahme, aber das kommt selten vor. Sie war nie verheiratet. Zum einen hat sie keine Zeit für eine Ehe, zum anderen gibt es keinen Mann, der ihren hohen Ansprüchen genügen würde. Ich kann mir beim besten Willen nicht vorstellen, mir einen Mann im Internet aufzugabeln. Mit ihm auch noch ins Bett zu steigen. Heiraten werde ich auch nie wieder. So einen Fehler macht man einmal im Leben, den begeht man kein zweites Mal.

Ô non! Ich will mir Alexander nicht ins Bett holen. Ich will nur sehen, welch ein Mensch hinter diesen Zeilen steht. Er schrieb nicht viel, aber was er schrieb, hat etwas in mir berührt.

Endlich komme ich dazu, ausgiebig nach Alexander zu suchen. Meine Vorträge sind ausgearbeitet, die Akten meiner nächsten Fälle habe ich gelesen, die Vorstandssitzungen liegen hinter mir.

Mit Madeleines und Kaffee versorgt, mache ich mich auf die Suche. Früher konnte man bei Facebook noch zwischen Freund und Fremder unterscheiden. Der neue Messenger wirft alle in einen Ordner. Es bleibt mir nichts anderes übrig, ich muss scrollen und mit viel Glück übersehe ich ihn nicht.

Ô mon Dieu! Vierhunderteinundzwanzig ungelesene Nachrichten. Ich habe nicht die Zeit, regelmäßig zu kontrollieren, was mir geschickt wurde. Meine Freunde schicken mir keine Nachrichten über den Messenger. Die rufen an, schicken SMS, Nachrichten über WhatsApp oder Mails.

Nachdem mich das Handy zum wiederholten Male unterbrochen hat, schalte ich es stumm. Nichts und niemand wird mich jetzt mehr stören. Alexander! Das ist alles, was mein Kopf jetzt noch zulässt. Ich hoffe so sehr, dass er kein Reporter ist. Das ewige Scrollen macht mich nervös, ich brauche eine Auszeit. Eine Runde über den Père Lachaise wird mir guttun. Ich melde mich nicht bei Facebook ab, lasse die Nachrichten stehen, denn ich will später nicht wieder von vorne anfangen müssen.

Vor dem Haus treffe ich Willem Van Leeuwen. Er lächelt glücklich, denn er hat wieder ein Schnäppchen gemacht. Er ist Kunsthistoriker und handelt mit antiken Schätzen. Diesmal ging ihm, bei einer Haushaltsauflösung, ein dicker Fisch ins Netz, wie er sagt. Er ist happy und lädt mich ein, mir seinen Fund später anzusehen. Ich nehme seine Einladung gerne an. Er liegt mir schon seit Jahren in den

Ohren, mit ihm eine Exkursion durch einige meiner Anwesen zu machen. Dort müsste doch etwas zu finden sein, dass er zu Geld machen kann. Mais oui! Da bin ich mir sogar sicher, dass er etwas finden würde. Er würde mir sämtliche Gebäude leerräumen.

Wenn ich an den Dachboden von Lavalanche denke … Ô mon Dieu! Er ist vollgestellt mit antiker Kunst, für die im Château kein Platz mehr ist. Meine Vorfahren waren eifrige Sammler und haben alles zusammengetragen, was teuer war. Okay! Damals waren die Sachen noch nicht antik. Niemand wäre auf die Idee gekommen, das alte Zeug zu entsorgen, wenn neues ins Haus kam. Jetzt steht ein Sammelsurium verschiedener Epochen auf dem Dachboden herum. Eingepackt in Kisten, in Tücher gehüllt oder einfach ohne jeden Schutz. Was soll da schon passieren?

Ich bin mit dem antiken Zeug aufgewachsen. Einiges mag ich, vieles nicht. Ich habe es lieber modern und zeitlos. Ein paar Antiquitäten peppen das Ganze auf. Ansonsten sollen die Zeugen antiker Epochen weiterhin ihr Dasein auf dem Dachboden von Lavalanche fristen. Ich würde mir nicht mal die Mona Lisa an die Wand hängen, wenn sie mir gehören würde. Ich bin mir sehr wohl bewusst, dass sich dort ein Vermögen befindet. Das Château ist mit modernster Technik gesichert. Sah man früher schon von weitem die Überwachungskameras, so sind sie heute nicht mehr zu sehen. Der Alarm läuft direkt bei der Polizei auf und die Sirenen, auf dem Dach des Châteaus, sind weithin zu hören.

So in Gedanken versunken, bin ich durch die Stadt gelaufen und vor einer kleinen Patisserie gelandet. Nichts mit Père Lachaise, Kaffee ist angesagt. Die kleinen Törtchen sehen lecker aus. Der Duft nach Kaffee und Kuchen strömt durch den Raum. Ich gönne mir eine kleine Auszeit und genieße nach langem wieder etwas Freiheit, weg von allen Zwängen. Nur eines lockt mich nach Hause … die Suche nach Alexander.

Als ich die Treppen hochsteige, werde ich bereits von Willem erwartet. Aus der Wohnung strömt Kaffeeduft. Er sieht mich lächelnd an, denn er weiß genau, dass man mich mit Kaffee immer locken kann. Voller Stolz präsentiert er mir seinen neuesten Fund. Ein viktorianischer Kandelaber, kaum Gebrauchsspuren, für hundert Euro eingekauft, Schätzwert dreizehntausendfünfhundert Euro. Hätte er den passenden Partner dazu, der Wert würde sich mehr als verdoppeln.

»Gestern hat mir ein Kunde eine Marmorbüste angeboten. Sie sieht dir ähnlich. Du möchtest sie sehen?« Willem grinst amüsiert vor sich hin. Ob er mich necken will?

»Sehr gern! Wem sieht sie ähnlich? Meinem Inneren oder meinem Äußeren? Vielleicht die Büste eines Ungeheuers? Eines Monsters? Das Abbild einer lieblichen Frau?«

Jetzt kann sich Willem nicht mehr beherrschen. Das Lachen sprudelt aus ihm heraus und Tränen kullern über seine Wangen. Ich folge ihm und bin vor Staunen sprachlos. Eine Büste meiner Urgroßmutter Carolin. Äußere Ähnlichkeit ist nicht zu erkennen, aber böse Zungen behaupten, dass sie all ihre schlechten Eigenschaften auf mich übertragen hat. Ich überlege kurz, ob ich die Büste aus dem Fenster fallen lasse. Vielleicht löst sich der Fluch und ich verwandele mich in einen Menschen. Als hätte Willem meine Gedanken erraten, nimmt er die Büste an sich und bringt sie in Sicherheit.

»Ich traue dir nicht«, nuschelt er vor sich hin. »Zu viel gehört, zu viel erlebt. Sicher ist sicher.« Sprichts und verschwindet samt Büste im Nebenzimmer.

Ich wundere mich, weshalb er mir die Büste nicht zum Kauf anbietet. Anscheinend hegt er die Angst, dass das schöne Stück doch irgendwann aus dem Fenster fliegt. Nun ja! Zuzutrauen wäre es mir.

Bei Kaffee und Törtchen erzählt er mir den neuesten Klatsch aus dem Hinterhaus. Dort hat sich vor einiger Zeit ein Softwareunternehmen eingemietet. Einige der Damen sehen aus, als kämen sie aus dem liegenden Gewerbe. Eine von ihnen hat Constantijn Avancen gemacht. Der hat daraufhin schleunigst das Weite gesucht. Nun ja! Woher sollte sie auch wissen, dass dieser Adonis nur Interesse an gleichgeschlechtlicher Liebe hat? Mais oui! Constantijn ist ein Adonis. Groß, schlank, schwarzhaarig und ein Body, wie von Michelangelo gemeißelt. Da sieht Frau zwei- oder gar dreimal hin. Ich gebe zu, ich habe auch mehrmals genau hingesehen. Nicht verheiratet, leider schwul!

Ich fange grundsätzlich keine Beziehung mit verheirateten Männern an. Ich teile nicht! Ganz einfach! Und Schwule kann man nicht umpolen. Ich kenne viele Homosexuelle. Es sind ganz normale Menschen, haben ihre Macken wie sogenannte Normalos. Meistens sind sie sogar recht liebenswerte Menschen, einfühlsam und verständnisvoll … was man von Normalos nicht immer behaupten kann, aber was soll's!

Nachdem auch das letzte Törtchen aufgegessen ist, verabschiede ich mich. Ich muss meine Suche fortsetzen. Alexander! Irgendwo, zwischen all diesen unerwünschten Nachrichten, muss doch auch seine zu finden sein. Sie kann sich doch nicht gelöscht haben.

Mit einer Tasse Kaffee zur Suche gerüstet, scrolle ich weiter durch meine Nachrichten. Weshalb kann man sie nicht markieren und en gros löschen? Irgendwann muss ich den Posteingang leeren, egal was drin ist, es muss weg. Natürlich erst, nachdem ich Alexanders Nachricht gefunden habe.

Eine weitere Stunde ist vergangen und mein Kaffeekonsum ins unermessliche gestiegen. Wie sollte ich ohne das köstliche, schwarze Gebräu überleben? Irgendwann muss ich wohl auf entkoffeiniert umsteigen, sonst wird mein Herz nur noch Stakkato schlagen. Während ich den nächsten Schluck nehme, ist sie plötzlich da. Alexanders Nachricht! Vor Schreck verschlucke ich mich, was einen Hustenanfall zur Folge hat.

Alexander Haag … befreundet seit Februar. Okay! Ich werde ihm jetzt eine Nachricht schreiben. Ô mon Dieu! Er schrieb mir vor drei Monaten … ob er sich überhaupt noch daran erinnern kann?

Donnerstag, 25. Mai, 00:55 Uhr
Salut Alexander,
erstmal pardon für die lange Wartezeit. Ich habe seit Monaten ein Problem mit meinem account. Facebook ist bemüht das Problem dauerhaft zu lösen, doch immer, wenn es aussieht, als sei es gelöst, taucht es innerhalb kurzer Zeit erneut auf. Folge des Problems … Facebook beschert mir täglich neue Freunde. Viele dieser Freunde schreiben mir. Folge … Mein Postfach quillt über und ich habe leider nicht die Zeit, jeden Tag meine Nachrichten zu lesen. Anfangs habe ich die Neuen gelöscht, aber irgendwann wurde es mir zu viel. Jetzt lösche ich nur noch die, die mir ihre überdimensionale Oberweite aufs Auge drücken und mich in schlechtem deutsch anmachen. Ebenso lieb sind mir die vielen Freunde, die mir ihr Hab und Gut vererben wollen, mich an dubiosen Geschäften teilhaben lassen oder mir das Geld mit tränenreichen Storys aus der Tasche ziehen wollen. Allerdings habe ich auch schon einige nette Menschen kennengelernt. Womit wir beim Thema wären.

Ich nehme an, dass auch du eine Freundschaftsanfrage erhalten hast. Ich war erstaunt, wie viel Mühe du dir gemacht hast, um herauszufinden, wer da mit dir befreundet sein möchte. Ich muss leider sagen, dass wir uns nicht kennen. Ich nehme an, dass du mehr über mich weist, als ich über dich.

Fotos von mir sind wirklich rar. Ich habe es als Kind gehasst, abgelichtet und in irgendwelchen Printmedien zur Schau gestellt zu werden. Jetzt werde ich nicht damit anfangen und freiwillig meine Fotos online stellen. Ich hoffe du verstehst …
Liebe Grüße Madeleine

Jetzt hoffe ich, dass er sich meldet. Nach drei Monaten Wartezeit wäre es verständlich, wenn er es nicht täte.

Der ganz normale Wahnsinn

Philippes Jumbo landet kurz nach drei. Es wird Zeit, denn gewisse Teile von mir haben schon seit Wochen keinen Mann mehr gesehen. Sogar Maxine hat mehr Glück als ich. Sie hat seit drei Wochen eine lose Beziehung mit einem schwedischen Unternehmer. Er sprich bestes Oxfordenglisch, was ihn mir nicht gerade sympathisch macht. Victorias Oxfordenglisch ertrage ich seit Jahrzehnten, aber dieser Schönling geht mir auf die Nerven. Was findet sie an ihm? Seine blauen Augen, die blonden Haare, sein Traumbody, seine exzellente Bildung? Das ist alles akzeptabel und man kann ein paar Mal hinsehen, aber wenn er den Mund aufmacht … Oxfordenglisch! Zudem hasse ich dieses snobistische Getue.

Um den Sex beneide ich sie. Ich würde gerne sagen, dieser Typ ist gut im Bett, aber man soll nie vom Aussehen auf den Sex schließen. Manchmal frage ich mich, ob Maxine mit ihren Liebhabern hochtrabende Gespräche führt.

Okay! Ein gewisses Bildungsniveau muss da sein, aber ein Oxfordabsolvent? Nochmal okay! Man kann nicht grundsätzlich davon ausgehen, dass alle Oxfordabsolventen schlechte Liebhaber sind. Ich kenne da eine Oxfordabsolventin, die ist mannstoll. Oui! Victoria! Sie hat sich auch durch Oxfords Colleges geschlafen. Ich wundere mich immer wieder, dass sie sich noch keine Geschlechtskrankheit eingefangen hat. Nun ja! Wenn das Familienunternehmen ein Pharmakonzern ist, hat man wohl Zugriff auf diverse Mittelchen, wenn man doch irgendwann ein Brennen und Jucken im Intimbereich verspürt.

Jeder hat Sex, nur ich nicht. Meine Freundin Céline nennt eine längere Durststrecke auf dem Trockendock liegen. Es wird wirklich Zeit, dass diese Luxusyacht wieder zu Wasser gelassen wird. Es ist nicht etwa so, dass es mir an Möglichkeiten und Gelegenheiten mangelt. Ich habe nun mal gewisse Ansprüche und im Gegensatz zu Maxine weiche ich nicht von ihnen ab. Ein Mann, nur um des Sexes wegen? Non! Ich liebe Sex, aber nicht mit jedem. Ô mon Dieu! Wenn mich meine Töchter hören würden … sie würden in Ohnmacht fallen. Jeder hat Sex, aber nicht ihre Maman. Ihre Maman ist sexfreies Hoheitsgebiet. Wenn das so weiter geht, bin ich ein Hoheitsgebiet in der Sahelzone. Ausgetrocknet und einsam!

Endlich steigt Philippe die Treppenstufen herab. Er lächelt sein jungenhaftes Lächeln, dem die Frauen immer wieder verfallen. Ich weiß, dass ich nicht die Einzige bin, die mit ihm schläft, aber es ist mir egal. Im Moment sowieso.

»Salut, meine Schöne! Freut mich dich zu sehen. Du siehst gut aus.« Er lächelt wieder und die Dame neben mir stöhnt leise auf. Ich weiß, sie würde jetzt gerne mit mir tauschen, aber das kommt nicht in Frage. Er gehört mir, jedenfalls für die nächsten Stunden. Er verstaut sein Gepäck im Kofferraum, wir steigen in meinen Porsche und es geht los. Seine Dachgeschosswohnung, mit herrlicher Aussicht, liegt im vierzehnten Arrondissement.

Im Aufzug öffnet er mit flinken Fingern meine Bluse. Sein Kuss lässt keine Fragen offen und ich spüre sein Verlangen, das sich groß und prall an meinen Venushügel drückt. Mein Herz rast und als sich die Tür hinter uns schließt, reißen wir uns die Kleider vom Leib und fallen übereinander her. Er ist wie eine Naturgewalt, die über mich hinwegbraust. Nach ein paar Minuten sind wir schweißgebadet und völlig erschöpft. Ô mon Dieu! Das war so gut. Ich weiß nicht, ob ich den Entzug noch länger ausgehalten hätte. Er legt seinen Kopf auf meine Brust und streichelt meinen Bauch. Hatte ich eben noch gedacht, dass ich völlig ausgepowert bin, so zeigt er mir, dass dem nicht so ist. Seine Hand wandert tiefer und als sie zwischen meine Schenkel gleitet, ist es wie ein Startschuss. Im nächsten Moment gleitet er in mich und wir treiben uns gegenseitig zum Höhepunkt. Dieser Mann ist so toll im Bett. Mein Unterleib zuckt noch eine Weile und das schöne, warme Gefühl dürfte nie wieder aufhören.

»Der Sex mit dir ist immer wieder fantastisch«, flüstert er mir ins Ohr und küsst mich auf den Hals.

Obwohl ich sonst völlig kirre davon werde, schleicht sich eine leichte Erschöpfung ein. Zweimal diese Naturgewalt, innerhalb ein paar Minuten, macht wohlig müde. Wir kuscheln, reden ein bisschen und küssen uns zärtlich, während seine Hand sanft über meine Brust streicht. Seine Finger spielen mit meiner harten Knospe und eine Welle der Lust durchflutet meinen Körper.

»Nimm mich«, flüstere ich atemlos und im nächsten Moment gleitet er erneut in mich. Vergessen ist die Müdigkeit, die leichte Erschöpfung. Dieser Mann treibt mich von einem Höhepunkt zum nächsten. Seine Potenz ist unglaublich. Er nimmt mich in immer neuen Stellungen und ich werde zu Wachs in seinen Händen. Als wir erneut erschöpft voneinander lassen, glüht mein Körper und mein Unterleib hört nicht mehr auf zu zucken. Ich hatte schon viele Liebhaber. Philippe gehört zu meinen Top Ten. Non! Ich führe keine Liste, aber es gibt solche und … na ja … solche wie Philippe.

Nach einer tollen Nacht und Sex in aller Frühe, muss Philippe los. Sein Flug geht bald. Schade, dass er so selten in der Stadt ist. Ein Glück für mich, dass er bei seinen Besuchen gerne zu mir ins Bett steigt. Er liebt es, mit mir Liebe zu machen. Ich liebe es auch. Den Sex liebe ich, Philippe mag ich, mehr nicht … Ich kann nicht lieben. Ich bin nicht fähig, einen Mann zu lieben. Vielleicht ist aber auch noch nie der Richtige gekommen. Victoria sagt immer, dann müsse erst ein Wunder geschehen. Madeleine und sich verlieben … niemals! Sie hält jede Wette dagegen.

Nach solch einer Nacht macht die Arbeit doch viel mehr Freude. Raoul sieht mich so seltsam an, dann lächelt er.

»Wie es aussieht, bist du heute besser drauf. Du lächelst! Wurde aber auch Zeit! Deine schlechte Laune war kaum noch zu ertragen.«

Yannick grinst, sieht Raoul an und verdreht die Augen. Es scheint, als wolle er ihm sagen, sie hatte Sex, doch Raoul müsste man es schon ins Ohr flüstern, sonst versteht er nichts. Er ist so prüde. Ich glaube, er löscht das Licht, bevor er zu seiner Frau ins Bett steigt. Gespräche über Sex sind verpönt, Kinder hat er keine. Yannick hatte irgendwann mal die These aufgestellt, Raoul habe keinen Sex mehr. Nach der Hochzeitsnacht hat seine Frau ihn aus dem gemeinsamen Schlafzimmer verbannt. Wundern würde es mich nicht. Man sagt zwar, dass die Stillen die besten im Bett sind, aber bei Raoul möchte ich mir erst gar nicht vorstellen … non! Wischen wir den Gedanken ganz schnell wieder aus meinem Kopf. Yannick ist auch nicht mein Fall. Ich mag die beiden. Es sind tolle Kollegen und wir sind ein tolles Team … aber Sex mit einem von ihnen? Ô mon Dieu! Non!

»Sex gehabt?«, flüstert Maxine, die hinter mir steht und meinen Beisitzern zusieht, wie sie ihre Roben anziehen. »Du hast dann immer so einen Ausdruck im Gesicht und deine Augen strahlen …«

»Klappe!«, zische ich ihr zu und schiebe sie aus dem Zimmer. »Ich möchte mein Sexleben nicht vor meinen Beisitzern diskutieren. Zudem … Schlafzimmertür! Vergessen?«

Sie sieht mich an und zieht eine Grimasse. Ich weiß genau, was sie jetzt denkt. Ich kenne sie seit über fünfzig Jahren. Da braucht es keine Worte mehr. Maxine und Victoria sind meine besten Freundinnen. Wir haben uns auf dem Internat kennengelernt und sind seither unzertrennlich. Es gibt fast nichts, dass wir nicht voneinander wissen. Wir haben nur ein Tabu … wir reden nicht über unseren Sex. An der Schlafzimmertür ist Schluss. Da bleiben die anderen außen vor.

Okay! Ich erzähle ihnen nicht alles. Zudem gibt es Dinge, die ich nur einer von ihnen anvertraue.

Ich weiß, dass es bei Maxine und Victoria ebenso ist. Ich mag es zwar nicht, wenn ich etwas erfahre, dass ich gar nicht wissen will, aber wenn sie mich brauchen, bin ich für sie da. Ich teile ihre Geheimnisse und sie meine. Manche ihrer Geheimnisse liegen mir schwer auf der Seele. Ich mag zwar ein Monster sein und was ich tue, ist für viele Menschen schwer zu ertragen, aber auch ich habe meine Prinzipien.

»Madeleine, können wir?« Yannicks Stimme reißt mich aus meinen Gedanken.

Ein langer Tag steht uns bevor. Die Liste der geladenen Zeugen ist lang, zudem haben wir einen Staatsanwalt, der nie ein Ende findet. Er hört sich gerne reden und ist anscheinend der irren Meinung, der Rest der Welt tut es ihm gleich.

Der Verteidiger ist ein eitler Pfau, der sich gerne präsentiert. Ich hasse es, wenn die beiden sich zusammen in meinem Gerichtssaal befinden. Ich werde wohl wieder einige Male dazwischen gehen müssen. Yannick freut sich schon. Er liebt es, wenn ich Thaddée Périllat in die Schranken weise. Seit der ihm damals die Freundin ausgespannt hat, herrscht Krieg zwischen den beiden. Ich lasse mich nicht gerne vereinnahmen, aber Périllat geht auch mir auf die Nerven.

Als hätte ich es geahnt. Périllat fährt die Krallen aus und Baveaux geht zum Angriff über, zwei überblähte Egos, die um die Herrschaft in meinem Gerichtssaal kämpfen. Als ob sie nicht wüssten, dass es hier nur einen Herrscher gibt … mich! Nachdem die Stimmlage sich verändert hat und die Lautstärke ein paar Dezibel angestiegen ist, gehe ich dazwischen. Männer! Wehe, wenn sie losgelassen!

So geht es weiter. Stunde um Stunde! Die armen Zeugen werden zwischen den beiden Egos fast zerdrückt. Immer häufiger muss ich dazwischen gehen. Kurz vor zwölf platzt mir der Kragen. Ich verwarne beide und unterbreche die Verhandlung für eine Stunde.

In der Caféteria ist wenig los und ich lasse mich an einem Tisch, in der hintersten Ecke, nieder. Yannick bringt mir einen Cappuccino und ein paar Madeleines.

»Madeleines für Madeleine!«, sagt er lachend und stellt alles vor mir auf den Tisch. Er setzt sich, nimmt sich eins der Madeleines und vertieft sich kauend in den Le Monde.

Ich nippe an meinem Cappuccino und denke an die letzte Nacht. Ein angenehmes, warmes Gefühl fließt durch meinen Körper. Das war eine Nacht nach meinem Geschmack. Ich hätte gerne öfter Sex mit Philippe. Ein Leben mit ihm möchte ich nicht. Er ist zum Glück kein Mann der klammert. Er liebt seine Freiheit ebenso wie ich.

Von Alexander habe ich nichts mehr gehört. Es sind drei Wochen vergangen, seit ich ihm geschrieben habe. Er geht mir nicht mehr aus dem Kopf und ich bin jedes Mal enttäuscht, wenn wieder ein Tag ohne Nachricht vergangen ist. Verrückt, ich weiß, aber manchmal sind es die wenigen Worte, die mehr sagen, als ein langer Brief. Okay! Es war sehr unhöflich, mir mit der Antwort so lange Zeit zu lassen. Er kann sich ebenfalls so lange Zeit lassen, aber ich würde mich sehr freuen, wenn er mir wieder schreibt.

»Letzter Aufruf für die Passagiere Montmorency-Laval und Beaufort-Canillac!«, tönt die Stimme aus dem Lautsprecher. »Bitte begeben sie sich umgehend zu Gate achtzehn!«

Na toll! Das muss nur der Richtige gehört haben und schon haben wir den nächsten Paparazzi an den Fersen kleben. Maxine hatte verschlafen und der Verkehr war schrecklich. Die Straßen waren verstopft, von den vielen Bussen, die tagtäglich Unmengen von Touristen durch Paris karren. Weshalb bleiben die nicht mal zuhause oder fahren woanders hin? Es gibt viele schöne Städte auf der Welt. Weshalb muss es immer Paris sein? Ich kann sie verstehen, aber ich mag sie nicht.

Jetzt hetzen wir durch den Airport zum Gate und hoffen, dass uns niemand dabei fotografiert und wir uns demnächst in irgendeinem Magazin wiederfinden. In Zukunft werde ich Maxine drei Stunden vor Abfahrt aus dem Bett klingeln. Diesen Stress muss ich nicht wiederhaben.

Als ich endlich auf meinem Sitz Platz nehme, bin ich völlig außer Atem. Mein Asthma meldet sich wieder. Bevor sich mein Zustand verschlechtert, muss ich meinen Inhaler benutzen. Nach dem zweiten Hub geht es mir besser. Maxine lässt mich nicht aus den Augen. Sie hat dann immer diesen Blick, wenn sie bemerkt hat, dass ich gesundheitliche Probleme habe. Zudem haben ihr meine Töchter ans Herz gelegt, während des Urlaubs gut auf mich aufzupassen. Kinder!

Als wir unsere Flughöhe erreicht haben, tönt die Stimme des Kapitäns aus dem Lautsprecher. Ich traue meinen Ohren nicht. »Ihr Flugkapitän Philippe Chapman!« Er hat mir nicht erzählt, dass er mich nach Réunion fliegt. Meine Laune bessert sich schlagartig. Das heißt, ich werde heute noch heißen Sex haben. Schön!

Maxine sieht mich an und lächelt. »Du hast es gut. Dein Liebhaber fliegt dich sogar zu deinem Urlaubsziel. Was ist mit mir? Morten ist zuhause bei seiner Frau und seinen Kindern. Jetzt sitze ich auf dem Trockenen. Frag Philippe, ob er einen feschen Copiloten hat.«

»Seine Frau? Seine Kinder? Ich dachte, er ist Single und fremd in Paris.«

Ich bin erstaunt. Welche Lügen hat er ihr noch erzählt? Oh, ich hasse Lügen! Ich kann vieles verzeihen, aber keine Lügen. Da sehe ich rot. Man kann mir einige negative Attribute anheften, aber ich lüge nicht.

»Ich habe es erst gestern herausgefunden. Alles, was er erzählt hat, entspricht der Wahrheit. Allerdings hat er verschwiegen, dass er Frau und Kinder hat. Wir waren im La Dame de Pic zum Essen verabredet und trafen auf einen seiner Geschäftspartner. Er hat sich sehr freundlich nach Mortens Frau und Kindern erkundigt. Ich habe letzte Nacht kein Auge zugemacht. Heute Nachmittag fielen mir die Augen zu, aber ich habe sehr unruhig geschlafen. Ich bin so verletzt.«

»Ich hoffe, wenigstens der Sex war gut.«

»Ist das alles, was dir dazu einfällt. Ich leide und du fragst nach dem Sex. Zeig wenigstens ein bisschen Mitgefühl. Dein Liebhaber sitzt im Cockpit und fällt spätestens zwei Stunden nach der Landung über dich her. Ich bin verletzt. Verletzt und einsam.« Sie schnieft und sieht mich beleidigt an.

»Und deswegen soll ich Philippe fragen, ob er einen feschen Copiloten hat. Als Seelentröster und Ersatzmann für Morten. Alles klar! Soll ich ihn für eine Nacht buchen oder erwarten Madame eine längere Beziehung?«

Sie sieht mich beleidigt an und zieht die Nase hoch. Oh, wie ich das hasse. Das ist derart degoutant, dass es mich anwidert. Sie weiß das und tut es nur, um mich zu ärgern. Wenn das die nächsten elf Stunden so weiter geht … Zum Glück ist sie müde und muss den versäumten Schlaf der letzten Nacht nachholen. Es gibt's nichts Schlimmeres, als eine schlecht gelaunte Maxine. Sie zickt und meckert an allem herum. Victoria nennt sie dann immer kleines Geißlein. Maxine hasst diesen Ausdruck und wird noch unausstehlicher.

Als die Maschine landet, hat Maxine ausgeschlafen. Ich hoffe, Philippe konnte auch ein bisschen schlafen. Das letzte, was ich jetzt brauche, ist ein müder Liebhaber. Bis jetzt war er immer voller Energie, wenn er zu mir kam. Es ist seltsam. Ich freue mich auf den Sex mit Philippe, doch in meinem Kopf geistert Alexander herum. Ein Mann, den ich noch nie gesehen habe. Der sich mit ein paar Worten in mein Leben geschlichen hat. Als wir über die Fluggastbrücke gehen, kann ich Philippe in seinem Cockpit sehen. Er sieht so winzig aus, hinter dem Fenster, in dieser riesigen Maschine.

»Geh weiter! Er hat noch zu tun. Du kannst ihn nicht schon hier und jetzt vernaschen. Sacrément! Weshalb kann man den Copiloten nicht sehen? Kennst du ihn? Wie ist er? Wie sieht er aus? Ein guter Liebhaber?«

»Wer hat es hier nötiger? Sei unbesorgt, er fliegt meistens mit Pascal Lavillenie. Ein eher durchschnittlicher Mann, mit schwarzen Haaren und grünen Augen. Die Stewardessen stehen auf seine grünen Augen. Über seine Leistungen, in der horizontalen, gibt es verschiedene Versionen. Frag ihn, ob er dich besteigt. Wenn er es tut, weißt du Bescheid.«

»Ô mon Dieu! Sei doch nicht so ordinär. Man kann doch mal fragen. Vielleicht legt Philippe ein gutes Wort für mich ein.«

Was ist nur in sie gefahren? Sie verhält sich wie eine läufige Katze. Sonst hat sie so hohe Ansprüche, jetzt würde sie mit einem Mann ins Bett steigen, den sie noch nie gesehen hat. Hauptsache ein Mann! Das verstehe wer kann! Ich kann und will es nicht verstehen. Der Sex meiner Freundin ist nicht meine Sache. Diesmal schließe ich ihre Schlafzimmertür, noch bevor sie überhaupt im Schlafzimmer ist.

Vor dem Airport werden wir bereits erwartet. Der hoteleigene Mercedes steht abfahrbereit vorm Ausgang. Der Fahrer verstaut unser Gepäck, unter den lüsternen Blicken Maxines, im Kofferraum. Ich kann mich nur noch wundern. Fehlt nur noch, dass sie ihm in den Po kneift.

Die Fahrt verläuft ruhig und meine Gedanken machen sich auf die Reise. Ich brauche dringend eine Pause, muss meine Gedanken ordnen und etwas Ruhe in mein Leben bringen. Mit einer läufigen Maxine an meiner Seite wird wohl nichts aus der erhofften Erholung.

Gestern Abend habe ich mit Matthias telefoniert. Seit Wochen geht er einer Aussprache aus dem Weg. Das löst keine Probleme. Vielleicht braucht er die Zeit für seine Freundin. Er könnte alle Zeit der Welt mit ihr verbringen, er muss sich nur mit mir aussprechen. So geht es nicht weiter.

In meinem Leben gibt es Philippe. Es ist mir, ehrlich gesagt, egal, ob Matthias Bescheid weiß oder nicht. Wer mich einmal hintergeht, muss nicht denken, dass er von mir die große Treue erwarten kann. Ich möchte endlich beenden, was nicht mehr zu retten ist. Als mein Handy klingelt und mich aus meinen Gedanken holt, sieht mich Maxine erwartungsvoll an. Ich hoffe nur, sie fängt vor Geilheit nicht an zu sabbern. Es ist meine Tochter Chastity-Claire. Sie wurde nach ihrer Urgroßmutter benannt, einem fürchterlichen Drachen und böse bis ins Mark. Ich nenne sie Claire, Emilia nennt sie Chassy. Ich mag es nicht, wenn man Namen abkürzt, aber alles ist besser als Chastity-Claire.

»Salut Maman! Bitte nicht aufregen! Monsieur Redoute hat mich gebeten mit dir zu reden. Er wusste, dass er sich Ärger einfängt, wenn er es dir persönlich sagt. Du müsstest noch einen Geschäftstermin wahrnehmen. Der Termin wurde kurzfristig angesetzt und Redoute hat leider andere Termine. Ich muss morgen nach New York. Da du schon auf Réunion bist, dachten wir, du könntest vielleicht …«

Ô mon Dieu! Jetzt habe ich mein iPad zuhause gelassen, damit ich nicht in Versuchung komme, mich mit Arbeit zu belasten und dann rufen sie mich auf dem Handy an. Künftig bleibt auch das Handy zuhause und ich erzähle niemand, wo ich meinen Urlaub verbringe, aber im Moment bin ich dankbar für die Unterbrechung. Alles ist besser, als eine schlechtgelaunte, läufige Maxine an meiner Seite zu haben.

»Gibt es Unterlagen, die ich durcharbeiten muss oder kannst du mich kurz …«

»Pardon! Die Unterlagen dürften bereits in deinem Hotel angekommen sein. Ich wusste, dass du nicht nein sagen kannst. Merci Maman! Wünsche dir noch einen schönen Urlaub. Salut!«

Aufgelegt! Wieder mal entscheiden andere über mich. Sie wusste, dass ich nicht nein sagen kann. Grrr! Es ist ärgerlich, aber wir halten es alle getreu nach Antoine de Saint-Exupéry. Man soll nie zuschauen, man soll Zeuge sein und mittun und Verantwortung tragen.

Diese Verantwortung trage ich seit dem Tod meines Vaters. Niemand hat mich gefragt, ob ich sie haben will, diese Verantwortung. Ich habe sie angenommen, weil ich nicht anders konnte. Jetzt muss ich mit den Konsequenzen leben.

Das Dîner war köstlich. Ich liebe die kreolische Küche. Auf das Dessert freue ich mich noch mehr. Philippe erschien während des Entrées. Als hätte er es geahnt, hat er Pascal mitgebracht. Maxine fiel fast der Unterkiefer zu Boden. Okay! Bei der Beschreibung Pascals habe ich etwas untertrieben … maßlos untertrieben. Ein Adonis! Philippe hat mir erzählt, dass er nur auf One-Night-Stands aus ist. Das ist nicht meine Welt. Etwas länger sollte man sich seine Liebhaber schon erhalten.

Maxine maunzt wie ein Kätzchen. Pascal lächelt sie an und entführt sie an die Bar. Ich hatte zwar vor, alsbald mein Dessert zu vernaschen, aber das muss ich sehen. Philippe lacht und macht mit der Hand eine wischende Bewegung vor seiner Stirn. Ich stimme nickend zu. Maxine stürzt ihren Manhattan hinunter, als wäre sie am Verdursten. Sie nimmt Pascal bei der Hand und zieht ihn hinter sich her. Dann entschwinden die beiden meinem Blickfeld. Jetzt bin ich schockiert. Ob ihr jemand eine Hirnwäsche verpasst hat?

»Was ist denn mit Maxine los? So kenne ich sie gar nicht. Sie ist schlimmer als Victoria. Pascal tut mir fast schon leid.«

Pascal kann einem leidtun. Einfach so abgeschleppt zu werden. Ô mon Dieu! Wie gerne würde ich Philippe jetzt abschleppen, aber dann sähe ich genauso mannstoll aus wie Maxine. Ich bin nicht mannstoll. Non! Ich will nur Philippe vernaschen. Mehr will ich doch gar nicht.

»Ich habe drei freie Tage, die ich mit dir verbringen kann. Wenn du mich so lange erträgst, bleibe ich. Falls nicht …«

»Wir werden sehen …« Jetzt kann und will ich nicht mehr länger auf mein Dessert warten. Geziemt verlassen wir die Bar. Die Vorstellung, was wir gleich tun werden, jagt mir einen Schauer nach dem anderen über den Rücken. Nun ja! Nicht nur über den Rücken.

Küssend, uns umarmend betreten wir die Suite, ziehen uns gegenseitig die Kleider vom Leib und stehen dem Zimmermädchen gegenüber, das dabei ist, mein Bett aufzudecken. Beschämt blickt sie zu Boden und beeilt sich, das Zimmer zu verlassen. Nun ja! Das ist der Nachteil, wenn man ein Mann ist. Eine Erektion lässt sich nicht verstecken, schon gar nicht, wenn man so abrupt einem unfreiwilligen Zuschauer gegenübersteht. Lachend fallen wir ins Bett und Philippe bedeckt mich mit Küssen. Sein Mund wandert über meinen Körper und findet die Stellen, die sehr empfänglich für diese Liebkosungen sind. Seine Zunge treibt mich zum Höhepunkt und ich nehme mir, was ich brauche. Ihn!

Als wir erschöpft auf die Kissen fallen, geistert schon der nächste Liebesakt durch meinen Kopf. Ich kann nicht genug von ihm haben. Kein Wunder, denn seine Hand streicht zärtlich über meinen Bauch und wandert langsam und liebevoll zwischen meine Schenkel. Mein Körper windet sich vor Lust. Langsam gleitet er in mich und es beginnt erneut, das Spiel der Liebe.

Fünfmal haben wir uns letzte Nacht gegenseitig glücklich gemacht. Wenn ich nur daran denke, zieht dieses Verlangen durch meinen Körper. Jetzt ist nicht der richtige Zeitpunkt, an den Sex mit Philippe zu denken. Ich muss zu meinem Geschäftstermin, den mir Monsieur Redoute und Claire aufgedrückt haben.

Schon seit vielen Jahren unterhält unser Unternehmen geschäftliche Beziehungen zur Plantage der Familie Venette. Es ist günstiger, die Vanilleschoten direkt beim Erzeuger zu kaufen. Dadurch sind unsere Margen höher. Wir können sie günstiger weiterverkaufen, was wiederum unsere Marktstellung festigt. Alain Venette, der Plantagenbesitzer, ist ein harter, aber fairer Geschäftspartner.

Jetzt kommt er mir freudestrahlend entgegen. Seine Familie hat sich vor dem riesigen Cottage versammelt. Man könnte meinen, die Queen sei auf Staatsempfang. Oh, Lisbeth, ich möchte nicht mit dir tauschen. Meine Verpflichtungen sind mir mehr als genug, aber, genau wie bei ihr, kann ich es mir nicht aussuchen. Man hat seine Verpflichtungen und denen muss man nachkommen, ob man will oder nicht. Lisbeth delegiert mittlerweile viele ihrer Verpflichtungen an ihre Familie. Ich delegiere einiges an meine Töchter. Während Lisbeth auf eine große Anzahl von Familienmitgliedern zurückgreifen kann, habe ich nur meine Töchter. Sie sind nicht begeistert, aber sie erfüllen ihre Pflichten.

Nun ja! Als Hoheit winkt man nicht nur freundlich in die Menge, dahinter steckt eine Menge Arbeit. Das sehen all die adelsgeilen Leserinnen und Leser dieser Schmierenblätter aber nicht. Sie sehen nur den schönen Schein, den Glanz, die Nobelkarossen, die prächtigen Anwesen, die riesigen Châteaus, den Reichtum, all die Pracht und werden grün vor Neid. Würde eine mit mir tauschen wollen, ich täte es. Spätestens, wenn die erste Heizkostenrechnung von Lavalanche auf ihrem Tisch landet, will sie wieder Lieschen Müller sein. Ganz zu schweigen von der Arbeit, die sie tagtäglich verrichten müsste. Wer einmal richtig hinter die Kulissen geblickt hat, will nie wieder eine Prinzessin sein.

Alain Venette, samt seiner Familie, ist sehr geehrt, dass Hoheit persönlich zu Besuch kommt. Dass Hoheit jetzt lieber auf diesem Pferd, das da vor der Veranda angebunden ist, davonreiten würde, das sieht niemand. Wie gerne wäre ich ein Mensch, ein ganz normaler Mensch, dem man all seine Fehler, seine Schwächen verzeiht. Nicht die Hoheit, die von so vielen beneidet wird. Nicht das Monster, vor dem viele zittern. Einfach nur ein ganz normaler Mensch. Ein Mensch, der lieben kann und der geliebt wird, aber ich bin nur eine Hoheit. Ein herzloses Biest, ein Monster, das man nicht lieben kann.

Nachdem mich Monsieur Venette überschwänglich begrüßt hat, folgen all seine Familienmitglieder seinem Beispiel. Monsieur Venettes freundliche Umarmung ließ ich noch über mich ergehen, aber jetzt ist Schluss. Mehr als ein Händereichen ist nicht drin. Ich hasse es, wenn man mich berührt. Drücken geht gar nicht, ich werde steif wie ein Brett und meine Hände werden zu Eisenklammern, die schon auf so manchem Oberarm ihre Spuren hinterlassen haben. Wer mir einmal zu nahe kam, der tut es nie wieder.

Bei Monsieur Venette konnte ich mich noch beherrschen. Er ist ein Geschäftspartner und soll mir seine Bourbon-Vanille verkaufen. Selbstverständlich zu einem mir angenehmen Preis. Er wird wieder jammern und klagen, aber am Ende ist er froh, dass ich ihm freundlicherweise entgegengekommen bin und noch etwas mehr Vanille gekauft habe, dass er dabei den Kürzeren gezogen hat, wird er nie zugeben. Ich mache Geschäfte, ich verteile keine Almosen, aber ich gehe nie so weit, dass ich meine Geschäftspartner betrügen würde.

Nach drei Tagen voller Sex, heißem Sex, muss ich mich von Philippe verabschieden. Ich habe ihn gern. Zu mehr bin ich nicht fähig.

»Es war wie immer sehr schön mit dir. Mit dir zu schlafen ist wunderschön. Ich werde versuchen, künftig öfter in Paris zu sein. Du musst es nur einrichten, dass du zuhause bist. Was nützt es, wenn ich meine Flüge verlegen lasse, damit ich mehr Freizeit mit dir verbringen kann, wenn du dann selbst durch die Welt fliegst.«

»Wir werden sehen! Du weißt, dass ich kein Heimchen am Herd bin. Wenn die Arbeit ruft, muss ich folgen. Ich wurde leider in die falsche Familie hineingeboren. Wir sehen uns, wenn du mich wieder abholst.«

Er nimmt mich in den Arm und drückt mich noch einmal. Dann schließt sich die Tür des Aufzugs hinter ihm und er ist fort.

Ich schalte mein Handy aus. Jetzt ist Ruhe angesagt. Wanderungen über die Insel, lange Spaziergänge am Strand, joggen durch die Wälder und lesend in der Hängematte liegen. Mehr will ich jetzt nicht.

Maxine habe ich selten gesehen. Nach ihrer Nacht mir Pascal war sie wieder die Alte. Am zweiten Abend hat sie an der Bar einen schottischen Kaufmann kennengelernt. Mit ihm erkundet sie die Sehenswürdigkeiten der Insel. Gut so! Ich hoffe nur, der nächste Anfall von Läufigkeit lässt noch eine

Weile auf sich warten. Vielleicht ist sie in der Menopause. Statt schwitzen läufig …

Inzwischen bedauere ich, dass ich mein iPad nicht mitgenommen habe. Ich würde gerne nachsehen, ob Alexander geschrieben hat. Er geistert immer noch durch meinen Kopf. Ich würde mir gerne seinen Account ansehen, sehen, was er bei den Infos verraten hat, was er mag, was ihm gefällt. Vielleicht hat er Fotos gepostet. Ich könnte den Computer des Hotels benutzen, aber das ist mir zu unsicher. Ich gebe mein Passwort nicht an einem fremden Computer preis. Wer weiß, wer da mitliest.

Als ich gestern in der Stadt war, hat mich ein Internetcafé angelockt. Zum Glück war der Innenraum sehr schmutzig. Ich glaube, ich hätte meine Bedenken über Bord geworfen. Der einzige Laden, der Computer verkauft, hatte keine iPads im Angebot. Ich hätte mir ein neues iPad zugelegt, aber ich hätte keine SIM Card zur Hand gehabt. Es wäre einfach gewesen, Philippe zu fragen, ob ich mir seinen Laptop ausleihen kann, aber das war mir dann doch zu absurd. Mit Philippes Laptop, auf der Suche nach Alexanders Nachricht. Non! Das geht gar nicht. Ich könnte auch mit dem Handy meinen Account bei Facebook aufrufen, aber dann würde ich Facebook meine Handynummer preisgeben und das will ich nicht. Dieser Datenkrake hat sowieso schon zu viele Daten von mir.

Langsam macht sich die viele Ruhe bemerkbar. Ich werde nervös, weil mir die Hektik fehlt. Ich bin es nicht gewohnt, stundenlang in der Hängematte zu liegen und zu lesen. Zudem fühlt sich meine Wirbelsäule hinterher an, als sei ein Panzer über sie hinweg gerollt. Ich könnte mich an den Pool legen oder an den Strand gehen, aber dort wimmelt es von Gigolos, die mir auf die Nerven gehen. Ich gehöre nicht zu den Frauen, die sich im Urlaub ein Prachtexemplar von Mann anlachen, ihn aushalten und hinterher das große Weinen bekommen, wenn der Abschied kommt. Die denken doch wirklich, sie hätten die große Liebe gefunden. Wie kann man nur so dämlich sein?

Die große Liebe! Gibt es so etwas überhaupt? Für mich ganz sicher nicht. Ich kann nicht lieben. Ich kann es einfach nicht. Zudem glaube ich nicht, dass ich einen Mann in mein Leben lassen könnte. Man muss sich arrangieren beim Zusammenleben, sich einschränken, zurückstecken. Zudem glaube ich nicht, dass es einen Mann gibt, der sich mit der wenigen Zeit, die ich für ihn übrighätte, abfinden würde. Okay! Für Sex findet sich immer Zeit, aber ein normales Zusammenleben … das könnte ich nicht. Matthias hatte sein Leben und ich hatte meins. Ich war damals auch noch nicht in das Unternehmen involviert, hatte Freizeit, Freunde. Jetzt habe ich meine Arbeit und das Unternehmen. Meine Freunde sehe ich selten. Manchmal bleibt mir nicht mal die Zeit für ein Telefonat.

Meine Töchter haben sich schon einen Scherz daraus gemacht und schriftlich um eine Audienz ersucht. Emilia meinte, man bekäme eher eine Audienz beim Papst als bei mir. Das hat mich schon etwas nachdenklich gemacht, aber andererseits ist es doch so, dass ich nicht zur Verfügung stehen muss, wenn meine Töchter mal Zeit für ihre Mutter haben.

Ich bin wie ich bin und habe nicht die Absicht mich zu ändern. Entweder man nimmt mich, wie ich bin oder man lässt es. Ich kann mich nicht für jeden ändern. Ich wüsste am Ende vor lauter Veränderungen nicht mehr, wer ich bin. Falls jemals das Wunder geschieht, dass ich mich verliebe, dann weiß ich nicht mal, ob ich mich für ihn ändern könnte. Der Mann, der das Pech hat, sich in mich zu verlieben und auch noch von mir geliebt zu werden, wird es nicht leicht haben. Diese Liebe wäre schon von Anfang an zum Scheitern verurteilt.

Philippes Flugplan wurde kurzfristig geändert. Er kam nicht nach Réunion. Kein Sex! Schade! Aber am Wochenende ist er wieder in Paris …

Wir sind vor zwei Stunden in Paris gelandet. Claire hat uns am Airport abgeholt und nach Hause gefahren. Nachdem ich geduscht hatte, fuhren wir zum Essen in ein kleines Restaurant, mit Blick auf die Seine. Ich habe genug von all dem unnötigen Schnickschnack auf dem Teller, von überladenen Gläsern und Kaffee in Minitässchen. Ich brauche keine acht Gänge Menüs, um satt zu werden. Ein Teller Spaghetti pomodori reicht völlig. Ich will in Jeans und Pullover am Tisch sitzen. Keinen Kellner, der sich pikiert davonschleicht, weil ich den sündhaft teuren Rotwein abgelehnt und stattdessen eine Flasche Mineralwasser bestellt habe. Er hat sich gerächt und mir dieses Wässerchen gebracht, auf das ganz Hollywood schwört. Bling H2O, die Flasche zum lächerlich geringen Preis von einhundertzehn Euro. Nur weil man es sich leisten kann, muss man nicht jeden Unsinn mitmachen. Ich habe genug Selbstbewusstsein und brauche keinen teuren Schnickschnack, um mein Ego aufzublähen.

Maxine leidet unter Jetlag und hat Mühe, die Augen offen zu halten. Wir verzichten aufs Dessert und Claire fährt uns nach Hause. Maxine schläft unterwegs ein und ich habe Mühe, sie aufzuwecken. Schlaftrunken steigt sie aus dem Wagen und torkelt zur Haustür. Ich kann mir das Elend nicht mitansehen und führe sie ins Haus. Wir steigen in den Aufzug und sie schläft im Stehen ein. In ihrer Wohnung schiebe ich sie ins Bett und decke sie zu. Das war's dann aber mit meiner Hilfe. Ich will jetzt nach Hause.

Es ist zu früh, um zu Bett zu gehen, zudem bin ich nicht müde. Ich könnte mal wieder bei Facebook reinschauen. Vielleicht … es könnte sein, dass sich Alexander gemeldet hat. Die Aussicht auf eine Nachricht hebt meine Laune. Sie wird im Keller landen, wenn er nicht geschrieben hat.

Das Postfach ist voller ungelesener Nachrichten. Da fährt man drei Wochen in Urlaub und Facebook sammelt jeden Mist. Wen interessiert es, dass er nun mit Hinz und Kunz im Messenger verbunden ist? Mich nicht! Ich scrolle jetzt einfach durch und hoffe das Beste.

Sagenhaft, wie viele Freunde mir Facebook wieder beschert hat, wie viele von denen mir geschrieben haben und mit allen bin ich nun im Messenger verbunden. Weshalb kann man keine Favoriten küren? Vielleicht mit einer roten Fahne oder einem blauen Blinklicht kennzeichnen, damit man sie besser findet, wenn man sie sucht. Ich hätte da nur einen Favoriten …

Es sind jetzt fast sieben Wochen, seit ich ihm geschrieben habe. Weshalb macht er sich erst solche Mühe, etwas über mich zu erfahren, um sich dann nicht mehr zu melden. Vielleicht hat meine Nachricht ihn abgeschreckt? Hätte ich besser nicht geschrieben, dass diese Freundschaftsanfrage nicht von mir war? Einfach nur: Salut, wer bist du?

Was soll ich mit all den Nachrichten? Weshalb winken mir die Leute? Weshalb rufen sie Hi? Was soll ich mit Stickern und Glitzerbildchen? Das ist frustrierend, das ist so … Alexander Haag! Er hat geschrieben. Oh, ist das aufregend. Es sind fast drei Wochen vergangen, seit er geschrieben hat. Ô mon Dieu! Ich hätte doch in das Internetcafé gehen sollen … aber es war wirklich sehr schmutzig.

Aber jetzt werde ich lesen. Wow! Er hat die Nachricht um 04:40 Uhr abgeschickt! Ob er auch eine Nachteule ist? Ich bin gespannt, was er geschrieben hat.

Mittwoch, 21. Juni, 04:40 Uhr
Hallo Madeleine,
sorry für die lange Wartezeit. Ich verstehe deine Abneigung gegenüber öffentlichen Fotos.

Obwohl ich dich noch nie gesehen habe, gehst du mir nicht mehr aus dem Kopf. Dies liegt wohl an deiner liebevollen Schreibweise und deiner aufrichtigen Art.

Ich würde mich sehr freuen, wenn du dich wieder bei mir melden würdest, falls es deine Zeit erlaubt.
Gruß Alexander

Oh! Ich schmelze! Ich gehe ihm nicht mehr aus dem Kopf. Normalerweise würde ich jetzt sagen, der spinnt. Wie kann man das nach ein paar Zeilen sagen, aber ich weiß, dass es so ist. Auch er hat seinen

Platz in meinem Kopf. Den hat er, seit ich seine erste Nachricht gelesen habe. Ich weiß nicht, weshalb das so ist und ich will es auch gar nicht wissen. Es ist, wie es ist und es ist schön, dass es so ist.

Jetzt werde ich mir erst mal seinen Account ansehen. Mal sehen, was ich über ihn in Erfahrung bringe. Dazu brauche ich einen Cappuccino. Ein paar Madeleines wären auch nicht schlecht. Wenn ich jetzt lese, dass er verheiratet ist, ist es frustrierend. Ich glaube nicht, dass ich ihm dann noch eine lange Nachricht schreibe. Verheiratete Männer, die fremden Frauen Nachrichten schicken, sind mir sehr suspekt.

Montag, 10. Juli, 00:39 Uhr
Salut Alexander,
ich sage mal wieder pardon für die lange Wartezeit. Ich kämpfe mich zwar öfter durch mein Postfach, aber seit es den neuen Messenger gibt, ist das Chaos perfekt. Früher unterschied Facebook noch in Freund und Unbekannt, doch heute kommt alles in ein Postfach. Leider!

Ich wundere mich immer wieder, was Facebook sich einfallen lässt. Es wird gewunken und Hi gerufen, Sticker werden versendet und GIF's fluten die Postfächer. Sagenhaft, wie viele Menschen Gefallen daran gefunden haben. Ich gehöre nicht dazu. Leider kann man diese Flut nicht abstellen.

Ich habe mich über deine Nachricht gefreut und ein bisschen auf deiner Seite gestöbert. Nohfelden kenne ich vom Hörensagen, aber Cochem ist mir unbekannt. Ich habe ein paar Jahre in Saarlouis gelebt. Mein ehemaliger Kollege sagte immer, Nohfelden sei der gesellschaftliche Mittelpunkt des Saarlandes. Er wurde in Nohfelden geboren und wird wohl eines Tages auch dort zu Grabe getragen werden. Ein Nohfelder Junge mit Leib und Seele, sozusagen.

Ich habe gesehen, dass du Fußball gespielt hast. Da haben wir etwas gemein. Ich habe eine Zeit lang in der Schulauswahl gespielt und war eine der ersten Spielerinnen beim FC St. Gallen, in der neu gegründeten Damenmannschaft. Nun ja … es gab mehr Mädchen als Damen. Heute ist es unvorstellbar, dass Neunjährige mit Sechzehnjährigen in einem Team spielen. Damals war es völlig normal. Ansonsten hätten die meisten Clubs nicht genügend Spielerinnen gehabt.

Damals war der FC St. Gallen leider selten erfolgreich, weil wir mehr eine gemischte Mädchen-Jugendmannschaft waren, als dass man uns als Damenmannschaft hätte bezeichnen können. Ô mon Dieu! Das ist schon eine Ewigkeit her, aber ich möchte die Zeit nicht missen. Mit der Schulauswahl war ich erfolgreicher. Dort spielte ich mit Jungs, was in der damaligen Zeit fast schon ein Affront war, aber es hat Spaß gemacht.

Inzwischen habe ich das Interesse am Fußball verloren. Letztes Jahr war ich während der EM bei den Spielen der Nationalmannschaft im Stade de France. Es ist schon etwas Besonderes, wenn Les Bleus im eigenen Land zur EM antreten.

Meine Liebe galt schon immer dem Kampfsport. Ich betreibe Karate seit meinem dritten Lebensjahr und möchte es nicht missen.

Was machst du, seit dem Ende deiner Zeit als aktiver Fußballspieler? Ich denke nicht, dass man nach so langer Zeit plötzlich zum Couch-Potato mutiert. Vielleicht erzählst du mir noch ein bisschen über dich.
Gruß Madeleine

Wow! Ich bin verrückt. Ich schreibe einem fremden Mann und erzähle ihm Dinge aus meinem Leben, über die ich normalerweise mit niemand rede.

Er muss nicht wissen, wie sehr ich auf eine Antwort gewartet habe. Ich hoffe, er schreibt zurück und ich hoffe, er tut es bald.

Alexander

Schon in aller Frühe Stress und Ärger. Ein erkrankter Kollege, dessen Verhandlung ich heute zusätzlich übernehmen muss und die dazu gehörigen Akten sind unauffindbar. Zwei Staatsanwälte, die mich mit Anträgen überhäufen. Ein Präsident, der mir einen weiteren Vortrag zukommen lässt. Zeugen, die sich verspäten und mir deswegen die tollsten Lügen auftischen. Maxine, die ihrem Schotten nachtrauert. Kopfschmerzen, die mich fast in den Wahnsinn treiben.

»Haben wir heute etwa schlechte Laune? Vertagen wir die Verhandlung und gehen wieder nach Hause oder kämpfen wir uns durch, gehen erst mal in die Caféteria und gönnen uns ein paar Madeleines?« Yannick sieht mich lächelnd an. Er ist heute blendender Laune. Der hat es gut!

»Ich wäre für vertagen«, macht sich Raoul bemerkbar. »Ich muss später zu einer Sitzung und habe auch noch einen Termin beim Zahnarzt. Tja! Leider sind wir pflichtbewusst und nehmen unsere Arbeit sehr ernst. Also Leute … auf in die Caféteria! Gönnen wir uns eine Kaffeedröhnung und dann geht es auf zur nächsten Runde.«

Unterwegs treffen wir auf Maxine, die aussieht, als hätte sie wochenlang nicht geschlafen. Ich tippe auf Menopause, nur so lässt sich ihr Zustand erklären. Himmelhochjauchzend zu Tode betrübt. Ihre Stimmungsschwankungen beginnen mir auf die Nerven zu gehen. Sie soll zum Arzt gehen und sich nicht immer bei mir ausweinen. Ich bin kein Psychiater und stehe nicht auf Psychogequassel. Ich kann ihr keinen Mann ins Bett legen. Das muss sie schon selbst tun.

Yannick sieht mich an und legt dabei die Stirn in Falten. »Liebeskummer?«, fragt er und verdreht die Augen. Ich zucke die Schultern und fange an zu zählen. Oh, wie gerne würde ich jetzt die Faust ballen und gegen die Wand schlagen oder treten. So muss sich ein Ventil fühlen, bevor es sich öffnet und den überschüssigen Druck ablässt. Ich habe drei Optionen. Heute Abend unzählige Runden durch den Park joggen. Ins Dojo gehen und meinen Gegner quer durchs Gebäude prügeln oder ein Besuch auf dem Père Lachaise. Ich entscheide mich für letzteres. Über den Friedhof schlendern, auf meiner Lieblingsbank sitzen und den Katzen zusehen, die so unbeschwert in der Sonne spielen. Träumen und dabei dem Gezwitscher der Vögel lauschen. Herrlich! Der Gedanke treibt mir ein Lächeln ins Gesicht.

Raoul stellt einen Teller köstlich duftender, frisch aus dem Ofen genommener, Madeleines auf den Tisch. Yannick bringt den Kaffee und nach dem ersten Schluck sieht die Welt gleich viel besser aus.

Ob Alexander meine Nachricht gelesen hat? Ob er zurückgeschrieben hat? Ich würde jetzt gerne nachsehen, aber ich habe mein iPad nicht dabei. Ich kann mich nur noch über mich selbst wundern. Ein fremder Mann hat es geschafft, dass ich immer wieder an ihn denken muss. Ich wüsste gern mehr über ihn. Das Foto mit den beiden Kleinkindern … ob das seine Kinder sind? Das würde bedeuten, dass es auch eine Frau dazu gibt … die Mutter der beiden. Vielleicht sind es seine Nichten? Ich hoffe, es sind seine Nichten. Sein Outfit gefällt mir, so sportlich und leger. Und diese Jeans … non! Ich darf nicht weiter darüber nachdenken. Es bringt mich nur auf unkeusche Gedanken. Oui! Er sieht gut aus. Oui! Er gefällt mir. Non! Nicht weiter darüber nachdenken. Abwarten, ob er zurückschreibt. Abwarten, was er schreibt. Wenn er eine Frau hat …

»Madeleine! Träumst du? Jede Pause hat mal ein Ende. Wir müssen los! Wo auch immer du in Gedanken warst, es ist Zeit zurück zu kommen.« Yannick nimmt mir die Tasse, mit dem inzwischen kalt gewordenen Kaffee, aus der Hand. Okay! Gehen wir!

Ich liebe die Ruhe, die auf diesem Friedhof herrscht. Hier hat es keiner mehr eilig. Niemand hetzt durch die kleinen Gassen, alle sehen entspannt aus. Selbst die Arbeiter, die auf dem Friedhof ihrer Beschäftigung nachgehen, lassen sich nicht stressen. Es scheint, als würde man die hektische Welt am Eingang hinter sich lassen.

Wie ein Clochard liege ich auf meiner Bank und sehe den Wolken zu, die langsam am Himmel entlang ziehen. Ein Vogelschwarm fliegt über mich hinweg und hoch oben zieht ein Flugzeug einen Kondensstreifen hinter sich her. Philippe kommt mir in den Sinn und ein warmes Gefühl zieht durch meinen Unterleib. Freitagabend werden wir dort weitermachen, wo wir auf Réunion aufgehört haben.

Als eine Katze auf meinen Bauch springt und es sich gemütlich macht, ist es mit meiner Ruhe vorbei. Die geht jetzt definitiv zu weit. Kuscheln mit einer Katze, das mag ich gar nicht. Nur widerwillig springt sie runter, um sich kurz danach an meine Beine zu schmiegen. Sie taxiert mich mit ihren bernsteinfarbenen Augen und maunzt. Ich streichele ihren Kopf und sie maunzt noch mehr. Jetzt habe wohl ich eine Freundin fürs Leben gefunden.

Gemeinsam spazieren wir über den Père Lachaise. Am Eingang bleibt sie stehen und schaut mir hinterher. Ob sie hofft, dass ich zurückkomme, um sie mit nach Hause zu nehmen?

Mein Handy klingelt. Maxine! Manchmal wünsche ich mir die Zeit zurück, als es noch keine Handys gab, als es nicht dauernd klingelte und piepste. Als die Menschen noch durch die Straßen liefen, ohne dass es aussah, als würden sie von diesen kleinen Dingern gesteuert. Neulich ist ein Teenie vor ein Auto gelaufen, weil ihr Blick auf ihr Handy fixiert war. Jetzt liegt sie zwei Meter unter der Erde. Dort unten klingelt nichts mehr.

Maxine ist in Tränen aufgelöst. Sie heult mir ins Ohr und schluchzt dabei, dass mein Trommelfell vibriert. Ihre Gynäkologin hat ihr eröffnet, dass sie sich in der Menopause befindet. Ich verstehe nur Bruchteile und reime mir den Rest zusammen. Sie hat ihre Weiblichkeit verloren und fühlt sich so tot. Ô mon Dieu! Weshalb ich? Weshalb ruft sie nicht Victoria an? Sie soll froh sein, dass la petite Rouge sich endlich verabschiedet. Nie wieder diese lästigen Unterbrechungen. Nie wieder den Sex verschieben müssen. Endlich frei sein.

»Bist du noch da?«, schnieft sie mir ins Ohr. »Ich brauche dich. Kannst du nicht schnell zu mir kommen?«, schnieft sie weiter.

Ô mon Dieu! Das ist doch kein Weltuntergang, keine Katastrophe größeren Ausmaßes. Das ist ein Freudentag. Das muss gefeiert werden mit Cappuccino, Madeleines und einer riesengroßen Portion Eiscreme.

»Ich bin auf dem Weg. Bis gleich!«, sage ich und weiß, dass das bis gleich mindestens eine Stunde dauert. Madeleines von Kayser, Cappuccino von Danny und Eiscreme von Giovanni. Fliegen müsste man können. Oh, Philippe! Ich wüsste jetzt besseres mit meiner Zeit anzufangen, als Maxines Seelentröster zu sein.

Kurz vor Mitternacht, mein Magen knurrt und verlangt danach, gefüllt zu werden. Außer vier Madeleines, habe ich noch nichts gegessen. Heute Mittag haben meine Beisitzer meinen Teller geleert. Heute Abend hat Maxine ihren Seelenschmerz mit den Madeleines betäubt. Ich frage mich, wo sie das alles hin stopft. Dieses kleine, zierliche Püppchen isst mehr als ein Schwerstarbeiter.

Ich bin allerhand gewohnt von meinen Freundinnen und habe für vieles Verständnis, aber wenn sie mir die Ohren volljammern und dabei auch noch meine Madeleines aufessen …

Mein Kühlschrank ist leer. In der Obstschale liegt noch eine Banane, die schon braune Flecken hat. Was isst man nicht alles, wenn man Hunger hat … sogar widerlich süße Bananen. Man merkt, dass

Florence Urlaub hat. Sie füllt meinen Kühlschrank, kümmert sich um die Wohnung, macht meine Wäsche und kocht für mich. Wenn sie in Urlaub ist, kommt eine ältere Dame vom Hausservice, die sich um die Wohnung kümmert. Einkaufen muss ich selbst. Das habe ich vergessen, da ich meistens im Restaurant esse. Ich muss morgen einkaufen, wenigstens Obst muss ich im Haus haben. Der Kaffeeautomat wollte heute Morgen gefüttert werden und im Vorratsschrank war nicht mal eine klitzekleine Kaffeebohne zu finden. Ich muss meinen Kaffeeverbrauch drastisch einschränken. Zwei Pfund in drei Wochen … aber man gönnt sich doch sonst nichts.

Missgelaunt, mit einem Glas Orangensaft in der Hand, setze ich mich an meinen Laptop. Vielleicht verschönt mir Alexander den Abend. Nur eine kurze Nachricht … mehr will ich doch gar nicht. Doch! Will ich! Ich möchte so viel über ihn erfahren. So viel, nur nicht, dass er verheiratet ist. Das würde mir den Tag noch mehr vermiesen.

Fünfundvierzig neue Nachrichten! Ô mon Dieu! Was wollen die alle von mir? Weshalb können sie das dämliche Winken nicht sein lassen? Ich will keine Sprüche und keine glitzernden Bildchen. Ich will … Alexander Haag! Er hat bereits heute Mittag geschrieben. Hätte ich doch mein iPad mitgenommen.

Montag, 10. Juli, 12:39 Uhr
Hallo Madeleine,
ich erzähle dir gerne noch ein bisschen über mich.

Dein früheres Interesse am Fußballspiel kommt für mich überraschend. Ehrlich gesagt, hätte ich dir viele Hobbys zugetraut, aber auf Fußball oder Karate wäre ich nie gekommen.

Ich bin dem Fußball als Trainer erhalten geblieben. Dieses Engagement hat sich kurzfristig ergeben und die Liebe zum Sport war stärker als der Verstand. Der hatte eigentlich damit abgeschlossen.

Von Beruf bin ich technischer Produktdesigner und arbeite bei einer Firma in der Nähe von Koblenz. Ich bin siebenundvierzig Jahre alt, verheiratet und habe drei Töchter im Alter von zwei, vier, und sechs Jahren. Ich war ein Spätstarter. Und du? Bist du vergeben?
Liebe Grüße Alexander

Wow! Verheiratet! Und jetzt? Es geht gegen meine Prinzipien. Ich muss darüber nachdenken … lange darüber nachdenken. Eine Nacht darüber schlafen … oder zwei … oder mehr.

Verheiratet … weshalb ist da dieser Stich in meiner Brust? Er ist verheiratet … Finger weg! Er ist vergeben! Was denke ich da? Ich kenne ihn nicht mal. Ich muss damit aufhören. Einfach nur aufhören, an ihn zu denken. Einfach aufhören damit! Wenn das so einfach wäre …

Jemand klingelt unaufhörlich und reißt mich aus meinen Gedanken. Als ich die Tür öffne, steht Constantijn vor mir.

»Hast du schon gegessen? Wir haben Spaghetti gekocht. Komm schon, Spaghetti gehen immer.« Er sieht mich mit seinem Dackelblick an und ich kann nicht widerstehen.

Ich bin hungrig und dankbar für die Ablenkung. Er ist verheiratet, spuckt es in meinem Kopf herum. Ich kann mich nicht darauf einlassen, obwohl ich weiß, dass ich ihn nie zu Gesicht bekommen werde. Es war so anders, ein Gefühl … und jetzt kann ich nicht damit umgehen. Ein Mann, der mir schreibt, etwas in mir bewegt … und er ist verheiratet. Weshalb schreibt er mir, wenn er verheiratet ist? Ist er auf ein schnelles Abenteuer aus? Sucht er eine Frau, die mit ihm ins Bett steigt?

Doch ein Journalist? Woher sollte er wissen, wer hinter meinem Synonym steckt? Okay! Wer mich besser kennt, weiß, dass es einer meiner Titel ist. Ich will nicht, dass er ein Journalist ist. … und ich will nicht, dass er verheiratet ist. Ich will es nicht! Sacrément!

»Wohin tragen dich deine Gedanken? Was bekümmert dich? Möchtest du darüber reden?«

Constantijn sieht mich besorgt an und vergisst dabei seine Spaghetti, die ihm jetzt langsam von der Gabel fallen. Als sie auf dem Teller landen, spritzt die Soße und Tomatenflecke zieren sein blütenweißes Hemd. Schon im Aufstehen öffnet der die Knöpfe seines Hemdes und zieht es im Gehen aus. Wow! Dieser Body! Schade, dass er für die Damenwelt verloren ist. Da würde man gerne mal mehr tun, als nur den Body bewundern.

Sylvain verdreht die Augen und sieht Constantijn sehnsüchtig hinterher. Na, … noch auffälliger geht's nicht mehr. Sylvain ist auch so ein Sonnenschein, der nur für die Männerwelt erreichbar ist. Ich bin umgeben von gutaussehenden Männern und alle sind homosexuell. Ich freue mich auf das Wochenende. Dann gibt es einen gutaussehenden Mann, der mich glücklich macht.

Mathis, der Schönheitschirurg, ist frisch verliebt. Er hat seinen Angebeteten im Louvre kennengelernt. Wochenlang sind sie umeinander geschlichen, keiner traute sich, den ersten Schritt zu tun. Als er erfahren hatte, dass sein Traummann in einer Beziehung ist, wollte er sich zuerst zurückziehen, aber dann hat er sich gedacht, einen Versuch ist es wert. Er kann sich immer noch zurückziehen, wenn er merkt, dass er nur eine Affäre sein soll. Jetzt schweben die beiden im siebten Himmel und alles ist rosarot.

Okay! Einen Versuch ist es wert. Wenn ich eine Affäre werden soll, kann ich immer noch einen Rückzieher machen. Ich weiß nicht, was er von mir will, was er erwartet. Ich weiß nicht mal, was ich erwarte. Ich kann es nur herausfinden, wenn ich ihm weiterhin schreibe. Mein Kopf schreit, lass die Finger davon, es ist ein Fehler, aber da ist noch ein anderes Gefühl, das mir sagt, vertrau ihm.

Na gut! Spielen wir mit dem Feuer. Wenn ich mir die Finger verbrenne, habe ich wieder etwas dazugelernt. Ich hoffe nur, dass es kein Fehler ist, dass ich ihm vertrauen kann.

Dienstag, 11. Juli, 01:32 Uhr
Salut Alexander,
verzeih, aber ich musste lachen, als ich deine Mail las. Ich kann dir sagen, dass du nicht der erste bist, der sich wundert. Wenn du damals das kleine, zierliche Püppchen gesehen hättest, das man zum ersten Mal in den Sportdress gesteckt hatte, du hättest schallend gelacht. Ich weiß nicht, was schlimmer war …, dass ich fast die festgezurrten Shorts verlor, für die Stutzen Strumpfhalter gebraucht hätte oder beim Laufen über den Saum meines Trikots stolperte. Man wollte Fotos von der neuen Mannschaft machen, doch dann liefen fünfzehn Kinder und Teenies auf, denen ihr Sportdress viel zu groß war und die aussahen, als hätte man sie geschrumpft. Mein Vater war derart schockiert, dass er der Mannschaft einen Dress in den richtigen Größen spendierte. Mein erstes Trikot habe ich heute noch.

In der Schulauswahl spielte ich nur, weil es nicht genügend Jungs einer Altersklasse gab. Auf dem Internat gab es zudem nicht viele Fußballbegeisterte. Man lernt fechten, Tennis spielen, Ballett und viele andere Sportarten. Ballett! Oui, das hätte besser zu dem kleinen Püppchen gepasst, hatte aber keinen Spaß gemacht. Dieses affige Gehüpfe war nicht meine Welt.

Die Liebe zum Fußball wurde mir wohl in die Wiege gelegt. Mein Vater spielte selbst Fußball und war, ebenso wie mein Großvater, Gründungsmitglied von Paris Saint Germain. Wenn ich zuhause war, was selten vorkam, ließ ich mir keines der Spiele von PSG entgehen. Mein erklärter Lieblingsspieler ist Zizou. Leider hat er nie für PSG gespielt.

Zu Karate kam ich schon viel früher. Ich war drei Jahre alt und bin mit einer wahren Leidenschaft immer wieder ausgebüxt. Weshalb, erzähle ich dir vielleicht irgendwann mal. Es muss an einem Sonn- oder Feiertag gewesen sein, als ich mit meinem Vater auf dem Gestüt war. Ich hatte Jean-Claude, den Écuyer, gesucht und ihn auf einer kleinen Koppel, hinter den Stallungen, gefunden. Was ich sah, hat mich so fasziniert, dass ich beschloss, ebenfalls so ein Wesen zu werden.

Jean-Claude trainierte seine Kata, die er bei seiner Prüfung zum fünften Dan vorführen wollte. Diese Konzentration, diese Kraft, die man sehen konnte und die doch so leicht und fließend war. Ich war hin und weg. So etwas hatte ich noch nie zuvor gesehen. Jean-Claude, mein erklärter Liebling, er war damals ungefähr fünfzig Jahre alt, musste ein Wesen aus einer anderen Welt sein. Eine Woche später stand ich, in einem maßgeschneiderten Karateanzug, zum ersten Mal in dem Dojo, in dem ich heute noch trainiere. Seit vielen Jahren bin ich ebenfalls ein Wesen aus dieser anderen Welt, das Träger des siebten Dans ist.

Zur Malerei kam ich wie die Jungfrau zum Kind. Ich nehme an, dass du meinen Werdegang als Malerin auf meiner Website gelesen hast und ich es dir nicht noch mal erzählen muss.

Im wahren Leben bin ich Richterin und arbeite im Palais de Justice in Paris. Zudem halte ich Vorlesungen als Gastprofessor an der Sorbonne. Du siehst, es gibt noch mehr Gründe, kein Foto zu posten.

Ich weiß jetzt, wo Cochem liegt, denn ich habe ein bisschen gegoogelt. Du bist Trainer eines kleinen Fußballvereins und wohnst in Illerich. Pardon, aber ich wollte auch ein bisschen mehr über dich wissen. Ich muss ehrlich sagen, ich hatte anfangs den Verdacht, dass du Journalist bist. Du kannst dir nicht vorstellen, zu was diese Gattung fähig ist, wenn sie etwas wissen will. Ich habe bei Facebook das Foto von dir und deinen Töchtern gesehen. Ein stolzer Papa.

Du fragst, ob ich vergeben bin. Das ist eine gute Frage, die nicht so einfach zu beantworten ist. Ich bin seit vielen Jahren geschieden. Die Ehe, weder Muss- noch Zwangsehe, hielt zwei Jahre und war mehr eine Zweckgemeinschaft. Aus dieser Ehe habe ich zwei Töchter, zweieiige Zwillinge.

Nach Deutschland zog ich eines Mannes wegen. Ich lebte sieben Jahre in Saarlouis. Du kannst dir nicht vorstellen, welch ein Kulturschock es für mich war, als ich von Paris ins Saarland zog. Pardon, aber ich nenne dieses Ländchen immer Lyonerprovinz. Jede Familie ist stolzer Besitzer eines Schwenkers, den irgendjemand zusammengeschweißt hat, der auf der Grube oder der Hütte arbeitet. Schwenken gehört zum Leben und der Dialekt ist mehr als gewöhnungsbedürftig. Okay! Ich verstehe ein bisschen davon, aber nicht alles.

Ich schrieb dir bereits, dass ich einen Kollegen hatte, der in Nohfelden wohnt. Er ist franco-allemand, arbeitet als Richter in Sarreguemines, ist aber Saarländer durch und durch. Saarländer kann man nicht werden, man muss als Saarländer geboren sein. Es ist nicht böse gemeint, aber ich bin Pariserin mit Herz und Seele. Deutschland und ich passen nicht zusammen. Ich nehme an, dass du deine Heimat liebst. Nicht böse sein …

Ich finde es lustig, dass sich Saarländer und Pfälzer immer gegenseitig auf den Arm nehmen, aber ich gebe auch zu, dass man in Frankreich einen Spruch hat. En France, il y a Paris et le rest … la province. In Frankreich gibt es Paris und den Rest … die Provinz. Tja! Den Parisern sagt man einen gewissen Charme nach … und einen gewissen Hochmut.

Okay! Jetzt bin ich mehr als nur etwas abgeschweift. 2006 kam dann einiges zusammen, dass mich zur Rückkehr in die Heimat bewogen hat. Mein Vater starb und ich wurde das Oberhaupt der Familie. Hatte ich mich bis dahin vor der Verantwortung davongestohlen, so musste ich doch irgendwann in den sauren Apfel beißen und gewisse Pflichten übernehmen. Auch wenn man Verantwortung delegieren kann, so kann einem doch niemand die Verantwortung nehmen.

Jedes Wochenende fuhr ich nach Paris. Mein Privatleben fand nicht mehr statt, denn meine Herkunft forderte ihren Tribut. Mein Lebensgefährte fand es nicht lustig, ich auch nicht. Ich trug mich mit dem Gedanken, zurück nach Paris zu ziehen. Zurück in die Heimat. Da gab es etwas, das seit Jahren an mir nagte. Nennen wir es beim Namen … Heimweh. Eines Mannes wegen blieb ich in Deutschland, doch dann rief das Palais de Justice und ich folgte nur zu gerne seinem Ruf. Mein

Lebensgefährte hasst Paris und blieb, auch wegen seines Jobs, in Deutschland. Seitdem lebe ich in einer Wochenendbeziehung.

Inzwischen leben auch meine Kinder wieder in Frankreich. Sie sind da, wo sie hingehören, wo sie nie wegwollten.

Jetzt weißt du mehr über mich, als die meisten meiner Bekannten. Es ist mittlerweile schon spät und ich muss bonne nuit sagen.

Liebe Grüße Madeleine

Ô mon Dieu! Hoffentlich war das kein Fehler. Mein Kopf schreit immer noch, doch mein Gefühl sagt mir, es ist gut.

Letzte Nacht träumte ich von Alexander und dieser Jeans, die mich langsam aber sicher in eine Richtung treibt, die mir unheimlich wird. Zu gerne möchte ich erkunden, was sich unter dieser Jeans verbirgt. Ô mon Dieu! Ich muss aufhören daran zu denken, aber die Vorstellung, ihm diese Jeans auszuziehen, macht mich kirre. Oui! Er gefällt mir und ich kann mir vorstellen, dass er viel mehr kann, als mir Nachrichten zu schicken, die mein Herz berühren. Ô mon Dieu! Ich brauche eine kalte Dusche. Ich muss mich auf meine Arbeit konzentrieren und darf nicht immer nur an ihn und seine Jeans denken. Wenn Maxine und Victoria davon wüssten, sie würden mich einem Psychiater auf die Couch legen. Ein Mann aus dem Internet, den ich noch nie gesehen habe … unvorstellbar für die beiden.

Mein Arbeitstag begann mit zwei Cappuccino bei Monsieur Voltaire, dem Hausmeister. Jeden Morgen trinke ich bei ihm einen Cappuccino. Er hat auch immer Madeleines auf dem Tisch stehen, aber ich frühstücke nicht. Cappuccino, mehr brauche ich nicht. Wir haben über den bevorstehenden Nationalfeiertag geredet. Die Stadt platzt jetzt schon aus allen Nähten. Die Massen strömen und ortsfremde blockieren die Straßen. Weshalb benutzen sie nicht die Metro? Morgens ist die Fahrt zur Arbeit noch gut zu bewältigen, aber nachmittags dauert es dreimal so lang, bis ich wieder zuhause bin.

Meine Verhandlung zog sich hin und ich konnte es kaum erwarten, endlich zu unterbrechen, um meinen Nerven eine Kaffeedröhnung zu verschaffen. Sogar der Staatsanwalt warf immer wieder hilfesuchende Blicke zum Richtertisch. Chiron Delpech ist einer der Staatsanwälte, denen ihre Arbeit sehr am Herz liegt. Heute ist er ebenso genervt wie ich und die beiden Herren neben mir.

Jetzt gönne ich mir meine wohlverdiente Pause und möchte nichts mehr als meine Ruhe. Lustlos stochere ich in meinem Salat herum und fische die kleinen, roten Dinger heraus, die sie seit neuestem über den Salat geben. Weiß der Teufel, was das ist. Das Baguette ist trocken und das Mineralwasser warm. Am Nebentisch sitzen fünf junge Anwälte, die sich wichtigmachen und mit ihren Fällen protzen. Yannick verdreht die Augen und ich bemühe mich, diese Aufschneider nicht in ihre Schranken zu weisen.

Ich wusste, dass sich die Verhandlung hinziehen wird, aber bereits zwei Verhandlungstage mehr, als geplant und noch immer kein Ende in Sicht, das geht an die Nerven. Heute Abend steht noch eine Sitzung des Richterrates an und ich bin maßlos begeistert. Ich hasse es, wenn ich meine Zeit vergeuden muss.

Ich wollte noch auf den Père Lachaise und anschließend mit Maxine in die Avenue Montaigne. Wir haben eine Einladung zu einer Soirée und müssen mal wieder ein passendes Outfit kaufen. Meine Schränke quellen über, aber ich kann kein Kleid zweimal zu öffentlichen Auftritten tragen. Diesmal wird uns der jüngste Sprössling eines Großindustriellen mit seinem Können erfreuen. Zum Glück spielt er Geige und quält nicht die Tasten eines Flügels wie seine Schwester, die diesmal leider nicht zu seiner Unterstützung bereitsteht, da sie sich, bei einem Sturz vom Pferd, das Bein gebrochen hat. Wer sagt, dass des einen Pech, nicht des anderen Glück sein kann?

Ich würde mich gerne vor der Einladung drücken, aber ich will mit ihm ein Geschäft abschließen. Für einen guten Auftrag nehme ich auch mal eine einschläfernde Einladung an. Allerdings hält mich meine Wahrheitsliebe davon ab, den untalentierten Sprössling überschwänglich zu loben. Dazu brauche ich Maxine. Sie hat das Talent, Männern, die mit einem übergroßen Ego bestückt sind, literweise Honig um den Mund zu schmieren. Man muss den Herren die Sache nur so verkaufen, dass sie hinterher denken, sie hätten das Geschäft eingefädelt. Tja! Welcher Mann lässt sich nicht gerne sein Ego streicheln?

Wieder einmal ist es spät geworden. Da ich völlig vergessen hatte, dass ich zum Einkaufen wollte, war ich mit Maxine noch bei ihrem Lieblingsitaliener. Obwohl mein Magen knurrte, konnte ich kaum etwas essen. Immer wieder wanderten meine Gedanken zu Alexander. Es ist so ein schönes, warmes Gefühl, an ihn zu denken. Ich habe es heute noch nicht mal geschafft, online zu gehen. Liebend gern hätte ich nachgesehen, ob er meine Nachricht gelesen und vielleicht schon geschrieben hat.

Mit einem Glas Orangensaft und Schokoladenkeksen, aus dem Automat in der Caféteria, setzte ich mich an meinen Schreibtisch, um das Urteil zu schreiben, das ich morgen verkünden werde. Zum Glück hatte ich die Urteilsbegründung schon fertig. Hätten wir uns heute anders entschieden, hätte ich nur ein paar Passagen ändern müssen.

Jetzt bin ich endlich fertig und bereit, meine Nachrichten zu lesen. Facebook müsste doch inzwischen wissen, dass mich nur eine Nachricht interessiert. Weshalb flutet es mein Postfach mit all den anderen? Ich muss nicht lange suchen bis ich fündig werde. Er hat schon vor Stunden geschrieben.

Mittwoch, 11. Juli, 17:56 Uhr
Hallo Madeleine,
ich bin positiv erschlagen von deiner Ehrlichkeit und dem Vertrauen, das du mir entgegenbringst. Es freut mich sehr, dass sich ein Mensch für mich die Zeit nimmt und mir den längsten, spannendsten und mit Wärme gefüllten Text schreibt, den ich je auf Facebook und auch auf Papier bekommen habe. Ich habe in den letzten Tagen viel an dich gedacht.

Dein erstes Auftreten im Fußballdress amüsiert mich und ich konnte es in meiner Phantasie genau vor mir sehen.

Ich fand Zizou grandios, er schaffte es aber nie auf Position eins meiner Lieblingsspieler. Ich halte es da eher mit den deutschen Spielern.

Auch ich habe die saarländische Lebensart Schwenken mit nach Illerich gebracht und ja, ich besitze auch einen Schwenker, aber ich bin kein heimatbewusster Mensch. Ich mag meine Heimat, aber lieben wäre übertrieben. Ich liebe alles, was mir guttut. Meine Heimat war nicht immer gut zu mir, deswegen benutze ich das Wort mögen, aber das ist eine andere Geschichte, die ich dir hoffentlich irgendwann erzählen darf.

Was ich an dir absolut bewundere, ist die Tatsache, dass du für deine Familie, durch den Tod deines Vaters, dein Privatleben geopfert und deine Interessen zurückgestellt hast. Das beweist mir zum zweiten Mal, was für ein toller Mensch du bist. Ich hoffe, dass ich dich irgendwann einmal persönlich kennenlernen werde.

Ich will mich noch einmal für dein Vertrauen bedanken und dir versichern, dass ich kein Journalist bin, sondern ein einsamer, romantischer, verständnisvoller und ehrlicher Mensch.

Du fragst dich bestimmt, wie man einsam sein kann, mit so einer tollen Familie. Du hast in deinem

Brief den Begriff Zweckehe gebraucht. Genau das führe ich, meiner Kinder wegen, die ich sehr liebe. Leider ist dies zwischen meiner Frau und mir nicht mehr so. Meine Ehe ist manchmal der Horror, vor allem wenn der Moment kommt, wo man sich nach Romantik und Zärtlichkeit sehnt und keiner da ist, mit dem man dies teilen kann. Bis auf diese Kleinigkeit, das ist ironisch gemeint, verläuft mein Leben völlig normal. Ich habe vor fünf Jahren ein Haus gekauft, habe einen ausfüllenden Beruf und lerne ab und zu interessante Menschen kennen, wobei du ganz oben stehst, weil das, was dich interessant macht, meine Neugierde weckt.

Ich möchte dein Vertrauen nicht überstrapazieren, aber ich wüsste gern, wie sehr die Madeleine meiner Phantasie mit der echten Madeleine übereinstimmt. Es ist spannend und macht Spaß mit dir zu schreiben.

Ganz liebe Grüße Alexander

Ô mon Dieu! Er denkt oft an mich. Ich verrate ihm allerdings nicht, dass ich auch oft an ihn denke. Er ist einsam und sehnt sich nach Zärtlichkeit. Das liest sich, als hätte er keinen Sex. Ô mon Dieu! Wenn er wüsste, welche Gedanken durch meinen Kopf schwirren, dass ich ihn gerne von dieser Jeans befreien würde und er in meiner Vorstellung danach den tollsten Sex hat. Ich glaube nicht, dass er sich vorstellt, mit mir Sex zu haben. Er weiß nicht mal, wie ich aussehe. Ich wüsste zu gern, wie ich in seiner Phantasie aussehe.

Ob er nur an mich denkt oder sich auch mehr wünscht? Sex ist eine Sache, aber Zärtlichkeit eine andere. Es ist schön, miteinander zu kuscheln und sich liebevoll zu berühren. Wenn dann aus einem zärtlichen Kuss wildes Verlangen wird … das ist wunderschön. Wenn man dann eins wird und zusammen in die höchsten Sphären der Lust steigt, anschließend völlig erschöpft und eng umschlungen in den weichen Kissen liegt … Das ist etwas, das man für kein Geld der Welt kaufen kann. Wie wundervoll muss es sein, mit dem Mann, den man liebt, Liebe zu machen. Ich kann es mir nicht mal annähernd vorstellen, aber ich kann mir vorstellen mit Alexander … non, nicht diese Gedanken … aber es wäre sicher wunderschön …

Mittwoch, 12. Juli, 01:20 Uhr
Salut Alexander,
endlich habe ich die Zeit, dir zu schreiben. Ich habe bis eben noch an einem Urteil geschrieben. Morgen ist Urteilsverkündung, und wir haben bis auf den letzten Moment diskutiert. Ich hatte einen stressigen Tag und bin etwas genervt. Lange Verhandlung, öde Sitzung des Richterrates und eine Stadt, die aus allen Nähten platzt. So viele Menschen waren schon lange nicht mehr unterwegs. Ich verstehe, dass alle nach Paris wollen, aber was zu viel ist, ist zu viel. Freitag ist Nationalfeiertag und die Massen strömen. Die Metro quillt über und die Straßen sind verstopft.

Meine Nerven lagen blank und ich machte einen Besuch auf dem Père Lachaise. Dort fahre ich hin, wenn es nicht mehr anders geht. Nach spätestens zehn Minuten geht es mir besser. Dieser Ort hat etwas Magisches und beruhigt meine Nerven. Wenn du mal nach Paris kommst, musst du den Père Lachaise besuchen. Es ist der älteste Friedhof der Stadt, angelegt wie ein Park, viele alte Bäume, Bänke zum Ausruhen und eine Stille inmitten einer pulsierenden Stadt. Zum Glück dürfen die Touristenbusse den Friedhof nicht mehr anfahren. Wenn du mal dort warst, kannst du mich verstehen.

Jetzt möchte ich etwas zu deiner Nachricht sagen. Ich kenne nicht viele deutsche Fußballspieler. Vor Jahren habe ich Jürgen Klinsmann kennengelernt. Er saß im Flugzeug neben mir, als ich nach Hawaii flog. Er war nett und hat etwas im Kopf, was die meisten Fußballspieler leider nicht haben. Wenn ich mir diverse Interviews ansehe, könnte ich schreien. Euer Philippe Lahm … Ô mon Dieu!

Den armen Kerl hat die Presse mit Vorliebe vorgeführt. Zizou habe ich vor vielen Jahren kennengelernt. Er ist ein liebenswerter Mensch und man kann sich sehr gut mit ihm unterhalten.

Ich bin bestürzt, dass deine Ehe nicht glücklich ist. Es ist schlimm, wenn man, der Kinder wegen, eine Ehe fortführt, die doch bereits am Ende ist. Irgendwann leiden alle darunter. Deine Kinder sind zwar noch klein, aber sie spüren auch, dass etwas nicht in Ordnung ist. Kinder bekommen mehr mit, als man sich vorstellen kann. Glaube mir, ich spreche aus Erfahrung. Meine Eltern dachten auch immer, meine kleine Welt wäre in Ordnung und alles wäre rosarot. Sie wollten nie wahrhaben, dass dem nicht so war. Selbst nachdem ich ihnen die Wahrheit an den Kopf geworfen hatte, wollten sie sie nicht sehen, nicht hören. Okay! Deine Situation ist nicht mit der meinen zu vergleichen, aber Kinderseelen sind sehr empfindsam. Egal, wo auf dieser Welt sie leben. Egal, ob sie adelig, bürgerlich, arm oder reich sind, ihre Seelen sind zerbrechlich und sie leiden. Zeig ihnen, dass du sie liebst. Wenn du sie in den Arm nimmst, fühlen sie sich geborgen. Egal, was ist und war. Dann zählt nur der Augenblick.

Du schreibst: Vor allem wenn der Moment kommt, wo man sich nach Romantik und Zärtlichkeit sehnt und keiner da ist, mit dem man ihn teilen kann. Ich verstehe dich nur zu gut. Ich habe geheiratet, um den Konventionen und Zwängen meiner Herkunft zu entfliehen. Ich wollte frei sein. Meinem Mann erging es ebenso. Wir waren zwei gebrannte Kinder. Meine Freundinnen Victoria und Maxine verstanden die Welt nicht mehr. Victoria sagte: »Mit massenhaft Intelligenz beschlagen und doch rennt sie in ihr Unglück.« Während meiner Ehe musste ich einsehen, dass Freiheit nicht alles ist. Meiner Ehe fehlte es an einigem und das wichtigste war nie vorhanden … Liebe. Victoria hatte so recht … Irgendwann erzähle ich dir mal davon.

Wenn du möchtest, erzähle mir von deiner Heimat, die du nicht liebst, aber magst. Ich freue mich über alles, was du mir schreibst. Jetzt bin ich neugierig. Wie sehe ich in deiner Phantasie aus? Beschreibe mich mal. Wie alt bin ich?

So, jetzt muss ich noch ein bisschen an meinem Urteil feilen. Zum Glück bin ich ein Kurzschläfer und habe auch des Nachts viel Zeit. Ich schicke dir noch einen Link, zu einem Lied, das ich sehr liebe. Victoria sagt, das Lied wurde für mich geschrieben. Es würde alles passen. Nun ja … Der Engel ist die Französin … Vielleicht hat dir der Himmel jetzt einen Engel geschickt … Ups! Das kommt vielleicht falsch rüber.

Liebe Grüße Madeleine

Ô mon Dieu! Hoffentlich war das kein Fehler! Wo ist mein klarer Verstand? Was hat er nur mit mir gemacht? Jetzt muss ich an die Worte von Saint-Exupéry denken. Die schönste Freude erlebt man immer da, wo man sie am wenigsten erwartet. Wer erwartet denn schon, dass ihm Facebook einen Menschen schenkt, der so viel Gefühl weckt? Er hat eine Familie, ein Haus, einen tollen Job und ist doch einsam. Ich weiß, dass auch alles ein fake sein kann, dass er mir vielleicht Lügen auftischt und Zweifel angebracht wären. Mein Herz sagt, er tut es nicht und erhält Unterstützung von meinem Bauch. Auch er sagt, er lügt nicht, er ist ebenso einsam wie du.

Ich wüsste zu gerne, was in seinem Kopf vorgeht. Ob er ebenso sehnsüchtig auf eine Nachricht von mir wartet? So sehnsüchtig, wie ich auf seine Nachrichten warte? Vielleicht erzählt er es mir eines Tages.

Oh, diese Kopfschmerzen! Ich muss etwas tun, um meinen Kopf freizumachen. Der Stress, der letzten Zeit, sucht sich ein Ventil. Ich muss ihn loswerden. Einkaufen muss ich auch. Orangensaft in aller Frühe geht gar nicht. Ich brauche meine Kaffeedröhnung.

Ob Alexander schon geschrieben hat? Während des Zähneputzens wähle ich mich bei Facebook ein. Et voila! Eine Nachricht, vor zehn Minuten geschrieben. Vor Aufregung vergesse ich meine Zähne zu Ende zu putzen. Mit dem iPad in der einen und der Zahnbürste in der anderen Hand, setzte ich mich auf den Boden und beginne zu lesen.

Mittwoch, 12. Juli, 05:55 Uhr
Hallo Madeleine,
ein sehr schönes Lied. Nach was hast du Sehnsucht, kleiner Engel?
Nein, das kommt überhaupt nicht falsch rüber. Vielleicht dachte Gott, mir steht ein Engel zu, der auf mich aufpasst. Der Engel hat es auf jeden Fall schon mal geschafft, dass ich ganz oft an ihn denke und, das ist das wichtigste, an ihn glaube und ihm vertraue.
Du bist neugierig, wie ich dich sehe. Gerade eben hatte ich eine Frau, im weißen Kleid, mit dunklen Haaren und weißen Flügeln, vor Augen. Ich denke in der Realität bist du 1,60 bis 1,70 groß, hast dunkle, lange Haare und braune Augen. Ich schätze, du bist zwischen fünfundvierzig und fünfzig Jahre alt. Bitte nicht böse sein, wenn ich falsch liege.
Du bist eine vielbeschäftigte Frau, sprichst vier Sprachen, magst Oldies und klassische Musik. Auf jeden Fall brauchst du wenig Schlaf. Jetzt noch weniger, schreibst du doch umgehend zurück. Ich habe nur Angst, dir deine doch so kostbare Zeit zu stehlen. Andererseits ist es so schön, mit dir zu schreiben.
Du wolltest, dass ich dir etwas über meine Heimat erzähle. Ich habe als Kind nicht immer schöne Tage in meiner Heimat gehabt. Einen Vater, dem der Alkohol wichtiger war, als seine Kinder und ihnen und der Mutter dies auch im alkoholisierten Zustand gezeigt hat. Das Ganze ging über Jahre, bis er, mit Mitte vierzig, damit aufgehört hat. Er konnte aber nichts mehr gut machen, mein inneres war zerstört. Immer, wenn ich zu meiner Mutter fahre, kommt die Angst in mir hoch.
Ich hatte dann eine längere Phase, wo ich der Angst entfliehen wollte und passte mich, was das trinken betrifft, im Alter von zwanzig Jahren, dem Niveau meines Vaters an. Ich schaffte aber, mit Mitte dreißig, den Absprung. Ich trinke und rauche nicht mehr, vor allem meinen Kindern zu Liebe. Sie haben ihren Vater nie so sehen müssen, wie ich meinen immer wieder sah und darauf bin ich stolz.
Ich hoffe dein Tag war nicht zu anstrengend und du hast ein faires Urteil gefällt. Ich schicke dir noch einen Link zu einem meiner Lieblingslieder.
Jetzt muss ich duschen und dann ins Büro. Wenn du Lust und vor allem Zeit hast, kannst du mir ja mal berichten, ob ich mit meiner Einschätzung deiner Person richtig lag.
Ich freue mich auf deine Antwort, mein Engel.
Ganz liebe Grüße Alexander

Ô mon Dieu! Mein Engel! Das ist so schön. So ein warmes Gefühl. Er denkt an mich. Nach was ich mich sehne? Nach ihm! Seltsam! Die Kopfschmerzen sind verschwunden. Stattdessen hat sich ein Gefühl in mir breit gemacht, dass ich nicht kenne. Es nimmt Besitz von mir und macht mich glücklich. Ups! Jetzt habe ich so lange vor mich hingeträumt, dass ich fast vergessen hätte, dass ich heute noch arbeiten muss.

Irgendwie ging dieser Tag in Windeseile vorüber. Ich war gut gelaunt und nichts konnte mich heute nerven. Sogar Maxines Menopause konnte nichts daran ändern.
In der Post war eine Offerte, eine Gastprofessur an der Queen Victoria University of London anzunehmen. Seit Jahren bieten mir Universitäten Professuren an oder bitten mich, eine Gastprofessur anzunehmen. Ich will Paris nicht mehr verlassen. Ich habe meinen Job bei Gericht und meine Professur an der Sorbonne. Mehr will ich nicht. Es ehrt mich, aber non, merci!

Ich muss noch ein paar Telefonate erledigen, dann schreibe ich Alexander. Ô mon Dieu! Non! Ich habe schon wieder vergessen einzukaufen. Kein Kaffee, keine Madeleines, weinen! Der Feinkostladen hat bis zweiundzwanzig Uhr geöffnet. Ich könnte … was heißt könnte, ich muss da hin. Noch ein Abend ohne Cappuccino geht gar nicht. Noch zehn Minuten, dann ist Ladenschluss. Okay! Laufschuhe an und los. Jetzt geht es im Laufschritt durchs achtzehnte Arrondissement. Die Aussicht auf Cappuccino beflügelt meinen Lauf. Die Angestellte hat schon den Schlüssel in der Hand, um abzuschließen. Sie lächelt, als sie mich erkennt. Es hat auch seine Vorteile, erkannt zu werden. Ich bekomme Kaffee und die restlichen Madeleines, die zwar nicht mehr so saftig und weich sind, aber das ist mir egal. Ein paar Macarons, ein leckeres Obsttörtchen, was will man mehr.

Auf dem Heimweg schlendere ich langsam durch die Straßen. Paris bei Nacht … wunderschön! Wer will nach London, wenn er in Paris lebt? Ich ganz sicher nicht. Hier bleibe ich, für den Rest meines Lebens.

Ô mon Dieu! Madame Peston! Die hat mir noch gefehlt. Sie wohnt im Nachbarhaus und ist sozusagen der Wachhund der Straße. Nichts entgeht ihr. Sie geht nur spät abends aus dem Haus. Dann sucht sie den Feinkostladen auf, um sich ihren allabendlichen Vorrat an Rotwein und Cognac zu kaufen. Madame ist Alkoholikerin, aber man redet nicht darüber. Früher war sie Professorin an der Sorbonne. Ihr Mann zog es vor, von der Pont Neuf zu springen. Seitdem lebt sie allein und betätigt sich als Spion. Ich werde wohl einen kleinen Umweg machen müssen.

Ein kurzes Gespräch mit Monsieur Meunier, der seinen Hund spazieren führt. Smalltalk mit dem Mann, der gegenüber wohnt und dessen Name ich nicht kenne. Ein ganz normaler Abend in Paris.

Ich bin froh, als ich endlich die Tür hinter mir zuziehen kann. Der Kaffeeautomat brüht meinen Cappuccino und das Törtchen schmeckt köstlich. Das Telefon klingelt und ich ahne fürchterliches. Der personalisierte Klingelton verrät, wer mich erreichen will. Diesmal ist es Monsieur Redoute und er kommt sofort zur Sache. Mister Macintosh hat mal wieder ein Problem und würde gerne mit mir reden. Die Verlängerung der Verträge steht an und er wünscht noch ein paar Änderungen. Ô mon Dieu! Dieser geizige Schotte, der es liebt, seine Geschäftspartner bis zur Weißglut zu reizen. Ständig hat er irgendwelche Wünsche. Erst, wenn er die neuen Verträge unterzeichnet hat, habe ich wieder meine Ruhe vor ihm. Das heißt, dass ich am Wochenende nach London fliege, um mir das Gejammer des armen, reichen Mannes anzuhören. Weshalb unser Käse zu teuer ist. Weswegen er sich eine Option in den Vertrag schreiben lassen will und so weiter. Ich kann es nicht mehr hören, aber ich bin Geschäftsfrau und muss da durch. Er ist ein harter Brocken, aber gegen meinen Dickkopf hat er keine Chance. Wir werden sehen, wer am Ende die besseren Bedingungen ausgehandelt hat.

Monsieur Redoute ist erleichtert, als er hört, dass ich fliege. Was hatte er erwartet? Dass ich mich vor meiner Verantwortung drücke? Ich würde gerne, aber ich habe eine Verpflichtung übernommen, als ich mein Erbe antrat, das ich nie haben wollte.

Jetzt brauche ich etwas Schönes. Ich werde Alexander schreiben. Es wird keine lange Nachricht, aber ein paar Worte sollen es sein. Ich muss noch telefonieren. Das Geschäft geht vor. Auch vor Alexander Haag …

Donnerstag, 13. Juli, 00:40 Uhr
Salut Alexander,
du stiehlst mir meine Zeit nicht. Wenn es mir zu viel wäre, würde ich es nicht tun. Meine Tochter nennt mich nachtaktiv, denn ich benötige maximal vier Stunden Schlaf.

Du kannst stolz auf dich sein. Vom Alkohol weg zu kommen ist nicht leicht. Es tut mir leid, dass du keine schöne Kindheit hattest. Ich verstehe, dass du mit gemischten Gefühlen nach Hause fährst.

Ich habe mir das Lied angehört. Ich mag Pur und liebe dieses Lied. Früher war ich auf einigen ihrer Konzerte.

Was deine Beschreibung betrifft, so trifft vieles zu. Die Größe, näher an 1,60 m. Oui, ich habe dunkle Haare, allerdings sind sie kurz. Vielbeschäftigt stimmt auch. Was das Alter betrifft … nun ja! Jetzt darfst du mal Sherlock Holmes spielen. Ich habe dir schon viel über mich erzählt. Du googelst doch gerne. Ich habe dir einen Link geschickt. Folge ihm … denke logisch … und dann musst du nur noch rechnen und denken … Ô mon Dieu!

Ich schicke dir noch ein Foto. Der Engel, ohne Flügel, in seiner Robe.
Liebe Grüße Madeleine

Jetzt ruft die Pflicht. Morgen schreibe ich mehr. Ich kann es kaum erwarten, seine Antwort zu lesen, doch jetzt muss ich mich konzentrieren, dass ich mich nicht von meinen Gesprächspartnern über den Tisch ziehen lasse. Oh, wie ich es hasse, stundenlang mit jemand zu telefonieren, den ich nicht verärgern darf. Manchmal würde ich gerne sagen, wenn dir nicht gefällt, was ich zu bieten habe, suche dir einen anderen Geschäftspartner. Leider kann ich das nicht, denn hier geht es um das Unternehmen, um Arbeitsplätze.

Meine Mitarbeiter leiden unter ihrer Chefin, die alles andere als pflegeleicht ist und über Leichen geht, um sich zu holen, was sie will. Ich bin ein Monster. Ein Teufel in Menschengestalt, wie einer meiner Geschäftspartner einmal sagte. Ich weiß, dass noch mehr so denken und ich kann es ihnen nicht verdenken. Mein Großvater war hart, mein Vater härter. Irgendwann wurde es ihm zu viel und er hat jemand eingestellt, der viel Geld dafür bekam, ihm den Rücken freizuhalten. Selbst im hohen Alter konnte er es nicht lassen, durch die Welt zu reisen und Geschäfte zu machen. Irgendwann hat ihn ein Herzinfarkt, während eines Fluges zu einem Geschäftstermin, hinweggerafft. Dann war es an mir, das Ruder zu übernehmen. Ich habe mich nie darum gerissen. Schon als Kind ließ ich keine Zweifel daran aufkommen, dass ich nie das Unternehmen leiten würde. Ich habe Monsieur Redoute seinen Job nicht weggenommen. Er leitet die Geschäfte auf seine Art. Es gefällt mir nicht immer, was er macht und wie er es macht, aber das Unternehmen läuft und ich kann nicht klagen. Ich greife ein, wenn es mir sinnvoll erscheint.

Seit dem Tod meines Vaters haben sich die Gewinne maximiert. Ich habe nicht umsonst Ökonomie und Jura studiert und Doktortitel gesammelt wie andere Briefmarken. Gekrönt habe ich alles mit einer Professur. Was will man mehr? Meiner Familie war es nicht genug. Sie wollte mich auf dem Chefsessel sehen, verheiratet mit einem Mann aus der sogenannten Oberschicht, möglichst mit klingendem Titel und aus uraltem Adelsgeschlecht stammend. Das passende Vermögen sollte selbstverständlich auch vorhanden sein. Ich habe mich nie darum gekümmert, was sie wollten. Ich bin nur einem Menschen treu geblieben … mir!

Eine arbeitsreiche Nacht liegt hinter mir. Es hat Nachteile, wenn der Gesprächspartner in einer anderen Zeitzone lebt. Wenn die dann noch zwölf Stunden entfernt ist, bekommt man wenig Schlaf. Ich brauche zwar nicht viel davon, aber ein bisschen brauche auch ich.

Schlaftrunken logge ich mich bei Facebook ein. Keine Nachricht von Alexander. Schade! Jetzt bin ich enttäuscht. Nun ja! Vielleicht sollte ich ihm ein bisschen mehr Zeit geben. Einen Cappuccino und vielleicht die Morgentoilette? Wenigstens bis sechs Uhr?

Nach einem Cappuccino schleiche ich ins Badezimmer. Meine innere Uhr hat heute kläglich versagt. So ein halbes Stündchen hätte sie mich noch schlafen lassen können. Mein Spiegelbild sieht schrecklich aus. Wie soll ich aus dem Gesicht etwas Vorzeigbares machen? Zaubern kann ich nicht.

Die Zahnbürste gibt wie immer ihr bestes und dann, endlich, eine neue Nachricht. Alexander! Schlagartig bin ich hellwach. Mein Herz klopft schneller und wieder ist da diese Wärme, die durch meinen Körper fließt, dieses unbekannte Gefühl in meiner Brust.

Donnerstag, 13. Juli, 06:01 Uhr
Guten Morgen Madeleine,
dank deines Hinweises konnte ich dein Alter herausfinden und bin anschließend mit dem Handy in der Hand eingeschlafen. Das hatte aber weiß Gott nichts mit meinen Recherchen und deren Ergebnis zu tun, sondern mit meiner Müdigkeit. Ich hatte mich so gefreut, dir zu schreiben.

Merci für das Foto. Das Bild entspricht meinen Vorstellungen von dir und zeigt mir eine stolze Richterin.

Mir fällt auf, dass wir die gleiche Musikrichtung haben. Ich war auch auf einigen Konzerten von Pur, nur dieses Lied verschafft mir jedes Mal Gänsehaut und ein Gefühl von Trauer und Wut, meinem Vater gegenüber. Meine Mutter konnte nicht trauern, als er starb, so tief saß das Vergangene.

Wann fängt dein Tag im Gericht in der Regel an und wie lange ist dein Arbeitstag? Bei so wenig Schlaf, würde ich im Büro jeden Tag einschlafen. Es ist schon bemerkenswert, dass du so wenig Schlaf brauchst. Ich brauche mindestens sechs Stunden.

Du bist eine stolze Frau und ich bin stolz und glücklich, mit dir zu schreiben. Wenn du Lust hast, können wir heute Abend wieder schreiben. Vielleicht sogar über WhatsApp. Ich habe kein Problem, dir meine Nummer zu geben, aber das überlasse ich dir, ob du das möchtest. Ich kann nur sagen, dass ich deine Nummer hüten würde wie meinen Augapfel.

Ich schicke dir noch ein paar Fotos, damit du siehst, wo und wie ich wohne. Ich wünsche dir einen schönen Arbeitstag und hoffe, du denkst ab und zu an mich. Ich tue es ständig. Irgendwas ist mit mir passiert, ich weiß nur noch nicht genau, wie ich es einordnen soll.
Liebe Grüße Alexander

Er denkt ständig an mich. Irgendwas ist mit ihm passiert. Ob er auch dieses seltsame Gefühl in der Brust hat? Diese angenehme Wärme? Oh, ich würde ihn so gerne einmal sehen. Nicht nur auf diesem Foto, auf dem er diese Jeans trägt, die mir die unkeuschen Gedanken in meinen Kopf setzt.

Ich würde ihm gerne sofort zurückschreiben, aber die Pflicht ruft.

Den ganzen Tag geht er mir nicht aus dem Kopf. Alexander! Auch ich kann sagen, irgendwas ist mit mir passiert … Ich werde ihm jetzt schreiben. Weshalb warten, bis nach Mitternacht? Ich würde gerne mit ihm chatten. Immer sofort eine Antwort erhalten, ohne stundenlange Wartezeit. Wir werden sehen, ob er es auch möchte …

Donnerstag, 13. Juli, 15:17 Uhr
Salut Alexander,
ich muss mal wieder lachen. Von meinem Alter erschlagen … bist du noch pünktlich zur Arbeit gekommen?

Wann stehst du morgens auf? Du schreibst immer so früh. Wann beginnt dein Arbeitstag? Ich stehe auf, wenn ich ausgeschlafen habe. Das ist unterschiedlich, doch später als fünf Uhr ist es nie. Ich gehöre zu den Kurzschläfern, die nicht viel Schlaf brauchen. Das liegt in der Familie. Sowohl mein Vater, als auch mein Großvater und viele vor ihnen, waren ebenfalls Kurzschläfer. Ich habe es an meine älteste Tochter vererbt. Meine jüngere Tochter schimpft immer, weil sie so viel Schlaf braucht.

Sie meint, wir hätten viel mehr vom Leben als sie. Da muss ich ihr Recht geben. Manchmal bin ich schon nach einer Stunde wieder fit. So hat man mehr vom Tag. Ich gehe zu Bett, wenn ich müde bin und stehe auf, wenn ich ausgeschlafen habe, so kommt mein Rhythmus nicht durcheinander.

Mein Arbeitstag beginnt offiziell um acht Uhr. Ich bin aber schon kurz vor sieben im Gericht. Dann ist noch wenig los. Ich trinke mit dem Hausmeister einen Cappuccino, hole meine Post ab, mache Smalltalk mit Kollegen, die mir über den Weg laufen, gehe ins Richterzimmer, unterhalte mich kurz mit meinen Beisitzern, ziehe meine Robe an und dann geht es los.

Mein Arbeitstag endet jeden Tag um eine andere Uhrzeit. Ich weiß morgens nie, wann ich Feierabend habe. Manchmal endet die Verhandlung bereits um zehn Uhr, weil ich, aus zwingenden, sich aus der Sachlage ergebenden Gründen, vertagen muss. Manchmal wird es Nachmittag und leider auch mal früher Abend. Spätestens um siebzehn Uhr ist Schluss.

Dann gibt es Tage, an denen der Richterrat tagt oder es reiht sich eine Ausschusssitzung an die nächste. Es gibt Besprechungen, Nachvernehmungen und vieles andere mehr. Wenn ich mal um dreizehn Uhr zuhause bin, ist es früh. Meistens wird es spät, aber das ist egal, denn ich liebe meinen Beruf. Ich wollte schon als Kind Richterin werden. Ich bin ein gerechtigkeitsliebender Mensch und wenn man in meiner Welt aufwächst ... da wollte ich mal aufräumen. Heute weiß ich, dass es schlimmeres gibt ...

Oui! Ich mag Pur, aber auch nicht jedes Lied. Ansonsten ist mein Musikgeschmack eher durchwachsen. Ich mag französische Chansons, allen voran Edith Piaf. Mein Favorit ist klassische Musik. Sonata No 11 A major K 331 - Andante grazioso con variazioni, von Mozart ist mein absoluter Favorit. Schon als Kind liebte ich diese Melodie. Sie begleitete mich durch die Höhen und Tiefen meines Lebens. Vor jeder Prüfung, jeder wichtigen Entscheidung, wenn ich down bin. Sie ist mir sehr wichtig. Ich hasse Hiphop, Jazz, bayrische Blasmusik und Leute die nicht singen können.

Ich habe kein WhatsApp, aber wir können heute Abend im Messenger chatten. Ich weiß nicht, ob ich ihn so einstellen kann, dass ich nur mit dir chatte und alle anderen nicht sehen, dass ich online bin, ansonsten bräche das Chaos über mich herein. Ich werde mir das jetzt mal ansehen und ausprobieren.

Ist zweiundzwanzig Uhr okay oder wäre früher besser für dich? Ich will nicht, dass du morgen wieder einschläfst. Ich schicke dir noch ein paar Fotos von Paris, damit du ein bisschen inspiriert wirst. Vielleicht siehst du dir die Stadt eines Tages an.
Liebe Grüße Madeleine

Ich kann ihm doch nicht sagen, wie sehr ich hoffe, dass er eines Tages nach Paris kommt. Es wäre so schön, mit ihm durch die Stadt zu schlendern und ihm alles zu zeigen, was mir so sehr am Herzen liegt. Ein paar Sehenswürdigkeiten, die jeder Tourist sehen muss, vieles, dass nur Insider kennen. Es gibt so viele schöne Plätzchen, in dieser schönen Stadt, es ist unmöglich, alle zu kennen.

Ich würde ihm Père Lachaise zeigen. Der liegt mir ganz besonders am Herz. Er muss diese Ruhe spüren, sie in sich aufnehmen. Sie gibt ihm Kraft, den Trubel des Lebens zu bewältigen, ihn zu überstehen. Ich glaube, Alexander ist ein zartes Pflänzchen, das schon viel Böses erlebt hat, das schon oft tief verletzt wurde. Wer einen Alkoholiker zum Vater hat, ist eigentlich schon genug belastet, aber eine Frau zu haben, von der er keine Liebe mehr empfängt ... Was soll ich dazu sagen? Ich kann mir kein Urteil erlauben, dazu weiß ich zu wenig über ihn.

Okay! Ich würde ihm jedes schöne Fleckchen dieser Stadt zeigen. Ich gestatte mir nicht, zu sagen, was ich ihm auch zeigen würde, aber er hätte nicht lange Gelegenheit, es sich anzusehen. Vielleicht hinterher, nachdem ich ihm diese Jeans ausgezogen und all das mit ihm getan habe, was mir die letzte Zeit im Kopf herumschwirrt. Und ich weiß, es würde ihm gefallen ... sehr gefallen.

Spiel mit dem Feuer

Es war eine hektische Woche. Die Doppelbelastung fordert ihren Tribut. Ich bin erschöpft. Ausgelaugt! Manchmal würde ich am liebsten gehen, egal wohin, nur weit weg von all dem Stress, der mir tagtäglich das Leben schwer macht. So gern ich auf den Père Lachaise gehe und mir die Ruhe guttut, die dort herrscht, meine Ruhe werde ich erst finden, wenn ich meinen Platz, im Mausoleum der Familie, bezogen habe.

Ich versuche, vieles zu delegieren, aber es gelingt mir nicht. Mein Verantwortungsbewusstsein hält mich immer wieder davon ab. Die vielen Einladungen, die mir täglich ins Haus flattern, immer wieder frage ich mich, was ich dort soll. Ich will nicht auf jeder Vernissage herumstehen und mir Kunstwerke untalentierter Künstler ansehen. Wenn ich gute Musik live erleben will, gehe ich in die Oper und langweile mich nicht auf Soirées, auf denen ich zuhören muss, wie Kinder ihre Musikinstrumente malträtieren.

Okay! Will ich Geschäfte abschließen, muss ich Einladungen annehmen. Nur aus diesem Grund gibt es so viele davon. Sie wollen mich ködern, mit ihren Angeboten. Die meisten davon sind völlig uninteressant für mich. Manchmal frage ich mich, ob alle der irren Meinung sind, ich wäre leicht über den Tisch zu ziehen, nur weil ich eine Frau bin.

Ich brauche keine Yacht. Vater und Großvater hatten sich Yachten angeschafft. Die edlen Teile liegen immer noch in Port Lympia, Seite an Seite, vor Anker. Sie werden regelmäßig bewegt, gewartet und meine Mutter gibt ihre berühmten Yachtpartys darauf. Okay! Sie sind schön anzusehen, ansonsten kosten sie nur Geld.

Ich lasse mich auch nicht auf irgendwelche dubiosen Geschäfte ein. Wer Geld braucht, soll zur Bank gehen. Ich vergebe keine Kredite und beteilige mich auch nicht an Geschäftsmodellen. Ich bin für vieles offen, aber es muss passen. Zu dem passen, was meine Familie bereits an Unternehmen gesammelt hat. Wenigstens ein bisschen … ein klitzekleines bisschen. Wer lässt sich schon ein gutes Geschäft durch die Lappen gehen …?

Seit ich Maxine von der Offerte der Queen Victoria University of London erzählt habe, bringt sie, fast im Stundentakt, immer wieder neue Argumente vor, die gegen eine Annahme des Lehrstuhls sprechen. Victoria ist begeistert. Ihr kann es gar nicht schnell genug gehen. Sie ist der Meinung, Maxine solle sich nicht so anstellen, sie hätte auch ein Recht auf mich. Jetzt wäre sie mal an der Reihe, auch wenn es nur für ein Jahr sei. Ich denke, sie hofft insgeheim, es gefällt mir in London so gut, dass ich für immer bleibe. Keine der beiden hat je in Betracht gezogen, dass ich nicht gehen will. Sie wissen beide, wie sehr ich meine Heimat liebe. Paris zu verlassen, kommt nicht in Frage. Diesen Fehler werde ich nie wieder begehen.

Monsieur Huguet, der Präsident des Gerichts, hat sich ebenfalls dazu geäußert. Er plädiert an mein Verantwortungsbewusstsein, gegenüber dem Tribunal und der Sorbonne. Man würde sich auf mich verlassen und mich äußerst ungern verlieren. Er ist voll des Lobes über meine Arbeit und meiner Kollegialität. Nach jeder Offerte läuft er zur Höchstform auf. Ich habe mich inzwischen daran gewöhnt, aber meine schwarze Seele freut sich so ein klitzekleines bisschen, dass jede Offerte alle in Angst und Schrecken versetzt.

Yannick und Raoul haben sich inzwischen daran gewöhnt. Sie wissen, dass ich nie eine Offerte annehmen würde. Es gefällt ihnen, dass ihr Chef jedes Mal in Wallung gerät, wenn wieder ein Brief ins Haus flattert.

Nachdem ich Alexander geschrieben hatte, war ich im Dojo und habe meinem Stress ein Ventil gegeben. Wenn ich weiter in diesem Tempo durch mein Leben renne, wird dieses Leben nicht mehr lange dauern. Dr. Chabrol warnt mich immer wieder, sagt, ich solle das Tempo drosseln. Ich bräuchte Beständigkeit in meinem Leben. Tja! Die habe ich. Ich habe einen Job, ein Unternehmen, das mich braucht, zwei Freundinnen, die ich seit Jahrzehnten kenne und zwei wundervolle Töchter. Was will man mehr?

Ich weiß, was er meint. Er ist schon seit Jahren der Meinung, ich brauche einen Mann in meinem Leben. Einen, der immer an meiner Seite ist, mein Leben mit mir teilt, keine wechselnden Liebhaber. Jemand zum Anlehnen, der mich in den Arm nimmt, wenn ich traurig bin, der mich hindert, immer wieder an meine Grenzen zu gehen und oftmals darüber hinaus. Wo soll ich solch ein Prachtexemplar hernehmen? Diese Fabelwesen gibt es nur in kitschigen Liebesromanen, die vor Herzschmerz und Liebe triefen. Die Realität sieht anders aus.

Selbst wenn Alexander eines Tages mit mir fremdgehen würde, er würde nie mir gehören, nie zu mir gehören. Er wäre immer der Ehemann einer anderen Frau. Einer Frau, die er mit mir betrügen würde. Will ich das wirklich? Non! Das will ich nicht. Diesmal geht sogar mein Bauch mit meinem Kopf konform. Ich könnte nicht damit leben, eine Ehe zerstört zu haben, auch wenn sie vielleicht schon am Ende war. Ich werde ihm weiterhin schreiben, aber zu mehr wird es nie kommen. Ich muss mich an den Gedanken gewöhnen, dass ich ihn bald gehen lassen muss, auch wenn er etwas in mir zum Klingen gebracht hat. Er ist verheiratet und das kann ich nicht einfach beiseiteschieben.

Maxine hat Verdacht geschöpft. Heute fragte sie, ob es eventuell einen neuen Mann in meinem Leben gäbe, ich hätte so einen Ausdruck im Gesicht Ich verneinte, denn es gibt keinen. Nicht so einen, wie Maxine meint. Alexander ist nur ein Facebook-Freund. Ein Mann, den ich nicht kenne, nie gesehen habe, auch nie sehen werde. Ein Mann, der mir im Kopf herum spukt und mir ein Lächeln ins Gesicht zaubert, meine Laune verbessert, mich zum Träumen bringt. Ein Mann, der verheiratet ist …

Mein Kopf sagt, beende, was auch immer es ist. Mein Herz schickt mir ein Gefühl, das mir unbekannt ist. So schön dieses Gefühl auch ist, ich will es nicht. Ich ahne, dass ich die Büchse der Pandora geöffnet habe. Vielleicht wäre es besser, ihm zu schreiben, dass ich ihm künftig nicht mehr schreiben werde? Okay! Auch wenn es weh tut, es muss sein. Ich will keinen verheirateten Mann. Mon Dieu! Mein Kopf will ihn nicht, mein Herz will ihn nicht mehr hergeben. Ich hasse diesen Gefühlskram. Er vernebelt das Gehirn und man ist nicht fähig, klar zu denken.

Okay! Ich werde mich jetzt bei Facebook einloggen und nachsehen, ob er mir geschrieben hat. Wenn er es getan hat, bin ich wieder an der Reihe. Ich muss es beenden. Ich weiß nicht, was er meint, wenn er sagt, irgendwas ist mit mir passiert, aber ich weiß, dass es nicht richtig ist.

Donnerstag, 13. Juli, 19:54 Uhr
Hallo Madeleine,
danke für die schönen Fotos. Ich war noch nie in Paris, der Stadt der Liebe. Wunderschön!

Ich muss täglich acht Stunden arbeiten, aber ich habe Gleitzeit und es bleibt mir überlassen, wann ich anfange. Ich bin auch kein Langschläfer und fange um sieben Uhr an zu arbeiten. Dann mache ich meinen PC an und zeichne Wellen, Buchsen, Lager, Konsolen und noch vieles mehr. Ich bin meistens um sechzehn Uhr zu Hause.

Ich freue mich auf heute Abend. Das ist ein Traum! Du musst ein Geschenk sein. Einen Engel bekommt man nicht einfach so und ich glaube nicht an Zufall.

Liebe Grüße Alexander

Ô mon Dieu! Was habe ich getan? Nur die Büchse der Pandora geöffnet, das Unheil freigelassen. Mein Kopf sagt, rette, was zu retten ist, bevor es noch schlimmer wird. Mein Herz lacht. Es weiß, dass man das Unheil nicht mehr einfangen kann, wenn es erst mal frei ist. Es sagt, öffne die Büchse noch einmal und lass auch die Hoffnung fliegen. Du wirst sehen, alles wird gut. Schreib nicht zurück, chatte mit ihm.

Du musst ein Geschenk sein, hat er geschrieben. Einen Engel bekommt man nicht einfach so. Das ist ein Traum. Ô mon Dieu! Wenn er wüsste, dass er sich mit dem Teufel eingelassen hat.

Jetzt hilft nur noch die Wahrheit. Ich muss ihm schonend beibringen, dass ich keinesfalls mit einem Engel zu vergleichen bin. Okay! Glaubt man an das Ganze, dann ist der Teufel der erste gefallene Engel. Dann hat er recht, jemand hat ihm einen Engel geschickt. Was hat er nur verbrochen, dass ausgerechnet ich sein Engel bin? Ich … ein schwarzer Engel, ein Teufel in Menschengestalt. Ich werde nur Unglück über ihn bringen. Was er sich erhofft, wird er bei mir niemals finden. Ich kann es ihm nicht geben, denn ich habe kein Herz.

Irgendwo auf dieser Welt gibt es eine Frau, die ihn glücklich machen kann. Ich weiß, ich kann es nicht. Ich kann nicht schreiben, ich bin ein Monster, ich bringe nur Unglück über dich. Am besten wird sein, wenn ich ihm gar nicht mehr schreibe. Mein Kopf stimmt mir zu, doch das Ding in meiner Brust sagt, chatte mit ihm! Gib ihm eine Chance. Gib dir eine Chance!

Sacrément! Weshalb hat er mein Herz berührt?

Donnerstag, 13. Juli, 22:00 Uhr … Chatroom
»Hallo, Madeleine, ich freue mich, direkt mit dir schreiben zu können, ohne stundenlange Pause dazwischen. Wir kommen uns immer näher, nicht das wir uns nächste Woche am Père Lachaise treffen.«

»Dann zeige ich dir diesen wunderschönen Friedhof. Ich freue mich auch, mit dir zu chatten. Normalerweise logge ich mich erst nachts bei Facebook ein. Ich surfe erst im Internet, wenn ich meine Arbeit getan habe. Normalerweise …«

»Bin ich die Ausnahme?«

»Oui! Das bist du. Heute war ich schon früher zuhause. Paris rüstet für den morgigen Feiertag. Da muss ich nicht mittendrin sein.«

»Das freut mich, dass ich deine Ausnahme bin. Was machst du morgen?«

»Ich gehe in aller Frühe mit meiner Freundin Maxine ins Café. Danach gehen wir zur Festmeile, suchen unsere Plätze auf und warten auf den Präsidenten. Wenn er da ist, geht's los. Meistens um zehn Uhr. Irgendwann singen wir die Marseillaise, ganz leise, meine Stimme ist grauenvoll. Dann ist die Show vorbei und wir bummeln durch die Stadt. Am Nationalfeiertag ist immer viel los. Einfach toll! Okay! Auf die Touristen könnte ich verzichten. Abends gehe ich mit Freunden essen.

Wann gehst du abends zu Bett?«

»Wenn ich Madeleine gute Nacht wünsche und aufhöre zu schreiben. Spaß beiseite, so gegen elf Uhr.«

»Ach so früh! Da werde ich erst munter. Pardon! Ich vergesse immer, dass nicht jeder nachtaktiv ist. Wir können künftig auch früher chatten. Ich will nicht schuld sein, wenn du morgens wieder einschläfst.«

»Wenn ich mit dir chatte, ist das sehr aufregend für mich und ich werde nicht müde.«

Oui! Es ist aufregend. Ich möchte so viel über ihn wissen, ihn besser kennenlernen. Ich möchte erfahren, was das für ein Mensch ist, der mein Herz berührt hat, der unaufhaltsam in meinem Kopf herumschwirrt.

»Ich habe eine Frage. Meine Kenntnisse in deutscher Geographie sind nicht berauschend. Wohnst du in der Nähe der Weinstraße? Gibt es die Straße wirklich oder ist das nur ein Werbegag?«

»Das ist kein Werbegag. Die gibt es wirklich. Ich wohne in der Nähe der Mosel. Ich fahre jeden Tag an ihr entlang, wenn ich zur Arbeit fahre.«

»In Frankreich gibt es Weinstraßen, aber das sind keine richtigen Straßen, eher Reiserouten, von einem Weingut zum nächsten. Ich kenne die Champs Elysées des Burgunds. Da gibt es nur grand cru Weine.

Du hast die Mosel, ich die Seine. Bei schönem Wetter ist es doch sicher herrlich, an der Mosel entlang zu spazieren oder mit dem Fahrrad die Gegend zu erkunden.«

»Beides ist sehr schön, wobei ich deine Heimat nur aus dem Fernsehen kenne. Ja, mit dem Fahrrad macht es sehr viel Spaß. Ich setze die Kinder in den Anhänger und los geht's.«

»Das ist schade, dass du meine Heimat nicht kennst. Paris ist eine schöne Stadt. Man muss nur von den Touristenrouten abbiegen, dann sieht man das wahre Paris. An der Seine kann man nicht durchgehend entlanglaufen oder fahren, zu oft gibt es keine Wege. Außerhalb der Stadt ist das möglich.

Wir haben sogar zehn Weinberge zu bieten. In der Nähe des Eiffelturms gibt es das Musée du Vin, dort gibt es manchmal Kurse in Weinverkostung. Ich war mal mit Maxine und Victoria bei einem dieser Kurse und wir hörten uns einen Vortrag über Wein an. Für mich uninteressant, denn ich trinke keinen Alkohol. Ich habe viele Verpflichtungen, wenn ich immer Champagner, Cocktails und was es da noch so alles gibt, trinken würde … Halleluja!«

»Ja, das glaube ich, du hast eine sehr hohe Verantwortung.«

»Es wäre alles einfacher, wenn ich nur meine Arbeit bei Gericht hätte, aber da gibt es noch die familiären Verpflichtungen und die nehmen viel Zeit in Anspruch. Ihr habt einen Spruch in Deutschland. Die erste Generation baut auf, die zweite erhält, die dritte verprasst. Wir erhalten seit vielen Generationen. Da kann ich mich nicht enthalten.«

»Was heißt familiäre Verpflichtungen genau?«

Ô mon Dieu! Da hat wohl eben die Stunde der Wahrheit geschlagen. Ich will ihm nicht irgendetwas erzählen, aber kann ich, darf ich ihm die Wahrheit erzählen? Habe ich so viel Vertrauen zu ihm? Macht es mich erst interessant für ihn? Lockt das Geld? Die Macht? Hält er mich für verrückt? Wendet er sich ab, weil er mir nicht glaubt, mit der Wahrheit überfordert ist? Ich werde ihm die Wahrheit sagen. Ich hoffe, dass er mich dann noch genauso mag und an mich denken wird wie bisher. Non! Ich muss nicht hoffen! Mein Gefühl sagt mir, es wird sich nichts ändern. Er wird nicht fragen, was ich alles zu bieten habe. Er wird mich nicht enttäuschen. Er ist der Mann, für den ich ihn halte. Der Mann, den ich so gernhabe.

»Mein lieber Alexander! Ich schrieb dir doch, dass ich als Kind oft abgelichtet und in den Printmedien abgebildet wurde. Okay! In Frankreich lautet mein Name Madeleine de la Marche. Ich heiße aber nicht so, also nicht richtig so.«

»Jetzt machst du es aber spannend, du kannst mir alles erzählen, vertrau mir, ich vertraue dir auch.«

»De la Marche war der Name eines meiner Vorfahren, passte gut zur Malerin. Baronne de la Marche ist einer meiner Titel.

Ich bin Madeleine de Montmorency-Laval, Marquise de Laval-Lezay et de Magnac, Comtesse de la Bigeotière et de Fontaine-Chalendray, Baronne de la Marche, Seigneur de la Plesse.

Ich wollte das nie, aber niemand hat mich gefragt. Ich wurde in eine Familie uralten Adels hineingeboren. Schon als Kind litt ich darunter. Ich wollte immer ein anderer Mensch sein, wollte das Haus verlassen, ohne dass sofort die Paparazzi auf mich einstürmten, wollte leben ohne Menschen, die vor mir knicksten oder sich verbeugten. Ich war froh, als ich in Deutschland wohnte. Niemand kannte mich.

Ich habe einen IQ von einhundertachtundsiebzig. Das allein ist schon schwer für meine Mitmenschen und für mich, aber es belastet mich nicht annähernd so sehr wie meine Herkunft. Ich wollte nie eine Prinzessin sein. Ich wollte ein normaler Mensch sein. Ich hoffe sehr, dass du mich jetzt genauso siehst, wie die ganze Zeit.«

»Jetzt bin ich baff. Ich schreibe seit Tagen mit einer Prinzessin. Für mich warst du von Anfang an meine Prinzessin. So, wie du schreibst, wie du mir erzählt, mir vertraust, aber, dass du wirklich eine Prinzessin bist, haut mich jetzt vom Hocker.

Du hattest mir geschrieben, dass du oft abgelichtet und in den Printmedien abgebildet wurdest. Ich wollte aber nicht nachfragen, warum. Ich fand es unhöflich, aber ich schrieb dir, dass ich verstehen kann, dass du keine Bilder öffentlich machst, weil du als Kind genug davon hattest.

Wieso soll ich dich anders sehen? Du bist immer noch der gleiche Mensch für mich, der du vor ein paar Minuten warst.«

Ich habe mich nicht in ihm getäuscht. Er wird mein Vertrauen nicht missbrauchen. Jetzt mag ich ihn noch mehr.

»Das ist lieb von dir. Ich bin sehr öffentlichkeitsscheu und hasse es, wenn die Meute hinter mir her hechelt. Deshalb war ich auch erst misstrauisch, ob du nicht auch ein Journalist bist.

Bei Gericht bin ich Madeleine la Marche. Trotzdem kommt es immer wieder vor, dass der ein oder andere verblüfft sagt: Das ist doch …, und dann würde ich am liebsten davonlaufen. Ich definiere mich doch nicht über meinen Namen und meine Herkunft.«

»Nein, du definierst dich durch deinen Charakter, deine liebevolle Art und deiner Schreibweise. Ich würde dich immer an deiner Schreibweise erkennen. Ich lese gerne wie und was du schreibst.

Wie machst du das, mit den Journalisten, wenn du dich mit jemand treffen willst und sei es nur eine Freundin?«

»Die schwirren zum Glück nicht immer und überall durch die Stadt. Maxine ist ebenfalls Richterin. Sie ist wohlhabend, ihr Vater war Diplomat und sie ist eine de Beaufort-Canillac. Wenn dann noch Victoria dabei ist, hat der Fotograf Glück. Sie ist eine der künftigen Erbinnen der FGP-Dynastie. FGP ist ein weltbekanntes Pharmaunternehmen, wie du sicherlich weißt.

Es kommt schon mal vor, dass ich mich in der Klatschpresse finde. Solange ich nicht auf dem Cover lande, kann ich damit leben. Ich bin zwar nicht glücklich darüber, aber ich kann es nicht ändern. Es gab mal eine Zeit, da war jedes männliche Wesen an meiner Seite sofort mein neuer Liebhaber. Ô mon Dieu! Ich habe ein paar Freunde, die wirklich alles andere als attraktiv sind. Ich mag sie … aber nicht als Liebhaber.«

»Würdest du mit mir durch Paris gehen?«

»Oui, ich würde mit dir durch die Stadt gehen. Wenn die Frauen dich toll finden, gehen wir öfter durch Paris. Ich schicke dir dann das Magazin.«

Ô mon Dieu! Ich würde jeden Tag mit dir durch Paris gehen. Was hast du nur mit mir gemacht? Weshalb bist du verheiratet?

»Als Erinnerung?«

»Oui! Als Erinnerung!«

»Danke! Du musst dein Leben so leben, wie es dir gefällt und nicht, wie andere es von dir verlangen. Wir leben nur einmal und das Leben ist verdammt kurz …«

»Du hast recht. Früher war ich schlank. Inzwischen habe ich Asthma und hatte einen Prolaps. Cortison Infusionen und Tabletten … zehn Kilo mehr. Die Presse fand das so toll, dass ich unter dem

Gewicht leide … wen interessiert es? Zum Glück geht es jetzt wieder abwärts. Ich hoffe, dass ich bald wieder rank und schlank bin.«

»Das hört sich nicht so toll an, mit deiner Krankheit. Gewichtsabnahme, bei weiterer Einnahme von Cortison, ist schwierig. Dazu gehört ein starker Wille, aber du schaffst das.«

»Merci! Ich esse wie ein Spatz. Das Medikament hat fatale Folgen. In der Klinik sagten die Ärzte, dass ich die Wahl habe, entweder Schmerzen, ersticken oder ein paar Pfunde mehr auf den Rippen. Ich hätte nie gedacht, wie viel ein paar sein können.«

»Das ist leider eine Nebenwirkung dieses Medikamentes. Hast du es mit Bergluft versucht? Ich weiß, dass du dein Paris liebst, aber ein längerer Aufenthalt in den Bergen würde deiner Gesundheit guttun.«

»In den Bergen kann ich freier atmen, auch am Meer geht es mir gut. Ich fliege Ende des Monats für zehn Tage nach Hawaii zum Kahili Martial Arts. Dort geht es mir gut.

Ich benutze diverse Sprays, die mir das Leben erleichtern. Ich hoffe nur, dass ich nicht irgendwann mal während eines Anfalls abgelichtet werde. Das wäre schrecklich. Hast du noch Probleme mit der Bandscheibe?«

»Wenn ich wie im Moment wieder fünf Kilo zu viel auf den Rippen habe. Auch hier hatte Cortison seine Hand im Spiel. Mir wurde vor zwei Wochen eine Leukoplakie an den Stimmbändern entfernt, ein Überbleibsel meiner nicht immer rauchfreien Zeit.

Du sagst, es wäre schrecklich für dich, wenn du während eines Anfalls abgelichtet würdest. Glaube mir, schrecklich wäre, wenn es dir nach einem Anfall sehr schlecht geht.«

Oh, das ist lieb von ihm. Er macht sich Sorgen um mich, aber das soll er nicht. Er hat genug Probleme, da soll er sich nicht auch noch um mich sorgen.

»Du hast recht. Es wäre schlimmer, wenn es mir nach einem Anfall schlecht gehen würde. War die Leukoplakie schmerzhaft? Kann sie wiederkommen? Wurde eine Biopsie durchgeführt?«

Ô mon Dieu! Ich mache mir Sorgen um ihn! Ich fasse es nicht. Sonst sind mir andere Menschen völlig egal. Okay! Meine Kinder, meine Enkelin und meine Freundinnen liegen mir sehr am Herz, aber alle anderen … Und jetzt sorge ich mich um ihn …

»Ich habe gehustet und hatte ständig Halsweh. Der Husten war so heftig, dass ich einen Leistenbruch bekam. Seit der Operation huste ich nicht mehr und die Schmerzen sind weg. Ja, es kann wiederkommen, aber die Gefahr ist gering und ja, sie haben eine Biopsie durchgeführt. Gutartig!«

»Das freut mich für dich. Musst du jetzt nochmal wegen der Leiste unters Messer?«

»Ist schon passiert! Ich wurde vor drei Wochen an der Leiste operiert. Seit dieser Woche arbeite ich wieder.«

»Du Ärmster! Ich hasse Krankenhäuser. Krank sein ist … Da geht man lieber zur Arbeit.«

»Ja, wenn man weiß, es ist nicht bösartig. Das Ergebnis bekam ich erst letzten Freitag. Ich habe fast vier Wochen in Angst gelebt. Jetzt sehe ich alles mit anderen Augen und dann kamst du in mein Leben …«

Dann kam ich in sein Leben! Ô mon Dieu! Wenn er wüsste, dass er mit dem Teufel chattet. Auch wenn meine Gedanken sich nur noch um ihn drehen und mein Herz mir seltsame Signale sendet, so weiß ich doch, dass ich ihm nie zu nah kommen darf. Er ist ein zartes Pflänzchen, das nie zu meinem Opfer werden darf. Ich muss es beenden, je schneller, desto besser. Auch wenn mir diese Jeans im Kopf herumspuckt und ich sie ihm am liebsten ausziehen würde … es darf nicht dazu kommen. Wenn es mir doch nur nicht so schwer fallen würde …

»Ich bin froh, dass Facebook mir tausende Freunde geschickt hat. Ohne diesen Fehler hätte ich dich nie kennengelernt. Ich bekam sehr viele Nachrichten. Leider waren nicht alle freundlich. Da gab es einen, der hat mir ein Foto seines erigierten Penis geschickt … habe ich Facebook gemeldet.

Bekommst du auch manchmal Angebote von dickbusigen Frauen? Was soll ich damit?«

»Es gibt schon komische Leute hier. Bei mir kann ich es verstehen, aber bei dir?«

Ô mon Dieu! Ich will keine Fotos von nackten Körperteilen fremder Männer und Frauen. Ich habe ein Foto von Alexander, das ihn völlig bekleidet zeigt, dennoch regt es meine Phantasie an. Ich darf nicht daran denken, aber eines Tages ziehe ich ihm diese Jeans aus und dann ist es mir völlig egal, dass er verheiratet ist.

»Ich hatte ein paar Tage Ruhe vor neuen Freunden. Gestern ging es wieder los. Du stehst jetzt aber ganz oben auf meiner Liste. Ich muss dich nicht mehr suchen.«

»Danke! Das freut mich. In den letzten Tagen war ich nur deinetwegen hier und laufe so schnell nicht mehr weg.«

»Merci! Erzähl mir ein bisschen von dir.«

»Leider sind meine Vergangenheit und Herkunft nicht so spannend und aufregend wie deine. Ich habe dir ja schon einiges erzählt. Ich bin momentan nicht der glücklichste Mensch, aus besagten Gründen, deshalb genieße ich jede Minute, die ich mit dir schreibe.

Ich bin als Sohn eines Schreiners zur Welt gekommen. Meine Kindheit war nicht die schönste, wir hatten nicht viel. Das Geld wurde für andere Sachen gebraucht. Aber ich hatte meine Mutter, ohne die ich nicht das wäre, was ich jetzt bin. Der Mensch, den du gerade kennenlernst.

Mit fünfzehn begann ich eine Lehre, mein Vater wollte es so. Ich wollte zur Schule gehen, hatte Träume, aber die zählten nicht. Ich wollte Arzt werden, das hatte ich mir immer erträumt, aber ich durfte nicht. Nach meiner Lehre fing ich sofort an zu arbeiten. Nach drei Bandscheibenvorfällen, war vor neun Jahren Schluss und ich musste umschulen. Aus dem Maschinenschlosser wurde ein technischer Produktdesigner.

Mein Bruder, er ist acht Jahre älter als ich, hatte bessere Karten. Er durfte studieren und ist jetzt Manager eines großen Unternehmens. Einfach mal nach Michael Haag googeln. Ich habe noch eine Schwester, sie ist fünf Jahre älter. Mit ihr verstehe ich mich gut und sie liebt meine Kinder.«

»Das tut mir leid für dich. Man sollte doch das Beste für seine Kinder wollen. Waren deine Kinder Wunschkinder?«

»Ich liebe meine Kinder und bin froh, dass sie da sind. Ich habe mir immer Kinder gewünscht.«

Ups! Das hört sich nicht nach Wunschkindern an. Wer gibt schon gerne zu, dass seine Kinder nicht geplant waren? Auch wenn man sie noch so sehr liebt, wen sie erst mal geboren sind, sie werfen die Lebensplanung völlig über den Haufen.

»Wie regelt ihr euren Umgang? Das ist doch schrecklich. Ich meine, den Umgang miteinander.«

»Es ist gar nicht so schwer, wir leben wie Freunde, nicht mehr und nicht weniger. Ich benutze gerne wieder deinen Ausdruck, Zweckehe. Wir leben unter einem Dach, streiten nicht und sind für unsere Kinder da. Es ist unwahrscheinlich schwer, außer meinen Kindern niemand zu haben, der mich in den Arm nimmt und versteht.«

Wie kann er nur so leben? Was ist das für eine Ehe? Sie streiten nicht? Sie nimmt ihn nicht mal in den Arm? Was ist das für ein kaltes Weib? Ob sie ihn betrügt? Ihm fremdgeht? Ich verstehe es nicht. Er sieht gut aus, seine Worte sind voller Gefühl. Was stimmt in seiner Ehe nicht?

»Aber man hat doch auch so seine Bedürfnisse … und Kinder sind kein Ersatz für Liebe. Du verstehst?«

»Ich hätte diese Bedürfnisse schon des Öfteren ausleben können, habe es aber nie getan. Vielleicht warte ich auf den richtigen Moment?«

Ô mon Dieu! Meint er es so, wie ich es verstanden habe? Er wäre der erste verheiratete Mann, für den ich meine Prinzipien außer Acht lassen würde. Ô mon Dieu! Das war spontan! Nicht nachgedacht!

Oui! Für ihn würde ich es tun …

»Dann wärst du derjenige, der fremdgeht. Das kommt nicht gut an, auf dem Land.«

»Madeleine, mir sind die Menschen egal. Nein, nicht alle Menschen sind mir egal. Nicht falsch verstehen, nur die, die über mich reden. Ich habe immer das getan, was ich für richtig hielt, nicht, was andere gerne hätten. Das würde mir nichts ausmachen.

Ich gehe nicht fremd, nur um ein paar Stunden Spaß zu haben, aber ich gehe fremd, wenn ich mich neu verliebe und dann ist mir egal, was mein Nachbar Kurt von mir denkt.«

Ô mon Dieu! Ich habe schon einige Male erlebt, dass mir Männer sagen, sie würden mich lieben. Ich habe ihnen geglaubt, wusste, dass sie es ehrlich meinten. Leider war das immer das Ende der Beziehung, denn ich konnte sie nicht lieben. Dazu bin ich nicht fähig. Ich verspürte auch nie den Wunsch, von einem Mann geliebt zu werden, aber bei Alexander ist es anders. Alles ist anders. Er ist anders. Ich glaube, es ist besser, den Chat für heute zu beenden. Meine Gefühle spielen im Moment verrückt und ich muss erst versuchen, sie richtig einzuordnen.

»Ich habe ein schlechtes Gewissen. Bist du noch nicht müde? Ich will dich nicht vom Schlafen abhalten.«

»Ja, meine kleine Prinzessin, es wird Zeit für mich, zu schlafen. Ich mag dich sehr und könnte noch Stunden schreiben, aber ich muss morgen in aller Frühe aufstehen. Wir können morgen weiterschreiben. Ist das okay für dich?«

»Mais oui! Schlaf gut und träume etwas Schönes.«

»Mit Sicherheit träume ich. Ich wünsche dir auch eine gute Nacht. Wenn du möchtest, melde ich mich morgen ab und zu. Vielleicht schickst du mir ein paar Fotos von der Parade? … und eins von dir für mein Kopfkissen. Schlaf gut! Ich denke an dich … ganz oft.«

Ô mon Dieu! Wenn er wüsste, wie oft ich an ihn denke. Morgen kommt Philippe, doch meine Gedanken sind bei Alexander. Was gäbe ich dafür, wenn ich tauschen könnte. Statt Philippe Alexander! Ich bin verrückt, ich weiß. Was er schreibt, berührt mein Herz. Als er mir von seiner Kindheit erzählt hat, konnte ich seine Traurigkeit spüren, fühlen, wie sehr er noch immer darunter leidet. Zum ersten Mal habe ich den Wunsch verspürt, ihn in meine Arme zu nehmen, ihn festzuhalten und nie wieder loszulassen. Et oui! Ich wünsche mir, dass er mit mir fremdgeht.

Ich habe Prinzipien, aber da ist etwas, das ich nicht verstehe. Dieses Gefühl, dass mein Denken behindert, mir sagt, lass Prinzipien, Prinzipien sein. Sie will ihn nicht, aus welchen Gründen auch immer. Vielleicht ist sie froh, wenn er geht. Da ist noch ein Gefühl … Tief in mir regt sich der Wunsch, den ich nicht zulassen will. Noch nicht zulassen will. Da ist der Wunsch, ihn von dieser Frau zu befreien, ihn für mich zu haben. Mein Kopf beginnt nachzudenken. Nachzudenken über das wie …

Sacrément! Ich muss damit aufhören. In meinem Kopf herrscht Chaos, mein Bauch spielt verrückt und was sich im Moment in meinem Herz abspielt, macht mir Angst. Da ist ein Gefühl, das ich nicht einordnen kann, dass warm und weich ist und mir ein prickeln verursacht, dass ich nicht kenne.

Ich habe den unbändigen Wunsch, mit ihm zu schlafen. Es ist völlig verrückt. Ich kenne ihn nicht und dennoch ist da dieser Wunsch. Wenn ich an diese Jeans denke, spielen meine Hormone verrückt. Was hat er nur, das andere vor ihm nicht hatten?

Ich muss darüber nachdenken. Vielleicht wäre es besser, wenn ich ihm nicht mehr schreibe. Da entwickelt sich etwas, das sich langsam aber sicher meiner Kontrolle entzieht. Das kann und darf nicht sein. Ich bin kopfgesteuert, das war ich schon immer und werde ich auch immer sein. Sobald das Herz das Kommando übernimmt, läuft im Leben nichts mehr glatt. Ich brauche diese Gefühlsduselei nicht. Ich bevorzuge den klaren Verstand. Auf ihn kann man sich immer verlassen.

Eindringlinge

Kurz vor Mitternacht! Ich habe es mir auf der Couch bequem gemacht und will lesen, auf andere Gedanken kommen. Das ist leichter gesagt als getan. Vielleicht warte ich auf den richtigen Moment! Dieser Satz läuft wie ein Endlosband durch meinen Kopf. Hat er es einfach nur so dahingesagt? Wollte er mir etwas damit sagen? Die Gedanken drehen sich so schnell, dass mein Kopf dröhnt.

Das Telefon klingelt und holt mich von meinem Gedankenkarussell. Philippe! Er hat mir eine Nachricht auf der Mailbox hinterlassen, als ich unter der Dusche war. Sein Flugplan hat sich kurzfristig geändert und er ist früher zurückgekommen. Allerdings muss er morgen Abend schon wieder weg. Also heute!

Sex! Vielleicht bringt mich der Sex mit Philippe auf andere Gedanken. Es macht mir Angst, was im Moment mit mir passiert. Meine Gedanken drehen sich nur noch um Alexander. Meine Gefühle fahren Karussell und mein Herz klopft schneller, wenn ich an ihn denke. Sex mit Philippe! Ô mon Dieu! So gerne ich mit ihm Liebe mache, da ist etwas, das mir sagt, lass es … du willst doch Alexander. Sacrément! Darf ich nicht mal mehr Sex haben? Dieses Gefühl mischt sich jetzt überall ein und will mir sogar den Sex mit Philippe verbieten.

Okay! Etwas Parfum auftragen und dann kann es losgehen. Die Fahrt, quer durch die Stadt, nehme ich gerne in Kauf. Nachts sind die Straßen nicht so stark befahren wie tagsüber. Ich finde einen Parkplatz direkt vor seinem Haus und kann es kaum noch erwarten, ihn endlich wieder zu spüren. Ich hoffe inständig, dass der Aufzug nicht wieder defekt ist. Sieben Etagen zu Fuß hochsteigen, würde mich außer Atem bringen. Zum Glück funktioniert er und ich schwebe langsam nach oben.

Tropfend und nur mit einem Handtuch um die Hüften geschlungen, öffnet Philippe die Tür. Er duftet nach Gucci Guilty und meine Lust kennt keine Grenzen mehr. Als das Handtuch seine wachsende Lust nicht länger verbergen kann, fallen wir übereinander her. Dass ich keine Unterwäsche trage, quittiert er mit einem lüsternen Lächeln. Dafür war keine Zeit mehr. Sein Mund sucht meinen und seine Zunge macht mich kirre. Langsam gleitet sie über meinen, sich vor Erwartung windenden, Körper. Er liebkost mein Knospen und entlockt mir ein wohliges Stöhnen. Als seine Zunge zwischen meine Schenkel gleitet, entlädt sich meine Lust. Von einem Orgasmus geschüttelt, nehme ich mir, was mir gefehlt hat. Er stöhnt leise auf und beginnt sich mir hinzugeben. Ô mon Dieu! Der Sex mit ihm ist super. An nichts mehr denken, sich nur noch der Lust hingeben. Immer wieder neue Stellungen und ein Höhepunkt nach dem anderen.

Als wir erschöpft voneinander lassen, hält er meine Hand und stöhnt noch einmal genüsslich. Das war toll! Während ich mich den letzten Wogen meiner abflauenden Lust hingebe, kehren die Gedanken zurück, schieben den tollen Sex, den ich eben noch mit Philippe hatte, einfach zur Seite, als hätte es ihn nie gegeben.

Oh, Alexander! Wie gerne würde ich das jetzt mit dir tun. Philippe sieht mich so seltsam an. Ô mon Dieu! Habe ich das etwa laut gesagt?

Ohne etwas zu sagen, nimmt er mich erneut und es ist wunderschön. Es scheint, als wolle er mir sagen, ich bin's … Philippe! Und in meinem Kopf rattert es unaufhörlich. Philippe, Philippe, Philippe … Nur kein erneuter faux pas!

Freitag, 14. Juli

Ich habe letzte Nacht noch weniger geschlafen als sonst. Ich bin verwirrt. Da war der tolle Sex mit Philippe, doch meine Gedanken waren nicht bei ihm. Sie waren bei Alexander, der es sich in meinem Kopf gemütlich gemacht hat. Ich hatte mir fest vorgenommen, es zu beenden, dann kommt mir dieses Gefühl in die Quere und er schreibt so wundervoll, dass ich hingerissen bin. Wie kann ich es da beenden? Aber, dass ich ihm verrate, wer ich bin … anfange, mein Leben vor ihm auszubreiten … Ich fasse es noch immer nicht. Wie konnte ich so etwas tun? Irgendetwas stimmt nicht mit mir. Vielleicht sollte ich mich mal durchchecken lassen?

Meine Gedanken fuhren unablässig Karussell und raubten mir den Schlaf. Wie wäre das Leben so einfach, wenn es die Männer nicht gäbe. Ich sollte ins Kloster gehen. Okay! Ein Kloster voller Padres, nur für mich. Was soll ich bei den Frauen?

Inzwischen ist es mir egal, dass er verheiratet ist. Ich will ihn. Oui! Ich will mit ihm tun, was ich mit Philippe getan habe. Diese Jeans hat sich in meinen Kopf gefressen und der Wunsch, sie ihm endlich auszuziehen, drängt sich immer stärker in meine Gedanken, schiebt alles andere zur Seite. Oui! Ich will ihn! Ich will ihn in meine Arme nehmen, mit ihm kuscheln, ihn berühren, überall, ihm ein Verlangen schenken, dass er nur noch den Wunsch hat, mit mir Liebe zu machen. Ich will ihn spüren, ganz tief in mir. Ich will mit ihm fliegen und nie wieder landen.

Ô mon Dieu! Was macht dieser Mann mit mir? Unkeusche Gedanken in aller Frühe! Mein Körper prickelt und ich muss unter die kalte Dusche. Am besten gleich in eine Wanne Eiswasser.

Der Cappuccino wärmt mich wieder auf. Ein schöner Abend und toller Sex. Okay! Der Sex musste sein. Philippe ist ein phantastischer Liebhaber. Wir verstehen uns ohne Worte, aber Alexander steht jetzt an erster Stelle. Vielleicht hat er geschrieben, er steht immer früh auf. Vielleicht hat er ebensolche Sehnsucht wie ich. Ich kann es immer noch nicht fassen. Toller Sex mit dem einen Mann und in Gedanken bei dem anderen.

Ô mon Dieu! Wenn ich an ihn denke, kribbelt mein ganzer Körper. Ich muss damit aufhören, ich darf einfach nicht mehr an ihn denken … nicht mehr so oft an ihn denken. Wahnsinn! Die Lust flutet durch meinen Körper und das Verlangen nach ihm wird immer größer. Was hat dieser Mann nur mit mir gemacht? Ich habe ihn noch nie gesehen, dennoch kann ich es kaum erwarten, mit ihm den tollsten Sex zu haben. Träumte ich zuerst nur nachts von ihm, so träume ich inzwischen mit offenen Augen. Ich hoffe nur, dass es niemand bemerkt, wenn die Lust mir Schauer über den Rücken jagt und das Verlangen nach ihm mich unruhig werden lässt und ich anfange, auf meinem Sitz zu rutschen.

Eines Tages werde ich ihm diese Jeans ausziehen und dann gibt es kein Halten mehr. Dann gehört er mir und wir werden fliegen. So hoch hinauf wie noch nie zuvor.

Freitag, 14. Juli, 05:45 Uhr

Guten Morgen Madeleine,

es war eine sehr nette Unterhaltung gestern Abend. Es ist schön, mit dir zu schreiben. Hast du gut geschlafen und etwas Schönes geträumt? Meine Nacht war schnell vorbei. Da blieb leider nicht so viel Zeit zum Träumen.

Bei uns wird ständig von eurem Nationalfeiertag berichtet. Ich habe gerade im Radio gehört, dass heute Abend, unter dem Eiffelturm, ein Klassikkonzert stattfindet. Das ist bestimmt eine gigantische Show für Augen und Ohren.

Ich wünsche dir einen wunderschönen Tag!

Liebe Grüße Alexander

Ich muss nicht schlafen, um zu träumen. Geschlafen habe ich auch nicht gut. In meinem Kopf macht sich ein Gedanke breit, nimmt immer mehr Platz ein. Er ist zu verrückt, um darüber nachzudenken. Ich versuche, ihn beiseite zu schieben, aber ich weiß nicht, wie lange mir das noch gelingt.

Maxine wartet an der Kreuzung. Sie haben schon einige Straßen gesperrt und wir müssen einen Umweg in Kauf nehmen. Um diese Uhrzeit ist es noch relativ ruhig. Busse, die Soldaten, Feuerwehrmänner und Polizisten zum Sammelplatz bringen, fahren an uns vorbei. Die armen Kerle, die Stunden lang auf ihren Einsatz warten müssen. Um den Arc de Triomphe reihen sich die einzelnen Gruppen hintereinander auf. Dazwischen parken diverse Fahrzeuge, die später über die Champs-Élysées rollen werden. Wir sind es gewohnt, dass Militär, Gendarmerie und Polizei zur Sicherung der Parade patrouillieren, aber das, was jetzt hier abgeht … das ist unfassbar. Die Sicherheitsstufe wurde erhöht und in bestimmte Zonen kommt man nur noch mit Ausweis. Also! Nächster Umweg!

Als wir endlich im Café sitzen, ist Maxine völlig erschöpft. Sie müsste sich mehr bewegen. Sex allein reicht nicht aus, den Körper fit zu halten. Wir bestellen Cappuccino und Madeleines, et oui … einen Berg Schlagsahne! Es hätte mich auch gewundert, wenn es anderes gewesen wäre. Maxine liebt dieses weiße Zeug und löffelt es bergeweise auf ihre Madeleines.

Es wäre schön, wenn Alexander jetzt hier, bei mir, sitzen würde. Ich weiß nicht, ob es ihm gefallen würde. Am Nationalfeiertag ist Paris nicht wie sonst, aber er könnte dennoch bei mir sitzen. Ich würde ihm gerne meine Stadt zeigen, all die Sehenswürdigkeiten, all das Schöne und Sehenswerte außerhalb der Touristenpfade. Besonders den Père Lachaise, den vor allem. Ich möchte mit ihm auf meiner Bank sitzen und die Ruhe genießen. Ich glaube, er kann sich gar nicht vorstellen, wie friedlich es dort ist. Inmitten einer pulsierenden Stadt, diese unendliche Ruhe. Es würde ihm gefallen.

Es fällt mir schwer, aufzustehen und mich ins Getümmel zu stürzen. Ich will hoch zum Arc de Triomphe, um für Alexander ein paar Fotos zu machen. Wieder geht es auf Umwegen zum Ziel. Ich würde ihm gerne ein Foto von Les Champs machen, dem ganzen Trubel, der hier herrscht, aber der Gendarm lässt mich nicht auf die Fahrbahn. Alles abgesperrt! Okay! Ein paar Fotos vom Arc de Triomphe und weiter unten von Les Champs und den Menschenmassen, die sich hier versammeln. Jetzt werden die Seitenstraßen gesperrt und es geht nur noch Les Champs runter. Ich wollte doch noch ein paar Fotos machen … Schade!

Als mir diese Gruppe zwielichtiger Gestalten entgegenkommt und mich der erste anrempelt, stecke ich das iPad in meine Tasche und klemme sie mir unter den Arm. Heute haben die Diebe wieder Feiertag. Die Menschenmassen strömen jetzt und ich will nur noch weg. Cappuccino wäre jetzt gut. Maxine steuert bereits ein Café an und ich bin froh darüber.

Ich werde Alexander jetzt ein paar Fotos schicken. Sicher freut er sich darüber. Wenn er schon nicht hier sein kann, soll er doch wenigstens sehen, was hier los ist.

Freitag, 14. Juli, 08:28 Uhr
Salut Alexander,
ich wollte dich gestern nicht vom Schlafen abhalten und habe deswegen ein schlechtes Gewissen. Ich bin bereits seit halb sieben unterwegs und habe schon ein paar Fotos für dich gemacht. Leider sind sie beim Senden durcheinandergeraten. Das liegt alles auf dem Weg und ist nicht weit auseinander. Inzwischen haben sie auch die Seitenstraßen gesperrt. Impressions adieu! Jetzt brauche ich einen Cappuccino und etwas Ruhe. Die Stadt platzt aus allen Nähten.

Von diesem Konzert wusste ich nichts. Am Nationalfeiertag finden überall in der Stadt Konzerte statt. Es ist sehr viel los.

Ich melde mich später nochmal. Viel Spaß bei der Arbeit.

Er wäre jetzt sicher lieber hier, als in seinem Büro zu sitzen, auch wenn ihm der Trubel nicht gefallen würde. Dieses Feeling muss man erlebt haben, wenigstens einmal im Leben. Ich erlebe es zum … Oh! Zu oft! Viel zu oft!

Wir haben einen neuen Präsidenten, viele sind nur gekommen, um ihn zu sehen. Ich habe ihn bereits bei seiner Amtseinführung getroffen. Er ist nett, aber seine Frau … nun ja! Niemand sagt, dass man die Première Dame lieben muss.

Maxine liebt die Parade. Seit Jahren ist es ein Ritual, dem wir frönen. Zuerst Frühstück in einem Café, dann Bummel durch den Trubel, Les Champs entlang, bis wir irgendwann unsere Plätze aufsuchen müssen. Maxine geniest es jedes Jahr aufs Neue. Ich würde jetzt lieber über den Père Lachaise spazieren und mich auf meiner Bank niederlassen. Weit weg vom Trubel und dem Lärm, den die Fahrzeuge zu Boden und die Luftfahrzeuge, oben am Himmel, machen.

Es wird Zeit, unsere Plätze aufzusuchen. Wir passieren die Kontrolle, wechseln die Straßenseite und lassen uns mit dem Menschenstrom treiben. Der Zugang zur Tribüne ist gesperrt und wir müssen unsere Einladungen vorzeigen. Ein Gendarm durchsucht unsere Handtaschen und eine Polizistin tastet uns ab. Als ich endlich auf meinen Platz falle, verspüre ich nur noch den Wunsch nach Hause zu gehen und den Trubel weit hinter mir zu lassen.

Mein Nachbar packt sein Lunchpaket aus und die Oma vor mir fängt an zu stricken. Irgendwie muss man sich die Zeit vertreiben, bis die Parade beginnt. Maxine fängt an zu lästern und verteilt Spitznamen. Die kleine Dicke, im weißen Kleid, nennt sie Bib, so nennt man in Frankreich das Michelin Männchen. Dann gibt es da noch Pat und Patachon, the Pink Panther, Obelix und Papa Schtroumpf. Sagenhaft, wer sich hier so alles herumtreibt!

Sie unterhält ihre Nachbarschaft, ich denke an Alexander und die Zeit vergeht wie im Flug. Als der amerikanische Präsident vorfährt, schweigt sie. Es wäre auch mehr als unpässlich, wenn sie öffentlich kundtun würde, was sie von ihm hält. Als Macron endlich an uns vorbeifährt, bin ich erleichtert. Wenn er in zwei Stunden abfährt, darf ich gehen.

Die Parade ist wie immer. Viele Menschen, Flugzeuge und Hubschrauber, Autos, Panzer und alles, was Räder hat. Die vielen Abgase sind schlecht für meine Bronchien. Die Kavallerie der Garde républicaine gefällt mir gut. Ich mag die alten Uniformen. Pferde mag ich sowieso. Ich habe für Alexander so viele Fotos gemacht, dass der Akku meines iPads aufgegeben hat.

Als Macron abfährt, darf ich endlich gehen. Meine Bronchien haben die weiße Fahne gehisst und Maxine ist besorgt. Der Heimweg ist lang, wenn sie die Straßensperren noch nicht aufgehoben haben.

Der Verkehr ist enorm. Überall Fahrzeuge, die wir auf der Parade gesehen haben. Busse, die die Teilnehmer wieder zurückbringen. Menschenmassen, die durch die Straßen hetzen und sich anrempeln. Gestresste Gesichter, weinende Kinder! Weshalb setzt man Kleinkinder diesem Chaos aus? Lange Schlangen vor Museen, deren Eintritt heute kostenlos ist. Überall wird gefeiert und der Alkoholspiegel hat bereits einen höheren Level erreicht.

Ich hatte mich auf ein Sandwich gefreut, aber vor meiner Lieblingsboulangerie hat sich eine lange Schlange gebildet. Inzwischen kommt man kaum noch durch die Stadt. Überall Sprachen die man nicht versteht. An den Anblick der Japaner haben sich die Pariser inzwischen gewöhnt. Sie gehören fast schon zu uns … aber nur fast. Die Amerikaner … nun ja! Sie gehen wieder … Heute sind besonders viele von ihnen unterwegs. Ihr Präsident ist in der Stadt. Könnten sie sich den nicht zuhause ansehen? Ich fliege doch auch nicht in die USA, um Macron zu sehen, wenn der mal dort ist.

Geschafft! Endlich Zuhause! Erst musste ich unter die Dusche. Der Gestank, der Abgase, hat sich in meine Nase gefressen. Ich bin erschöpft und hungrig. Nur mit einem Handtuch bekleidet, mache ich es mir auf der Couch bequem. Der Duft des Cappuccinos steigt mir in die Nase und die Madeleines sehen köstlich aus. Jetzt noch nachschauen, ob Alexander geschrieben hat. Er hat versprochen, sich zu melden.

Freitag, 14. Juli, 08:35 Uhr
Hallo Madeleine,
eine Frage hätte ich, warum schickst du mir Bilder aus dem Internet?

Quoi? Bilder aus dem Internet? Was meint er damit? Er ist online, ich werde ihn fragen.

Freitag, 14. Juli, 13:56 Uhr … Chatroom
»Salut Alexander, der Akku meines iPads ist leer. Ich schreibe jetzt übers Handy.«
»Hallo Madeleine, hast du meine Nachricht gelesen, wegen der Bilder? Ich schicke dir die Bilder, Moment.«
»Ich habe dir diese Fotos nicht geschickt. Es waren völlig andere Fotos. Es ist helllichter Tag, da kann ich keine Fotos im Dunkeln machen.«
»Ich meine nur das eine, mit den drei Flugzeugen. Das habe ich im Netz gefunden. Sorry, aber das verunsichert mich.«
»Ich habe dir kein Foto mit Flugzeugen geschickt. Es waren vier Fotos von unterwegs.«
»Heute Morgen, gegen halb neun, hast du mir diese Fotos geschickt.«
»Kann sein! Die Uhrzeit weiß ich nicht mehr. Um diese Zeit flogen noch keine Flugzeuge. Das verstehe ich nicht. Die beiden vom Arc de Triumphe könnten es sein, ich sehe nicht alles. Zwei von Les Champs, aber keine Pferde. Am Eiffelturm war ich auch nicht.«
»Sei mir bitte nicht böse. Ich möchte etwas versuchen, um sicher zu gehen, dass sich hier keiner dazwischenschaltet. Mach bitte mit deinen Fingern das Victory Zeichen, fotografiere es und schick mir das Bild.«
»Ich schicke die Fotos nochmal, wenn der Akku geladen ist.«
»Okay! Was machst du gerade?«
»Ich bin Zuhause. Ich habe Probleme mit der Atmung und muss mich ausruhen.«
»Okay! Ich hoffe, ich habe dich nicht aufgeregt. Wenn es schlimmer wird, ruf einen Arzt.«
»Ich rege mich auf. Da stimmt doch was nicht. Erst die vielen Freunde und jetzt das! Ich muss mich jetzt ausruhen, denn ich fange an zu röcheln.«
»Ja, das ist komisch. Lass uns heute Abend darüber rätseln … gegen zweiundzwanzig Uhr? Benutz dein Spray und ruf einen Arzt, wenn es schlimmer wird.«

Bilder aus dem Internet! Wie kann das passieren? Ein Fehler von Facebook? Ich werde Xavier fragen. Das ist zwar seltsam, aber darüber mache ich mir später Gedanken. Jetzt muss ich mich auf meine Atmung konzentrieren und das ist leichter gesagt als getan.
    Denkt er wirklich, ich schicke ihm Fotos, die ich im Internet gefunden habe? Ich lebe in der schönsten Stadt der Welt. Ich habe die Impressionen direkt vor der Nase, weshalb sollte ich mich des Internets bedienen?
    Ô mon Dieu! Er glaubt mir nicht! Er denkt, ich belüge ihn. Non! Das darf nicht wahr sein. Ich hatte

so sehr gehofft, dass er mir glaubt, dass er mir vertraut. Er hat es gesagt! Gesagt, dass er mir vertraut und jetzt tut er es doch nicht. Das tut weh!

Ich kann verstehen, dass es unglaublich für ihn sein muss. Der Sohn eines Schreiners und die Prinzessin. Das klingt wie ein Märchen. Für ihn ist es ein Märchen, ein Lügenmärchen.

Ist es nur eine Finte? Will er mich testen? Hat er die Fotos zusammengestellt, um meine Reaktion zu sehen? Wenn es so ist, weshalb tut er das? Wenn er solche Zweifel hat, dass er sich so etwas Infames einfallen lässt, wäre es besser, wenn er alles beendet. Er muss mir nicht schreiben. Er wollte es so. Er hat damit angefangen.

Ich hätte ihm nicht sagen sollen, wer ich bin, was ich bin. Der Fluch meiner Herkunft hat wieder zugeschlagen. Wieder tut es weh. Weshalb kann ich kein normaler Mensch sein?

Ô mon Dieu! Ich muss aufhören, darüber nachzudenken. Ich darf mich nicht aufregen. Atmen! Ruhig atmen! Ein und aus, immer wieder. Meine Bronchien ... Ich brauche meinen Inhaler! Ich kann nicht mehr atmen ... Die Notfallspritze! Ich brauche die Spritze ...

Freitag, 14. Juli, 16:21 Uhr
Hallo Madeleine,
geht es dir besser? Ich mache mir Sorgen.

Er hat geschrieben. Er macht sich Sorgen. Jetzt weiß ich nicht mehr, was ich noch denken soll. Einmal misstrauisch und dann macht er sich Sorgen. Ich werde ihn fragen, ob er die Fotos heruntergeladen hat, fragen, ob er mir misstraut. Wenn er kein Vertrauen hat, will ich das alles nicht mehr. Vertrauen ist ein Teil des Fundaments, auf dem ich mein Leben aufgebaut habe. Ohne geht es nicht! Wer mir nicht vertraut, gehört nicht in mein Leben. Wer mich belügt, muss gehen. So einfach ist das!

Okay! Vielleicht steckt wirklich Facebook dahinter. Vielleicht ein Systemfehler? Immer wieder hört man, dass Accounts gehackt wurden. Außer ungewollten Freunden habe ich keine Probleme. Es sind diese Freunde, von denen die Nacktfotos und dummen Anmachsprüche kommen. Abgesehen davon, tummeln sich auf Facebook immer mehr zwielichtige Gestalten. Irgendetwas stimmt nicht. Ich werde morgen mit Xavier reden, er soll meinen PC überprüfen. Gestern hat McAfee's Live Safe bei der Überprüfung einiges gefunden und vieles davon repariert, aber leider nicht alles. Ich habe keine Ahnung, ob sich das auf Facebook auswirkt und, falls es so ist, wie es sich auswirkt.

Okay! Im Zweifel für den Angeklagten! Ich werde ihn nicht fragen, ob er die Fotos heruntergeladen hat. Zudem sagt mein Gefühl, vertrau ihm.

Freitag, 14. Juli, 22:01 Uhr
Salut Alexander,
ich musste ein paar Mal inhalieren, danach ging es mir besser. Dennoch werde ich morgen zum Arzt gehen. Im Salpêtrière hat mein behandelnder Arzt Dienst.

Ich habe heute Morgen schon damit gerechnet. Über der Stadt lag wieder so ein leichter Hauch von Smog. Dazu kamen die Abgase der vielen Fahrzeuge bei der Parade.

Ich habe mir eben die Fotos angesehen. Ich habe keins davon geschickt. Sie sind als Paket geordnet. Ich kann Fotos nur einzeln verschicken. Meine Fotos sind verschwunden. Ich werde den Vorfall Facebook melden. Irgendetwas stimmt da nicht. Die vielen neuen Freunde, Freundschaftsanfragen von irgendwelchen zwielichtigen Personen, die dicken Brüste, die dämlichen Anmachsprüche.

Die ganze Zeit dachte ich, Facebook verkommt zu einem Sumpf aus Pornografie und Dummheit, aber da steckt System dahinter.

Freitag, 14. Juli, 22:11 Uhr … Chatroom

»Hallo Madeleine, sorry! Ich bin gerade erst aus dem Training gekommen.«

»Ich habe eben meine E-Mails gecheckt und bin entsetzt. Irgendjemand hat bei meiner Apple-ID die Rechnungsadresse geändert. Jetzt kann derjenige einkaufen und ich sehe es nicht. Wenn die Abrechnung kommt, falle ich in Ohnmacht. Wer weiß, was er oder sie noch alles gemacht hat.

Ich habe gestern McAfee's Live Safer laufen lassen. Er fand einundsechzig Probleme. Ich konnte einige beheben, andere bedürfen eines speziellen Programms. Ich muss morgen Xavier um Hilfe bitten.

Ich war letztes Jahr auf einem Symposium, bei dem ein IT-Spezialist einen Vortrag über Internetkriminalität hielt. Mir wird übel, wenn ich daran denke, was ein Hacker heutzutage alles kann.«

»Das tut mir leid. Wer macht so was? Am besten lässt du all deine Konten sperren.«

»Ich habe einen Freund, der ist Spezialist für solche Sachen. Mir ist übel. Ich werde noch heute meine Konten sperren lassen. Allerdings weiß ich nicht, auf was er sich Zugriff verschafft hat. Wenn er an meine Bankdaten gekommen ist … ich darf nicht daran denken.«

»Hast du schon deine Konten kontrolliert, ob auffällige Bewegungen dabei sind?«

»Nein, ich habe meine Kontoauszüge noch nicht abgeholt. Ich gehe morgen zur Bank. Onlinebanking mache ich nicht, das ist mir zu heiß.«

»Das ist dein Glück. Wir machen uns aber auch abhängig von den Dingern.«

»Früher ging es auch ohne Internet, aber man wird von der Technik zu sehr verwöhnt. Was passiert, wenn sie ausfällt, hat man vor kurzem gesehen. Chaos!

Ich habe mich heute Morgen gewundert, als du fragtest, ob ich all die Fotos heute schon gemacht habe. Ich dachte noch, das sind doch nur ein paar.«

»Ich habe mir die Entfernung angeschaut und deswegen gefragt. Ich bin ehrlich, ich war verunsichert, habe im Internet recherchiert und sah dort das gleiche Bild wie das, was du mir geschickt hast.«

»Um größere Entfernungen zurückzulegen, benutzt man die Metro, aber doch nicht am Nationalfeiertag, die platzt fast. Ich habe heute viele Flugzeuge gesehen, aber erst bei der Parade. Ich hätte mich heute Morgen in der ganzen Stadt herumtreiben müssen, um all die Fotos zu machen. Schon der Weg zwischen Les Champs und dem Eiffelturm wäre heute beschwerlich. Die Reiter auf dem Feldweg … die waren nicht bei der Parade und der Eiffelturm lag nicht im Nebel. Heute Morgen gab es einen Hauch von Smog, aber keinen Nebel.«

»Ich würde dich gerne mal sehen …«

»Dann komm nach Paris.«

»Mach keine Scherze. Ich komme wirklich. Meine Frau fährt nächste Woche mit den Kindern zwei Wochen in Urlaub, dann habe ich zwei Wochenenden zur freien Verfügung. Ruck zuck bin ich da.«

»Ich komme Ende August für ein paar Tage nach Deutschland. Du könntest mir die Weinstraße zeigen.«

»Ja, das wäre eine Überlegung wert. Ich müsste es organisieren, wegen der Kinder. Was heißt Überlegung wert? Ich würde mich sehr freuen.«

»Okay, dann haben wir jetzt ein Date.«

»Ja, haben wir! Es ist aber noch so lange bis dahin. Wir müssen jeden Abend schreiben, dann vergeht die Zeit schneller.«

»Ich fliege Ende Juli nach Hawaii, das habe ich dir bereits erzählt. Dann wird es etwas kompliziert, wegen der Zeitumstellung. Vielleicht werde ich eine längere Mittagspause einlegen.«

»Hawaii! In der Sonne liegen! Hast du jemand, der dir den Rücken eincremt?«

»Ich fahre zum Kahili Martial Arts. Da ist nichts mit Sonne liegen und eincremen. Das ist ein Kampfkunstevent. Abends bin ich platt. Den ganzen Tag Power, das geht an die Kraft.«

»Ich weiß! Das hast du mir erzählt. Karate! Das finde ich faszinierend, aber nicht, dass du mich flachlegst …«

»Nun ja …«

Ô mon Dieu! Wenn er wüsste, wie gerne ich ihn flachlegen würde. Ich darf nicht daran denken …

»Du wolltest ein Foto für dein Kopfkissen. Das bin ich, letztes Jahr, mit zehn Kilo weniger auf den Rippen.«

»Du bist sehr hübsch! Vielen Dank! Ich werde darauf aufpassen wie auf mein Leben.«

»Merci! Warst du schon mal verheiratet?«

»Ja, eine kurze Ehe von einem Jahr, jetzt sind es sieben Jahre.«

»Ich habe zwei Jahre geschafft.«

»Und jetzt, bist du auch in festen Händen?«

»Ich habe dir schon erzählt, dass ich eine Wochenendbeziehung führe. Das Jahr hat zweiundfünfzig Wochenenden, aber unsere Beziehung nicht annähernd so viele. Manchmal habe ich das Gefühl, da ist noch jemand, aber ich kann es ihm nicht verdenken. So eine Fernbeziehung hält in den wenigsten Fällen.«

»Halte noch ein paar Wochenenden für mich frei. Das erste im August! Für eine Fernbeziehung muss man sich bedingungslos lieben und vertrauen, nur dann kann es funktionieren. Man muss sich auf die wenigen Tage freuen, die man miteinander verbringen kann und diese so gestalten, dass man nie genug davon bekommen kann.«

»Du sagst es. Liebe heißt, dass man gibt und nimmt. Ich kann nicht immer nur geben. Für ihn zog ich nach Deutschland, er wollte nicht nach Paris. Jetzt lebe ich wieder in Paris. Ich kann nicht jedes Wochenende nach Deutschland fahren, das ist zu anstrengend, zudem brauche ich auch mal Zeit für mich. Es sind zwar nur zwei Stunden Fahrzeit, aber ich muss packen, zum Bahnhof fahren, von Paris nach Saarbrücken, von dort nach Saarlouis. Auspacken und zwei Tage später wieder einpacken. Ich vergesse etwas in Paris, vergesse etwas in Saarlouis. Brauche das eine und vermisse das andere.«

»Du darfst in Paris bleiben, ich würde dir nie deine Heimat nehmen. Ich würde nach Paris kommen. Liebst du ihn? Sorry! Ich bin immer so direkt. Du musst nicht antworten, stell dir nur eine Frage. Wenn du die Wahl hättest, zu wem würdest du fahren, zu ihm oder zu mir? Deine Antwort sagt dir, ob du ihn noch liebst.«

Ô mon Dieu! Ich kann ihm doch nicht sagen, dass ich nicht lieben kann, dass ich Matthias nie geliebt habe. Noch nie einen Mann geliebt habe … Dass ich ihm das, was er sich von mir erhofft, nie geben kann. Diesmal hat er nicht auf seine Worte geachtet. Es war, als hätte sein Herz gesprochen. Das ist so schön und ich würde dieses Gefühl gerne ein bisschen genießen, aber ich habe nicht die Zeit dazu. Ich darf ihm keine Hoffnung machen auf etwas, das es nie geben wird, nie geben kann, weil ich es nicht geben kann. Auch wenn da dieses Gefühl ist, das ich nicht einordnen kann, dass ich nicht kenne … Es ist nicht das, was er sich wünscht.

»Dich muss ich erst mal richtig kennenlernen. Verstehst du? Das ist nicht entwertend gemeint.«

»Das war nur ein Beispiel, wie du feststellen kannst, ob du ihn noch liebst.«

Oh, Alexander! Nicht enttäuscht sein! Ich weiß, dass ist nicht die Antwort, die du gerne gehört hättest. Ich würde gerne zu dir kommen, aber ich kann deine Erwartungen nicht erfüllen. So gerne ich es täte, ich kann nicht lieben.

»Ich habe ihn gern, sehr gern, aber lieben … non.«

»Was ist der Unterschied für dich zwischen lieben und mögen?«

»Für jemand den man liebt, fährt man auch jedes Wochenende los. Ich denke, wir sind inzwischen gute Freunde geworden, die auch mal mehr tun, als gute Freunde normalerweise tun. Man hat so seine Bedürfnisse, aber es fehlt irgendwie die Nähe, die mal da war. Das sich fallen lassen können. Du weißt, wie ich das meine?«

»Ja, ich weiß, was du meinst. Romantik, Besinnlichkeit, Schmusen, einfach nebeneinander liegen, sich streicheln und küssen. Es gibt so viele Sachen …«

»Wenn es zum Pflichtprogramm wird, ohne jede Phantasie … nun ja …«

Ich weiß, was er meint und ich würde jetzt nichts lieber tun, als mich mit ihm der Romantik hinzugeben. Ich weiß, es würde nicht nur beim Küssen bleiben. Der Gedanke daran ist so wundervoll. Wie es sich anfühlen würde, wenn wir es wirklich tun würden? Würde es ihm gefallen? Würde es ihm ausreichen, romantische Augenblicke mit mir zu teilen? Sex mit mir zu haben? Könnte er auf Gefühle verzichten, auf das Gefühl, dass er sich wünscht, von mir wünscht? Ich will ihm nicht wehtun. Sacrément! Weshalb ist das alles so kompliziert?

Ich mag ihn, sehr sogar und ich würde nichts lieber tun, als mit ihm zu schlafen, aber diese Situation überfordert mich im Moment. Ich muss in Ruhe darüber nachdenken.

»Da fällt mir ein, ich wollte die Weinstraße googeln. Ich erinnere mich, dass ich mal irgendwo vorbeigefahren bin, da war an einer Brücke eine riesige Weintraube angebracht. Ist das ein Zeichen der Weinstraße?«

»Genau und dann suchst du die Sehenswürdigkeiten raus und die besuchen wir dann alle. Da geht aber ein ganzes Wochenende drauf. Es müssen ja nicht allzu viele sein …«

»Genau … nicht zu viele, wir brauchen noch Zeit zum Reden. Ich muss dir sagen, ich schreibe zwar gut in deutscher Sprache, spreche sie auch relativ gut, aber mir rutschen immer wieder mal ein oder zwei Worte oder mehr auf Französisch raus. Das hat mir damals im Internat so manche Strafarbeit eingebracht. Sprichst du saarländischen Dialekt? Pardon, aber ich verstehe den Dialekt so schlecht.«

»Ich versuche Hochdeutsch zu sprechen. Meine Kinder habe ich erzogen, hochdeutsch zu reden, das macht es ihnen in der Schule leichter. Ich hasse den saarländischen Dialekt.«

»Ich wollte eben schreiben, ich bringe dir Französisch bei, aber das hat im Saarland noch so eine andere Bedeutung.«

»Französisch müsstest du mir beibringen, aber dieses Französisch, dass du meinst, beherrsche ich.«

Ô mon Dieu! Wie gerne würde ich jetzt testen, wie gut er dieses Französisch beherrscht. Eines Tages ziehe ich ihm diese Jeans aus und dann werde ich herausfinden, wie gut er es beherrscht.

»Es ist gut, dass du dieses Französisch schon beherrscht. Nach diesem Gespräch muss ich meine Worte mit Bedacht wählen. Möchtest du zu Bett gehen und schlafen bis der Wecker klingelt?«

»Leider ist es mal wieder soweit, noch viereinhalb Stunden Schlaf, aber ich will noch nicht ins Bett gehen. Ich wäre jetzt gerne bei dir und würde mit dir einschlafen. Ich hole mir jetzt den Riesenteddy von Hanna, nehme ihn in den Arm und denke, das bist du. Dann schlafe ich wenigstens nicht allein.«

»Ich habe keinen Teddy. Ich werde lesen, bis mir die Augen zufallen. Wohin mich meine Träume tragen, verrate ich dir vielleicht morgen.«

»Das wäre schön. Ich hoffe, sie bleiben anständig, deine Träume.«

»Darauf habe ich keinen Einfluss. Man sagt doch, Träume sind das Abbild der Wünsche.«

»Richtig, kann es sein, dass wir das gleiche träumen?«

»Das sage ich dir, nachdem du mir morgen deinen Traum erzählt hast.«

»Schreib mir, wenn du Zeit hast, dann melde ich mich. Nochmal danke für das Bild, es ist sehr schön und die Person darauf sowieso! Schlaf gut!«

»Auch wenn's schwer fällt … ab ins Bett!«

Oh, dieses Gespräch … Ich würde ihn jetzt gerne in den Arm nehmen, ihn küssen und viele wunderschöne Dinge mit ihm tun. Und dann würde ich gerne in seinen Armen einschlafen. Die letzten Tage hat diese Jeans meine Phantasie beflügelt. Immer wieder stritten mein Kopf und mein Bauch miteinander. Mein Kopf sagte non! Mein Bauch sagte oui! Und dann gibt es da noch dieses Gefühl, das mir so fremd ist, dass sich in alles einmischt, zu allem etwas zu sagen hat. Es ist so warm und weich. Streichelt mich so zart und weckt Wünsche in mir, die ich noch nie zuvor hatte.

Ich liebe Sex, aber das Drumherum brauche ich nicht, will ich nicht. Selbst bei den Männern, die ich gerne hatte, war da immer dieser Abstand, den man nicht mit Worten erklären kann. Er ließ keine Nähe zu. Letzten Endes habe ich sie alle in die Flucht geschlagen. Keiner hat es lange bei mir ausgehalten. Matthias war der erste, der sich mental auf mich einlassen konnte, der mir ein bisschen nahe, aber nicht zu nahe, kommen durfte. Ich denke, es war einfach, weil wir uns selten sahen. Er verbringt sehr viel Zeit in der Klinik, sein OP ist sein zweites Zuhause. Die wenige Freizeit, die er hat, nutzt er für seine Hobbys. Er geht ins Fitnesscenter, joggt kilometerweit durch den Wald, fährt mit Freunden zum Skifahren und verbringt viel Zeit in den Bergen mit Wandern und Bergsteigen. Er besitzt in Grainau ein Haus, das er schon seit Jahren umbaut und renoviert.

Wir hatten tollen Sex, haben wir heute noch, wenn wir uns sehen. Seitensprünge gab es immer wieder mal. Er hat sich immer Kinder gewünscht. Ich habe meine Töchter und nie den Wunsch verspürt, weitere Kinder in die Welt zu setzen. Wir verstehen uns gut, aber wenn wir ehrlich sind, sind wir schon lange kein Paar mehr.

Es ist seltsam, nie zuvor hatte ich einen Mann so gerne, wie ich Matthias hatte. Das hat sich in den letzten Tagen geändert. Jetzt gibt es in meinem Leben einen Mann, der etwas in mir geweckt hat, dass ich nicht kenne. Ein Gefühl, das wunderschön ist und mir Angst macht. Es fing ganz einfach an, war plötzlich da und will nicht mehr gehen. Ich wollte es nicht zulassen, mich nicht darauf einlassen. Jetzt genieße ich es.

Ich will mit ihm schlafen. Das wollte ich auch mit den anderen, aber jetzt ist es anders. Ich will ihm nahe sein. Mit ihm kuscheln, lachen, spazieren gehen, verrückte Dinge machen. Ich will mit ihm glücklich sein. Sacrément! Ich glaube, ich habe mich verliebt. Zwar nur ein klitzekleines bisschen, aber es ist schön. Ich weiß, dass es niemals mehr wird. Ich kann nicht lieben, so gerne ich es auch tun würde. Ich kann ihm nur diese klitzekleine Verliebtheit anbieten. Wenn er sie annimmt, hat er mehr, als jemals ein Mann vor ihm hatte.

Wir haben ein Date

Samstag, 15. Juli, 08:35 Uhr

Guten Morgen Alexander,

ich hoffe du hattest genug Schlaf. Das kann ich leider nicht von mir sagen. Ich hatte eine schlechte Nacht, mit einem Asthmaanfall par excellence, von dem ich noch immer erschöpft bin. Céline hat mich heute Morgen in die Klinik gebracht. Ich gehe mit äußerst gemischten Gefühlen zur Untersuchung.

Ich melde mich später noch mal.

Samstag, 15. Juli, 08:36 Uhr … Chatroom

»Guten Morgen, oje das tut mir leid. Geht es dir jetzt besser oder musst du in der Klinik bleiben?«

»Nicht wirklich. Ich kann zwar wieder freier atmen, aber die Blockade ist immer noch vorhanden. Es geht nicht so richtig tief rein. Ich warte auf den Arzt. Er ist noch bei einem Notfall.

Ich habe dir ein Foto vom Salpêtrière geschickt. Siehst du die dunklen Wolken? Ein schlechtes Omen?«

»Wenn man so etwas hat wie du, dann hat man auch mal schlechte Tage. Das ist normal und wird wieder besser. Denk bitte positiv, denk an mich, dann wird es dir besser gehen.

Und nochmal … Kopf hoch. Es gibt keinen Grund, den hängen zulassen. Du hast so viel erreicht in deinem Leben, dann wirst du auch damit fertig. Denk an unser Date.

Ich habe nach der Arbeit noch einen Termin. Ab neunzehn Uhr bin ich für dich da, dann können wir schreiben. Ich habe dir ein Foto geschickt, das wurde vor ein paar Wochen auf einem Konzert aufgenommen. Da war ich schon ziemlich fertig, vom langen stehen. Die junge Dame, rechts neben mir, wollte unbedingt ein Bild mit mir zusammen.«

Nachdem er mit meinem Atemzugvolumen nicht zufrieden war, hat mich Dr. Chabrol noch diversen anderen Tests unterzogen. Nicht genug damit, dass ich beim Atmen Pfeifgeräusche erzeuge und mir die anderen Patienten verstört hinterherblicken … non! Jetzt soll ich auch noch mit Atemmaske aufs Laufband. Will er mich jetzt endgültig unter die Erde bringen? Es reicht mir für heute. Ich will nur noch nach Hause, auf der Couch liegen und hoffen, dass es mir bald wieder besser geht.

Dr. Chabrol stellt mir ein Bett und einen längeren Aufenthalt in der Klinik in Aussicht, wenn ich mir nicht wenigstens noch einen Medikamentencocktail in die Venen laufen lasse. Wieder eine Nadel in der Vene. Ich sehe inzwischen aus, als sei ich ein Junkie auf Entzug, aber auch das wird vorübergehen.

Als ich mein iPad zücke, um zu lesen, errege ich den Zorn einer Schwester. Sie ist schlecht gelaunt und lässt es an mir aus. Böser Fehler! Binnen kurzer Zeit bildet sich ein Auflauf vor dem Zimmer und Dr. Chabrol kann nur noch den Kopf schütteln. Soll er! Keiner redet in solch einem Ton mit mir!

Samstag, 15. Juli, 12:30 Uhr

Salut Alexander,

ich bin fertig! Fix und fertig! Der Arzt wollte mich nicht gehen lassen, aber ich hasse die Klinik.

Xavier war heute hier und hat sich meinen Laptop angesehen. Ô mon Dieu! Das hörte sich nicht gut an. Er hat einiges gelöscht, einiges neu geladen, am Ende musste er den Laptop mitnehmen, um diverse Schadprogramme zu entfernen. Dazu braucht er Programme, die er auf seinem Computer gespeichert hat. Er sagt, er kann zurückverfolgen, wie ich mir die Spyware eingefangen habe, aber nicht, wer dahintersteckt.

Irgendjemand hat Zugriff auf meinen Facebook-Account. Sieh dir die Fotos an, das hat Xavier bei Facebook gefunden. Ich war überrascht, von wo aus ich mich bei Facebook einlogge. Orte, die ich nicht mal kenne und erst die Uhrzeiten … Ich kann nicht online gehen, während ich im Gerichtssaal sitze und eine Verhandlung leite. Ich wusste nicht, dass man nachverfolgen kann, wo man sich eingeloggt hat.

Xavier hat Facebook angeschrieben und darum gebeten, dass sie die Voreinstellungen zurücksetzen. Ich bin entsetzt, wie lange das schon geht. Ob derjenige auch unsere Mails liest? Der muss doch verrückt werden.

Morgen gehe ich zur Polizei und erstatte Anzeige gegen unbekannt. Ich weiß nicht, auf was er es abgesehen hat. Xavier sagt, wenn der Hacker mich erpressen wollte, hätte er es schon längst getan. Vielleicht ist es nur ein Spanner. Ich bin nicht erpressbar.

Ich wollte heute mit Maxine auf ein Konzert. Die Schüler des Konservatoriums spielen Mozart. Schade, ich wäre gerne mitgegangen. Ich hoffe, ich verschlafe den neunzehn Uhr Termin nicht. Ich bin so müde …

Eine Dusche wirkt manchmal Wunder. Der weiche Schaum des Duschgels und der Duft von Bamboo … sie beflügelten meine Phantasie, trieben mich zurück in Philippes Arme, ließen den letzten Sex mit ihm wieder präsent werden. Nur, dass es diesmal nicht Philippe war, der in meinem Kopf herumspuckte und mich glücklich machte. Und die Jeans lag auf dem Boden …

Die Klingel reißt mich aus meinen Gedanken. Aurel! Ihn hatte ich völlig vergessen. Dr. Chabrol ließ mich nur gehen, weil ich ihm versprach, dass mir Dr. Fenouil eine Infusion anlegen und die notwendigen Medikamente verabreichen würde.

Samstag, 15. Juli, 18:45 Uhr
Hallo Madeleine,
was hast du für einen Termin? Du solltest dich schonen. Schreiben wir später? Ab wann hast du Zeit? Ups! Stimmt, mit mir. Wenn du schlafen willst, dann schlaf, ich werde auf dich warten, bist du wach bist. Wir haben keinen Termin, wir haben ein Date.
Liebe Grüße Alexander

Samstag, 15. Juli, 19:00 Uhr … Chatroom
»Hallo Madeleine, wie geht es dir?«
»Besser! Ich habe eine Stunde geschlafen. Aurel war hier und hat mir eine Infusion angelegt. Ich weiß nicht mehr, wie das Medikament heißt, aber es macht müde und weitet die Bronchien.«
»Hilf mir auf die Sprünge … Aurel …«
O wie lieb! Ein klitzekleines Anzeichen von Eifersucht. Ich würde ihn jetzt gerne küssen, um ihm zu zeigen, dass er keinen Grund zur Eifersucht hat.
»Das ist ein Freund von mir. Er ist Arzt. Ich durfte nur unter der Bedingung gehen, dass mir Aurel eine Infusion legt und ab und zu nach mir sieht. Nur als Arzt …«
»Wie kann ich mir dein Bild aufrufen, während ich mit dir chatte? Jetzt habe ich schon drei von dir.

Ich entscheide mich für das Foto im Auto, da bist du mir am nächsten. Ich habe mich in das Foto verliebt. In die Frau leider auch. So jetzt ist es raus.«

»Was heißt hier leider?«

»Leider, weil ich nicht weiß, wie du darauf reagierst, wenn ich es dir sage. Leider heißt nicht, dass es schlecht ist. Im Gegenteil, ich habe Schmetterlinge im Bauch. Das ist mir noch nie passiert. Was mache ich jetzt? Wenn ich mich verliebe, dann ist das für mich kein Flirt. Ich habe mich verliebt, wenn ich das jemand erzähle, das glaubt mir keiner. Ich habe immer gesagt, man kann sich im Netz nicht verlieben und es geht doch.«

»Ich finde es schön. Ich glaube, ich habe mich auch so ein klitzekleines bisschen in dich verliebt. Das ist ein schönes, ein sehr schönes Gefühl.«

»Ja, das ist es. Ich freue mich auf unser Date.«

»Ich mich auch, auf das Date und auf dich.«

»Was mache ich jetzt? Das verändert gerade mein Leben, ich nehme das wirklich sehr ernst. Ich habe schon gestern geträumt, dass wir Hand in Hand an einem Strand spazieren gingen, barfuß, ganz nah am Wasser. Wir sind stehen geblieben und haben uns geküsst, während im Hintergrund die Sonne unterging.«

»Das hört sich gut an. Was im Weinberg geschah, gefiel dir auch sehr gut …«

»Was kann ich machen, dass aus dem klitzekleinen bisschen mehr wird?«

»Es wurde doch schon jeden Tag etwas mehr …«

»Wenn es weniger wird, egal, wann es passiert in unserem Leben, sag mir bitte sofort Bescheid, bevor es ganz erlischt, okay?«

»Okay! Wer hat dich so sehr verletzt?«

»Ich habe mich vor neun Jahren in eine Frau verliebt, die sehr krank ist. Ich bin mit ihr verheiratet und habe drei Kinder mit ihr. Ich habe sie geliebt, aber ihre Krankheit hat es zerstört.«

»Verrätst du mir, an was sie erkrankt ist?«

»Meine Frau hat Borderline …«

»Ô mon Dieu! Ich hatte eine gute Freundin, die ebenfalls daran leidet. Sie hat unsere Freundschaft zerstört. Ritzt sie sich auch? Hast du keine Angst um deine Kinder?«

»Es gibt gute Phasen, die sind aber kurz und es gibt Phasen, die der Horror sind und die sind lang. Dann existiere ich nicht in ihrem Leben. Ich habe gedacht, ich schaffe das, tue ich aber nicht.

Vor der Geburt der Kinder hat sie sich oft geritzt, seit sie da sind nicht mehr. Gegenüber den Kindern verhält sie sich ganz normal und ist ihnen eine gute Mutter. Wenn die schlechten Phasen kommen, bin ich derjenige, der psychisch darunter leiden muss und dann ist das alles nicht mehr so toll.«

Ô mon Dieu! Eine gute Mutter! Sie war eine gute Tante. Ich darf nicht daran denken. Es treibt mir immer noch Tränen in die Augen.

»Ich kann dich verstehen. Bei Valery ist es genauso. Das hält man auf Dauer nicht aus. Bei aller Liebe, aber das macht einen kaputt. Ich dachte manchmal, sie ist eine multiple Persönlichkeit. Jetzt hüh, dann hott. Und dieses ewige Misstrauen. Sie hat erst ihren Mann in die Flucht geschlagen, er war immer der Böse, dann pas a pas die ganze Familie.

Jetzt würde ich dich gerne in den Arm nehmen und halten.«

»Ich dich auch. Alles, was ich mache, ist falsch und nicht gut genug. Als wir uns kennen lernten, hatten wir nichts. Jetzt haben wir ein Haus und drei Kinder und sie gibt mir immer das Gefühl, als wäre das nicht genug.

Auf meine Mutter ist sie auch sauer. Alle meine Familienmitglieder sind schlechte Menschen. Weißt du und verstehst du jetzt, was mir fehlt?«

Oh! Der Gedanke in meinem Kopf nimmt immer mehr Gestalt an. Ich wollte es nicht, doch jetzt drängt er vehement in den Vordergrund. Nicht genug! Sie will mehr, als er ihr geben kann, auch finanziell gesehen. Sie will ihn nicht! Ich werde darüber nachdenken. Noch heute Abend werde ich es tun.

»Sie verpassen einem das Gefühl, man sei wertlos. Irgendwann habe ich diesen Psychoterror nicht mehr ertragen. Sie hat dann aber das letzte Wort behalten. Wir hatten eine wundervolle Freundschaft, doch jedes Gefühl ist gestorben, weil sie alles Stück für Stück kaputt gemacht hat.

Matthias ist Arzt und arbeitet als Chirurg. Er hatte ihr einen Platz in einer Zentralstudie besorgt, in der man die Borderline-Störung näher untersuchen wollte. Sie sagte, sie müsse darüber nachdenken, das brauche Zeit. Es müsse auch geklärt werden, wo sie während dieser Zeit wohnen würde. Matthias bot ihr an in dieser Zeit bei ihm zu wohnen … ohne jeden Hintergedanken. Was dann geschah, terrible! Kurzfassung … Sie sagte, er wolle sie nur flachlegen und es mit ihr treiben. Es fielen Worte wie schwanzgesteuert und sexgeiler Bock. Diverse Gegenstände flogen durch die Luft und verpassten nur knapp ihr Ziel. Matthias war total entsetzt.

Die Studie lief ohne sie. Wer lässt sich schon so eine Chance entgehen? Lässt sich deine Frau ärztlich betreuen?«

»Borderliner wollen nicht erkannt werden. In Behandlung ist sie immer nur sporadisch. Ich versuche oder habe versucht ihr Therapeut zu sein. Es ist schade, ich dachte, ich habe alles.«

»Das tut mir so leid für dich. Fühl dich ganz fest umarmt. Valery hat sich den Bauch zerschnitten. Mehrmals kam sie in die Klinik, weil sie die Schnitte zu tief gesetzt hatte. Nachdem die Klinge nicht mehr durch das Narbengewebe kam, machte sie an den Oberschenkeln weiter. Es ist auch seltsam, dass sich ihre Wut primär immer gegen dieselben Personen richtet. Egal, was man sagt oder tut, es ist immer« falsch, wird immer als Angriff aufgefasst. Wird sie handgreiflich?«

»Vor ein paar Jahren hatte sie so einen Schub. Ich habe sie erwischt, als sie es getan hat. Ich habe vor lauter Wut eine Rasierklinge geholt, mich vor sie gestellt und mir am Unterarm, vor ihren Augen, eine lange Schnittwunde zugefügt. Ich wollte ihr zeigen, dass sie nicht alleine ist, dass ich bei ihr bin, aber es hat nichts genützt. Diese Aktion wirft sie mir heute noch vor.«

»Ich hatte mal einen Fall schwerer Körperverletzung. Im Laufe des Prozesses stellte sich heraus, dass die Frau unter Borderline litt. Was sie über Jahre hinweg mit ihrem Mann angestellt hat … unfassbar! Und er schwieg, weil er seine Frau liebte. Hat sie dich schon mal verletzt? Ich meine jetzt physisch.«

»Nein, noch nie. Das mentale ist viel schlimmer. Ich bin manchmal völlig fertig zur Arbeit. Es gibt keine Zärtlichkeiten mehr, kein liebes Wort, keine Verabschiedung, keine Umarmung und wenn, nur mit Widerwillen und geballten Fäusten. Ja, das tut sie jeden Tag.«

»Ô mon Dieu! Psychische Verletzungen sind viel schlimmer. Weshalb tust du dir das an? Weshalb gehst du nicht? Okay! Yvo hielt dreißig Jahre durch, bevor er ging.«

»Ich habe mir im Laufe der Zeit einen Schlachtplan erarbeitet, er funktioniert aber nicht immer. Ich nehme grundsätzlich alle Schuld auf mich, lasse mich auf keine Diskussionen ein, auf keine körperliche Nähe. Es gibt klare Wochenpläne und Termine. Ich versuche, jedes Angriffsziel zu vermeiden, ihr mit manchen Dingen zuvorkommen, keine Fehler zu machen, die sie mir dann sofort vorwirft. Man lernt damit umzugehen, verliert aber dabei sein Leben. Ich bin so froh, dass sie nächsten Samstag in Urlaub fährt.«

Keine körperliche Nähe! Er sehnt sich danach, auch wenn er es nie zugeben würde. Weshalb will sie keine Hilfe annehmen? Sie gehört zu den Borderlinern, die mit ihrem Leben nicht zufrieden sind. Die gerne mehr hätten, mehr wären, als sie sind. Sie ist wie Valery. Je mehr sie haben, desto unzufriedener werden sie. Sie tun sich selbst leid, fühlen sich unverstanden, unterprivilegiert, ritzen sich und lassen andere für sich leiden.

Valery wäre gerne Ärztin. Aus vielerlei Gründen kam es nicht dazu. Geld ist ihr sehr wichtig. Meine Herkunft, mein Wohlstand, mein Leben, alles wurde zu einem roten Tuch. Selbst wenn ich ihr alles geschenkt hätte, es wäre nie genug gewesen. Heute bin ich nur noch ein Name auf einer langen Liste böser Menschen, die all das hatten, was ihr zustand. Über die sie sich immer und immer wieder auslässt.

»Ich höre Yvo reden. Er hatte mir genau das gleiche erzählt. Erst konnte ich es nicht fassen, dann wurde ich zu Valerys Opfer. Das war heftig. Valery war mir sehr wichtig. Wenn du willst, erzähle ich dir weshalb. Das ist eine längere Geschichte und ich würde sie dir nachts aufschreiben, wenn ich nicht schlafen kann.«

»Ich wäre froh, du wärst jetzt hier. Ich würde dich in die Arme nehmen und nicht mehr loslassen. Der Gedanke daran ist so schön. Ich bin auf deine Geschichte gespannt und denke, wir beide haben uns viel zu erzählen. Der Gesprächsstoff wird uns nie ausgehen. Es tut so gut, mich mit dir zu unterhalten, mal nicht jedes Wort auf die Goldwaage legen zu müssen.

Können wir uns nicht früher treffen? Ich bin ab nächsten Samstag zwei Wochen allein. Wir könnten uns irgendwo treffen. Ich weiß, du fährst noch in Urlaub. Wie lange bleibst du?«

»Ich fliege am siebenundzwanzigsten für zehn Tage nach Hawaii. Ich muss noch auf ein Symposium und nehme Prüfungen fürs erste Staatsexamen ab. Ich sehe zu, was ich machen kann. Nächstes Wochenende ist das Symposium. Schwänzen wäre schön, aber ich halte einen Vortrag. Vielleicht tauscht jemand mit mir von Samstag auf Freitag. Ich sage dir Montag Bescheid.«

»Es ist schön, sich mit dir zu unterhalten. Das wäre super schön, wenn wir uns sehen könnten. Einfach ausreißen, diesen Druck eine Zeitlang zu vergessen, sich fallen lassen. Ich hoffe, dass du tauschen kannst. Wann würdest du kommen?«

»Ich käme Samstag in alle Frühe mit dem ersten ICE oder TGV.«

»Ich lasse mir was einfallen. Muss es Saarlouis sein? Dort wohnt doch deine Wochenendbeziehung oder hast du dort eine Wohnung? Okay, vergiss den Satz!«

«Ich muss mein Auto in Saarlouis abholen, denn ich fahre mit meinem Wagen. Die deutsche Bahn ist mir zu kompliziert. Matthias ist nächstes Wochenende auf einer Fortbildung, so dass ich ihn nicht sehen würde. Überleg dir mal, wo wir uns treffen könnten.«

»Mach ich! Du bist der Hit, ich freue mich ganz doll. Das Ganze, nur um mich zu sehen, das würden nicht viele machen …«

»Freu dich nicht zu früh. Noch habe ich keinen Kollegen gefunden, der mit mir tauscht. Ich werde Montag Michel fragen. Er ist immer sehr hilfsbereit, aber es geht um ein Wochenende. Hoffen wir das Beste.«

»Okay, ich versuche meine Freude in Grenzen zu halten, damit die Enttäuschung mich nicht erschlägt. Erzähl ihm von mir, dann macht er es bestimmt.«

»Ô mon Dieu! Non! Dann fängt er an, Fragen zu stellen. Wer ist er, wie heißt er, ist er verheiratet … und ich bin nicht gut im Schwindeln. Ich appelliere an seine Gutmütigkeit und hoffe, dass er sehr viel davon hat.

Ich habe jetzt die Seite mit den Zugverbindungen vor mir. Früheste Abfahrt Samstag neun Uhr sechs. Freitag könnte ich spätestens neunzehn Uhr sechs fahren. Falls Michel mit mir tauscht, wird es eng im Zeitplan. Der Vortrag endet um achtzehn Uhr. Ich muss quer durch die Stadt … Freitag … Wochenende … viel Verkehr. Ich werde das schon irgendwie regeln.«

»Dann müssten wir uns abends treffen und irgendwo übernachten. Ich schlafe auch auf der Couch …«

»Wir können uns Samstag treffen. Du musst den Löwen nicht noch mehr reizen.«

»Okay, verstehe! Wenn ich aber weiß, du bist freitags ganz in der Nähe, wie bitte soll ich den ganzen Abend rumbringen? Das ist ja so, als würdest du im Zimmer nebenan liegen und ich darf nicht rein.«

»Wenn es dich nicht stört, dass ich mitten in der Nacht ankomme. Hast du schon eine Idee wo ich hinkommen darf?«

»Nein, ich überlege mir was und das muss gut durchdacht sein. Hast du einen Wunsch?«

»Irgendwo in der Pfalz. Etwas Kleines, kuscheliges, kein großes Hotel.«

»Zwei Zimmer oder eins? Also ich brauche nicht viel Platz …«

»Das ist die Sache mit dem Zimmer nebenan, in das du nicht reindarfst. Du schläfst sowieso auf der Couch oder habe ich da etwas falsch verstanden?«

»Okay, also ein Zimmer mit Couch und Bett.«

»Ein kuscheliges Bett …«

»Okay! Mal wieder etwas, auf das man sich freuen kann.«

»Das ist schön. Ich freue mich auch. Hoffentlich nicht umsonst. Ich hoffe so sehr auf Michels Hilfe. Das wäre so frustrierend, wenn es doch nicht klappen würde.«

»Ja, aber dann wäre es ein anderes Mal. Es ist halt diese Wartezeit. Ich will dich endlich sehen. Ich möchte dir in die Augen schauen, dich berühren. Nicht böse sein, wenn ich dich direkt umarme.«

»Das will ich doch sehr hoffen. Hast du schon diniert?«

»Nein, meine Frau ist mit den Kindern unterwegs, ich brauche heute nicht zu kochen. Ich werde einen Snack essen. Ich muss abnehmen, ich fühle mich unwohl in meinem Körper.«

»Das kann ich verstehen. Aurel hat mich gezwungen, eine Suppe zu essen. Jetzt bin ich hungrig, aber ich habe nichts im Haus.«

»Wäre ich jetzt bei dir, würde ich für dich kochen. Ich bin kein Sternekoch, aber für den Hausgebrauch reicht's. Ich würde dich auf der Couch platzieren und verwöhnen, damit du schnell wieder fit wirst.«

»Das hört sich so gut an. Vor allem das mit dem Verwöhnen …«

»Wer kocht für dich?«

»Florence, sie führt mir den Haushalt, ohne sie wäre ich verloren. Ich bin zwar vieles, aber keine Hausfrau. Auch wenn es sich jetzt überheblich anhört, ich kenne es nicht anders. Ich habe immer mit Personal gelebt. Auch wenn sich mein Leben in mancherlei Hinsicht geändert hat … Perle bleibt Perle.«

»Nicht überheblich, jeder wird in seine Welt geboren. Man wächst mit den Aufgaben, die das Schicksal für einen vorgesehen hat. Brauchst du nicht noch einen Koch?«

»Non, ich brauche keinen Koch, aber ich könnte etwas Unterstützung brauchen.«

»Welcher Art wäre die Unterstützung? Okay, Bewerbung per E-Mail oder handgeschrieben?«

»In deiner schönsten Handschrift. Weißt du, was ein Amant ist?«

»Liebhaber ist auch eine nette Bezeichnung. Ich will ja nicht unvorbereitet in den Französischunterricht gehen, außerdem gibt es Google.«

»Ich werde demnächst deine Französischkenntnisse testen …«

»Ich freue mich schon. Wie geht es dir jetzt?«

»Meine Atmung hat sich verbessert. Später nehme ich meine Medikamente, dann kann die Nacht kommen.

Als ich anfangs im Saarland lebte, haben mich viele wegen meines französischen Akzents genervt. Einer sagte, er kann Französisch, nur mit der Sprache hapert's. Ich verstand nicht, was er meinte, aber das Gelächter sagte mir, dass es etwas Frivoles war.«

»Den kenne ich auch, ich finde Französisch ist eine schwierige Sprache. Ich habe sie damals einfach nicht in meinen Kopf bekommen. Genauso geht es mir mit Englisch. Ich tue mir damit sehr schwer, aber vielleicht kommt es auf die Lehrerin an?«

»Das glaube ich nicht. Das muss einem liegen. Sagt man so? Maxine spricht siebzehn Sprachen perfekt. Setz sie drei Tage ins Swasiland und sie beherrscht die Sprache. Sie ist ein Sprachgenie.

In Frankreich reden die Leute nur französisch. Viele haben auch Englisch gelernt, aber sie wollen nicht reden. Wenn du einem Franzosen dumm kommst, ich glaube man sagt so, schaltet er auf stur und versteht nur noch seine eigene Sprache.«

»Gott sei Dank schreibst du nicht auf Französisch.«

»Das würde ich dir nicht antun. Dieses viele französisch macht mich langsam aber sicher kirre.«

»Ich bin so müde, ich würde jetzt gern mit dir einschlafen …«

»Nur einschlafen?«

»Nein, ich glaube, ich könnte gar nicht einschlafen …«

»Ich vergaß! Edvard Munch, der berühmte Maler, litt auch unter Borderline. Er hat es geschafft, seine Krankheit in seinen Bildern umzusetzen. Kennst du den Schrei?«

»Ja, meine Frau hat auch drei Bilder gemalt.«

»Habt ihr sie aufgehängt?«

»Ich habe immer darauf gedrängt, aber sie wollte es nicht, wollte sie wegwerfen. Ich finde, so etwas ist sehr wertvoll, deswegen habe ich sie versteckt. Ich meine nicht den materiellen Wert, in den Bildern steckt auch meine Vergangenheit. Die letzten neun Jahre Erinnerungen, Schmerz, Hass, Freude, Manipulation und mehr. Ich habe versucht, mit ihr darüber zu reden. Keine Chance! Dann fällt die Klappe wieder.«

»Sie gestatten einen kleinen Einblick in ihre Seele. Valery hat auch gemalt. Ein Bild hat mich fasziniert. Sie hasste es, wollte es zerstören. Ich habe auf sie eingeredet, dass sie mir das Bild überlassen soll, ich würde es aufhängen. Da nahm sie es und hat es so lange auf die Stuhllehne geschlagen, bis es in Fetzen hing.

Ich male, um mich zu entspannen. Wer weiß, vielleicht spiegelt sich darin meine Seele.«

»Hast du Bilder von dir aufgehängt?«

»Mais oui. Ich mache Fotos und schicke sie dir. Mal sehen, was du hineininterpretierst.«

»Okay! Das macht Spaß!«

»Ups! Ich glaube, ich schicke die Fotos erst nach unserem Date, sonst hältst du mich am Ende noch für eine Irre. Das war nur ein Scherz. Ich mache die Fotos morgen, wenn es hell ist. Mit Blitzlicht sieht es nicht gut aus.

Aurel sagte, das Medikament mache müde. Bei mir bewirkt es das Gegenteil … oder bist du das? Ich muss die ganze Zeit an den Weinberg denken …«

»Du würdest gerne einen besichtigen …stimmt's?«

»Ich war noch nie in einem Weinberg. Okay. Letzte Nacht … ich kam dabei wohl etwas außer Atem. Du hattest deinen Sonnenuntergang, ich meinen Weinberg Ich hätte aber nichts gegen einen Besuch, mal die Realität testen. Oh, du machst mich ganz kirre.«

»Ich mache doch fast nichts, außer dich anzuhimmeln, dir Komplimente zu machen, dich ganz doll zu mögen, dir zu sagen, dass ich mich in dich verliebt habe, ein Date mit dir Wirklichkeit werden zu lassen, habe ich was vergessen?

»Non! Montag werde ich Michel bestechen.«

»Stell dir mal vor … heute in einer Woche. Ich träume schon mit offenen Augen. Jetzt kommt so langsam der Sekundenschlaf. Was hältst du davon, wenn wir morgen weiterschreiben. Glaubst du an Schicksal?

»Oui, das tue ich. Schlaf gut und träum etwas Schönes. Ich werde mich bemühen, den Weinberg wieder zu finden.«

»Ich warte schon dort. Bis morgen! Ich will mehr von dir …und ich freue mich darauf.«

Ô mon Dieu! Was muss er alles ertragen? Weshalb bleibt er bei ihr? Ich kann es nicht verstehen. Er ist so in die deutschen Klischees verstrickt. Man trennt sich nicht, wenn man Kinder hat. Man bleibt zusammen, wenn man ein Haus hat. Schulden schweißen zusammen. Man verlässt keine Kranken. Man kehrt Probleme unter den Teppich. Immer den schönen Schein wahren.

Schon seit Tagen geistert dieser Gedanke durch meinen Kopf. Sie will ihn nicht! Ich will ihn mehr als alles andere. Sie wird ihn nicht aufgeben, denn er sichert ihren Unterhalt. Was liegt da näher, als die einzige Sprache, die die ganze Welt versteht? Ich werde sie fragen, was er ihr wert ist. Wie viel sie für ihn haben will. Wie viel ihr ihre Freiheit wert ist. Ich würde jede Summe zahlen, um ihn von ihr zu befreien. Diese Frau erdrückt ihn, macht ihn kaputt. Zuerst psychisch, dass physische kommt dann von selbst.

Ich frage mich, was sie zum Haushalt beisteuert. Er geht einkaufen, kocht, kümmert sich um die Kinder. Sie ist wie Valery, wäre gerne mehr, als sie ist. Wie konnte er sich nur darauf einlassen? Weshalb war er so blauäugig? Man kann einen Borderliner nicht therapieren. Das schaffen die Ärzte nicht und ein Laie ist damit völlig überfordert.

Er sagte, ich darf in Paris bleiben, er würde zu mir kommen. Er liebt seine Kinder und würde sie nicht verlassen. Wenn es sein muss, soll er sie mitbringen. Wir werden einen Weg finden. Alles ist besser, als sein Leben mit einer Durchgeknallten zu teilen. Ob er jemals darüber nachgedacht hat, was geschieht, wenn sie ihren Hass auf seine Kinder ausweitet?

Valery hat den Kreis ihrer Opfer auch ständig erweitert. Immer mehr Menschen verabschiedeten sich aus ihrem Leben, weil sie den Terror nicht mehr ertrugen. Aber drei kleine Kinder? Wie sollen sie sich zur Wehr setzen? Sie können nicht einfach so gehen. Es spielt dabei keine Rolle, wie es mit ihm und mir weitergeht. Er muss sich darüber Gedanken machen. Ich hätte keine ruhige Minute, wenn der Vater meiner Kinder an Borderline leiden würde.

Er sagt, sie ist eine gute Mutter. Was geschieht, wenn sich die gute Mutter plötzlich in ein Monster verwandelt? Wenn geschieht, was bei Valery passiert ist?

Sacrément! Ich würde auch seine Kinder freikaufen, wenn es sein muss. Ich wollte nach den Zwillingen keine weiteren Kinder. Wenn sie mir jetzt einfach in den Schoß fallen, werde ich das auch überstehen. Ich habe meine Kinder erzogen, es wurden wundervolle Menschen aus ihnen. Ich werde es auch noch schaffen, drei kleine Mädchen zu wundervollen Menschen zu erziehen. Zudem gibt es Nannys! Ô mon Dieu! Ich wüsste im Moment wirklich nicht, wie ich vier Menschen in meinem Leben unterbringen sollte, aber ich habe schon andere Sachen gemeistert.

Ich weiß nur eins! Ich will ihn! Wenn es sein muss, kaufe ich ihn frei und seine Kinder gleich mit.

Gefühlswelten

Irgendwie bringt mich der Weinberg immer aus der Puste. Ich muss wieder in die Klinik. Wenn das so weitergeht, ziehe ich bald ein. Meine Bronchien hissen bei der kleinsten Anstrengung die weiße Fahne und das Atmen fällt mir schwer. Ô mon Dieu! Wenn das bei unserem Date auch so sein wird … Ich will nicht weiter darüber nachdenken. Sacrément! Dann reicht es nicht mal fürs kuscheln.

Morgen muss ich zum Dienst. Wenn mich die Ärzte heute nicht wieder fit machen, wird das eine lange Woche und ein trauriges Wochenende. So habe ich mir das nicht vorgestellt. Wenigstens ein klitzekleines bisschen Weinberg, aus meinen Träumen, sollte wahr werden. Wenigstens einmal …

Ich muss Alexander schreiben, dass er sich keine Sorgen macht. Er muss wissen, dass es heute etwas länger dauern kann, bis ich wieder zuhause bin. Wenn ich überhaupt nach Hause darf und nicht bleiben muss, was ich leider befürchte.

Sonntag, 16. Juli, 07:12 Uhr
Salut Alexander,
ich muss leider noch mal in die Klinik. Ich melde mich, wenn ich zu Hause bin. Wünsche dir einen schönen Tag.

Sonntag, 16. Juli, 09:09 Uhr
Hallo Madeleine,
ich wünsche dir gute Besserung. Höre bitte auf deinen Arzt und halte mich auf dem Laufenden. Ich mache mir Sorgen.
Hab dich lieb.
Je te souhaite un prompt rétablissement.

Sonntag, 16. Juli, 18:17 Uhr
Ich bin gegen zwanzig Uhr online. Ich hoffe, es geht dir gut. Mache mir Sorgen.

Sonntag, 16. Juli, 20:07 Uhr
So, jetzt mache ich mir große Sorgen. Bitte, vergiss nicht, dich zu melden.

Ein langer Tag im Salpêtrière ist zu Ende. Nur widerwillig ließen sie mich gehen. Schlafen kann ich auch zuhause. Ich bin erschöpft und würde mich gerne auf meine Couch zurückziehen, nichts tun, außer ruhig und tief zu atmen und auszuruhen, aber ich muss noch Alexander schreiben.

Ô mon Dieu! Drei Nachrichten! Er macht sich doch Sorgen. Ich kann es einfach nicht fassen. Er kennt mich nicht und sorgt sich trotzdem um mich. Ich hoffe so sehr, dass er auch so fürsorglich und liebevoll ist, wenn wir uns am Wochenende sehen. Er ist so schüchtern und ich habe den Verdacht, dass er es gar nicht will. Davon zu träumen und darüber zu reden ist etwas anderes, als es letztendlich auch zu tun. Ich glaube, er will seine Frau gar nicht betrügen. Er sehnt sich nach Zärtlichkeit, die er gerne von ihr hätte. Er wünscht sich, mit ihr zu schlafen.

Was soll ich dabei tun? Ich weiß es nicht, doch ich denke, das wird ein Desaster für ihn. Ich glaube, er wird es nicht verstecken können, wenn er ein schlechtes Gewissen hat und seinen Plan doch nicht in die Tat umsetzen kann. Auch wenn es wehtun würde und ich enttäuscht wäre, ich könnte es ihm nicht verübeln. Es ist zwar schon spät, aber vielleicht ist er online und wartet auf mich.

Sonntag, 16. Juli, 21:03 Uhr ... Chatroom
»Salut mon cher!«
»Gott sei Dank! Geht's dir gut?«
»Oui! Jetzt geht's mir gut. Tut mir leid, ich musste bis kurz nach zwanzig Uhr in der Klinik bleiben und durfte das Handy nicht benutzen. Ich hatte ein Lungenzugvolumen von hundertfünfzig und eine zu niedrige Blutsauerstoffsättigung. Hätte ich gestern auf den Arzt gehört und wäre in der Klinik geblieben ...«
»Okay, jetzt weiß ich ja, dass es dir gut geht. Ich habe mir Sorgen gemacht, habe mir gedacht, wenn sie bei Sinnen wäre, würde sie doch schreiben. Ich habe Maxine geschrieben, mich als guter Freund vorgestellt und sie gefragt, ob sie wüsste, wie es dir geht. Sorry! Ich wusste mir keinen Rat mehr.«
»Lieb von dir. Die arme Maxine trifft der Schlag, wenn sie das liest. Ich schicke ihr eine SMS. Es tut mir leid, ich wollte nicht, dass du dir Sorgen machst. Ich hätte mich gemeldet, aber in der Klinik sind Handys und iPads verboten. Erst gestern habe ich mir den Zorn einer Schwester zugezogen, als ich auf dem Flur mein Handy benutzte. Ob ich im Moment noch bei Sinnen bin, weiß ich nicht. Da ist jemand, der mich kirre macht. Okay! Beenden wir das Thema und kommen zu den Bildern. Du hast sie bereits gesehen. So, Professor Freud, dann erwarte ich jetzt deine Diagnose.«
»Ein Weg, viele Menschen die vom Weg abgekommen sind, der zur Normalität führt, das ist der runde Kreis mit den vielen Punkten. Es könnte aber auch eine Blume sein. Das ist meine Interpretation des ersten Bildes.«
»Das ist eine gute Interpretation, aber leider falsch. Ich sagte doch Dr. Freud ...«
»Okay! Die drei Bilder gehören zusammen? Wenn ein Bild weg ist, ist die Geschichte unvollständig?« »Oui!«
»Hat es etwas mit Fortpflanzung zu tun?«
»Ni oui ni non! Pardon! Jein! Aber du bist auf dem Weg. Ein Tipp?«
»Ja, bitte! Auf jeden Fall könnte es das männliche und weibliche Geschlechtsteil sein ...«
»Die vier Bilder gehören zusammen. Ich habe sie für meine Freundin Victoria gemalt, aber sie haben mir zu gut gefallen, deshalb habe ich sie behalten. Wenn du mehr über Victoria wüsstest ... Sagen wir mal so ... nächstes Wochenende, wenn du und nur du, auf der Couch schläfst, geht es nicht.«
»Gib mir ein paar Minuten.«
»Es ist immer wieder faszinierend. Es sind immer die Männer, die auf der Leitung stehen. Du freust dich schon darauf.«
»Was sind das für silberne Punkte auf dem ersten Bild? Gehören die dazu? Ist das genau die Reihenfolge? Eins, dann zwei bis vier?«
»Das ist Goldfolie, sah einfach nur gut aus. Man könnte sie vielleicht als Auszeichnung sehen, mit viel Phantasie. Die Goldfolie! Erst das Triptychon, dann das große Bild. Oh, Alexander! Steh mal auf. Du blockierst die Leitung. Weinberg ... Auf was freust du dich?«
»Auf dich!«
»Schön ... sehr schön. Ich freue mich auch auf dich. Du schläfst auf der Couch?«
»Nicht, wenn du mich fragst, ob ich zu dir komme.«
»Wenn du nicht auf der Couch schläfst ... was passiert dann?«
»Ich habe doch gesagt, es hat etwas mit den Geschlechtern zu tun. Das Bild zeigt das Befinden der

Menschen vor und nach dem Geschlechtsverkehr?«

»Non!«

»Erzähle es mir, bitte.«

»Frag dich mal, was du dir für unser Wochenende wünschst. Du musst es nicht schreiben. Ich möchte nicht nur nachts in den Weinberg steigen …«

»Für immer?«

Für immer? Ô mon Dieu! So weit in die Zukunft kann und will ich noch nicht denken. Egal, wie unser erstes Date verläuft, irgendwann muss ich ihm von der Madeleine erzählen, die er nicht kennt. Der knallharten Richterin. Der Geschäftsfrau, die über Leichen geht, um zu bekommen, was sie will. Dem Teufel in Menschengestalt …

»Okay … es muss nicht unbedingt ein Weinberg sein. Oh, du bist so lieb! Ein kuscheliges Bett … du und ich.«

»Ja, das ist schön. Wir lassen die Couch einfach weg, aber zurück zum Bild oder den Bildern. Bitte!«

»Victoria ist eine meiner besten Freundinnen und ich mag sie sehr. Sie hat allerdings eine, nennen wir es liebevoll Macke. Sie verliebt sich stets auf neue und trifft dabei leider nur auf Männer, denen es genauso ergeht. Sex spielt in ihrem Leben eine große Rolle, das wollte ich ihr mit diesen Bildern zeigen. Maxine verstand sofort. Okay, sie kennt Victoria.

Das linke ist der Mann. In der Mitte ist sein Vorrat an Spermien. Das rechte ist die Frau. Wenn die beiden zusammen kommen … kommt der große, wie es Maxine nennt, Piu! Der Höhepunkt … die Rakete steigt in den Himmel. Ich wollte Victoria zeigen, dass sich ihre Welt nur um das eine dreht, aber ich konnte mich nicht von den Bildern trennen.«

»Ich habe an Spermien gedacht, mich aber nicht getraut, es zu sagen. Schön, es ist deine Phantasie, die diese Bilder so besonders macht.«

»Das trauen sich die meisten Männer nicht. Xavier kann die Bilder nicht ansehen. Er ist ja so schüchtern. Du wünscht es dir auch?«

»Mit dir zusammen zu kommen … das wäre für mich das schönste, das es gibt auf der Welt. Der große Piu! Wieder was gelernt. Ich liebe das Vorspiel und da gehört kuscheln dazu. Manchmal auch ohne, wenn man es nicht mehr aushält. Könnte bei uns passieren …«

»Das glaube ich auch. Ich kann nur noch an dich denken und will dich endlich in meine Arme nehmen.»

»Ich sehne mich auch danach, sehr sogar.«

Dieser Mann macht mich kirre. Er schreibt mit so viel Gefühl. Wenn er im Bett genauso gefühlvoll ist … das wird ein Feuerwerk. Ich darf nicht daran denken. Ich werde unruhig und kann mich jetzt nicht selbst glücklich machen, denn ich will mit ihm chatten. Oh, könnte er doch jetzt bei mir sein. Ich würde ihm diese Jeans ausziehen und mit ihm in höchste Sphären aufsteigen.

»Du musst eins wissen, ich pflege meine Versprechen zu halten. Ich verspreche dir jetzt etwas. Ich komme am Wochenende zu dir. Egal, was auch immer ich dafür tun muss. Ich werde einen Weg finden.«

»Das ist schön. Ich hätte nie gedacht, dass mir das mal passieren könnte. Ich freue mich auf dich!«

»Was erzählst du deiner Frau, wo du Samstag hingehst?«

»Meine Frau fährt in Urlaub.«

Er muss sie nicht belügen, denn sie ist nicht zuhause. Würde er es tun, könnte er es tun, wenn sie zuhause wäre? Ich glaube nicht, dass er es könnte. Weshalb beschleicht mich wieder dieses Gefühl, dass er es eigentlich gar nicht will?

»Teilst du noch das Bett mit deiner Frau?«

»Nein, meine Frau und ich schlafen seit zweieinhalb Jahren getrennt.«

»Hattest du schon mal eine Beziehung?«

»Nein, ich bin meiner Frau noch nie fremdgegangen.«

»Dann wirst du es am Wochenende tun?«

»Hast du so was schon mal gemacht? Übers Netz?«

»Non! Wäre mir nie in den Sinn gekommen. Ich bin ein höflicher Mensch und antworte, wenn man mir eine Nachricht schickt. Eine angemessene! Ich habe auch nie irgendjemand mehrmals geantwortet. Ich denke, meine Antworten waren so, dass sie sich kein weiteres Mal getraut haben. Bei dir war meine Neugier geweckt, weil du dir so viele Mühe gegeben hast, mehr über mich zu erfahren. Dann dachte ich, er ist nett und höflich. Du hast irgendetwas in mir berührt und was dann geschah, weißt du.«

»Du hast dich ein klitzekleines bisschen verliebt. Ja, ich denke es wird passieren …«

»Das denke ich auch …«

Ô mon Dieu! Ich hoffe so sehr, dass es passiert. Ich wünsche mir so sehr, mit ihm zu schlafen. Meine Phantasie geht mir durch, wenn ich nur daran denke. Ich brauche eine kalte Dusche. Wie soll ich weiter mit ihm chatten, wenn ich in Gedanken bereits den tollsten Sex mit ihm habe? Ob er ebenfalls Phantasien hat? Ich würde ihn gerne fragen, aber er ist so schüchtern. Es fällt ihm schwer, zu sagen, dass er mit mir schlafen will, wie soll er dann über seine Phantasien reden?

»Kannst du auch böse sein, ich meine außerhalb des Gerichts.«

»Mais oui, das kann ich.«

»Was darf ich nicht tun, damit du es rauslässt?«

»Mich belügen und mein Vertrauen missbrauchen.«

»Ich werde dich nicht belügen und immer ehrlich sein. Auch wenn die Wahrheit manchmal wehtun kann, aber das gehört dazu. Dein Vertrauen werde ich nicht missbrauchen, das habe ich dir ja schon versprochen.«

»Dann wirst du mich wohl nie böse erleben. So richtig böse …«

Ô mon Dieu! Ich hoffe so sehr, dass er mich nie böse erleben wird. Er wäre schockiert, wenn er sehen würde, zu was ich fähig bin.

»Ich bin kein Traumtänzer, ich weiß, dass es die Liebe ohne Streit nicht gibt. Kennst du das Sprichwort?«

»Non, das kenne ich nicht. Ich kenne nicht viele deutsche Sprichworte.«

»Ce qui aime se taquine.«

»Man sagt, qui aime bien, châtie bien. Willst du mich necken?«

»Nein! Das habe ich nicht vor, aber es gibt in einer Beziehung immer Zeiten, wo man sich streitet. Ich versuche es zu unterlassen.«

»Ich verstehe jetzt, was du meintest mit Liebe ohne Streit. Il n'y a pas d'amour heureux.«

»Nein, ich hasse Streit, ich habe genug davon. Hilf mir bitte bei der Übersetzung.«

»Wortwörtlich heißt es: Es gibt keine glückliche Liebe. Das bedeutet, Liebe ohne Tränen gibt es nicht. Wird es wehtun, wenn ich Sonntag mach Hause fahre? Es sei denn, wir haben uns nach diesem Wochenende nichts mehr zu sagen.«

»Warum sollte das so sein?«

»Es könnte sein. Vielleicht erträgt die Wirklichkeit den Traum nicht.«

»Es wird wehtun, ich weiß es. Abschied tut immer weh, die Frage ist nur für wie lange? So, da wir schon beim Thema sind … Was hältst du von schlafen?«

»Über den Abschied will ich jetzt noch nicht nachdenken. Ich bin noch nicht müde. Erschöpft, aber nicht müde. Ich schreibe dir jetzt die Geschichte von Valery.

Mir fällt ein, dass ich nicht mir Michel tauschen kann. Das war eine blöde Idee. Die Leute kommen nicht für das ganze Wochenende. Sie kommen auch für einzelne Vorträge, da geht tauschen nicht. Mein Vortrag ist gut. Eigenlob stinkt, aber er ist es wirklich. Ich werde Maxine fragen, ob sie meinen Vortrag hält. Weshalb bin ich nicht schon früher darauf gekommen?«

»Aber, wenn es dir so wichtig ist, ich möchte es dir nicht wegnehmen.«

»Du nimmst mir nichts weg. Ich wollte den Vortrag nur halten, weil mein Präsident mich darum gebeten hat. Darf ich am Wochenende lesen, während du schon schläfst? Ich bin auch ganz leise.«

»Ich weiß nicht, ob ich viel schlafe …«

»Okay! Vielleicht bin ich aber auch richtig doll müde. Sagt man so? Wir werden sehen. Schlaf gut und träum etwas Schönes. Wir sehen uns im Weinberg. Ich warte auf dich!«

»Ja! So sagt man. Bis morgen! Schlaf gut.«

Ô mon Dieu! Ich muss unter die Dusche. Die Lust brennt in mir. Meine Gedanken machen sich selbstständig und lassen mich mit offenen Augen träumen. Mit ihm unter der Dusche … Non! Nicht daran denken. Heißer Sex … fliegen mit ihm … Non, non, non!

Meine Hände lassen sich nicht bändigen und streichen sanft über meinen Körper. Streichen über meine knospenden Brüste, wandern weiter über meinen Bauch, gleiten zwischen meine Schenkel und machen mich glücklich. Zweimal bricht der Vulkan aus und ich genieße jede einzelne Sekunde davon. Als die letzten Zuckungen vorüber sind, gleite ich langsam zu Boden. Wer sagt, dass nur ein Mann einer Frau höchste Lust bescheren kann? Dass meine Phantasie dabei Unterstützung von einem Mann hatte, den ich noch nie gesehen habe, will ich nicht verschweigen. Ô mon Dieu! Ich muss aufhören daran zu denken. Ich werde schon wieder unruhig. Eine wohlige Müdigkeit überfällt mich und hält meine Hände davon ab, erneut auf die Reise zu gehen.

Ich freue mich auf unser Date. Ich freue mich auf ihn. Ich will ihn endlich kennenlernen, nicht nur über den Messenger mit ihm schreiben. Ich will mit ihm reden, ihn berühren. Oui! Ich will mit ihm schlafen. Ich wünsche es mir so sehr, aber in meinem Kopf ist dieser lästige Gedanke, der sich an dieses Bauchgefühl gehängt hat. Sie sagen, er ist nicht bereit dazu. Selbst wenn wir es tun, er wird es bereuen. Er ist nicht der Mensch, der eben mal fremdgeht und es dann wegsteckt, als sei es nie geschehen.

Ich weiß nicht, wie oft ich schon gelesen habe, dass es keine Zärtlichkeiten mehr gibt, dass es schade ist, wie es ist. Ich will ihn, mehr als alles andere auf der Welt. Ich kann nicht mal sagen, weshalb ich ihn will. Es ist nicht wie sonst, wenn ich mir nehme, was ich will. Es ist völlig anders. Er ist anders. Er war von Anfang an anders. Seine erste Nachricht hat mich in seinen Bann gezogen. Ich kann nicht sagen, was es war. Es war plötzlich da, hat mir ein schönes, warmes Gefühl geschenkt und ist nie wieder verschwunden. Ich habe mich verliebt. Etwas, das ich nie für möglich gehalten hätte. Maxine und Victoria würden es nicht glauben, wenn ich es ihnen erzählen würde. Das wird mir aber bald bevorstehen, denn wenn ich Maxine bitte, meinen Vortrag zu halten, wird sie Fragen stellen und dann muss ich ihr die Wahrheit sagen. Ich kann nicht lügen. Würde ich es versuchen, sie wäre die erste, der es auffällt.

Montag, 17. Juli

Verhandlungspause! Heute nerven mich alle. Immer wieder balle ich die Fäuste, würde gern zuschlagen, meiner Wut Luft machen. Meine Beisitzer zählen schon den ganzen Morgen. Ein immer wiederkehrender Countdown: trois … deux … un … zéro … und die Rakete startet. Das ist der Moment, wenn ich hochgehe. Ich lasse mir von niemand auf der Nase tanzen. Nicht von arroganten

Staatsanwälten, nicht von eitlen Anwälten, erst recht nicht von Zeugen, die das Blaue vom Himmel lügen. Wenn dann wie heute, alle Spezies, die mir die Nerven zählen, in meinem Gerichtssaal vereint sind, donnert schon mal meine Faust auf den Tisch. Dann herrscht erschrockenes Schweigen. Diesen kurzen Moment der Stille nutze ich, um meinen strapazierten Nerven ein bisschen Ruhe zu gönnen, damit sie sich erholen können. Ich brauche dazu nicht das kleine Hämmerchen, mit dem man normalerweise für Ruhe sorgt. Meine Faust ist da viel wirkungsvoller. Yannick nennt sie liebevoll Thors Hammer. Nun ja …

Bis jetzt kam es selten vor, dass sich Leute nicht an die Spielregeln hielten und diejenigen, die es nicht taten, haben es bereut. Ich weiß, ich habe einen Ruf wie Donnerhall und den habe ich nicht nur meinem zarten Stimmchen zu verdanken. Ô oui! Auch bei Gericht bricht sich das Monster seine Bahn.

Meine Beisitzer hat mir der Himmel geschickt. Auch sie sind kleine Teufel. Aber, wie auch immer man uns sehen mag, wir halten uns an die Gesetze und richten danach. Gnade kann von uns niemand erwarten.

Raoul hat mir Cappuccino gebracht und Yannick balanciert mit einer Hand einen Berg Madeleines auf einem Tablett. In der anderen hält er eine Schüssel Schlagsahne für Maxine. Ich glaube, die beiden hatten mal eine Liaison und es könnte sein, dass sie auch heute noch das ein oder andere Mal das Bett teilen. Diese Blicke, die sie sich zuwerfen, die zufälligen Berührungen, das Lächeln …

Oh, wie gerne würde ich Alexander einmal in die Augen schauen. Ich hoffe, dass er es sich nicht anders überlegt und es kein Date geben wird. Die Stimme, in meinem Kopf, sagt mir, ich soll mich nicht zu früh freuen. Er liebt seine Frau noch immer.

Maxine lässt sich stöhnend auf einem Stuhl nieder, verdreht die Augen und greift nach den Madeleines. Dieser Auftritt verheißt nichts Gutes. Ihr erging es anscheinend auch nicht besser als mir. In solchen Situationen stopft sie bergeweise Essen in sich rein. Alles andere als ladylike, greife ich mir mit beiden Händen so viele Madeleines, wie ich kann. Hat sie erst mal angefangen zu essen, leert sie den Teller schneller, als ich ein einziges Madeleine essen kann.

»Zum Glück haben dich deine Eltern nicht Saucisse genannt, sonst müsstest du jetzt sieben Würstchen aufessen«, lästert Yannick und lacht schallend. Dafür erntet er einen Schlag auf den Oberarm. Ups! Das wird ein paar Tage schmerzen und blau wird es auch. Weshalb musste der Pâtissier das Gebäck ausgerechnet nach der Köchin benennen, mit der er eine Liaison hatte? Amandine wäre doch auch nett gewesen. Ich meine ja nur …

Nachdem ich zwei der Madeleines aufgegessen habe, kann es mit der Verhandlung weitergehen. Maximal zwei Stunden, dann ist Schluss für heute. Ich habe noch eine Sitzung und die Sorbonne wartet auch noch.

Montag, 17. Juli, 14 :12 Uhr
Salut mon cher,
eine gute Nachricht … Maxine hält meinen Vortrag. Sie ist ein Schatz. Ich sagte dir bereits, dass sie Fragen stellen wird. Nun ja! Ich habe ihr ein bisschen erzählt. Jetzt versteht sie die Welt nicht mehr.

Ich muss noch in den Feinkostladen. Florence war bereits auf dem Markt. Mich gelüstet nach l'endive fondant, also muss ich selbst einkaufen.

Ich hasse die Handytastatur, alles so winzig. Wir schreiben heute Abend. Okay? Ich freue mich darauf! Hier noch ein Link zu einem schönen Lied.

Oui! Maxine versteht die Welt nicht mehr. Sie hat mich ernsthaft gefragt, ob ich mich nicht wohlfühle. Wie ich auf diese dämliche Masche hereinfallen kann, ob ich es so nötig hätte, dass ich mir einen Mann aus dem Internet holen muss. Ich habe es nicht nötig und brauche das Internet nicht, wenn ich einen Mann will. Es hat sich einfach so ergeben. Und jetzt ... nun ja ... jetzt kann ich es kaum erwarten, dass er mit mir schläft.

Die Studenten hatten heute den letzten Tag ihrer Examensvorbereitung zur mündlichen Prüfung. Ich hatte sie bereits auf die schriftliche Prüfung vorbereitet. Sie liegen mir am Herz. Wenn man ihnen jahrelang Gesetze, Paragraphen und die Grundlagen unseres Rechtssystems eingebläut hat, will man doch auch, dass sie es durch die Prüfung schaffen. Morgen beginnen die mündlichen Examina und mein Zeitplan ist noch enger bestückt. Non! Sie haben keine Sonderbehandlung von mir zu erwarten. Sie wissen es und gehen dementsprechend in die Prüfungen. Ich hoffe, dass auch sie mich wieder stolz machen. Bis jetzt habe ich noch keinen von ihnen verloren. Alle meine Studenten haben ihre Prüfungen bestanden. Viele sogar mit Auszeichnung.

Ich freue mich auf das Wochenende, auch wenn es nur ein paar Stunden sind, die wir uns sehen werden. Wenn er es sich nicht noch mal anders überlegt ... Oui! Es würde wehtun. Auch das ist etwas, das es vorher noch nie gab. Früher war es mir egal, ob ich ein Date hatte oder nicht. Die Männer waren mir egal. Okay! Ein paar Ausnahmen gab es, aber sie waren nicht das, was Alexander für mich ist. Etwas ganz Besonderes ...

Ich habe mich auf den Chat mit ihm gefreut, aber der Server ist abgestürzt. Das Internet liegt mal wieder lahm. Jetzt wird er sich wieder Sorgen machen. Er wollte mir seine Telefonnummer geben, aber ich wollte sie nicht. Jetzt könnte ich ihm eine SMS schicken. Telefonieren möchte ich nicht mit ihm. Ich will ihn zuerst sehen, von Angesicht zu Angesicht. Wenn die Server wieder online sind, schicke ich ihm eine Nachricht. Ich werde noch einen Spaziergang machen und die schöne Nacht genießen. Vielleicht laufe ich bis zur Seine, ich muss den Kopf freimachen.

Ich bin traurig. Statt allein durch Paris zu laufen, würde ich lieber mit Alexander chatten oder besser noch, mit ihm spazieren gehen. Das wäre so schön ...

Langer Spaziergang, kurze Pause in einem kleinen Café, in der Nähe der Comédie-Française. Überall Menschen, die versuchen online zu gehen. Fehlanzeige! Ob er noch auf mich wartet? Es ist schon spät und er muss ins Bett. Wer so früh aufstehen muss, darf nicht zur Nachteule werden. Nicht meinetwegen!

Ich traue meinen Augen nicht. Mein Nachbar, Monsieur Saudeau, händchenhaltend mit einer Blondine. Dieser Schwerenöter! Zuhause den treusorgenden Ehemann mimen und hier eine Barbie anschmachten. Ich schätze sie auf zwanzig. Wenn all das Zeug, dass sie in ihrem Gesicht spazieren trägt, runter ist ... sechzehn! Monsieur Saudeau als Sugar Daddy. Wer hätte das von diesem prüden Saubermann gedacht? Er streichelt ihre Hand, sie lächelt ihn an. Sein Blick versinkt in ihrem Décolleté, in dem das Händchen voll mit allerlei Hilfsmitteln hochgepusht ist. Er rutscht unruhig auf seinem Stuhl herum. Ich kann ihn verstehen. Ich rutsche auch öfter mal. Aber ich denke, bei ihm ist das Rutschen der zu engen Hose geschuldet, in der sich wohl gerade jemand bemerkbar macht, ihm aber der Platz fehlt, sich zu voller Größe aufzurichten.

Ich frage mich, was das Mäuschen an Saudeau findet. Er ist klein, stark übergewichtig, hat eine Glatze und riecht aus dem Mund. Nun ja! Geld macht sexy, verklärt den Blick und verstopft die Nase. Wenn das Mäuschen wüsste, dass er den Wohlstand dem Geld seiner Frau verdankt und sie ihn im Regen stehen lässt, wenn sie geht ... dumm gelaufen!

Diskret erhebe ich mich von meinem Stuhl und verlasse das Café. Ich hasse Peinlichkeiten jedweder Art. Langsam schlendere ich nach Hause. Die Nacht ist mild und verleitet zum Träumen. Jetzt mit

Alexander durch die schönste Stadt der Welt spazieren, das wäre schön. Ihn mit nach Haus zu nehmen und ihm endlich diese Jeans auszuziehen … Ô mon Dieu! Wieder flutet die Lust durch meinen Körper. Ich hoffe nur, dass ich ihn nicht erschrecke, wenn sich diese Lust Samstag entlädt.

Ich bin erstaunt, wie schnell die Zeit verflogen ist, seit ich das Café verlassen habe. In Gedanken bei Alexander und schon fliegt die Zeit davon. Im Treppenhaus kommt mir Constantijn entgegen. Er hat es eilig und keine Zeit für ein Gespräch. Gut so! In mir kribbelt alles und ich weiß nicht, ob ich diesmal vor der Tatsache, dass er schwul ist, Halt gemacht hätte. Er ist sehr attraktiv, gebildet und duftet immer so gut. Ô mon Dieu! Jetzt würde ich sogar über meinen schwulen Nachbarn herfallen. Es wird höchste Zeit, dass ich Alexander kennenlerne. Was hat dieser Mann nur mit mir gemacht?

Nach einem Cappuccino und zwei Madeleines ein erneuter Versuch, mich bei Facebook einzuloggen. Bingo! Es dauert zwar etwas länger, bis sich die Seite aufgebaut hat, aber es funktioniert.

Montag, 17. Juli, 22:51 Uhr
Hallo Madeleine,
ist alles gut bei dir? Warum so ein trauriges Lied? Was ist passiert?

Montag, 17. Juli, 23:01 Uhr
Okay! Jetzt bin ich auch traurig.

Montag, 17. Juli, 23:04 Uhr
Ich weiß nicht, was los ist. Bitte, sag mir nicht, dass alles nur ein Fake war. Ich habe mich lange nicht mehr so gut gefühlt. Ich habe mich so gefreut, dich zu sehen.

Montag, 17. Juli, 23:15 Uhr
Ich hoffe es geht dir gut, du bist bestimmt nur eingeschlafen. Ich habe dich warten lassen. Tut mir leid. Es ging leider nicht schneller. Ich hoffe, du schreibst mir morgen. Wenn du mir nicht mehr schreiben willst, dann sag mir wenigstens, dass es dir gut geht. Ich mache mir große Sorgen. Bitte, hör dir das Lied an, das ich dir geschickt habe. Ich wünsche dir eine gute Nacht.
Alexander

Ô mon Dieu! Was ist das? Weshalb denkt er gleich ans schlimmste? Okay! Woher soll er wissen, dass in Paris das Internet lahmgelegt wurde? Er macht sich schon wieder Sorgen. Das ist so hmmm … Ich schmelze mal wieder.

Jetzt schnell ein paar Zeilen schreiben und abschicken. Ich hoffe, dass er es nach dem Aufstehen lesen wird.

Montag, 17. Juli, 23:53 Uhr
Salut mon cher,
ich hatte Probleme mit dem Server. Erst gab es Probleme beim Anmelden, dann lief alles langsam und die Seite hat sich nicht richtig aufgebaut, dann ist er abgestürzt. Überall in der Stadt gab es Probleme. Ich war traurig, weil ich nicht mit dir chatten konnte und habe einen langen Spaziergang gemacht. Es war schön, die Nacht war mild und dieses besondere Flair lag wieder über der Stadt. Es wäre schön gewesen, wenn du bei mir gewesen wärst. Es hätte dir gefallen.

Ich habe mir dein Lied angehört. Ein schönes und trauriges Lied. Es macht mich noch trauriger. Mach dir keine Sorgen um mich. Ich bin auch kein fake. Schlaf gut … I'll be right beside you dear.

Dienstag, 18. Juli, 06:27 Uhr
Guten Morgen Madeleine,
ich habe mir Sorgen gemacht und hoffe, es geht dir gut. Ja, ich denke an den Weinberg! Ich melde mich in meiner Mittagspause.

Dienstag, 18. Juli, 10:07 Uhr
Salut mon cher,
ich habe Verhandlungspause. Ich balle immer wieder die Faust. Es gibt einen Anwalt, der mir die Nerven zählt. Wenn du Pause hast, bin ich bereits wieder in meiner Verhandlung. Heute Nachmittag habe ich noch eine Sitzung. Es wird ein langer Tag für mich. Wir treffen uns heute Abend im Chatroom. Ich bin frühestens zwanzig Uhr online. Ich schicke dir noch ein Lied, das ich besonders gern mag.

Dienstag, 18.Juli, 12:22 Uhr
Bleib ganz ruhig, du machst das schon.
Ich freue mich ganz doll aufs Wochenende. Ganz besonders freue ich mich, dich zu sehen. Ich denke den ganzen Samstag und die Nacht ist viel Zeit, um sich besser kennen zu lernen.
    Ich versuche es bis zwanzig Uhr zu schaffen. Bitte nicht weglaufen. Ich komme auf jeden Fall online. Gruß Alexander

Dienstag, 18. Juli, 19:58 Uhr ... Chatroom
»Ich bin da und warte sehnsüchtig auf dich.«
    »Salut mon cher«
    »Schön, dass du da bist. Ich habe etwas Gemütliches gesucht und gefunden. Ein kleines Hotel, das mitten in den Weinbergen liegt. Ich hoffe die Unterkunft enttäuscht dich nicht. Ich freue mich wie ein kleines Kind und werde dich sofort in den Arm nehmen, wenn du ankommst.«
    »Weinberge ... schön, dort wollte ich schon immer mal hin. Okay! In der Realität. Weshalb sollte ich enttäuscht sein? Ich brauche keine Luxusunterkunft.«
    »Samstag, zwölf Uhr können wir ins Zimmer. Ich vergaß ... das Hotel ist in Bernkastel, einer kleinen Stadt an der Mosel. Wann wirst du ankommen?«
    »Ich fahre neun Uhr sechs in Paris ab. Zwei Stunden Fahrzeit und innerhalb Deutschlands nochmal ... Jetzt muss ich googeln, wo Bernkastel liegt. Rhénanie-Palatinat ist groß. Okay! Innerhalb Deutschlands nochmal zwei Stunden Fahrzeit.
    Ich habe dir einen Link geschickt. Andante, Andante, ein schönes, gefühlvolles Lied. Schreib mir ein bisschen. Ich werde mir inzwischen ein Ticket kaufen.«
    »Super! Dann bist du spätestens dreizehn Uhr in Bernkastel. Welches Auto fährst du? Nicht, dass ich die falsche Frau mit aufs Zimmer nehme. Das war ein Witz!«
    »Ich fahre einen schwarzen Porsche. Die kleine Dicke bin ich ...«
    »Super ...«
    »Super für die kleine Dicke?«
    »Hast du ein Foto geschickt? Ich habe keins bekommen ...«
    »Ich meinte die falsche Frau!«
    »Ach so ... Die Leitung! Ich stand drauf!«
    »Du brauchst kein Foto. Das Original kommt ...«

»Ich bekomme Komplexe … Du im Porsche und ich im Aygo.«

»Ich mache einen Ausflug mit dir, wenn du möchtest. Du darfst ihn auch fahren. Das ist eine große Ehre Ich liebe diese Autos. In Paris habe ich noch einen davon.«

»Cool! Danke! Ich will dich festhalten und nicht mehr loslassen.«

»Ich habe heute mit Maxine zu Mittag gegessen. Sie hat mir von deiner Nachricht erzählt und ist ganz begeistert von deiner Fürsorge. Der Rest macht ihr allerdings etwas Kopfzerbrechen.«

»Zum Beispiel … was?«

»Dass ich dich übers Internet kennengelernt habe, dass du zwei Kinder hast. Sie hat das Foto mit den Kindern gesehen. Ich habe ihr nur das Nötigste erzählt. Jetzt löchert sie mich und hat es Victoria erzählt. Die löchert mich jetzt auch. Beide sind sich einig … du bist ein schnuckeliges Kerlchen.«

»Hast du ihr von meinem Leben erzählt?«

»Non! Deshalb löchern sie mich doch. Ich werde ihnen nichts erzählen. Das ist eine Sache zwischen uns beiden. Ich sagte auch nicht, dass du noch ein weiteres Kind hast. Sie sind zwar meine besten Freundinnen, aber ein paar Geheimnisse darf ich wohl haben. Ich denke, sie erzählen mir auch nicht alles. Das möchte ich auch gar nicht.«

»Danke! Maxine hat gesagt, dass ich dir nicht wehtun soll und dich nie belügen darf, das werde ich auch nicht. Sie hat auch gesagt, dass du mich dann verlässt.«

»Es gibt eine Grenze, die man nicht überschreiten sollte. Es gibt nichts, was ich mehr hasse als Lügen, aber das habe ich dir bereits gesagt.«

»Ja, ich werde ehrlich sein, Frau Richterin.«

»Das ist auch besser so, sonst zurre ich dir den Hosenboden fest oder so ähnlich. Ich weiß nicht mehr genau, wie der Spruch lautet.

Wir haben auch eine Regel … an der Schlafzimmertür ist Schluss Okay! Das hat jetzt etwas mit Sex zu tun. Noch Fragen?«

»Erläutere den Satz, an der Schlafzimmertür ist Schluss. Ich habe ein Doppelzimmer gebucht.«

»Was hinter dieser Tür geschieht, geht niemand etwas an. Auch wenn wir uns vieles erzählen, das ist ein Tabu, das wir noch nie gebrochen haben. Es sei denn, du möchtest, dass ich einem Reporter der Paris Match etwas erzähle. Allerdings würde der Fotos verlangen. Dann kannst du es in allen Klatschmagazinen lesen.«

»Was bringt so ein Foto mit dir? Das war ein Witz! So etwas würde ich nie tun.«

»Eine Tracht Prügel von mir.«

»Ich vergaß … der siebte Dan. Nein! Das würde ich meinem ärgsten Feind nicht antun. Ich vertraue dir und das kannst du auch. Eher würde ich für dich sterben, als so etwas zu tun. Das hat etwas mit Ehre zu tun.«

»Meine Mutter ist, nun ja, sagen wir, wie es ist, pressegeil. Neulich war sie wieder im Closer. Mon Dieu! War mir das peinlich. Maxine hat es mir erzählt und dann rief Claire an. Sie war entsetzt über ihre grand-mère.«

»Ich weiß nicht, ob ich mit denen klarkäme. Könnte es passieren, dass uns jemand fotografiert?«

»Möglich ist alles. Wo machen deine Kinder Urlaub?«

»Sie fahren nach Bayern, an den Ammersee. Meine jüngste Tochter, die jetzt zweieinhalb ist, leidet seit ihrem ersten Lebensjahr an Diabetes. Sie wird ihr Leben lang eine Insulinpumpe mit sich herumtragen. Die Krankenkasse veranstaltet diese Reise für betroffene Kinder. Fliegen ist zu teuer und bei dem ganzen Gepäck … Meine Schwester fährt zur Unterstützung mit.«

»Oh, der arme Schatz. Das tut mir leid. Wie heißt sie?«

»Emma!«

»Ist diese Pumpe hinderlich? Kann man sie sehen?«

»Nein, sie wird damit groß. Es gehört für sie zum Leben. Eine Nadel sitzt im Bein, die Kanüle ist mit einer Pumpe verbunden, die mit einem Gurt um den Bauch befestigt ist. Der Sensor, der automatisch den Zucker, misst steckt im anderen Bein, dieser wird alle vierzehn Tage gewechselt.«

»Das ist eine große Einschränkung der Lebensqualität. Wenn sie wieder zurück ist, drück sie von mir und gib ihr einen Kuss. Ist sie dir das liebste deiner Kinder? Du verstehst wie ich das meine?«

»Ja, ich verstehe es, man passt mehr auf, aber ich liebe meine Kinder alle gleich viel. Ich verwöhne sie nicht. Sie muss lernen, trotz Diabetes ihr Leben zu meistern. Jetzt kennst du noch ein weiteres Geheimnis. Alles gut bei dir?«

»Ich bin nur etwas traurig. Der kleine Schatz. Du bist ein guter Papa. Deine Kinder können sich glücklich schätzen, dich zu haben.«

»Danke, meine Kinder lieben mich. Sie stürmen mir abends entgegen, wenn ich von der Arbeit komme. Es gibt Menschen in der Nähe, die das nicht tun.«

Und wieder tut er es. Er wünscht es sich so sehr, dass sie ihn liebt. Er will ihr doch gar nicht fremdgehen. Sie nicht betrügen ...

»Für mich ist eine Welt zusammengebrochen. Ich bin zurzeit echt mit den Nerven unten. Emma, meine Operation, eine verkorkste Ehe. Du glaubst gar nicht, wie froh ich bin, dich kennengelernt zu haben, jemand zum Anschmiegen und Festhalten. Jemand, der offen und ohne Hintergedanken mit mir redet. Ich danke Gott, dass er mir dich geschickt hat, mein Engel. Jetzt würde ich dich gern ganz fest umarmen. Ich hoffe, dass Samstag jemand die Uhr anhält.

Wie ist es heute im Gericht ausgegangen, musste jemand dran glauben oder konntest du dich beherrschen?«

»Ô mon Dieu! Das war grauenvoll. Yannick hat irgendwann seine Hand auf meinen Oberschenkel gelegt. Auf die Hand geht nicht, das sieht jeder. Das war das Zeichen ... bleibe jetzt ganz ruhig.

Die Verhandlung wurde elf Uhr dreißig zur Mittagspause unterbrochen. Zwölf Uhr dreißig gings weiter bis siebzehn Uhr. Heute war der fünfte Verhandlungstag. Die letzten vier waren furchtbar, aber so wie heute ... Non! Wenn man Anwälte einbuchten könnte, weil sie dem Richter auf die Nerven gehen ... der hier käme nie wieder raus.«

»Du musst gute Nerven haben. Ich habe mir das Lied angehört. Schön! Ja, wir werden es langsam angehen lassen und ich werde ganz sanft zu dir sein. Andante, andante. Ich will dich zum Lachen bringen, nicht zum Nachdenken, denn dann habe ich dich nicht verdient! Sorry, sprudelt gerade aus mir raus.«

»Du bist ein Schatz!«

»Du auch ... ich weiß es ...«

»Jetzt würde ich dich gerne ...«

»Gerne ... was?«

»Glücklich machen ...«

»Das würde mich freuen ... Hast du keine Angst vor der Zeit nach dem Wochenende? Glaubst du, alles ist und bleibt so, wie es vorher war? Ich meine, das hier ist ja schon ganz tief und wir chatten nur, aber am Samstag werden wir uns sehen. Da möchte ich nicht wissen, was Sonntag ist, wenn wir uns verabschieden. Alles klar?«

»Ja, ich versuche nicht daran zu denken. Angst habe ist vor etwas anderem.«

»Und das wäre?«

»Mich verbrennt eine Frage. Ich habe lange überlegt, ob sie dir stellen soll. Sie geistert mir im Kopf herum. Nach unserem heutigen Chat, was du geschrieben hast ... ich werde sie dir stellen. Wenn wir uns für heute verabschiedet haben, schicke ich sie dir. Ich will heute keine Antwort darauf. Du musst darüber nachdenken. Glaube mir, ich habe Angst vor der Antwort. Im Laufe des Abends habe ich dir etwas geschrieben, ich muss es nur noch hochladen.«

»Okay, jetzt machst du es spannend und das mag ich so an dir. Ich weiß aber schon jetzt, was du fragen wirst. Ich sage dir morgen, ob es mit deiner Frage übereinstimmt. Sollte es diese Frage sein, weiß ich schon die Antwort.«

»Oh, glaub mir, du ahnst es nicht mal annähernd.«

»Oh, oh! So schlimm?«

»Kommt drauf an. Es ist kein Abschied.«

»Okay! Ich werde es lesen. Du willst wirklich, dass ich erst morgen antworte, obwohl du so viel Angst vor der Antwort hast?«

»Oui! Ich will, dass du genau darüber nachdenkst. Auch wenn ich bis morgen Abend warten muss.«

»Kein Abschied, das klingt sehr gut und erleichtert mich. Außerdem kannst du noch nicht aus meinem Leben verschwinden. Ich habe dich noch nie belogen. Beeinflusst die Antwort unser Wochenende?«

»Das ist es auch nicht. Es ist nicht nur das, was du sagst. Es ist das, was ich zwischen den Zeilen lesen kann. Bitte … löchere mich jetzt nicht. Mir schlägt das Herz Stakkato. Sag doch etwas … bitte!«

»Alles ist gut. Ich glaube, mit klitzekleines bisschen ist es vorbei?«

»Oui!«

»Oh …!«

»Es ist kein klitzekleines bisschen mehr …«

»Bei mir ist es momentan nicht messbar. Schmetterlinge nennt man so was. Ich habe auch Angst.«

»Wovor?«

»Ich habe Angst, dass das, was ich sagen will, nicht so gut rüberkommt, wenn ich es schreibe. Das du denkst, was ist denn das für einer?«

»Ein lieber Schatz!«

»Du bist wirklich ein Engel.«

»Oh, du kennst das kleine Teufelchen noch nicht, das in diesem Engel steckt.«

»Du würdest mir nicht wehtun.«

»Non, das würde ich nicht. Deshalb stelle ich dir diese Frage und du musst mir jetzt versprechen, dass du darüber nachdenken wirst. Bitte!«

»Okay! Dann stelle sie mir. Ich denke, das ist der richtige Zeitpunkt.«

»Gut! Dann sage ich dir jetzt bonne nuit. Morgen Abend chatten, egal wie die Antwort lautet?«

»Schon vergessen, wir haben ein Date.«

»Non, nicht vergessen. Ich stelle dir diese Frage nur, weil es kein klitzekleines bisschen mehr ist.«

»Okay! Schlaf gut!«

Mittwoch, 19. Juli, 00:05 Uhr

Mon cher

In den letzten Tagen nimmt in meinem Kopf etwas so viel Raum ein, dass sich meine Gedanken nur noch darum drehen. Es ist etwas, das ich schon eine ganze Weile mehr oder weniger erfolgreich verdrängt habe. Ich wollte dir diese Frage schon vor einigen Tagen stellen, habe es aber nicht getan, weil ich die Antwort nicht hören wollte. Es geht hier aber nicht um meine Befindlichkeit, sondern um dein Wohlergehen, denn du liegst mir sehr am Herz. Heute konnte ich mich während der Sitzung kaum konzentrieren, deshalb muss ich dir jetzt diese Frage stellen.

Interpretiere bitte nichts hinein, dass da nicht ist. Es geht hier nicht um mich. Ich habe dir ein Versprechen gegeben und stehe dazu. Ich komme am Wochenende.

Ich hatte nie den Eindruck, dass du ein Mensch bist, der seine Familie im Stich lässt. Auch wenn deine Frau dich sehr oft verletzt hat und noch immer verletzt, du bedauerst aus tiefstem Herzen, dass es nicht mehr ist, wie es früher war. Du würdest alles tun, um ihr zu helfen, um sie wieder für dich zu gewinnen. Du liebst deine Kinder von Herzen. Es ist völlig normal, dass du wieder eine richtige Familie willst, deine Frau zurückwillst. Du musstest es nicht mit Worten ausdrücken. Ich konnte es zwischen den Zeilen lesen. Du willst auch nicht, dass sie erfährt, dass du einen Ausflug machst, weil du sie nicht verletzen willst.

Jetzt frage ich dich … Bist du dir absolut sicher, dass du unser Date willst? Wirklich willst? Ich denke, dass du jemand brauchst, dem du dein Herz ausschütten kannst. Der dich mal in die Arme nimmt und drückt, dir Geborgenheit, Wärme, Zärtlichkeit und Nähe schenkt. Der vielleicht auch mal mit dir in den Weinberg geht. Nicht, damit du deine Frau betrügen kannst. Ô non! Ich denke, tief in deinem Innern sehnst du dich nach dem Gefühl, dich endlich wieder wie ein Mann zu fühlen.

Ich bin mir nicht sicher, ob du das auch wirklich willst. Ob du diesen Schritt wirklich gehen willst, denn zwischen sich sehnen und es dann auch wirklich zu tun, liegen Welten und ein schlechtes Gewissen, das dich den Rest deines Lebens begleiten wird. Ich hoffe, du verstehst, wie ich das meine.

Ich möchte nicht, dass du wegen deines Engels eine Dummheit machst, vor lauter Euphorie den Kopf verlierst und es hinterher bereust. Du fühlst dich im Moment gut. So gut wie schon lange nicht mehr, weil du die Welt durch die rosarote Brille siehst und das, was dir wirklich wichtig ist, vergisst.

Jetzt denk darüber nach. Schlaf darüber. Denk morgen weiter. Egal, zu welchem Schluss du kommst, mir die Antwort nicht gefällt und das Herz brechen wird, ich bin dir nicht böse. Ich will, dass du glücklich bist.
Schlaf gut. Madeleine

Mein Leben war einfacher, als es dieses Gefühl noch nicht gab, als ich nicht verliebt war. Man kann es sich nicht aussuchen. Dieses Gefühl kommt, wann es will, aber es geht auch wieder, wenn es will. Ich weiß nicht, wie er sich entscheidet. Dieses Gefühl, es wird auch noch da sein, wenn er unser Date absagt, aber wie lange wird es da sein, wenn er es nicht tut? Wenn es nicht bei einem Date bleibt? Ich will es nicht verlieren, nicht gehen lassen, aber mein Kopf sagt, dass ich es verlieren werde, weil ich nicht damit umgehen kann. Weil ich nicht lieben kann und nur verliebt sein nicht reichen wird.

Mittwoch, 19. Juli, 07:43 Uhr
Guten Morgen Madeleine,
ich hoffe du hast gut geschlafen. Ich wollte mich nur kurz melden, damit du nicht auf glühenden Kohlen sitzen musst. Die Antwort schreibe ich in der Mittagspause.
Gruß Alexander

Mittwoch, 19. Juli, 11:55 … Chatroom
»Hallo! Hast du Pause?«
»Ja, fünf Minuten für alle, die nochmal schnell wohin müssen. Du verstehst? Mir ist schon den ganzen Morgen übel.«
»Ach komm, so schlimm ist es nicht. Ich fange jetzt an zu schreiben … oder weshalb ist dir übel?«
»Wegen dessen, was du jetzt schreiben wirst. Ich muss jetzt los. Yannick guckt schon ganz böse.«
»Okay! Denk an mich und lächle.«

Mittwoch, 19. Juli, 12:01 Uhr
Hallo Madeleine,
es geht hier nicht um verletzen oder im Stich lassen. Es geht in erster Linie um das, was ich fühle. Man könnte sagen, ich bin ein Egoist und denke nur an mich, ich sehe das etwas anders. Liebe, die man verdrängt, macht krank.

Ich hatte in den letzten Jahren öfter die Möglichkeit fremd zu gehen, zuletzt in Limburg. Du erinnerst dich an die Dame, die ein Foto mit mir wollte? Sie wollte mehr. Ich bin in all den Jahren treu geblieben, aus genau dem Grund, den du gestern genannt hast. Ich dachte immer, das legt sich mit meiner Frau, aber es war nur eine ihrer seltenen guten Phasen. Ich habe das Warten satt.

Ich bin ein Gefühlsmensch, kein Verstandsmensch. Mein Gefühl sagt mir, dass ich Samstag nach Bernkastel fahren soll. Natürlich liebe ich meine Kinder und ich werde sie auch so schnell nicht verlassen, aber auch ich habe ein Leben. Also, es wird nicht so sein, dass ich nach Bernkastel nicht mehr zu meinen Kindern fahre, aber das kann sich ändern, wenn sich das, was momentan zwischen uns passiert, bestätigt und vertieft.

Wir haben unser erstes Date und sollten uns näherkommen, das ist es, was ich im Moment von ganzem Herzen will und ich hätte auch kein schlechtes Gewissen. Dafür ist das Leben zu kurz. Man kann nichts festhalten, das nicht funktioniert.

Aus diesen Gründen beantworte ich deine Frage mit einem klaren ja und freue mich auf unser Wochenende. Ich mag dich sehr, da gibt es keine Zweifel und das ist es wert, mich mit dir zu treffen und ein schönes Wochenende zu verbringen.

Ich bin gegen zweiundzwanzig Uhr online, da ich Training habe, deswegen habe ich dir schon jetzt geschrieben, damit du nicht so lange warten musst.
Ich habe dich ganz doll lieb.
Alexander

Ô mon Dieu! Der Nachmittag zog sich dahin und ich war mit den Gedanken weit weg. Zum Glück waren es nur Sitzungen, da bedarf es keiner allzu großen Konzentration. Ich hatte zwischen den einzelnen Sitzungen nicht mal die Zeit, mich bei Facebook einzuloggen.

Im Moment ist seine Antwort das wichtigste für mich. Es wäre schön, wenn er sich für diesen großen Schritt entscheiden würde. Selbst wenn es so sein sollte, bin ich dennoch der Meinung, dass es schon bald den großen Schritt zurück zur Familie geben wir. Er ist nicht der Mann, der seine Familie verlässt. Er bleibt bei Frau und Kind, auch wenn sie völlig durchgeknallt ist. Er wird nie gehen …

Mein Herz rast und das Blut rauscht in meinen Ohren. So gerne ich jetzt einen Cappuccino hätte, ich muss erst lesen, was er mir geschrieben hat. Ô mon Dieu! Das darf ich niemand erzählen. Ich bin so aufgeregt, ich kenne mich nicht wieder. Ist das so, wenn man verliebt ist? Muss wohl so sein … sonst knallhart und jetzt flattern die Nerven. Was hat er nur mit mir gemacht?

Ô … mon … Dieu! Wir sollten uns näherkommen. Das ist es, was er im Moment von ganzem Herzen will und er hätte kein schlechtes Gewissen. Ist das schön! Aber weshalb lässt dieser Gedanke, der noch immer durch meinen Kopf schwirrt, es nicht zu, dass ich mich aus tiefstem Herz darüber freuen kann? Vielleicht, weil ich ganz tief in meinem Herz weiß, dass er seine Familie nie verlassen wird. Egal, was mit uns geschieht …

Mittwoch, 19. Juli, 17:24 Uhr
Jetzt brauche ich eine ganze Packung Kleenex …

Ein kleines Missgeschick

Welch ein Tag! Heute Nacht kaum geschlafen, stressiger Morgen im Gericht. Ein Herz, das in meiner Brust raste und das Blut in meinen Ohren rauschen ließ. Maxine, die mich mit ihren Fragen nervte, überflüssige Sitzungen, Missgeschick im Solarium. Einziger Lichtblick ... Alexander! Es war schön, zu lesen, dass er mich sehr mag, dass er sich auch wünscht, mit mir zu schlafen. Auch wenn ich den Gedanken aus meinem Kopf verbanne ... es bahnt sich da ein klitzekleines Problem an, dass sich zu einem riesengroßen ausweiten könnte ... Das dieses Wochenende anders gestalten könnte, als geplant.

Jetzt freue ich mich erstmal auf den Chat mit Alexander. Er wird mich wieder auf andere Gedanken bringen. Was sage ich da ... andere Gedanken? Ich kann an nichts anderes mehr denken. Ich will mit ihm schlafen, ihm das geben, was seine Frau ihm nicht geben will.

Wieder spukt mir dieser Gedanke im Kopf herum. Geld regiert die Welt ... er leidet ... Was liegt da näher, als ein Geschäft mit seiner Frau abzuschließen? Geld gegen Freiheit! Eine einfache Rechnung ... aber habe ich da die Rechnung nicht ohne Alexander gemacht? Ich würde zu gern glauben, dass es mehr wird, als nur ein One-Night-Stand. Ich würde ihn freikaufen, ihn und seine Kinder, aber da ist diese Ahnung, dass er überhaupt nicht weg will von ihr.

Er sagt, Liebe, die man verdrängt, macht krank. Weshalb verdrängt er sie dann? Weshalb steht er nicht dazu? Weshalb sagt er nicht, ich liebe meine Frau und werde sie nie verlassen? Ich brauche nur mal jemand, der mich in den Arm nimmt und mir zuhört, der mich eine kurze Zeit wieder ein Mann sein lässt. Ein Mann, der seine körperlichen Bedürfnisse ausleben kann.

Ich will ihn, mehr als alles andere. Deswegen gehe ich das Risiko ein, dass es ein großer Reinfall werden kann. Sacrément! Ich habe noch nie etwas so begehrt wie ihn.

Mittwoch, 19. Juli, 22:15 Uhr ... Chatroom
»Wie geht's dir? Hast du die Kleenex alle aufgebraucht?«

»Non, es war eine Großpackung. So schlecht, wie letzte Nacht, habe ich schon lange nicht mehr geschlafen. Yannick hat mich heute Morgen angesehen und sagte, wenn er es nicht besser wüsste, würde er sagen, ich habe Liebeskummer. Nachdem ich deine Nachricht gelesen hatte, gings mir sehr gut. Dann gab es ein klitzekleines Missgeschick.«

»Wieso? Was ist passiert? Erzähl mir von deinem Missgeschick ...«

»Sagen wir mal so ... heute Morgen, ich war nicht gut drauf. Kannst du dir ja denken. Ich trug zum ersten Mal seit langem wieder ein Kleid. Stand vorm Spiegel ... das Gesicht habe ich erst gar nicht beachtet. Dann sah ich meine Beine. Dunkelblaues Kleid und weiße Beine ... grrr! Später, bei Gericht, ich zog meine Robe an, Raoul lachte. Black and ... White! Du verstehst?«

»Okay! Das alles ist doch nicht schlimm ...«

»Ich beschloss etwas dagegen zu tun. Okay! Ein klitzekleines bisschen Eitelkeit steckt auch in mir. In der Mittagspause beschlossen Maxine und ich ins Solarium zu gehen. Böser Fehler!«

»O weh! Sonnenbrand!«

»Nach deiner Nachricht war meine Laune sehr gut. Im Solarium belegten wir dieselben Sonnenbänke wie immer. Böser Fehler! Sie hatten inzwischen die Bänke umgestellt. Das leichte bräunen wurde zu einem Turbobräuner. Jetzt trägt Maxine feuerrot und ich ...

Die Innenfläche der rechten Hand ist dick und rot. Auf meinem Körper sind diverse Rötungen zu sehen und zu spüren.«

»O weh!«

»Aber, und jetzt lach nicht … ich will jetzt bedauert werden. Da gibt es ein paar edle Körperteile, an die normalerweise kein Sonnenlicht kommt und die tun jetzt verdammt weh. Hör auf zu lachen.«

»Ich lache nicht … okay! Ein kleines bisschen. Ich weiß, an der Stelle tut das weh. Besorge dir Creme, ich reibe dich Samstag damit ein.«

»Habe ich bereits gemacht. Ich war beim Arzt. Jetzt sitze ich auf einem Kissen und trage ein weites Shirt. Bis Samstag ist das hoffentlich besser.«

»Ja! Das tut sehr weh! Ich werde dich Samstag verarzten … und diese Stelle geschickt umgehen …«

»Tja! Da bin ich aber mal gespannt, wie das funktionieren soll. Ô mon Dieu! Ich darf mir das nicht vorstellen. Das macht mich so …«

»So was? Na, … komm schon … sag's … sag es! Es heißt …«

»Stumpf? Oder so ähnlich …«

»Anderes Wort … meinst du scharf?«

»Monsieur Alexander! Ich doch nicht! Und du?«

»Ja, ich freue mich auf dich und kann es kaum erwarten, eng umschlungen mit dir zu kuscheln.«

»Ô mon Dieu! Sag es doch endlich!«

»Und dich zu vernaschen …«

»Ich habe fest eingeplant, dich zu vernaschen.«

»Was hältst du von meinem Brief?«

»Ich war sehr gerührt. Ich hatte nur das Gefühl, du machst dich unglücklich, wenn du mit mir schläfst.«

»Ich lasse mich gerne von dir vernaschen, du darfst tun, was du willst.«

»Wow! Ein Freibrief!«

»Jepp! Ein Freibrief! Warum sollte ich unglücklich sein, wenn ich mit dir schlafe?«

»Hast du auch lange darüber nachgedacht?«

»Ja! Letzte Nacht und heute Vormittag.«

»Dann muss ich mir keine Sorgen mehr machen?«

»Nein, ich bin nicht unglücklich. Ich bin froh, Samstag mit dir reden zu können und dir dabei in die Augen zu schauen. Dann siehst du, ob ich glücklich oder unglücklich bin.«

»Ich hatte nur das Gefühl … non … Angst, dass du mit den Gedanken woanders bist, während du mit mir schläfst.«

»Nein, mit Sicherheit nicht. Ich bin dann ganz bei dir und werde die ganze Zeit nur an dich denken.«

»Dann ist es gut.«

»Ich habe das Gefühl, dass wir uns nächstes Wochenende wieder treffen.«

»Fliegst du mit mir nach Hawaii?«

»Oh! Ich vergaß oder habe es verdrängt. Würdest du mich mitnehmen?«

»Hast du dann mehr Zeit? Kein Training freitags? Kein Spiel sonntags?«

»Doch, aber das könnte ich noch delegieren. Ich habe einen Co-Trainer. Zuhause ist niemand, aber mit meinem Job wäre es schwierig, ich glaube da würde ich Probleme bekommen. Zudem würde es mein Budget sprengen. Für dich wird es gut sein. Du kannst entspannen und mit Sicherheit besser atmen.«

»Und wenn ich das nächste Wochenende wieder in die Weinberge komme?«

»Da bin ich sofort dabei, aber was ist mit Hawaii?«

»Da kann ich auch Sonntagabend noch hinfliegen.«

»Ja, bitte! Das wäre toll!«

»Okay! Ich werde sehen, was ich tun kann. Meine Töchter fliegen mit. Denen kann ich nicht sagen, eure Mutter hat sich verliebt und fährt jetzt mal kurz in die Weinberge.«

»Du bist ein Schatz! Mein Engel! Warum nicht? Würden sie dich löchern?«

»Weißt du nicht, dass Mütter sexlose Wesen sind? Das letzte, das man sich vorstellen will, sind die Eltern beim Sex. Und Maman mit einem fremden Mann? Das geht schon mal gar nicht.«

»Sorry! Jetzt lache ich.«

»Ich werde versuchen mein Flugticket zurückzugeben. Die Flüge sind während der Sommerzeit sehr begehrt. Wenn ich einen Flug für Sonntagabend habe, steht einem neuen Date nichts mehr im Weg, aber du musst mir versprechen, dass es auch von Freitag bis Sonntagnachmittag ist.«

»Okay! Ich verspreche es.«

»Dann werde ich mein Möglichstes tun.«

»So, mein Engel … Schlafenszeit! In drei Tagen schlafen wir zusammen. Ich freue mich darauf.«

»Ich mich auch. Schlaf gut und vergiss nicht, in den Weinberg zu kommen. Ich erzähle dir Samstag etwas über den Weinberg.«

»Ich werde da sein. Ein ganz dicker Kuss von mir. Ich habe dich ganz doll lieb.«

»Ich dich auch.«

Oh, dieser Mann! Er ist voller Gefühl. Ich werde vom Schmerz gepeinigt und dennoch bin ich voller Lust. Ich hoffe so sehr, dass bis Samstag alles in Ordnung ist. Wenigstens einmal möchte ich … okay … es darf auch mehr sein. Jetzt eine kalte Dusche und dann cremen. Am besten würde ich mich in einen Topf Creme setzen. Ich wäre schneller fertig. Die Vorstellung, dass er mich eincremt … meine Phantasie geht mal wieder mit mir durch.

Als ich Dr. Chandrel sagte, dass ich Samstag fit sein muss, hat sie mich nur mit großen Augen angesehen und gelächelt. Sie hält es nicht für möglich. Ô non! Und wenn ich vor Schmerzen vergehe, ich will ihn und bin nicht gewillt, noch länger auf ihn zu warten.

Jetzt werde ich kaltes Wasser über mich rieseln lassen und das Beste hoffen.

Donnerstag, 20. Juli, 06:32 Uhr
Guten Morgen, mon cher,
wünsche dir einen schönen Tag. Ich muss später nochmal zum Arzt, denn ich habe Juckreiz, alles brennt wie Feuer und die Hand ist geschwollen. Ansonsten ist fast alles okay. Ich habe Sehnsucht nach dir.

Donnerstag, 20. Juli, 10:43 Uhr
Tut mir leid, dass du Probleme hast. Das ist nicht mehr lustig. Okay! Nur noch ein ganz klein wenig … ich lache auch nicht. Ich werde dich Samstag verarzten …

Ô mon Dieu! Ich muss noch arbeiten und er macht mich kirre. Verarzten! Wieder kriecht die Lust durch meinen Körper. Wenn der Schmerz mich nicht davon abhalten würde … ich würde auf meinem Stuhl herumrutschen.

Meine Beisitzer haben bereits ihre Kommentare dazu abgegeben. Weshalb ich auf einem Kissen sitze, etwas spärlich bekleidet bin und Flip-Flops trage, haben sie gefragt. Ob der Bikini klitzeklein war oder ich eventuell gar nichts … So ging das vor der Verhandlung und es ging weiter, als wir den

Gerichtssaal verließen.

Jetzt freue ich mich auf meinen Cappuccino, einen Berg Madeleines und Alexander …

Donnerstag, 20. Juli, 11:59 Uhr … Chatroom
»Gott sei Dank Mittagspause! Mir sind die Augen zugefallen.«

»Ich bin etwas leidend und quäle mich durch den Tag. Am liebsten wäre ich nackt unter meiner Robe, die meinen Sonnenbrand wärmt. Keine Sorge! Ich trage Unterwäsche unter meiner Robe und ein weißes Seidentuch, damit man meine Blöße obenrum nicht sieht. Zudem bin ich in Flip-Flops unterwegs. Ich wusste nicht, dass Sonnenbrand derart anschwellen kann. Maxine meinte, ich solle mich in einen Eimer Eiswasser setzen, das wirke abschwellend. Sonst brauchtest du Samstag … non … das war nicht ladylike.«

»Mir geht's prima. Samstag mache ich dich wieder gesund. Boah! Der Gedanke macht mich scharf …«

»Mich auch! Ich treffe mich heute Abend mit Freunden. Das ist schon lange terminiert. Ich werde früher gehen. Ab zweiundzwanzig Uhr bin ich für dich da. Tapas sind sowieso nicht meins.«

»Amüsiere dich gut. Ich drück dich …«

»Ich dich auch!«

Donnerstag, 20. Juli, 14:23 Uhr
Hallo, mein Engel,
ich habe mal eine Frage, wirklich nur interessehalber. Wenn wir heiraten, wirklich nur Theorie, was bin ich dann, wenn du Prinzessin bist? Ein Prinz? Nicht erschrecken … wirklich nur theoretisch!

Ô mon Dieu! Non! Bitte nicht! Lass es nur Neugier sein. Nur Interesse! Ich kann mich doch nicht so in ihm getäuscht haben. Heiraten! Non! Den Fehler habe ich einmal gemacht … nie wieder!

Donnerstag, 20. Juli, 15:46 Uhr
Salut Alexander,
das schreibe ich dir heute Nacht. Es ist etwas kompliziert und dauert jetzt zu lange. Aber schon mal vorab … auch als mein Ehemann musst du mich bei offiziellen Anlässen votre Altesse nennen. Egal, wie man dich nennt.

Ich habe für heute Feierabend. Meine edelsten Körperteile schmerzen und wollen gepflegt werden. Ich werde jetzt den Arzt konsultieren und danach den Rest des Tages auf der Couch verbringen.

Ich vergaß … nächstes Wochenende … Du hättest wirklich von Freitagabend bis Sonntagnachmittag Zeit für mich? Und, egal was kommt, du sagst nicht, dann muss ich ins Training und dann haben wir ein Spiel? Ich bringe ein Opfer für dich. Bist du bereit, auch eins für mich zu bringen?

Jetzt wird's höchste Zeit! Ich muss los!

Donnerstag, 20. Juli, 20:38 Uhr
Natürlich bin ich bereit Opfer für dich zu bringen. Aber ein Wochenende mit dir ist kein Opfer, das ist Entspannung pur und ich bin gerne bei dir.

Donnerstag, 20. Juli, 21:57 Uhr … Chatroom
»Ich bin da, mein Engel. Was macht dein Sonnenbrand?«

»Oh! Mein Arzt hat mir eine Standpauke gehalten. Ich habe jetzt Cortisonsalbe. Die Hand ist schon etwas besser. Die Füße müssen noch abschwellen.

Ich war nochmal bei meiner Gynäkologin. Ich wollte nicht, dass sich Maxines Drohung bewahrheitet. Von ihr gab's Cortisonsalbe, für den etwas schmerzhafteren Bereich.«

»Dann ist wohl nur knuddeln angesagt, aber auch das werden wir überleben.«

»Okay! Ich verrate dir, was Maxine sagte. Sie meinte, wenn es nicht abschwillt, brauchst du ein Navy um den Eingang zu finden. Ich sagte ja … nicht ladylike. Hör auf zu lachen …«

»Ich versuch's … funktioniert leider nicht …«

»Wir werden sehen. Zudem habe ich einen Gast. In meinem Alter zwar selten, aber er mag mich. La petite Rouge! Ich weiß nicht, wie die deutschen Frauen den Besuch nennen.«

»Sie haben ihre Tage, wenn du das meinst …«

»Oui, das meine ich. Unser erstes Date steht nicht gerade unter einem guten Stern.«

»Weißt du, wie die deutschen Männer darauf antworten? Ein echter Pirat kämpft auch im roten Meer. Das sind nur Anfangsschwierigkeiten.«

»Dann ist es ja gut. Ich kann meinen Flug tauschen.«

»Nächste Woche? Das heißt Freitagnachmittag bis Sonntagnachmittag. Yippie, ich freue mich!«

»Ich mich auch. Hattest du dieses Jahr schon Urlaub?«

»Ja, drei Wochen bevor ich operiert wurde. Ich war insgesamt sechs Wochen zu Hause.«

»Dann kannst du keinen Urlaub mehr nehmen?«

»Doch, aber nicht zurzeit. Jetzt sind meine Kollegen in Urlaub. Warum fragst du? Was hat mein Engel vor?«

»Ich komme Ende August wieder nach Deutschland … für eine Woche.«

»Das hast du mir erzählt. Das wäre eigentlich unser erstes Date gewesen, wenn ich nicht so gedrängt hätte. Du schmiedest doch einen Plan …«

»Eine Woche Weinberge? Ferienwohnung oder Haus? Ich zahle, du kochst. Natürlich nur wenn du kannst. Beruf … Familie …«

»Ich versuche alles möglich zu machen. Das hört sich toll an. Ich muss es leider erst mit meinem Chef klären. Ich würde sofort zusagen, wenn ich frei bekäme …«

»Das wäre schön. Wir reden Samstag darüber. Bist du müde?«

»Ein bisschen, merkt man das? Du wolltest mir noch etwas erzählen …«

»Ich weiß nicht mehr, was …«

»Ob ich Prinz werde … rein interessehalber …«

»Das dauert jetzt zu lange. Ich wollte es dir heute Nacht schreiben, dann kannst du es morgen früh lesen. Du bist doch schon mein Prinz, auf dem weißen Pferd.«

»Danke! Oh, ich will dich endlich drücken!«

»Falls die Salbe nicht wirkt und dein Schiff untergeht, bleibt nur drücken und kuscheln.«

»Kein Problem! Man muss auch warten können … wie beim ersten Mal. Es wäre zum Glück nur eine Woche, aber das ist noch so lange. Ich kann es kaum noch erwarten. Noch heute und morgen, dann sehen wir uns endlich.«

»Es wird auch Zeit!«

»So mein Engel! Ich schlafe jetzt. Ich träume von dir … versprochen! Wenn ich aufwache, schreibe ich dir sofort. Schlaf gut.«

Freitag, 21. Juli, 06:45 Uhr
Bonjour mon cher,
ausgeschlafen? Ich bin bereits im Gericht. Habe heute viel zu tun.

Maxine sagt, ich solle aufhören, vor mich hin zu lächeln. Die Leute wundern sich schon. Yannick wirft mir auch schon fragende Blicke zu.

Die Schwellung der Hand geht zurück und sitzen kann ich auch schon ohne Polsterung. Ein Hoch aufs Cortison. Das Navy schwebt wie ein Damoklesschwert über mir. Ô mon Dieu! Ich muss aufhören daran zu denken. Ich brauche meine Gedanken für die Verhandlung.

Freitag, 21. Juli, 06:50 Uhr
Guten Morgen Madeleine,
wünsche einen schönen und erfolgreichen Tag. Ich freue mich, dass es dir besser geht. Das meine ich ehrlich, nicht wegen unseres Treffens morgen. Ich will, dass es dir gut geht.

Noch ein Tag! Ich freue mich so auf dich.

Freitag, 21. Juli, 10:40 Uhr
Weekend! Das Cortison wirkt Wunder. Zum ersten Mal bin ich froh, dass es das Zeug gibt. Du brauchst kein Navy mehr. Ich freue mich auf morgen und auf dich. Ich habe die Verhandlung auf Anraten meiner herzensguten, mitfühlenden Beisitzer vertagt. Ich bin in Gedanken schon im Weinberg. Jetzt werde ich mit Maxine ins Café gehen, im Schatten sitzen und einen Cappuccino trinken. Sie lässt dich grüßen.

Freitag, 21. Juli, 10:50 Uhr
Hast du es gut. Ich muss noch bis halb fünf arbeiten. Heute Abend habe ich Training. Ich bin gegen zweiundzwanzig Uhr online. Ich denke an dich und freue mich auf heute Abend.

Freitag, 21. Juli, 10:55 Uhr
Ich habe dir ein Foto geschickt. Es ist von Dezember letzten Jahres. Les Champs … ohne Autos, aber mit mir. Ich hatte leider kein anderes. Stell dir die Haare einfach dunkel vor. Jetzt habe ich noch einen Termin.

Den Besuch bei meinem Coiffeur habe ich hinter mir. Wenigstens die Haare sehen gut aus. Vincent hat wie immer sein Bestes gegeben und ich sehe wirklich gut aus. Leider nur auf dem Kopf. Das Gesicht … nun ja! Das Alter hat seine Spuren hinterlassen. Ich trage mich schon seit einiger Zeit mit dem Gedanken, etwas dagegen zu tun, allerdings sind mir die Risiken zu groß. Meine Nachbarin hatte eine Lidstraffung. Der Chirurg hat zu viel weggeschnitten, jetzt kann sie die Lider nicht mehr schließen und muss nachts eine Schutzbrille tragen, damit die Augen nicht austrocknen. Ohne Sonnenbrille geht sie nicht mehr aus dem Haus. Ich habe Angst, dass mir das Gleiche passieren könnte. Ich kann nicht mit Sonnenbrille im Gerichtssaal sitzen, ich würde zum Gespött. Zudem möchte ich mich nicht als wandelndes Grauen im Closer finden.

Jetzt habe ich noch einen Termin bei meiner Kosmetikerin. Maniküre, Pediküre und etwas Gutes fürs Gesicht. Sie muss ihr Bestes geben. Er soll morgen nicht schreiend davonlaufen, wenn er die Mumie sieht.

Freitag, 21. Juli, 15:18 Uhr
Weißt du wovor ich am meisten Angst habe?

Fleur hat ihr Bestes getan. Sie arbeitet mit sündhaft teuren Crèmes und Lotionen, die leider nicht mehr ausreichen, all die vielen Falten aus meinem Gesicht zu zaubern. Ob ein Chirurg mein Gesicht, mit nur einer Operation, wieder faltenfrei bekäme? So, wie ich aussehe ... das wird teuer!

Wenigstens glänzen meine Nägel. Smaragdgrün! Wenigstens die Farbe passt zu der Verrücktheit, die ich morgen begehen will. Er ist neun Jahre jünger! Ich bin verrückt!

Jetzt muss ich mich beeilen, dass ich rechtzeitig zum Bahnhof komme. Der Zug wartet nicht. Ich habe ihm nicht verraten, dass ich schon heute nach Deutschland fahre. Gestern Abend kam mir der Gedanke und nachdem ich mein Ticket hatte, war alles ganz einfach. Er wird überrascht sein, wenn ich vor ihm ankomme. Er wird nicht warten müssen.

Ich bin so aufgeregt. Seit ich mit Alexander chatte, habe ich mich verändert. Er stellt mein Leben völlig auf den Kopf. Wie soll das weitergehen? Wo soll das hinführen?

Freitag, 21. Juli, 17:38 Uhr ... Chatroom
»Wovor hast du Angst?«
»Dass ich morgen nach Bernkastel komme und du nicht da bist.«
»Weißt du, unser erstes Date steht unter keinem guten Stern. Andauernd gab es Hindernisse. Jetzt gibt es erneut eins. Ich habe völlig vergessen, dass ich eine geschäftliche Einladung für morgen Abend habe. Keine Angst, ich halte mein Versprechen. Ich komme morgen. Das Ticket habe ich, der Koffer ist gepackt.«
»Und deine Einladung?«
»Claire kam heute Morgen aus dem Urlaub. Sie wird nicht begeistert sein ...«
»Und das alles meinetwegen. Dafür gibt's eine zwanzig minütige Massage. Warum wird sie nicht begeistert sein?«
»Sie liebt diese Einladungen ebenso wenig wie ich. Massage hört sich gut an. Bei so vielen übersprungenen Hindernissen, kann es nur schön werden. Ich freue mich auf dich.«
»Ich freue mich auch. Was sagst du ihr, wenn sie fragt, wohin du fährst?«
»Nach Rhénanie Palatinat ... In die Pfalz!«

Oh! Massage! Ich kann mir beim besten Willen nicht vorstellen, dass er mich zwanzig Minuten massieren kann. Egal, was er massieren will, das halte weder ich noch er durch. Es wird höchste Zeit, dass wir uns morgen treffen. Ich weiß nicht, wie lange ich das Warten noch aushalten würde.

Wieder fließt die Lust durch meinen Körper. Heute werde ich mich nicht glücklich machen. Ich werde tapfer sein und bis morgen warten. Ich weiß, dass es wunderschön werden wird. Ich weiß es!

Der Zugbegleiter sieht mich etwas irritiert an. Vielleicht sollte ich mich etwas zusammenreißen und mich nicht gar so lasziv auf meinem Sessel räkeln. Der Ärmste kann kaum mein Tickt halten. Seine Hände zittern und seine Mundwinkel zucken. Er sieht aus, als bräuchte er eine kalte Dusche. Ups! Etwas mehr Körperbeherrschung Votre Altesse!

Die Damen, auf den benachbarten Sesseln, sehen etwas pikiert aus dem Fenster. Nur der Herr, mit dem gezwirbelten Schnurrbart, kann die Augen nicht von mir abwenden.

»Ihr Mann ist zu beneiden«, raunt er mir zu. Wenn der wüsste! Ich wäre froh, wenn Alexander morgen sagen könnte: »Wow! Ich bin zu beneiden!«

Als der TGV in den Bahnhof rollt, kann ich auf dem Bahnsteig Samantha sehen. Sie ist aufgeregt und hüpft wie ein Gummiball auf und ab. Sie freut sich, mich zu sehen. Der kleine Schatz ist mein jüngstes Patenkind. Ich sehe sie leider nur noch selten, doch einmal pro Woche telefonieren wir miteinander. Moira, ihre Mutter, ist eine Freundin von mir. Sie ist Amerikanerin, mit einem Deutschen verheiratet und lebt seit vielen Jahren in Deutschland. Auch sie hat große Probleme mit der Mentalität der Deutschen. Ich kann es ihr nicht verdenken. Ihnen fehlt vor allem das Savoir-vivre. Sie hetzen durchs Leben und gönnen sich keine Pause. Kein Wunder, dass alle so verhärmt aussehen.

Kaum stehe ich auf dem Bahnsteig, fällt mir Sammy, wie ihre Eltern sie liebevoll nennen, um den Hals. Sie erwürgt mich fast, so fest hat sie ihre Arme um meinen Hals geschlungen.

»Ich habe dich so vermisst! Bleibst du diesmal etwas länger?« Sie sieht mich mit ihren großen, blauen Augen an und schickt ein langgezogenes bitte hinterher.

»Der Rest des Tages gehört dir. Morgen muss ich leider schon wieder weiter. Du besuchst mich ja bald in Paris, dann gehöre ich ganz dir.«

»Darauf freue ich mich schon sehr«, jubelt sie und würgt mich ein weiteres Mal liebevoll.

Wir bahnen uns den Weg durch mehrere Gruppen Pfadfinder und ich bin froh, als ich endlich im Auto sitze. Moira steuert den Wagen durch den Freitagabendverkehr und erzählt mir die letzten Neuigkeiten. Währenddessen schläft Samantha friedlich auf meinem Schoß.

»Seit du gestern angerufen hast, war sie voller Vorfreude. Sie ist erst spät eingeschlafen und heute Morgen schon in aller Frühe aufgestanden. Sie hat sich so sehr auf dich gefreut.«

»Ich bin auch froh, sie wiederzusehen. Sie fehlt mir, meine kleine Maus.«

Freitag, 21. Juli, 21:53 Uhr … Chatroom
»Es tut mir leid, ich kann den Text nicht hochladen. Ich erzähle es dir morgen.«

»Ich muss mich noch von den Kindern verabschieden. Sie fahren morgen in aller Frühe los, da möchte ich sie nochmal knuddeln. Ich bin gleich bei dir.«

»Sie fahren los, bevor du aufstehst?«

»Ja, aber ich denke, ich stehe mit ihnen auf. Dann bleibt genug Zeit, in Ruhe meine Sachen zu packen, damit ich auch alles dabeihabe.«

»Ich denke, dieses alles habe ich auch …«

Maxine geht mir schon seit Tagen mit ihren guten Ratschlägen auf die Nerven. Ich soll ihn mir genau ansehen, bevor es zum letzten Schritt kommt. Ich soll mich schützen, darauf bestehen, dass er ein Kondom benutzt. Ob ich mir die Sache nicht doch noch mal überlegen will. Ein Mann aus dem Internet! Das kann doch nicht gut gehen! Ich weiß, sie meint es nur gut, macht sich Sorgen. Ich weiß das alles selbst.

»Du hast die Adresse?«

»Oui! Wenn ich mich nicht verfahre, müsste ich ankommen. Ich fahre eine ganze Weile auf der Autobahn. Die kleinen Straßen mag ich nicht.«

»Ich suche dich, wenn du dich verfährst.«

»In Paris zuhause, in der Pfalz pardon Rheinland-Pfalz ein Tourist. Die Pfälzer, das sind doch die, welche die Saarländer nicht mögen. Du bist also von der Saar in Feindesland gezogen.«

»Das kann man so sagen. Was macht dein Powerbankgebräunter Körper?«

»Die Hand ist fast abgeschwollen, hat nur noch ein paar dunkelrote Flecken. Die Rötungen auf meinem Körper wurden heller und du brauchst kein Navy mehr … Allerdings hoffe ich, dass du ein guter Pirat bist.«

»Okay! Das beruhigt mich.«

»Das du kein Navy mehr brauchst?«

»Dass ich ein Pirat ohne Navy bin. Ich werde mich nicht vor der Schlacht drücken. Man sagt, wenn Frauen ihre Tage haben, sind sie schlecht gelaunt. Wie ist das bei dir?«

»Das kommt darauf an. Morgen bin ich bester Laune.«

»Okay! Das freut mich!«

»Ich würde liebend gern darauf verzichten, aber la petite Rouge liebt mich.«

»Eine Massage bekommst du trotzdem von mir. Ich hoffe, dass du danach standhaft bleiben kannst.«

»Ich bin ein schwaches Weib …«

»Dann kann ich für nichts garantieren. Meine Standhaftigkeit ist diesbezüglich sehr gering!«

»Dann ist es ja gut. Jetzt bin ich mal wieder etwas unruhig. Es kribbelt auch ohne Massage.«

»Ich kann mir nicht vorstellen, dass das Bett lange unberührt bleibt.«

»Das kann ich mir auch nicht vorstellen. Rutschst du auch etwas unruhig auf deinem Sitz hin und her?«

»Ich bin auch nervös, aber das wird schnell vorüber gehen. Ich habe Probleme mit meiner Hose, sie ist sehr eng.«

»Oh, das ist so gemein. Ich weiß gar nicht, was mit mir passiert. Ich kenne mich nicht wieder. Morgen werde ich mich sehr beherrschen müssen, um nicht schon auf dem Parkplatz über dich herzufallen.«

»Beherrsche dich! Denk an die Fotografen. Ich finde es absolut okay, wenn man als Paar offen darüber spricht. Das war mit meiner Frau nie der Fall.«

»Ô mon Dieu! Ich kann es nicht fassen, dass ich verrückt nach einem Mann bin, den ich noch nie gesehen habe. Wenn meine Mutter das wüsste, sie würde tot umfallen und nicht nur in Ohnmacht.«

»Es wird nie jemand erfahren. Es bleibt unser Geheimnis. Ich hoffe, ich kann deine Erwartungen erfüllen. Davor habe ich Angst.«

»Ich mache mir keine Sorgen, dass du sie nicht erfüllen kannst. Ich halte nichts von Akrobaten. Wir werden das schon hinkriegen. Das ist schließlich Neuland für uns beide. So nervös war ich ja vorm ersten Mal nicht …«

»Okay! Dann haben wir etwas gemeinsam … wieder mal!«

»Ich muss mal nachhaken. Meintest du meine sexuellen Erwartungen oder meine Erwartungen generell.«

»Ich meinte generell. Ich habe Angst, nicht zu dir zu passen. Sexuell bin ich für alles offen und ich denke, dass ich hier deine Erwartungen erfüllen kann. Du musst nur alles offen sagen, damit ich nichts mache, was du nicht magst.«

Oh, Alexander! Wenn du wüsstest, für was alles ich offen bin. Wir werden morgen sehen, wie weit du mit mir gehen willst und wann du Stopp sagen wirst. Ich hoffe nur, dass es kein Blümchensex wird. Dann machst du definitiv etwas, das ich nicht mag.

»Du musst keine Angst haben. Solange du ehrlich zu mir bist, ist alles in Ordnung. Nächste Woche haben wir mehr Zeit. Dann erzähle ich dir ein bisschen mehr über mich. Dann verstehst du, weshalb du keine Angst haben musst. Du hast dich sicher schon gefragt, weshalb wir so harmonieren. Wenn zwei verletzte Seelen sich treffen, braucht es nicht vieler Worte.«

»Jetzt komme ich ins Grübeln. Hat es etwas mit dem Prinzen zu tun?«

»Non, mein Prinz auf dem weißen Pferd. Mit dem hat es nichts zu tun.«

»Okay! Jetzt bin ich gespannt.«

»Okay! Ein klitzekleines bisschen. Manchmal tut es tief drin so weh, dass ich laut schreien möchte. Alle sehen nur die harte Schale, vergessen aber, dass darunter ein Mensch steckt. Ein Mensch, der nur mir allein gehört. Nicht den Medien, dem Unternehmen, dem Tribunal, den Erwartungen anderer.«

»Genau! Man kann keinem anderen gehören. Lass uns morgen darüber reden, wenn ich dich im Arm halte.«

»Darauf freue ich mich sehr.«

»Wir haben morgen ganz viel Zeit, darüber zu reden. Auch wenn es den ganzen Tag dauert, ich werde dich dabei fest in den Arm nehmen.«

»Jetzt brauche ich ein Kleenex.«

»Scheibst du mir morgen ab und zu, damit ich weiß, wo du bist?«

»Oui! Ich schreibe dir.«

»So, mein Engel, jetzt gehen wir zu Bett, damit wir morgen fit sind.«

»Morgen Abend gehe ich lieber zu Bett. Schlaf gut!«

»Du auch! Ich warte im Weinberg. Heute Nacht im Traum und morgen in der Realität.«

Wie soll ich heute Nacht schlafen? Mein Herz schlägt schneller, wenn ich daran denke, dass ich ihn morgen endlich kennenlerne. Seltsamerweise mache ich mir keinerlei Sorgen, dass ich eventuell auf einen Irren treffen könnte. Ich bin mir absolut sicher, dass er der Mensch ist, von dem er mir immer erzählt.

Ich muss jetzt unter die Dusche, damit ich nicht doch noch schwach werde und mich selbst glücklich mache. Ich will in seinen Armen glücklich sein. Oh! Es wird wunderschön werden morgen, da bin ich mir absolut sicher.

Samstag, 22. Juli, 01:10 Uhr

Wie das früher in aller Welt üblich war, gab es auch in Frankreich den Stand des Adels. Im Laufe der Jahre und vielerlei Regierungen, wurde der Adel mal geschwächt, mal gestärkt. Letztendlich gingen sie immer gestärkt aus allen Wirren hervor.

In der vierten Republik wurde der Adel offiziell abgeschafft. Die Arroganz und Überheblichkeit sind allerdings geblieben. Die Standesunterschiede sind immer noch sehr ausgeprägt. Diese Unterwürfigkeit ist manchmal schon peinlich.

Adelstitel wurden früher vom König verliehen. Man wurde sozusagen in den Adelsstand erhoben. Es gab den niederen und den hohen Adel. Heute gibt es zudem ein Wirrwarr von selbsternannten Adeligen, die ihren Stand allerdings nicht nachweisen können.

Nach der Abschaffung wurde es den echten Adeligen, deren Erhebung verbrieft war, allerdings erlaubt, ihren Titel als Namensbestandteil weiterzuführen. Der Titel muss allerdings ererbt worden sein. Das heißt, von den Eltern, meistens dem Vater, auf die Kinder übergegangen sein. Das älteste Kind hat das alleinige Recht, den Titel des Hauses zu tragen. Geschwister werden laut der ursprünglichen Erbregeln mit niederen Titeln bedacht oder gehen leer aus. Beispiel: Die Tochter eines Marquis trägt den Titel Princesse. So würde z.B. aus dieser Princesse eine Marquise, eine Comtesse, Vicomtesse, Baronesse oder Seigneur werden oder sie würde immer eine Prinzessin bleiben.

Heute unterliegt die Aufsicht über die Führung von Titeln als Namensbestandteil dem Justizministerium und wird vom Minister persönlich entschieden. Bei Eheschließungen werden die Titel nicht zum Namensbestandteil des Ehegatten, da dieser kein Nachkomme ist und somit nicht berechtigt ist, einen Titel als Namensbestandteil zu tragen. Trägt der Ehegatte einen eigenen Titel als Namensbestandteil, trägt er diesen weiter.

Deine Prinzessin hat keine Geschwister und ist somit Madeleine de Montmorency-Laval, Marquise de Laval-Lezay et de Magnac, Comtesse de la Bigeotière et de Fontaine-Chalendray, Baronne de la Marche, Seigneur de la Plesse … Et la mort dans l'âme.

Als mein Ehemann würdest du zu Alexandre de Montmorency-Laval. Hört sich doch gut an. Besser als Alexander Haag …

Das erste Mal

Ô mon Dieu! So aufgeregt war ich schon lange nicht mehr. In meinem Alter sollte man keine Blind Dates haben. Abgesehen davon, dass ich noch nie zuvor eins hatte, gar so blind ist es nicht. Ich habe schon Fotos von ihm gesehen. Wenigstens etwas!

Moira wollte mich gestern Abend nicht gehen lassen. Wir haben uns lange nicht mehr gesehen, da gibt es viel zu erzählen. Sie hat zum Glück nicht gefragt, weshalb ich gekommen bin. Sie ließ nur kurz in unser Gespräch einfließen, dass Matthias jetzt immer öfter Besuch von einer jungen Kollegin bekommt. Sie heißt Miranda Cunningham und ist Oberärztin in der Anästhesie. Er ließ neulich in einem Gespräch mit Carsten verlauten, dass er sich mit dem Gedanken trägt, mit Miranda zusammenzuziehen.

Ich hatte es schon lange geahnt, dass es da jemand gibt, der nicht nur vorübergehend sein Bett teilt. Ich bin ihm nicht böse. Er ist ein Mann und hat seine Bedürfnisse. Er hätte nur mit mir nach Paris kommen müssen, dann wäre alles geblieben, wie es war. Allerdings habe ich ein kleines Problem mit der Tatsache, dass eine Frau in mein Haus einzieht und in meinem Bett schlafen wird. Wir werden darüber reden müssen.

Ich hatte angenommen, dass er auf einem Symposium weilt, aber heute Morgen, als ich aus der Dusche kam, stand er plötzlich vor mir. Völlig nackt! Wow! Ich muss ehrlich gestehen, dieser Anblick hatte einen gewissen Reiz. Hätte ich heute kein Date, auf das ich mich aus ganzem Herzen freue, ich wäre schwach geworden.

Wir haben zusammen Kaffee getrunken und ein bisschen geredet. Er hatte seine Teilnahme an diesem Symposium kurzfristig abgesagt, weil ein Kollege erkrankt ist und er dessen Dienst übernehmen musste. Er kam vom Dienst und war auf dem Weg in die Dusche, als er so unerwartet vor mir auftauchte. Er wollte wissen, weshalb ich gekommen sei, weshalb ich nicht vorher angerufen habe. Ich wollte mich auf keine Diskussion einlassen und gab ihm eine ausweichende Antwort.

Das Gespräch fiel mir schwer, weil ich in Gedanken bereits auf dem Weg nach Bernkastel war. Immer wieder fragte er, wo ich mit meinen Gedanken sei. Zehn Jahre haben ihre Spuren hinterlassen. Er kennt mich besser, als mir lieb ist. Er liebt mich, tat es immer und wird es wohl auch immer tun. Als ich nach Paris zurückging, sagte er, dass man nur einmal im Leben wirklich liebt und diese Liebe nie vergehen wird. Auch wenn man sich schon längst getrennt hat, sie lebt immer im Herzen weiter.

Er wusste von Anfang an, dass ich ihn nie lieben werde und hat es akzeptiert. Für ihn war es ausreichend, dass ich bei ihm war. Alles andere, dachte er, hoffte er, käme irgendwann doch noch, aber dem war nicht so. Als ich nach Paris ging, war es sehr schwer für ihn. Unsere Wochenendbeziehung, sie funktionierte die ersten Wochen. Irgendwann erkannten wir, dass es nur noch der Sex war, der uns zusammenhielt. Alles andere blieb peu à peu auf der Strecke und jetzt ist es vorbei. Wir wissen es beide, aber keiner macht den Anfang, um darüber zu reden. Loslassen ist schwerer, als ich dachte.

Jetzt werde ich mich bei Facebook einloggen, um Alexander zu schreiben. Danach muss ich mich beeilen, denn ich habe Samantha versprochen, mit ihr bei McDonald's zu frühstücken. Ich verstehe zwar nicht, weshalb es ihr dort so gut gefällt, aber es gibt schlimmeres.

Samstag, 22. Juli, 06:06 Uhr

Vielen Dank für die ausführliche Erklärung. Ich hoffe, du bist gleich danach schlafen gegangen, damit du heute fit bist. Ich werde jetzt duschen und dann packe ich, damit ich auch nichts vergesse.

Duschen! Ich habe nie einen Gedanken daran verschwendet, dass er nicht reinlich sein könnte. Wenn ich bedenke, wir oft deutsche Männer ihre Unterwäsche wechseln oder duschen ... Ich hoffe, er gehört nicht zu dieser Gattung, die auch noch stolz auf ihre persönlichen Duftmarken ist. Er duscht! Das beruhigt mich ungemein.

07:56 Uhr ... Chatroom
»Guten Morgen! Wie geht's dir? Es ist nicht mehr lange ...«
 »Mir geht es gut. So aufgeregt war ich schon lange nicht mehr. Ich zähle schon die Stunden.«
 »Ja, alles prima, wir kriegen das schon hin, jetzt geht's bald los.«

Samantha versteht es, unsere Trennungen immer hinauszuzögern. Immer wieder fällt ihr etwas Neues ein, dass sie mir unbedingt noch erzählen oder zeigen muss. Auch heute verstand sie es, mich länger zu halten, als ich geplant hatte. Ich liebe diese kleine Maus. Sie kann es kaum noch erwarten, mich in Paris zu besuchen. Ihr letzter Besuch ist vier Monate her. Da könnte es doch sein, meinte sie, dass man inzwischen vielleicht etwas Neues gebaut hat. Sie liebt den Eiffelturm und den Arc de Triomphe. Die Pyramide des Louvre fasziniert sie immer wieder aufs Neue. Ich weiß nicht, was sie erwartet, aber selbst in der schönsten Stadt der Welt kann man keine Wunder vollbringen und in drei Monaten Monumente errichten.

Durch Samanthas Hinhaltetaktik bedingt, konnte ich erst später abfahren, als ich geplant hatte. Jetzt geht es im Tiefflug über die Autobahn. Ich habe mehrfach versucht, Alexander eine Nachricht zu schicken, aber anscheinend liegt die Pfalz außerhalb der Reichweite des Mobilfunknetzes. Ô oui! Das war boshaft, aber ich bin es nicht gewohnt, keinerlei Verbindung zu haben. Okay! Wenn man von Paris in die tiefste Provinz kommt, muss man viele, sehr viele Abstriche machen.

Wenn das Navy Empfang hatte, was selten vorkam, war es mit meiner Reiseroute überfordert. Wenn ich noch einmal zu hören bekomme, bei der nächsten Möglichkeit bitte wenden, demontiere ich das Ding. Jetzt folge ich schon den Schildern, aber das Navy will mich in die andere Richtung lotsen. Als das Hinweisschild anzeigt, Bernkastel zwanzig Kilometer, bin ich erleichtert. Es wäre mehr als peinlich, wenn er mich wirklich suchen müsste.

Innerhalb Bernkastel geht es durch winzige, enge Gässchen, bergauf und bergab. Eine Baustelle, eine Umleitung, die zu einer anderen Baustelle führt. Sackgasse! Wieder zurück und weiter durch ein superenges Gässchen. Ende der Umleitung ... und ein Anwohner, der sich über die vielen Autos wundert, die vor seiner Einfahrt zum Stehen kommen. Irgendein Scherzbold hat die Schilder umgestellt. Ich hasse Deutschland!

Nachdem der erboste Herr mir erklärt hat, wie ich aus diesem Schlamassel wieder herauskomme und dass ich die Ortsumgehung hätte nutzen sollen, stehe ich kurz vor einer Explosion. Ich fange an zu zählen, kein Countdown, aufwärts! Als ich endlich das Sträßchen entlangfahre, das hoch in die Weinberge führt, bessert sich meine Laune.

Das Hotel liegt versteckt hinter einer hohen Mauer. Der Parkplatz ist leer. Alles ist so friedlich hier. Eine Katze streicht über den Hof und in den Bäumen singen Vögel. Hoch am Himmel lassen sich ein paar Raubvögel treiben. Natur pur! Die Eingangstür ist verschlossen. Na toll! Das geht schon mal gut los. Keine Klingel, weit und breit niemand zu sehen. Wenn es hier einen Concierge gibt, hat er wohl Pause. Nun ja! Irgendwann wird Alexander ankommen, dann sehen wir weiter.

»Junge Frau«, ertönt eine Stimme hinter mir, »wenn sie den Walter suchen, der ist hinten im Garten. Einmal ums Haus herum. Er ist nicht zu übersehen.«

Der freundliche Herr, der da in karierten Hosen und geblümten Hemd vor mir steht, sieht mich mit einem strahlenden Lächeln an. Ich bedanke mich und mache mich auf die Suche nach Walter, wer immer das auch sein mag. Ich hoffe, es ist der Concierge.

Mitten in einem Rosenbeet steht er, der Walter. Er sieht mich böse an, als ich ihn frage, ob er der Concierge sei. Oh! Ich glaube, er weiß nicht, was ein Concierge ist. Ich bin hier in der tiefsten Provinz. Erneute Frage, diesmal, ob er der Portier sei. Das hat er verstanden. In einem grauenvollen Dialekt gibt er mir zu verstehen, dass er bald fertig sei und ich mich noch etwas gedulden müsse. Auf meinen Einwand, dass ich gerne mein Zimmer beziehen würde und er sich doch bitte zu seinem Arbeitsplatz begeben solle, wo er eigentlich hingehört, sieht er mich genervt an und sagt zu mir: »Wenn der Berg nicht zu Petrus kommt, muss Petrus zum Berg kommen.«

Ein Berg kann nicht gehen und ich bin nicht Petrus. Was will er mir damit sagen? Ein äußerst unhöflicher Mensch.

»Wieso wollen sie einchecken? Bei unseren neuen Gästen sind keine Franzmänner dabei.« Er sieht mich grimmig an und wendet sich dann wieder seiner Arbeit zu, als eine donnernde Stimme aus dem kleinen Gartenhaus ertönt. Was sie schreit, kann ich nicht verstehen. Es war wohl nicht nett, denn der Walter setzt sich in Bewegung. Murrend schleicht er vor mir her. Franzmänner? Mon Dieu, wo bin ich hier nur hingeraten?

An der winzigen Rezeption zahle ich die Gebühr für den Safe, hundert Euro Kaution und bekomme zwei Schlüssel. Einen für das Zimmer und einen für die Haustür. Sie seien ein familiär geführtes Hotel, gibt mir der Walter zu verstehen, da schließt man die Haustür ab, wenn man das Haus verlässt. WLAN? So was haben sie nicht, sagt der Walter. Ô mon Dieu! Tiefste Provinz!

Das Zimmer ist groß, das Badezimmer klein und der Safe winzig. Was soll ich da reinlegen? Einen Mikrochip? Viel mehr passt nicht rein. Alles ist sauber, das ist mir wichtig. Der miefige Geruch stört mich. Ich öffne das Fenster und lasse frische Luft herein. Jetzt brauche ich eine Menge dieser frischen Luft. Ich mache einen kurzen Rundgang übers Gelände, das mit allerlei exotischen Pflanzen aufwartet. Nichts passt zusammen. Hoffentlich ist das kein böses Omen.

Sitzmöglichkeiten … Gartenmöbel? Bänke? Non! Bleibt nur das kleine Mäuerchen, das die exotischen Pflanzen umgrenzt. Jetzt hoffe ich, dass ich wenigstens Alexander eine Nachricht schicken kann. Er macht sich wohl wieder Sorgen, weil er noch nichts von mir gehört hat.

»Wenn sie sich da hinten auf die Mauer stellen, haben sie Empfang. Wenn sie Glück haben, liegt ihr Zimmer zur Ostseite, dort ist im zweiten Stock manchmal auch Empfang möglich.« Die nette Dame zeigt in Richtung der Mauer, die das Grundstück umgrenzt. Ô mon Dieu! Ich bin doch kein Affe!

Ich mache einen kleinen Spaziergang, immer bergan und siehe da … Empfang! Jetzt schnell eine Nachricht schicken und dann geht das Warten los.

Samstag, 22. Juli, 12:14 Uhr
Die Pfalz ist schön, aber das Mobilfunknetz ist sehr langsam oder nicht vorhanden. Ich freue mich auf dich.

Die Aussicht ist schön. Weinberge, wohin das Auge blickt. Dazwischen Pferche mit Ziegen, die das magere Gras fressen oder in der Sonne dösen. Zwei struppige Hunde, die sich gegenseitig die Ohren lecken und eine Katze, die ihnen dabei zusieht. Welch eine Idylle. Ich setze mich auf die Bank und genieße die Ruhe. Das nervöse Kribbeln kommt zurück. Ich kann es kaum noch erwarten, ihn endlich zu sehen. Die Vorstellung, ihm endlich diese Jeans auszuziehen, macht mich kirre. Ich hoffe so sehr, dass es kein Reinfall wird oder er völlig anders aussieht, als auf den wenigen Fotos, die ich von ihm habe.

Samstag, 22. Juli, 12:22 Uhr
Das stimmt! Ich bin in fünfzehn Minuten am Hotel. Wo bist Du?

Tja! Wo bin ich? Irgendwo im Nirgendwo! Noch hundert Meter, dann bin ich wieder am Hotel. Ô mon Dieu! Noch fünfzehn Minuten! Jetzt läuft der Countdown … Wenn er so ist, wie er schreibt, so voll Gefühl, so liebenswert, liebebedürftig … was soll dann noch schiefgehen?

Samstag, 22. Juli, 12:25 Uhr
Am Hotel! Ich warte auf dich …

Grrr! Kein Empfang! Nun ja! Er ist unterwegs. Ich lasse mich auf dem Mäuerchen nieder und lese ein bisschen. Vielleicht vertreibt das die Nervosität. Der Walter schleicht wieder in den Garten. Er wirft mir einen bösen Blick zu und entschwindet meinem Blickfeld. Arbeitseifer sieht anders aus!
Plötzlich tropft es auf mein iPad. Was ist jetzt los? Sonnenschein und Regen? Die Tropfen riechen intensiv nach ätherischem Öl. Ô mon Dieu! Ich sitze unter einer Pinie, die dicke Harztropfen auf mich herabtropft. Ich klebe auf dem Mäuerchen und meine Jeans hat Flecken. Ô mon Dieu! Dieses Date steht unter keinem guten Stern. Zwei Meter weiter links und das tropfen hört auf. Geht doch! Ich bin so vertieft in mein Buch, dass ich ihn erst bemerke, als sein Schatten auf mich fällt. Ô mon Dieu! Er ist hier! Leibhaftig steht er vor mir. Er ist so groß, dass ich wie ein Zwerg neben ihm wirke. Er ist nervös. Gut so! Dann bin ich nicht allein so zappelig. Er hat mir Blumen mitgebracht. Sehr aufmerksam! Nichts mit umarmen! Wie zwei Teenager, bei ihrem allerersten Date, stehen wir uns gegenüber und keiner traut sich, dem anderen in die Augen zu blicken. Was ist nur los mit mir? Weltgewandt und ein Teufel in Menschengestalt … und jetzt fehlen mir die Worte.
Als er mir die Hand reicht, ist es, als würde Strom durch meinen Körper fließen. Alles kribbelt! Es ist eine Spannung zwischen uns, die man fast greifen kann. Er fühlt es auch und lächelt mich an.
»Hallo Madeleine, ich freue mich, dich endlich kennenzulernen. Du siehst völlig anders aus, als auf den Fotos. Ich bin überrascht. Positiv überrascht.«
Ô mon Dieu! Dieser Blick! Es ist, als würde er mich mit den Augen aufsaugen. Wir wechseln ein paar belanglose Worte über die Fahrt, das Wetter und alles was ich denken kann ist, ich werde mit ihm schlafen! Es scheint, als hätte er meine Gedanken erraten. Er lächelt und ich spüre seine Nervosität. Er ist so schüchtern, wie ich ihn mir vorgestellt habe. Kein Draufgänger, der mich am liebsten schon auf dem Parkplatz flachlegen würde. Ô mon Dieu! Ich schmelze!
Unter den wachsamen Augen von Walter schlendern wir los, einem Abenteuer entgegen, das all das wahr werden lassen soll, was wir uns die letzten Tage geschrieben haben. Wir unterhalten uns und ich glaube, er kann sich ebenso wenig an die Worte erinnern wie ich. Als die Tür hinter uns ins Schloss fällt, ist es, als wäre die Welt draußen geblieben. Es ist so still im Zimmer. Die Aufregung, die Anspannung, die Nervosität, alles nimmt so viel Raum ein. Ich weiß, dass er nie den Anfang machen würde, er ist so schüchtern und das ist so schön. Ich lege meine Arme um seine Schultern, er umfasst meine Taille und wir stehen regungslos zusammen, mitten im Zimmer. Mein Herz rast und ich spüre, dass sein Herz ebenfalls Stakkato schlägt. Seine Atmung ist schnell und ich kann sein Verlangen spüren.
Meine Arme legen sich um seinen Hals und er hält mich immer fester in seinen Armen. Sein Mund

findet meinen und plötzlich ist alles nur noch schön. Die Anspannung, die Nervosität, alles ist verschwunden. Ich will ihn und er will mich. Das ist so schön. Jetzt langsam die Kleider fallen lassen und … Ô mon Dieu! Die Kondome!

»Das Alles liegt noch in meinem Auto«, flüstere ich und bin für einen klitzekleinen Moment gewillt, es ohne zu tun.

»Mein Alles liegt in meiner Tasche und die steht im Auto.«

Er nimmt mich bei der Hand und wir laufen los. Unterwegs rennen wir fast den Walter um, der uns verständnislos hinterherblickt. Auf dem Parkplatz räumen zwei Belgierinnen ihr Gepäck aus dem Wagen. Sie sehen mich erstaunt an. Während ich meine Tasche aus dem Auto hole, raunt die jüngere der beiden ihrer Begleiterin zu: »Ô mon Dieu! C'est bien elle, non?« Zum Glück ist sich ihre Begleiterin nicht sicher, ob ich es auch wirklich bin und ich komme nochmal davon. Jetzt heißt es schnell sein, bevor sie sich entscheiden, dass ich es wirklich bin und ihre Handys zücken. Ich nehme Alexander bei der Hand und laufe los. Er soll nicht zum Opfer werden.

»Glaubst du, sie haben dich erkannt? Es sah ganz danach aus.«

»Das soll jetzt nicht unser Problem sein.« Ich kann nur noch an eins denken, und dass will ich mir nicht von zwei Belgierinnen nehmen lassen.

Als die Tür hinter uns ins Schloss fällt, nimmt er mich in seine Arme. Wieder findet sein Mund meinen und die Lust bricht sich ihre Bahn. Unsere Kleider fallen zu Boden und wir sinken aufs Bett. Mein Herz rast und meine Lust kennt keine Grenzen mehr. Sein Atem geht schneller und ich kann spüren, dass auch sein Herz rast. Während wir uns zärtlich küssen, findet sein Zauberstab den Weg zu mir. Dieses Gefühl ist so unbeschreiblich. Noch nie zuvor habe ich mich so sehr nach einem Mann gesehnt wie nach ihm. Da ist wieder dieses schöne, warme Gefühl, das jetzt mein Herz verlassen hat und langsam durch meinen Körper strömt. Es sagt mir, das ist das Teil, das mir immer gefehlt hat. Das Teil, das mich endlich vollständig werden lässt. Er ist es. Er ist etwas ganz Besonderes und macht mich zu einem Menschen, der Gefühle hat und sie zulassen kann.

Seine Küsse werden fordernder und er dringt immer tiefer und fester in mich. Mit jeder Bewegung flutet neue Lust über uns. Er nimmt mich und ein Höhepunkt nach dem anderen jagt durch meinen Körper. Wir klammern uns aneinander fest, küssen uns, lieben uns und lassen die Schauer der Lust durch unsere Körper jagen. In immer neuen Stellungen nimmt er mich und dann fliegen wir zusammen zu unserem ersten gemeinsamen Höhepunkt. Schade, dass er mich kurz vor seinem Erguss verlässt. Es ist, als würde er mir die Kirsche auf der Sahne nehmen.

Sein Sperma läuft über meinen Bauch und ich lasse es laufen. Wir kuscheln zusammen und halten einander fest, als hätten wir Angst, den anderen zu verlieren. Mein Körper zuckt und immer neue Schauer laufen durch meinen Unterleib. Er bedeckt mein Gesicht mit vielen kleinen Küssen und lächelt mich glücklich an.

Ich verbiete meinen Gedanken, auf die Reise zu gehen, Fragen zu stellen. Ich will jetzt nur den schönen Augenblick genießen. Keine Gedanken zulassen, die ihn verderben würden. Für diese Gedanken ist später immer noch Zeit. Wir genießen beiden den Augenblick und auf dem Boden liegen zwei ungeöffnete Packungen Kondome.

Ich könnte ewig in seinen Armen liegen. Er sieht so glücklich aus. Immer wieder küsst er mich und seine Arme schließen sich dabei für einen kurzen Moment fester um mich.

»Dieser Moment dürfte nie vergehen. Jetzt müsste die Zeit stillstehen. Es war sehr schön, du hast mich sehr glücklich gemacht.« Er sieht mich strahlend an. Sieht so ein Mann aus, der eben tollen Sex hatte und dabei an seine Frau gedacht hat?

Ô mon Dieu! Ich wollte die Gedanken nicht zulassen. Sie überrennen mich einfach. Er sieht nicht aus, als hätte er Gewissensbisse, als würde er bedauern, was er getan hat. Vielleicht stellt sich das schlechte Gewissen erst später ein? Ô mon Dieu! Ich muss damit aufhören. Ich habe noch nie zuvor mit einem verheirateten Mann geschlafen und kann nicht damit umgehen. Ich bin das Problem, denn ich lasse mir den Augenblick von meinen Gedanken verderben.

Das Bettlaken sieht aus, als hätte ein Schlachtfest auf ihm stattgefunden. Blutige Spermaspuren sind überall verteilt. Das sieht nicht nach Blümchensex aus. Wir liegen quer auf dem Bett und lassen Spermaspuren, Spermaspuren sein. Ich halte ihn im Arm, streichele sein Gesicht und lasse meine Finger sanft über seinen Körper gleiten. Er genießt es und kuschelt sich an mich. Glücklich lächelt er mich an und vertreibt die sorgenvollen Gedanken aus meinem Kopf.

»Es war sehr schön.« Immer wieder sagt er die Worte, küsst mein Gesicht und hält mich in seinen Armen. Oui! Dieser Moment dürfte nie vergehen. Auch ich würde jetzt gerne die Zeit anhalten. Ich habe mir immer wieder vorgestellt, wie es sein würde, aber, dass es so schön sein würde, dass wir so tollen Sex haben würden … das lag außerhalb meiner Vorstellung.

Wir reden und lachen zusammen. Vertiefen die Gespräche, die wir bereits im Chat geführt haben. Es ist schön, von Angesicht zu Angesicht mit ihm zu reden. Kein Wirrwarr wie im Chat. Auf eine Frage folgt eine Antwort. Dazwischen immer wieder küssen und kuscheln. Es ist so schön und dürfte nie wieder aufhören.

Er lächelt mich an und ich verliere mich in seinen Augen. Seine Hände wandern zärtlich über meinen Körper und die Lust ergreift erneut von mir Besitz. Sein Kuss fordert mehr und seine Lust wächst in meiner Hand. Ich winde mich voller Verlangen unter seinen Händen, die mich kirre machen. Seine Augen funkeln, er zieht mich auf seinen Schoß und als wir uns finden, stöhnt er lustvoll auf. Ô mon Dieu! Ich kann ihn spüren, so tief in mir, so wundervoll nah. Nicht nur körperlich … non! Tief in meinem Herz hat sich ein Gefühl festgesetzt, dass mir sagt, lass ihn nie wieder gehen.

Er bewegt sich langsam und liebevoll in mir und schickt Wellen der Lust durch meinen Körper. Es scheint, als würde sich die Welt um uns herum auflösen. Nur noch er und ich. Ungebremste Lust und ein Höhepunkt nach dem anderen. Heiße Küsse und lustvolles Stöhnen, Stellungswechsel und ausgelebte Leidenschaft. Wir fliegen in schwindelerregenden Höhen, völlig losgelöst, ungebremst und hemmungslos. Als mich der größte und beste Orgasmus packt, ist es, als würde etwas in mir explodieren. Wieder kommen wir zusammen zum finalen Höhepunkt. Wieder verlässt er mich, bevor er ejakuliert. Das werde ich ihm abgewöhnen. Ich will alles! Es gibt nichts Schöneres, als zusammen bis zum Ende zu gehen. Die tausend Schmetterlinge zu spüren, wenn das Sperma sich seinen Weg in die dunkle Liebeshöhle bahnt. Für ihn soll es auch wunderschön sein. Er soll bei mir sein, wenn er kommt und in mir glücklich werden, solange glücklich sein, bis er völlig erschöpft neben mir in die Kissen sinkt.

Jetzt läuft sein Sperma über meinen Rücken und tropft aufs Laken. Das Bett ist zerwühlt, das Laken voller Spermaspuren und ich bin unendlich glücklich. Ich liege in seinen Armen und wir kuscheln, küssen und streicheln uns zärtlich. Er hält mich so fest, als hätte er Angst, ich würde aufstehen und gehen, ihn allein zurücklassen. Zärtliche Küsse, liebevolle Berührungen, leuchtende Augen, bebende Körper und Herzen, die schneller schlagen. Zwei Menschen, die sich so nahe sind, wie man sich nur sein kann. Ich genieße diesen Augenblick aus ganzem Herzen. Er kann so schnell vorbei sein. Für immer vorbei sein, wenn das schlechte Gewissen ihn packt.

Sechs Stunden Glück! Ich weiß jetzt, dass ich ihn nicht freikaufen kann. Ich kann ihn nur haben, wenn er freiwillig zu mir kommt. Auch wenn ich es mir aus ganzem Herzen wünsche, so weiß mein Kopf, dass es nie so weit kommen wird, aber mein Herz schreit … komm … komm zu mir!

Ich habe ihn eingeladen, mich zu besuchen. Ich würde ihn morgen schon mitnehmen. Er sagt, es wäre schön, aber … und dieses aber sagt mir, dass es nie dazu kommen wird. Auch wenn mein Herz etwas anderes sagt, mein Kopf und mein Bauch sagen non, er wird nie dir gehören.

Er hat mir erzählt, dass er schon mit anderen Frauen Kontakt aufgenommen hatte. Es war aber nie zu einem Date gekommen. Drei Frauen, von einer hat er mir ein Foto gezeigt. Es hat mich schockiert. Mein Kopf fing wieder an zu denken, doch mein Herz sagte hör auf.

Sex macht hungrig. Wir duschen und machen uns auf den Weg in die Stadt. Ich habe ihm versprochen, dass er den Porsche fahren darf. Seine Augen leuchten vor Freude. Sicher steuert er den Wagen vom Hof und bringt uns in die Stadt, als hätte er schon immer einen Porsche gelenkt. Ein paar Passanten schauen neidisch, als wir aus dem Wagen steigen. Alexander strahlt übers ganze Gesicht. Für mich war es nur eine Kleinigkeit, ihm den Schlüssel zu überlassen, für ihn ein bisschen Glück.

Oh! Er könnte dieses Glück jeden Tag spüren. Er muss nur zu mir nach Paris kommen. Aber wie lange wäre es ein Glücksgefühl für ihn? Wenn etwas Alltag wird, verliert es irgendwann seinen Reiz. Zuerst das Auto und irgendwann … Wenn die Euphorie des Augenblicks verflogen ist, der Reiz des Verbotenen … Ich will nicht weiter darüber nachdenken, denn ich weiß, es wird wehtun, wenn er morgen sagt, es war schön, aber es ist vorbei.

Der Hunger treibt uns durch die Stadt. Ein chinesisches Restaurant, aus dem ein seltsamer Geruch strömt. Geschlossene Geschäfte, ein Eiscafé, eine Shisha Bar, ein Schnellimbiss, aus dem es riecht, als hätte die Feuerwehr vor kurzem ihren Einsatz beendet. Eine Tapas Bar, eine Kneipe, geschlossene Lokale, geschlossene Restaurants. Samstagabend und alles ist geschlossen. Wo sind wir hier nur hingeraten?

Es sind nur wenige Leute unterwegs. Bereits zweimal ist mir diese junge Frau aufgefallen, die mit ihrer Freundin unterwegs ist. Jedes Mal hat sie Alexander mit den Augen verschlungen und er hat es nicht mal bemerkt. Manchmal frage ich mich, ob Männer in dieser Beziehung blind sind. Wenn die Frauen ihnen nicht geradezu die Kleider vom Leib reißen … non! Aber wehe, ein Mann riskiert einen Blick auf die Frau an ihrer Seite, dann laufen sie zur Höchstform auf.

Der Hunger treibt uns in die Tapas Bar, die sich als Schickimicki Bar entpuppt. Auch hier gähnende Leere. Die junge Kellnerin nimmt unsere Bestellung auf und dann ist Geduld gefragt. Als sie endlich die bestellten Getränke bringt, klebt mir fast die Zunge am Gaumen fest. Sex macht durstig und ich habe einen Marathon hinter mir.

Die junge Frau und ihre Freundin haben am Nebentisch Platz genommen. Unentwegt starrt sie zu uns herüber. Inzwischen hat sie ihn mit Blicken bereits mehrmals ausgezogen. Ihrer Freundin wird es langsam peinlich. Ich kann mir ein Lächeln nicht verkneifen, denn er sitzt bei mir. Wenn sie wüsste, welch tollen Sex man mit ihm haben kann, sie würde über ihn herfallen.

Als endlich das Essen serviert wird, habe ich keinen Hunger mehr. Er sieht mich die ganze Zeit mit leuchtenden Augen an. Seine Stimme ist weich und unsere Unterhaltung so innig und voller intimer Geheimnisse. Wie soll man da standhaft bleiben?

Die junge Frau, am Nebentisch, rutscht unruhig auf der Bank herum. Ihre Freundin ist jetzt mehr als peinlich berührt. Die Bar hat sich inzwischen gefüllt und alle Tische sind besetzt. Anscheinend sind wir Gesprächsthema, denn immer wieder wandern die Blicke zu uns herüber.

Als ich meine Nase pudern muss, kann ich hören, wie sich zwei Paare unterhalten. Die Damen blicken sehnsuchtsvoll zu Alexander hinüber und die Blicke der Herren folgen mir, bis sich die Tür hinter mir schließt. Als ich die Stufen wieder hinaufsteige, haben sie ihr Gespräch noch immer nicht beendet.

»Ich beneide die beiden. Man kann die Spannung spüren, die die Luft prickeln lässt. Die beiden werden heute Nacht wundervollen Sex haben«, sagt eine der Damen verträumt und die andere seufzt leise dazu. Als sie mich sieht, errötet sie und wendet verschämt den Blick zu Boden. Die Männer grinsen und prosten mir zu.

Ô mon Dieu! Ist es so offensichtlich, dass wir uns heute Nacht noch einmal glücklich machen werden? Oui! Das ist es! In Alexanders Augen kann man lesen wie in einem Buch. Ich will gar nicht wissen, was man in meinen Augen sieht.

Als wir zurückkamen, war der Parkplatz zugeparkt. Im Hotel ist es totenstill. Schlafen alle schon oder wo sind sie hin? Kurz vor elf und kein Ton zu hören. Nicht mal die Grillen im Garten lassen von sich hören.

Wir liegen auf dem Bett und unterhalten uns. Es ist schön, mit ihm zu reden. Manchmal rutscht ihm etwas in seinem Dialekt heraus, den er so hasst. Ich finde es lustig. Er benutzt auch viele Worte, die ich nicht kenne. Immer wieder benutzt er Sprüche, die ich nicht verstehe. Er sagt, mein deutsch wäre sehr gut. Ich bin anderer Meinung. Mir fehlen viele Worte. Mir fehlen viele seiner Worte, vieles ist Umgangssprache, die ich nie erlernt habe, aber wir verstehen uns dennoch.

Seine Hand streicht sanft über meinen Körper. Seine Finger kreisen um meine Brüste und machen mich wieder kirre. Mein Körper macht sich selbstständig und windet sich unter seinen Berührungen. Er lächelt und küsst mich zärtlich.

»Ich liebe es, wenn du so schlängelst«, flüstert er und küsst mich wieder. Seine Zunge liebkost meinen Mund und fordert mehr. Meine Hand gleitet über seinen nackten Oberkörper, verweilt einen Moment auf der Wölbung, die sich unter seiner Hose abzeichnet, um dann seinen Reißverschluss zu öffnen. Er stöhnt lustvoll und in meinem Kopf macht es klick. Es ist zwar nicht die berühmte Jeans, aber jetzt darf ich ihm endlich seine Jeans ausziehen, irgendeine Jeans. Er genießt es, als die Hose über seinen Po gleitet, an seinen Beinen hinunterrutscht und auf dem Boden landet. Als meine Hand seinen harten Liebesstab umfasst, gibt er sich seiner Lust hin. Es ist so schön, zu sehen, wie er unter der Liebkosung meiner Finger die Beherrschung verliert. Er reißt mir fast die Kleider vom Leib und dann gibt es kein Halten mehr. Die Gier nach dem andern lässt uns vor Wollust stöhnen. Waren die letzten Male schon wunderschön, so ist es diesmal unbeschreiblich.

Wir treiben uns von einem Höhepunkt zum nächsten. Es ist so toll, dass er nicht schon nach zwei Stößen kommt. Non! Er zögert das Finale immer weiter hinaus. Wir kugeln übers Bett, verschlingen unsere Körper miteinander und geben uns der Lust hin. Er liebkost meine Brüste mit seiner Zunge und macht mich völlig kirre. Wir sitzen, knien, liegen und sind immer eins. Diesmal werde ich ihn nicht loslassen, wenn er kommt. Als sich unsere Lust dem Finale nähert, schlinge ich meine Beine um seinen Po und hindere ihn daran, mich zu verlassen. Er sieht mich an, als könne er es nicht glauben und dann geht das Feuerwerk los. Er genießt es so sehr in mir zu kommen. Es ist wunderschön, zu spüren, wie sein Körper vibriert und den Saft seiner Lenden in meinen Unterleib schießt.

Ô mon Dieu! Lass es nie zu Ende gehen …

Als wir nach dem Duschen erschöpft und aneinander gekuschelt im Bett liegen, bin ich unendlich glücklich. Er ist so liebevoll und zärtlich. Ich habe alles genossen. Jede einzelne Sekunde mit ihm. Jede Berührung, jeden Blick. Es ist schön, verliebt zu sein. Er streichelt zärtlich mein Gesicht und küsst sanft meinen Mund.

»Ich liebe dich.« Leise kommen die Worte aus seinem Mund und seine Augen sehen mich flehentlich an.

Die Worte der Liebe. Worte, die jeder Mensch hören will. Worte, nach denen sich jeder sehnt.

Worte, die man nicht einfach so dahinsagt. Worte, die mich immer in die Flucht schlagen. Ich hätte nie gedacht, diese Worte von ihm zu hören. Ich hatte Angst, dass er sie doch irgendwann sagen wird, aber dass es schon heute ist … Nach ein paar gemeinsamen Stunden … Er weiß, dass ich nicht lieben kann, dennoch sagt er sie. Er zeigt mir ganz offen, was er für mich empfindet. Ich weiß, dass er sich danach sehnt, diese Worte auch von mir zu hören. Ich kann es nicht. Da ist dieses Gefühl, dass sich schon seit Tagen in mir breit gemacht hat. Ich bin verliebt in ihn. Das ist mehr, als ich jemals zuvor geben konnte. Ich bin immer noch hier, nicht geflüchtet. Ich fühle mich unendlich wohl bei ihm, so geborgen. Ich bin so glücklich, wie noch nie zuvor. Das ist alles, was ich ihm bieten kann.

Ich küsse ihn zärtlich auf den Mund und ich weiß, dass er die Tränen in meinen Augen sehen kann. Ich möchte ihm nicht wehtun.

»Ich habe dich sehr lieb …« Er legt mir den Finger auf den Mund und flüstert: »Ich weiß, dass du mich liebst. Auch wenn du es nicht sagen kannst. Ich weiß es.«

Er nimmt mich liebevoll in den Arm, hält mich fest und dieses Gefühl, das sich in meinem Herzen breit gemacht hat, schwillt an und lässt mein Herz überlaufen vor Glück. Wenn ich jemals einen Mann lieben kann, aus ganzem Herzen lieben kann, dann soll er es sein. Alexander!

Sonntag, 23. Juli

Ich kann nicht schlafen. Zu viel geht mir durch den Kopf. Mein Herz ist glücklich, doch mein Kopf schießt quer. Dieses Hirn, dass vor Intelligenz strotzt, es kann einfach nicht verstehen, dass er mich liebt. Es zweifelt, sagt immer wieder, er liebt seine Frau. Du bist ein Abenteuer für ihn. Er liebt den Reiz des neuen. Er liebt den Gedanken, dass da jemand ist, der ihm schenkt, was er all die Jahre vermisst hat. Hätte eine der anderen Frauen zugesagt, hätte er mit einer anderen ein Date gehabt, er hätte dir nie geschrieben. Sieh es endlich ein.

Mein Herz hasst meinen Kopf und verpasst ihm Denkverbot. Es liebt den Anblick des schlafenden Alexanders. Er liegt da, völlig entspannt und schläft so friedlich wie ein Baby. Immer wieder kuschelt er sich an mich, sucht seine Hand nach meiner. Er schläft tief und fest. Es ist schön, ihm beim Schlafen zuzusehen. Wenn er träumt, zucken seine Augenlider und manchmal murmelt er etwas, das ich nicht verstehen kann. Ich würde gerne lesen, aber sein Kopf liegt auf meinem Bauch. Ich müsste aufstehen, um mein iPad zu holen, aber ich will ihn nicht wecken.

Immer, wenn sein Schlaf unruhig wird, streiche ich ihm durch die Haare und er wird ruhiger. Im Moment hat er eine sehr unruhige Phase. Er zuckt und es scheint, als hätte er Streit mit jemand. Er murmelt etwas, aber ich verstehe es nicht. Ich hasse Dialekt! Nach kurzer Ruhephase die nächste Attacke. Diesmal geht es um Fußball, das ist eindeutig zu verstehen. Der Ärmste! Selbst im Traum kann er den Fußball nicht loslassen.

Die Sonne geht bereits auf und ich habe noch immer nicht geschlafen. Alexander träumt wieder. Sein Kopf liegt jetzt auf meiner Brust. Er ist völlig entspannt. Schön! Er murmelt etwas und lächelt dabei. Plötzlich wird er wieder unruhig, Sein Gesicht ist panisch. Laut und deutlich kommen die Worte aus seinem Mund.

»Madeleine, bleib bei mir. Ich liebe dich.« Er krallt seine Finger in meine Hüfte und umklammert sein Kissen. Er träumt von mir. Ô mon Dieu! Es muss ein Alptraum sein.

»Ich bin bei dir. Alles ist gut. Es ist nur ein Traum.« Ich halte ihn fest, streichele sein Gesicht, rede leise auf ihn ein. Langsam beruhigt er sich, lockert seinen Griff, lässt mich aber nicht los.

Ô mon Dieu! Was hat er nur hinter sich? Er sagte, dass sein Leben nicht einfach sei. Jetzt schweigt sogar mein Kopf.

Als die Weckfunktion des Handys ihren Dienst tut, habe ich vielleicht eine halbe Stunde geschlafen.

Alexander liegt noch immer mit dem Kopf auf meiner Brust. Seine Hand liegt jetzt entspannt auf meinem Bauch. Er schläft noch immer tief und fest und es dauert eine Weile, bis ich ihn aufweckt habe. Er lächelt mich an und ergreift meine Hand.

»Guten Morgen, mein Engel, hast du gut geschlafen?«, murmelt er schlaftrunken und lächelt mich an. Ist das schön! Ich könnte mich daran gewöhnen. »Du riechst so gut. Du bist so weich und deine Haut ist so zart. Ich möchte für immer so liegen bleiben.«

Das würde ich auch gern, aber die Zeit läuft uns davon. Ich muss duschen, wir müssen zum Frühstück und dann heißt es Abschied nehmen. Ich will gar nicht daran denken. Es ist nur ein Abschied auf Zeit. Eine Woche und dann sehen wir uns wieder, aber was ist danach? Wird es danach noch ein Wiedersehen geben? Was wird sein, wenn seine Frau wieder zuhause ist? Mein Kopf will wieder die Führung übernehmen, aber mein Herz will es nicht zulassen. Wenigstens die kurze Zeit, die mir noch mit ihm bleibt, will ich nicht über das danach nachdenken.

Schweren Herzens löse ich mich aus seiner Umarmung und stehe auf. Er will mich nicht gehen lassen, aber es muss sein. Während des Zähneputzens kämpfe ich mit den Tränen. Unter der Dusche laufen sie ohne Unterhalt. Es könnte alles so schön sein. Weshalb ist er verheiratet? Der erste Mann, der mein Herz berührt, der mich glücklich gemacht hat … und er ist verheiratet. Am liebsten würde ich ihn mit nach Hause nehmen und nie wieder gehen lassen, aber ich weiß, ich kann ihn nur haben, wenn er freiwillig zu mir kommt.

Als ich ins Zimmer komme und sehe, wie er da liegt, so ins Kissen gekuschelt und selig lächelnd, steigt dieser Wunsch in mir auf. Noch einmal mit ihm glücklich sein. Wer weiß, ob es ein nächstes Mal geben wird, ob ihn nicht doch noch das schlechte Gewissen packt. Ich knie vor dem Bett und streiche ihm übers Haar.

»Noch einmal … bitte. Nur noch einmal …« flüstere ich ihm ins Ohr.

Er zieht mich zu sich ins Bett und lässt seine Hände auf meinem Körper spazieren gehen. Als er zu mir kommt, kämpfe ich mit den Tränen. Er ist so liebevoll und zärtlich. Kuschelsex pur, es ist schön und doch voller Wehmut. Er lässt mich fliegen und fängt mich auf, als ich erschöpft in seinen Armen liege. Ich weiß, dass er meine Tränen auf seiner Brust spüren kann. Es ist mir egal. Er hält mich fest und streichelt sanft mein Gesicht.

»Es ist kein Abschied für immer. Ich liebe dich und nächstes Wochenende sehen wir uns wieder. Versprochen!«

Wieder ist es da, dieses Gefühl, dass mein Herz zum Überlaufen bringt. Ich will ihn nicht verlieren. Nie wieder!

Beim Frühstück herrscht eine seltsame Stimmung. Die Leute werfen sich verstohlene Blicke zu. Es scheint, als würden sie die beiden suchen, die letzte Nacht so tollen Sex hatten. Zu überhören war es nicht, das weiß ich selbst. Um uns herum nur ältere Paare und die beiden Belgierinnen. Es war nicht zu überhören, dass ein Mann dabei war. Es scheint, als hätten sie uns als Verursacher des Lärms ausgemacht. Manche blicken verschämt zu Boden, andere sehen zu uns herüber und grinsen. Es würde mich nicht wundern, wenn letzte Nacht der eine oder die andere ebenfalls noch mal Sex hatte.

Als ich mir noch ein Brötchen hole, zwinkert mir ein älterer Herr zu und flüstert mir Danke ins Ohr. Also doch! Wir sollten öfter hierherkommen und die älteren Herrschaften animieren, sich wieder glücklich zu machen. Als ich Alexander davon erzähle, lächelt er verträumt. Ich sehe ihm in die Augen und weiß, an was er denkt. Ich würde auch gern, aber die Zeit läuft unaufhaltsam ab. Er wollte um zehn losfahren, jetzt ist es kurz vor elf und der Abschied kommt immer näher.

Als wir auf dem Parkplatz stehen, ist es endgültig. Er nimmt mich noch einmal in den Arm und hält mich fest.

»Ich liebe dich. Vergiss das nicht. Wir sehen uns nächstes Wochenende wieder und machen dort weiter, wo wir jetzt aufhören müssen.« Er küsst mich noch einmal und steigt in seinen Wagen.

Ich bin traurig. Alles ist so neu für mich. Noch nie zuvor fiel es mir schwer, von einem Mann Abschied zu nehmen. Er sagt, es ist kein Abschied für immer. Sacrément! Ich will nicht, dass mein Kopf wieder anfängt, das Endlosband abzuspulen.

Der Wagen der Belgierinnen parkt wieder neben meinem Porsche. Die Damen haben unseren Abschied verfolgt und sehen mich jetzt lächelnd an.

»Votre Altesse! Enchantée! » Sie sehen abwechselnd auf mich und auf das Kennzeichen meines Wagens. Es ist nicht gut, wenn die Initialen Bestandteil der Nummernfolge sind. Was soll's! Sie haben mich erkannt und wissen, weshalb ich hier war. Ich kann es nicht mehr ändern.

»Nous n'avons pas pris de photos«, sagen sie und lächeln so wissend.

»Merci!«

Kaum bin ich unterwegs, meldet sich mein Kopf zu Wort. Ich will nicht hören, was er zu sagen hat. Ich will traurig sein, weil das schöne Wochenende vorüber ist. Ich will mich auf das nächste Wochenende freuen. Ich will nicht an das denken, was nach dem nächsten Wochenende kommt. Ich bin nicht bei Gericht und plane die nächsten Verhandlungstage. Ich bin nicht im Unternehmen und denke darüber nach, wie ich unsere Gewinne maximieren kann und wer als nächstes zu meinem Opfer wird. Ich will jetzt nur an Alexander denken. An ihn und die schöne Zeit, die wir hatten und vielleicht noch haben werden. Oui! Haben werden! Ich muss nicht auf meinen Kopf hören. Sogar mein Herz weiß, dass es nicht für die Ewigkeit sein wird. Egal, was passiert, wie es weiter geht mit Alexander und mir, ich weiß, dass ich mich nicht ändern kann. Ich will es versuchen, aber ich weiß, ich werde es nicht können.

Er wird entsetzt sein, wenn er die andere Madeleine kennenlernt. Die Frau, die über Leichen geht, den Teufel in Menschengestalt. Es wird nicht ausbleiben. Falls das Wunder geschieht und er seine Frau verlässt, muss er vorher wissen, auf was er sich einlässt. Auf wen er sich eingelassen hat.

Ô mon Dieu! Weshalb kann ich nicht Lieschen Müller aus Hintertupfingen sein?

Sonntag, 23. Juli, 12:18 Uhr
Ich bin gut angekommen. Es war sehr schön.

Sonntag, 23. Juli, 12:24 Uhr
Ich bin gerade nach Hause gekommen. Ja, das war es. Ich glaube, ich habe mich so was von verliebt. Danke für den schönen Tag gestern. Es kribbelt … hätte mir jemand vor einem Jahr gesagt, das mir das passiert … ich hätte geantwortet, lass dich mal untersuchen.

Es ist nicht mal zwei Stunden, seit wir uns getrennt haben. Er fehlt mir. In meinem Herz ist eine Sehnsucht, die so groß ist, dass ich sie nicht in Worte fassen kann. Ich hätte es nie für möglich gehalten, dass ich einmal so empfinde, so viel für einen Mann empfinden kann. Er ist etwas ganz Besonderes für mich.

Ich muss immer wieder an Jean-Claudes Worte denken. Wenn das Wunder geschieht, das du dich verliebst, wird es jemand sein, der genauso verletzlich ist wie du und dessen Herz sich ebenso nach Liebe sehnt wie deins. Ein Mann, der weiß, welch einen Engel das Schicksal ihm schenkt.

Ich glaube, Jean-Claude war der einzige Mensch, der wusste, welch verletzbarer, unglücklicher

Mensch hinter diesem Monster steckt. Ô mon Dieu! Er fehlt mir so sehr. Er könnte mir sagen, ob ich auf mein Herz oder meinen Kopf hören soll.

Ich würde jetzt gerne über den Père Lachaise spazieren, mich auf meine Bank setzten, Poona über ihr weiches Fell streichen und endlich zur Ruhe kommen. Die Gedanken kreisen in meinem Kopf, machen mich müde und wühlen mich auf. Der Schlafmangel macht sich bemerkbar und schickt mir Kopfschmerzen. Ich muss versuchen noch ein bisschen zu schlafen, bevor mich Carsten zum Bahnhof fährt.

Zum Glück ist Matthias nicht zuhause. Mir steht der Kopf nicht nach Diskussionen und Aussprachen. Als ich fast im Stehen einschlafe, lege ich mich endlich auf die Couch und schließe die Augen.

Das Klingeln in meinem Kopf hört nicht auf. Oh! Mein Handy klingelt, es klingelt an der Tür. Carsten! Ups! Verschlafen!

»Salut Madeleine! Hast du geschlafen? Du? Nachmittags? Oh! Ich denke, das will ich gar nicht wissen.«

»Papa, was willst du nicht wissen?« Samantha sieht neugierig von Carsten zu mir.

»Madeleine ist etwas indisponiert. Da fragt man nicht nach. Auch du nicht!«

Samantha zieht einen Schmollmund. Sie mag es nicht, wenn ihr Papa so mit ihr redet. Sie wird in ihrem Leben noch vieles einstecken müssen, dass ihr nicht gefällt.

Als wir bei Moira ankommen, tippt diese mit dem Finger auf ihre Armbanduhr, gießt mir eine Tasse Kaffee ein und legt ein Törtchen auf meinen Teller.

»Möchtest du darüber reden?«, flüstert sie mir zu und sieht mich fragend an.

Ich schüttele den Kopf und wende mich meinem Kaffee zu. Sie ahnt, weshalb ich nach Deutschland gekommen bin. Sie hat ein feines Gespür und ein gutes Herz, aber ich will nicht darüber reden. Nicht mit ihr, nicht mit Maxine, nicht mit Victoria. Die beiden werden mich löchern. Ich habe ihre Nummern gestern Morgen auf meinem Handy stumm geschaltet. Ich kenne sie zu gut. Spätestens morgen früh, wenn ich wieder im Tribunal bin, wird Maxine loslegen. Ich weiß, sie macht sich Sorgen. Ein fremder Mann aus dem Internet. Ob sie heute Nacht geschlafen hat?

Samantha plappert wieder ohne Unterlass. Moira wirft ihr immer wieder warnende Blicke zu, die jedoch ignoriert werden. Sie ist schon wieder in Gedanken in Paris und zählt auf, wo sie überall hinwill, was ich ihr zeigen muss. Ich bin froh, als die Zeit zum Aufbruch gekommen ist. Moira drückt mich noch einmal und dann geht es los. Im Auto fallen mir erneut die Augen zu. Ich brauche zwar nicht viel Schlaf, aber mehr als eine halbe Stunde pro Nacht brauche auch ich.

Als der TGV in den Bahnhof einfährt, fließen bei Samantha die Tränen und ich muss ihr versprechen, bald wieder zu kommen. Ich kann ihr nicht sagen, dass wir uns vielleicht schon nächstes Wochenende wiedersehen werden. Ich würde es gerne tun, aber auf Alexanders Gewissen habe ich keinen Einfluss.

Sonntag, 23. Juli, 19:56 Uhr … Chatroom
»Ich habe eine Frage. Es ist ein bisschen erotisch. Darf ich, ohne dass du sauer bist? Kann ich offen mit dir über diese Themen sprechen? Ich hasse das Verklemmtsein, das mache ich schon so lange mit.«

»Versuchs mal …«

»Weißt du, was mich richtig scharf macht?«

»Noch mehr als heute Morgen? Non!«

»Strapse! Weißt du, was Strapse sind?«

»Ich bin Französin, da weiß man das.«

»Ich habe mir eben vorgestellt … du … in Strapsen … Ich musste mich beherrschen und meine

Finger daran hindern, sich ihren Weg zu bahnen.«

»Ich verstehe! Weshalb lässt du sie nicht? Bis Freitag ist noch lang.«

»Weil ich mir das alles aufspare.«

»Ich besitze leider keine Strapse.«

»Schade!«

»Die kann man kaufen. Ich werde mich bemühen, dir deinen Wunsch zu erfüllen.«

»Darauf freue ich mich jetzt schon. Ich habe heute meinem Team erzählt, dass ich nächstes Wochenende dienstlich auf ein Wochenendseminar muss.«

»Dann werde ich dir wohl oder übel etwas beibringen müssen.«

»Ja … Französisch.«

»Ich dachte, das kannst du.«

»Das kann ich und ich mache es so was von gerne.«

»Du hast mir eine Massage versprochen. Danach reden wir Französisch. Egal wie … Du hast dich gestern nicht so richtig getraut. Aber Freitag …«

»Das hole ich nach. Ich habe gestern gelernt, dass man Versprechen hält, egal, was passiert.«

»Du fehlst mir! Ich würde jetzt gerne da weitermachen, wo wir heute Morgen aufgehört haben.«

»Ich war nicht auf der Höhe, heute Morgen. Normalerweise bin ich morgens nicht zu halten. Vier Mal Sex, in zwei Tagen, hatte ich schon lange nicht mehr. Denk dran, ich bin immer bei dir, auch wenn ich nicht da bin. Sehnsucht ist ein Zeichen von Liebe.«

»Ich sehne mich nach dir und bin fast schon süchtig nach Sex mit dir. Das war gestern so Piu!«

»Ja, es hat richtig Spaß gemacht, ich hätte fast meinen Rekord gebrochen.«

»Rekord?«

»Vier Orgasmen an einem Tag. Das kann man nicht mit jeder Frau. Drei Mal hatte ich bis jetzt noch nie. Platz zwei von zwanzig. Jetzt hast du auch die Zahl meiner sexuellen Kontakte.«

»Ich vergaß, du zählst … da liege ich aber gut im Rennen. Dann warte mal nächsten Samstag, dann habe ich mehr Zeit.«

»Jepp … Meine Frau hat immer noch nicht geschrieben.«

Oh! Ein abrupter Themenwechsel. Seine Frau! Wieder meldet sich mein Kopf zu Wort, sagt, lass ihn los. Er tut dir nicht gut. Er liebt seine Frau! Geh, solange es noch nicht zu spät ist. Gehen! Das wäre so einfach, wenn da nicht mein Herz wäre, das mir sagt, lass ihn nie wieder los …

»Machst du dir Sorgen?«

»Nein! Ich würde gerne wissen, ob es den Kindern gefällt. Was machst du gerade, außer mit mir zu chatten? Ich weiß, du bist multitaskingfähig.«

Oh! Ein erneuter, abrupter Themenwechsel. Er hat mit diesem Thema angefangen. Jetzt wird ihm die Sache zu heiß und er springt zu etwas anderem. Ich weiß nicht, was ich davon halten soll. Ich mag das nicht …

»Musik hören. Mir vorstellen, was ich nächstes Wochenende mit dir machen werde. Du weißt, ich bin sehr ehrgeizig, Nummer zwei reicht mir nicht. Also! Diese Woche ist Enthaltsamkeit angesagt. Lass die Hände nicht an dein bestes Stück. Ich höre die Musik und stelle mir dabei vor, wie wir uns lieben und werde ganz kribbelig.«

»Kann ich verstehen. Madeleine! Hände weg! Sag nicht, du machst es wirklich … Madeleine nicht ohne mich …«

»Non, ich warte auf dich, auch wenn es mir sehr schwerfällt. Du hast mich glücklich gemacht. Wenn ich die Augen schließe, sehe ich, wie wir uns liebten.«

»Liebst du mich?«

Ô mon Dieu! Was soll ich darauf antworten? Ich habe ihm gesagt, dass ich nicht fähig bin zu lieben. Er will es einfach nicht glauben. Ich bringe diese Worte nicht über die Lippen. Ich kann sie nur sagen, wenn ich absolut sicher bin, dass ich ihn liebe. Ich bin verliebt, aber Liebe? Zudem ist da noch immer der Gedanke in meinem Kopf, der sagt, er liebt seine Frau. Lass die Finger von ihm, du wirst sie dir verbrennen. Ich hoffe nur, dass er nicht an sie gedacht hat, als wir uns geliebt haben.

»Frag mich Freitag nochmal.«

»Ich trau mich nicht … bin schüchtern …«

»Das musst du nicht sein, wenn du bei mir bist. Wir werden nächstes Wochenende tollen Sex haben, mit Massage und französischer Unterhaltung. Ich freue mich darauf.«

»Ich mich auch.«

»Du wirst ganz zärtlich sein, dir viel Zeit lassen und alles genießen. Ich habe noch meinen Freibrief.«

»Ja, den hast du …«

»Du wirst mich so scharf machen, dass ich fast verrückt werde vor Lust und dann machst du mich glücklich.«

»Das werde ich. Wir brauchen ein großes Handtuch. Die Reiterstellung war sehr feucht.«

»Oui, das war sie.«

»Was ist deine Lieblingsstellung?«

»Ich reite gerne, nicht nur auf meinem Pferd.«

»Jetzt auch auf mir …«

»Oui! Ganz besonders gern auf dir.«

»Ich wünsche mir einen schönen Urlaub bei dir. Ich will das reiten lernen und den Tag mit dir verbringen, aber leider wird das dieses Jahr wohl nichts mehr. Mir fehlt es an Urlaubstagen.«

»Dann freuen wir uns auf nächstes Jahr. Wenn wir wenigstens ab und zu mal einen Tag haben. Ich komme gerne zu dir.«

»Das freut mich.«

»Ich werde jetzt googeln, wo Illerich liegt, damit du nicht immer so weit fahren musst. Ich dachte, Illerich liegt irgendwo weiter östlich von Bernkastel. Möchtest du unbedingt nach Bad Dürkheim?«

»Das wäre mir lieber. Dort kennt mich keiner, aber du kannst ja mal schauen. Okay! Ich mache jetzt die Augen zu, damit ich morgen fit bin.«

»Schade, aber wir sehen uns im Weinberg. Jetzt wird es noch viel schöner werden. Ich weiß jetzt, wie es ist, dich zu lieben. Ô mon Dieu! Ich will dich spüren und mit dir fliegen …«

»Du wirst es noch oft in der Realität erleben. Ich warte im Weinberg auf dich …«

Sonntag, 23. Juli, 23:10 Uhr
Was passiert, wenn ich es ohne dich nicht mehr aushalte?

Was passiert? Das ist eine gute Frage, die nur er beantworten kann. Ich weiß zwar immer noch nicht, wie ich vier Menschen in meinem Leben unterbringen soll, aber das sollte nicht das Problem sein. Auch nach diesen beiden Tagen bin ich mir immer noch sicher, dass er seine Frau nie verlassen wird. Egal, wie schön es für ihn war. Mein Kopf sagt, er liebt sie. Er sagt es immer und immer wieder. Es läuft wie ein Endlosband. Er liebt seine Frau … er liebt seine Frau … er liebt seine Frau …

Wie soll ich gegen eine Ehefrau, mit der er drei Kinder hat, ankommen? Gegen die Liebe, die er für sie in seinem Herz trägt. Impossible!

Ein Häuschen im Grünen

In meinem Kopf kreisen die Gedanken und mein Herz ist auf Konfrontation mit ihm. Ich habe noch nie zuvor einen Mann gekannt, der so stark ist und doch so zerbrechlich, so verletzbar. Es ist schön, mit ihm zu reden. Ich könnte es stundenlang tun. Was er sagt, was er schreibt, bewegt mein Herz. Ich glaube ihm, weil mein Herz ihm glauben will. Wenn ich doch nur meinen Kopf zum Schweigen bringen könnte.

Heute Abend, als ich im Zug saß, geisterte mir plötzlich die Einladung der Queen Victoria University durch den Kopf. Die Universität Trier hat mir kürzlich ebenfalls eine Offerte unterbreitet. Es ist eine kleine Universität und ich wäre nie auf den Gedanken gekommen, dort zu unterrichten. Vielleicht mal eine Gastvorlesung, aber eine Gastprofessur für ein Jahr? Jetzt ist der Gedanke verlockend. Wenn es in der Nähe noch einen Flugplatz gibt, wo mich der Jet kurzfristig abholen kann …

Ich miete mir eine Wohnung oder besser ein Haus. Es kann auch etwas außerhalb der Stadt liegen. Wir sind nicht gerade das, was man leise nennen würde. Alexander könnte mich jederzeit besuchen, auch während der Woche. Wir könnten uns irgendwo unterwegs treffen, wenn auch nur um uns zu sehen und es keinen Sex gäbe, was schade wäre. Wenn ich an einem Wochenende, an dem er Zeit hätte, geschäftlich unterwegs sein müsste … er könnte mich begleiten. Er käme aus dieser Provinz raus.

In Gedanken hörte sich das alles so gut an, aber in der Realität? Ob er das überhaupt möchte? Wenn doch mein Kopf nicht immer zu allem seine Kommentare abgeben würde. Es wäre viel einfacher für mich.

Ich hatte nie vor, Paris irgendwann noch einmal zu verlassen. Jetzt würde ich es tun. Für ihn würde ich es tun. Es wäre nur für ein Jahr. Bis dahin wird es eine Entscheidung geben. Wenn er sich früher entscheidet und es nicht die Entscheidung ist, die ich mir wünsche … Das Jahr geht auch irgendwann zu Ende.

Mein Herz sagt ja … mach es. Geh nach Trier! Mein Kopf sagt, du bist verrückt. Lass es! Wenn ich diesen Nörgler doch nur einmal abstellen könnte. Wenigstens in Sachen Alexander!

Ich werde morgen mit meinem Präsidenten reden. Er ist mein erster Ansprechpartner. Das Tribunal ist mir sehr wichtig. Es schmerzt mich in der Seele, dass ich es verlassen soll. Gibt er mich frei, rede ich mit Touron. Er wird ebenfalls nicht begeistert sein. Wenn ich ihre Zustimmung habe, gehe ich nach Trier. Auch wenn es mir schwerfallen wird und mein Herz blutet, wenn ich nur daran denke, aber ich tue es für Alexander. Nur für ihn. Tja! Was passiert, wenn er es ohne mich nicht mehr aushält …

Montag, 24. Juli, 00:20 Uhr
Lass uns am Wochenende darüber reden …

Montag, 24. Juli, 07:16 Uhr
Guten Morgen Alexander,
das Wetter ist so grau wie meine Stimmung. Es war schön mit dir und ich muss immerzu an dich denken.

Maxines erste Frage war, hast du dich geschützt? Dann sagte sie ganz entsetzt, ô mon Dieu, das hast du nicht. Dazu hattest du gar keine Zeit. Ihr seid übereinander hergefallen. Ich kann es dir ansehen. Tja! Ich sagte dir, dass wir uns sehr gut kennen …

Ô mon Dieu! Ich darf nicht daran denken. Ich brauche meine ganze Aufmerksamkeit für die Verhandlung.

Ich wünsche dir einen schönen Tag. Lass dich nicht ärgern.

Maxine nervt mich. Sie hält mir Vorträge über Verhütung, Geschlechtskrankheiten, Aids und meinen Leichtsinn. Ich bin mit meinen Gedanken nicht bei ihr. Ich habe in zehn Minuten ein Gespräch mit Präsident Huguet. Er wird nicht begeistert sein. Ich bin es auch nicht, aber ich muss eine Entscheidung treffen. Alexander tut sich schwer damit. Ich weiß, dass er seine Kinder nicht verlassen will und kann. Ich hätte meine Töchter auch nie allein gelassen. Er kann sich nicht entscheiden, also muss ich es tun.

Maxine muss zu einer Sitzung und verlässt mich an der Treppe. Wenn sie wüsste, was ich vorhabe, sie würde mich in den Keller des Tribunals sperren und den Schlüssel in die Seine werfen.

Die Tür zu Huguets Büro steht offen. Seine Sekretärin ist nicht an ihrem Schreibtisch. Ich klopfe an und er heißt mich freundlich willkommen. Wenn er wüsste! Nach etwas Smalltalk, bittet er mich Platz zu nehmen. Ich will nicht lange herumreden.

»Ich beantrage eine einjährige Freistellung, im Rahmen des Erasmus-Programms …«

Montag, 24. Juli, 10:44 Uhr … Chatroom
»Einen wunderschönen Tag wünsche ich dir! Hast du Pause?«

»Das wollte ich auch gerade fragen. Oui, ich habe Verhandlungspause. Der Beklagte schwächelt ein bisschen, da habe ich mir gedacht, ich nehme einen Cappuccino.«

»Nein, ich habe keine Pause. Ich habe nachgesehen, ob du geschrieben hast und war ganz traurig, als nichts da war. Ich habe dann umgestellt und die Nachrichten kamen. Schön! Mein Chef geht mir mal wieder auf den S… aber ich denke an deine Worte.«

»Auf den S…?«

»Sack, Eier … sagt man so, wenn man genervt wird.«

»Ah! Seltsamer Spruch! Ich stelle mir eben vor, wie sich Männer gegenseitig auf den Sack gehen. Da könnte man auf dumme Gedanken kommen.«

»Das hat nichts mit Homosexualität zu tun.«

»Verstehe! Ist trotzdem seltsam.«

»Okay! Machen wir heute Abend weiter? Ich habe Training … ab zweiundzwanzig Uhr?«

»À bientôt!«

Ich vergesse nie wie Huguet, nach meiner Eröffnung, die Gesichtszüge entglitten. Es war, wie ich es erwartet hatte. Er brachte tausend Gründe vor, die gegen eine Gastprofessur sprachen. Es gab nicht einen seiner Gründe, der nicht meine vollste Zustimmung fand. Er hatte mit allem, was er sagte, recht. Er hatte nur eines nicht bedacht …, dass ich mich verliebt habe. Wie könnte er? Niemand, auf dieser Welt, käme auf den Gedanken, dass es so sein könnte. Madeleine und verliebt? … nie im Leben! Eher läuft die Seine zurück zur Quelle.

Punkt zwölf habe ich ein Gespräch mit Professor Touron. Er wird ein ebenso harter Gesprächspartner wie Huguet, aber auch er wird einsehen müssen, dass ich gehen werde. Ich habe bereits mit Julius Scherer, dem Vizepräsidenten der Universität Trier, telefoniert. Der Professor dachte zuerst, jemand spielt ihm einen Streich. Er konnte kaum glauben, dass ich für ein Jahr an seiner Universität lehren möchte. Wir haben heute Nachmittag ein Gespräch. Der Jet ist bestellt, meine Termine am

Nachmittag sind verschoben. Jetzt liegt es nur noch an Touron.

Montag, 24. Juli, 16:23 Uhr
Je t'aime!

Ô mon Dieu! Er liebt mich! Das ist so schön. Mein Herz freut sich, aber da ist mein Kopf, der noch immer das Endlosband laufen lässt. Mein Kopf, der seit Stunden schreit, der sagt, du bist verrückt, du gehst nicht nach Trier, aber diesmal hatte er keine Chance. Mein Herz hat sich durchgesetzt.

Professor Touron war entsetzt. Er war hartnäckiger als Huguet. Er hasst Gastprofessuren, vor allem, wenn er durch sie seine Professoren verliert. Ich musste ihm versprechen, dass es wirklich nur für ein Jahr ist. Er sagt, ich könne auch früher zurückkommen, wenn es mir bei den Deutschen nicht gefällt. Nun ja! Meine Abneigung, gegenüber den Deutschen, hat sich herumgesprochen. Weder Huguet noch Touron können verstehen, weshalb ich freiwillig zurückgehe. Wie soll ich es ihnen erklären, wenn ich es selbst nicht verstehe? Alexander hat mir völlig den Kopf verdreht … non, nicht den Kopf, der funktioniert immer noch perfekt. Es ist mein Herz, das jetzt sagt, wo ich hingehe …

Professor Weishaupt, der Dekan der juristischen Fakultät, ist hocherfreut, mich für ein Jahr als Gastprofessor in seinem Team zu haben. Professor Paul Hansen, seinen Vize, kenne ich bereits. Er war ein Semester Gastprofessor an der Sorbonne. Professor Julius Scherer, mit dem ich heute Morgen telefoniert hatte. Professor Alfons Ecker, der Präsident der Universität. Alle waren begeistert. Als ich heute Nachmittag ankam, standen alle zur Begrüßung bereit. Man hat nicht jeden Tag die Ehre und das Vergnügen, einer Marquise gegenüber zu stehen, die auch noch mehrere Doktortitel besitzt und zudem der heißbegehrte Professor der Universität ist. Das Gespräch verlief sehr zufriedenstellend, allerdings frage ich mich, weshalb die Universität ihre Professoren so schlecht bezahlt. Ich musste tief durchatmen, als sie mir die Höhe meines Gehalts offenbarten. Glücklicherweise bin ich nicht darauf angewiesen. Mit diesem Gehalt könnte ich meinen Lebenswandel nicht finanzieren.

Okay! Wäre ich nur ein deutscher Professor … ich hätte sonst keinerlei Verpflichtung und müsste mir nicht ständig neue Outfits zulegen. Nie wieder in sündhaft teuren Roben auf irgendwelche Bälle gehen, die ich so hasse. Keine Empfänge mehr. Keine Menschen, die ich gar nicht kennenlernen will. Kein Smalltalk mit potentiellen Geschäftspartnern. Nicht mehr durch die Welt jetten. Freie Wochenenden … Schön!

Schön? Will ich das wirklich? Will ich wirklich nicht mehr sein, als nur ein Mensch mit einer Professur? Non! Das will ich nicht. Das kann ich nicht. Ich kann meine Leute nicht im Stich lassen. Ich liebe das Tribunal. Ich liebe die Sorbonne. Ich mag meine Studenten, auch wenn sie mich manchmal an den Rand des Wahnsinns treiben. Und … auch wenn ich es nie zugeben würde, ich liebe meine Unternehmen. Allesamt! Ich mag die Menschen, die für mich arbeiten. Hier halte ich es mal wieder getreu nach Saint-Exupéry … Man soll die lieben, über die man befiehlt, aber man soll es ihnen nicht sagen.

Das Projekt Uni Trier wird nur vorübergehend sein. Wenn das Jahr vorüber ist, muss Alexander sich entscheiden. Entweder er geht mit mir nach Paris oder er bleibt in seinem Leben. Ich kann ihm ein Jahr den Himmel zeigen, entscheiden muss er sich. Mein Kopf sagt mir, es wird nie zu dieser Entscheidung kommen, denn er liebt seine Frau noch immer und es wird kein Jahr dauern, bis es mit uns vorüber ist.

Dr. Karla Gröger, die Lehrbeauftragte, und Professor Scherer führen mich durch die Fakultät. Nicht zu vergleichen mit den altehrwürdigen Mauern der Sorbonne, den Säulengängen, den vertäfelten Hörsälen, den … Ô non! Ich will nach Hause! Hier werde ich nicht glücklich! Aber ich muss in der Uni nicht glücklich werden. Glücklich werde ich nur bei und mit Alexander.

Dr. Gröger hat mir erzählt, dass sie außerhalb der Stadt wohnt und in der Nähe ihres Hauses ein Anwesen zum Verkauf steht. Sie hat mir Bilder davon im Internet gezeigt. Ich war begeistert. Es liegt verkehrsgünstig zur Uni und zum Flughafen Bitburg. Ein ehemaliger Militärflughafen, dessen Start- und Landebahnen lang genug sind, damit der Learjet darauf starten und landen kann. Es wäre fast alles wie in Paris. Non! Nicht mal annähernd wie in Paris. Paris ist Heimat, das gibt es nirgendwo sonst auf der Welt für mich, auch nicht, wenn Alexander bei mir ist.

Als der Rundgang zu Ende ist, verabschiede ich mich. Der Vertrag wird mir spätestens Mittwoch per Boten zugestellt. Jetzt muss ich noch den Makler anrufen. Vielleicht kann ich mir das Anwesen heute noch ansehen.

Hätte ich mich mit Lieschen Müller gemeldet … ob der Makler auch so schnell einen Termin für mich gehabt hätte? Jetzt führt er mich durch die Jugendstilvilla und erklärt mir sehr kompetent jedes noch so kleine Detail. Die Villa wird möbliert verkauft, das meiste davon ist abgewohnt. Die Antiquitäten, wenn man sie so nennen will, was aber weit gefehlt wäre, sind meist billige Nachbauten. Okay! Es muss kein Louis sein. Kein quatorze, keine quinze, kein seize. Es soll modern sein, ein paar antike Stücke dazwischen, das mag ich, aber dieser Müll hier … non!

Das Anwesen muss verkauft werden, weil der Eigentümer das Darlehen nicht mehr bedienen kann. Schön für mich! Er lebte weit über seine Verhältnisse, war ein Blender. Alles nur Schau. Die Villa ist schön, aber das Mobiliar … Fakes wohin das Auge blickt. Dafür zahle ich nichts. Zudem kostet mich die Renovierung eine Unsumme. Will ich das wirklich? Für ein Jahr? Okay! Wenn sie renoviert ist, bringt sie mehr Geld, als ich für die Kaufsumme hinlegen und die Renovierung zahlen muss. Das Grundstück ist groß, schön angelegt, aber leider völlig verwildert. Den Garten in einen Park zu verwandeln, kostet mich viel Geld, aber ich will die Villa. Sie ist einfach toll! Jetzt nur kein allzu großes Interesse zeigen. Der Verkäufer steht unter Zwang. Findet er nicht innerhalb der nächsten zehn Tage einen Käufer, kommt das Anwesen unter den Hammer. Die Versteigerung ist bereits terminiert. Bei einem Zuschlag bleibt der Erlös weit unter seinen Erwartungen, seinen Schulden, wenn überhaupt jemand beim ersten Termin den Zuschlag erhält. Dann steht die Villa nochmal mehrere Monate leer und seine Schulden steigen weiter.

Als der Makler mir den Kaufpreis nennt, der weit unter der Summe liegt, die im Internet genannt wurde, kann ich nicht nein sagen. Ein Handschlag und schon bald gehört das Häuschen mir. Er will alles regeln und mir schnellstmöglich einen Termin beim Notar besorgen. Non! So mache ich keine Geschäfte. Ich will einen Vorvertrag und zwar sofort. Dieses Schnäppchen lasse ich mir nicht mehr nehmen. Der Gute weiß nicht, mit wem er es zu tun hat.

Nachdem er ein paar Telefonate geführt hat, kann es losgehen. Wir treffen uns mit dem Verkäufer in einem Notariat, zur Unterzeichnung des Vorvertrages. Bis dahin werde ich mir ein stilles Plätzchen suchen und mein Glück genießen. Dieser Idiot! Selbst in diesem Zustand ist das Anwesen mindestens das Dreifache wert. Pech, wenn man verkaufen muss …

Als der Jet startet, habe ich ein Geschäft gemacht, das man nicht alle Tage macht. Statt Vorvertrag ein Kaufvertrag. Der Verkäufer hat bei einer Schweizer Bank einen Schuldbrief hinterlegt. So einfach schließt man keine Geschäfte, wenn eine deutsche Bank involviert ist. Jetzt muss die Renovierung zügig voranschreiten, denn im November beginnt meine Professur an der Universität Trier. Alexander hat mir Glück gebracht.

Montag, 24. Juli, 21:59 Uhr … Chatroom
»Hallo Prinzessin, ich bin da.«

»Salut mon cher! Geht's dir gut? Hat sich deine Schwester gemeldet?«

»Ja, alles prima und wie geht es dir? Meine Frau hat geschrieben. Es ist alles gut.«

»Ich habe leichte Kopfschmerzen und Drehschwindel. Ich hatte einen anstrengenden Tag. Gefällt es deinen Kindern am Ammersee?«

»Ja, es gefällt ihnen. Es sind viele Kinder dort, das ist ein Paradies für sie. Warum ist dir schwindelig, mein Engel?«

»Ich habe den Kopf zu schnell gedreht und meinen Prolaps erregt. Mach dir keine Sorgen, das geht vorbei. Ich suche nach einer Unterkunft in Bad Dürkheim. Ist das okay für dich? Allerdings musst du dann wieder weit fahren.«

»Ja, aber du musst dich ausruhen. Du fährst weiter, du kommst aus Paris um mich zu sehen. Das ist lieb von dir.«

»Ich wollte mir ein Ticket buchen, aber es gab wieder Probleme mit dem Server. Ich versuche es später noch mal. Es ist Urlaubszeit und Paris die Stadt der Liebe. Der Zug hat nur ein gedeckeltes Kontingent an Plätzen. Wenn ich keinen Platz mehr bekomme, fällt das Wochenende aus.«

»Nein! Bitte nicht!«

»Keine Sorge, ich schaue gleich noch mal nach.«

»Wie war dein Tag, außer den Kopfschmerzen?«

»Lange und anstrengend. Viel Stress, lange Sitzung, Sehnsucht.«

Ich kann ihm noch nicht sagen, welch lange Sitzung ich hinter mir habe. Ich will ihn nicht überrumpeln. Er soll sich nicht bedrängt fühlen, aber es ist eine Lösung für unser Problem. Es ist zwar nur vorrübergehend, aber immerhin ein Anfang.

»Ich sehne mich auch nach dir. Ich wünsche mir den Samstag zurück. Das Reden mit dir. Ich höre dir gerne zu. Du redest wie du schreibst. So schnell gingen in meinem Leben noch nie sechs Stunden vorüber. Ich fragte dich nach der Uhrzeit und konnte es kaum glauben, als du zehn vor sieben sagtest. Das Schöne ließ die Zeit verfliegen.«

»Das Wochenende wird ebenso schnell vorüber gehen. Dann wird es lange dauern, bis wir uns wiedersehen.«

»Ich versuche alles möglich zu machen, dass wir uns öfter sehen können.«

»Tu nichts, dass sie reizen würde. Ich will nicht, dass du meinetwegen leiden musst.«

»Nein, das tue ich nicht. Ich möchte dich so oft sehen wie möglich. Sehnsucht ist nicht gut für dich.«

»Aber für dich?«

»Nein, Sehnsucht macht krank. Das ist wie Heimweh … nur viel schlimmer. Lass uns nicht davon reden. Es sind nur noch vier Tage. Das ist nicht lange.«

»Oui, aber danach …«

»Werden wir eine Lösung finden. Die Liebe findet immer einen Weg. Ich liebe dich. Du wirst mich so schnell nicht los …«

»Was hältst du davon, wenn ich uns eine Ferienwohnung suche für das Wochenende? Frühstück mit Leberwurst und Marmelade. Wir könnten kochen. Okay! Du kochst und ich helfe dir, so gut es geht. Ich könnte einkaufen …«

»Das hört sich gut an. Ich koche dann zum ersten Mal vegetarisch.«

»Ratatouille? Ich frage Florence nach dem Rezept. Spaghetti à la Miracoli? Mein Leibgericht …«

»Gute Idee! Ratatouille ist was für Samstag. Freitag wird nicht viel Zeit zum Kochen bleiben. Da koche ich dir Spaghetti à la Miracoli, mein Engel.«

»Du bist ein Schatz.«

»Und sonntags Frühstück im Bett …«

»Das wird ein langes Frühstück … Ich bin schon wieder unruhig.«

»Die Finger bleiben oberhalb deines Beckens!«

»Versprochen! Ich weiß allerdings nicht, welches Aroma ich dann am Wochenende verbreite.«

»Wieso?«

»Weil ich mich dann auch nicht duschen kann … so überall … Keine Sorge, ich werde duschen, so überall auch. Aber ich werde nicht … ich habe es versprochen.«

»Ach so … Ich saß mal wieder auf der Leitung. Ich habe gedacht, warum will sie sich nicht mehr waschen. Jetzt habe ich verstanden. Mach es ja nicht … Ich verspreche dir auch ein Quickie bei der Ankunft, so zum Warmmachen … und dann gibt's Spaghetti.«

»Und als Dessert?«

»Ein Eis mit Sahne.«

»Eis am Stiel?«

»Jepp!«

»Ô mon Dieu! Wie soll ich diese Woche überstehen, wenn wir jeden Abend solche Gespräche führen? Ich habe ein Versprechen gegeben und du lässt die Finger sowieso von deinem besten Stück. Du willst doch einen neuen Rekord aufstellen …«

»Du schaffst das schon. Ich will aber nicht, dass du dich quälst … Am Wochenende werde ich mit meiner Zunge deinen Körper erkunden. Zuerst deine Brüste, dann deinen Bauchnabel, immer weiter abwärts, bis ich mit meiner Zunge da bin, wo du es am liebsten hast. Dann werde ich ganz zart um deine empfindlichste Stelle kreisen, bis du kommst. Ich werde dich richtig verwöhnen. Das hast du dir verdient.«

»Ô mon Dieu! Es kribbelt so sehr …«

»Halt aus, mein Engel. Wir schaffen das.«

»Ich brauche eine Dusche … eiskalt!«

»Wenn du es nicht mehr aushältst … So lange du dabei an mich denkst, ist es für mich okay …«

»Ich kann an nichts anderes mehr denken als an dich.«

»Ich denke auch ganz oft an dich. Auch wenn es schwerfällt, wir müssen unsere Gedanken bis Freitag zusammenhalten. Vor allem du, denn du entscheidest über das Schicksal von Menschen. Ich habe Respekt vor deiner Arbeit. Erzähl mir noch ein bisschen, was wünschst du dir am meisten?«

»Im Moment … in deinen Armen zu liegen.«

»Das verstehe ich! Mir geht es genauso. Was wünschst du dir danach?«

»Das du mich mit deiner Zunge erkundest.«

»Ja, das wäre schön. Ich würde dich verwöhnen, bis du erschöpft in meinen Armen einschläfst.«

»Das habe ich mir Samstag schon gewünscht, aber du warst so schüchtern.«

»Ich wusste nicht, ob du es magst und wollte den schönen Moment nicht kaputt machen. Weißt du, ich habe das fast zehn Jahre nicht mehr gemacht.«

»Ich verstehe! Ist sie so prüde?«

»Ja! Sie will es nicht. Ich denke, sie hat früher schlechte Erfahrungen gemacht.«

»Du hattest zehn Jahre Blümchensex? Nie französisch gesprochen?«

»Ja!«

»Gehe ich recht in der Annahme, dass sie nicht den Rekord hält?«

»Doch, sie hält ihn. Es war unsere erste Nacht.«

»Ich frage mich, ob ich das Recht habe, diese schöne Erinnerung zu zerstören. Ich wollte mit dir einen neuen Rekord aufstellen, aber ich weiß nicht, ob das richtig ist.«

»Das ist in Ordnung, mein Engel.«

»Wirklich?«

»Ja, es hätte auch schon letztes Wochenende passieren können.«

»Da wusste ich aber nicht, was ich jetzt weiß. Da wusste ich auch nichts von deinen Rekorden.«

»Wenn es passiert, dann ist es so. Die Chancen stehen sehr gut. Du liebst mich doch … oder? Du willst doch noch viele Stunden mit mir verbringen. Dann ist es dein Recht.«

Und wieder die Liebe. Wie kann ich ihm seine Frage beantworten, wenn ich es nicht weiß? Ich kann nicht sagen, ich liebe dich, wenn ich es nicht tue. Ob ich es tue? Das ist das Problem … ich weiß es nicht! Ich weiß nicht, ob dieses schöne, warme Gefühl Liebe ist. Es ist mehr, als ich je zuvor gefühlt habe, aber ist es Liebe? Unsere Beziehung darf doch nicht mit einer Lüge beginnen. Ich will es erst sagen, wenn ich mir absolut sicher bin …

»Ich will keinen Blümchensex. Für das erste Mal waren wir doch schon sehr gut. Beim nächsten Mal soll es so richtig toll werden.

Maxine hat eben angerufen und mir eine Nachricht hinterlassen. Sie nervt mich schon den ganzen Tag.«

»Was will sie wissen?«

»Sie macht sich Sorgen, dass ich mein Hirn ausschalten könnte, wenn ich bei dir bin … von wegen Safer Sex. Ich habe nichts gesagt, aber sie hat mich heute Morgen überrumpelt und ich kann nicht schwindeln. Sie sieht mir in die Augen und weiß, was los ist. Sie macht sich nur Sorgen. Ich sollte ihr versprechen, mich künftig zu schützen. Das konnte ich nicht, denn ich weiß, wenn ich dich Freitagabend sehe, dann ist keine Zeit, den kleinen Mann noch anzuziehen.«

»Wir lieben und vertrauen uns. Sag ihr, dass es keine einmalige Geschichte ist.«

»Ich weiß! Du musst mir jetzt etwas versprechen. Okay?«

»Ja! Was?«

»Du wirst mich am Wochenende nicht einmal verlassen, bevor du zum Höhepunkt kommst. Es fühlt sich so gut an, wenn man zusammen zum Höhepunkt kommt. Das Ejakulieren ist wie tausend Schmetterlinge im Bauch zu spüren. Versprich es mir. Bitte! Es war, als würdest du mir etwas wegnehmen … die Kirsche auf der Sahne …«

»Ich verspreche es dir. Ich werde in dir kommen, so oft du willst.«

»Ô mon Dieu! Ich würde dich jetzt so gerne in mir spüren.«

»Ich bin erregt. Er ist hart und drückt gegen meine Hose. Und wenn wir Nachwuchs bekommen? Ist doch rein theoretisch möglich.«

»Ô mon Dieu! Ich verhüte! Ich trage eine IUP. Da kann durchgehen, was will und kann, aber die Winzlinge sind nicht mehr fruchtbar, wenn sie ankommen.«

»Okay, ich denke, wir haben genug Kinder.«

»Das denke ich auch. Bist du noch nicht müde?«

»Ein bisschen …«

»Dann wirst du jetzt zu Bett gehen und schlafen. Wenn du schläfst, kommst du zum Weinberg und wir … Ô mon Dieu! Ich muss unters kalte Wasser.«

»Ich will aber noch nicht ins Bett gehen. Ich will mit dir duschen.«

»Am Wochenende darfst du. Oh, ich werde gleich verrückt. Jetzt kann ich nicht mal mehr unter die Dusche, ohne daran zu denken und wenn ich mich abtrockne … Ô non. Ich werde nass in der Wohnung herumlaufen. Wenn ich mich jetzt anfasse, garantiere ich für nichts mehr.«

»Dann mach es und denke dabei an mich. Du musst dich nicht quälen …«

»Ich habe es dir versprochen.«

»Ich liebe dich! Ich gehe jetzt ins Bett und komme ganz schnell in den Weinberg.«

»Bist du enttäuscht, dass ich nicht geschrieben habe, was du gerne lesen würdest? Sei ehrlich!«

»Du meinst, dass du mich liebst?«

»Oui!«

»Nein, weil ich es weiß.«

»Jetzt würde ich dich gerne in meine Arme nehmen. Vielleicht kann ich es eines Tages sagen.«

»Das wirst du mein Engel. Schlaf gut und warte im Weinberg auf mich.«

»Ô mon Dieu! Ich kann dich jetzt nicht so ins Bett schicken. Du weißt, dass ich nicht weiß, wie sich Liebe anfühlt. Ich will dir nichts sagen, dass ich vielleicht … Ich habe dich sehr, sehr lieb. Ich weiß nicht, ob es Liebe ist, aber ich habe noch nie zuvor jemand so liebgehabt wie dich, nicht mal Mathieu.«

»Das freut mich. Ich weiß, es ist Liebe. Wenn du so etwas sagst, dann ist es die Liebe, die da spricht.«

»Es ist ein Gefühl, das weich ist und warm, das weh tut und doch schön ist. Ich kann es mit Worten nicht beschreiben.«

»Flüstere es mir am Wochenende ins Ohr und lass es mich spüren.«

»Flüstern … wir werden sehen, aber ich werde dich spüren lassen, was ich fühle.«

»So, jetzt mache ich die Augen zu, sonst habe ich morgen ein Problem.«

»Gute Nacht! Fühle dich ganz fest umarmt.«

»Gute Nacht! Ich drücke dich auch ganz fest.«

Dieser Mann stellt mein Leben auf den Kopf. Das gab es noch nie zuvor, dass ich gewissermaßen dauernd unter Strom stehe. Der Gedanke an Sex macht mich fast kirre. Ich will ihn. Ich will ihn in mir spüren. So tief in mir … Ô mon Dieu! Diese Schauer der Wollust … Ich muss mich so beherrschen, dass ich mich nicht selbst glücklich mache. Bevor ich mit Alexander geschlafen habe, konnte ich auch ohne Sex auskommen. Nicht wochenlang, aber ein paar Tage. Wenn der Wunsch zu groß wurde, gab es Liebe mit mir. Jetzt darf ich nicht mal das. Wie konnte ich ihm solch ein Versprechen geben? Wie sollte ich ahnen, dass wir jeden Tag solche Gespräche führen? Gespräche, die mich kirre machen und ein Verlangen in mir auslösen, dass mir fast schon Angst macht. Ich hätte nie gedacht, dass mich ein Mann so scharf machen kann. Scharf macht, ohne mich zu berühren, ohne überhaupt in meiner Nähe zu sein. Ob es etwas damit zu tun hat, dass ich ihn so gernhabe? So viel mehr als gernhabe?

Ich muss unter die Dusche. Eiskaltes Wasser und nicht abtrocknen. Sacrément! Ich brauche ihn! Ich will ihn! Soll seine Frau zum Teufel gehen …

Heiße Chats

Joggen im Morgengrauen. Wenn er mir abends diese unkeuschen Worte zuflüstert, erfüllt mich das mit unbändigem Verlangen. Ich weiß nicht, was dieser Mann mit mir macht, aus mir macht. Im wachen Zustand kann ich nur noch an ihn denken, an den Sex mit ihm. Ich muss mich beherrschen, dass ich mich nicht verliere und doch Hand an mich lege. Ich habe ihm versprochen, mein Verlangen aufzusparen, bis wir uns wiedersehen. Er hat mir ein Quickie versprochen. Was auch immer er Freitag mit mir vorhat, ein Quickie wird nicht ausreichen, meine kaum zu zügelnde Lust zu bändigen.

Als ich zum zweiten Mal meine Runde drehe, traue ich meinen Augen nicht. Am Square Louvois vergnügen sich zwei Clochards. Sie sind dabei alles andere als ruhig und schreien ihre Lust in den frühen Morgen hinaus. Ô mon Dieu! Sex vor meinen Augen! Die Hitze steigt mir in die Lenden und schickt Schauer der Lust durch meinen Körper. Das darf nicht wahr sein. Ich bin schlimmer als eine läufige Hündin. In diesem Zustand kann ich unmöglich nach Hause laufen. La Fontaine Louvois! Am liebsten würde ich hineinspringen, um mich abzukühlen, aber das Wasser ist alles andere als sauber.

Als hätte der Himmel Mitleid, schickt er Regen, eiskalten Regen, der in dicken Tropfen aus den Wolken fällt. Binnen kurzer Zeit bin ich durchgefroren. Die Lust in meinem Bauch, sie tobt noch immer. Jetzt heißt es ab nach Hause, dabei den kürzesten Weg nehmen und nur noch an Eisberge denken. Arktis pur! Weshalb müssen die beiden sich ausgerechnet auf meiner Route lieben? Ich werde ihn fragen, ob er schon mal Liebe aus der Ferne gemacht hat. Es würde mich wundern. Er ist so schüchtern und Liebe mit sich selbst, über Kamera? Non! Nicht Alexander! Ich müsste mich sehr in ihm täuschen, wenn er das schon mal gemacht hat, aber er ist für alles offen, sagt er zumindest. Wir werden sehen …

Ich bin durchgefroren und in meinem Bauch wütet die Hitze der Lust. Wollte ich vor ein paar Minuten noch eine eiskalte Dusche, so sehne ich mich jetzt nach Wärme. Ich bin durchnässt und das Wasser läuft in Rinnsalen aus meinen Haaren. Meine Kleider triefen, das Wasser steht in meinen Schuhen und macht jeden Schritt zur Qual. Als das warme Wasser endlich über meinen Körper fließt, überflutet mich ein herrliches Gefühl. Die Erlösung hat mir der Himmel geschickt. Höchste Wonnen, ohne dass ich meine Hände benutze. Einfach so. Wow!

Der Tag kann beginnen. Ich sehe der Verhandlung jetzt viel gelassener entgegen.

Dienstag, 25. Juli, 12:06 Uhr … Chatroom
»Hallo! Heute keine Unterbrechung der Verhandlung? Ich habe gerade Pause und mache Augenpflege.«

»Salut mon cher! Non, heute keine Unterbrechung. Ich musste die Verhandlung vertagen, jetzt stehen noch zwei Sitzungen auf meinem Plan. Ich war heute Morgen schon joggen. Wollte den Kopf freihaben.

Ich habe lange nach einer Ferienwohnung gesucht. Nur wenige bieten Übernachtungen für zwei Tage an. Ich habe eine Anfrage gestellt, für ein Minihäuschen in Meerfeld. Es hat auch eine Badewanne. Ich schicke dir einen Link. Es gab viele, die mir besser gefielen, aber schon belegt waren. Das Häuschen scheint separat zu stehen, das ist besser, als im Haus des Vermieters zu übernachten. Ich bin nicht gerade leise … Der Vermieter muss jetzt noch zustimmen. Das kann einen Tag dauern.«

»Hoffentlich klappt's. Und dein Ticket? Hast du gebucht?«

»Noch nicht. Ich stehe auf der Warteliste. Notfalls fahre ich zweiter Klasse mit Umsteigen.«

»Oje! Das alles nur für mich. Wie war's im Weinberg?«

»Sehr schön!«

»Ich muss leider weiterarbeiten. Heute Abend? Zwanzig Uhr? Dicker Kuss, bis später.«

Dienstag, 25. Juli, 13:47 Uhr

Das sieht auf den Bildern richtig romantisch aus. Da hast du etwas Schönes ausgesucht.

Oui! Das sieht schön aus. Leider hat der Vermieter abgesagt. Angeblich ist das Häuschen für dieses Wochenende bereits vergeben. Ich glaube ihm nicht. Seine ausschweifende Begründung besagt etwas anderes. Er will nicht nach zwei Tagen das Haus komplett reinigen. Was gibt es da viel zu reinigen? Wir sind reinlich … okay! Die Bettwäsche wird etwas leiden, aber ich bringe ein großes Handtuch mit.

Dienstag, 25. Juli, 16:50 Uhr … Chatroom

Ich hoffe, du liest das alsbald. Er gibt uns das Häuschen nicht. Ich habe ein neues Häuschen gefunden … Riesweiler … wäre das okay? Bitte melde dich, wenn du die Nachricht gelesen hast.

»Hallo! Ich bin gerade heimgekommen. Habe ich noch nie gehört … aber okay!«

»Ich habe das auch noch nie gehört, aber ich will nicht in eine Großstadt mit dir. Ich will dich für mich allein haben. Es sieht sauber aus, die Einrichtung ist etwas altmodisch, aber ich bin froh, dass ich etwas gefunden habe.«

»Es sieht gut aus. Das wird romantisch …«

»Das Haus liegt etwas abseits! Wir müssten nicht leise sein …«

»Super! Und Platz haben wir auch genug, das nehmen wir.«

»Okay, ich frage nach.«

Dienstag, 25. Juli, 17:36 Uhr

Ich habe den Bungalow. Wie ich das gemacht habe, erzähle ich dir Freitag. Ich freue mich sehr auf unser Wochenende. Ein ganzes Wochenende. Schön!

Dienstag, 25. Juli, 17:39 Uhr … Chatroom

»Du bist die Beste!«

»So … Bin ich das? Ich freue mich sehr auf dich. Freust du dich auch?«

»Ja, wie ein kleines Kind! Ich bin neugierig.«

»Auf das Haus oder die Gegend? Das Haus liegt etwas abseits.«

»Ja, gruselig und romantisch zugleich. Ich bin neugierig auf dich …«

»Weshalb auf mich? Ich habe mich nicht verändert.«

»Wir werden uns besser kennenlernen. Ich freue mich auf dich, weil ich Sehnsucht nach dir habe.«

»Ich habe auch Sehnsucht nach dir. Hast du noch die Jeans, die du auf diesem Foto bei Facebook getragen hast?«

»Welche Jeans? Welches Foto meinst du?«

»Das Foto der berühmten Jeans! Ich habe dir doch davon erzählt. Hast du den Sweater auch noch? Ich bin ein klitzekleines bisschen verrückt. Ich würde dich gerne mal in diesem Outfit sehen und es dir ausziehen.«

Ô mon Dieu! Es geht schon wieder los. Ich muss wohl noch ein paar Runden joggen und dann unter die kalte Dusche. Wehe dem, der sich erdreistet und vor meinen Augen Liebe macht … und wenn es nur zwei Hunde sind!

»Ja! Den Pulli habe ich noch, aber da hatte ich acht Kilo weniger.«

»Und die Jeans? Auch wenn du nicht mehr reinpasst … egal, ich packe dich aus allem aus.«

»Okay! Ich suche danach …«

»Dort gibt es viel Wald. Magst du die Natur?«

»Ja, ich mag sie. Ich habe sie bei der Bundeswehr lieben gelernt.«

»Und Liebe in der Natur? Magst du das auch?«

»Ja, auch das! Es soll wärmer werden …«

»Dann werden wir spazieren gehen … und müde werden.«

»Ich bin absolut offen für alles. Sag mir, was du machen willst und ich bin dabei.«

»Ich will, dass du glücklich bist, wenn du nach Hause fährst.«

»Das ist lieb von dir.«

»Du fehlst mir so sehr.«

»Du mir auch. Also … Liebe in der Natur, in der Badewanne, im Bett … Noch drei Tage …«

»Wir haben viel Zeit …«

»Ja, das haben wir.«

»Bis dahin muss ich noch oft joggen und brauche viele kalte Duschen. Ich lasse noch immer die Hände von mir, aber wenn es von allein passiert … «

»Sex ist sehr wichtig für dich, stimmt's?«

»Seit Samstag kann ich an nichts anderes mehr denken. Das ist deine Schuld, ich konnte auch ohne Sex leben.«

»Ich bin froh, dass ich dich lieben darf.«

»Ich möchte es nicht mit einem anderen tun. Du hast mich in deinen Bann gezogen.«

»Das wäre auch schlimm und ich wäre traurig. Ich will dein Geliebter sein, dein Partner.«

»Wenn ich mit dir Liebe mache, bist du ganz nah bei mir. Eine Nähe, die ich sonst nicht zulassen kann, nicht mal beim Sex.«

»Ja und das sind wir am Wochenende ganz oft … uns ganz nah. Ich fühle mich geehrt, dass du mich in deine Nähe lässt.«

»Es muss nicht immer Sex sein. Hauptsache du bist bei mir.«

»Und was machen wir, wenn du es nicht mehr ohne mich aushältst?«

»Dann haben wir ein Problem. Ich hoffe so sehr, dass die Zeit es löst, bevor ich dich nicht mehr hergeben kann.«

»Wie meinst du das?«

»Deine Kinder, dein Job, du kannst die französische Sprache nicht sprechen, ohne Sprache kein Job … kein Geld. Deine Kinder müssen leben … verstehst du, was ich meine? Wenn du gehst, musst du für deine Kinder und deine Frau Unterhalt zahlen, das ist alles nicht einfach.«

»Ich weiß! Ich denke viel darüber nach.«

»Ich auch …«

»Meine Kinder sind zu klein, um sie zu verlassen. Ich würde es mir nicht verzeihen.«

»Das weiß ich auch. Du würdest nie glücklich werden, mit dieser Last.«

»Wir werden uns so oft wie möglich sehen. Ich werde weiterhin in Illerich wohnen, fahre zu meiner Arbeit und komme, wann immer es mir möglich ist, zu dir. Wenn man sich liebt gibt es keine Grenzen. Das braucht aber Zeit und muss gut durchdacht sein. Es gibt immer eine Möglichkeit, man muss es nur wollen und darum kämpfen. Ich bin bereit dafür und du?«

»Ich auch! Jetzt bin ich etwas melancholisch. Ich muss jetzt leider gehen. Claire hat mich gebeten, sie zum Flughafen zu fahren, weil ihr Chauffeur erkrankt ist. Es wird vielleicht etwas später als zwanzig Uhr. Ich komme aber ganz sicher wieder.«

»Schade!«

»Wir reden am Wochenende darüber. Okay?«

»Ich hoffe es. Bis später …«

Wenn er wüsste, wie bereit ich dafür bin. Ich hätte ihm gerne erzählt, dass ich nach Trier komme, dass wir uns so oft wie möglich sehen können und unsere Treffen in Zukunft viel einfacher sein werden, aber ich will ihm in die Augen sehen, wenn ich es ihm erzähle.

Ich weiß, er liebt seine Kinder über alles, er kann sie mitbringen. Er sagt selbst, es gibt für alles eine Lösung. Wenn er Hilfe braucht, muss er es nur sagen, mich nur fragen, ich tue alles, um ihm zu helfen. Ich würde sie freikaufen, allesamt, seine Frau muss nur sagen, wie viel ihr die Freiheit wert ist. Auch wenn sie eine gute Mutter ist, es kann jederzeit eskalieren. Ich denke mit Schrecken an Valery. Was sie dem armen Baby angetan hat, kann kein Geld der Welt wieder in Ordnung bringen.

Ich kenne seine Kinder nicht, dennoch sorge ich mich um sie. Borderliner sind unberechenbar. Je gereizter sie sind, umso unberechenbarer werden sie und vergreifen sich sogar an wehrlosen Babys …

Ich verstehe die Deutschen nicht. Bei uns steht das Kindeswohl über allem. Man entzieht solchen Müttern oder Vätern das Sorgerecht und verwehrt ihnen den Umgang. Die Betroffenen müssen sich in Behandlung begeben, doch Borderliner sind nicht heilbar, sie können höchstens lernen, mit ihrer Krankheit umzugehen. Irgendwann, wenn sie in sich gefestigt sind, dürfen sie ihre Kinder unter Aufsicht sehen. Die wenigsten bekommen das Sorgerecht zurück. Man sollte meinen, Erwachsene können sich wehren, aber es gibt leider viele Menschen wie Alexander, die sich in ihr Schicksal ergeben. Sie stellen ihr eigenes Wohl hinter das Wohlergehen des Kranken. Sie lassen dabei nur außer Acht, dass sie damit nur noch Öl ins Feuer gießen. Sie tun weder dem Kranken noch sich einen Gefallen.

Ich habe mich letzte Woche lange mit Professor Léporidé, einem Psychiater, der oft als Gutachter für das Gericht tätig ist, unterhalten. Was er mir erzählt hat … Ô mon Dieu! Wenn er nicht freiwillig zu mir kommt, wenn er keine Hilfe von mir will, dann wird es schon bald vorbei sein.

Ich tue alles, um es ihm leichter zu machen, aber ich kann nicht für ihn gehen. Das muss er allein tun.

Dienstag, 25. Juli, 19:55 Uhr
Ich bin noch am Flughafen. Schlechter Empfang, viel Verkehr, Stau an der Ausfahrt. Es wird leider einundzwanzig Uhr.

Wieder einmal ein Fahrer, der das Verbotsschild übersehen hat. Jetzt hängt er mit seinem LKW in der Unterführung fest, blockiert die Straße und pöbelt die Leute an. Ich bin begeistert. Ein Deutscher! Auch das noch! Sie waren das Volk der Dichter und Denker, sie waren Beethoven und Bach, sie waren Made in Germany! Was ist nur aus ihnen geworden?

Dienstag, 25. Juli, 21:10 Uhr
»Salut mon cher!«

»Mein Engel ist da!«

»Pardon, ich bin etwas genervt. Erst der LKW und dann diese Nachricht. Meine Ex-Schwiegermutter hatte letzte Woche einen Apoplex, heute ließ sie sich ins Salpêtrière verlegen, damit sie ihrer Familie näher sein kann.«

»Deine Schwiegermutter … warum ärgert dich das? Ex, sorry!«

»Sie hat mich nie gemocht, im Gegenteil, sie war und ist ein Biest, das mir das Leben zur Hölle gemacht hat und noch immer macht. Jetzt will sie plötzlich in meiner Nähe sein, in der Nähe ihrer Enkelinnen, die sie seit Jahren nicht mehr sehen wollte. Appelliert an meinen Familiensinn! Familiensinn! Ich! Als ob ich so etwas hätte.«

»Ich bin ein Familienmensch, du gehörst seit Samstag zu meiner Familie. Du hast Familiensinn, ich bin ein Teil von dir.«

»Du bist doch etwas völlig anderes. Ein anderer Mensch. Wenn du wärst wie meine Familie oder Guylaine, ich möchte dich nicht in meiner Nähe wissen.«

»Hallo, … ruhig … Ich liebe dich.«

»Ich bin verärgert … sehr verärgert. Pardon! Ich wollte es nicht an dir auslassen.«

»Ich habe ein dickes Fell. Wir werden eine Lösung finden. Versprochen!«

»Non, das hat nichts mit dickem Fell zu tun. Mir gingen die Pferde durch. Sagt man so? Tut mir leid.«

»Ist okay! Ich bin nur froh, dass ich nicht vor dir stand, du Wirbelwind.«

»Siehst du, das ist etwas, das du auch noch nicht kennst. Ich habe ein überschäumendes Temperament und kann mich manchmal nicht beherrschen. Und das eben war noch harmlos …«

»Ich wusste, dass so was in dir schlummert. Ich finde es sexy …«

»Okay! Solange es dir nicht zu sexy wird.«

»Das bist du doch schon … sexy …«

»Ich gönne mir jetzt einen Cappuccino, der beruhigt vielleicht meine Nerven. Heute sind anscheinend alle auf Krawall aus. Im Gericht war es wie immer. Anwälte und Staatsanwälte die sich stritten und mittendrin ich. Da flogen mal kurz die Fetzen und dann war Schluss.«

»Ich will nicht streiten. Ich mag nicht mehr streiten Ich bin müde, was das Streiten betrifft.«

»Tut mir leid. Das war keineswegs meine Absicht. Ich wollte dich nicht verletzen und will auch nicht streiten, schon gar nicht mit dir. Ich wollte dich heute Nachmittag noch etwas fragen.«

»Was denn?«

»Ist Sex für dich nicht wichtig?«

»Doch, sehr wichtig. Ich bin froh, jemand gefunden zu haben, dem er auch wichtig ist. Ich habe den Sex mit dir genossen und freue mich auf den Sex mit dir am Wochenende, aber das kann ich nur, weil ich dich ganz doll liebhabe.«

»Ich hatte das Gefühl, du hättest Angst, ich wäre nur auf das eine aus.«

»Das bist du nicht, denn du hältst mich in deinen Armen und streichelst mich. Du sagtest, dass kannst du nicht bei jedem, aber bei mir geht es. Du musst mich lieben, sonst wäre das nicht möglich.«

»Gib mir ein bisschen Zeit. Ich will es nur sagen, wenn ich mir absolut sicher bin, dass es auch wirklich so ist.«

»Du hast alle Zeit der Welt.«

»Merci! Sacrément! Ich weiß nicht, wie sich Liebe anfühlt.«

»Die Freude auf mich ist ein Teil davon.«

»Du wirst mir am Wochenende die Liebe erklären. Ich will es hören, nicht lesen. Okay?«

»Das mache ich sehr gern. Jetzt erzähl mir etwas Schönes.«

»Ich bin heute Morgen in strömendem Regen gejoggt. Als ich nach Hause kam, war ich durchgefroren und nass bis auf die Haut. Das werde ich morgen wieder tun, sonst denke ich zu viel nach.«

»Worüber denkst du nach?«

»Über so vieles, das mir auf der Seele liegt. Über das Dauerkribbeln in meinem Unterleib. Wie sich unser Problem lösen lässt … Zu Zeiten meines Großvaters, hätte man dich freigekauft.«

»Das Problem des Dauerkribbelns kann ich dir am Wochenende nehmen. Ich werde es dir richtig hart besorgen, so oft du willst.«

»Darauf freue ich mich schon.«

»Das du mich freikaufst?«

»Haha! Das du mir das Kribbeln nimmst.«

»Ich dachte schon …«

»Bring mich nicht auf dumme Gedanken.«

Ô mon Dieu! Statt der Pünktchen ein kauf mich frei und ich würde es sofort tun. Ihn und seine Kinder, denn ohne die Mädchen könnte er nie glücklich sein. Ich hatte zwar gedacht, dass er freiwillig zu mir kommen muss, aber wenn er es sich wünschen würde … Ob er es sich wünscht?

»Wenn du wüsstest, was in meiner Hose los ist.«

»Ich kann es mir vorstellen. Ô mon Dieu! Jetzt kribbelt es noch mehr.«

»Wo hast du deine Hände?«

»Meine Hände sind beide am iPad.«

»Okay! Mein Penis ist hart wie Stein. Was machst du mit mir?«

»Nichts, du bist ja nicht hier.«

»Leider, aber ich denke an dich und schon passiert's. Ich liege hier ganz alleine auf dem Sofa und zähle die Stunden. Es wäre schön, wenn du jetzt neben mir liegen würdest. Du hast mich so schön gestreichelt am Samstag.«

»Ô oui! Kuscheln und dann kannst du deine Hände nicht bei dir behalten. Okay! Ich meine auch nicht und das hat dir gefallen. Und Sonntagmorgen … Ich werde später, zum dritten Mal für heute, kalt duschen.«

»Dreiundzwanzig Uhr! Du weißt, was jetzt kommt. Wir sehen uns im Weinberg. Ich liebe dich.«

»Kannst du die fliegenden Herzen sehen?«

»Ja, kann ich. Das ist Liebe, mein Engel.«

Ich wäre jetzt gern bei ihm, würde ihn streicheln, wo er es besonders mag, würde mit ihm Französisch reden und ihn glücklich machen. Weshalb ist er verheiratet? Weshalb habe ich ihn nicht vor zwanzig Jahren kennengelernt? Er hätte es nie dazu kommen lassen, dass das Monster Besitz von mir ergreift, dass ich zu einem Teufel in Menschengestalt werde. Ich habe Angst vor dem Tag, an dem er mich richtig kennenlernt, das Monster, nicht nur den Wirbelwind, den er so sexy findet.

Auch ihm wäre einiges erspart geblieben und sein Leben wäre um vieles einfacher gewesen. Okay! So einfach ist es nicht, mit mir an seiner Seite. Mein Leben ist nicht einfach, war es noch nie und wird es nie sein. Das ist der Preis, den ich für meinen Stand zahlen muss, aber mit ihm an meiner Seite wäre vieles anders geworden.

Mittwoch, 26. Juli, 05:00 Uhr
Guten Morgen Madeleine,
ich bin sowas von scharf auf dich und muss mich beherrschen … hoffentlich ist bald Freitag.

Mittwoch, 26. Juli, 06:19 Uhr
Ich war joggen und komme gerade aus der Dusche. Nachdem ich deine Nachricht gelesen habe, müsste ich nochmal duschen, doch ich muss mich jetzt ankleiden, das Tribunal wartet. Ich wünsche

dir einen schönen Tag.

Mittwoch, 26. Juli, 11:15 Uhr
Salut mon cher,
ich bin sehr froh, dass wir eine schöne Kuschelhöhle haben. Ich werde Kathrin um sechzehn Uhr am Haus treffen. Tieffliegen ist angesagt.
Ich habe noch eine Sitzung und danach Feierabend. Um dreizehn Uhr gehe ich zum Coiffeur.

Mittwoch, 26. Juli, 11:25 Uhr
Hallo, mein Engel,
ich freue mich auf unser Wochenende. Du nennst sie Kathrin ... kennst du sie? Mich würde interessieren, wie du es geschafft hast, dass wir das Haus bekommen. Ich habe um sechzehn Uhr Feierabend. Vielleicht können wir noch ein bisschen chatten. Um achtzehn Uhr habe ich Training, ab zweiundzwanzig Uhr bin ich wieder für dich da.

Mittwoch, 26. Juli, 12:15 Uhr ... Chatroom
»Ich kenne Kathrin nicht. Ich habe über dieses Onlineportal gebucht, das aus einer Art Tauschbörse hervorging. So nach dem Motto, ich gebe dir mein Haus und nehme dein Auto, du gießt meine Blumen und ich mähe deinen Rasen. Es sind meistens junge Leute.«
»Wir sind doch jung. Wie hast du sie dazu gebracht, uns das Haus zu geben?«
»Ich hatte ihr eine nette Mail geschickt. Ich sagte doch, ich kann auch sehr nett sein.«
»Gut zu wissen!«
»Du fehlst mir.«
»Noch zwei Tage, dann bin ich bei dir. Ich freue mich sehr auf dich.«
»Wie geht's dem Körperteil unterhalb des Gürtels?«
»Er glüht und will abgekühlt werden, aber er muss auf dich warten.«
»Ich bin auch ganz brav. Ich werde heute noch ins Studio gehen, denn ich muss diesen Druck im Bauch irgendwie loswerden.«
»Gut! Ich möchte, dass wir sofort kommen, wenn wir es das erste Mal machen am Wochenende.«
»Ich habe in einer Stunde einen Termin beim Coiffeur und muss erst noch kurz unter die kalte Dusche, damit er nicht denkt, ich bin seinetwegen so unruhig.«
»Bis heute Abend. Ich drück dich und halte dich ganz fest.«

Heute Morgen hat ein Bote meinen Vertrag gebracht. Die nötigen Bescheinigungen haben Huguet und Touron bereits unterschrieben. Jetzt ist es offiziell, ab November bin ich Gastprofessor an der Universität Trier. Den Kaufpreis für die Villa habe ich heute Nachmittag angewiesen. Félicien Soumettre hat die Pläne des Gebäudes und wird die Villa noch diese Woche in Augenschein nehmen. Er wird sich auch um die Gartengestaltung kümmern. In seinen Händen ist die Villa sehr gut aufgehoben. Ich kann mich nicht darum kümmern. Er macht Pläne, sucht Muster aus und legt mir alles vor. Ich entscheide und er legt los. So geht das immer, egal, um welche meiner vielen Immobilien er sich kümmert. Was er anpackt wird gut. Er ist jeden Cent wert. Wenn ich in die Villa einziehe, wird alles perfekt sein. Die Gästezimmer werden in neutralen Farben gehalten. Falls sie irgendwann zu Kinderzimmern werden, sollen sich die Bewohner darin wohlfühlen.

Mittwoch, 26. Juli, 18:44 Uhr

Ich habe dir ein Foto geschickt. Ô mon Dieu! Da ist noch Farbe an der Stirn. Ich fahre jetzt ins Studio, muss den Kopf frei kriegen. Ich hasse Selfies. Ich sehe dämlich aus.

Mittwoch, 26. Juli, 21:59 Uhr … Chatroom
»Du siehst sehr hübsch aus. Wirklich sehr hübsch.«

»Du nimmst mich hoch. Sagt man so? Ich gehe jetzt aufs Laufband, habe zu viel Energie im Bauch. Das macht mich mehr als unruhig. Es wird Zeit, dass du etwas dagegen unternimmst.«

»Nein, das war mein Ernst. Die Frisur steht dir gut. Du siehst richtig hübsch aus. Jetzt macht mich deine Frisur auch noch scharf.«

»Damit ich Freitag so aussehe, müsste ich meinen Coiffeur mitbringen. Ich habe geduscht und mir die Frisur ruiniert.«

»Wie viele Kilometer bist du auf dem Laufband gelaufen?«

»Zehn! Anfangs langsam, dann immer schneller. Das mache ich immer so, aber heute hat es mir den Kopf nicht frei gemacht.«

»Zehn?«

»Oui, zehn in vierzig Minuten! Ich laufe gerne, das macht den Kopf frei. Ich laufe aber lieber im Wald oder durch den Park. Manchmal laufe ich auch durch die Straßen von Paris. Dort laufe ich aber nur früh morgens oder spät abends.«

»Zehn Kilometer, das ist viel. Du bist ja richtig fit.«

»Tja! Ich sehe zwar nicht danach aus, aber ich habe Ausdauer. Mit zehn Kilo weniger läuft es sich aber besser. Ich bin schon drei Mal Marathon gelaufen, es wird aber kein viertes Mal geben.«

»Also zehn Kilometer in vierzig Minuten?«

»Oui! Ich laufe fast jeden Tag. Man kann für eine kurze Zeit allem davonlaufen. Anfangs trabe ich mehr, also langsam laufen, nicht gehen, dann werde ich immer schneller. Das Herz muss rasen. Manchmal laufe ich auch mehr, es kommt auf die Umstände an. Wenn ich viel Zeit habe, laufe ich schon mal zwanzig Kilometer und mehr. Das ist wie eine Sucht. Ich muss mich oftmals zwingen, aufzuhören, aber es macht den Kopf frei und der Adrenalinschub ist enorm. Ich finde das toll. Als ich für den Marathon trainiert habe, bin ich oft dreißig Kilometer gelaufen. Es hat mir Spaß gemacht. Ich laufe am liebsten allein. Ich bin auch öfters mit Matthias und oder Michael gelaufen, aber sie waren etwas langsamer als ich und ich passe mein Tempo nicht gerne an. Wenn du möchtest, laufe ich auch mal mit dir.«

»Das schaffe ich nicht in der Zeit. Dann bist du ja fit fürs Reiten.«

»Ich sagte dir bereits, ich reite gerne, nicht nur auf meinem Pferd. Reiten ist gut für die Wirbelsäule, wenn man es kann. Ich meine jetzt das richtige reiten.«

»Ja, das habe ich gehört.«

»Unser Wochenende wird schön und romantisch. Wir können spazieren gehen.«

»Ja, das wird schön. Zwei Tage ausspannen …«

»Kathrin hat mir noch mal geschrieben. Sie freut sich, mich kennenzulernen und wird das Haus für uns herrichten. Ich habe auf ihrer Homepage gelesen, dass sie Zahnärztin ist und in Bad Kreuznach eine Praxis hat. Es ist doch nett von ihr, extra nach … Ups! Ich habe vergessen, wohin wir fahren.«

»Hast du ihr etwas über dich erzählt?«

»Non! Vielleicht wollte sie nur höflich sein. Nicht immer gleich das schlimmste denken.«

»Du hast dich richtig hübsch gemacht für unser Treffen. Was meint eigentlich Maxine zu unserem Treffen.«

»Sie ist nicht begeistert, aber da ist die Sache mit der Schlafzimmertür …«

»Warum hast du ihr nicht erzählt, dass ich ein Goldschatz bin?«

»Victoria will dich in Augenschein nehmen. Sie sagt, den Mann, der mir derart den Kopf verdreht hat, muss sie unbedingt kennenlernen. Sie hat so ihre Bedenken, wegen des Internets. Zu meinen Schwärmereien sagte sie nur, der hat dir völlig den Kopf verdreht, du kannst nicht klar denken. So kenne ich dich nicht. Sie wird sich daran gewöhnen müssen.«

»Kommt Victoria etwa mit, weil du geschrieben hast, dass sie mich in Augenschein nehmen will.«

»Mon Dieu! Non! Ich teile nicht gerne! Meinen Liebhaber schon gar nicht! Oui! Sie findet, du siehst schnuckelig aus. Zum Anbeißen! Wenn sie erst mal die Krallen ausgefahren hat …«

»Danke, dass du so hinter mir stehst und mich verteidigst Ich will das du zwei Tage lang die glücklichste Frau der Welt bist.«

»Das ist lieb von dir. Ich will dich auch glücklich machen.«

»Wann bist du vor Ort?«

»Ich soll sie um sechzehn Uhr treffen, doch das wird schwierig, da ich erst um fünfzehn Uhr in Saarbrücken bin. Ich habe mich auf die Warteliste für einen früheren Zug setzen lassen. Moira bringt mir mein Auto zum Bahnhof. Ich muss hundertdreiunddreißig Kilometer fahren, du nur siebenundfünfzig. Ich habe darauf geachtet, dass du nicht so weit fahren musst.«

»Aber dafür musst du wieder so weit fahren. Das tut mir leid.«

»Das macht nichts. Mein Auto fliegt tief. Ich hoffe, dass ich einen früheren Zug nehmen kann. Manche Leute tauschen gerne. Man nimmt, was man kriegen kann, damit man wenigstens ein Ticket hat.«

»Das nächste Mal komme ich nach Paris.«

»Das ist sehr teuer. Spar dein Geld noch ein bisschen. Ich komme gerne zu dir. Wenn du mit der Deutschen Bahn fährst, zahlst du zweiter Klasse mehr, als ich erster. Da sind schnell mal dreihundert Euro weg für die Tickets.«

»Ich fahre mit dem Auto.«

»Dann werde ich wohl alsbald eine Vermisstenanzeige aufgeben müssen. Der Verkehr ist mörderisch und so kleine Autos werden gerne mal übersehen. Das ist nicht böse gemeint. Ich buche dir ein Ticket und hole dich am Bahnhof ab, damit du nicht in der Metro verloren gehst.«

»Lieb von dir, mein Engel.«

»Wie war dein Tag?«

»Nervig! Jetzt läuft der schönste Abschnitt des Tages.«

»Ich freue mich auch immer auf den Abend mit dir. Hast du noch ein schönes Foto für mich?«

»Ja! Ich liege schon eingemummelt auf der Couch.«

»Du siehst aus, als hättest du Grippe.«

»Nein, ich bin kerngesund, nur nicht zurechtgemacht.«

»Spieglein, Spieglein an der Wand … bist du eitel?«

»Vielleicht ein bisschen. Warum?«

»Das war nur eine Frage. Ich habe dich auch schon völlig zerzaust schlafend gesehen. Das war so süß, als du im Schlaf die Nase gerümpft hast. Wie ein Baby! Du hast nicht mal gemerkt, dass ich dir einen Kuss auf die Nase gegeben habe, nach dem Naserümpfen.«

»Ich hatte tief geschlafen, ich fühlte mich geborgen bei dir. Was wolltest du fragen?«

»Ich habe doch gefragt, ob du eitel bist. Du wolltest wissen weshalb und ich sagte, das war nur eine Frage. Sagt man nicht so?«

»Doch, das war korrekt. Ach so! Nein, eigentlich nicht, ich will nur dir gefallen.«

»Das will ich auch hoffen, dass du nur mir gefallen willst.«

»Ich mache morgen früher Schluss, dass wir zusammen um sechzehn Uhr am Haus sind. Danach können wir zusammen einkaufen.«

»Das ist ja fast schon wie bei einem Ehepaar. Das war ein Scherz! Weiteratmen!«

»Ich atme! Wir passen halt gut zusammen. Ich hoffe, du hältst den Einkauf aus. Das dauert … nix mit übereinander herfallen.«

»Wir können das Einkaufen auf später verschieben? Du hast mir etwas versprochen. Ich weiß nicht, ob ich noch bis nach dem Einkaufen warten kann.«

»Das gibt's nicht … der gleiche Gedanke. Wir verschieben den Einkauf. Der Supermarkt hat bis zwanzig Uhr geöffnet.«

»Das muss ja nicht heißen, dass man beim Einkauf nicht schon an das nächste Mal denken kann. Ô mon Dieu! Ich kann an nichts anderes mehr denken.«

»Jetzt sind wir bald zusammen. Du hast mir schon viele Wünsche erfüllt, aber bei einem weiß ich es noch nicht.«

»Bei welchem weißt du es nicht? Welchen soll ich dir erfüllen?«

»Ich habe dir erzählt, was ich gerne an dir sehen würde. Weißt du es noch?«

»Ich denke nicht, dass es diesmal eine Erfüllung geben wird. Ich weiß nicht, wann ich die noch kaufen soll. Mein Terminkalender ist voll. Ich kann ja schlecht Florence losschicken, um mir Strapse zu kaufen.«

»Kein Problem, mach dir keinen Stress. Wir haben noch genug Möglichkeiten.«

»Du meinst wirklich diese altmodischen Dinger, die man an den Strümpfen befestigt?«

»Ist das altmodisch?«

»Mais oui. Die Pariserin trägt das nur noch, wenn sie im Moulin Rouge tanzt, aber wenn es dich glücklich macht.«

»Dann lass ich gar nicht mehr von dir ab.«

»Jetzt sag mir, was genau du sehen möchtest. Ich habe keine konkrete Vorstellung.«

»Warte! Ich zeige dir ein Bild. So was in der Art, da steh ich voll drauf. Ist das pervers?«

»Non! Das ist Phantasie. Du magst Spiele?«

»Das würde meine Frau jetzt sagen, du bist pervers würde sie sagen. Es sind intime Wünsche. Phantasien …«

Ô mon Dieu! Nicht schon wieder seine Frau! Sie stand von Anfang an zwischen uns und wird immer da sein.

»Du hast noch mehr Phantasien?«

»Ja! Ich will meine Phantasien mit dir ausleben.«

»Jetzt hast du mich neugierig gemacht. Bitte, erzähl mir davon. Kirre bin ich auch schon wieder. Was magst du? Vielleicht muss ich ja noch etwas kaufen.«

»Ich würde dich gerne mit einem Dildo verwöhnen … Habe ich dich jetzt geschockt?«

»Non! Weshalb sollte ich schockiert sein. Dann muss ich doch noch zu Madame Françoise. Das ist ein netter kleiner Laden, den nur Damen aufsuchen dürfen.«

»Das muss nicht für dieses Wochenende sein. Mach dir keinen Stress. Warst du schon mal drin?«

»Bien sûr!«

»Und … was hast du gekauft.«

»Außer Strapsen … alles was dir gefällt. Leider passe ich da im Moment nicht rein. Ich möchte auch nichts bei dir recyceln. Du verstehst?«

»Nein! Was meinst du?«

»Ich möchte nichts mitbringen, das schon mal ein anderer … nicht böse sein. Ich bin nun mal keine

Jungfrau mehr.«

»Ach so …«

»Du bist schockiert?«

»Nein, ich bin nicht schockiert. Ich möchte, dass wir offen damit umgehen und uns alles sagen. Jetzt verstehe ich. Na, dann bin ich dein Dildo, und meine Zunge … Na, kribbelt's?«

»Oui, es kribbelt. Okay! Ich denke nicht daran, dass ich Nummer zwanzig bin und du denkst nicht daran, dass du nicht der erste bist. Okay? Wenn wir uns lieben, dann gehören wir nur uns. Es gibt kein davor mehr.«

»Okay, das ist Vergangenheit. Unglaublich … gleicher Gedanke.«

»Das ist schön.«

»So, schau mal auf die Uhr! Kurz nach Mitternacht!«

»Dann sage ich dir jetzt gute Nacht. Schlaf gut und träum etwas Schönes. … und lass die Hände auf der Bettdecke.«

»Bonne nuit, mein Engel. Schreibst du mir morgen, wenn du Pause hast?«

»Oui, mache ich und jetzt ab ins Bett.«

»Dicker Kuss, mein Engel … bis gleich im Weinberg.«

Ich freue mich auf ihn. Mein Herz macht jedes Mal einen kleinen Hüpfer vor Glück, wenn ich an ihn denke. Ob sich so die Liebe anfühlt?

Donnerstag, 27. Juli, 05:06 Uhr
Ich laufe mir jetzt Kopf und Bauch frei. Lass dich nicht ärgern.

Donnerstag, 27. Juli, 05:07 Uhr
Guten Morgen Madeleine,
ich freue mich und danke, dass du das alles möglich machst.

Donnerstag, 27. Juli, 12:09 Uhr
Mon cher, tut mir leid. Ich habe keine Zeit. Muss zu einer Besprechung.

Donnerstag, 27. Juli, 13:42 Uhr
Feierabend … Noch fünfundzwanzig Stunden. Ich muss jetzt zu einer Vorstandssitzung. Bis heute Abend. Ich zähle jetzt die Stunden. Du fehlst mir so sehr. Ich melde mich gegen achtzehn Uhr.

Donnerstag, 27. Juli, 17:12 Uhr … Chatroom
»Es tut mir leid, ich muss noch mal weg. Ich bin frühestens um einundzwanzig Uhr zuhause.«

»Was ist passiert?«

»Etwas Unvorhergesehenes in der Chefetage. Ich brauche wohl alsbald einen neuen Personalchef. Das sind die kleinen Freuden, mit denen deine Prinzessin leben muss.«

»Ich mache das.«

»Parlez-vous Français?«

»Sprechen nicht …«

»Ô mon Dieu! Du sollst nicht die Damenwelt meines Personals beglücken.«

»Okay! Dann warte ich auf dich. Mach dir keinen Stress.«

»Mon Dieu! Es kann auch länger dauern. Ich muss notfalls meinen Charme einsetzen. Non … nicht

so. Ich muss jetzt leider los.«
»Erzähl mir später alles. Ich hoffe, du musst nicht zu viel Charme einsetzen. Ich vermisse dich.«
»Ich dich auch.«

Donnerstag, 27. Juli, 18:51 Uhr
Ich liege in der Badewanne und genieße ein schönes Schaumbad, das ist herrlich. Die Kirche Saint-Germain-l'Auxerrois, was bedeutet sie für dich?

Donnerstag, 27. Juli, 20:59 Uhr … Chatroom
»Salut mon cher! Wie kommst du auf Saint-Germain-l'Auxerrois?«
»Ich hatte Langeweile und habe Mister Google über deine Familie ausgefragt. Sorry! In dieser Kirche liegen laut Internet auch de la Marche begraben, ich bin mir aber nicht sicher, ob sie zu deiner Familie gehören. Es ist total spannend. Liege ich richtig?«
»Oui! Von denen habe ich den Titel Baronne de la Marche. Die Kirche liebe ich, sie ist so friedlich.«
»Ich finde das so spannend. Ich lag eineinhalb Stunden in der Wanne und habe recherchiert. Ich habe auch die Anwesen deiner Familie gesehen. Wow! Jetzt verstehe ich … so viele Mitarbeiter. Wie war deine Sitzung?«
»Nervtötend! So wütend war ich schon lange nicht mehr. Ich bin ein klitzekleines bisschen explodiert. Wenn du möchtest, erzähle ich dir morgen davon.«
»Na klar! Davon und von deiner Familiengeschichte.«
»Ich komme morgen nicht mit dem Zug, sondern fliege mit dem Learjet nach Saarbrücken Airport. Landung vierzehn Uhr. Sonst reicht die Zeit nicht.«
»Du machst dir so viel Mühe und nimmst so viele Anstrengungen auf dich, nur um mich zu sehen. Du sagtest, du weißt nicht was Liebe ist. Genau das, dein Verhalten, das ist Liebe.«
»Triffst du dich bitte mit Kathrin. Sie kann dir alles erklären.«
»Kein Problem, ich regele das. Fahr bitte langsam. Ich liebe dich, mein Engel.«
»Ich freue mich sehr auf dich.«
»Ich freue mich auch. Ich lasse dich nicht mehr los, wenn ich bei dir bin. Was sagen die Pessimisten zu unserem Treffen?«
»Maxine et Victoria? Die nerven mich. Maxine hat gemeint, du solltest dir fünf Sekunden Zeit nehmen, um ihn einzupacken.«
»Wie meint sie das? Ach so, verhüten. Okay! Wir verhüten morgen. Wir sind zwar gesund, aber ich will nichts riskieren. Ich habe Angst um dich, falls wir doch ein Baby … in deinem Alter …
Ich werde dich zwei Tage verwöhnen. Das sind bis jetzt die schönsten drei Wochen meines Lebens. Irgendjemand denkt, dass ich dich verdient habe. Ich versuche immer so zu sein, dass du glücklich bist. Ich gebe dich nie mehr her. Ja, ich möchte, dass wir für immer zusammenbleiben.«
»Mon cher, ich bin glücklich, wenn du bei mir bist und ich möchte, dass das für immer so bleibt. Für immer …
Es tut mir leid, aber ich muss für heute bonne nuit sagen. Ich muss noch eine Beschlussvorlage für Monsieur Redoute verfassen und eine Urteilsbegründung für morgen schreiben. Ich würde jetzt lieber bei dir bleiben. Ich muss noch packen für unser Wochenende und alles herrichten für Sonntag. Florence packt den Koffer und checkt ihn am Airport ein. Schlaf gut. Ich freue mich sehr auf morgen und auf dich.«
»Ich freue mich auch. Schlaf gut mein Engel.«
»Du auch. Ich warte im Weinberg auf dich.«

Liebe pur

Ich bin wütend. Was dieser Crétin sich heute erlaubt hat, ging definitiv zu weit. Viel zu weit. Ich wundere mich immer noch, dass ich ihn nicht aus dem Raum geprügelt habe.

Ein junger Schnösel, ohne jedweden Respekt vor mir, meinen Töchtern oder Monsieur Redoute. Man kann mich kritisieren, wenn man fundierte Gründe dazu hat, aber nicht, weil man nach höherem strebt. Denkt dieser Crétin wirklich, ich räume meinen Platz, um ihn auf den Thron zu hieven?

Ich kümmere mich zu wenig um meine Unternehmen, meine Mitarbeiter, die Geschäfte. Was erdreistet sich dieses Jüngelchen? Ich hatte von Anfang an kein gutes Gefühl bei seiner Person. Monsieur Redoute war begeistert von ihm, sah einen potentiellen Nachfolger in ihm. Jetzt musste er feststellen, dass Oreille schon seit Monaten seine Nase in Dinge steckt, die ihn nichts angehen. Zum Glück hatte er keinen Zugriff auf Betriebsinterna, durch die er enormen Schaden hätte anrichten können. Philippe-Louis Oreille, Harvard-Absolvent und Liebling der Damenwelt. Er wird von mir nicht für sein gutes Aussehen und seine Arroganz bezahlt. Dass er die Damenwelt meines Unternehmens becirct und reihenweise flachgelegt hat, liegt in seiner Natur bedingt, aber meine Grundfesten ins Wanken bringen wollen … non! Nicht mit mir!

Er sieht seine Mitmenschen als minderwertig an. Nur er ist zu höherem berufen. Dem werde ich zeigen, wohin er gehört. Zwei Stunden habe ich benötigt, um die siebenseitige Beschlussvorlage so zu verfassen, dass sie nicht angreifbar ist. Immer wieder ging meine Wut mit mir durch. Ich denke, Alexander hätte es ganz und gar nicht sexy gefunden.

Das Verfassen der Urteilsbegründung war dagegen fast schon ein Kinderspiel. Yannick war, zum ersten Mal seit langem, nicht einer Meinung mit Raoul und mir. In der Schuldfrage waren wir uns einig, aber im Strafmaß leider nicht. Das ist nicht weiter schlimm, denn am Ende geht es nach meinem Kopf, zumal es eine zwei zu eins Entscheidung war.

Jetzt will ich nichts mehr von all dem sehen. Ich will mich endlich auf morgen freuen, mir vorstellen, wie unser Wochenende wird. Moira hat angeboten, für mich einzukaufen. Sie hat keine Fragen gestellt, obwohl die Neugier von ihr Besitz ergriffen hat. Letztes Wochenende und jetzt schon wieder, da kann man schon mal neugierig sein, vor allem, wenn man weiß, dass ich vorher selten zu Besuch kam.

Maxine und Victoria platzen ebenfalls vor Neugier. Sie haben ihn auf Facebook abgecheckt. Sein Foto gefiel ihnen. Sie finden ihn schnuckelig. Das finde ich auch und ich weiß, sie werden diesem Schnuckelchen nicht zu nah kommen.

Freitag, 28. Juli, 06:01 Uhr
Einen wunderschönen guten Morgen, Prinzessin. Jetzt ist es nicht mehr lange. Ich habe um sechs Uhr angefangen, um pünktlich in Riesweiler sein. Ich freue mich auf dich …

Freitag, 28. Juli, 06:55 Uhr
»Heute warst du schneller als ich. Ich bin im Gericht, trinke Cappuccino und denke an dich. Wir werden schönes Wetter haben. Ich möchte ein bisschen mit dir spazieren gehen.«

»Ja, das machen wir. Ich freue mich ganz doll auf dich.«

»Ich freue mich auch auf dich. Ausgeschlafen?«

»Ja, ich konnte früh schlafen …«

»Leider! Dieser Crétin hat alles durcheinandergebracht. Jetzt denk an heute Nachmittag und lächle.«

»Mach ich! Ich wünsche dir einen schönen Arbeitstag und sei gerecht. Wer ist Crétin?«

»Ich bin doch immer gerecht. Der Crétin … Pardon! Mein ehemaliger Personalchef, seinetwegen hatte ich heute Nacht viel Arbeit. Jetzt muss ich los. Ich freue mich auf dich.«

»Erzähl mir heute Abend alles. Ich habe dich lieb, nicht aufregen. Bis heute Nachmittag.«

Freitag, 28. Juli, 15:45 Uhr
Salut mon cher,
ich habe dir was bei WhatsApp geschickt. Am Airport hatte ich keinen Empfang. Wir sind verspätet gelandet, weil eine Maschine der Air Berlin erst Verspätung und dann auch noch Probleme bei der Landung hatte und dadurch den Flugplan durcheinanderbrachte. Es war halb zwei, als ich losfuhr. Grauenvolle Strecke, sehr viel Verkehr, Stau an Stau. Jetzt ist meine Abfahrt wegen eines schweren Unfalls gesperrt. Ich weiß nicht, wo mich das Navy hin lotst. Im Moment stehe ich auf einem Rastplatz im Nirgendwo und bin genervt. Schreib mir bitte, wie der Weg zum Haus befahrbar ist. Ich liebe mein Auto. Ich fahre jetzt los. Bis hoffentlich bald! Der Gedanke an dich hält mich aufrecht.

Freitag, 28. Juli, 15:47 Uhr
Hallo, mein Engel,
ich fahre jetzt erst mal zum Bungalow. Wenn es sein muss, komme ich dir entgegen.

Oh, ich hasse diesen Verkehr! Schon mal etwas von Rechtsfahrgebot gehört? Hier schleichen alle auf der linken Fahrspur. Leider ist das Überholen auf der rechten Spur verboten. Eine Stunde im Pariser Verkehr zur Rush-hour ist nicht mal annähernd so anstrengend, wie fünf Minuten auf einer deutschen Autobahn. Oh, diese Deutschen!

Der nächste Stau. Jetzt ist mir alles egal, ich muss von dieser Autobahn runter. Im letzten Moment erwische ich die Ausfahrt und es geht über die Landstraße weiter. Irgendwie muss man doch in dieses Örtchen kommen. Mein Navy schreit fast, bei der nächsten Gelegenheit bitte wenden. Non! Weiter geht's! Ô mon Dieu! Tiefste Provinz! In der Ferne ein Bauernhof, Wald, Wiesen, Felder und eine kleine Straße, die sich durch die Landschaft schlängelt … idyllisch, Landleben … durchfahren okay … hier leben? … Ô mon Dieu! Non! Aber für ein romantisches Wochenende … merveilleux.

Ich freue mich auf ihn. Wenn mich das Navy heute noch zu ihm bringen würde, wäre ich hocherfreut. Ein Wegweiser! Riesweiler links! Okay! Nach fünf Kilometern ein neuer Wegweiser. Weitere fünf Kilometer. Zwei Kurven und … Ups! Riesweiler! Oh, diese Deutschen! Von wegen fünf Kilometer … Das Navy redet wieder mit mir. Es ist wie ein Pferd, das den Stall riecht. Ein Straßenschild, bei dessen Anblick sich mein Magen verkrampft. Ein Feldweg! Ô mon Dieu! Es geht steil bergan. Immer wieder kleine Wege, die seitlich abgehen, Kreuzungen und Abzweigungen. Wie soll ich in diesem Wirrwarr die richtige Hausnummer finden? Alle Wege heißen Im Riesweiler Tann. Das ganze Viertel heißt so. Das kann ja heiter werden. Muss ich jetzt jeden einzelnen Weg abfahren? Am besten, ich hisse die weiße Fahne und ergebe mich dem Feind. Deutschland! Braucht es da noch vieler Worte?

Plötzlich ein lauter Knall, es knirscht zum Gotterbarmen und der Porsche rutscht vorne weg. Wumm! Aufgesetzt! Ô mon Dieu! Auch das noch! Jetzt kann er zeigen, was unter seiner Haube steckt. 365 PS gegen einen Feldweg. Leise heult der Motor auf, immer lauter brummt er und schickt dabei seine Power in die Räder. Ein kurzer Ruck und er ist frei. Geht doch! Ein klitzekleines bisschen Made in Germany, das ich von Herzen liebe. Meinen Porsche!

An der nächsten Kreuzung treibt es mich aus dem Wagen. Jetzt muss ich ihn doch anrufen, damit er mich aus diesem Irrgarten rettet, aber um mich zu retten, muss er mich erstmal finden.

… diese Stimme! Alexander! Er steht mit Kathrin im Garten, links von mir. Bei seinem Anblick frohlockt mein Herz. Endlich! Erst jetzt wird mir bewusst, wie sehr ich ihn vermisst habe. Er nimmt mich so fest in seine Arme, dass es mir schwerfällt zu atmen. Ich habe ihn wieder! Endlich wieder! Es ist mir egal, dass Kathrin uns interessiert zusieht, dass Spaziergänger vor dem Tor stehen bleiben und uns ebenfalls zusehen. Hier weiß niemand, wer ich bin. Hier macht niemand Fotos, um sie für viel Geld an die Klatschpresse zu verkaufen. Hier darf ich ein Mensch sein. Hier, bei ihm …

Am liebsten würde ich ihn nie wieder loslassen, aber es muss sein. Während ich mit Kathrin ein paar Worte wechsle, fährt er meinen Wagen in den Hof und bringt mein Gepäck ins Haus. Sie hat so viel Taktgefühl, dass sie sich verabschiedet. Kaum hat sich die Tür hinter ihr geschlossen, fallen wir übereinander her. Bis ins Schlafzimmer zieht sich die Spur unserer Kleider, die überall verstreut liegen. Jetzt ist keine Zeit, alles ordentlich aufzuhängen. In mir steigert sich das Verlangen auf ihn ins unermessliche, durchflutet meinen Körper und jagt Schauer der Lust durch meinen Bauch. Er hebt mich aufs Bett und während sein Mund mein Gesicht mit Küssen bedeckt, steigt er zu mir und der Anblick seines nackten Körpers lässt mich erbeben vor Lust.

Seine Hand streicht sanft über meine Brüste. Mein Körper bäumt sich lustvoll auf und reckt sich ihm entgegen. Langsam und zärtlich gleitet er in mich. Oh, wie ich dieses Gefühl vermisst habe, wie sehr ich ihn vermisst habe.

»O ja, endlich!«, stöhnt er zwischen zwei Stößen und ich weiß, dass wir gleich zusammen fliegen werden. Waren wir sonst immer in der Lage, unsere Lust zu zügeln und den Höhepunkt immer wieder hinauszuzögern, während wir uns gegenseitig in schwindelerregende Höhen trieben, so können wir uns heute nicht beherrschen. Das Verlangen nach dem Anderen treibt uns an und nach ein paar weiteren Stößen in einen gemeinsamen Ausbruch höchster Glückseligkeit. Geschüttelt von einem wundervollen Orgasmus, klammern wir uns aneinander fest und es scheint, als würden unsere Herzen im Gleichklang schlagen, als wären wir ein Körper, ein Herz. Es ist etwas ganz Besonderes, das wir zusammen haben, dass uns glücklich sein lässt und den Atem nimmt.

Während die letzten Zuckungen verebben und die Lust auf den letzten Wellen in meinem Bauch schwimmt, nimmt er mich in seine Arme. Er sieht so glücklich aus, so glücklich, wie ich es bin. Mein Kopf liegt auf seiner Brust und ich höre das Hämmern seines Herzens. Zärtlich streicht seine Hand durch meine Haare und ich fühle mich so geborgen. Noch nie zuvor konnte ein Mann mir geben, was Alexander mir gibt. Etwas, das man mit keinem Geld der Welt kaufen kann, etwas, das mein Kopf einfach nicht verstehen will. Vielleicht … non! Dazu bin ich gar nicht fähig …

Es ist so schön, hier bei ihm zu liegen. Kuscheln, schmusen, streicheln und einfach nur glücklich sein, weil er hier ist, hier bei mir. Als seine Hand auf Erkundungstour geht, werde ich wieder zur Schlange. Ich winde mich lustvoll unter seiner Hand, die sanft meine Brust umkreist und sich in immer kleiner werdenden Kreisen meiner Knospe nähert, die sich aufgerichtet hat, groß und hart ist. Die Lust fließt wieder durch meinen Körper und jagt kleine Schauer über mich. Seine Hand streichelt zärtlich meinen Körper und das Verlangen wogt durch meinen Unterleib.

»Ich liebe es, wenn du so schlängelst. Das macht mich scharf.« Lächelnd sieht er mich an und ich sehe in seinen Augen, dass es ihn antörnt, mir immer neue Freuden zu bescheren. Sein bestes Stück hat sich aufgerichtet und ich kann den kleinen Glückstropfen sehen, der aus seiner Eichel perlt. Dieser Anblick lässt meine Phantasie spazieren gehen und das Verlangen nach diesem Zauberstab macht mich fast verrückt vor Begierde. Langsam wandert meine Hand über seinen Bauch und kreist liebevoll um dieses edle Teil, das mich magisch anzieht. Er windet sich in freudiger Erwartung und als mein Mund seine Eichel umschließt, stöhnt er lustvoll auf. Es bereitet mir große Freude, ihn mit meinem Mund zu verwöhnen. Ich mag es, wenn er unter meinen Liebkosungen lustvoll zuckt und Laute größer werdender Ekstase ausstößt. Als sein Liebesstab anfängt zu pulsieren, nimmt er mich. Seine Stöße werden härter und er schickt mich von einem Höhepunkt zum nächsten.

Es ist ein wundervolles Gefühl, ihn so tief in mir zu spüren und seine Stöße aufzunehmen. Trotz größter Erregung ist er noch immer standhaft und hält seinen Erguss zurück. Er bereitet uns die höchsten Wonnen und treibt uns, in immer wieder neuen Stellungen, dem großen Knall entgegen. Als sein Sperma in meinen Bauch schießt, überrollt mich ein Orgasmus, wie er schöner nicht sein könnte. Mein Körper zuckt und windet sich voll überfließender Entzückung. Mit ihm fliege ich so hoch, wie noch mit keinem anderen zuvor. Da ist nichts mehr, dass alle anderen auf Abstand hielt, sie nie so nah an mich herankommen ließ. Bei Alexander ist es anders. Ich kann mich öffnen, zulassen, dass er mich zerbrechlich sieht. Dieses Gefühl, das mich angreifbar macht, ich kann es zulassen bei ihm.

Es tut so gut, nicht mehr die Kontrolle halten zu müssen. Einfach loszulassen und mich ihm hinzugeben. Nicht nur meinen Körper ... non ... auch meine Seele und das ist wunderschön.

Auch wenn mein Kopf noch immer seinen Senf dazugeben muss, da ist etwas in seinen Augen, das mir zeigt, er meint es ehrlich mit mir. Er sagt nicht nur, dass er mich liebt, er tut es wirklich. Wenn doch mein Kopf endlich derselben Meinung wäre ...

Der Bungalow ist klein und gemütlich. Die hellen Farben, die offenen Räume und die vielen Regale lassen ihn größer erscheinen, als er ist. Ich habe es mir mit einem Kaffee in der kleinen Essecke gemütlich gemacht und schaue Alexander beim Kochen zu. Männer sind nun mal die besseren Köche. Ich frage mich, wann die Frauen auf die verrückte Idee kamen, ihnen den Kochlöffel zu entreißen.

Ich könnte mich an diesen Anblick gewöhnen. Morgens mit ihm Cappuccino trinken, abends dinieren, das wäre schön und was nach dem Dîner käme ... noch schöner. Immer wieder sieht er mich lächelnd an. Er genießt es, für mich zu kochen.

Das Essen mit ihm macht Spaß. Ich erkläre ihm, wie man all die vielen Messer und Gabel benutzt, die in unseren Kreisen beim Essen auf dem Tisch liegen. Er schmunzelt immer wieder, denn für ihn ist es eine fremde Welt, die ich ihm offenlege. Immer wieder stellt er Fragen, die ich ihm gerne beantworte. Was für mich selbstverständlich ist, scheint für ihn unfassbar zu sein. Ich komme kaum zum Essen, so viel rede ich.

»Es ist faszinierend für mich, dass alles zu hören. Ich höre dir so gerne zu. Wenn du mir von deiner Welt erzählst, komme ich ins Träumen. Alles ist so fremd für mich. Ich kann es noch immer nicht fassen, dass ich mit einer richtigen Prinzessin hier am Tisch sitze, mit meiner Prinzessin. Immer wieder frage ich mich, ob es nicht doch nur ein Traum ist. Wenn es ein Traum ist, werde ich irgendwann wieder aufwachen und das will ich nicht.«

Oh, dieser Blick! Ich würde auch gerne für immer weiterschlafen, wenn es nur ein Traum sein sollte. Ich kann es auch nicht fassen, dass ich hier mit ihm sitze. Alles ist so anders, seit ich ihn kenne. Wenn er mich so ansieht, schlägt mein Herz schneller. Er könnte den Himmel auf Erden haben. Er muss nur ja sagen.

Nach dem Essen spülen wir das Geschirr ab. Ich kann es nicht fassen. Ich ... mit einem Geschirrtuch in der Hand ... das glaubt mir niemand. Ich hätte nie gedacht, dass mir das Spaß machen würde, aber was ist noch normal, seit ich Alexander kennengelernt habe.

Wir trinken Instantkaffee und es ist, als hätte ich nie anderen zu mir genommen. Meine Gedanken gehen wieder auf die Reise, fliegen zum Tisch in meinem Esszimmer. Ich würde jetzt gerne mit ihm dort sitzen und frisch gebrühten Cappuccino trinken, dazu ein paar Madeleines ... ein bisschen Sex und zum Abschluss einen weiteren Cappuccino.

Wir reden und lachen zusammen. Immer wieder sagt er, du liebst mich, ich weiß es. Seine Hand hält meine, wenn es mir schwer fällt weiterzuerzählen. Meine Vergangenheit, meine Familie, sie machen mir schwerer zu schaffen, als ich bereit bin zuzugeben. Bei Alexander geht es ganz leicht. Wo war er all die Jahre, als ich jemand wie ihn gebraucht hätte? Jetzt, nachdem ich alles fest in meinem Herz verschlossen habe, jetzt ist er da und hilft mir, nur durch seine Anwesenheit. Er ist da, mehr brauche ich nicht.

Ich muss ihn nicht kaufen. Er ist hier, aber ob er bleibt? Ich weiß es nicht! Noch immer hat mein Kopf die Führungsrolle, noch immer sagt er, dass er mir nie gehören wird, dass er seine Frau liebt. Wenn ich meinen Kopf doch nur für zwei Tage abstellen könnte, ihm einfach den Ton abdrehen, aber was würde es nützen? Zuhause fängt er wieder an und wird nie wieder damit aufhören. Auch wenn mein Herz schreit, ich will ihn nicht verlieren, er liebt sie nicht, so spürt es doch den Stachel, der in ihm sitzt und ihm sagt, es ist wahr. Alles, was der Kopf sagt … es ist wahr. Du kannst ihn nicht verlieren, denn er hat dir nie gehört.

Nur mühsam gelingt es mir, die Tränen zurückzuhalten. Ich bin auf dem besten Weg, mich in ihm zu verlieren. Ich weiß, das darf nicht sein, weil einfach alles dagegenspricht. Seine Frau, seine Kinder, sie sind eine unüberwindbare Hürde, er wird sie nie verlassen. Weshalb ist da dieses Gefühl, das mir sagt, dass es schon bald vorbei sein wird, dass ich die Zeit mit ihm genießen soll? Oui! Mein Bauch mischt jetzt auch mit. Auch wenn mein Kopf der vernünftigere ist, immer wieder ist es mein Bauch, der mir den Weg zeigt und jetzt stellt auch er sich gegen mein Herz …

»Du grübelst? Worüber denkst du nach?« Fragend sieht er mich an und streicht mir übers Haar. Wie soll ich ihm diese Frage beantworten? Ich brauche Kaffee, viel Kaffee, sehr viel Kaffee! Während ich den Instantkaffee ins heiße Wasser rühre, kann ich seinen Atem in meinem Nacken spüren. Seine Arme umfassen meine Taille, halten mich fest.

»Ich liebe dich«, flüstert er mir zärtlich ins Ohr. Ô mon Dieu! Es scheint, als könne er meine Gedanken lesen. Seine Hände wandern, machen mich langsam kirre. Einfach nur genießen, nehmen, was er mir gibt. Ô mon Dieu! … und was er mir gibt. Mein Körper macht sich selbstständig, windet sich wie eine Schlange und bebt vor Erwartung. Er stöhnt leise und ich kann seine Lust spüren, die gegen meinen Po drückt. Ich weiß, er liebt es, wenn ich mich unter seinen Händen winde und mein Körper ihm zeigt, wie sehr ich ihn begehre. Seine Hände schieben sich unter mein Shirt und gleiten unter meinen Büstenhalter. Ô mon Dieu! Dieser Mann macht mich verrückt vor Lust. Als seine Hand in meine Hose rutscht und den Weg zwischen meine Beine findet, ist es mit meiner Beherrschung vorbei. Ich will ihn, jetzt und hier! Meine Hand schiebt sich unter den Bund seiner Jogginghose und findet, was sich ihr hart entgegenstreckt. Er windet sich lustvoll unter den Liebkosungen meiner Finger. Sein Atem geht schneller und er schenkt mir dieses kleine Stöhnen, dass ich so liebe. Während wir uns gegenseitig lustvolle Schauer über den Rücken treiben, schieben und ziehen wir uns Richtung Schlafzimmer, reißen einander die Kleider vom Leib und fallen übereinander her. Das Bett ächzt, als wir auf die Matratze fallen und endlich eins werden.

Vergessen sind all die düsteren Gedanken, jetzt zählt nur meine Wollust, die gestillt werden will. Wieder beginnt ein Marathon der Lust. Während ich auf ihm reite, streichelt er meine Brüste und spielt mit meinen Knospen. Oh, dieses Gefühl ist wundervoll. Ich entziehe mich ihm, gleite an seinem Körper hinab, wobei meine Finger zart über seinen Bauch streichen und seinen harten Liebesstab umkreisen, dessen Anblick mir wohlige Schauer über den Rücken jagt, während er sich unter meinen Liebkosungen stöhnend windet. Da ist er wieder, dieser kleine Liebestropfen, der wie ein Diamant glitzert. Zärtlich umkreist meine Zungenspitze seine Eichel und während mein Mund seine Spitze umschließt, schießt eine heiße Woge durch meinen Körper. Er rollt sich zur Seite und sein Zauberstab findet seinen Weg in meine Liebeshöhle. Seine Stöße werden immer wilder und geschüttelt von vielen kleinen Höhepunkten fliegen wir zusammen zum absoluten Glück.

Als wir völlig erschöpft und von Schweiß glitzernd, eng aneinander gekuschelt auf dem Laken liegen, gibt es nur noch ihn und mich. Er hält mich so fest umschlungen, dass ich nur mit Mühe atmen kann.

»Ich liebe dich. So schönen Sex hatte ich schon lange nicht mehr. Nein! So schönen Sex, wie mit dir, hatte ich noch nie. Was machst du nur mit mir?« Zärtlich küsst er meine Nasenspitze und lächelt mich glücklich an. »Du liebst mich auch. Ich weiß es. Glaub mir, du liebst mich.«

Jetzt müsste die Zeit stehen bleiben. Und ewig grüßt das Murmeltier. Ich müsste nicht Klavierspielen lernen, keine Menschen retten, mich nicht nach Hause sehnen. Ich würde diese Zeit mit ihm immer und immer wieder genießen. Einfach in der Zeitschleife spazieren gehen und glücklich sein, glücklich mit ihm.

Ich würde gerne aufstehen, aber Alexander liegt mit dem Kopf auf meinem Bauch und hält mich fest umschlungen. Genauso ist er heute Nacht eingeschlafen. Seit Stunden liege ich unbeweglich da und sehe ihm beim Schlafen zu. Streiche sanft über seinen Kopf und streichele sein Gesicht, wenn er wieder träumt. Er wird unruhig und ich sehe, dass er irgendwelche Kämpfe austrägt, streitet oder irgendwelche Spieler anfeuert. Wenn es stimmt, dass man im Schlaf den Tag Revue passieren lässt oder seine geheimsten Wünsche und Sorgen verarbeitet ... ich möchte nicht mit ihm tauschen. Bereits in Bernkastel schlief er so unruhig. Wie soll er morgens ausgeruht aufwachen, wenn er in der Nacht solche Träume hat, die ihn körperlich anstrengen? Sein Familienleben scheint weitaus anstrengender und komplizierter zu sein, als er mir erzählt.

Die Sonne ist bereits vor Stunden aufgegangen und ich liege immer nach regungslos da. Er schläft inzwischen ruhig und tief. Ich möchte ihn nicht wecken, er braucht seinen Schlaf, er braucht Erholung, also bleibe ich liegen. Inzwischen liegen Teile meines Körpers in Tiefschlaf, meine Füße kribbeln und mein Po hat sich bereits vor Stunden verabschiedet.

Seine Augenlider zucken, langsam wacht er auf. Als er sieht, wo er liegt, huscht ein seliges Lächeln über sein Gesicht. Er kuschelt sich noch enger an mich und man sieht ihm an, dass er sich wohl fühlt. Das könnte er jeden Morgen haben, er muss nur ja sagen, aber ich weiß, er wird die täglichen Alpträume wählen, weshalb auch immer. Mein Blick ist plötzlich getrübt, Tränen kullern mir langsam aus den Augen und rollen über die Wangen. Es könnte alles so schön sein, wenn er nicht verheiratet wäre.

Als seine Blase ihr Recht fordert, kann ich aufstehen. Wie ein uraltes Weib, schiebe ich meine schlafenden Körperteile aus dem Bett. Meine Füße befinden sich inzwischen ebenfalls im Traumland. Auf einem schlafenden Po zu sitzen, ist alles andere als angenehm. Mühsam räkele ich mich und versuche meine Glieder zu strecken. So steif war ich noch nie zuvor. In Zeitlupe bewege ich mich Richtung Badezimmer. Alexander ist bereits in der Küche und kocht Kaffee. Er sprüht vor guter Laune. Als ich mich an den Tisch setze, schläft mein Po noch immer. Er lächelt, als er sieht, wie ich mühsam auf den Stuhl sinke. Sicherlich denkt er jetzt, ich hätte mich beim Sex überanstrengt.

»Wie lange lag ich auf deinem Bauch? War wohl ziemlich lange, du läufst etwas seltsam ...«

Er nimmt mich in seine Arme und brummelt glücklich vor sich hin. Seine Hände streicheln meinen Po und pressen mich gegen seinen Unterleib. Ich fühle seine wachsende Lust und wieder macht mein Körper sich selbstständig. Während ich mich unter seinen streichelnden Händen winde, lässt sein lustvolles Stöhnen lässt keinen Zweifel daran, wie sehr er mich begehrt.

»Ich wüsste da etwas, das dich ganz schnell wieder auf Vordermann bringt. Es tut auch gar nicht weh. Wenn du möchtest, kann ich es dir zeigen ...«

Und ob ich will. Ich ziehe ihn hinter mir her ins Schlafzimmer. Auch wenn das setzen mein ganzes Können fordert … was dann kommt, lässt alle schlafenden Körperteile erwachen. Wir sind so scharf aufeinander, dass wir bereits übereinander herfallen, während wir uns noch gegenseitig die spärliche Nachtkleidung von den Leibern ziehen. Er spreizt meine Schenkel und dann kennt unsere Lust keine Grenzen mehr. Ineinander verschlungen rollen wir über die Matratze, stöhnen, schreien, küssen und streicheln uns, erleben einen Höhepunkt nach dem nächsten und liegen schließlich erschöpft und verschlungen in den Kissen. Der Schweiß glänzt auf unseren Körpern und lässt sie im Sonnenlicht, das durchs Fenster fällt, glitzern.

»Wenn ich in deine Augen sehe, dann …« Während er den Satz unvollendet lässt, wandern seinen Hände bereits wieder über meinen Körper. Sofort erwacht die Lust und jagt Schauer durch meinen Unterleib. Seine Hand gleitet zwischen meine Schenkel und findet die Stelle, an der ich es ganz besonders gernhabe. Als sich mein Körper vor Wollust biegt, nimmt er mich erneut. Mein Orgasmus lässt mich wohlig zucken, während er in mich gleitet. Das törnt ihn derart an, dass er fast zeitgleich mit mir fliegt. Oh, ich liebe es, mit diesem Mann zu schlafen. Es bedarf keiner Worte. Wir finden, was uns gefällt. Hände, die streicheln, Lippen, die liebkosen, ein Zauberstab, der mich unendlich glücklich macht.

Erneut sinken unsere erschöpften Körper in die Kissen. Meine Atmung könnte einer Dampflokomotive Konkurrenz machen. Er streichelt mir sanft den Rücken und ich genieße seine Berührung. Ich kann es kaum fassen, als die nächste Welle der Lust über mich hinwegfegt. Er lächelt, als er spürt, wie sich mein Körper erneut unter seinen Händen biegt. Als sich meine Hand um seinen Liebesstab legt, ist es vorbei mit seiner Beherrschung. Wieder werden wir von der Lust getrieben und rollen über die Matratze. Wir sind wie von Sinnen. Immer und immer wieder treiben wir es. Eine klitzekleine Pause dazwischen und es geht weiter. Das habe ich noch nie zuvor erlebt.

Als der letzte Orgasmus abklingt, liegen wir völlig erschöpft in den Kissen. Nach dem vierten Mal habe ich aufgehört zu zählen. In den unterschiedlichsten Stellungen haben wir uns von einem Höhepunkt zum nächsten getrieben. Es war einfach wundervoll. Et oui … sämtliche schlafende Körperteile sind erwacht. Wow! Man könnte meinen, wir wären für einander geschaffen worden.

Es ist spät geworden und wir müssen uns beeilen, wenn wir noch Brötchen für unser Frühstück kaufen wollen. Unter der Dusche kann ich in seinen Augen die Lust sehen, die Lust auf das, wonach auch mein Körper sich sehnt, aber das Frühstück wartet. Verschieben wir das Verlangen …

Als wir in dem kleinen Örtchen ankommen, sind ein paar Schausteller dabei, eine Kirmes aufzubauen. Der Porsche erregt Aufmerksamkeit und Alexander erntet anerkennende Blicke der Damenwelt. Eine von ihnen fällt beim Fensterputzen fast von der Leiter. Es ist wie immer, er bemerkt es nicht. Er nimmt mich an der Hand und zeigt allen die kalte Schulter. In einer Apotheke kaufen wir Lutschtabletten gegen seine Halsschmerzen. In meiner Handtasche hat sich mein iPad selbstständig gemacht und spielt Musik. Die Apothekerin kann sich ein Lächeln nicht verkneifen, ohne dabei Alexander aus den Augen zu lassen und wieder bemerkt er es nicht.

Das Örtchen ist alt und wird von einem kleinen Bach durchzogen. Ich mache ein paar Fotos, denn es ist so idyllisch, an dem kleinen Bachlauf. Ich könnte stundenlang auf der kleinen Brücke stehen und in das plätschernde Wasser hinunterschauen.

Wir finden die einzige Bäckerei des Ortes und werden erneut von der Damenwelt in Augenschein genommen. Den Damen gefällt, was sie sehen. Die beiden Verkäuferinnen überschlagen sich fast vor Eifer, Alexander das Angebot an Brot und Brötchen zu unterbreiten. Die Kundinnen, die ihre Waren bereits bezahlt haben, bleiben noch ein bisschen im Verkaufsraum und ziehen ihn mit ihren Blicken aus. Verträumt sehen sie ihn an und ich frage mich, ob sie feuchte Höschen haben.

Was hat er nur, dass die Damenwelt derart um den Verstand bringt? Ich kenne ihn, ich weiß wie liebevoll er ist, wie wundervoll der Sex mit ihm ist, aber ich liege ihm nicht zu Füßen. Sollte ich mir Gedanken machen? Zieht er die Blicke der Frauen auch zuhause auf sich? Was ist mit seinem Arbeitsplatz? Macht er auch dort die Damen schwach? Die Auswahl ist groß, er müsste nur zugreifen, aber er ist mit mir hier. Mich hat er bei Facebook gefunden und noch bevor er auch nur wusste, wie ich aussehe, wer sich hinter dem Account versteckt, ging ich ihm nicht mehr aus dem Kopf.

Er hat sich für ein Baguette entschieden. Ich bin allerdings nicht damit einverstanden. Das riesige Teil, das man hier als Baguette anbietet, hat mit den Baguettes, die ich kenne, nur den Namen gemein. Das kleinere, das man als Flûtes verkauft, kommt einem Baguette schon näher, allerdings passt die Länge weder für ein Baguette noch für ein Flûte. Wir nehmen noch ein paar Brötchen und Alexander bezahlt. Als die jüngere der beiden Verkäuferinnen Alexander das Wechselgeld in die Hand zählt, berührt sie, natürlich unabsichtlich, seine Finger und gerät fast in Ekstase … und mein süßer Schatz bemerkt mal wieder nichts.

Er dreht sich um, drückt mir einen Kuss auf den Mund und lächelt mich verschmitzt an. Also doch! Das hätte sogar ein Blinder bemerkt. Ob die Damen jetzt zuhause ihre Männer beglücken oder selbst Hand anlegen? Wer will das schon wissen? Ich weiß, dass Alexander und ich nach dem Frühstück wieder Sex haben werden und er wird dabei nicht an eine dieser Damen denken.

Als wir in den Porsche steigen, gerät die Leiter der Fensterputzerin in gefährliche Schieflage. Der Nachbar sieht es und schimpft, doch sie blickt mit sehnsuchtsvollen Augen Alexander hinterher. Ob in diesem kleinen Örtchen Männernotstand herrscht? Was würden die Frauen machen, wenn Constantijn oder Pascal hier auftauchen würden. Sie würden reihenweise in Ohnmacht fallen oder ihnen die Kleider vom Leib reißen. Wie auch immer, ich teile nicht und der sexuelle Notstand irgendwelcher Provinzschnepfen interessiert mich nicht.

Als wir endlich beim Frühstück sitzen, hat er nur ein paar Worte für die Apothekerin, die über die Musik, die aus meiner Tasche kam, gelacht hat. Was ist mit all den anderen Frauen? Als ich kurz nachfrage, küsst er mich und sagt schelmisch: »Ich habe nur Augen für dich.« Ô mon Dieu! Jetzt schmelze ich … und er schmilzt auch. Ich sehe die Lust in seinen Augen, sehe die Beule, die sich unter seiner Jeans abzeichnet. Wir rennen fast ins Schlafzimmer. Während wir uns gegenseitig die Kleider vom Leib ziehen, wandern unsere Hände und suchen die Stellen, die die Lust des anderen noch mehr in die Höhe treiben. Wir fallen aufs Bett, das grauenvolle Töne von sich gibt, um dann im Rhythmus unserer Körper ein bisschen zu quietschen.

Ich reite gerne mit ihm, es schickt mir höchste Wonnen. Während wir uns rhythmisch auf und ab bewegen, spielt er mit meinen Brüsten und macht mich kirre. Er rollt uns auf die Seite und mit verschlungenen Beinen fliegen wir wieder. Ich spüre das Zucken seines Zauberstabs und gebe mich der Welle höchster Ekstase nur zu gerne hin. Es ist, als würden unsere Körper zu einem verschmelzen. Alles fließt und es ist wunderschön, sein Beben aufzunehmen und in mir weiterbeben zu lassen.

Erschöpft liegen wir da und genießen die letzten Zuckungen, die langsam abebben. Er hält mich eng umschlungen und sein Atem kitzelt meinen Hals.

»Ich liebe dich. Du machst mich glücklich. Ich weiß, dass du auch glücklich bist, denn du liebst mich. Ich weiß es.«

»Ich weiß nicht, wie es ist zu lieben. Ich will nichts sagen, dass ich nicht so meine, vielleicht nicht so meine, wie du es gerne hättest. Ich will es nur sagen, wenn ich mir absolut sicher bin, aber wie kann ich mir sicher sein, wenn ich nicht weiß, wie es sich anfühlt?«

»Wenn das Glück durch dein Herz fließt, dann ist es Liebe. Wenn du denkst, dass du ohne mich nicht mehr leben kannst, dann ist es Liebe. Wenn du morgen nach Hause fährst und es tut weh, wenn dein Herz vor Sehnsucht weint, dann ist es Liebe.«

Wenn das Glück durch mein Herz fließt, wenn es weint vor Sehnsucht … In meinem Herz ist ein Gefühl, dass es völlig ausfüllt, das überquillt und durch meinen Körper flutet, mich hochhebt, schweben lässt, das prickelt und alles vibrieren lässt. Ô mon Dieu! Ich liebe ihn!

Wenn ich diese Worte erst mal ausgesprochen habe, kann ich sie nie wieder zurückholen. Was ist, wenn ich mich irre? Wen ich ihn doch nicht liebe? Mein Herz schreit, sag es ihm, sag, dass du ihn liebst. Du liebst ihn! Sag es ihm endlich! Los! Mach schon! Sag es ihm! Du musst nicht warten, bis der Abschiedsschmerz kommt. Du fühlst es schon jetzt! Sag es ihm endlich!

»Ich muss nicht warten bis morgen. Es tut schon weh, wenn ich nur daran denke«, flüstere ich ihm zu und in meinem Herz breitet sich eine Wärme aus, die sich so wundervoll anfühlt. Nein, ich muss nicht warten bis morgen. Es ist Liebe, ich weiß es, denn mein Herz sagt es mir, schreit es mir zu.

»Je t'aime …«, kommt es leise über meine Lippen. Mein Herz rast und mein Kopf fragt weshalb.

Seine Augen strahlen, füllen sich mit Tränen. Er atmet so tief aus, als sei ihm eine Last vom Herz genommen worden. Liebevoll hält er mich in seinen Armen, drückt mich fest und ist so überwältigt, dass er keinen Ton herausbringt. Sein Mund sucht meinen, küsst mich zärtlich und ich bin so glücklich, dass ich schweben könnte.

»Ich liebe dich«, flüstert er mir ins Ohr. Dann bedarf es keiner Worte mehr. Wir finden uns und diesmal ist es wirklich faire l'amour … Liebe machen!

Wir kugeln eng umschlungen übers Bett. Er nimmt mich und ich lasse mich gehen. Nehme, was er mir gibt und er gibt mir alles. Seine Stöße werden heftiger und mein Unterleib zuckt bei jedem einzelnen voller Lust. Als er uns fliegen lässt, ist es, als würde dieser Orgasmus alles Negative aus meinem Herz spülen, um Platz zu schaffen für die Liebe. Diese Liebe, die ich nur ihm schenken kann und will. Mit ihm wird alles anderes sein. Er wird mich wieder zu einem Menschen machen. Er und kein anderer.

Das Glück lässt meinen Körper zucken und wohlige Schauer über meinen Rücken laufen. Er nimmt es lächelnd zur Kenntnis, unterstützt das Zucken mit zärtlichen Berührungen, während sich seine Lust an meinem Bein bemerkbar macht. Ô mon Dieu! Ich will ihn spüren, tief in mir, immer und immer wieder. Ich will seinen heißen Atem auf meiner nackten Haut spüren, seinen Duft einatmen, sein leises stöhnen hören und mich ihm hingeben, bis er uns fliegen lässt.

Als er in mich gleitet, ist es so weich, so zärtlich, als würde er mich von innen streicheln. Sein warmer Atem kitzelt meinen Hals, Schweiß lässt meine Haare in meinem Gesicht kleben. Sein Kuss ist fordernd, seine Hände massieren meinen Po, machen mich kirre. Immer wieder fliegen wir, schenkt er mir diese kleinen Zuckungen, die mir zeigen, dass er kommt. Immer geht es weiter, dem nächsten großen Knall entgegen. Dem Höhepunkt, der uns in ungeahnte Höhen fliegen lässt und uns höchste Erfüllung schenkt. Als es soweit ist, habe ich das Gefühl, es zerreißt mich. Jede Faser meines Körpers vibriert und schenkt mir unbeschreibliche Wonnen. Er liegt völlig erschöpft auf meinem bebenden Körper. Leichte Schauer laufen über seinen Körper und lassen ihn immer wieder zucken. Ich liebe es, wenn er diese kleinen Zuckungen hat. Sie zeigen mir, dass es auch für ihn schön war, dass ich ihm wundervolle Momente der Lust geschenkt habe.

Wir sind erschöpft, müde und glücklich. Nach solch einem Beben darf man müde sein. Wir kuscheln und verschlingen unsere Körper miteinander. So also fühlt sich Liebe an. Wenn aus zwei Menschen eine Seele wird, ist es Liebe. Wie oft habe ich gedacht, das ist jetzt der absolute Höhepunkt, mehr kann es nicht mehr geben. Mit Alexander erlebe ich diese Momente immer wieder, aber heute … heute ist es etwas ganz Besonderes. Heute ist es Liebe und sie stellt alles andere in den Schatten. Sie ist etwas ganz Besonderes und lässt das Liebesspiel mit Alexander zur höchsten Erfüllung werden.

Wir müssen duschen. Unsere Körper kleben fast zusammen, so verschwitzt sind wir. Wir wollen ein bisschen spazieren gehen und die Gegend ansehen. Danach das schöne Wetter genießen und es uns auf der Terrasse gemütlich machen, bevor es ans kochen geht. Es ist, als hätte es nie etwas anderes gegeben. Nur er und ich. Alles andere ist plötzlich so weit weg.

Nur mühsam kann ich das Bein heben, um in die Badewanne zu steigen. Nie zuvor war ich nach einem Liebesakt derart erschöpft. Alexander hilft mir und dann läuft das warme Wasser über unsere müden Körper. Eine wahre Wohltat. Ich fühle mich, als hätte ich einen Marathon hinter mir. Er nimmt mich in seine Arme und stöhnt leise und wohlig.

»Das war wunderschön. Ich bin völlig erledigt, aber glücklich, so glücklich, dass ich es nicht in Worte fassen kann. Dieser Sex war unbeschreiblich. Meine Knie zittern und mein ganzer Körper vibriert noch immer«, flüstert er mir leise zu.

Engumschlungen stehen wir unter dem warmen Wasserstrahl und genießen den Augenblick. Wohl wissend, dass es schon morgen vorbei ist. Für wie lange? Wer weiß das schon?

Auch während unseres Spaziergangs können wir es nicht lassen, über die Zukunft zu reden. Wir mischen Vergangenheit und Zukunft, kommen von traurigen zu schönen Erlebnissen. Reden über seine Ehe, meine Kindheit, seine Zeit bei der Bundeswehr, die Trennung von seiner langjährigen Freundin. Als ich ihm die Story von Marcel erzähle, sieht er mich ungläubig an. Heute kann ich darüber lachen, damals war es eine Katastrophe.

Wir waren jung, beide sechzehn, hatten unsere ersten Erfahrungen bereits gemacht und erlebten schönen und aufregenden Sex miteinander. Er war Schweizer und besuchte das Gymnasium, während ich in einem noblen Internat mein bestes gab. Statt mich meinen Studien zu widmen, traf ich mich mit Marcel in einem alten Bauwagen, den die Waldarbeiter vor Jahren in einem, inzwischen völlig verwilderten, Waldstück abgestellt und vergessen hatten. Marcel schwänzte die Schule und genoss stattdessen die Zeit mit mir. Er war verliebt in mich, ich mochte ihn, mehr nicht.

Dann kam dieser verhängnisvolle Tag, an dem die Arbeiter beschlossen, den Bauwagen aus dem Wald zu holen. Als sich die Tür öffnete und eine riesige Gestalt im Türrahmen erschien, schreckten wir auf und waren entsetzt, als dieser Riese auf uns zukam, mich am Arm packte und nackt, wie ich war, von der Liege zerrte. Marcels Faust landete auf seiner Nase, die mit einem lauten Krachen brach und das Blut spritzen ließ. Ich verpasste ihm einen Tritt in den Unterleib und einen weiteren, der leider nur seine Hüfte traf, weil er sich inzwischen vor Schmerz krümmte.

Der Förster betrat den Bauwagen, überblickte die Lage sofort und schickte seinen schmerzvoll stöhnenden Arbeiter hinaus. Uns befahl er, uns anzukleiden und mit ihm zu kommen. Unter den Blicken der Waldarbeiter, die sich sehr amüsierten, führte uns der Förster zu seinem Wagen. Es würde nicht lange dauern bis mir Gruber einen seiner langen Vorträge halten würde. Er kam eine halbe Stunde später, nahm mich unter seine Fittiche und schwieg. Auf dem Weg zum Internat kam kein Wort über seine Lippen. Unsere Hausdame schickte mich auf mein Zimmer, wo ich warten musste, bis mein Vater eingeflogen war. Er erschien noch am selben Tag und als ich das Büro betrat, stand er fassungslos neben Gruber, dem Leiter des Internats, der mir schon so manches Mal aus der Patsche geholfen hatte. Diesmal jedoch dachte er nicht daran. Sex! Das war selbst ihm zu heiß.

Mein Vater sah mich ratlos an, schüttelte immer wieder den Kopf und schwieg. Gruber räusperte sich, sah meinen Vater vielsagend an und schwieg ebenfalls.

»Madeleine«, brach es schließlich aus meinem Vater heraus, »hättest du dir keinen anderen Platz dafür aussuchen können? Musste es unbedingt dieser alte, halb verfallene Bauwagen sein?«

Gruber konnte sich kaum beherrschen. Seine Mundwinkel zuckten verräterisch und er hatte sichtlich

Mühe, sich das Lachen zu verkneifen, angesichts der Fragen, die mein Vater mir stellte. Dieser Mann, der seine Schüler das Fürchten lehrte, aber im Grunde seines Herzens ein liebevoller, gutmütiger Mensch war, hatte jahrelang mit meinem Vater die Schulbank gedrückt. Wenn ich doch nur in seinen Kopf schauen könnte. Was würde ich alles über meinen Vater erfahren. Gruber schickte mich aus dem Zimmer. Die Sache war erledigt. Ich wusste, Vater würde alles regeln, wie er es immer tat. Geld bringt die Leute zum Schweigen.

Der Waldarbeiter ließ sich kaufen, rächte sich, indem er alles Marcels Vater erzählte und der probte einen Aufstand in Grubers Büro. Er nannte mich billiges Flittchen und hatte noch liebevollere Schimpfworte für mich. Irgendwann platzte Gruber die Geduld und er warf den Kerl aus dem Zimmer. Die Security kam und führte ihn vom Gelände. Marcel habe ich erst vor ein paar Jahren auf einem Symposium wiedergetroffen. Er sah gut, muss ich ehrlich zugeben, aber aufgrund dieses Vorfalls in der Vergangenheit, wäre eine kurze Affäre nie in Frage gekommen. Was vorbei ist, ist vorbei, für immer. Okay! Für einen klitzekleinen Moment geriet ich in Versuchung, zu testen, wie gut er inzwischen im Bett war, aber es hätte gegen meine Prinzipien verstoßen. Eigentlich schade …

Als wir von unserem Spaziergang zurückkommen, zeigt mir Alexander das Grundstück und den Garten. Hier müsste auch mal ein Gärtner ran. In Gedanken schneiden wir Hecken, stutzen Bäume, pflanzen Sträucher und Blumen. Es ist wie bei einem Ehepaar, das sich ein Haus gekauft hat und jetzt ans renovieren denkt, nur dass wir hier nichts renovieren werden.

Die Villa in Trier ist inzwischen geräumt. In ein paar Tagen beginnen die Arbeiter mit der Renovierung. Die Gärtner haben ihre Arbeit bereits aufgenommen und den Wildwuchs beseitigt. Sie haben einen alten Brunnen entdeckt und seltene Pflanzen freigelegt. Ich wollte Alexander schon von meinen Plänen erzählen, aber es ergab sich einfach noch nicht. Ich verschiebe es auf morgen. Kurz vor unserem Abschied werde ich ihm davon erzählen, dann hat er etwas, auf das er sich freuen kann.

Wir sitzen auf der Terrasse und trinken Instantkaffee. Alexander macht es sich auf der Liege bequem und kämpft mit dem Schlaf. Es dauert nicht lange und er dämmert ins Reich der Träume. Ich könnte ihm stundenlang beim Schlafen zusehen und hoffe, dass er nicht so tief schlafen wird, um wieder von seinen Träumen heimgesucht zu werden. Ich lese und träume. Es ist so still und friedlich hier. In den Zweigen der Tanne zwitschern Vögel und Schmetterlinge fliegen zwischen den Blumen umher. Außer Alexander und mir gibt es keine Menschen weit und breit. Ein Idyll, das ich in Paris nicht mal in den städtischen Gärten finde. Das Landleben hat auch seine Reize, allerdings reizen sie nicht genug, um für immer in solch einem Idyll zu leben. Nach spätestens drei Tagen würde ich nervös und nach dem vierten müsste ich zurück nach Paris.

Illerich ist ein kleiner Ort, der in einer ländlichen Gegend liegt. Alexander ist die Ruhe gewohnt. Er wird sich nie an das Großstadtleben gewöhnen. Es gibt so vieles, das gegen einen Umzug nach Paris spricht. Seine Kinder, seine Frau, sein Haus, seine Heimat. Paris hat so viel zu bieten, aber gegen Illerich wird es nie ankommen, genauso wenig, wie ich gegen seine Frau ankommen werde. Die Zeit mit ihm ist wunderschön. Ich habe mich noch nie zuvor so wohl gefühlt, so geborgen und … beschützt. Wenn er mich ansieht, wenn er mich anlächelt … es macht mich glücklich. In seinem Blick, seinem Lächeln, liegt so viel Liebe. Mein Kopf sagt mir, es ist nur das jetzt und hier, wenn er morgen nach Hause fährt, lässt er all das hier. Zuhause wartet seine Frau …

Zum Glück schläft er noch und kann meine Tränen nicht sehen. Es soll nicht sein, kann nicht sein, denn er ist verheiratet. Er wird sie nie verlassen. Mein Kopf weiß es, mein Herz ahnt es und es tut weh. Als Wolken aufziehen und die Sonne bedecken wird es kalt. Alexander friert und wacht auf. Wir verlegen den restlichen Nachmittag ins Haus. Wir sitzen am Esstisch und trinken Kaffee, reden und lachen. Ich habe mir vorgenommen, ihm von der anderen Madeleine zu erzählen, der Frau, die über Leichen geht, dem Monster, dem Teufel in Menschengestalt. Ich weiß nicht, wie er darauf reagieren wird, aber er muss es wissen. Es fällt mir sehr schwer und ich bringe kaum die Worte über die Lippen. Ich habe Angst, dass es ihm Angst macht, dass er geht, wenn er weiß, wie ich bin. Bei ihm bin ich ein völlig anderer Mensch. Non! Bei ihm bin ich erst ein Mensch!

»Madeleine! Was immer du denkst, was du mir über den schlechten Menschen in dir erzählen musst … lass es sein … Du bist kein schlechter Mensch. Ich liebe dich.« Er küsst mich und streicht mir zärtlich über die Wange.

Okay! Es ist wohl Vorsehung, dass es nicht sein soll. Er will es nicht wissen. Wenn es irgendwann aus mir herausbricht, das Monster, das er noch nie zu Gesicht bekam, darf er sich nicht beklagen. Ich wollte ihm alles erzählen. Er will es nicht hören.

Ich zeige ihm Fotos meiner Familie, erzähle ihm von ihnen. Er erzählt mir von den Freundinnen, die er schon hatte. Er denkt zwanzig wären viel. Ô mon Dieu! Was soll ich da sagen? Die Anzahl meiner Liebhaber … es waren ein paar mehr. Mit längeren Beziehungen kann ich nicht dienen, außer Matthias hat es noch kein Mann geschafft, länger mit mir zusammen zu leben. Léandre lasse ich außen vor, er war eine Jugendsünde, die zu meinem Ehemann wurde. Zwei Jahre, so wenig, dass sie nicht erwähnenswert wären, gäbe es da nicht Chastity-Claire und Emilia-Sophie. Von ihnen weiß er und er weiß, dass es Philippe gibt und Marcel gab.

Zwischen den Fotos meiner Familie gab es Fotos von Félicien Soumettre, dem Opernsänger, mit dem ich eine heiße Affäre hatte. Von Joël-Maurice de Cock, dem weltberühmten Schauspieler, mit dem ich seit Jahre auf Hawaii meine Sommeraffäre pflege. Ich erzähle ihm von ihnen. Von Gustave Poiré, mit dem ich mein erstes Mal hatte und der mehr als enttäuschend war. Von Armand Sardou, seinem Nachfolger, der es schon besser konnte, obwohl er mit mir sein erstes Mal hatte.

All die anderen, die verschweige ich. Sage ihm nur, dass es noch mehr gab. Die wenigsten von ihnen waren blond. Da war Aurel Pellegrin, der Chirurg, der von sich dachte, keine Frau könne ihm noch etwas beibringen. Er war erstaunt, was er noch alles gelernt hat, während der kurzen Zeit, als wir uns trafen. Als er anfing, über eine gemeinsame Zukunft zu reden, gab es keine mehr. Claude Perrin, der Ingenieur aus Marseille, der so biegsam war und mit dem ich tollen Sex hatte. Als er mir sagte, dass er mich liebt, war es vorbei. Valentin Grignon, der Unternehmer, den ich etwas näher an mich heranließ, der ein wunderbarer Liebhaber war und mir die Welt zu Füßen legte. Er hat es lange vermieden, mir zu sagen, dass er mich liebt, weil er wusste, dass er mich dann verlieren würde. Er tat es dennoch, nachdem wir auf dem Airport Gaylord McCallum begegnet waren, dem schottischen Unternehmer, den ich schon mein ganzes Leben kenne. Gaylord war der Alptraum meiner Großeltern. Ein Schotte! Alles nur das nicht! Es war nicht nur der Reiz, meinen Großeltern das Leben schwer zu machen, non! Es war Gaylord, der mir sehr nahekam. Wir hatten eine wundervolle Zeit zusammen. Ich wusste, dass er mich liebt und habe es toleriert. Ein Zusammenleben kam nicht in Betracht. Er wollte nicht weg aus Schottland und ich nicht auf die Insel. Als er den Entschluss fasste, seine Heimat zu verlassen und nach Paris zu kommen, war ich erfreut, doch dann machte er mir einen Heiratsantrag und es war vorbei. Ich habe ihm das Herz gebrochen, als ich ablehnte. Ich konnte es nicht zulassen, dass mich ein Mann liebte. Ich konnte nicht lieben und die Zeit, als ich mich nach Liebe gesehnt hatte, war lange vorbei, ich war kein Kind mehr. Doch dann kam Alexander …

Ich erzähle ihm so viel Schmerzhaftes aus meinem Leben, das alles mit meiner Familie zu tun hat. Als die Tränen laufen, nimmt er mich in seine Arme und hält mich fest. Es ist schön und ich fühle mich so geborgen bei ihm. Einmal nicht stark sein müssen. Einfach ein normaler Mensch sein, etwas völlig Unbekanntes für mich.

Seine Hände wandern über meinen Rücken und ich werde unruhig. Er bemerkt es und lässt seine Hände weiterwandern. Unsere Lippen finden sich und er küsst mich zärtlich, lässt seine Zunge mit meiner spielen. Er zieht mich vom Stuhl und engumschlungen bewegen wir uns ins Schlafzimmer. Als wir ankommen tragen wir nur noch unsere Hosen, alles andere haben wir uns unterwegs bereits vom Körper gezogen.

Wieder erbebt das Bett von unserem Liebesspiel. Ô mon Dieu! Ich will mich jetzt Französisch unterhalten und er zeigt mir, dass es nur mit der Sprache hapert. Als ich es vor Lust nicht mehr aushalte, nehme ich ihn mir. Ich sitze rittlings auf ihm und sein Zauberstab findet seinen Weg ohne Hilfe. Als er in mich gleitet, überrollt mich der nächste Höhepunkt. Nach ein paar kleinen Bewegungen kommt er. Er lässt uns fliegen und wir steigen höher und immer höher, bis wir erschöpft in die Kissen fallen. Wow! Wir sollten uns öfter auf Französisch unterhalten.

Er liegt in meinen Armen und kuschelt sich an mich. Ich streiche durch seine Haare, lasse meine Finger sanft über seinen Rücken gleiten. Er genießt es und windet sich dabei langsam unter meinen Händen. Ich rutsche langsam an seinem Körper entlang, weiter und weiter nach unten, bis ich an seiner Hüfte angelangt bin und sehe, dass sein bestes Stück sich bereits wieder zu voller Größe aufgerichtet hat und darauf wartet, von meinem Mund liebkost zu werden. Ich will ihn nicht warten lassen und rutsche weiter, bis ich ihn direkt vor mir sehe. Meine Zungenspitze streicht sanft über seinen Schaft und er windet sich genüsslich unter mir. Als meine Zunge seine Eichel berührt, stöhnt er lustvoll auf und ein leichtes Zucken geht durch seinen Unterleib. Ich liebe dieses Zucken. Wenn er in mir zuckt, bereitet er mir größte Wonnen. Meine Lippen umschließen die Spitze seiner Eichel und das Zucken verstärkt sich. Es ist schön, mich unter seinen Händen zu winden und es ist wundervoll zu sehen, wie er sich unter meinen Liebkosungen windet und sein Körper zuckt. Als die Zuckungen sich verstärken, nimmt er mich. Wir sind wie von Sinnen. Wollust ohne Ende. Als er zum Höhepunkt kommt, kann ich mich gehen lassen, mit ihm zum absoluten Orgasmus kommen. Auf dem Bett liegen zwei ineinander verschlungene Körper, die zuckend und voll Ekstase zusammen fliegen und das hier und jetzt hinter sich lassen.

Ratatouille! Ich liebe dieses Gemüse. Wir schneiden das Gemüse, reden dabei und die Zeit vergeht wie im Flug. Wir trinken Kaffee und naschen Gemüsestücke. Als das Gemüse in der Pfanne brutzelt, zieht ein wundervoller Duft durchs Haus. Er sagt, er sein kein begnadeter Koch, es reiche nur für den Hausgebrauch, doch was er jetzt zaubert, ist mehr als lecker. Als er das Gemüse, das in zwei Pfannen zubereitet werden muss, in eine Pfanne umfüllt und vermischt, schießt mir ein Gedanke durch den Kopf. Es ist wie bei uns … aus zwei guten Sachen wird etwas Leckeres, aus zwei einsamen Menschen wird ein Liebespaar.

Das Gemüse hat viel Saft abgegeben und Alexander hat ihn zu einer leckeren Soße verarbeitet. Ich liebe Soße und ich liebe es, Baguette Stückchen hinein zu tunken. Meine grand-mères würden in Ohnmacht fallen, wenn sie mich so sehen könnten. In kurzen Hosen, durchsichtigem Shirt, barfuß und Soße tunkend. Ich weiß nicht, was sie mehr schockieren würde.

Wir reden auch während des Essens. Es macht Spaß, mit ihm zusammen zu essen. Normalerweise esse ich allein. Ich genieße die schöne Zeit. Wenn er morgen geht, weiß ich nicht, ob ich ihn wiedersehen werde. Wenn der Urlaub seiner Frau vorüber ist, sieht die Welt wieder anders aus.

Es ist spät geworden und Alexander ist müde. Wir wollen uns einen Film auf DVD ansehen, aber er schläft fast im Stehen ein. Ich bereite ihm ein Bett auf der Couch, weil er mich nicht allein lassen will. Er kuschelt sich ins Kissen und hält meine Hand. Ich streichele seinen Rücken und er gleitet ins Traumland, während ich mir den Film ansehe. Er schläft so friedlich und ich hoffe, er kommt heute ohne böse Träume durch die Nacht.

Nach kurzer Zeit wird er wieder unruhig. Er murmelt etwas, das ich nicht verstehe. Ich streiche im über die Wange und er wird ruhiger. Ich brauche einen Kaffee. Während ich ihn zubereite, geht es wieder los. Ich kann den Streit mitverfolgen. Er ballt die Fäuste und sein Gesicht ist gerötet. Ich küsse ihn auf den Mund und er schlägt nach mir, greift nach meiner Hand und hält sie so fest, dass es schmerzt. Er murmelt etwas und sein Murmeln wird lauter.

»Es tut mir leid! So leid! Ich werde es nie wieder tun. Ich liebe dich, dich und unsere Kinder.« Die Worte kommen klar und deutlich aus seinem Mund.

Wumm! Tränen schießen mir in die Augen, quellen über und laufen mir über die Wangen. In meinem Kopf läuft ein Endlosband … Dich und unsere Kinder … Ich werde es nie wieder tun … Ich liebe dich … Dich und unsere Kinder … tut mir leid … tut mir leid … tut mir leid …! Der Schmerz zerreißt mich fast. Er liebt sie! Mein Herz schreit vor Schmerz und mein Kopf sagt, ich wusste es. Du wolltest mir nicht glauben, jetzt hast du deine Wahrheit, die du nicht hören wolltest.

Ich muss hier raus. Weg von hier, weit weg. Ich entreiße ihm meine Hand, die er noch immer festhält. Ich will weg. Nach Hause, nach Paris, weit weg von ihm. Er liebt sie noch. Lügen! Alles Lügen! War irgendetwas wahr? Hat er mich die ganze Zeit belogen? Ich stolpere durch die dunkle Nacht. Stoße mir das Knie am Gartentor und stolpere auf den Weg, der zum Wald führt. Was jetzt? Mein Herz schreit so laut, dass ich nicht höre, was mein Kopf sagt. Ich will nach Hause! Ich will mich in mein Bett zurückziehen und die Tür zu meinem Herz verschließen. Weshalb habe ich ihm geglaubt? Wie konnte ich nur so dämlich sein? Der Nachbar, der seinen Hund ausführt, sieht mich fragend an.

»Mein Gott, sie sehen furchtbar aus. Was ist passiert? Kann ich ihnen helfen? Hat man sie überfallen? Soll ich die Polizei rufen?« Er ist völlig aufgelöst.

Es dauert eine Weile, bis ich ihn beruhigt und von der fixen Idee, die Polizei zu holen, abgebracht habe. Ich bin froh, als er endlich geht. Nett gemeint, aber ich will nur meine Ruhe.

Weshalb hat er mich belogen? Weshalb sagt er, er liebt mich, wenn er im Schlaf seine Frau um Verzeihung anfleht? Ich hätte mich nie mit ihm einlassen dürfen. Mein Kopf sagt, er liebt sie, lass die Hände von ihm. Ich wusste, dass ich seiner Frau nichts entgegenhalten kann. Ich habe es gehofft, aus tiefstem Herz gehofft. Jetzt ist die Wahrheit da und es ist vorbei.

Auf der Terrasse lasse ich meinen Tränen freien Lauf. Ich spüre nicht die Kälte der Nacht, auf meiner spärlich bedeckten Haut. Ich hätte nie gedacht, dass er mir so etwas antut, mich derart verletzen würde. Ich will nach Hause, aber ich weiß, dass ich in diesem Zustand nicht fahren darf. Ich muss ihn wecken, er muss ins Bett. Wenn er auf der Couch schläft, plagen ihn morgen Rückenschmerzen. Was interessieren mich seine Rückenschmerzen? Nichts! Gar nichts! Dennoch muss er aufstehen.

»Aufstehen! Du kannst nicht auf der Couch schlafen. Du musst zu Bett gehen.« Ich schüttele ihn und er sieht mich aus verschlafenen Augen an.

»Geht es dir nicht gut? Du hast so rote Augen.« Was soll ich dazu sagen?

Als er endlich im Bett liegt, räume ich auf. Lösche die Lichter auf der Terrasse, mache den Fernseher aus und würde wer weiß was tun, um nicht zu ihm ins Bett zu steigen.

Es tut mir leid … es tut mir leid … es tut mir leid …! Immerzu läuft dieses Endlosband in meinem Kopf. Was war ich für ihn? Ein Zeitvertreib? Toller Sex und sonst nichts? All die schönen Worte! Alles Lügen! … Lügen! Lügen! Lügen! Wie konnte ich ihn nur so nah an mich heranlassen? Ich habe ihm vertraut, ihm geglaubt. Jetzt falle ich aus dem siebten Himmel und die Landung ist hart und schmerzvoll.

Stundenlang sitze ich auf der Terrasse in tiefster Dunkelheit. Dunkelheit, die auch in meinem Herz herrscht. Es war ein Traum … Immer wieder sage ich mir diese Worte. Suche nach Erklärungen und finde keine. Ein Traum! Mein Herz sagt es immer und immer wieder. Er liebt seine Frau, kontert mein Kopf. Als die Sonne aufgeht, schließe ich die Tür und gehe zu Bett. Ich brauche Schlaf. Mein Kopf dröhnt und mein Herz weint.

Nach einer Stunde Schlaf ist die kurze Zeit der Ruhe vorbei. Ich muss nachdenken. Einen klaren Kopf bekommen. Ich würde jetzt gern die Laufschuhe schnüren und loslaufen, aber die Schuhe stehen in Paris und mein Kopf sagt, gut so. Ich spüle Geschirr. Wieder ein Wunder! Ich muss mich beschäftigen, ablenken von dieser schrecklichen Nacht. Immer wieder sage ich mir, es war nur ein Traum. Es ist nicht wahr. Nur ein Traum! Ein Traum!

Ich bemerke ihn erst, als er seine Arme um mich legt und mir guten Morgen Prinzessin ins Ohr flüstert. Mein Kopf sagt geh! Mein Herz schreit bleib! Er küsst meinen Hals, lässt seine Hände wandern und treibt die schlimmen Gedanken aus meinem Kopf. Noch einmal! Ein letztes Mal mit ihm Liebe machen, egal, was mein Kopf sagt. Mein Herz sagt ja und mein Körper windet sich unter seinen streichelnden Händen. Er lächelt mich an und sein Blick sagt, ich will dich. Wieder fallen, auf dem Weg zum Schlafzimmer, die wenigen Kleidungsstücke der Nacht. Auch wenn mir das Herz schwer ist, ich werde dieses letzte Mal mit ihm genießen und dann für immer in meinem Herz verschließen.

Er schiebt mich aufs Bett, hält meine Hände fest und haucht mir zärtliche Küsse auf den Mund. Sein Mund wandert tiefer, bis seine Zunge meine Knospen umkreist. Ich winde mich unter ihm und habe ein unbändiges Verlangen nach seinem Zauberstab. Seine Hand streicht sanft über meinen Arm, wandert über die Schulter bis zu meiner Brust, um sie zärtlich zu streicheln. Er lächelt mich an und ich weiß, er genießt es, dass ich mich lustvoll unter ihm winde. Als seine Hand zwischen meine Schenkel gleitet und seine Finger die Stelle finden, die besonders empfänglich für seine Liebkosungen ist, ertrage ich es nicht mehr. Ich rolle mich zur Seite und nehme mir, was ich will. Ihn! Als sein Zauberstab in mich gleitet, entlädt sich der Kummer der letzten Nacht. Eine Mischung aus Trauer und Wollust lässt meinen Körper erbeben und löst einen Sturm aus, der ihn mitreißt und wir fliegen davon, ohne dass es weiterer Liebesspiele bedarf. Einfach fliegen, höher und immer höher, bis sich unser beider Orgasmen zu einem vereinen, der uns zuckend und stöhnend vor Lust und Erfüllung in allerhöchste Sphären trägt.

Ô mon Dieu! Wir werden immer besser. Der tolle Sex ließ mich für einen Moment den Traum der letzten Nacht vergessen. Jetzt drängt er wieder in den Vordergrund und macht mich unendlich traurig. Ich merke, wie mir Tränen in die Augen schießen und kuschele mich an ihn, damit er es nicht bemerkt.

»Nicht weinen! Wir sehen uns wieder. Ganz sicher! Ich liebe dich, vergiss das nicht«, flüstert er und seine Stimme klingt traurig. Er hält mich fest umschlungen und ich genieße es. Nicht mehr lange und es ist vorbei. Ich weiß es.

Als ich aus dem Badezimmer komme, hat er bereits den Frühstückstisch gedeckt. Der Instantkaffee dampft in den Tassen und das Rührei auf den Tellern. Frisches Brot liegt in einem Körbchen und die Heidelbeermarmelade steht neben meinem Teller. Nichts fehlt, er hat an alles gedacht. Sogar die Papierrose, aus dem Schlafzimmer, hat er auf den Tisch gestellt. Wie kann man diesen Mann nicht lieben? Ich gäbe wer weiß was, um ihn für immer bei mir zu haben. Sie will ihn nicht, dennoch liebt er sie und nicht mich.

Ich wollte ihm heute Morgen von meinen Plänen erzählen, von der Uni Trier und der Villa, die ich gekauft habe. Das hat sich letzte Nacht erledigt. Ich hätte Paris für ihn verlassen, hätte meine Heimat aufgegeben, das Tribunal, die Sorbonne. Und wofür? Für nichts! Jetzt stehe ich da, mit der Professur einer Uni, die ich nie wirklich haben wollte, einer Villa, die ich nicht brauche, einem Herz, das weint und der Erkenntnis, dass mich niemand lieben kann. Meine Mutter hatte recht. Dieses Monster kann man nicht lieben.

Mühsam schiebe ich ein paar Bissen Rührei in den Mund, verteile die Marmelade von einem Ende des Brotes zum anderen. Selbst der Kaffee schmeckt bitter. Ich bin erleichtert, als wir den Tisch abräumen und das Geschirr spülen. Es tut so weh. So hat er es gestern sicher nicht gemeint, als er sagte, wenn es morgen weh tut, dann ist es Liebe. Als unsere Hände sich berühren, ist es, als ginge ein Stromschlag durch meinen Körper. Er nimmt mir das Geschirrtuch aus der Hand und zieht mich in seine Arme. Er hält mich so fest, dass ich kaum atmen kann.

»Noch einmal … bitte!« flüstert er fast unhörbar und zieht mich mit sich fort.

Oui! Noch einmal, ein letztes Mal, ein allerletztes Mal. Noch einmal mit ihm verschmelzen, ihm so nah sein, wie ich noch nie einem anderen Mann war. Ihn tief in mir spüren. Ein letztes Mal.

Als wir zusammen in die Kissen sinken, ist es, als würde ich mich auflösen, als würde sich etwas lösen, unwiederbringlich verschwinden. Das Teil, das er mir bei unserem ersten Mal geschenkt hat. Alexander! Als wir uns lieben, ist es schmerzhaft schön. Ich genieße jede Berührung von ihm, jede Zärtlichkeit, jede seiner Bewegungen in mir. Schön und für immer in meinem Herz verschlossen. Das Wissen, es ist das letzte Mal, lässt es zu etwas ganz Besonderen werden. Es ist schön, wunderschön und doch tut es so weh. Ich will ihn in mir aufnehmen für immer, ihn bei mir tragen für alle Ewigkeit. Wenn ich später in meinen Wagen steige, werde ich alles in meinem Herz einschließen. Einschließen in der Rumpelkammer meiner Gefühle, zu all den anderen seelischen Schmerzen, die niemand etwas angehen.

Er ist so liebevoll und zärtlich, aber dennoch stark und fordernd. Seine Hände machen mich kirre. Ein letztes Mal berühren seine Lippen meine Brüste, streicheln seine Hände über meinen Körper und dann fliegen wir ein letztes Mal zusammen in schwindelerregende Höhen, um gemeinsam unseren letzten Höhepunkt zu genießen.

Die Koffer sind gepackt, alles ist in den Autos verstaut. Noch ein Foto zum Abschied. Es gefällt ihm nicht. Es sieht so ernst aus, so traurig. Das nächste ist besser. Wir umarmen uns und er macht ein Selfie davon. Zwei Menschen, denen die Tränen in den Augen stehen und die gleich Abschied nehmen werden. Glück sieht anders aus.

Ich weiß, es ist ein Abschied für immer. Auch wenn es nur ein Traum war, es kam tief aus seinem Herz. Er bedauert, was er getan hat, auch wenn es in seinem Kopf noch nicht angekommen ist. Noch ist er geblendet von diesem Wochenende, von der schönen Zeit, dem tollen Sex. Hatte er ihn mit mir oder war es seine Frau, mit der er schlief? Wem flüsterte er die Worte der Liebe ins Ohr? Wem schrieb er diese wundervollen Worte? Wem sagte er, ich wünsche mir, es ist für immer? Wem?

Mein Kopf sagt, du hast verloren. Er hat seine Wahl schon vor langer Zeit getroffen. Er traf sie an dem Tag, als er seiner Frau das Jawort gab. Mit jedem Kind, das er mit ihr hat, hat er diese Wahl gefestigt. Es war ein schöner Traum, jetzt ist es Zeit aufzuwachen. Wenn er jetzt geht, ist es für immer.

Mein Herz schreit vor Schmerz. Es will ihn nicht verlieren. Es will ihn behalten, bis er sagt, ich liebe meine Frau, es ist vorbei. Weshalb habe ich ihn so nahe an mich herangelassen? Was habe ich in ihm gesehen? Was habe ich mir erhofft? Alles, was er mir sagte, was er schrieb. All das! Ich will ihn, nur ihn. Ich habe lange gebraucht, bis mir bewusst wurde, dass ich ihn liebe und jetzt soll es vorbei sein. Ich fühle, dass ich nur ihn lieben kann. Nach ihm wird es keine Liebe mehr geben, denn wenn er geht, wird er mein Herz mitnehmen.

Als er die Tür ins Schloss zieht, weiß ich, dass ich ihn hier zurücklassen werde. Alles, was wir uns erträumt hatten, ist in der letzten Nacht gestorben. Er fährt nach Hause. Er fährt zu der Frau, der sein Herz gehört.

Kopf gegen Herz

Meine Augen laufen über, Tränen verschleiern meinen Blick und mein Herz schreit vor Schmerz. Mein Kopf schweigt, denn er weiß, es würde alles noch schlimmer machen, wenn er sagen würde, ich habe es immer gewusst, du hast mir nicht geglaubt. Du hast ihm geglaubt, ihm vertraut, jetzt hat dich die Wahrheit eingeholt.

Weshalb hat er mir das angetan? Ich weiß, dass es nur ein Traum war, aber er war so realistisch, voller Verzweiflung, voller Gefühl. Ein Hilfeschrei! Er wollte ausbrechen aus der ewigen Tretmühle, etwas anderes erleben, etwas Neues. Hat er jemals daran gedacht, dass er mich verletzen könnte? War es nur ein Spiel für ihn? Mit Gefühlen spielt man nicht. Wie konnte er sagen, ich liebe dich, wenn sein Herz seiner Frau gehört. Trotz allem, was sie ihm antut, liebt er sie. Er tat es immer und wird es immer tun. Hätte ich doch nur auf meinen Kopf gehört.

Alles war so wundervoll und hörte sich so gut an. Diese neue Welt, die er mir gezeigt hat, eine Welt voller Liebe, sie stürzt im Moment über mir ein und die Trümmer begraben mich unter sich. Der Schmerz nimmt mir den Atem. Ich muss raus aus dem Wagen. Ich brauche Luft, viel Luft. Ich muss atmen. In meiner Brust bahnt sich ein Unheil an. Ich kann es spüren. Langsam aber sicher nimmt es mir die Luft zum Atmen. Meine Bronchien verkrampfen sich, mein Atem geht stoßweise und pfeifend. Ich muss hier raus. Mein Inhaler … in meiner Handtasche! Ô mon Dieu! Kein Asthmaanfall während einer Autofahrt. In fünfhundert Metern eine Nothaltebucht. Im letzten Moment kommt der Porsche zum Stehen. Ich leere den Inhalt meiner Tasche auf den Beifahrersitz. Endlich … mein Inhaler … meine Rettung. Fünf Hübe Salbutamol und der Versuch zu entspannen.

Jemand klopft an die Scheibe. Eine blaue Uniform, ein freundlich lächelndes Gesicht. Ô mon Dieu! Ein Polizist! Auch das noch! Während die Scheibe runterfährt, kommt sein Kollege.

»Ein Asthmaanfall!«, sagt er und öffnet die Wagentür. »Können wir Ihnen behilflich sein? Brauchen Sie einen Notarzt?«

Er nimmt meine Hand, fühlt meinen Puls und schickt seinen Kollegen los, um Wasser zu holen. Mühsam schüttele ich den Kopf. Der nette Polizist redet beruhigend auf mich ein. Er sieht meine verweinten Augen und streicht mir tröstend über den Arm. Sein Kollege bringt eine Flasche Wasser, die er, nach einem Blick auf meine zitternden Hände, öffnet und mir reicht. Nur mit Mühe gelingt es mir, ein paar kleine Schlucke zu mir zu nehmen. Ich bin erschöpft und meine Lunge brennt vor Schmerz. Toll! Erst mein Herz und jetzt das! Ich nehme zwei weitere Hübe Salbutamol und warte auf Besserung.

Unser Take-off ist für siebzehn Uhr angesetzt. Ich muss los, wenn ich nicht pünktlich bin, starten sie ohne mich. Es ist der letzte Starttermin, den wir bekommen konnten, alle anderen waren bereits vergeben. Sonntags herrscht reger Betrieb auf diesem kleinen Airport, sozusagen die Sonntags-Rush-hour für Flugzeuge. Es gibt nur eine Piste, die als Start- und Landebahn genutzt wird.

Der Jet muss heute noch nach Paris zurück, denn morgen früh fliegt er nach Glasgow. Wenn das so weiter geht, ist er bereits in der Luft, wenn ich auf dem Airport ankomme. Der ICE nach Paris ist ausgebucht. Ich würde meinen Flug nach Los Angeles verpassen. Ô mon Dieu! Nicht aufregen! Atmen!

Langsam wird es besser, ich bedanke mich für die Hilfe, denn die Polizisten müssen los zu einem

Unfall. Nach weiteren zehn Minuten wird es höchste Zeit, dass ich mich auf den Weg mache. Ich komme nicht mal einen Kilometer weit und stehe im Stau. Das war's dann mit Hawaii. Ich rufe Cyril, meinen Piloten, an, um ihm zu sagen, dass er bis zur letzten Sekunde auf mich warten muss. Wenn mich der Stau nicht allzu lange aufhält, der Verkehr sich anschließend in Grenzen hält und ich im Tiefflug über die Autobahn fliege, könnte die Zeit noch ausreichen. Die Hoffnung stirbt bekanntlich zuletzt.

Okay! Lassen wir die Hoffnung nicht sterben … geben wir ihm noch eine Chance. Es war nur ein Traum. Nach meinem Urlaub werde ich ihn fragen, dann hat er die Chance, mir zu sagen, wie weit sein Traum mit der Realität konform geht.

Mein Herz will ihn nicht verlieren, auch wenn mein Kopf mal wieder anderer Meinung ist. Ich weiß, dass es nie wieder sein wird, wie es war. Egal, was künftig passiert, immer wird diese Nacht zwischen uns stehen. Immer wird da dieser Satz sein, der sich in mein Hirn gebrannt hat, eingebrannt für immer! Ich liebe dich, dich und unsere Kinder …

Ich mache ein Foto des Staus und schicke es ihm. Zu mehr bin ich Moment nicht fähig.

Sonntag, 30. Juli, 15:59 Uhr … WhatsApp
O nein! Ich hoffe, du stehst nicht lange im Stau und deine Liebsten müssen nicht zu lange warten. Ich bedanke mich für dieses wunderschöne Wochenende und wünsche dir ein paar schöne Tage auf Hawaii. Ich bin froh und stolz darauf, dass ich dir das Gefühl der Liebe schenken durfte und darf. Ich hoffe, du trägst dieses Gefühl sehr lange bei dir, musstest du doch so lange darauf verzichten.
In Liebe Alexander
Je t'aime

Je t'aime … wie gerne würde ich es glauben. Es war ein wunderschönes Wochenende, bis dieser Satz fiel. Mein Kopf weiß, dass es nur ein Traum war, dennoch frohlockt er, denn er hat nie geglaubt, dass er mich liebt. Er sagte immer, er liebt seine Frau, doch mein Herz sagt, ich liebe ihn, es war nur ein Traum, ein böser Traum. Als mein Kopf fragt, ob es sich noch immer sicher sei, dass er mich liebt, schweigt es, denn der Stachel sitzt tief und tut höllisch weh.

Immer wieder frage ich mich, mit wem er geschlafen hat, wenn er die Augen schloss, und seine Phantasie auf die Reise geschickt hat … War sie es? Hat er mit ihr geschlafen? War ich nur Mittel zum Zweck? Ich würde ihn gerne fragen, aber er ist so weit weg von mir. Ich weiß, es ist nicht nur räumlich. Ich entferne mich immer weiter von ihm und ich weiß nicht, wie lange mein Herz mich noch in seiner Nähe halten kann.

Sonntag, 30. Juli, 18:52 Uhr … Chatroom
»Hallo! Na, wie war der Stau?«
»Es gab mehrere Staus. Ich war 16:46 Uhr am Airport, 16:58 Uhr im Jet. Abflug mit Verspätung. Wieder Air Berlin. Wir sind 18:41 Uhr in Paris gelandet. Alles sehr stressig. Bist du gut nach Hause gekommen?«
»Ja, war ja gegenüber deinem Heimweg ein Katzensprung. Wann geht es weiter?«
»Kurz nach zweiundzwanzig Uhr. Ich werde jetzt einchecken, danach brauche ich einen Cappuccino. Können wir nachher noch ein bisschen chatten?«
»Ja, sagen wir neunzehn Uhr dreißig? Haben sie dich schon ausgefragt?«
»Ich habe sie noch nicht gesehen.«
»Okay … Bis später! Ich vermisse dich jetzt schon.«

Ô mon Dieu! Wenn meine Kinder davon wüssten, sie würden ausrasten. Noch nie mussten sie die Liebe ihrer Mutter mit einem Mann teilen. Jetzt hat sich ihre Mutter verliebt und steckt bis zum Hals in einer Dreiecksgeschichte, die sich kein Schriftsteller besser ausdenken könnte.

Maxine und Victoria würden mir abraten. Sie haben schon so viele schlechte Erfahrungen gesammelt, da spielen die Wünsche eines liebenden Herzens keine Rolle mehr. Ich weiß nicht, ob ich mit den beiden darüber reden soll. Sie werden mir Fragen stellen, denn sie können ihre Neugier nicht zügeln. Ich kann sie verstehen. Madeleine ist verliebt! Das kommt einem Wunder gleich!

Wenn sie wüssten, in welch ein Dilemma ich geraten bin, sie würden ihn prügeln. Meinen Kindern darf ich davon nichts erzählen. Ihrer Maman darf niemand Leid zufügen, schon gar nicht ein Mann, den sie aus dem Internet hat.

Sonntag, 30. Juli, 19:51 Uhr … Chatroom
»Pardon! Ich hatte keinen Empfang.«
   »Kein Problem! Wie geht es dir?«
Alexander teilt das Video nicht mehr.
   »Du teilst das Video nicht mehr? Welches Video?«
   »Du hast mir irgendwas geschickt. Moment, ich schicke es dir … Den Link habe ich bekommen … mit der Unterschrift: Jetzt ein ruhiges Plätzchen in einem kleinen Café gefunden …«
   »Non! Ich habe dir keinen Link geschickt. Jetzt kann ich den Link sehen. Den habe ich nicht geschickt.«
   »Was ist das für ein Mist? Sitzt du in einem Café?«
   »Oui! Ich kann den Link nicht öffnen.«
   »Nicht öffnen! Schau dir den Link an! Sie hat ein Plätzchen im Café gefunden.«
   »Es sind nur zwei junge Männer und eine ältere Dame hier. Keiner benutzt Handy oder Laptop. Sie nehmen auch keinerlei Notiz von mir.«
   »Ich habe das Gefühl, der Link bezieht sich auf dich.«
   »Ich sehe aber niemand. Okay! Da sind mehrere Leute vorm Café, aber ich kann nichts Verdächtiges bemerken.«
   »Hast du mir geschrieben, dass du ein ruhiges Plätzchen in einem Café gefunden hast?«
   »Non!«
   »Das ist seltsam.«
   »Ich melde mich mal kurz ab und komme dann zurück.«
   »Okay!«
   »Ich benutze jetzt meinen Laptop. Beim iPad hüpfte plötzlich das Nachrichtenfeld auf und ab.«
   »Bei mir auch! Ich schaue mich die Woche mal nach einem anderen Messenger um. Wir sollten zu WhatsApp wechseln.«
   »Jetzt?«
   »Nein, in Zukunft …«
   »Jetzt hüpft es auch hier.«
   »Wechsle zu WhatsApp. Sofort!«
   »Okay! Dauert ein bisschen. Ich muss erst das Handy aus der Tasche holen.«

Sonntag, 30. Juli, 20:08 Uhr … WhatsApp
»Ich bin da!«

»Hallo! Na, hast du meine Zeilen gelesen?«

»Du musst dich nicht bedanken. Ich kam gerne zu dir. Du hast mir so viel gegeben. Es war ein wunderschönes Wochenende.«

Oui! Es war ein schönes Wochenende, bis dieser Satz fiel. Ich liebe dich, dich und unsere Kinder. Dieser Satz sitzt in meinem Kopf und lässt sich durch nichts wieder entfernen. Er sagt immer noch, dass er mich liebt, aber ich kann es nicht mehr glauben. Ich würde es nur allzu gerne glauben, aber dieser Satz hat alles zerstört. Vielleicht glaubt er daran. Ich weiß es nicht.

»Das freut mich. Ich werde mir ein Prepaid Handy kaufen, dann können wir hier ungestört chatten. Wann kommen deine Töchter?«

»Ich weiß es nicht. Sie werden sich melden, wenn sie angekommen sind.«

»Ich habe eben Abendbrot gegessen. Oh, sorry! Ich habe diniert. Leberwurstbrot! Gemeinsam essen ist schöner und das Kochen mit dir hat Spaß gemacht. Das werden wir noch oft machen. Ich freue mich darauf. Hast du schon gegessen?«

»Non! Ich esse später im Flugzeug.«

»Es tut noch weh und bei dir …?«

»Es tut weh.«

Ô mon Dieu! Wenn er wüsste, weshalb es wehtut … Mein Herz weint und ich könnte schreien vor Schmerz. Er liebt sie. Er liebt eine Irre. Sie macht ihm das Leben zur Hölle und er liebt sie. Das soll verstehen wer will und kann. Ich will und kann es nicht.

»Dann liebst du mich noch. Sag mir, wenn es weg ist. Ich hoffe, dass es nicht weg geht. Nie wieder …«

»Ich will nicht, dass es weg geht … auch wenn es weh tut.«

Ô mon Dieu! Ich kann es nicht in Worte fassen, wie weh es tut. Es schmerzt so sehr, dass ich laut schreien möchte.

»Das ist schön. Ich denke immer an dich.«

»Ich hätte Hawaii für dich sausen lassen. Sagt man so?«

»Ja, sagt man so! Ich weiß, dass du das getan hättest, aber ich hätte trotzdem zur Arbeit gemusst. Ich hätte abends nach Riesweiler kommen können, aber du sollst meinetwegen nichts sausen lassen. Du sollst dein Leben weiterleben.«

»Du wärst jeden Tag nach Riesweiler gefahren. So weit, jeden Tag …?«

»Na und …! Für dich hätte ich es getan.»

Er glaubt daran. Wenn ich doch nur einen Blick in sein Herz werfen könnte. Kann man zwei Menschen lieben? Ich konnte nicht mal einen lieben, wie soll ich da wissen, ob man auch zwei lieben kann. Mein Herz liebt ihn noch immer, auch nach diesem Satz, aber mein Kopf sagt etwas anderes. Er sieht sich bestätigt und weicht keinen Millimeter von seiner Meinung ab.

»Ich würde so gerne eine ganze Woche mit dir verbringen, aber, wenn die Woche vorbei ist, würdest du mir noch mehr fehlen.«

»Oder ich würde dich nerven. Wir werden uns noch ganz oft sehen, glaub mir. Ich werde alles tun, um es möglich zu machen. Wir bekommen das hin … irgendwie.«

»Das hoffe ich so sehr …«

Oui! Ich hoffe es. Die Hoffnung stirbt zuletzt. Ich habe alle Mühe, mich an dieser Hoffnung festzuhalten. Sie entflieht schneller, als ich hinterherkomme.

»Wo schlafe ich eigentlich, wenn ich mal nach Paris komme? Im Gästebett?«

»In der Besenkammer …«

»Oh! Das merke ich mir. Ich lege mich wirklich da rein.«

»Ich bin nicht Boris Becker. Du darfst in mein Allerheiligstes.«

»Ich fühle mich geehrt. Ist dein Schlafzimmer schallgeschützt?«

»Non! Wie wäre es mit Joinville? Ein kleines verträumtes Häuschen.«

»Und da willst du mit mir hin … gerne!«

»Da kannst du dich frei entfalten. Oui! Ich auch …«

»Du rutschst doch nicht etwa auf dem Stuhl hin und her? Denk dran, du sitzt in einem Café.«

»Non! Ich doch nicht. Wenn du später in den Nachrichten hörst, auf dem Airport wurde aus unerklärlichen Gründen die Sprinkleranlage ausgelöst … War wohl die Hitze in meinem Unterleib.«

»Gehst du mit mir Hand in Hand durch Paris?«

»Oui, ich gehe mit dir Hand in Hand durch Paris.«

»Wenn wir Hand in Hand durch Paris gehen … dann muss alles geklärt sein, damit wir diesen Hobbyfotografen keine Vorlage geben.«

»Oui! Dann wird alles geklärt sein.«

Wir werden es klären, da bin ich mir absolut sicher. Ich will wissen, wie weit der Traum mit der Realität konform geht. Ist das geklärt, können wir uns Gedanken über alles andere machen. Auch wenn ich es mir so sehr wünsche, ich glaube nicht daran. Er wird seine Frau nie verlassen. Er würde auch seine Kinder nicht mitnehmen, wenn er ginge, denn er würde ihnen nie die Mutter nehmen und ohne die Mädchen kann er nicht leben. Was bleibt? Er wird nie zu mir kommen. Nicht nach Trier und schon gar nicht nach Paris. Es war ein kurzer, schöner Traum, der die Realität nicht überleben wird.

»Sind deine Töchter endlich da?«

»Wir treffen uns am Gate. Weshalb bist du so aufgeregt? Ich werde dir alles erzählen. Sie werden mich nicht aufessen. Sagt man so?«

»Sie werden dich nicht fressen. Sorry! Das endlich war zu viel. Ich bin gespannt … gespannt wie ein Flitzebogen.«

»Was ist ein Flitzebogen?«

»Ein Flitzebogen ist nichts anderes als Pfeil und Bogen schießen. Also zum Flitzebogen … Ich bin gespannt, welche Fragen sie dir stellen.«

»Okay! Jetzt habe ich verstanden. Ich muss jetzt zum Gate. Ich schreibe dir, wenn ich durch die Kontrolle bin.«

»Okay! Bis gleich!«

Sonntag, 30. Juli, 21:42 Uhr … WhatsApp

»Ich bin zurück!«

»Hat alles geklappt?«

»Ich bin durch den Zoll und die Körperkontrolle. Deine Hände … auf meinem Körper … waren zärtlicher. Ich habe mich nicht wie eine Schlange gewunden. Ich war mal wieder steif wie ein Brett. Zur Schlange werde ich nur bei dir. Du weißt …«

»Ja, ich weiß, dass du eine Schlange bist … was die Bewegung angeht …«

»Okay! Dir gefällt es wohl?«

»Ja! Es ist einzigartig.«

»Positiv?«

»Sehr positiv!«

»Jetzt rutsche ich schon wieder. Ich darf gar nicht daran denken, was ich jetzt gerne mir dir tun würde.«

»Wie oft haben wir eigentlich miteinander geschlafen? Auf jeden Fall mehr, als ich in den letzten fünf Jahren hatte.«

»Ich weiß es nicht. Ich zähle nicht.«

»Es war oft … sehr oft.«

»Neuer Rekord?«

»Nein! Vier Orgasmen hintereinander. Das ist eine hohe Messlatte, aber auch schon zehn Jahre her.«

»Bei einmal Sex?«

»Nein, bei vier Mal Sex, innerhalb von sechs Stunden. Ich habe bei dir jedenfalls meine Lieblingsstellung gefunden.«

»Aha! Und die wäre?«

»Du liegst flach auf dem Bauch und ich dringe von hinten in dich ein. Hier kam ich zwei Mal hintereinander.«

»O ja, das war schön. Ich bevorzuge weiterhin das reiten.«

»Ich weiß! Das war auch schön. Und französisch, jede Minute war schön. Es war ein ganz tolles
Wochenende.«

»Das war es. Du hattest zwei Orgasmen, bei einmal auf dem Bauch liegen? Während einmal Sex?«

»Nein! Zwei Mal, du lagst heute zwei Mal so. Es war so schön mit dir. Das du mir die männlichen
Hawaiianer zufrieden lässt. Ich habe gelesen, die haben ganz kleine Schniedelwutze.«

»Quoi? Was ist ein Schniedelwutz?«

»Ein anderes Wort für Penis. Ich soll Französisch lernen, nicht du deutsch.«

»Pardon! Ich kenne leider nicht all die seltsamen Ausdrücke.«

»Kein Problem … ist aber spaßig.«

»Ich bevorzuge den Zauberstab der letzten drei Tage.«

»Immer gern zu Diensten, Prinzessin.«

»Et maintenant … je dis adieu. Mein Flug wurde aufgerufen. So leid es mir auch tut … ich muss
gehen.«

»Schade! Ich liebe dich und denke an dich …«

Meine Töchter waren nicht begeistert, als ich erst kurz vor Ende des Boarding ankam. Ihre kritischen
Blicke ließen meine Alarmglocken schrillen. Sie wissen es, da bin ich mir absolut sicher. Ich vermute,
dass Maxine mit Claire geredet hat, die es sofort Emilia erzählte. Die Verbindung zwischen den beiden
ist phänomenal. Manchmal denke ich, sie unterhalten sich telepathisch. Wenn eine etwas Außerge-
wöhnliches erfährt, gibt sie es an die andere weiter. Man kann keine der beiden in ein Geheimnis
einweihen, sie würde es ihrer Schwester sofort erzählen.

Zu ihren Patinnen haben beide sehr innige Verhältnisse, daher ist es nur logisch, dass sie es wissen.
Immer wieder werfen sie mir Blicke zu, nicken sich wissend zu. Ich frage mich, was das soll. Ich bin
ihre Mutter. Anscheinend steht mir ein Rollenwechsel ins Haus. Es kann nicht mehr lange dauern, bis
sie Fragen stellen, die Fragen, die ihnen Löcher in die Seele brennen.

Wir fliegen in der Zeit zurück, nicht nur mit dem Flugzeug, auch meine Gedanken machen sich auf
die Reise. Ich liebe ihn, aber diese Liebe musste einen harten Dämpfer einstecken. Ob sie es überleben
wird? Ich weiß es nicht. Sie ist noch so jung und zart, da geht schnell was kaputt. Sie ist noch nicht tief
und fest in meinem Herz verwurzelt. Der kleinste Hauch kann sie fortwehen. Jetzt hat sie einen Schlag
einstecken müssen, von dem sie sich wohl nie wieder erholen wird.

Dich und unsere Kinder …!

Montag, 31. Juli, 08:30 Uhr … WhatsApp

Guten Morgen Madeleine,

na, wie geht's? Nele hat Heimweh und vermisst mich. Sylvia hat geschrieben, wenigstens eine die dich vermisst. Seid ihr gut angekommen?

Montag, 31. Juli, 08:53 Uhr
Salut Alexander,
ich weiß nicht, ob die Nachricht gesendet wird und, wenn ja, wann sie dich erreicht. Wir sind irgendwo über dem Atlantik und ich kann das Handy nicht nutzen, deshalb versuche ich es über den Messenger. Ich habe eine unscharfe (?) Verbindung und hoffe, die Nachricht erreicht dich. Ich wünsche dir einen schönen Tag.

Montag, 31. Juli, 09:23 Uhr
Deine Nachricht ist angekommen. Es heißt, ich habe keine gute Verbindung. Schreib mir, wenn ihr angekommen seid. Kannst du meine WhatsApp Nachricht lesen?

Montag, 31. Juli, 10:11 Uhr … Chatroom
Wieder keine gute Verbindung. Das Handy hat gar keine Verbindung. Voraussichtliche Landung 0:50 Uhr Ortszeit.
    »Okay!«
    »Salut mon cher! Geht es dir gut?«
    »Ja, mir geht es gut und dir? Ich vermisse dich.«
    »Ich bin etwas übernachtet. Ich vermisse dich auch. Wir fliegen 02:10 Uhr nach Honolulu und landen 04:59 Uhr HST. Das heißt Hawaii Standard Time.«
    »Das glaube ich. Da wirst sogar du müde. Es geschehen noch Wunder. Und es heißt übernächtigt …
Hab dich lieb, mein Engel.«

Montag, 31. Juli, 11:41 Uhr
Ich denke ganz viel an dich! Ich hoffe, du schläfst …

Montag, 31. Juli, 15:44 Uhr
Madeleine, tu me manques …

Er fehlt mir auch. Obwohl in meinem Herz ein Sturm tobt, ist das zarte Pflänzchen Liebe stärker, als ich dachte. Es hält tapfer jeder Sturmböe stand. Es wäre schön, wenn er jetzt hier sein könnte, hier, bei mir.

Montag, 31. Juli, 07:04 Uhr HST
Tu me manques aussi.

Montag, 31. Juli, 07:30 Uhr HST … WhatsApp
Guten Morgen/Abend Alexander,
wir sind gut angekommen. Ich bin im Hotelzimmer und sehr müde, weil ich heute Nacht nur eine Stunde geschlafen habe, ansonsten geht es mir gut.
    Wenigstens eine, die dich vermisst … das ist gemein. So etwas sagt man nicht. Hanna und Emma

vermissen dich auch. Weshalb muss sie dir immer wehtun? Ich würde ihr gerne eine Gehirnwäsche verpassen.

Ich vermisse dich.

Montag, 31. Juli, 20:54 Uhr / 08:54 Uhr HST … Chatroom

»Wie geht es dir?«

»Ich bin sehr müde.«

»Das glaube ich. Was machst du heute noch?«

»Mit dir chatten. Ich werde später ins Dojo fahren, um mich anzumelden. Ein bisschen laufen, vielleicht ein paar kleine Übungen, ansonsten ruft das Bett.«

»Du Ärmste!«

»Oui! Bedauere mich mal, macht sonst keiner …«

»Was machen deine Töchter und Maxine?«

»Die sind schon im Dojo. Allen geht es gut und, außer mir, haben alle ausgeschlafen. Wie geht es dir? Gibt's etwas Neues vom Ammersee?«

»Ja, ich habe mit Sylvia telefoniert. Den Kindern geht's gut und wie geht es dir?«

»Mir geht es immer gut, wenn ich mit dir chatte. War sie wieder böse zu dir?«

»Nein! Das sind immer diese kleinen Pikser, das bin ich aber gewohnt. Ruf bloß nicht an …«

»Ich soll dich nicht anrufen? Bist du böse auf mich?«

»Nein, auf dich nicht. Ich will nur nicht, dass du Sylvia anrufst, um ihr den Kopf zurechtzurücken. Weißt du, was ich meine?«

»Bei ihr anrufen? Weshalb sollte ich das tun? Non, ich weiß nicht, was du meinst.«

»Na, du hast auf WhatsApp geschrieben, dass du sauer auf sie bist und es gemein findest, was sie schrieb. Ich hatte Angst, dass du sie anrufst und zurechtweisen wirst.«

»Verstanden! Es tut mir leid, wenn ich das jetzt so drastisch sagen muss. Es ist nicht mein Kampf. Du verstehst?«

»Das weiß ich. Ich kämpfe allein. Ich bin doch schon ein großer Junge. Hab dich lieb.«

Oh! Das habe ich heute schon einmal gelesen. Jetzt sind wir schon auf ein hab dich lieb geschrumpft. Nichts mehr mit, ich liebe dich. Er hat Angst, ich würde ihr den Kopf zurechtrücken. Okay! Lassen wir außer Acht, dass es mehr als nötig wäre, dass man ihr mal den Kopf zurechtrückt. Okay! Es wäre auch mehr als nötig, wenn jemand mal in ihrem Kopf aufräumen würde, aber das ist nicht meine Aufgabe.

Ich verstehe, dass er sich davor fürchtet, dass sie die Wahrheit erfährt, dass sie erfährt, er hat sie betrogen. Wie sie darauf reagieren würde? Bei Borderlinern weiß man das nicht so genau. Sie überraschen einen immer wieder. Aber die Frage lautet im Moment wohl eher, würde ich es tun. Würde ich so weit gehen, ihr zu sagen, dass er sie betrogen hat, wenn er feststellt, dass sein Gefängnisausbruch falsch war, wenn er liebend gern wieder zurückgeht, in den Knast, den er selbst gewählt hat?

Geht diese Liebe schon so tief, dass sie das Monster in mir weckt, wenn er mich verlässt? Ich weiß es nicht, zudem stand ich noch nie vor solch einer Entscheidung. Ich hatte noch nie etwas mit einem verheirateten Mann, nicht mal mit einem, der in festen Händen war. Ich teile grundsätzlich nicht, zudem habe ich kein Interesse an Beziehungsproblemen. Dann kam Alexander …

Alles ist neu. Er ist verheiratet und hat auch noch seine Eheprobleme zu meinen gemacht. Will ich das wirklich? Wäre es nicht besser, dem ein Ende zu bereiten? Einfach zu sagen, es ist vorbei. Mais oui! Es wäre so einfach, es zu sagen. Mein Kopf wäre hocherfreut, aber mein Herz … kann ich ihm das antun? Kann ich mir das antun? Ô mon Dieu! Weshalb habe ich mich darauf eingelassen? Weshalb habe ich nicht sofort einen Rückzieher gemacht, als er mir schrieb, er sei verheiratet? Weshalb?

»Bist du jetzt böse auch mich?«

»Nein, warum sollte ich?«

»Du bist vielleicht böse auf mich, weil du dich allein gelassen fühlst.«

»Nein, ich bin dir nicht böse. Ich mache das seit neun Jahren mit und war allein. Ich habe ihr heute eröffnet, dass ich in den nächsten zwei Jahren, alle zwei, drei Wochen auf Weiterbildung bin.«

Ô mon Dieu! Dieses Gefühl! Non! Bitte nicht auch das noch. Ich werde darüber nachdenken müssen.

»Die Weiterbildung … das hat sie dir geglaubt? Was ist das Ziel dieser Weiterbildung?«

»Jepp! Sie hat es geglaubt. Ich konnte es gut verkaufen. Nicht die feine Art, aber nach mir fragt auch niemand, außer dir …! Französisch Kurs … Nein, das war ein Spaß! Ich habe ihr gesagt, ich muss an einer Weiterbildung teilnehmen. Ich habe Zeit gebraucht. Was macht das Kribbeln im Bauch?«

»Das Kribbeln hat keine Chance, denn in meinem Kopf herrscht etwas Chaos.«

»Ups! Warum? Was ist? Erzähl es mir.«

»Du weißt, was ich mehr hasse als alles andere?«

»Ja! Lügen! Habe ich dich belogen?«

Das ist die Frage! Hat er mich belogen? Mein Gefühl sagt oui! Es schreit es laut und vernehmlich durch meinen Kopf und weckt neue Zweifel.

»Was jetzt geschieht, kann ich nicht so einfach wegstecken. Du lügst meinetwegen. Das hatte ich noch nie zuvor. Ich weiß nicht, wie ich damit leben soll, damit leben kann. Das hat mich die ganze Nacht wachgehalten.«

»Ich kann es ihr aber nicht sagen, das weißt du. Was soll ich machen?«

»Ich weiß das alles, aber das ist Neuland für mich Ich weiß, dass du deine Kinder liebst, auf dein Haus stolz bist und das verstehe ich alles. Ich weiß nicht, was du machen sollst. Ich schaffe das nicht allein. Darf ich mit Maxine darüber reden? Nur das Allernötigste. Sie wird es Victoria nicht erzählen, wenn ich sie darum bitte. Diese Lügen liegen wie eine schwere Last auf meiner Seele. Verstehe mich bitte nicht falsch. Claire hat gestern im Flugzeug zu mir gesagt, dass sie mit mir reden will, es aber lieber verschiebt. Man sehe mir an, dass ich großen Kummer habe.«

»Wir haben uns ein Versprechen gegeben. Rede mit ihr darüber, sag mir bitte, wie es ausgeht … das Gespräch. Ich weiß, wie es ausgeht.«

»Wie meinst du das? Du weißt, wie es ausgeht?«

»Sie wird dir abraten, mich weiter zu sehen und deine Töchter werden es auch tun, denke ich mir. Welche Möglichkeiten gibt es sonst?«

»Ich weiß nicht, was sie mir raten wird. Für sie ist das ebenso Neuland. Ich hatte noch nie etwas mit einem verheirateten Mann. Ich brauche nur jemand, dem ich mein Herz ausschütten kann. Es gibt niemand besseren als Maxine. Meinen Töchtern werde ich nichts sagen.«

»Okay, dann tu es. Ich bin einverstanden.«

»Merci, ich glaube, sie wird mir ansehen, dass etwas nicht stimmt. Ich werde heute noch mit ihr reden.«

»Maxine weiß doch, dass ich Kinder habe.«

»Oui, aber sie denkt, du hast zwei, von einer Ehefrau weiß sie auch nichts.«

»Dann erzähl es ihr. Ich möchte nicht, dass auch zwischen dir und Maxine Lügen stehen. Ich muss lügen, es geht nicht ohne. Bitte! Versteh mich doch.«

»Ich weiß selbst, dass es ohne Lügen nicht geht, aber es sind nun mal Lügen.«

Oui! Ich weiß, dass es ohne Lügen nicht geht, aber es sollen keine Lügen sein, die mein Lügenradar in Alarmbereitschaft versetzen. Das schaltet sich automatisch ein, wenn man mich belügt und dieses Radar hat bereits angeschlagen.

»Wirst du ihren Rat befolgen?«

»Ich kann dir darauf keine Antwort geben. Mein Herz geht weder mit meinem Kopf, noch mit meinem Bauch konform, wie soll es da auf Maxine hören? Geh doch bitte nicht davon aus, dass sie mir abrät, dass sie sagt, ich soll dich verlassen. Rechne doch nicht immer mit dem schlimmsten. Zudem entscheide ich und nicht Maxine oder meine Töchter.«

»Denk an mich, denk an unsere Zeit, an all das, worüber wir geredet haben. Das ist es, was zählt. Ich will, dass du glücklich bist und weißt, dass ich dich liebe. Du weißt, dass ich diesen Schritt machen würde. Ich würde zu dir nach Paris kommen. Ich würde lernen, das brauch seine Zeit. Okay! Aber ich würde es tun … für dich … für uns …«

Ô mon Dieu! Ist für ihn liebhaben und lieben das gleiche? Was soll ich davon halten? Mein Superhirn ist nicht auf Liebe programmiert. Ich bin völlig überfordert. Ich hoffe, Maxine kann meine Gefühle entwirren und das Chaos lichten, das in meinem Kopf herrscht.

Man sagt, dass hochintelligente Menschen massive Probleme haben, wenn es um Gefühle geht. Ich habe Gefühle! Gefühle für meine Kinder und meine Enkelin, diese drei liebe ich aus tiefstem Herzen. Maxine und Victoria liebe ich auch, aber auf eine andere Weise. Dann gibt es da noch Matthias und Gaylord, sie habe ich sehr lieb. Valentin hatte ich auch lieb. Sein Tod hat mich tief getroffen. Und dann gab es Jean-Claude. Ihn habe ich geliebt, so geliebt, wie man wohl seinen Vater liebt. Er war der erste Mensch, für den ich dieses tiefe Gefühl empfand, aber kein Gefühl ist mit dem vergleichbar, dass ich für Alexander habe. Die Liebe, die ich für ihn empfinde, ist mit nichts anderem vergleichbar. Non! Ich kann nicht einfach sagen, es ist vorbei …

»Ich brauche ein Kleenex.«

»Nicht weinen … bitte!«

»Es tut so verdammt weh …«

»Du sollst dich nicht quälen. Ich hätte nicht gedacht, dass unser Chat heute so traurig wird.«

»Ich wollte dich nicht traurig machen.«

»Okay! Rede mit ihr, erzähl mir, was sie dir rät. Egal, wie du dich entscheidest, es soll dir gut gehen. Ich will nicht, dass wir uns auf der einen Seite lieben und auf der anderen Seite diskutieren müssen, wie es weitergeht. Egal, wie es ausgeht, ich werde es akzeptieren.«

»Darf sie dir schreiben? Ich denke, dass sie vielleicht Fragen hat.«

»Das darf sie.«

»Merci! Ich werde ihr sagen, dass sie es nicht nachts tun soll. Du brauchst deinen Schlaf.«

»Sie kann mir schreiben, wann immer sie will. Das hier ist wichtig für mich, für dich natürlich auch. Und wir? Schreiben wir uns weiterhin?«

»Oui, das werden wir. Sei bitte nicht traurig. Ich wollte dir nicht wehtun. Ich kann einfach nicht damit umgehen.«

»Liebst du mich?«

»Oui, je t'aime de tout cœur.«

»Ich dich auch.«

»Jetzt laufen wieder die Tränen.«

»Ach komm, bitte nicht weinen. Würdest du mich zu dir nehmen, wenn ich mich entscheide, zu dir nach Paris zu kommen?«

»Oui, das würde ich.«

»Jetzt weine ich.«

»Tu nichts Unüberlegtes. Ich habe Angst, dass ich dich verliere, wenn du deine Kinder verlierst.«

»Nein, ich werde sehr lange darüber nachdenken. Ich weiß, dass du mich dabei unterstützten wirst, in Paris Fuß zu fassen. Gibst du mir die Zeit, es mir reiflich zu überlegen?«

»Oui! So viel Zeit, wie du benötigst.«

»Danke, mein Engel. Es geht wohl nur über diese Entscheidung. Boah, das wird hart. Ich habe so schnell nicht damit gerechnet, weißt du, was ich meine?«

»Non, du sollst dich nicht jetzt sofort entscheiden. Du liebst deine Kinder, das weiß ich. Ich habe nur ein Problem mit den Lügen. Du belügst nicht mich, aber du lügst meinetwegen. Das gab es bisher noch nie. Du verstehst? Du hast so viel Zeit, wie du benötigst. Ich will dich zu nichts drängen. Das würde nicht gut gehen. Das weiß ich selbst.«

»Ja, das verstehe ich. Unsere Liebe ist auf einer Lüge aufgebaut. Das ist nicht schön.«

»Genau, das ist mein Problem. Ich will nicht, dass deine Kinder meinetwegen unglücklich werden. Ich weiß wie das ist.«

»Wenn ich mich für Paris entscheide … Ich will sie regelmäßig sehen … verstehst du mich?«

»Ich verstehe dich. Ich habe kein Problem damit, regelmäßig zu dir zu kommen. Ich mache das gerne für dich. Okay! Etwas Eigennutz ist auch dabei. Ich weiß, dass du Zeit brauchst.«

»Darf ich vorher Probe wohnen … ein Wochenende …«

»Alexander! … du musst dich nicht sofort entscheiden. Du hast alle Zeit der Welt, auch wenn es mir schwerfällt. Ich will doch nicht, dass du mir morgen sagst, ich komme zu dir. Das will ich nicht. Ich habe nur ein Problem mit diesen Lügen. Du verstehst?«

»Ja, das verstehe ich.«

»Ich stelle dir kein Ultimatum und verlange nichts Unmenschliches. Du kannst sie nicht verlassen, denn dein Herz hängt zu sehr an deinen Kindern.«

»Und an dir …«

»Ich könnte nicht damit leben, wenn du sie meinetwegen verlässt und ich es jedes Mal in deinen Augen sehen würde, wenn du mich ansiehst.«

»Ich gehe jetzt in den Weinberg und denke nach. Vergiss mich bitte nicht. Ich liebe dich nämlich. Du hast mir meine Seele zurückgegeben.«

»Und du hast mir gezeigt, dass ich eine habe. Okay! Heute wirst du allein im Weinberg sein. Ich komme, wenn du schon wieder weg bist.«

»Ja, ich weiß! Ich freue mich, wenn wir wieder zusammen hinein gehen. Weißt du was? Ich will dich nicht verlieren. Ich brauche dich, nicht nur sexuell, ich rede gern mit dir. Am liebsten höre ich dir zu, wenn du mir Geschichten aus deiner Welt erzählst. Ich mag es auf deiner Brust zu liegen und dir zuzuhören. Ich liebe deinen Geruch, deine Haare und deine Haut. Wenn ich mit dir schlafe, bin ich wie ein Erdbeben. Das alles kann man doch nicht einfach weggeben. Niemals …«

»Jetzt muss ich schon wieder weinen. Ich wollte dich nicht unglücklich machen.«

»Ich weiß! Ich werde trotzdem viel nachdenken.«

»Mach das morgen, schlaf jetzt und mach dir nicht so viele Sorgen.«

»Ich wünsche dir einen schönen Tag. Schlaf gut mein Engel. Ich liebe dich.«

»Ich dich auch.«

Ô mon Dieu! Ich frage mich, wie ich diesen Chat überstanden habe. Seit mein Lügenradar angesprungen ist, fiel mir jede weitere Unterhaltung so unendlich schwer. Dieses Radar hatte ich schon als Kind. Jean-Claude nannte es eine Gabe. Maxine nennt es Lügenradar. Ich nenne es Gefühl. Vielleicht habe ich dieses Gefühl in meiner frühesten Kindheit entwickelt. Wenn man in meiner Welt aufwächst, lernt man schnell, dass man von Lügnern und somit auch von vielen Lügen umgeben ist. Entweder man wird ebenfalls zum Lügner oder man stellt sich dagegen. Ich wählte letzteres.

Bereits als Kind hatte ich dieses Gefühl, wenn mich jemand belog, wenn ich jemand beim Lügen erwischte. Sie belogen nicht immer mich. Sie belogen einander. Irgendwann habe ich mich gefragt, wie ich in dieser Welt überleben soll, ob ich eines Tages auch zum Lügner werden muss, um nicht unterzugehen.

Ich ertappte meine Familie beim Lügen. Die sogenannten Freunde meiner Eltern, die äußerst selten die Wahrheit sprachen. Geschäftspartner, die einander über den Tisch zogen. Auf dem Internat wurde uns eingebläut, dass man nur mit der Wahrheit weiterkommt. Das Gegenteil ist der Fall. Die Menschen lügen und wollen belogen werden. Sie wollen sich keine Gedanken darüber machen, ob sie es mit der Wahrheit weiterbringen würden. Sie gehen davon aus, dass jeder lügt, also schwimmen sie auf dieser Welle mit.

Mit der Zeit schärfte sich mein Instinkt und manchmal hatte ich das Gefühl, ich kann sie riechen, die Lügen. Inzwischen haben Wissenschaftler herausgefunden, dass sich der Körpergeruch eines Menschen verändert, wenn er lügt. Ô mon Dieu! Wenn Lügen bestialisch stinken würden, würden sie von dieser Welt verschwinden? Ich glaube es nicht. Die Menschheit würde ich an den Gestank gewöhnen.

Eines Tages habe ich beschlossen, dass ich ein bisschen aufräumen muss, den wenigen, wahrheitsliebenden Gehör verschaffen muss, ein bisschen mehr Gerechtigkeit in die Welt bringen muss, also war mein Lebensplan aufgestellt. Ich wurde Richterin, und ich bin es mit Leib und Seele. Ich musste zwar feststellen, dass man der Wahrheit nicht immer zu ihrem Recht verhelfen kann, aber man muss es wenigstens versuchen.

Als er schrieb, er habe ihr heute eröffnet, dass er in den nächsten zwei Jahren, alle zwei, drei Wochen auf Weiterbildung sein würde, sprang das Radar an und brachte alle Alarmglocken in meinem Kopf zum Klingen. Selbst mein Herz, das ihn immer in Schutz nimmt, schwieg. Dem Radar hat selbst mein Herz nichts entgegenzusetzen.

Ich habe ihm immer geglaubt, immer vertraut. Dann erschüttert sein Traum mein Vertrauen und jetzt springt auch noch das Radar an. Jetzt muss ich mich fragen, ob ich vor Liebe so blind war, das ich glauben wollte. Ich stelle nichts von all dem in Frage, was er mir über seine Familie erzählt hat. Ich stelle sein Leben nicht in Frage, aber ich stelle seine Liebe in Frage.

Non! So blind konnte ich nicht sein, um das Radar außer Betrieb zu setzen. Mein Kopf hätte schon dafür gesorgt, dass es in Betrieb bleibt. Non! Er lügt nicht, wenn er sagt, ich liebe dich, wenn er sagt, ich habe dich lieb. Er belügt sich selbst. Es ist Wunschdenken. Ein schöner Traum, in dem sein Leben ein bisschen schöner wird, lebenswerter wird, aber was passiert, wenn er aufwacht und das wird er schon bald, sehr bald. Spätestens, wenn seine Frau aus dem Urlaub zurückkommt, ist zuhause wieder alles beim Alten. Dann ist er nicht allein und kann seine Wünsche nicht mehr auf die Reise schicken, wie er es in den letzten Tagen konnte. Wird er dann feststellen, dass sein Traum nicht die Realität ist. Wird er so unsanft auf dem Boden der Realität landen, wie mich sein Traum landen ließ? Wenn der Traum dieser Nacht zur Realität wird?

Er liebt sie. Egal, was sie tut, egal, was sie sagt, egal, wie sehr sie ihn verletzt, er liebt sie. Zudem ist sie krank und er zu sehr in seine antiquierten Moralvorstellungen verstrickt, dass er sie schon aus diesem Grund nicht verlassen wird.

Ich weiß nicht, wie ich Maxine das alles beibringen soll, ohne zu viel zu verraten. Sie würde es nicht verstehen. Nicht verstehen, weshalb ich mir das antue. Weshalb ich mich darauf eingelassen habe. Ich könnte ihr nur eine Antwort geben. Weil ich ihn liebe ...

Herzschmerz

Ein langer Tag liegt hinter mir und er ist noch lange nicht zu Ende. Stundenlang saß ich mit Maxine auf der Terrasse, habe geschätzte zwanzig Cappuccino in mich geschüttet und wohl die gleiche Menge Madeleines gefuttert. Jetzt bin ich nicht nur müde, sondern leide auch noch unter Übelkeit. Sie hat sich gefreut, als wir endlich ankamen. Nach einem kurzen Blick war ihr klar, dass wir reden müssen. Sie sagte, ich sehe aus wie ein Zombie und sie wolle alles hören. Keine Ausreden, keine Umschweife, einfach alles …

Zuerst wusste ich nicht, wo und wie ich anfangen soll, aber dann sprudelte alles aus mir heraus. Ich redete mir alles von der Seele und schoss dabei ein klitzekleines bisschen über das hinaus, was ich mir vorgenommen hatte, zu erzählen. Es tat einfach nur gut, Maxine mein Herz auszuschütten. Ich habe dabei manches Mal an Alexander gedacht. Er hat niemand, dem er sein Herz ausschütten kann. Auch wenn wir beide uns alles erzählen, so haben wir auch eine Menge Probleme. Probleme, weil wir gerne mehr wären, als nur Facebook Freunde. Probleme, die wir allein nicht lösen können. Manchmal muss man einen Außenstehenden einweihen, er sieht alles aus einer anderen Perspektive und manchmal ist die Lösung so einfach.

Ich habe geredet und Maxine hat zugehört. Zwischendurch hat sie Fragen gestellt, wenn ich etwas zu weit abgeschweift bin. Irgendwann war ich dann so in meinem Kummer aufgelöst, dass mir einfach alles rausgerutscht ist. Als das Wort Borderline fiel, war sie entsetzt, noch zu frisch sind die Erinnerungen an Valery. Am liebsten wäre sie nach Illerich gefahren, hätte Alexander und die Mädchen eingepackt und nach Paris verfrachtet. In Gedanken geht alles immer so einfach. In der Realität bleiben die Probleme bestehen.

Sie konnte es nicht fassen, dass ich mich mit einem verheirateten Mann eingelassen habe. Dann hat er auch noch drei Kinder. Drei! Sie fragte, ob ich mir denn bewusst sei, dass die Mädchen meine Enkelkinder sein könnten. Daran musste sie mich nicht erinnern, das weiß ich selbst.

Ob ich denn in meinem Alter nochmal Mutter sein wolle, drei kleine Kinder erziehen wolle. Ô mon Dieu! Von wollen kann gar keine Rede sein. Es sind seine Kinder und wenn er sie mitbringt, werde ich mein Bestes tun. Ich habe Claire und Emilia zu wundervollen Menschen erzogen. Wer sagt denn, dass ich das mit seinen Töchtern nicht auch hinkriege?

Damit seien wir auch schon beim Kern unseres Problems angekommen, meinte sie. Ich müsse mir darüber klar sein, dass ich Alexander nie allein haben werde, dass er nie zu mir nach Paris kommt. Er kommt auch nicht nach Trier, denn er liebt seine Kinder über alles und wird ihnen nie die Mutter nehmen, egal, wie krank sie ist. Solange sie sich nicht die Kinder vornimmt und damit begnügt, Alexander zu einem nervlichen Wrack zu machen, wird er stillschweigend alles ertragen. Sie ist auch der Meinung, dass er irgendwann daran kaputt geht.

Ob er sie noch liebt? Dazu wollte sie sich erst nicht äußern, doch nachdem ich sie lange genug mit der Wiederholung meiner Frage genervt hatte, gab sie nach. Sie ist ebenfalls der Meinung, dass er sie noch liebt und sie weiß, dass es mir weh tut. Es tat gut, als sie mich in den Arm nahm. Nachdem ich mir wohl zum hundertsten Mal die Nase geschnäuzt hatte, meinte sie, ich solle das wichtigste nicht aus den Augen lassen. Er liebt mich, da ist sie sich absolut sicher. Sie sagte, nach allem, was ich ihr über ihn erzählt habe, kann es gar nicht anders sein.

Ich habe ihr die Fotos gezeigt, die ich in Riesweiler aufgenommen habe. Sie sagte, wer beim Abschied so traurig ist und Tränen in den Augen hat, der kann dich nur lieben. Zudem hätte ich die Zeit auf meiner Seite. Sein Herz hätte seine Wahl bereits getroffen, es müsse nur seinen Kopf davon überzeugen. So, wie mein Herz meinen Kopf überzeugen müsse. Wir müssten die Zeit für uns spielen lassen. Je tiefer seine Gefühle für mich werden, umso leichter wird ihm irgendwann seine Entscheidung fallen.

Das hört sich alles so einfach an. Auch wenn sein Kopf es verstanden hat, ändert das nichts an unserem Problem. Wir werden nie mehr sein als Facebook Freunde.

Dienstag, 01. August, 07:29 Uhr / 19:29 Uhr HST … Chatroom
»Guten Abend, ich habe so schlecht geschlafen. Es rattert in meinem Kopf und ich vermisse dich.«

»Guten Morgen / guten Abend Alexander, das tut mir leid. Ich habe noch nicht geschlafen, falle wohl bald um. Ich habe lange mit Maxine geredet. Sie wird dir heute Abend schreiben. Heute Abend bei dir.

Es tut mir leid. Irgendwann ist mir alles einfach rausgerutscht und danach fühlte ich mich besser. Bitte nicht böse sein.«

»Kein Problem! Wie war ihre Reaktion?«

»Sie war zwischen ihren Gefühlen hin und her gerissen. Sie sagte, es besteht noch viel Redebedarf. Fragte, ob sie schreiben darf, was sie denkt, dir vielleicht auch etwas erzählen darf, das mir nicht gefällt. Sie wusste noch nicht, was sie schreiben wird. Sie ist etwas durcheinander, was selten vorkommt.«

»Und ich werde ehrlich antworten.«

»Wir müssen wohl beide erst eine Nacht darüber schlafen. Ich werde bald zu Bett gehen. Mein Kopf dröhnt.«

»Okay, mach das. Ich arbeite noch ein bisschen. Ich vermisse dich.«

»Lass dich nicht ärgern. Ich vermisse dich auch.«

»Heute kann mich keiner ärgern. Du fehlst mir.«

»Du mir auch. Ich gehe jetzt zu Bett und muss wohl allein im Weinberg träumen …«

»Nein, ich bin in Gedanken bei dir. Gute Nacht! Schlaf gut mein Engel. Ich liebe dich.«

»Ich dich auch.«

Ich muss schlafen. Mein Kopf dröhnt und mein Herz weint. Es könnte alles so schön sein. Weshalb ist er verheiratet? Einmal im Leben bin in verliebt und was passiert? Mein Leben steht Kopf. Es heißt, wenn man liebt, schwebt man auf Wolken. Seit ich verliebt bin, ziehen dunkle Wolken auf und schweben wie drohendes Unheil über meinem Kopf. Ich weiß, dass ich seinen Kindern nicht den Vater nehmen darf, ihre kleinen Herzen würden leiden und ihre Seelen würden Verletzungen davontragen, die nie wieder heilen würden. Ich weiß, wovon ich rede, noch immer überfällt mich der Schmerz, wenn ich daran denke. Es ist nicht leicht, ein ungeliebtes Kind zu sein.

Sie sind nicht ungeliebt, aber sie würden sich so fühlen. Auch wenn er sie regelmäßig sehen würde, es wäre für sie nie wie in einem gemeinsamen Zuhause. Seine Frau würde kein gutes Wort für ihn finden, würde die Kinder gegen ihn aufhetzen. Frauen tun das, zudem ist sie krank im Kopf, das macht sie gefährlich. Alexander könnte ich vor ihr schützen, aber die Mädchen … Solange sie bei ihrer Mutter sind, bleibt das bange Gefühl im Bauch.

Ich kann den Gedanken an das, was Valerie gemacht hat, nicht aus meinem Kopf verbannen. Wenn ich daran denke, dass seine Frau eines Tages ebenfalls austickt und eines ihrer Kinder ihr zum Opfer fällt … Mein Magen verkrampft sich und ich könnte mit beiden Fäusten zuschlagen. Weshalb hat er sie geheiratet? Sie war irr, als er sie kennenlernte. Wie konnte er jemals auch nur daran denken, dass er sie ändern kann? Irre heilt man nicht. Statt sie zu einer gesunden Frau zu machen, hat sie ihn zu einem seelischen Krüppel gemacht. Ihm die Seele geraubt und zu ihrem Sklaven degradiert. Immer wenn ich daran denke, ballen sich meine Fäuste und wollen auf sie einschlagen. Immer und immer wieder, bis sie ihn endlich aus ihren Krallen lässt.

Ich muss aufhören, darüber nachzudenken, es ändert nichts. Es bereitet mir Kummer und macht Kopfschmerzen.

Dienstag, 01. August, 13:01 Uhr
Ich habe dir einen Link geschickt. Du magst die Bee Gees doch so sehr. Es ist so ein schönes Lied. Ich musste dir die Übersetzung schreiben, obwohl ich weiß, dass du es verstehst.

Lächeln, ein immerwährendes Lächeln. Ein Lächeln kann dich mir nah bringen. Lass mich nie herausfinden, dass du gegangen bist, weil mir das eine Träne bringt. Die Welt hat ihre Herrlichkeit verloren. Lass uns eine ganz neue Geschichte starten, jetzt meine Liebe. Gleich jetzt, es gibt keine andere Zeit und ich kann dir meine ganze Liebe zeigen. Rede in nie vergehenden Worten, lass sie mir gelten und ich werde dir mein ganzes Leben geben. Ich bin da, wenn du mich anrufst. Du glaubst, dass ich nicht ein Wort meine, von dem was ich sagte. Es sind nur Worte und Worte sind alles, was ich habe, um dein Herz zu nehmen.

Es könnten meine Worte sein. Ich liebe dich, mein Engel …

Dienstag, 01. August, 4:45 Uhr HST
Guten Morgen Alexander,
ich habe lange geschlafen. So erschöpft war ich schon lange nicht mehr. Ich werde jetzt duschen und ein bisschen lesen, bis es Zeit für den Morgenlauf ist. Ab heute werde ich am Training teilnehmen. Gestern war ich zu erschöpft. Ich freue mich auf dich.

Dienstag, 01. August, 17:51 Uhr
Viel Spaß! Ich freue mich auch auf dich.

Dienstag, 01. August, 19:56 Uhr
Hallo Madeleine,
ich brauche noch ein paar Minuten, ich möchte Maxine noch antworten. Sagen wir zwanzig Uhr fünfzehn?

Dienstag, 01. August, 08:06 Uhr HST
Okay! Ich bin sowieso etwas zu spät. Ich habe am Morgenlauf teilgenommen und hatte danach noch ein Gespräch. Ich werde noch schnell duschen und bemühe mich, pünktlich zu sein.

Dienstag, 01. August, 20:19 Uhr / 08:19 Uhr HST … Chatroom
»Salut mon cher! Ich bin geduscht und trage nur ein Handtuch. Bereit für ein Erdbeben …«
»Salut mein Engel! Ich wäre jetzt gerne bei dir.«
»Geht es dir gut?«
»Ja, es geht mir immer gut, wenn ich mit dir schreibe. Wie war dein Tag?«
»Ich war beim Morgenlauf. Es war toll, fünfzehn Kilometer, wunderschöne Aussicht und angenehme Temperatur. Ich wollte danach unter die Dusche, doch Mister Chin bat mich, heute Nachmittag

Prüfungen abzunehmen und ich habe zugesagt. Deshalb war ich etwas zu spät, aber du hattest ja noch zu tun.«

»Ich bin schon zwei Stunden hier …«

»Ô mon Dieu! Habe ich etwas versäumt? Sagtest du nicht zwanzig Uhr?«

»Ja, das hatte ich, aber du weißt ja, mit wem ich gechattet habe.«

»Sie hat dir geschrieben? Du lebst noch, also war es nicht so arg, wie du erwartet hattest. Ich habe sie heute noch nicht gesehen, aber ich fand eine Nachricht von ihr. Sie schrieb, dass sie mit mir reden muss.«

»Ich bin mir über vieles bewusst, worüber sie geschrieben hat. Es waren auch Dinge dabei, die mit Sicherheit hilfreich sind. Maxine hat dich sehr gern und hat sich sehr viel Mühe gemacht.«

»Verrätst du mir, was sie dir geschrieben hat? Ich bin neugierig. Sie sagte gestern, sie will mir alles sagen, aber ich kam zu spät. Mon cher, ich zerplatze fast vor Neugier. Erzähl mir doch ein klitzekleines bisschen.«

»Der Brief war sehr lang und sie hat mit vielem recht, aber ich war mir der Gefahren bewusst und bin es noch. Deine Töchter, deine Freundinnen, sie machen sich nur Sorgen, weil sie mich nicht kennen. Ich wäre dafür, dass wir uns alle zusammen an einen Tisch setzen und darüber reden. Dieses Thema sollte man nicht über den Chat abwickeln. Ich würde gerne mit dir, Maxine und deinen Töchtern darüber reden.«

»Sei mir bitte nicht böse, aber ich möchte nicht mit allen zusammen über uns reden. Wir sind keinem von ihnen Rechenschaft schuldig. Wir schulden nur vier Menschen Rechenschaft und mit denen kann ich nicht reden. Ich meine deine Familie.

Du verhältst dich so seltsam. Ich spüre doch, dass etwas nicht stimmt. Bitte, erzähl mir etwas. Irgendetwas … hat sie dich ausgeschimpft?«

»Nein, überhaupt nicht. Sie meint, ich müsse etwas Besonderes sein, denn ich hätte etwas Besonderes geschafft.«

»Und das wäre?«

»Ich weiß nicht, ob man etwas Besonderes sein muss, um jemand das Gefühl der Liebe zu zeigen. Das mache nicht ich, das macht die Liebe selbst.«

»Spann mich doch nicht so auf die Folterbank. Oui, sie kann es nicht fassen, dass ich mich verliebt habe. Sie sagt, das grenzt schon an ein Wunder.«

»Sorry, ich will dich nicht auf die Folterbank spannen. Ja, das sagt sie.«

»Und, was sagt sie noch … bitte!«

»Die Dinge, die sie mir erzählt hat, wusste ich schon oder ich habe es mir gedacht. Zum Beispiel, dass die Presse uns jagen wird. Ich sage, sie jagen uns nicht, wenn wir ihnen zuvorkommen und es bekannt geben.«

»Ô mon Dieu! Sei mir nicht böse, aber du bist etwas unbedarft, was diese Sache angeht. Gibt man ihnen Krumen, wollen sie den ganzen Kuchen. Man macht doch die Presse nicht auf ein Geheimnis aufmerksam. Ich darf nicht daran denken, wie sie sich auf die Suche nach dir und deinem Leben machen werden.«

»Ich suche nicht nach etwas, das ich weiß.«

»Wir müssen uns vor ihnen verstecken. Erst, wenn alles geklärt ist, können sie sich auf uns stürzen. Ich bin es gewohnt, aber du? Ich denke, du hast falsche Vorstellungen davon, wie sie sind. Du musst in anderen Dimensionen denken. Sie verdienen ihr Brot damit, dass sie dem neugierigen Volk die Prominenz vor die Füße werfen. Die sitzen nicht in ihrem Kämmerchen und denken, na, da hat sie sich aber ein schnuckeliges Kerlchen angelacht. Lassen wir sie in Ruhe.

Ich habe Claire letztes Jahr vom Airport abgeholt. Ich traf ihren Freund Sebastien. In der nächsten Ausgabe der Match stand zu lesen, ihre Liebhaber werden immer jünger. Und da glaubst du, sie lassen uns in Ruhe?«

»Nein, ich weiß, zu was diese Zecken in der Lage sind und Maxine hat mir es nochmal aufgezeigt. Ich weiß, die wollen alles darüber auspressen, aber die Sensation haben wir ihnen genommen. Verstehst du, was ich meine?«

Er kann es nicht verstehen. Wenn die Meute Wind davon bekommt, dass ich mit einem Mann zusammenlebe, fallen sie über uns her. Sie werden sich auf die Suche nach seinem Leben machen. In allem herumwühlen, bis sie etwas gefunden haben, das sie ausschlachten können. Was gibt es besseres als Sylvia? Borderline! … Die arme Ehefrau! Was hat er ihr angetan? Betrogen und verlassen von ihrem herzlosen Ehemann, der sich ein reiches, verwöhntes Prinzesschen angelacht hat. Wie bringe ich ihm das nur schonend bei? Er muss wissen, dass er seinen Kindern damit großen Schaden zufügt.

Er soll nicht denken, dass ich ihn nicht bei mir haben will. Ich will ihn, mehr als alles andere auf der Welt … aber nicht um jeden Preis! Um diesen Preis schon gar nicht. Seine Kinder sollen nicht leiden.

»Non! Es ist die Sensation, wenn wir Hand in Hand durch Paris laufen. Das lockt sie erst an. Wenn sie es durch Zufall erfahren oder ihnen jemand erzählt, ich habe sie mit einem Neuen gesehen, dann legen sie los.«

»Okay, aber ich werde nicht hinter dir laufen.«

»Non, du bist nicht Prinz Philippe und ich nicht die Queen.«

»Du fehlst mir ganz doll. Wir bekommen das hin. Wenn wir uns das nächste Mal sehen, müssen wir intensiv darüber reden. Okay! Wenn Zeit bleibt … aber ein Erdbeben oder zwei … Nein, im Ernst, das müssen wir. Ich will dich nicht verlieren, weißt du das?«

»Ich will dich auch nicht verlieren. Es gibt einen Weg und wir werden ihn finden. Wenn alles geklärt ist,
nehme ich dich an der Hand und wir gehen durch Paris. Wir werden uns nicht verstecken.«

»Mist! Mein Steak ist schwarz.«

»Das tut mir leid. Erst halte ich dich immer vom Schlaf ab und jetzt musst du ein verkokeltes Steak essen. Mach dir ein Brot mit Leberwurst.«

»Ich bin ja nur am Lesen und Schreiben, seit ich zu Hause bin. Du kannst nichts dafür. Warum muss ich mich in dich verlieben …«

»Du hast zwei Stunden gelesen? Ô mon Dieu! Was hat sie dir alles geschrieben?«

»Ich bin halt nicht der schnellste. Nein, gelesen und zurückgeschrieben.«

»Immer noch viel.«

»Sie hat sich sehr viel Mühe gemacht. Sie mag dich und ich glaube, mich auch ein bisschen, aber nur platonisch … du weißt, was ich meine.«

»Sie mag dich, weil du mir die Liebe geschenkt hast.«

»Ich glaube, dass sie uns unterstützen wird.«

»Weshalb du dich in mich verlieben musstest? Der Dramatiker Henrik Ibsen hat dazu etwas Wundervolles geschrieben … Das hat man doch nicht in seiner Macht, in wen man sich verliebt.«

»Gott, hat dieser Mann Recht!«

»Du sagst es. Erzähl mir noch ein bisschen … was hat sie dir geschrieben?«

»Das es hart wird, weil du nicht viel Zeit hast. Ich oft auf dich warten muss.«

»Sie hat recht. Sie hat nicht versucht, mich dir auszureden?«

»Nein, sie lässt mir die Wahl, was ich daraus mache. Sie ist ein guter Mensch und ich beginne sie gern zu haben … rein platonisch!«

»Was du woraus machst? Mon Dieu, du folterst mich. Was hat sie dir erzählt, dass du noch nicht wusstest? Bitte, sag es mir. Ich spüre, dass es etwas gibt, zudem kenne ich sie zu gut und du drückst dich vor etwas.«

»Sie hat es mir nicht ausgeredet. Nach all dem, was sie geschrieben hat, sagte sie, ich solle selbst entscheiden. Sie hat weder für noch gegen uns geschrieben.«

»Das meine ich nicht. Sie hat dir etwas erzählt. Ich kann es spüren. Etwas, von dem du denkst, dass es mir nicht gefällt. Etwas über mich.«

»Sie hat geschrieben, dass sie dich nur einmal so verliebt gesehen hat.«

»Non, etwas darüber, wie ich bin, wie ich sein kann.«

»Das du mich hassen wirst, wenn ich dich belüge.«

»Das habe ich dir gesagt. Ich meine so etwas wie Dickkopf und etwas mehr. Zum Beispiel meine Wutausbrüche …«

»Ja, sie sagt du kannst ein Dickkopf sein. Madeleine, ist es okay, wenn ich es erzähle? Ich weiß nicht …

Hallo, … bist du noch da?

Geht es dir gut?«

Dienstag, 01. August, 21:29 Uhr / 09:29 HST … Chatroom

»Pardon! Es gab Probleme mit dem WLAN, ich musste mich neu einwählen und im Messenger anmelden.«

»Boah. Ich bekomme noch einen Herzkasper.«

»Pourquoi? Pardon! Weshalb?«

»Weil ich immer denke, dir ist etwas passiert, wenn du dich nicht meldest.«

»Ich sagte dir doch, du sollst dir nicht immer so viele Sorgen um mich machen.«

»Das ist leicht gesagt. Du hörst nicht gern auf Leute, die sich Sorgen um dich machen … stimmt's?«

»Non! Ich habe nie gelernt, dass es Menschen gibt, die sich um mich sorgen. Als es dann doch ein paar gab, war es zu spät.«

»Nein! Es ist nie zu spät. Wir wollen doch zusammen alt werden. Dann müssen wir gegenseitig auf uns achten.«

»Du gehst auch nicht zu Bett, wenn es an der Zeit ist.«

»Aber nur, wenn du in meiner Nähe bist.«

»Also ist es doch meine Schuld …«

»Nein! Ich genieße jede Minute mit dir und will keine Minute sinnlos mit Schlaf vergeuden.«

»Schlaf ist nicht sinnlos. Ich sehe dir so gerne beim Schlafen zu. Erzähl mir doch bitte, was sie schrieb. Bitte!«

»Madeleine, ich liebe dich, aber ich finde es nicht gut, dir zu schreiben, was sie mir geschrieben hat. Ich kann dir nur sagen, dass sie uns den Weg nicht verbauen wird. Sie hat sehr konstruktiv geschrieben und ich denke, es war vertraulich. Frag sie bitte selbst. Weißt du, ich will es nicht vermasseln. Ich kann im Moment jeden Freund gebrauchen.«

»Ich verstehe! Ich werde sie fragen und sie so lange bedrängen, bis sie es mir erzählt. Ich verstehe nicht … vermasseln!«

»Danke! Du bist ein Schatz. Vermasseln … ich will das Vertrauen nicht zerstören. Reden wir über etwas Schönes. Wann sehen wir uns wieder?«

»Ich komme Samstag, 19. August.«

»Noch achtzehn Tage. So lange noch. Wie soll ich die Zeit überstehen?«

»Du gehst auf eine Fortbildung?«

»Nein, ich gehe … weiß ich nicht …«

»Du hast ihr doch erzählt, dass du jetzt alle zwei, drei Wochen auf Fortbildung gehst.«

»Ja, das habe ich. Ich treffe mich mit einer Dame, die mir zeigt, was Glück ist.«

»Das sagst du ihr?«

»Nein, natürlich nicht … noch nicht!«

»Also doch Fortbildung! Was wird sein, wenn sie bei deiner Firma nach hört. Valery hat das getan und auch Sylvia ist sehr misstrauisch.«

»Dann nimmt sie mir eine große Last. Ich werde dir nicht sagen, was ich ihr erzähle. Es reicht, dass ich die Ausrede kenne.«

»Wo ist dein Vertrauen? Weshalb willst du mir nicht sagen, was du ihr erzählst? Bitte, sag es mir.«

»Nein! Ich will dich nicht mit der Lüge belasten.«

»Das ist lieb von dir, aber Lüge ist Lüge, ob ich sie kenne oder nicht, sie lastet auf mir.«

»Was soll ich sonst tun, damit wir uns sehen können? Denk doch bitte an meine Kinder. Du weißt, was ich meine. Ich kann es ihr noch nicht sagen.«

»Ich weiß, dass sonst nichts bleibt. Ich muss lernen, damit zu leben, es zu verarbeiten. Das dauert seine Zeit. Du bist der erste, der für mich lügt.«

»Madeleine, es wird nicht für immer sein.«

»Ich weiß!«

»Ich finde es auch nicht schön, aber ich will dich unbedingt sehen und meine Kinder nicht verlieren. Verstehst du das? Ich liebe dich Madeleine, so sehr, es tut schon weh. Noch achtzehn lange Tage, bis ich dich wiederhabe.«

»Weshalb tut es weh?«

»Dich zu lieben, aber dich nicht greifen können, nicht in den Arm nehmen … nicht drücken. Ein Quickie … langer Sex. Reden nicht Schreiben. Nicht nebeneinander einzuschlafen …«

»Ô mon Dieu! Ich rutsche …«

»Auf meiner Schleimspur?«

»Ich könnte auch schreiben die Schlange ringelt sich … kringelt sich? Wie sagt man?«

»Ach so! Ich dachte schon … Ja, das ist richtig. Die Schlange gleitet um den Körper oder schlängelt.«

»Bien! Sie schlängelt sich fast um den Stuhl, aber sie würde sich lieber um dich schlängeln …«

»Ja, das wäre schön. Wie geht es dir jetzt?«

»I wish you were here.«

»Ja, das wäre schön.«

»Ich bin zerrissen. Mein Kopf, mein Bauch, mein Herz. Sie reden laut durcheinander. Mein Herz weint, weil es dich nicht verlieren will. Mein Kopf sagt, das darfst du nicht tun. Mein Bauch schreit so laut, dass ich ihn nicht verstehe. Mein Herz wünscht sich nichts mehr, als immer bei dir zu sein.«

»Du machst überhaupt nichts falsch, du reagierst auf deine Gefühle. Ich bin derjenige, der es stoppen muss, es aber nicht kann, weil ich dich liebe. Du nimmst meinen Kindern auch nicht den Vater. Der Vater entscheidet, ob er geht oder bleibt. Du bist völlig unschuldig und lernst das Gefühl der Liebe kennen.«

»Es tut so weh. Du sagtest, wenn man beim Abschied traurig ist, dann ist es Liebe. Du sagtest nicht, dass es so weh tut.«

»Der Schmerz vergeht und die Liebe bleibt. Vertrau mir!«

»Maxine sagte, Liebe tut weh. Wenn es nicht mehr weh tut, hat sich die Liebe verabschiedet. Ich habe noch nie zuvor so gefühlt.«

»Das ist doch schön. Es ist neu und aufregend.«

»Heute Morgen wollte ich mir den Schmerz von der Seele laufen, aber es hat nicht funktioniert. Ich kann nur noch an dich denken.«

»Du musst es kontrollieren. Ich bin in deiner Nähe, auch wenn ich nicht da bin.«

»Im Moment kann ich nichts kontrollieren. Die Gefühle überfallen mich einfach.«

»Ich küsse dich. Wirst du mich jemals verlassen?«

»Okay! Ich weiß nicht, was sie dir geschrieben hat, aber ich denke, sie schrieb, was sie auch zu mir sagte. Ich solle den Augenblick genießen, irgendwann mache ich es wieder kaputt. Jetzt habe ich Angst, dass sie recht hat. Das meinte ich auch vorhin, als ich fragte, ob es etwas mit mir zu tun hat. Ich weiß, ich bin kein einfacher Mensch und mache es meinen Mitmenschen nicht leicht, mit mir klar zu kommen. Ich sagte dir bereits, dass ich nicht immer der Mensch bin, den du zu Gesicht bekommst.«

»Was bist du noch für ein Mensch?«

»Du sagst, du bist hart aber fair. Ich bin hart, sehr hart. Ich bin ein grauenvoller Mensch. Victoria sagt immer, wenn ich meinen Kopf durchsetzen will, gehe ich auch über Leichen. Ich kann sehr wütend werden und dann explodiere ich. Das ist auch nicht schön.«

»Was bedeutet das für mich?«

»Ich weiß es nicht. Ich bemühe mich, nicht auszurasten, wenn mir eines Tages etwas nicht gefällt.«

»Zu was bist du dann in der Lage?«

»Ô mon Dieu! Alexander! Ich denke, das willst du gar nicht wissen.«

»Doch, das will ich.«

»Ich gehe wirklich über Leichen … das ist eine Metapher.«

»Erzähl es mir.«

»Ich bin es gewohnt, dass alles nach meinem Kopf geht, alle nach meiner Pfeife tanzen. Ich bekomme immer, was ich will, notfalls nehme ich es mir. Aber bei dir, da ist es etwas völlig anderes. Bei dir wünsche ich mir, endlich mal wie ein normaler Mensch zu sein. Etwas zu bekommen, weil du es mir gerne gibst. Ich nicht fragen muss.«

»Du würdest mich frei kaufen … stimmt's«

Ô mon Dieu! Wie kommt er jetzt auf diese Frage? Sie wird ihm doch nicht davon erzählt haben? Non! Sie wird doch nicht derart mein Vertrauen missbraucht haben?

»Guilty! Ich gebe zu, ich habe mit dem Gedanken gespielt, mehr als gespielt, aber dann ist mir bewusst geworden, dass ich das nicht tun muss, weil ich dich liebe und du mich. Wenn du bei mir sein willst, dann wirst du zu mir kommen, auch wenn es noch lange dauern wird. Bist du jetzt schockiert? Böse? Traurig?«

»Aber, was passiert, wenn dir die Tage, an denen wir uns sehen können, nicht mehr ausreichen?«

»Ich werde dich nicht kaufen. Ich liebe dich und warte, bist du freiwillig kommst.«

»Was wäre dein Preis für mich?«

»Ich liebe dich und ich weiß, dass man Liebe nicht kaufen kann. Bist du mir jetzt böse?«

»Nein, ich bin nicht böse. Ich will darüber reden. Sorry! Ich möchte darüber reden. Du hast mich neugierig gemacht. Mal davon abgesehen, dass ich nicht käuflich bin, was hättest du getan, um mich frei zu kaufen?«

»Ich hätte Sylvia gefragt, wie viel ihr ihre Freiheit wert ist. Ich dachte, würde sie ihn lieben, würde sie ihn nicht so behandeln. Wäre deine Ehe glücklich, hätte es Bernkastel nie gegeben. Nach allem, was du mir erzählt hast, dachte ich mir, sie ist sicher froh, wenn sie ihn los ist. Und mit einer Abfindung … sozusagen … Da war mir aber nicht bewusst, dass ich mich schon längst in dich verliebt hatte. Ich schäme mich dafür … ehrlich.«

»Aber, warum hättest du es getan, ohne mich zu lieben, was wäre der Sinn gewesen? Und was hättest du meinen Kindern bezahlt?«

»Das ist ja das Problem, ich war bereits in dich verliebt, wusste es aber nicht. Du weißt doch, dass ich nicht wusste, wie sich Liebe anfühlt. Ich war verrückt nach dir und wollte dich für mich. Ich gebe ehrlich zu, dass ich in diesem Augenblick nicht an deine Kinder gedacht habe. Ich denke in diesen Momenten immer nur an mich.«

Ô mon Dieu! Er ist schockiert. Er ist entsetzt und sehr böse auf mich. Hätte es diesen Traum nicht gegeben, wüsste er jetzt, dass ich auch an seine Kinder gedacht habe, dass ich mir Sorgen um sie mache und es eine Villa gibt, in der drei Kinderzimmer auf ihre kleinen Bewohner warten. Jetzt ist es zu spät. Würde ich es ihm jetzt erzählen, er würde es nicht glauben. Er würde denken, ich hätte mir das mal eben ausgedacht, um ihn zu besänftigen. Es ist zu spät. Er gleitet mir davon. Irgendwie läuft in den letzten Tagen alles schief. Das Schicksal hat uns zusammengeführt, um uns jetzt wieder zu trennen. Es soll nicht sein.

»Versprich mir etwas! Wenn ich dich ärgere, lass deine Wut bitte nie an meinen Kindern aus.«

»Das würde ich nie tun.«

»Ich möchte, dass es ihnen gut geht, wenn ich nicht mehr da bin, versprich es mir.«

»Du bist entsetzt, stimmt's?«

»Nein, bin ich nicht.«

»Doch, das bist du. Du hättest mit vielem gerechnet, aber nicht damit.«

»Ich wusste es. Jetzt gib mir bitte eine Antwort.«

»Ich verstehe den Satz nicht. Soll ich für deine Kinder bezahlen, damit es ihnen gut geht?«

»Nein, ich möchte nicht, dass ihnen etwas passiert.«

»Du glaubst, ich bin eine Gefahr für deine Kinder? Okay! Das habe ich wohl verdient.«

»Versteh es bitte nicht falsch Ich liebe sie wie dich.«

»Wie soll ich es verstehen? Erklär es mir.«

»Du sagst, du gehst über Leichen, um zu bekommen, was du willst. Das macht mir Angst.«

»Ich glaube, ich habe mal wieder alles kaputt gemacht.«

»Nein, das hast du nicht.«

»Ich werde doch deinen Kindern nichts antun. Du hältst mich jetzt wohl für ein Monster.«

»Nein, das tue ich nicht.«

»Doch, das tust du, sonst würdest du dir nicht solche Fragen stellen. Ich habe noch nie jemand physisch angegriffen. Da fange ich doch nicht mit kleinen, wehrlosen Kindern an.«

»So habe ich es nicht gemeint. Madeleine, hör mir zu …«

»Ich habe dir am Wochenende gesagt, dass ich alles andere als pflegeleicht bin. Ich wollte dir davon erzählen, aber du wolltest es nicht hören.«

»Dann erzähl es mir.«

»Ich muss es dir nicht mehr erzählen. Du weißt es inzwischen und was du jetzt weißt, hat dich erschüttert.«

»Madeleine! … Bitte! … hör mir zu …«

»Du hättest nie gedacht, dass ich so bin, wie ich nun mal bin. Ich habe es mir nicht ausgesucht. Ich gebe ehrlich zu, dass ich ein böser Mensch sein kann, aber doch nicht bei dir.«

»Ich liebe dich!«

»Schlaf eine Nacht darüber. Ich wollte dich nicht verletzen und habe es doch getan. Du hast Angst, ich könnte deinen Kindern etwas tun, das sagt doch alles.«

»Nein! Ich liebe dich … Komm zu mir … Ich brauche dich … Bitte …«

»Ich kann nicht kommen und ich will auch nicht kommen. Ich habe Angst, dann mache ich alles endgültig kaputt. Ich kann nicht damit umgehen. Das ist alles neu für mich. Ich hatte bisher noch nie Gewissensbisse, wegen meines Handelns und jetzt verletze ich den Mann, den ich liebe. Wie soll ich das verarbeiten? Alles, was ich sage und tue, macht es nur noch schlimmer. Weshalb ist es so?«

Sacrément! Ich will es jetzt wissen. Ich kann es nicht länger verdrängen. Sie hat es ihm erzählt. Ich bin mir so sicher …

»Woher weißt du, dass ich dich freikaufen wollte. Du hast es geschrieben …«

»Madeleine glaub mir … Es ist alles gut. Ich weiß doch, warum es so ist. Du hast mich nicht verletzt. Du warst ehrlich zu mir, du hast mir die Wahrheit gesagt, das ist ein Liebesbeweis.«

»Maxine hat es dir erzählt? Ô mon Dieu! Das ist ja noch schlimmer, als ich gedacht habe. Du wusstest es und wolltest mich testen?«

»Nein, ich wollte dich nicht testen. Was denkst du? Hallo! … Madeleine! Was ist los mit dir?«

»Ich hasse mich. Welch schlechter Mensch muss ich sein, wenn sogar meine beste Freundin dich vor mir warnt.«

»Niemand muss mich warnen und ein schlechter Mensch bist du wahrlich nicht. Du bist der Mensch, den ich liebe. Sag was Liebes … bitte …«

»Alexander, es tut mir leid, aber ich muss gehen. Ich nehme um zwölf Uhr Prüfungen ab. Das hat sie dir sicherlich auch geschrieben. Sie lässt dich im Regen stehen, wenn ihr Pflichtbewusstsein ruft. Wie kann ich etwas Liebes sagen, nach all dem, was ich eben verbockt habe.«

»Das ist deine Aufgabe, genauso, wie ich meine habe. Sag mir, dass du mich liebst … Bitte!«

»Das kann ich nicht. Wenn man jemand liebt, tut man ihm nicht an, was ich dir angetan habe. Ich habe mich wohl geirrt. Schlaf gut, trotz allem. Ich muss jetzt gehen.«

»Du hast mir nicht wehgetan …«

»Ich werde jetzt meine beste Freundin verprügeln. Das war ein Scherz, auch wenn mir momentan danach ist. Es tut mir leid. Bonne nuit!«

Dieses Miststück! Sie hat es ihm erzählt. Sie hat mein Vertrauen missbraucht. Sie hat mir versprochen, mit niemand darüber zu reden. Er wusste es und ließ mich ins offene Messer laufen. Ich mache mir Vorwürfe und er … Ô mon Dieu! Meine beste Freundin und der Mann, den ich liebe. Beide hintergehen mich. Schlimmer kann es nicht mehr kommen.

Das Monster bahnt sich seinen Weg. Ich muss versuchen, es im Zaum zu halten. Wenn ich jetzt ausraste, ist es vorbei.

»Madeleine! … Bitte! … Morgen … zweiundzwanzig Uhr?«

Dienstag, 01. August, 23:23 Uhr

Ich habe nicht mit dir geschlafen, weil du es dir in den Kopf gesetzt hast, sondern weil ich dich liebe und es gerne getan habe. Ich hatte sieben Orgasmen an zwei Wochenenden, die hat man nicht, wenn man es nicht will und die Frau, mit der man geschlafen hat, nicht liebt. Ich hoffe inständig, dass du dich wieder bei mir meldest, ansonsten behalte und trage ich die Erinnerungen tief in meinem Herz.

Ich will und kann nicht vergessen, was war. Ich werde es nie vergessen, das verspreche ich dir und du versprichst mir auch etwas. Vergiss nie, dass du mich für ein paar Tage geliebt hast, auch wenn du es jetzt anders siehst. Es war so, ich habe es gefühlt …

Sacrément! Ich kann mit dieser Liebe nicht umgehen. Alles ist neu für mich. Er sagte, Liebe tut weh. Er vergaß zu erwähnen, wie weh sie tut. Wie sich plötzlich alles ändert, wenn man liebt. Ich hatte nicht die Absicht, mich zu verlieben, schon gar nicht in einen verheirateten Mann. Kinder … okay! Damit könnte ich leben, aber das hier, das ist völliges Neuland für meinen Kopf. Liebe! Damit kann mein Kopf nicht umgehen. Nicht genug damit. Ein verheirateter Mann und Vater dreier Kinder. Kann es noch schlimmer kommen?

Ich dachte, wenn ich Maxine mein Herz ausschütte, geht es mir besser, wenigstens ein klitzekleines bisschen, stattdessen stürzt sie mich in den Abgrund. Und was tut Alexander? Er verpasst meinem Vertrauen zuvor noch den Todesstoß. Weshalb hat er mich nicht gefragt? Weshalb sagte er nicht, dass ihn etwas auf der Seele brennt? Es wäre so einfach gewesen, ihm zu antworten.

Ich weiß selbst, dass es töricht von mir war, überhaupt mit dem Gedanken zu spielen. Es schien mir die einzige Lösung. Ich wollte ihn retten. Retten vor dieser Frau, die ihn kaputt macht, ihn aushöhlt und mit seinen Gefühlen spielt. Okay! Ich wollte ihn für mich, aber nicht so, wie ich mir sonst hole, was ich will. Ich wollte, dass er glücklich wird, endlich glücklich … Ich wollte, dass er es mit mir wird, stattdessen habe ich jetzt alles kaputt gemacht.

Weshalb konnte Maxine nicht den Mund halten? Ich weiß, dass ich ihr quasi einen Freibrief ausgestellt habe, aber den musste sie doch nicht derart in Anspruch nehmen. Ich habe viele Fehler und stehe dazu, aber ich wollte sie ihm selbst erzählen. Ich hatte eher daran gedacht, dass sie ein paar aufmunternde Worte für ihn findet, doch was tut sie stattdessen? Sie breitet mein Leben vor ihm aus. Damit hätte ich auch noch leben können, aber mit diesem Vertrauensbruch … Non! Das geht zu weit!

Mittwoch, 02. August, 10:13 Uhr
Na, …
Lust mit mir zu schreiben?
Engel?
Bist du da?

Mittwoch, 02. August, 12:36 Uhr
Madeleine …

Mittwoch, 02. August, 12:48 Uhr
Bitte, tu mir einen Gefallen und sei Maxine nicht böse. Sie hat es nur gut gemeint. Ich hätte nichts sagen sollen, aber ich dachte, dass ich offen und ehrlich zu dir sein muss. Wenn du jemand anklagst, dann mich. Sie macht sich Vorwürfe und ist sehr traurig. Madeleine … du kennst sie fünfzig Jahre und mich drei Wochen. Opfere meinetwegen nicht deine beste Freundin.

Nochmal … sie hat es nur gut gemeint. Was auch immer ich gelesen habe, es hat nichts an meiner Liebe zu dir verändert.

Ich kann es nicht ertragen, dass alles, was uns am Wochenende verbunden hat, plötzlich nicht mehr da ist, aber darauf habe ich wohl keinen Einfluss mehr. Ich bitte dich, es nicht einfach weg zu werfen.

Ich hoffe nur, dass du alles überdenkst. Ich hatte das Gefühl, mit dir, deinen Töchtern, Maxine und Victoria, eine Familie gefunden zu haben, wo ich mich Wohlfühlen könnte.

Und denk dran …Ich warte auf dich im Weinberg …
Je t'aime
Alexander

Mittwoch, 02. August, 05:05 Uhr HST
Salut Alexander,

die letzte Nacht war kurz. Ich habe deine Nachricht gelesen und beschlossen, die Laufschuhe anzuziehen und ein bisschen zu laufen. Wie immer hatte ich ein Problem damit, auf das zu hören, was andere mir rieten. Ich war auf dem Weg zum Strand, als ich gestürzt bin. Als ich dann auf dem Boden lag, wurde mir plötzlich etwas bewusst. Ich dachte, jetzt bin ich dort angekommen, wo ich hingehöre … ganz unten, im Dreck.

Anscheinend hat diese Erkenntnis mich zum Nachdenken gebracht. Nachdenken ohne diese Wut auf Maxine und dich. Ô non … ich bin immer noch wütend. Es ist unmöglich in Worten auszudrücken, wie wütend ich auf euch bin. Non! Das ist nicht ganz korrekt. Ich bin enttäuscht und verletzt. Es schmerzt und ich habe keine Tränen mehr, die den Schmerz abfließen lassen und lindern helfen.

Ihr wusstest beide, dass es nur zwei Dinge gibt, die ich nie verzeihen kann. Lügen und Vertrauensbruch. Du weißt, dass ich Probleme damit habe, dass wir unsere Beziehung auf Lügen aufbauen würden. Ich habe mich bemüht, wirklich bemüht, es irgendwie zu verarbeiten, es zu rechtfertigen. Sagte mir immer wieder, diese Liebe ist es wert, er ist es wert, eine Ausnahme zu machen. Doch mein Kopf sagte, irgendwann wird die Ausnahme zur Regel. Was ist, wenn er eines Tages dich belügt. Wenn er es nicht mehr bei dir aushält, weil er nicht damit leben kann, dass du bist, wie du bist. Ich habe alle diese Gedanken zur Seite geschoben, weil ich dich liebe.

Ich habe dich so nah an mich herangelassen, wie noch nie einen Menschen zuvor. Ich habe dir mein Herz geöffnet und ließ dich in meine Seele blicken.

Ich habe lange überlegt, ob ich dir auch von der Madeleine erzählen soll, die du noch nicht kennst. Ich dachte, wenn ich es tue, wird er gehen. Er wird nicht damit leben können, dass es da noch einen anderen Menschen in mir gibt. Non, ich bin nicht schizophren, ich bin nur leider nicht immer der Mensch, den du kennen und lieben gelernt hast. Dieser Mensch bin ich eigentlich nur bei dir.

Da gibt es noch diese Frau, die ein Biest ist, ein harter, unnachgiebiger, schlechter Mensch, der über Leichen geht, um seinen Willen zu bekommen. Ein Monster, ein Teufel in Menschengestalt.

Irgendwann habe ich mich an ein Zitat von Hubbert erinnert. Ein wahrer Freund ist jemand, der alles von dir weiß und dich trotzdem liebt. Ich dachte, ich will keine Geheimnisse vor ihm haben. Ich werde es ihm erzählen.

Als ich am Wochenende mit dir redete und dir so vieles erzählt habe, dich sogar in meine Seele blicken ließ, klopfte mein Herz so stark, als ich anfing, dir von meiner schlechten Seite zu erzählen. Ich hatte große Angst, dass du diese Madeleine nicht willst. Ich erzählte dir von meinem Dickkopf, meinen Wutanfällen, doch bevor ich dir alles erzählen konnte, sagtest du, dass dir alles egal ist, es kann nicht so schlimm sein. Ich wollte es dir dennoch erzählen, aber du wolltest es nicht hören. Ich dachte, vielleicht ist es ein Wink des Schicksals. Jetzt bedaure ich, dass ich nicht darauf bestanden habe, dir alles zu erzählen. Heute weiß ich, dass ich dich dann schon am Wochenende verloren hätte.

Ich kann mir nicht mal das Entsetzen in deinem Gesicht vorstellen, als du gestern gelesen hast, dass ich auch bereit bin, über Leichen zu gehen, wenn ich etwas haben will. Ich will das jetzt nicht rechtfertigen, weshalb es ist, wie es ist. Mittlerweile ist mir bewusst, dass es einfacher ist, zu bleiben, wie ich bin, statt mich zu ändern. Ich hatte bisher nie Anlass, etwas zu ändern. Jetzt weiß ich, dass ich es für dich versucht hätte. Ich weiß nicht, ob es mir gelungen wäre, aber ich hätte es versucht.

Dann kam unser letzter Chat. Ich ahnte, dass Maxine etwas erzählt hatte, dass sie besser für sich behalten hätte. Ich kenne sie zu gut, sie trägt das Herz auf der Zunge. Sie ist in unserem Trio das Herz und Victoria hält mit ihrer Art alles zusammen. So war es schon immer und jetzt ist es vorbei.

Als du mich fragtest, ob ich dich auch freigekauft hätte, fragte ich mich, wie kommt er jetzt auf diese Frage. Ich dachte … non … das hat sie nicht getan. Ich versuchte es zu verdrängen. Ich hatte es ihr im Vertrauen erzählt. Ich hoffte inständig, dass sie es dir nicht erzählt hatte. Ich wollte es dir selbst erzählen. Nun ja! Ich habe es dir dann auch erzählt und der Anfang vom Ende begann.

Als du dann geschrieben hast, dass du es weißt, war mir klar, sie hat mich hintergangen, mein Vertrauen missbraucht. Das tat weh. Bei uns sagt man: »La blessure qu'un ami bat ne guérit jamais.«

Mir war auch klar, dass du mich testen wolltest, ob ich dir die Wahrheit sage. Da wurde mir bewusst, dass du kein Vertrauen zu mir hast und das schmerzte mehr als Maxines Vertrauensbruch, aber es schmerzte nicht annähernd so sehr, wie die Frage die du mir dann gestellt hast. Hättest du mir ein Messer in die Brust gerammt, es wäre nicht schlimmer gewesen. Dein Entsetzen floss mir aus deinen Worten entgegen. Du denkst wirklich, ich würde deinen Kindern etwas antun. Du hältst mich für ein Monster.

Ich weiß, es gibt viele negative Attribute, die mich beschreiben, vieles, das mich als Monster erscheinen lässt. Ich habe vieles getan, was moralisch verwerflich war, aber ich war nie kriminell, ich verbreite keine Lügen, ich verletzte nie das in mich gesetzte Vertrauen und ich habe mich noch nie an kleinen Kindern vergriffen oder ihnen auf irgendeine Weise Leid zugefügt.

Du hast geschrieben, du hast Angst. Angst vor mir, vor dem, was ich tue oder tun könnte? Angst um deine Kinder? Oui, du hast Angst um deine Kinder. Du liebst deine Kinder, mehr als alles auf der Welt. Selbst, als ich dich fragte, ob du sie mitnehmen möchtest, war dir ihr Wohlergehen wichtiger. Sie sollten ihre Mutter nicht verlieren. Du würdest sie nie verlassen, denn sie sind für dich das Wichtigste auf der Welt. Das ist schön. Ich beneide sie um solch einen Vater. Steh ihnen immer zur Seite und hilf ihnen erwachsen zu werden. Du weißt die Pubertät …

Victoria würde jetzt sagen, you have botched it once again. Ich weiß, dass sie recht hätte. Mir wurde heute auch etwas bewusst. Ich verstehe jetzt, weshalb meine Familie mich nicht lieben konnte oder wollte. Wenn man liebt, wird man angreifbar und verletzlich. Nur ein harter Mensch ist erfolgreich.

Ich war mein Leben lang hart. Jetzt habe ich geliebt, mein Herz und meine Seele geöffnet, wurde angreifbar und verletzlich. Ich werde nie wieder jemand in meine Nähe lassen und schon gar nicht so nah an mich heran, wie ich es bei dir zuließ. Ich werde lieber wieder zu dem Monster, das kein Herz hat.

Wir haben uns am Wochenende über die jungen Leute unterhalten, die es vorziehen, eine Beziehung über die Social Media zu beenden. Ich sagte, sie sind zu feige. Du sagtest, dann tut es nicht so weh. Ich kann es dir nicht persönlich sagen, denn zwischen uns liegen 12.000 km und ein halber Tag. Ich bringe es kaum übers Herz, die letzten Worte zu schreiben, deshalb überlasse ich es James Blunt … goodbye my lover …

Mittwoch, 02. August, 05:09 Uhr HST
Deinen Pullover schicke ich zu deinem Sportverein. Ich habe ihn nicht getragen.

Mittwoch, 02. August, 17:26 Uhr
Madeleine … Ich werde jeden Abend im Weinberg auf dich warten.

Mittwoch, 02. August, 17:51 Uhr
Bitte, schick den Pullover nicht zurück. Wenn du ihn nicht willst, vergrab ihn am Strand, dann denkst du immer an mich, wenn du dort bist.

Ô mon Dieu! Ich muss keinen Pullover vergraben, nicht an den Strand gehen, um an ihn zu denken. Er geht mir nicht mehr aus dem Kopf. Mein Herz schreit, ich will ihn wiederhaben. Hol ihn mir zurück. Ich gehe kaputt, wenn du es nicht tust.

Ich konnte es nicht mehr ertragen und habe Victoria angerufen. Wir haben lange geredet. Okay! Ich habe ihr etwas vorgeheult und sie hat mich heulen lassen. Sie war etwas konsterniert, denn so kennt sie mich nicht. Es hat lange gedauert, bis ich mich beruhigt hatte. Victoria konnte es nicht glauben, dass Maxine mich hintergangen hat.

Sie hat viele Fragen gestellt, denn sie kam, wie sie sagte, mit meinem Geheule nicht klar. Es sei etwas wirr und zusammenhanglos gewesen, das sei sie von mir nicht gewohnt. Okay! Die Liebe hat meinen Kopf verwirrt, da kann man keine hochtrabenden Gespräche erwarten.

Auch sie war schockiert, als sie hörte, dass er verheiratet ist. Sie kann es noch immer nicht glauben, dass ich ihn bei Facebook kennengelernt habe. Madeleine und ein Mann aus dem Internet … unfassbar! Sie weiß selbst, dass die Liebe einfach so vom Himmel fällt. Sie ist bei der Auswahl ihrer Männer nicht zimperlich, aber Madeleine und ein Mann aus dem Internet? Das geht sogar für Victoria zu weit. Ich musste mir einen langen Vortrag anhören, was alles hätte passieren können. Sie hat mir die Szenarien in den dunkelsten Farben ausgemalt. Lustmolche, Perverse und Meuchelmörder, alles war vertreten. Man hätte darüber lachen können, wenn es nicht so erst gewesen wäre.

Alexander hatte das Thema auch angeschnitten. Nachdem wir zum ersten Mal miteinander geschlafen hatten, wurde ihm erst bewusst, wie leichtsinnig wir gewesen waren, aber wir wussten beide, dass wir einander vertrauen können.

Und jetzt? Er wurde zum Meuchelmörder, an meinem Vertrauen zu ihm. Er hat mir das Messer ins Herz gestoßen, als er diese Frage gestellt hat. Du würdest mich frei kaufen … stimmt's? Sie hat sich eingereiht in das Endlosband, das seit Samstagnacht in meinem Kopf läuft. Ich liebe dich … dich und unsere Kinder …

Wie passt das zusammen. Er regt sich auf, weil ich ihn freikaufen wollte, aber er liebt seine Frau noch immer. Ich hätte ihn nicht freikaufen müssen, denn er will sie gar nicht verlassen. Okay! Damals konnte ich es nicht wissen, hätte ich in meinen schlimmsten Träumen nicht mit so etwas gerechnet. Das alles ist so verwirrend für mich. Ich … ein Neuling in Sachen Liebe! Ausgerechnet ich muss in so einen Schlamassel hineingeraten.

Mein Herz liebt ihn, sagt es will ihn nicht verlieren. Mein Kopf sagt, vergiss ihn … Du bist nicht für die Liebe geschaffen. Wir haben es all die Jahre ohne gemeistert und jetzt, da du dich verliebt hast, gerät alles aus den Fugen. Wie war es doch so einfach, als es nur dich gab, dich und all die Männer, mit denen du ins Bett gestiegen bist. Als du alle auf Distanz gehalten hast, keinen auch nur in die Nähe deines Herzens gelassen hast, bis er kam und etwas in dir zum Klingen gebracht hat …

Mittwoch, 02. August, 21:57 Uhr / 09:57 Uhr HST … Chatroom
Ich bin da … und warte …

»Salut Alexander!«

»Salut Madeleine, wie geht es dir?«

»Ich bin nur hier, weil ich Victoria ein Versprechen gegeben habe. Allerdings tat ich das, bevor mir Emilia Maxines Nachricht an dich gegeben hat. Es ist ja noch viel schlimmer, als ich gedacht habe.

Victoria sagte, es ist nicht die feine Art, eine Mail zu schicken und das war's dann. Ich soll dir wenigstens erklären, weshalb ich es tat. Das habe ich bereits. Hast du noch irgendwelche Fragen an mich?«

»Ich bin froh, dass du hier bist, aber ich verstehe nicht, warum du so reagierst. Ja, ich habe eine Frage.«

»Dann stell sie!«

»Liebst du mich noch?«

»Nächste Frage!«

»Werden wir uns wiedersehen?«

»Stell mir eine Frage, die ich beantworten will.«

»Bist du mir böse?«

»Oui!«

»Was habe ich falsch gemacht?«

»Ich habe gelesen, was Maxine dir geschrieben hat. Gestern Abend … da dachte ich zuerst, sie hat dir erzählt, dass ich über Leichen gehe. Als dann die Frage nach dem Kaufen kam, war ich überrascht, doch als ich heute las, was sie alles geschrieben hat, konnte ich es nicht fassen.

Was du falsch gemacht hast? Ist das dein Ernst? Du wusstest alles. Da fehlte nur noch der Abschnitt, wie bändige ich das Monster. Du wusstest über alles Bescheid und hast mich ins offene Messer laufen lassen. Das ist kein Vertrauen, das ist Misstrauen.«

»Du hast gesagt, ich soll offen und ehrlich zu dir sein und das war ich.«

»Nein, das warst du nicht. Du hättest mich fragen können und ich hätte dir geantwortet, aber nicht auf solch eine Art, das tut weh.«

»Ich hatte nie die Absicht, dich irgendeinem Test zu unterziehen. Nie!«

»Weshalb hast du es dann getan? Erklär es mir! Du hast die Vertraulichkeit in Maxines Schreiben mir übergeordnet. Weshalb hast du nicht gesagt, ich habe etwas gelesen, das mir zu schaffen macht? Das mir Angst einjagt?«

»Ich wollte Maxine nicht verraten und dich sollte ich nicht belügen. Das war nicht einfach.«

»Sie hatte kein Recht, dir so viel über mich zu erzählen. Ich sagte dir bereits zweimal, ich wollte es dir erzählen, doch du wolltest es nicht hören und dann kam dieser Hammer. Ich bin kein kleines, unmündiges Kind, auch wenn Maxine mich manchmal so sieht. Ich bin sehr wohl in der Lage, meine eigenen Entscheidungen zu treffen.

Willst du mir nicht antworten? Dann melde ich mich ab und gehe. Okay! Dann sage ich jetzt ein letztes Mal Adieu. Mach's gut!«

- Keine Verbindung

»Aber … du hast sie doch gefragt, ob sie mir schreibt. Ich habe gedacht, was soll es Schlimmes sein. Du bist doch so lieb zu mir gewesen …«

- Keine Verbindung

»Ich hatte nicht erwartet, dass sie sich derart in mein Leben einmischt. Du willst mir doch nicht ernsthaft erzählen, dass du das Ganze als harmloses Geplänkel angesehen hast. Du beleidigst meine Intelligenz. Ich warte jetzt noch fünf Minuten, dann gehe ich.«

- Keine Verbindung

»Irgendwas stimmt nicht. Sorry! Der Empfang war weg.«

»Okay! Dann erwarte ich jetzt eine Antwort. Ich habe genug geschrieben.«

»Nein, ich habe es nicht als harmloses Geplänkel angesehen. Hätte ich gewusst, dass das so ein Drama wird … ich hätte mich nie darauf eingelassen. Jetzt bin ich schlauer. Früher sagte man, lass nie einen Dritten in deine Beziehung. Ich habe daraus gelernt und muss damit leben.«

»Drama? Ein Vertrauensbruch dieser Art ist kein Drama.«

»Für mich ist es ein Drama.«

»Jetzt sag mir ehrlich, was du gedacht hast, als du das alles gelesen hast.«

»Ich habe gedacht, warum passiert das immer den Menschen, die ich liebe. Ich bin fix und fertig. Ich kann nicht mehr.«

»Was ist mir passiert? Hören wir auf zu chatten?«

»Nein! Ich kann nicht glauben, dass du ein böser Mensch bist.«

»Ich habe dir Samstag gesagt, dass ich alles andere als ein lieber Mensch bin. Vielleicht wolltest du es nicht hören.«

»Warum musste Maxine mir schreiben?«

»Ich sage dir jetzt ehrlich, es stimmt alles, was sie geschrieben hat. Von Anfang bis Ende!«

»Nein, ich konnte und kann es nicht glauben, nach den schönen Tagen.«

»Das ist dann wohl die Sache mit der rosa Brille. Wie schrieb sie? So ungefähr … zwischen dem Wochenende und der Wirklichkeit liegen Welten.«

»Nein, das ist die Sache mit der Liebe. Ich sitze im Auto, stehe am Sportplatz und habe nur noch drei Prozent Akkuleistung. Können wir gleich weiterschreiben? Bitte! Ich bin in zehn Minuten zu-hause.«

»Okay!«

»Ich beeile mich.«

Mittwoch, 02. August, 22:58 Uhr / 11:58 Uhr HST … Chatroom

»Ich bin zu Hause.«

»Hast du schon diniert?«

»Nein! Ich habe heute Mittag gegessen. Ich habe keinen Hunger, das nimmt mich zu sehr mit. Denkst du, ich habe das so einfach weggesteckt? Ich bin dieses Wechselbad der Gefühle eigentlich gewohnt, aber das hier ist selbst für mich ein ganz neues Niveau. Es tut mir leid. Ich wollte hier keinem etwas Böses.«

»Du hast Angst, ich könnte deine Kinder verletzen?«

»So war das nicht gemeint.«

»Du hast es geschrieben.«

»Du hast mich gestern nicht ausschreiben lassen. Ich sage dir, wie ich es meine.«

»Okay!«

»Nachdem, was ich gestern gelesen habe, hatte ich Angst, dass du dir holst, was du willst … mich. Ich hatte Angst, du würdest mit meiner Frau reden. Ich dachte, wenn sie mich freikauft, werden es meine Kinder mitbekommen. Ich hatte Angst, ich verliere sie, deswegen habe ich geschrieben, ver-sprich mir, dass es ihnen gut geht, wenn ich bei dir bin. Damit meinte ich weder Geld, noch körperliche Gewalt. Ich hatte nie gemeint, dass du ihnen körperlich wehtust. Danke, dass ich es ohne Zeitdruck schreiben durfte.

Ich bin doch nicht blöd. Ich weiß, wir haben vorher darüber geredet. Meinst du, ich belüge dich, missbrauche dein Vertrauen und setze unsere Liebe aufs Spiel? Ich will dich, weil ich dich liebe und ich kann mit dem, was Maxine mir geschrieben hat, leben.«

»Ich habe nie gesagt, dass du mich belügst. Weshalb hast du mich ins offene Messer laufen lassen?«

»Weil ich Angst hatte, dass du mich verlässt, wenn ich dir alles erzähle, was Maxine mir geschrieben hat. Ich hatte verdammte Angst. Ich bin verrückt nach dir.«

»Weshalb sollte ich dich deswegen verlassen? Es wäre ehrlich gewesen. Du hast dich die ganze Zeit vor einer Antwort gedrückt. Weshalb hast du mich nicht gefragt, ob ich jemals die Absicht hatte, dich zu kaufen?«

»Weil ich Angst vor deiner Reaktion hatte. Weil du mich nicht kaufen musst, du hast mich schon längst. Du hast mich schon seit Bernkastel.«

»Es war bereits vor Bernkastel, als mir der Gedanke kam, dich freizukaufen, nicht zu kaufen wie ein Pfund Butter.«

»Aber warum? Du hast mich doch nie zuvor gesehen. Warst du dir so sicher?«

»Sicher? Dass ich dich will? Oui! Irgendwie hatte ich auch das Gefühl, ich muss dich retten, da rausholen. Weg von dieser Frau …«

»Es wäre mir lieber, dass du es aus Liebe tust, nicht aus Mitleid.«

»Es war deine Art, die mein Herz berührt hat. Ich glaube, ich war bereits in dich verliebt, als ich nicht mehr hatte, als deine Worte im Chat und ein Foto von dir. Dieses Gefühl, der tausend Schmetterlinge, kam in Bernkastel. Danach dachte ich, es war ein dummer Gedanke. Es geht nicht um mich. Wenn er bei mir sein will, kommt er freiwillig. Dass es Liebe ist, habe ich erst am Wochenende begriffen.«

»Wenn alles geregelt ist, werde ich kommen, für immer, aber das muss ich allein regeln. Du hast es die Tage gesagt, es ist mein Kampf. Dafür musst du nicht bezahlen, das regelt mein Herz für dich.«

»Es tut mir auch leid, dass ich so egoistisch war und dich versprechen ließ, dass du auch Freitag und Sonntag mit mir verbringst. Ich hatte mal wieder nicht bedacht, dass du als Trainer eine Verpflichtung eingegangen bist. So bin ich nun mal. Ich will etwas und dann …«

»Ich habe es gerne gemacht. Lass uns bitte weiter lieben.«

»Sag mir, wie du dich fühlst. Wie du dich nach unserem gestrigen Chat gefühlt hast.«

»Nachdem du mir im Chat nicht mehr geantwortet hast, konnte ich nicht schlafen.«

»Ich auch nicht und heute?«

»Ich habe geweint. Ich war heute nicht ich selbst. Nachdem du mir das Lied geschickt hast, überkam es mich. Ich habe drauf losgeheult, mein ganzer Körper war übersät mit Gänsehaut. Ich habe zum letzten Mal geweint, da war ich zehn. Es hat mich völlig mitgenommen. Der Gedanke, es ist vorbei … dich nie mehr zu sehen … alles vorbei … einfach so …«

»Warst du zuhause, als du die Nachricht gelesen hast?«

»Ich saß im Wohnzimmer auf der Bank. Mir fiel spontan Whitney Houston ein. Hast du es dir angeschaut? Was hast du gefühlt?«

»Ich habe es mir nicht angeschaut, weil ich böse auf dich war. Ich kenne das Lied. Es ist aus Bodyguard, einem meiner Lieblingsfilme.«

»Madeleine, ich möchte dich nicht verlieren. Hast du meinen, nein, deinen Pullover schon vergraben?«

»Non, ich war heute nicht dazu in der Lage. Ich hätte ihn auch nicht vergraben. Vielleicht irgendwo zuhause in einer Kiste verstaut, aber nicht vergraben.«

»Das ist besser. Wenigstens ein Teil von mir, der bei dir zu Hause ist.«

»Noch nicht. Noch befindet er sich auf Hawaii. Wenn es heute Abend kühler wird, werde ich ihn anziehen.«

»Darf ich dich etwas fragen? Bitte nicht sauer sein.«

»Okay!«

»Wirst du auch mit Maxine reden? Sie macht sich Sorgen. Sie ist ein guter Mensch, ein lieber Mensch.«

»Ich weiß. Sie soll noch ein bisschen zappeln, das hat sie verdient, nach dieser Aktion. Sie hat ein furchtbar schlechtes Gewissen und hat sogar Victoria in Bewegung gesetzt. Die Ärmste sitzt jetzt im Flugzeug.

Sie wollte mir gestern erzählen, weshalb sie es getan hat, aber ich wollte es nicht hören. Ich war etwas unwirsch und nun ja, laut. Ich denke, auf O'ahu gibt es keinen, der es nicht gehört hat. Ich ließ sie nicht zu Wort kommen. Beim Verlassen meines Zimmers, sagte sie, ich soll dir sagen, er wartet im Weinberg. Da liefen bei mir die Tränen.

Alexander! Ich werde dir alles erzählen, aber tu mir einen Gefallen, wenn du etwas wissen willst, frag mich.«

»Okay, mache ich. Ich muss dir noch etwas sagen. Ich habe Maxine geschrieben, dass du die Beziehung beendet hast. Ich dachte es, wegen des Videos, das du mir geschickt hast.«

»Ihr habt mich sehr verletzt.«

»Es tut mir leid. Ich hatte nie die Absicht dich zu verletzen.«

»Aber du hast es getan und das tat weh, sehr weh. Hast du auch gelesen, was ich geschrieben habe?«

»Ja, das habe ich. Das war schon hart, aber das Video hat mir den Rest gegeben.«

»Ich habe die ganze Zeit geheult, als ich es geschrieben habe. Ich habe ein Video ausgesucht, das gleich die Übersetzung mitliefert, weil ich weiß, dass es mit der englischen Sprache hapert. Hast du auch gelesen, was James Blunt singt.«

»Es läuft gerade. Als ich das Lied hörte, wollte ich dich nur in den Arm nehmen, aber du warst nicht da. Du warst der einzige für mich. Das hat mich berührt.«

»Das warst du ja auch.«

»Bin ich es immer noch?«

»Oui, das bist du und ich liebe dich immer noch von ganzem Herzen. Wenn es nicht so wäre, hätte es nicht so verdammt weh getan.«

»Du hast mich eben sehr glücklich gemacht. Ich möchte, dass du wieder lachst. Boah, eine Menge Tränen heute. Das ist nicht gut. Es müssen Freudentränen sein.«

»Okay, dann beichte ich jetzt. Ich bin heute Morgen nicht einfach so gestürzt. Ich habe mich gestern so aufgeregt, dass ich starke Kopfschmerzen bekam. Die Prüfungen habe ich nur mit Mühe überstanden. Ich bin mehrmals gestolpert, weil mein Kopf nicht so recht wollte. Den Rest des Tages lag ich auf der Couch.

Heute Nacht habe ich schlecht und wenig geschlafen. Es war ungefähr drei Uhr, als ich deine Nachricht las. Ich wollte nur noch raus und laufen. Weg von allem. Einfach davonlaufen. Unterwegs hat es mir das Licht ausgeschaltet. Nun liege ich schon den ganzen Tag im Bett. Ich war brav und habe auf den Arzt gehört. Zudem ließ der Schmerz in meinem Herz es nicht zu, etwas anderes zu tun, als zu weinen.«

»Ich hoffe, es geht dir bald besser. Hör bitte auch weiterhin auf deinen Arzt. Wir haben noch so viel Zeit vor uns. Pass bitte auf dich auf.«

»Willst du mich immer noch, obwohl du jetzt weißt, dass es da noch eine andere Madeleine gibt … das Monster.«

»Natürlich will ich dich. Ich kann über das Monster nichts sagen, denn noch habe ich es nicht kennengelernt.«

»Doch, gestern hast du einen winzigen Teil von ihm gesehen.«

»Wir unterhalten uns über das Monster bei unserem nächsten Treffen und dann höre ich zu. Ich würde dich jetzt so gern in die Arme nehmen. Dich küssen und … Oh, ich darf nicht daran denken … Ich liebe dich.«

»Ich liebe dich auch.«

»Das ist so schön …«

»Okay! Später, wenn ich Victoria begrüße, nehme ich auch Maxine in den Arm. Ich denke, es ist an der Zeit, dass du zu Bett gehst. Du hast letzte Nacht nicht geschlafen und hattest heute viel Stress.«

»Danke, das ist lieb von dir. Es ist spät, ich bin müde und sehr erleichtert. Es war wichtig, dass wir uns ausgesprochen haben. Ich hätte nicht noch eine Nacht wachliegen können.«

»Dann geh zu Bett. Wir sehen uns im Weinberg. Oh, ich würde dich so gerne mal im Weinberg … jetzt geht die Phantasie mit mir durch.«

»Das werden wir …«

»Ich habe den ganzen Tag gedacht, ich kann ihn doch nicht einfach so gehen lassen. Mein Herz schrie vor Schmerz. Ich hatte mir fest vorgenommen, heute Abend nachzusehen, ob du da bist. Dann musste ich es Victoria versprechen, doch mein Herz hatte bereits gewonnen. Das Versprechen fiel also nicht schwer. Ich vermisse dich so sehr.«

»Ich vermisse dich auch. Noch nie zuvor habe ich solch einen Schmerz gefühlt. Ich bin froh, dass du dich so entschieden hast. Wir bekommen das alles hin, vertrau mir. Ich liebe dich, mein Engel. Jetzt werde wieder fit und schon dich.«

»Ich werde mich bemühen. Morgen nehme ich wieder Prüfungen ab. Am Training nehme ich nicht teil, denn das sei zu anstrengend, meinte der Arzt.

Ich bin so glücklich, dass wieder alles in Ordnung ist. Versprich mir, dass du mich in Zukunft immer fragen wirst, wenn du etwas wissen willst, auch wenn es dir noch so schwerfällt.«

»Ja, das mache ich … versprochen. Ich werde von dir träumen und im Schlaf mit dir reden.«

»Aber nicht zu laut, dein Nachbar Kurt könnte es hören und jetzt ab ins Bett. Ich gehe jetzt, sonst halte ich dich noch länger vom Schlaf ab.«

»Schlaf gut!«

»Du auch!«

Es tat gut, mit ihm zu reden. Unser Problem ist dennoch nicht gelöst, nur verschoben in eine ungewisse Zukunft. Ich bemühe mich, ihn zu verstehen. Oui, ich tue es wirklich, aber es gelingt mir nicht. Ich verstehe, dass er seine Kinder nicht verlieren will, aber das ist nicht das Problem. Mein Problem ist seine Frau. Ich verstehe nicht, wie er sie ertragen kann, weshalb er bei ihr bleibt, wenn sie so ein bösartiger Mensch ist, wenn sie ihm das Leben zur Hölle macht. Jeder Mensch, der einen Funken Verstand hat, würde gehen. Man bleibt doch nicht freiwillige bei jemand, er einen seelisch kaputt macht.

Bei allem Verständnis für ihre Krankheit, aber sie kann sich nicht immer dahinter verstecken. Jede Bosheit, jeden Schmerz, den sie ihm zufügt, mit ihrer Krankheit rechtfertigen. Ô non! Das tut sie nicht mal. Sie teilt aus und schweigt. Die Psychologen reden immer alles schön. Man soll Verständnis aufbringen, sich in den Kranken hineinversetzen. Wie dämlich sind dieses Psychologen? Sollen die Menschen sich freiwillig dieser Tortur aussetzen, nur damit der Borderliner zufrieden gestellt wird? Was hilft es ihnen, wenn alle kuschen? Nichts! Im Gegenteil, manchmal könnte man gewillt sein, zu glauben, sie genießen es, andere zu tyrannisieren. Ich weiß nicht, ob es ihnen Befriedigung verschafft oder sie einfach nur böse sind und die Erkrankung dem bösen Vorschub leistet. Zudem ordnet man die Borderline-Erkrankung, aufgrund der Nähe zur Psychose, dem schizophrenen Formenkreis zu.

Weshalb wollen sie keine Hilfe? Die Psychologen, die für alles eine Ausrede parat haben, sagen, sie wollen nicht als kranker, hilfsbedürftiger Mensch gesehen werden. Manchmal könnte ich kotzen, wenn ich ihre dummen Sprüche höre.

Wenn man krank ist, braucht man Hilfe. Sicher, es ist ein Unterschied, ob man physisch oder psychisch krank ist. Einen entzündeten Zahn kann man ziehen, einen Blinddarm entfernen, aber die Psyche? Manche Menschen haben einfach einen an der Klatsche, daran ändert auch das Geschwätz der Psychologen nichts. Man kann sie mit Medikamenten vollstopfen, aber das ändert nichts am Problem.

Valery hat es genossen, Yvo das Leben zur Hölle zu machen. Immer darauf bedacht, dass andere sehen und hören, wie schlecht es ihr doch geht. Ô non! Sie hat es nicht in die Öffentlichkeit getragen. Sie hatte ihre Lieblinge, denen sie immer und immer wieder ihr Leid geklagt hat, bei denen sie sich ausgeweint hat, die sie gegen Yvo aufgehetzt hat. Ich denke, bei Alexander ist es ebenso. Sylvia wird ihre Zuhörer haben, denen sie all ihr Leid klagt. Alexander ist dabei immer der Bösewicht. Da muss man sich doch fragen, wes Geistes Kind diese Zuhörer sind.

Nun ja! Es ist sein Kampf.

Liebe aus der Ferne

Die letzten Tage haben ihren Tribut gefordert. Ich bin erschöpft und müde. Ich bin es gewohnt, Stress zu haben, aber diese Art Stress ist völlig neu für mich. Liebesstress! Er sagte, dass Liebe weh tut. Ich hatte keine Vorstellung von dem, was da auf mich zukommen würde. Wenn das so weiter geht ... Das kann heiter werden. So habe ich mir das nicht vorgestellt. Ich bin selbst schuld. Immer wieder frage ich mich, weshalb suche ich mir ausgerechnet einen Mann, der eine Ehefrau und Kinder hat. Immer wieder sage ich mir, Kinder wären noch okay, aber eine Ehefrau? Immer wieder frisst sich diese Tatsache durch meinen Kopf und stellt mich vor neue Fragen. Ich weiß wirklich nicht, wie es weitergehen wird, aber bei einer Sache bin ich mir inzwischen absolut sicher. Er wird nicht zu mir kommen. Er wird bei seiner Frau bleiben und das tut weh.

Ich habe lange mit Victoria geredet. Sie hat, was Männer betrifft, sehr viel Erfahrung. Ich weiß inzwischen so viel über Beziehungsstress, dass es mir graut, wenn ich nur daran denke. Es tat gut, mit ihr zu reden. Sie ist in Sachen Männer unkompliziert, nicht so verkrampft und angespannt wie Maxine, die immer nach dem perfekten Mann Ausschau hält. Ich frage mich, was sie mit ihm will. Sie hat keine Zeit für eine Beziehung, zudem ist ihr die Karriere wichtiger als alles andere.

Ich kann mir vorstellen, wie es sein würde, wenn er bei mir leben würde. Sicher, es gäbe auch hin und wieder Stress, aber man könnte darüber reden. Man müsste sich nicht mit dem Chat begnügen, nicht darauf warten, dass Wochen vergehen, bis man sich wiedersieht. Okay! Auf Stress könnte ich verzichten, aber Versöhnungssex hat auch etwas.

Wenn er käme und seine Kinder mitbringen würde ... mein Nervenkostüm würde ganz schön auf die Probe gestellt. Wenn ich mit ihnen unterwegs wäre ... ich kann mir die Blicke meiner Mitmenschen sehr gut vorstellen. Ebenso die gehässigen Kommentare diverser Schreiberlinge. Eine Großmutter im Mutterglück. Das gäbe eine tolle Schlagzeile. Ich habe alle Hände voll zu tun, damit sie mir von der Seite bleiben, damit sie meine Töchter nicht verfolgen. Wie wäre es für drei kleine Kinder, die in dieser Beziehung völlig unbedarft sind? Sie hatten noch nie mit der Presse oder Paparazzi zu tun. Wie würden sie es verkraften? Ich könnte sie nicht immer verstecken. Kinder brauchen Bewegung, wollen spielen. Ich müsste mit ihnen nach Joinville ziehen. Fünf Personen in meiner Wohnung, das wäre Gift für meine Nerven, aber in Joinville, draußen, in der schönen Natur, das wäre eine Option.

Weshalb mache ich mir Gedanken über etwas, das nie geschehen wird?

Donnerstag, 03. August, 07:36 Uhr / 19:36 Uhr HST ... Chatroom
»Guten Morgen, mein Engel, na, wie war dein Tag?«

»Ich blieb brav im Bett, bis Victoria kam. Wir sind ein bisschen spazieren gegangen. Sie wissen, dass wieder alles gut ist. Maxine sah mich an und sagte zu Victoria, sieh sie dir an, sie strahlt wie die Sonne. Sie haben geredet, alles ist gut. Et oui, ich habe sie in die Arme genommen. Ich freue mich auf den Tag, wenn ich dich wieder in die Arme nehmen kann. Du fehlst mir so sehr.«

»Das ist schön und freut mich. Schön, dass du dich schonst. Maxine geht es bestimmt auch besser.«

»Oui! Ich mache Schonung für dich. Ich habe es versprochen.«

»Das ist lieb von dir. Du musst bedenken, wenn wir uns das nächste Mal sehen, musst du Kraft haben!«

»Oui, wir treiben Sport. Ich freue mich darauf.«

»Ja, Matratzensport! Ich muss jetzt leider weiterarbeiten. Heute Abend zwanzig Uhr?«

»Bist du glücklich?«

»Ja, sehr und du?«

»Ich auch!«

»Ich habe dich lieb und freue mich auf heute Abend.«

»Ich mich auch.«

»Schick mir mal ein paar Fotos vom schönen Strand auf Hawaii. Ich möchte ein bisschen träumen.«

Es wäre schön, wenn er jetzt hier wäre. Er könnte den schönen Strand mit eigenen Augen sehen und vor Ort träumen. Als wir heute Abend auf der Hotelterrasse saßen und der Sonne beim Untergehen zusahen, war der Wunsch, ihn bei mir zu haben, fast unerträglich. Es muss nicht immer Sex sein ... Okay! Er darf nicht fehlen, aber bei ihm zu sein, mit ihm zu reden, zu lachen und zu sehen, wie glücklich er dabei aussieht ... das macht mich glücklich. Manchmal, wenn er so vor sich hinlächelt, sieht er plötzlich so jung aus, so unbeschwert. Andererseits gibt es immer wieder Momente, da sieht man ihm seinen Kummer an. Sein Lächeln ist dann so krampfhaft und verbissen. In diesen Momenten wüsste ich zu gern, was in seinem Kopf vorgeht. Er könnte den Himmel auf Erden haben, aber es fällt ihm so schwer, ihn auch zu wollen, ihn anzunehmen.

Ich bin mir bewusst, dass er sich die Dimensionen dieses Lebens nicht mal annähernd vorstellen kann. Ich denke, es würde ihn erschlagen, wenn er plötzlich mittendrin wäre. Er muss sich das alles erst einmal ansehen. Ich kann ihn nicht in mein Leben werfen. Er muss es Schritt für Schritt erkunden. Auch wenn er Jahre dazu braucht, ein Versuch sollte es ihm doch wert sein. Ich werde mit ihm darüber reden, wenn wir uns das nächste Mal sehen. Über den Chat will ich es nicht ansprechen. Ich möchte seine Reaktion sehen, wenn ich ihm das Angebot mache. Vielleicht fällt es ihm dann leichter, sich zu entscheiden.

Ich werde ihm jetzt ein paar Fotos schicken, damit er sehen kann, wo er vielleicht nächstes Jahr Urlaub machen wird. Wenn doch nur alles so einfach wäre, wie nach Hawaii zu fliegen, um die Seele baumeln zu lassen.

Donnerstag, 03. August, 10:00 Uhr / 22:00 Uhr HST ... Chatroom

»Der Sonnenaufgang gestern Morgen und einige Landschaften, die ich während des Morgenlaufs aufgenommen habe. Der Sonnenuntergang heute Abend, hinter unserem Hotel aufgenommen.«

»Wow! Sehr schön! Da wäre ich jetzt gerne mit dir. Ich würde den ganzen Tag mit dir spazieren gehen.«

»Morgen nehme ich noch ein paar Impressionen von der Insel auf, damit du siehst, wie schön es hier ist. Ich liebe dich.«

»Ich dich auch. Ich muss noch ein bisschen arbeiten. Ich wäre jetzt lieber bei dir.«

»Das wäre sehr schön. Ich gehe jetzt an die Bar. Keine Sorge, ich trinke keinen Alkohol und sehe mir auch nicht den Knackarsch an.«

»Welchen? Meinen?«

»Den von Joël-Maurice. Du bist ja nicht hier. Ich würde mehr tun, als mir deinen Po zu betrachten.«

»Appetit kann man sich holen, essen muss man zu Hause.«

»Jetzt werde ich unruhig.«

»Wegen des Pos von Joël-Maurice?«

»Non, wegen des Gedankens an das, was unter einer gewissen Jeans steckt ...«

Donnerstag, 03. August, 11:35 Uhr
Ich habe um zwölf Uhr Pause. Wir können ein bisschen schreiben, wenn du möchtest. Ich würde mich sehr freuen. Du fehlst mir.

Donnerstag, 03. August, 23:47 Uhr HST
Wenn ich ein Netz habe … gerne. Du fehlst mir auch.

Donnerstag, 03. August, 12:00 Uhr / 00:00 Uhr HST … Chatroom
»Salut mon cher, ich hoffe, du hast einen stressfreien Tag. Mein Tag war gut. Heute Abend saßen wir alle zusammen im Garten des Hotels. Es gab eine Show mit Hula-Tänzen. Ich schicke dir gerade Fotos vom heutigen Tag.«
　　»Das war bestimmt schön. Wer ist das auf dem Foto?«
　　»Ein paar Hula-Tänzer und einige meiner Karatekas.«
　　»Nein! Ich meine den Mann im blauen Shirt.«
　　»Das ist Jean-Pierre. Er ist in meiner Gruppe. Ich bin sein Sensei.«
　　»Okay! Ein Bild fehlt noch … Mein Engel auf Hawaii.«
　　»Wir gehen morgen zum Strand. Claire kann eins machen. Du fehlst mir.«
　　»Du mir auch. Was sagen eigentlich deine Töchter zu der Sache?«
　　»Ist es okay, wenn ich es dir später am PC schreibe? Es dauert beim Einfingertippen so lange. Ô mon Dieu! Mir ist übel. Meine Kopfschmerzen melden sich wieder.«
　　»Warum ist dir übel, mein Engel?«
　　»Die Musik war zu laut und dröhnte in meinem Kopf. Er mag keine dröhnende Musik. Er mag sanfte Hintergrundmusik … Liebeslieder. Er mag es, wenn deine Finger sanft über meine Haut streichen, wenn deine Augen funkeln, weil du es liebst, mich unruhig zu machen, weil du weißt, dass es dann nicht lange dauert, bis wir uns lieben. All das mag er … ich auch …«
　　»Ich liebe es auch. Es war wunderschön am Wochenende.«
　　»Oui! So sanft und zärtlich und doch so wild. So voller Liebe …«
　　»Ja! Du bist so gut im Bett. Ich liebe es, wenn du kommst.«
　　»Du bist ein guter Liebhaber. Ô mon Dieu, du fehlst mir so sehr. Ich rutsche schon wieder …«
　　»Wo bist du?«
　　»Auf der Couch, in meinem Zimmer. Ich rutsche doch nicht vor allen Leuten. Mon Dieu! Meine Kinder wären entsetzt. Denk an die Schlafzimmertür … da darfst nur du mit rein. Ich würde dich jetzt so gern in die Arme nehmen.«
　　»Ja … ich weiß!«
　　»Noch fünfzehn Tage und leider nur für eine Nacht.«
　　»Ja! Leider! Aber besser als nichts. Du zählst mit …«
　　»Ich zähle die Tage … du Rekorde.«
　　»Nein, ich zähle sie auch.«
　　»Ich will auch einen Rekord.«
　　»Welchen?«
　　»Irgendeinen bei dir …«
　　»Du hast schon einen.«
　　»Welchen?«
　　»Sieben Orgasmen in vier Tagen. Sorry! Ich zähle so was. Warum …? Weiß ich nicht …«

»Dann werde ich mein Bestes geben, das zu toppen.«

»Du kommst samstags?«

»Oui! Freitagabends habe ich eine Einladung zum Dîner.«

»Was machen wir?«

»Liebe! Ô mon Dieu! Ich muss mich wohl gleich übergeben. Bis später!«

»Bis gleich! Melde dich, wenn es dir besser geht.«

»Tut mir leid! Ich muss ins Bett. Mir ist so übel und die Kopfschmerzen … Mach dir keine Sorgen. Ich melde mich heute Nacht, wenn ich wieder wach bin.«

»Schlaf dich richtig aus. Wir schreiben heute Abend, ich liebe dich.«

»Ich liebe dich auch.«

Ô mon Dieu! Ist mir übel! Mein Kopf dröhnt und alles dreht sich. Jetzt bin ich froh, dass er nicht bei mir ist. Er bekäme einen Riesenschreck, mich so zu sehen. Ich hoffe sehr, dass meine Töchter nicht mitbekommen, wenn ich mich übergebe. Ich denke, es ist besser, wenn ich mir ein einigermaßen gemütliches Plätzchen im Badezimmer suche, damit der Weg zur Toilette nicht zu weit ist. Wenn ich noch länger warte, muss ich später den Boden wischen …

War das eine Nacht! Zweimal übergeben und eine Übelkeit, die gerne mehr gefordert hätte, wenn noch etwas zu fordern da gewesen wäre. Zum Glück hatte ich zum Dîner nur eine Kleinigkeit. Alles andere hatte meinen Magen bereits verlassen. Mein Hirn fuhr Karussell und hat mir das Schlafen schwer gemacht. Irgendwann, die Sonne ging bereits auf, bin ich eingeschlafen.

Das Gesicht, das mich aus dem Spiegel ansah … nun ja! Ich muss es wohl gewesen sein. Dunkle Ringe unter den Augen und die vornehme Blässe von Graf Dracula. Ich musste mir dann doch meine Zähne genauer ansehen, es könnte ja sein … Das war ein Witz!

Ich weiß nicht, wie ich es geschafft habe, die sechzehn Kilometer durchzustehen, die uns Carlos heute Morgen abverlangt hat. Seltsamerweise ging es mir mit jedem Schritt besser. Vom allgemeinen Wohlbefinden bin ich allerdings noch Meilen entfernt. Der Cappuccino, den mir Claire entgegenhielt, als ich am Hotel ankam, hat mich dann noch etwas mehr aufgebaut und die Dusche tat ihr Bestes, meine Lebensgeister wieder zu beflügeln. Anschließend machte ich noch einen kleinen Ausflug zum Kiosk, um mir den Le Monde zu kaufen.

Das Gespräch mit dem Verkäufer hat mich aufgemuntert. Er ist Franzose und lebt seit ein paar Jahren auf der Insel. Er freut sich immer, wenn er Besuch aus der Heimat bekommt. Die Sprache fehlt ihm sehr und mir tat es gut. Als mein Magen vehement einen Cappuccino einforderte, machte ich mich auf den Weg.

Das langsame Schlendern tut gut und in Gedanken habe ich einen Begleiter. Es wäre so schön, wenn er jetzt bei mir wäre. Hand in Hand über die Mall laufen, dem Trubel zusehen, der hier schon in aller Frühe herrscht. Junge Frauen in den knappsten Bikinis … nun ja … die muss er nicht unbedingt sehen. Dafür gefallen mir die jungen Männer, mit ihren Traumbodys, umso mehr. Manchmal frage ich mich, ob die sonst nichts zu tun haben, als den ganzen Tag am Strand zu liegen oder über die Wellen zu surfen. Ein Adonis neben dem anderen. Victoria ist schon ganz kirre, von den vielen Knackärschen und Sixpacks. Okay! Kirre bin ich auch, aber, wie Alexander so schön sagte, Appetit kann man sich holen …

Jetzt werde ich Alexander noch ein paar Fotos schicken und dann zum Frühstück gehen. Vielleicht ist er online und ich kann ihm noch einen guten Morgen wünschen. Wir werden sehen. Ô mon Dieu! Wie gern würde ich ihn jetzt vernaschen …

Donnerstag, 03. August, 19:15 Uhr / 07:15 Uhr HST… Chatroom

»Wie geht es dir?«

»Ich habe eine schlechte Verbindung und kann dir keine Fotos schicken.«

»Doch zwei kamen an. Schön! Sehr schön!«

»Merci! Jetzt brauche ich dringend einen Cappuccino.«

»Wieso schickst du mir ein Nacktfoto?«

»Quoi? Habe ich nicht!«

»War doch nur Spaß!«

»Ô mon Dieu! Ich dachte, es geht wieder los. Grrr! Weshalb bin ich darauf hereingefallen?«

»Ich liege nackt in der Wanne.«

»Mach mir die Nase nicht lang. Sagt man so?«

»Ja! Sagt man so. Willst du es sehen?«

»Mais oui!«

»Was willst du sehen?«

»Alles!«

»Moment! Fertig! Schicke es los … zufrieden? Geht es dir jetzt besser?«

»Ô mon Dieu! Das Foto ließ kurz das System abstürzen. Sehr zufrieden! Bei diesem Anblick werde ich ganz kribbelig. Mon Dieu! Ich stehe auf der Mall.«

»Wann schickst du mir eins? Ich will auch kribbelig werden.«

»Frag nicht … jetzt fragst du doch … Ich stehe zwischen sehr vielen Leuten und kann nicht die Hüllen fallen lassen.«

»Dann mach schnell dein Handy aus, nicht das Victoria noch meinen Adoniskörper sieht und nach Illerich kommt. Jetzt hast du mich auch ganz nackt. Du hast meine Frage nicht beantwortet. Wie geht es dir?«

»Ô Pardon! Mir geht es viel besser.«

»Das ist schön. Du musst dich in Zukunft mehr schonen, mein Engel.«

»Soll ich ein Buch über Kamasutra kaufen?«

»Ja! Ich will mal sehen, was es alles gibt. Vielleicht finden wir was für uns, ohne dass wir uns die Knochen verbiegen müssen.«

»Man kann sich die Knochen nicht verbiegen. Sie sind hart und stabil.«

»So sagt man, wenn man sich körperlich sehr anstrengen muss.«

»Okay! Wenn es zu kompliziert ist, reden wir wieder Französisch.«

»Trink deinen Cappuccino. Ich melde mich um zwanzig Uhr. Sieh zu, dass du allein im Zimmer bist.«

»Ich werde bei Madame Françoise nachfragen. Da wollte ich doch auch noch hin.«

»Genau!«

»Willst du ein Foto oder Liebe aus der Ferne?«

»Ich will dich sehen, egal wie … Non! Ich will Liebe aus der Ferne.«

»Ich habe leider keine Kamera.«

»Auf dem Handy auch nicht?«

»Da habe ich eine, allerdings kann ich WhatsApp nicht über WLAN nutzen. Das ist gesperrt. Die Amerikaner sind da seltsam. Das muss man bezahlen.«

»Okay! Dann mach halt Fotos. Ich will dich nicht drängen.«

»Wir werden Liebe aus der Ferne machen. Ich werde keine Kosten scheuen für dich. Hast du das schon mal gemacht?«

»Nein! Auch das ist Premiere.«

»Dann wird es Zeit …«

»Du?«

»Oui! Du brauchst nur deine fünf Finger und eine Kamera.«

»Boah, du scharfes …«

»… was?«

»Mich geil machendes Engelchen. Okay! Engelchen sollte nicht da stehen …«

»Sag es mir … Bitte!«

»Nicht böse sein, es sollte Luder heißen … schlimm?«

»Non! Habe ich mir gedacht!«

Ô mon Dieu! Er schafft es immer wieder, mich völlig kirre zu machen. Was gäbe ich dafür, ihn jetzt hier zu haben. Ich brauche eine Kamera. Victoria hat eine! Ich hoffe nur, sie stellt keine Fragen. Ich habe keine Lust, mir ihr Grinsen anzusehen. Wir reden zwar nicht über das, was hinter der Schlafzimmertür geschieht, aber sie ist nicht dämlich. Sie wird ahnen, was ich vorhabe und das muss nicht sein. Wenn ich mir vorstelle, dass sie in der nächsten Stunde in Gedanken dabei ist … non!

Donnerstag, 03. August, 20:37 Uhr / 08:37 Uhr HST … Chatroom

»Ich konnte die Kamera nicht installieren, die Software fehlt. Hat dein Handy ein großes Display?«

»Ja, so groß wie das Display deines Handys. Wo hast du die Kamera her?«

»Von Victoria. Wollen wir es ausprobieren … mit Handy?«

»Ja!«

»Okay, dann wechsele ich jetzt das Medium. Du bist bereit?«

»Ja! Das ist aufregend.«

»Du liegst bequem?«

»Ja, ich liege sehr bequem.«

»Ich muss auf die Couch, im Bett habe ich mit Handy keinen Empfang. Diese prüden Amerikaner! Sie werden sich etwas dabei gedacht haben, als sie das Bett an diese Stelle gestellt haben.«

Donnerstag, 03. August, 20:50 Uhr / 08:50 Uhr HST … Videochat

»Salut mon cher, ich freue mich sehr, deine Stimme zu hören. Ich würde dich jetzt gern in den Arm nehmen und nie wieder loslassen.«

»Das würde ich jetzt auch gern. Ich bin ein bisschen aufgeregt. Ich habe so etwas noch nie gemacht. Es ist etwas seltsam, vor einer Kamera, mit einem Zuschauer.«

»Ich bin doch kein Zuschauer. Sonst schläfst du mit mir, da bin ich noch viel näher bei dir. Stell dir einfach vor, du hättest tollen Sex mit mir.«

»Das sagst du so einfach. Wie soll ich mir vorstellen, ich hätte Sex mit dir, wenn ich dich auf dem Bildschirm sehe?«

»Lass deiner Phantasie freien Lauf, wie du es beim Sex machst. Lass es einfach auf dich zukommen. Es macht Spaß, glaub mir.«

»Aber die Kamera! Weißt du, das ist so ungewohnt.«

»Wenn du erst mal angefangen hast, vergisst du die Kamera. Wir brauchen das Teil, damit wir uns sehen können. Wenn wir sie abschalten, ist es nichts Besonderes mehr. Dann ist es wie immer, wenn du dich selbst glücklich machst.«

»Aber …«

»Sollen wir es lassen? Ich denke, das wird nichts mit dir. Du bist nicht bereit dazu.«

»Bist du mir jetzt böse?«

»Non! Weshalb sollte ich dir böse sein? Ich wollte dir nur etwas Neues beibringen. Ich denke, wir verschieben es. Du kannst darüber nachdenken, ob du es irgendwann einmal tun willst.«

»Danke! Tut mir leid! Können wir noch ein bisschen chatten? Ich möchte dich noch nicht loslassen.«

»Okay! Aber zuerst brauche ich einen Cappuccino.«

»Okay!«

Donnerstag, 03. August, 21:49 Uhr / 09:49 HST … Chatroom

»Hi! Ich habe mich nicht getraut. Es war so ungewohnt. Das ist absolutes Neuland.«

»Mit einer richtigen Kamera geht es besser. Das Bild ist scharf und man kann sich bequem legen oder setzen, ohne Angst zu haben, das Handy fällt zu Boden. Mon cher, bei mir bist du immer noch schüchtern.«

»Ist das schlimm? Ich will es auf jeden Fall machen.«

»Das werden wir, glaub mir, das werden wir. Non! Es ist nicht schlimm, dass du schüchtern bist. Das ist süß. Ich komme mir fast vor wie eine Lehrerin, die einen Schuljungen verführt.«

»Okay! Ich habe dir ein Foto geschickt. Das ist meine Frau.«

Wow! Das war ein abrupter Wechsel. Seine Frau! Also doch! … dich und unsere Kinder! Deshalb konnte er nicht. Nicht zu Hause, nicht dort, wo er mit seiner Frau lebt. Es würde ihn immer daran erinnern, was er getan hat. Mit mir getan hat. Jedes Mal, wenn er sich auf diese Couch setzen würde, käme das schlechte Gewissen zurück. Ein Foto seiner Frau!

»Sie lächelt für dich.«

»Ja, das hat mich gewundert.«

»Ich glaube, das ist der weibliche Instinkt.«

»Wie meinst du das?«

»Ich bin nicht sicher, aber da ist so ein Gefühl. Ich habe es auch immer gewusst, wen Léandre eine andere hatte und ich weiß es bei Matthias.«

»Jetzt weiß ich, was du meinst. So, wie man merkt, wenn es einem Kind nicht gut geht. Was Matthias betrifft, so solltest du nicht voreilig handeln. Deine Kinder und deine Enkelin mögen ihn. Das ist fast wie bei mir.«

Will er mir jetzt Schuldgefühle einreden? Soll ich ein schlechtes Gewissen haben, weil ich mit ihm Sex aus der Ferne haben wollte? Weil ich mit ihm geschlafen habe? Soll ich mich schuldig fühlen, damit er sich besser fühlt? Ich verstehe ihn nicht. Ich verstehe diese ganze Liebe nicht. Liebe überhaupt! Was ist so kompliziert? Er will sie! Weshalb sagt er es nicht? Weil er mit ihr keinen Sex hat und ihn sich bei mir holt? Weil er süchtig ist, nach dem Sex mit mir? Sagte er zumindest! Das wird mir langsam aber sicher zu viel. Das ist mir alles viel zu kompliziert. Mein Kopf versteht das alles nicht. Sex ohne Liebe ist unkompliziert, macht auch Spaß und kostet keine Nerven.

»Halte den unteren Teil des Gesichts zu. Was siehst du?«

»Zwei Augen! Was soll ich sehen? Was siehst du?«

»Sie sieht aus, als würde sie jeden Moment in Tränen ausbrechen. Es ist ein verzweifeltes Lachen.«

»Aber, warum ist sie verzweifelt?«

»Weil sie es ahnt!«

»Nein, das glaube ich nicht. Das kann ich mir nicht vorstellen.«

»Okay! Ich sage dir jetzt etwas, was ich schon lange befürchte. Auch wenn sie böse zu dir ist, gemein und was weiß ich alles, tief in ihr ist noch immer ein Gefühl für dich. Sie ist so in ihrer Krankheit gefangen, dass sie es nicht mehr rauslassen kann. Wenn sie sich in Behandlung begeben würde, Hilfe zulassen würde, sie würde das Gefühl irgendwann wieder rauslassen. Borderliner richten ihre Aggression meistens gegen die Menschen, die sie lieben.«

»Das weiß ich, das habe ich gelesen. Wenn diese Menschen sich abwenden, wird es gefährlich.«

»Oui! Borderliner haben ein feineres Radar als psychisch gesunde Menschen. Sie weiß es, glaub mir. Irgendwann wird sie Fragen stellen. Zuerst versteckt, dann macht sie Andeutungen und irgendwann stellt sie dir die Frage.«

»Bis jetzt noch nicht. Am Samstagabend kommt sie ...«

»Sie wird merken, dass du dich verändert hast und fragt sich weshalb, fragt sich, steckt eine andere Frau dahinter und wird nach Beweisen suchen. Sie wird dir auch deine Fortbildung nicht glauben.«

»Madeleine! Lass mich das machen. Ich habe neun Jahre viel gelitten, das war auch nicht gerecht. Ich nehme mir das jetzt einfach raus, auch wenn ich dafür Ausreden suchen muss und ihr nicht die Wahrheit

sage. Hör auf zu grübeln. Mein Herz ist nur bei dir.«

»Siehst du! Da ist sie, diese Ahnung. Ich habe nichts gesagt, doch du ahnst, was ich tue.«

»Genau! Das haben nur Menschen, die eine ganz enge körperliche und mentale Bindung haben.«

Oui! Genau deshalb ahnt sie es! Auch wenn sie momentan keine körperliche Bindung haben. Auch wenn diese mentale Bindung bei ihr nur deshalb vorhanden ist, weil sie es genießt, ihn zu verletzen, es ist ein Gefühl. Auch wenn es noch so krank ist und ich mich übergeben könnte, wenn ich daran denke.

»Können wir das Thema wechseln?«

»Ja! Ich würde es gern mit dir in der Badewanne tun. Ich habe das Thema gewechselt ... Madeleine! Hör auf zu grübeln und sag mir, dass du es auch gern tun würdest.«

»Oui, das würde ich auch gerne. Also suchen wir für unser nächstes Date ein Zimmer mit Badewanne.«

»Ja und dann machen wir es gleich dort. Wasser rein ... ausziehen und dann ...«

»Eine Badewanne, ein Weinberg, was noch alles? Ich rutsche wieder. Ich bin süchtig nach dir.«

»Bist du allein?«

»Oui!«

»Ich würde jetzt gerne in dich eindringen ...«

»Ich würde es genießen ...«

»Und dich richtig stoßen ...«

»Auch das würde mir gefallen ...«

»Wie letzte Woche ...«

»Das war geil ...«

»Er wird hart!«

»Und ich schwimme im eigenen Saft.«

»O ja! Du warst sehr feucht ...«

»Und du groß und hart ...«

»Das macht mich richtig scharf ...«

»Mich auch ...«

»Mach es dir bitte. Ich will zuschauen.«

»WhatsApp?«

»Ja!«

»Und du?«

»Ich auch!«

Donnerstag, 03. August, 22:20 Uhr / 10:20 Uhr HST … Videochat
Das Handy ist noch in der richtigen Position. Wieder einschalten und Alexander lächelt mich an. Diesmal hat er die Decke nur locker über sich ausgebreitet. Nichts ist von der Nervosität zu sehen, die ihn vorhin behindert hat. Ich kann in seinen Augen sehen, wie scharf er ist und mein Herz rast vor Erwartung. Wenn ich ihn nicht spüren kann, so will ich ihm wenigstens dabei zusehen, hören, wie sein Atem sich verändert, bevor er zum Höhepunkt kommt.

»Oh, Madeleine! Du fehlst mir so sehr. Ich würde dich jetzt gern in den Arm nehmen, dich küssen, sanft mit meinen Händen über deinen Rücken streichen … über deine Hüften gleiten und an deinem Bauch wieder in die Höhe. Ich würde es genießen, wenn du dich windest wie eine Schlange, würde dir langsam alle Kleider vom Körper ziehen und mit dir aufs Bett sinken, deinen Mund küssen, deinen Hals … Mein Mund würde immer tiefer gleiten und dich mit kleinen Küssen bedecken, bis ich dort bin, wo du es so gerne hast. Meine Zunge würde zart um diese Stelle kreisen und ich könnte es kaum erwarten, dich endlich zu nehmen. Zuerst ganz langsam und zart, dann würden meine Stöße fester und wenn du deinen ersten kleinen Höhepunkt hast, würde ich dich so hart nehmen, dass wir zusammen fliegen würden.

Oh, du machst mich so scharf. Ich bin süchtig nach dir. Süchtig nach dem Sex mit dir. Komm zu mir. Jetzt! Komm zu mir und flieg mit mir.«

»Ô mon Dieu! Wie kannst du mir solche Worte sagen, wenn du tausende Meilen von mir entfernt bist? Ich habe ein unstillbares Verlangen nach dir. Ich möchte dich spüren, ganz tief in mir. Ich will es genießen, wenn du dich in mir bewegst, will diese kleinen Zuckungen spüren, bevor du kommst. Ô mon Dieu! Kann dich jemand zu mir beamen?«

»Das wäre schön. Ich liege schon nackt auf der Couch. Tust du mir einen Gefallen?«

»Welchen?«

»Würdest du dich ausziehen, ganz langsam. Ich möchte es genießen. Bitte!«

»Ups! Wenn es dir nichts ausmacht, dass ich Sport-BH und -Slip trage …«

»Es ist mir egal, was du trägst. Hauptsache du ziehst es aus. Ganz langsam …«

Ô mon Dieu! Dieser Mann macht mich kirre. Er schafft es immer wieder, noch einen drauf zu setzen. Jetzt soll ich auch noch für ihn strippen. In dieser Unterwäsche! Das ist peinlich! Okay! Er weiß es und erwartet keine schwarze Spitze. Ich muss das Handy neu ausrichten, damit er auch alles sehen kann, noch etwas sanfte Musik und es kann losgehen. Langsam sagte er. Das kann er haben.

Draußen braut sich ein Gewitter zusammen. Es donnert und Blitze erhellen immer wieder das Zimmer. Mal was Neues … Strippen im Schein der Naturgewalten.

Langsam ziehe ich mein Shirt über den Kopf. Wäre er jetzt hier, könnte er mir behilflich sein, aber er ist zum Nichtstun gezwungen. Während meine Hose langsam über meinen Po rutscht und an meinen Beinen hinabgleitet, jagt mir ein Schauer der Lust über den Rücken. Ich muss an all die vielen Male denken, als er mir die Kleider vom Leib zog. Die Beule, unter seiner Decke, ist nicht zu übersehen. Während mein BH auf den Boden fällt, hebt sich die Decke noch etwas mehr. Als mein Slip dem BH auf den Boden folgt, schlägt er endlich die Decke zurück.

Ô mon Dieu! Ich brauche ihn. Liebe aus der Ferne ist ja okay, aber ihn zu spüren, tief in mir, ist unvergleichlich. Während meine Hände über meinen nackten Körper gleiten, jagt die Lust mir einen Schauer nach dem anderen in den Bauch.

Der Anblick seines Zauberstabes macht mich völlig kirre und ich vergehe vor Sehnsucht nach ihm. Langsam gleite ich auf die Couch. Meine Hände rutschen zwischen meine Schenkel und dann kann ich mich nicht mehr beherrschen. Während ich ihm zusehe, wie er sich glücklich macht, jagt ein erster kleiner Höhepunkt durch meinen Körper. Die Lust steigert sich mehr und mehr und dann fliege ich. Er kommt zur selben Zeit und es ist schön, ihm dabei zuzusehen. Auch wenn es schön ist, mit ihm Liebe aus der Ferne zu machen, es ist nicht vergleichbar mit dem Sex, den wir sonst haben, aber es ist besser, als es allein zu tun.

»Das war aufregend, zu wissen, dass du mir dabei zusiehst und dir gleichzeitig dabei zuzusehen, wie du dich glücklich machst.«

»Ich sagte dir doch, es macht Spaß und es ist schöner, wenn man es zu zweit tut. Nicht nur die Lust im eigenen Körper zu spüren, sondern auch dem anderen dabei zuzusehen, wenn er Liebe mich sich selbst macht, macht es aufregend und die Gedanken gehen auf die Reise. Ich kann es kaum noch erwarten, dich endlich wieder zu spüren, nach dem Liebesspiel in deinen Armen zu liegen, mit dir zu kuscheln und zu schmusen. Vielleicht ein Nachschlag … Ô mon Dieu! Ich muss aufhören daran zu denken. Ich habe Entzugserscheinungen. Ô mon Dieu! Ich bin süchtig dir. Ich liebe dich …«

»Ich liebe dich auch. Ich wäre jetzt auch lieber bei dir, als allein hier auf der Couch zu liegen. Gegen Nachschlag hätte ich auch nichts einzuwenden. Und ja! Ich bin auch süchtig nach dir.«

»Dann wünsche ich dir jetzt eine gute Nacht und schöne Träume.«

»Das wünsche ich dir auch.«

Das war schön. Ich hätte nicht gedacht, dass er es tun würde. So kann man sich irren. Jetzt wird er immer daran denken, wenn er die Couch sieht. Er hat einen großen Schritt getan, dennoch glaube ich nicht, dass es mehr wird, als nur ein Abenteuer. Es ist schön, es ist aufregend und es ist nicht für die Ewigkeit gemacht. Dieser Satz, er lauert in meinem Kopf, bereit sich bei jeder Gelegenheit zu melden und mir das Herz schwer zu machen. Man sagt, ein Buchstabe kann ein Wort verändern, ein Satz ein ganzes Leben. Ich weiß, es wird nie wieder so sein, wie es einmal war und es wird kein Jahr dauern, bis es vorüber ist.

Donnerstag, 03. August, 23:27 Uhr / 11:27 Uhr HST … Chatroom
»Hast du etwas vergessen?«

»Non! Ich wollte dir nur sagen, dass es schön war. Es freut mich, dass du deine Schüchternheit überwunden hast.«

»Gute Nacht mein Engel. Ich liebe dich.«

»Ich liebe dich auch.«

Freitag, 04. August, 18:37 Uhr HST
Guten Morgen Alexander,
hast du gut geschlafen? Ich hatte einen schwülen, aber schönen Tag. Ich habe ein Haus gefunden, fünfundfünfzig Kilometer von dir entfernt. Es ist an unserem Samstag noch frei. Sieh es dir bitte an und sag mir, ob es dir gefällt.

Ich schicke dir noch ein paar Fotos. Du sollst auch ein bisschen von der Insel sehen. Die meisten sind aus dem fahrenden Auto gemacht. Schade, einige sind unscharf. Je höher die Geschwindigkeit, desto undeutlicher das Foto.

Wir fahren jetzt zurück. Ich bin erschöpft, anscheinend bin ich doch nicht so fit, wie ich dachte.

Freitag, 04. August, 07:34 Uhr / 19:34 Uhr HST … Chatroom
»Das Haus ist toll. Es wäre sehr schön, wenn wir es mieten könnten.«

»Soll ich buchen?«

»O ja! Bitte!«

»Okay! Ich denke schon den ganzen Tag an unsere Liebe aus der Ferne. Es war sehr schön und es war schön, dich zu sehen und mit dir zu reden.«

»Ja, es war sehr schön. Ich vermisse dich sehr.«

»Ich dich auch. Haben die Fotos Lust auf einen Urlaub auf Hawaii gemacht?«

»O ja! Das haben sie. Ich würde sehr gerne mit dir nach Hawaii fliegen und einen schönen Urlaub verbringen.«

»Dachte ich mir. Vielleicht nächstes Jahr. Wir werden sehen.«

»Aber Hawaii ist bestimmt teuer.«

»Oui! Das ist es! Ein Jahr ist noch lang. Wir werden sehen, was kommt.«

»Genau! Ich muss jetzt weiterarbeiten. Melde mich später. Wie lang bist du noch wach?«

»Noch ein bisschen. Ich werde schlafen, wenn ich müde bin. Zudem ist es noch früher Abend. Zuerst brauche ich jetzt etwas Essbares. Ich bin hungrig und sehne mich nach etwas Ruhe.«

»Nicht nach dem Knackarsch von Joël-Maurice?«

»Oh, der ist noch immer knackig. Ô mon Dieu! Was sage ich da? Ich habe ihn nur in der engen Jeans gesehen … nicht mehr. Keine Sorge! Du bist der Einzige für mich.«

»Dann ist es ja gut. Ich melde mich später.«

Freitag, 04. August, 12:25 Uhr / 00:25 Uhr HST … Chatroom
»Lust ein bisschen mit mir zu chatten?«

»Ich wollte jetzt zu Bett gehen. Hast du Pause?«

»Noch fünf Minuten. Du bist müde? So früh?«

»Ich habe heute Abend schon eine Stunde geschlafen. Es ist schwül und ich war erschöpft vom Ausflug.«

»Was hast du noch gemacht?«

»Ich habe einen Spaziergang gemacht, Fotos für dich, Ratatouille gegessen …«

»Besser als meine?«

»Non, sehr amerikanisiert …«

»Die Fotos sind schön.«

»Ich wäre gerne mit dir spazieren gegangen.«

»Ich hätte dich gerne begleitet. Wir hätten zusammen dem Sonnenuntergang zugeschaut … eng aneinander gekuschelt.«

»Das wäre schön gewesen. Du fehlst mir.«

»Das nächste Mal nimmst du mich mit.«

»Mach ich!«

»Ich muss jetzt leider weiterarbeiten.«

»Heute Abend … morgen früh … chatten? Ich muss aber um elf Uhr weg.«

»Okay! Halb elf, dann haben wir noch eine halbe Stunde. Ich versuche es früher.«

»Lass dir Zeit. Dreißig Minuten sind besser als nichts. Ich muss jetzt ins Bett. Mir fallen die Augen zu.«

»Okay! Schlaf gut und träum von mir.«

Freitag, 04. August, 22:35 Uhr / 10:35 Uhr HST … Chatroom
»Hallo! Wie geht es dir? Ich habe Stress und muss mich abreagieren. Boah! Die ganze Welt will was

von mir. Dann schreibt auch noch meine Mutter, ich würde mich nicht melden. Jetzt bist du da, jetzt geht es mir besser.«

»Oui, jetzt bin auch noch ich da …«

»Nein, so habe ich das nicht gemeint. Ich bin froh, dass du da bist.«

»Ist deine Familie wieder zuhause?«

»Nein, sie kommen morgen. Meine Mutter denkt, ich würde sie vergessen. Ich habe einfach keine Zeit. Sie vergisst immer, dass die Zeit viel schnelllebiger ist als früher.«

»Sei froh, dass du so eine Mutter hast. Ich beanspruche zu viel deiner Zeit.«

»Nein! Ich bin froh, wenn du mit mir schreibst. Du beanspruchst nicht zu viel Zeit. Ruf mich mal an. Bitte!«

»Ich bin nicht allein.«

»Ups! Wer ist bei dir? Ich muss reden. Hilfe!«

»Geht nicht! Ich bin im Dojo, habe eine Besprechung! Kannst du es mir nicht schreiben?«

»Ach, das ist so viel zum Schreiben. Kannst du morgen anrufen? Das war ein total blöder Abend.«

»Hast du Ärger?«

»Nein, aber ich brauche dich einfach zum Reden.«

»Wann?«

»Wann willst du?«

»Ich fliege um sieben Uhr Ortszeit.«

»Ach so, ihr fliegt ja schon morgen.«

»Wir sind lange unterwegs. Wir landen Sonntag 13:30 Uhr in Paris.«

»Ja! Hoffentlich können wir dann schreiben. Ich vermisse dich.«

»Ich dich auch. Von Honolulu nach Los Angeles fliege ich mit American Airlines. Da weiß ich nicht, ob ich mein iPad benutzen darf. Von LA nach Paris liege ich mit Air France. Da kann ich mit dir chatten.«

»Musst du um elf Uhr weg?«

»Non, erst um halb zwölf. Wann stehst du morgen früh auf? Heute Abend habe ich Zeit, besser gesagt, nehme ich mir Zeit für dich. Wir haben zwar Abschiedsdinner, aber du bist wichtiger.«

»Ich würde um fünf Uhr aufstehen! Wir können um fünf schreiben, wenn du schreiben willst.«

»Non! Du musst nicht um fünf aufstehen. Ich wollte nicht schreiben, ich wollte dich anrufen.«

»Das wäre schön. Um acht Uhr?«

»Wenn es etwas später wird, nicht verzweifeln. Ich rufe dich an. Wenn dir etwas derart auf der Seele brennt, mache ich das gern für dich.«

»Es ist nichts Schlimmes. Ich will nur reden mit dir.«

»Nichts Schlimmes? Nur ein bisschen schlimm? Okay! Wenn es dir hilft. Hast du ein Problem oder Ärger? Ich mache mir Sorgen um dich.«

»Nein, es ist alles gut. Weder noch … Ich wollte dir nur erzählen, was heute so war.«

»Okay!«

»Musst du jetzt weg? Es ist elf Uhr …«

»Non, ich bin doch schon da. Es geht erst in einer halben Stunde los. Ich wusste nicht, dass es vorher noch eine Besprechung gibt. Soll ich immer noch buchen? Bist du dir sicher, dass du sie belügen willst?«

»Bitte buche! Ich will dich sehen. Ich muss aber Sonntagmorgen nach Hause … Fußball … du weißt!«

»Ich will jetzt ehrlich zu dir sein. Okay, das bin ich immer. Das hier, das bereitet mir

Bauchschmerzen. Ich bekomme das Bild nicht mehr aus dem Kopf. Sie sieht so jung aus. So hilflos! Ich habe sie mir völlig anders vorgestellt. Dunkle Haare, erwachsen. Pardon, sie sieht aus wie ein Twen. Bitte nicht böse sein.«

»Was soll ich machen? Willst du mich nicht sehen? Sie kann lieb sein, aber sie kann auch ganz anders. Glaube mir, bitte!«

»Es geht nicht darum, wie sie sein kann. Ich kann nur beurteilen, was ich sehe und das habe ich dir geschrieben. Ich sage nicht, dass sie nicht böse zu dir ist. Ich habe sie mir nur anderes vorgestellt. Wenn sie mir dumm käme, würde ich zu ihr sagen, geh nach Hause und werde erwachsen. So ein klitzekleines bisschen biestig …«

»Ich will dich sehen und will Sex mit dir … den ganzen Samstag. Du hast mich süchtig gemacht.«

»Ich will dich doch auch sehen. Ich dachte nur, ich frage vorsichtshalber mal nach, bevor ich alleine im Nirgendwo sitze.«

»Ich würde dich nie sitzen lassen.«

»Es könnte doch sein, dass du im letzten Moment Gewissensbisse bekommst.«

»Nein, die bekomme ich nicht.«

»Ich weiß ja nicht, was morgen bei euch los ist, wenn sie wieder zuhause ist. Wann musst du Sonntag los? Es sind fünfundfünfzig Kilometer.«

»Spätestens um elf Uhr. Wann bist du samstags dort?«

»Ich weiß es nicht. Ich habe noch kein Ticket. Ich kann nicht immer den Jet nehmen.«

»Oder kommst du schon Freitag?«

»Non, da tanze ich mit Macrönchen.«

»Stimmt, hatte ich vergessen.«

»Er ist vier Jahre älter als meine Töchter. Seine Frau ist fünfundzwanzig Jahre älter als er. Da habe ich ja noch Chancen. Wie tanzt man mit seinem Präsidenten, wenn man steif ist wie ein Brett?«

»Du bist doch nicht steif. Du bist eine Schlange.«

»Aber doch nicht bei dem. Das mache ich nur bei dir.«

»Das will ich aber hoffen!«

»Alexander gegen den Präsidenten von Frankreich.«

»Ich gewinne, ich gewinne immer. Hab mich lieb und küss mich.«

»Non, du gewinnst nicht immer. Du warst ein unglücklicher Verlierer. Tut mir leid. Ist mir so rausgerutscht.«

»Was meinst du?«

»Ich meinte deine Ehe. Pardon! Ich wollte nichts mehr sagen. Wechseln wir das Thema?«

»Ja! Warst du im Meer?«

»Non! War ich nicht. Bist du jetzt böse auf mich?«

»Ich bin nicht böse. Ich denke, unsere Zeit ist so kostbar, wir sollten sie für uns nutzen.«

»Ich wollte dich nicht verletzen. Ich bin nur immer noch bei diesem Foto. Okay! Anderes Thema! Ich war nicht im Meer. Ich schwimme nicht gern.«

»Wirklich nicht? Schon mal Sex im Wasser gehabt?«

»Oui! Im Meer, in einem See, in einem kleinen Bach …«

»Aber noch nie mit mir. Schade! Das müssen wir nachholen.«

»Wir fangen mit der Badewanne an und steigern uns dann langsam. Unter der Dusche macht es auch Spaß.«

»Ja, mit dir macht es sowieso überall Spaß.«

»Ich wollte ja, aber du warst irgendwie so hektisch.«

»Ich war die Ruhe selbst.«

»Okay! Aber mit den zwanzig anderen hat es auch Spaß gemacht. Ich toppe nur das Alter von allen anderen, ansonsten bin ich nichts Besonderes.«

»Doch, das bist du, etwas ganz Besonderes. Ich hatte selten so schönen Sex. Vor allem kann ich bei dir frei sein und ohne Hemmungen. Ich werde noch lockerer versprochen.«

»Wir werden sehen …«

»Neymar ist in Paris. Kaufst du ihn mir für Illerich?«

»Sonst noch Wünsche? Ich muss kurz weg, um meine Prüflinge in Augenschein zu nehmen. Gib mir fünf Minuten …«

»Okay! Ich warte!«

Neymar in Illerich! Der arme Kerl! Tiefste Provinz und von Pfälzern umzingelt …

»Ich bin wieder da. Vierzehn Anwärter auf den fünften Dan. Ich bezweifle, dass alle bestehen werden. Ô mon Dieu! Vierzehn! Das dauert! Zudem bin ich heute schlecht gelaunt.«

»Weshalb schlecht gelaunt? Weil sie durchfallen werden? Drück doch mal ein Auge zu.«

»Non! Ich bin einfach nur schlecht gelaunt. Ich drücke nie ein Auge zu. Karate ist harte Arbeit. Wenn es nicht reicht, haben sie Pech gehabt. Geschenkt wird hier keinem etwas.«

»Bist du zu mir auch so hart?«

»Non!«

»Schön! Ich bin ein williger Schüler.«

»Bis jetzt bist du ein sehr guter Schüler. Zwar anfangs etwas schüchtern, aber dann … okay, wir werden sehen, was ich dir noch beibringen kann.«

»Ich habe Potential! Bist du eigentlich nackt unter deinem Kampfanzug?«

»Ô mon Dieu! Non! Da geht es sehr gesittet zu. Möchtest du mich mal auspacken?«

»O ja! Bis auf die Strapse!«

»Unterm Karateanzug? Das wäre mal was Neues …«

»Ich vernasche dich sogar im Anzug.«

»Ô mon Dieu! Dann denke ich immer daran, wenn ich den Anzug trage.«

»Genau!«

»Du stellst langsam, aber sicher, mein Leben völlig auf den Kopf.«

»Du wirst unruhig …«

»Egal, was ich tue, ich kann nur noch an das eine denken …«

»Das ist gut. Wir dürfen nie damit aufhören. Wenn man Lust hat …«

»Ich bin ja zu vielem bereit, aber eins muss ich dir sagen, meine Robe ist tabu!«

»Warum? Es muss ja nicht die sein, die du bei Gericht trägst. Eine Robe für meine Phantasien?«

»Ô mon Dieu! Non! Es wäre zwar reizvoll … sehr reizvoll … aber das ist sozusagen ein Sakrileg. Meine Robe geht mir über alles. Sie steht für das, wofür meine ganze Einstellung steht.«

»Für Gerechtigkeit?«

»Ehrlichkeit, Gerechtigkeit und Integrität. Jetzt muss ich dich leider verlassen. Um zwölf Uhr beginnen die Prüfungen und die Prüflinge sind bereits im Anmarsch. Ich rufe dich morgen früh um acht Uhr an. Versprochen! Ich liebe dich und freue mich auf unseren Samstag.«

»Ich freue mich auch. Viel Spaß heute. Ich liebe dich und vermisse dich sehr.«

»Ich vermisse dich auch. Schlaf gut, träum was Schönes und lass die Hände von dir!«

»Mach ich! Bin zu müde dazu.«

Dem Ende entgegen

Der letzte Tag auf Hawaii verlief ruhig. Ein bisschen über die Mall gebummelt, Café getrunken in einem gemütlichen, zu einem Lokal umgebauten Eisenbahnwaggon, ein schickes Hütchen für Séraphine gekauft. Danach Strand … wenigstens ein Tag ohne Stress, ohne Verpflichtungen, ohne Kopfschmerzen und Atemprobleme. Nur leichten Bauchschmerzen …

Ich mache mir Sorgen um Alexander. Irgendetwas stimmt nicht. Ich hoffe sehr, dass es nichts Schlimmes ist, denn ich hatte die letzte Zeit genug Hiobsbotschaften und will nicht noch mehr davon, aber wer fragt schon, was ich will. Die schlechten Nachrichten kommen, fallen einfach vom Himmel und erschlagen mich, ohne zu fragen, ob ich sie ertragen kann.

Samstag, 05. August, 19:06 Uhr HST
Ich werde jetzt duschen, danach gehe ich zum Abschiedsdinner. Du fehlst mir so sehr. Ô mon Dieu! Ich habe keine Lust auf das Dîner. Ich würde jetzt lieber mit dir …

Samstag, 05. August, 07:19 Uhr /19:19 Uhr HST … Chatroom
»Guten Morgen, mein Engel, du musst etwas essen. Ich kann nichts essen, mir ist übel. Ich bin schon seit sechs Uhr wach.«

»Weshalb? Du hast doch Kummer oder Sorgen?«

»Ich habe gestern Abend eine Tafel Schokolade gegessen, das war nicht so gut. Ich hatte Heißhunger auf Schokolade. Nikotinentzug! Ersatzdroge! Jetzt hätte ich noch einmal ausschlafen können und dann so was.«

»Eine Tafel! Da wäre mir auch übel. Iss einen Apfel, der ist auch süß und zudem gesund.«

»Ja, ich muss damit aufhören, nachts Schokolade in mich zu stopfen. Ich werde immer dicker. Du erinnerst dich an Riesweiler, der dünne Mann mit der Kugel? So sehe ich auch bald aus, wenn ich nicht damit aufhöre.«

»Würdest du jeden Tag Liebe machen … du hättest eine tolle Figur.«

»Ja, aber woher denn? Du bist so weit weg.«

»Ich weiß, ich wäre auch lieber öfter bei dir. Ich bin sehr unruhig, weil ich nur noch daran denke, mit dir Liebe zu machen.«

»Ich auch! Die Vorfreude ist die größte Freude. Dann ist die Leidenschaft auch größer, wenn wir uns wiedersehen und wenn es dann so weit ist …«

»Du sagst es! Ich muss mich jetzt ankleiden. Bevor ich mit dir telefoniere, muss ich mich noch auf der Party sehen lassen.«

»Okay! Bis später!«

Samstag, 05. August, 08:00 Uhr / 20:00 Uhr … Telefonat
»Salut Alexander, wie geht es dir?«

»Gut! Mir geht es immer gut, wenn ich mit dir chatte, telefoniere oder lese, was du mir geschrieben hast. Wie geht es dir? Freust du dich schon auf zuhause?«

»Mir geht es gut. Ich hatte einen schönen Tag und ich freue mich auf zuhause. Wenn nur der lange

Flug nicht wäre, aber der geht auch vorüber. Jetzt erzähl mir bitte, was dich bedrückt. Ich mache mir Sorgen um dich.«

»Du musst dir keine Sorgen machen. Es ist nichts. Ich wollte nur mit dir reden, deine Stimme hören. Du fehlst mir. Zudem hatte ich gestern einen beschissenen Tag und wollte dir davon erzählen. Ich brauchte jemand, der mir zuhört und etwas dazu sagt.«

Das soll alles sein? Man gestatte mir, dass ich meine Zweifel habe. Irgendetwas hat er. Ob er ein schlechtes Gewissen hat, das ihn plagt, es aber nicht sagen will, sagen kann? Ob die bevorstehende Ankunft seiner Frau ihn antreibt?

»Du hattest einen beschissenen Tag! Und was noch? Du hast so verzweifelt geklungen. Das war doch nicht wegen eines beschissenen Tages! Also! Was ist los?«

»Glaub mir. Gestern lief alles schief. Auf der Arbeit, am Nachmittag, ich hatte Problem mit dem Drucker, meine Mutter rief an und nervte mich. Jeder wollte etwas von mir.«

»Solche Tage gibt es nun mal. Das ist doch nicht schlimm. Das geht vorbei.«

»Ich wollte nur mit dir darüber reden. Kannst du das verstehen?«

»Okay! Dann erzähle mir davon. Ich höre dir zu.«

»Danke!«

Wow! Gehört das auch zur Liebe, das man über völlig belangloses redet? Am Telefon darüber redet? Ich habe mir große Sorgen um ihn gemacht und er hatte nur einen schlechten Tag. Ich verstehe ihn ja, aber muss man darüber reden? Ich werde Maxine fragen, ob das auch zur Liebe gehört.

Samstag, 05. August, 08:29 Uhr
Mein Engel! Danke, dass du angerufen hast. Mach dir keine Sorgen. Es geht mir gut. Ich denke an dich.

Samstag, 05. August, 09:15 Uhr / 21:15 Uhr HST … Chatroom
»Die Ehrungen sind abgeschlossen. Die Lobesrede ließ ich über mich ergehen. Das Buffet ist eröffnet, der Andrang groß. Mein Kopf fängt an zu dröhnen. Ich werde eine Kleinigkeit zu mir nehmen, dann will ich ins Hotel. Ich brauche Ruhe.«

»Okay! Ruh dich aus, ich gehe raus in den Garten. Ich wollte noch sagen, ich gebe dir das Geld für die Miete.«

»Non! Wir haben einen Deal. Ich zahle das Haus und du kochst. Okay?«

»Okay! Ich geh jetzt ein bisschen in den Garten. Es wartet Arbeit auf mich.«

»Viel Spaß!«

»Na ja, ich kann mir schöneres vorstellen.«

Samstag, 05. August, 23:15 Uhr HST
Ich bin wieder im Hotel, werde jetzt duschen und dann … Ich habe heute Nacht von dir geträumt. Wir hatten tollen Sex. Als ich aufwachte, schossen Wellen der Lust durch meinen Unterleib. Ich schwamm fast aus dem Bett und musste stöpseln, damit ich nicht auslaufe. Dann hatte ich etwas, das ich noch nie zuvor hatte. Einen Höhepunkt ohne Mann, ohne Hilfsmittel, ohne Hand anzulegen. Einfach so … Das war toll. Die dauernde Vorfreude hat wohl auch seine guten Seiten. Seitdem schießen immer wieder Wellen der Lust durch meinen Unterleib. Ich muss jetzt etwas dagegen tun. Leider ohne Liebe aus der Ferne. Du musst ja im Garten arbeiten. Wenn du das liest, stell es dir vor und mach dich dabei glücklich. Ich kann unseren Samstag kaum erwarten.

Oui! Ich kann es kaum erwarten, ihn wieder in den Arm zu nehmen, seine Hände auf meiner nackten Haut zu spüren, ihn zu spüren, ganz tief in mir. Ich will mit ihm jeden Höhepunkt genießen, den er mir schenkt. Ich will mit ihm fliegen und nie wieder landen. Ich weiß nicht, wie viele dieser wundervollen Flüge es mit ihm noch geben wird. Ich werde jeden einzelnen davon genießen und für immer in meinem Herz einschließen.

Samstag, 05. August, 11:27 Uhr
Hmmm, das hört sich so gut an …

Samstag, 05. August, 00:35 Uhr HST
Dann mach es auch. Man ist nicht mehr ganz so kirre. Ich glaube, an unserem Tag kommen wir selten aus der Horizontale. Ich habe dir das Foto geschickt, das ich dir versprochen habe. Emilia hat es aufgenommen.

Samstag, 05. August, 12:41 Uhr
Ein wunderschönes Bild. Du siehst richtig toll aus. Ich koche mir gerade Schweinelende mit Rahmsoße und Pommes.

Samstag, 05. August, 12:50 Uhr
Bon appétit! Ich habe eine Nachricht vom Vermieter bekommen. Er gibt uns das Haus doch nicht. Angeblich gab es eine Buchungsüberschneidung. Ich denke, er hat keine Lust, das Haus nur für eine Nacht zu vermieten. Ich werde weitersuchen, denn ich will dich sehen und spüren. Ich brauche dich …

Samstag, 05. August, 12:55 Uhr
Das ist schade. Ich habe mich auf das kleine Häuschen gefreut. Gefreut auf das, was ich mit dir in der Badewanne machen wollte.

Samstag, 05. August, 01:02 HST
Ich habe meinen Flugplan bekommen. Start HNL 7:00 Uhr, Ankunft LAX 15:35 Uhr (plus neun Stunden bei dir). Start LAX 18:00 Uhr, Ankunft Paris 13:50 Uhr.
    Wie wäre es mit Urlaub vor der Haustür?

Samstag, 05. August, 13:25 Uhr / 01:25 Uhr HST … Chatroom
»Hallo, mein Engel, ist das dein Ernst?«
    »Oui! Hoheit erwägen Urlaub im wunderschönen Illerich zu machen.«
    »Ach komm …«
    »Oui! Ich komme … Das war ein Witz!«
    »Das erschreckt mich.«
    »Tut mir leid. Ich dachte, du merkst, dass es ein Scherz ist. Ich musste Illerich erst mal auf der Karte vergrößern. Es ist kleiner als Lavalanche.«
    »Okay! In welches Zimmer passt mein Haus?«
    »Haha! Boppard? Geht das? Dort gibt es ein freies Häuschen.«
    »Nein, da kennt mich jeder, wegen des Fußballs, das ist zu nah.«

»Okay! Wie weit entfernt?«

»Weit weg …«

»Wie weit? Fünfzig Kilometer? Mehr? Weniger?«

»Fünfzig und mehr.«

»Okay! Baumholder? Oder Umgebung? Geht das?«

»Ja, das hört sich gut an.«

»Dann werde ich dort nach einem Haus suchen.«

»Du bist ein Engel.«

»Wenn wir nur nicht so laut wären, bei der Liebe. Hast du dich glücklich gemacht?«

»Nein, ich habe gegessen. Ich habe es heute Morgen gemacht und du?«

»Hast du nicht gelesen? Ich mit mir … war schön … mit dir ist es schöner.«

»Habe ich gelesen. Wie war dein Orgasmus?«

»Gut und sehr erleichternd. Wenn das so weiter geht, kann ich beim Laufen die Blumen gießen und bei dir?«

»Ich habe mir den ganzen Druck auf den Bauch abgeladen.«

»Wir wechseln jetzt das Thema. Ich rutsche schon wieder und habe keine Wäsche zum Wechseln. Alles ist bereits im Koffer. Pass auf dein Fleisch auf, damit es nicht kokelt.«

»Das habe ich schon gegessen. Welche Tabus hast du beim Sex? Was magst du gar nicht?«

»Zehen knabbern und lutschen finde ich grauenvoll und mein Bauchnabel ist tabu. Was magst du nicht?«

»Was bitte macht man mit dem Bauchnabel?«

»Lecken! Küssen! Mit Sperma fluten … Ô chérie, du musst noch viel lernen.«

»Ach so! Ja, das weiß ich, dass man das macht, aber das lässt sich doch nicht immer vermeiden. Ich kann nicht so gut zielen.«

»Haha! Du hast mir versprochen, dass du in mir kommst. Was magst du nicht?«

»Hast du es schon mal anal gemacht?«

»Oui!«

»Und?«

»Cheri, ich bin fast sechzig. Ô mon Dieu! Das liest sich grauenvoll. Schon so alt …«

»Nein! Du bist nicht alt.«

»Hast du es schon gemacht?«

»Ja, aber erst zweimal. Mit Rita und einer anderen Frau. Ich war zehn Jahre mit Rita zusammen. Ich würde es gern mal machen. Mir dir …«

»Ich habe nicht gezählt. Mit Kondom?«

»Ja, mit Kondom und du … ohne?«

»Non, das ist unhygienisch. Du musst ihn vorher ankleiden.«

»Ja, mache ich gerne. Na toll! Jetzt habe ich einen Ständer. Du machst mich verrückt.«

»Was magst du noch gerne?«

»Sag mir, was du gern machst und ich sage dir, ob ich es mag.«

»Das ist unfair. Sag es mir … Bitte!«

»Ich bin für alles offen, aber ich mag es nicht, wenn man Körperflüssigkeiten über seinen Partner verteilt.«

»Ich auch nicht.«

»Was magst du noch?«

»Dich! Du fehlst mir …«

»Du mir auch. Ich werde dich ganz lange, ganz oft und ganz hart stoßen, wenn wir uns wiedersehen.«

»Ich würde es sehr genießen. Ô mon Dieu! Wenn du mir solche Sachen sagst, wenn ich im Flugzeug sitze … Ich werde wohl meine letzte saubere Wäsche in meine Handtasche packen. Ich erzähle dir, wie die Zöllner reagieren. Ich werde notfalls sagen, ich stehe unter Entzug. Ô mon Dieu! Wenn das meine Töchter hören würden. Du weißt … Maman hat keinen Sex.«

»Ja, ich weiß. Ich werde jetzt noch ein bisschen im Garten arbeiten. Ich muss mich ablenken.«

»Okay! Ich suche nach einem Häuschen, wenn ich saubere Wäsche trage.«

Samstag, 05. August, 17:06 Uhr
Hast du geschlafen?

Samstag, 05. August, 05:28 Uhr HST
Im Auto, auf dem Weg zum Flughafen, eine halbe Stunde. Wir haben eingecheckt und werden jetzt frühstücken. Mein Magen verträgt nur Cappuccino. Chatten wir heute Abend? Halb acht? Ich kann das iPad benutzen.

Samstag, 05. August, 18:03 Uhr
Ich liebe dich

Samstag, 05. August, 06:35 Uhr HST
Ich dich auch. Ich muss jetzt einsteigen. Ab sieben Uhr läuft die Zeit. Dann komme ich dir mit jeder Sekunde näher.

Samstag, 05. August, 07:11 Uhr HST
Wir stehen immer noch. Es wird leider acht Uhr. Wir haben Verspätung, weil noch einige Maschinen im Landeanflug sind. Vielleicht dauert es noch länger. Ich muss jetzt das iPad ausschalten, sonst gibt's Ärger.

Samstag, 05. August, 19:19 Uhr
Okay! Schreib, wenn du kannst. Meine Kinder kommen gegen einundzwanzig Uhr. Wenn ich dann nicht direkt schreibe, bin ich mit ihnen beschäftigt. Sie haben bestimmt viel zu erzählen.

Samstag, 05. August, 07:36 UHR HST
Wir sind auf dem Weg nach oben und können chatten, wenn du willst. Wenn deine Kinder angekommen sind, hören wir auf. Sie brauchen ihren Papa.

Samstag, 05. August, 19:58 Uhr / 07:58 Uhr HST … Chatroom
»Das ist lieb von dir. Bist du nicht müde?«

»Doch, sehr müde. Ich kämpfe mit meinen Augen, sie fallen immer wieder zu.«

»Mein armer Engel! Du tust mir leid. Ich hoffe, du kannst schlafen. Ich bin froh, wenn dieser Zeitunterschied vorbei ist.«

»Ich auch! Gestern bin ich mit dem Hubschrauber geflogen. Man konnte Kriegsschiffe sehen und den Flughafen von oben. Ich habe ein paar Aufnahmen. Schicke sie dir später. Ich kann die hawaiianischen Inseln unter mir sehen. Super! Irgendwann siehst du sie auch.«

»Ja! Darauf freue ich mich. Ich fange schon mal an zu sparen, habe ja ein Jahr Zeit.«

»Ich habe nach einem Häuschen gesucht, aber leider noch nichts gefunden. Bleibt wohl nur eine Wohnung oder ein Hotel. Schade! Ich hätte gerne wieder mit dir gekocht. Ich suche weiter, wenn ich ausgeschlafen habe.«

»Wir können noch so oft kochen. Ich denke, wir werden an diesem Tag nicht zum Essen kommen.«

»Das denke ich auch. Ich muss kurz pausieren. Die bringen schon das Essen.«

Ich muss Maxine wecken, damit sie das Essen nicht verschläft. Sie wäre todunglücklich. Das Frühstück ist ja schon so lange her. Wo steckt sie das alles hin? Die Stewardess fragt, ob ich ein Glas Champagner möchte. Für einen Aperitif dürfte es jetzt zu spät sein. Das Essen steht bereits auf meinem Tisch. Ich nehme dennoch ein Glas. Maxine wird sich darüber freuen. Ich bestelle auch eins für sie. Freut sie sich noch mehr. Der Flug dauert lange und mit Champagner ist er besser zu überstehen.

»Sie haben mir Gemüse, Kartoffeln und Ei serviert. Die Jungs haben Steak und American frites. First-Class fliegen hat so seine Vorteile, leckeres Essen und bequeme Sitze.«

»Ich habe eben gesehen, Paris ist im Neymar Fieber. Weißt du, wie viel Paris St. Germain für ein Trikot haben will?«

»Ich weiß es nicht. Soll ich dir eins besorgen? Wenn dein Herz so daran hängt. Ich kann mir vorstellen, dass sie die Shops stürmen.«

»Einhundertfünfundfünfzig Euro! Hast du Beziehungen?«

»Ich bin Enkelin und Tochter zweier Gründer. Möchtest du eins?«

»Ja! Ich mag ihn. Das wäre ein Traum.«

»Okay! Ich werde sehen, was ich tun kann.«

»Danke!«

»Nicht, dass du Ärger mit Sylvia bekommst. Sie wird mitbekommen, was so ein Teil kostet. Möchtest du es tragen oder wirst du es aufhängen?«

»Es ist von dir. Ich werde es jedes Mal im Training anziehen und nicht aufhängen. Du bist lieb. Ich würde dich auch gern mal so überraschen. Das mache ich, wenn wir uns sehen. Ich erfülle dir dann jeden Wunsch. Weißt du, bei allem, was mit Fußball zu tun hat, bin ich bestechlich. Das ist meine eigene kleine Welt.«

»Soso! Gibst du mir das alles nicht ohne Bestechung?«

»Doch! So habe ich das nicht gemeint.«

»Ich weiß, dass du mir das auch so gibst.«

»Aber Fußball … Ich träume ja schon nachts davon … hast du gesagt. Weißt du, wenn ich auf dem Rasen stehe und ihn rieche, dann bin ich sehr glücklich, fast so wie mit dir.«

»Das ist schön, dass du mich über den Rasen stellst.«

»Mit dir bin ich glücklicher. Du verstehst mich?«

»Oui! Dein Fußball, ist mein Karate.«

»Genau!«

»Ich lege die Männer flach, aber flach lege ich nur dich. Du verstehst?«

»Ja! Sex gibt es nur mit mir. Hast du aufgegessen? Hat es geschmeckt?«

»Ô mon Dieu! Non! Sie haben es eben erst serviert. Ich bin kein Deutscher, der sich das Essen mit der Schaufel reinschiebt. Zudem ist es nicht mein Geschmack. Alles so amerikanisch, zu viel Fett … viel zu viel. Ich habe noch zwei Nektarinen und eine Banane, ich werde nicht verhungern.«

»Das werde ich ab Montag auch machen, mehr Obst essen und kürzertreten. Ich werde abnehmen, damit ich genug Ausdauer für dich habe.«

»Noch mehr? Willst du alle deine Rekorde brechen?«

»War es zu viel für dich?«

»Non! Es war schön, sehr schön. Neymar ist auch schnuckelig …«

»Madeleine! Du wirst doch nicht …«

»Non! Ich werde nicht, obwohl der Gedanke schon reizvoll wäre. Er ist sehr schnuckelig … aber er ist mir zu jung.«

»Zu jung gibt's nicht …«

»Ich lasse ihm sein Trikot. Beruhigt?«

»Ja! So, jetzt kommen die kleinen Racken gleich.«

»Sollen wir aufhören?«

»Nein!«

»Ich habe dir ein Foto geschickt. Da war ich schlank.«

»O ja! Da bist du sehr schlank, aber da siehst du nicht so gesund aus wie heute.«

»Ich sehe krank aus?«

»Nein! Ich meine, heute siehst du gesünder aus.«

»Damals fühlte ich mich wohler. Ich hatte auch mehr Ausdauer.«

»Mir gefällst du heute besser, da habe ich etwas zum Greifen. Ich mag das. Ich liebe deine Brüste.«

»Ich nicht! Sie sind mir viel zu groß.«

»Hmmm … ich mag sie … Ich mag alles an dir. Du bist sehr hübsch.«

»Merci! C'est mon cœur Séraphine. Sie war erst ein paar Stunden alt, als das Foto aufgenommen wurde. Damals war ich krank.«

»Schön! Der kleine Schatz mit Handschuhen, damit sie sich das Gesicht nicht zerkratzt. Ja, da siehst du krank aus.«

Wie lieb von ihm. Er muss ein sehr guter Papa sein. Sogar die Handschuhe sind ihm nicht entgangen. Seine Kinder können froh sein, dass sie ihn haben. Wie könnte ich ihnen ihren Papa wegnehmen? Niemals! Das wird mir immer bewusster. Dass er seine Frau noch liebt, will ich jetzt völlig außer Acht lassen. Dieses Wissen macht es mir auch immer schwerer, an dieser Beziehung festzuhalten. Nicht nur dieses Wissen …

»Hast du auch ein paar für mich?«

»Auf dem Handy nicht. Ich schaue morgen auf dem PC, da habe ich ganz viele.«

»Merci! Ich habe auf meinem Laptop auch viele, aber da darf ich ja nicht dran. Vielleicht hat Denis ihn inzwischen vom Befall gesäubert.«

»Moment!«

»Sie sind gekommen? Wir hören jetzt auf?«

»Nein, ich suche ein Bild … finde es nicht. Ich suche morgen früh danach.«

»Bist du schon aufgeregt?«

»Ich freue mich auf die Kinder.«

»Schön! Ich habe meine auch vermisst, wenn sie bei ihrer Großmutter waren.«

»Das ist dieser Instinkt. Den wird man nie mehr los.«

»Oui, den gibt man erst an der Himmelstür ab, diesen Instinkt. Man will sie immer beschützen, auch heute noch.«

»Genau! Was macht Maxine?«

»Sie schläft. Ich habe sie in den Arm genommen und gedrückt. Ich liebe sie, obwohl sie mich verraten hat.«

»Das war lieb von dir … sehr lieb. Du hast ein großes Herz.«

»Non, das habe ich nicht, glaube es mir.«

»Wenn du kein Herz hättest, würdest du so etwas nicht machen.«

»In meinem Herz haben nicht viele Menschen Platz. Claire, Emilia, Séraphine, Maxine, Victoria und du. Da herrscht großes Gedränge, seit du da bist.«

»Ich sage doch, du hast ein großes Herz, mit viel Platz.«

»Dein Trikot ist reserviert.«

»Vielen Dank! Wie hast du das gemacht?«

»Ich habe doch Monsieur Internet und einen heißen Draht zu PSG …«

»Nicht, dass ich jetzt meinen Bayern untreu werde. Die spielen übrigens gerade.«

»Ein bisschen Liebe zu PSG ist nicht schlimm. Was soll ich dazu sagen? Ich bin kein Fan der Bayern. Ich liebe PSG!«

»Ich schaue nicht, ich höre nur zu. Ich bin zwar keine Frau, aber dennoch multitaskingfähig.«

»Da bin ich mir sicher, dass du keine Frau bist.«

»Vielleicht verliebe ich mich ja auch in PSG. Gehst du mit mir ins Stadion?«

»Oui! Wenn dein Herz daran hängt.«

»Du sagst, du liebst PSG …«

»Dich liebe ich mehr.«

»Gehst du nicht gerne ins Stadion?«

»Selten. Ich liebe sie, aber ich kann nicht sagen, dass ich so ein begeisterter Fan bin wie du. Man liebt sie oder man liebt sie nicht. So einfach ist das bei uns. Seit wir Neymar haben, lieben alle PSG.«

»Wie heißt der Mann, der jetzt das Sagen hat?«

»Nasser al-Khelaifi, er war früher Tennisprofi. Er ist Direktor von BeIN Sports, zu dem Qatar Sports Investment gehört. Das Ganze wird über Katar geleitet. Sie stehen im Verdacht, Geldwäsche zu betreiben, allerdings konnte man ihnen nichts nachweisen. Sie haben dem Verein neues Leben eingehaucht und uns Neymar geschenkt. Wer stellt da schon Fragen?«

»Es klingelt! Ich melde mich später …«

»Non, kümmere dich um deine Kinder. Viel Spaß! Bonne nuit!«

Samstag, 05. August, 21:31 Uhr
Der erste Ansturm ist vorbei. Ich mache sie jetzt fertig fürs Bett. Schlaf ein bisschen. Ich melde mich später.

Samstag, 05. August, 22:29 Uhr
Zwei schlafen schon. Hanna liegt bei mir auf der Couch. Wir schauen uns das Elfmeterschießen an. Wenn sie schläft, melde ich mich. Versprochen!

Die letzten Stunden waren die Hölle. Die Kopfschmerzen waren höllisch und jeder Atemzug tat weh. Dann war da dieser Schmerz in meinem Bauch … Ich weiß nicht, wie ich es ihnen sagen soll. Es zerreißt mich fast, weil ich ihnen diesen Schmerz zufügen werde. Ich wusste, dass es nicht für alle Ewigkeit sein wird, aber ausgerechnet jetzt?

Sie denken, es sind Kopfschmerzen. Atemnot, die von meinem Asthma herrührt. Von den starken Schmerzen, in meinem Bauch, habe ich ihnen nichts erzählt. Nichts von dem MRT, das sie letzte Woche in der Klinik machten. Es reicht, dass ich es weiß. Es ist wieder wie damals. Ich verliebe mich und das Damoklesschwert meines baldigen Ablebens schwebt über mir. Da soll man mal keine Kopfschmerzen bekommen.

Habe ich die letzten Tage noch gedacht, ich kann es noch hinauszögern, kann ihn noch einmal sehen, noch einmal mit ihm glücklich sein, es soll nicht sein. Auch wenn es mir das Herz bricht, ich muss es tun. Damals habe ich Mathieu weggeschickt, jetzt werde ich Alexander Adieu sagen. Es fällt mir sehr schwer, aber es muss sein. Es spielt jetzt keine Rolle mehr, dass er verheiratet ist, dass er seine Frau liebt. Jetzt geht es nur noch um den Riss, der sich in meinem Implantat aufgetan hat, das sich damit in eine tickende Zeitbombe verwandelt hat.

Habe ich mich damals genauso schlecht gefühlt? Ich erinnere mich nicht daran.

Sonntag, 06. August, 08:31 Uhr
Guten Morgen Madeleine,
wie geht es dir? Konntest du im Flugzeug schlafen? Ich habe lange und gut geschlafen. Wo seid ihr im Moment? Die Rasselbande wird wach. Schreib mir zwischendurch. Ich melde mich. Hab dich lieb. Wann chatten wir heute Abend?

Chatten? Ich glaube nicht, dass ich dazu heute in der Lage bin. Mein Kopf dröhnt und meine Bauchschmerzen werden stärker. Ich habe bereits ein starkes Schmerzmittel eingenommen. Die Anzahl der Tropfen war nicht ausreichend. Die Schmerzen rollen dagegen an und brechen in Krämpfen durch meinen Bauch.

Ich muss immer an Jabouilles Worte denken, sie fressen sich durch mein Hirn und lachen mich aus. Es ist nur eine Frage der Zeit. Es waren viele Jahre, die er mir geschenkt hat, durch seine mutige Entscheidung, mir dieses Implantat einzusetzen. Er war sich sicher, dass es nicht lange halten würde, aber er ist immer wieder erstaunt darüber, wie lange es schon hält. Jetzt ist der Zeitpunkt gekommen, an dem sich seine Prophezeiung erfüllt.

Sonntag, 06. August, 09:16 Uhr … Chatroom
»Guten Morgen, wir sind irgendwo über dem Atlantik. Ich habe wenig und schlecht geschlafen, weil mich Kopfschmerzen plagten, meine Lunge brannte und ich wieder Bauchschmerzen hatte. Wenn ich zuhause bin, werde ich duschen und zu Bett gehen. Ich fühle mich schlecht und weiß nicht, ob ich mich nochmals melde. Leider habe ich keine Unterkunft gefunden.«
»Schlaf dich aus, damit du fit wirst. Ich werde auch nochmal schauen, ob ich ein Haus finde. Ich warte um zweiundzwanzig Uhr auf dich.«
»Warte nicht! Mein Kopf ist nicht aufnahmefähig. Ich habe schon dreißig Tropfen Valoron intus und brauche wohl noch mehr. So schlecht habe ich mich schon lange nicht mehr gefühlt. Wie geht es Sylvia?«
»Sie schläft noch. Ich spiele mit meinen Töchtern.«
»Stress?«
»Ja! Es ist ungewohnt nach drei Wochen.«
»Ich meinte gestern Abend.«
»Nein! Ich war auf der Couch und sie oben. Wie immer …«
»Danach habe ich nicht gefragt.«
»Ich muss jetzt die Kinder anziehen und Frühstück machen.«
»Okay! Ich brauche Ruhe.«
»Bis später! Melde dich, wenn es dir besser geht.«

Aha! Jetzt schläft er auf der Couch und sie oben. Wieder schlägt mein Radar an. Ich bin zu müde, um darüber nachzudenken. Sie ist seine Frau. Wenn er mir ihr schläft … er hat jedes Recht der Welt dazu. Es soll nicht sein …

Wenn es mir besser geht … Wie soll ich ihm sagen, dass mein Implantat sich verabschiedet? Dass es mir nicht wieder besser gehen wird, dass es schlimmer wird. Er macht sich immer Sorgen. Er ist so ein zartes Pflänzchen. Ich denke, es ist besser, wenn ich einmal zu ihm so bin, wie ich es bei andern bin. Herzlos und kalt! Einfach ins kalte Wasser werfen, egal ob sie schwimmen können oder nicht.

Ich werde ihm einfach Adieu sagen. Es wird einen Moment wehtun und dann wird es zu einer Erinnerung, einer Zeit in der Vergangenheit, an die er vielleicht gerne zurückdenkt. Das Wissen, dass wir keine Zukunft gehabt hätten, macht es mir leichter. Was sage ich leichter, mein Herz schreit vor Schmerz. Es ist eine Sache, an einen Abschied zu denken und eine andere, eine äußerst schmerzhafte, es dann auch zu tun.

Sonntag, 06. August, 10:57 Uhr
Das war alles zu anstrengend für dich. Ruh dich aus. Ich hoffe, es geht dir bald besser.

Er ist so lieb. Ich bringe es nicht übers Herz, es zu tun … noch nicht, aber es muss sein. Noch einen Tag … oder zwei … drei …

Sonntag, 06. August, 13:09 Uhr
Hallo Madeleine,
wenn es nicht besser wird, geh bitte zum Arzt oder noch besser ins Hospital. Ich hoffe, dass die Schmerzen in deinem Bauch nichts Schlimmes bedeuten, aber das können die Ärzte nur mit einem MRT feststellen. Bitte, lass dich untersuchen, wenn es nicht besser wird. Die Suche nach einem Haus übernehme ab jetzt ich, damit du zur Ruhe kommst und schlafen kannst. Ich denke an dich und hoffe, dass es dir bald besser geht.
Gruß Alexander

Oh, Alexander! Er macht sich wieder Sorgen. Mein Herz schreit vor Schmerz, weil es ihn nicht verlieren will. Mein Kopf, der coole Denker, sagt immer wieder, sag es ihm endlich, schieb es nicht so lange hinaus. Ô mon Dieu! Ich kann kaum noch atmen. Es sind nicht meine Bronchien, die mir das Atmen schwer machen. Es ist mein Herz, das wild klopft und am liebsten zerspringen würde. Mit jedem Krampf, der durch meinen Bauch zieht und mich Höllenqualen leiden lässt, wird mir der Abschied bewusster, kommt er näher. Ich will ihn nicht verlieren. Merde! Weshalb jetzt?
Ô mon Dieu! Mir ist so übel und die Schmerzen in meinem Bauch sind kaum noch zu ertragen Ich brauche eine neue Dröhnung. Dreißig Tropfen sind definitiv zu wenig. Die Kopfschmerzen quälen mich und es scheint, als wollten sie mit den Schmerzattacken in meinem Bauch mithalten. Die Übelkeit schwappt durch meinen Magen und in meinem Kopf macht sich ein seltsames Gefühl breit, packt mein Hirn in Watte und lässt alles um mich herum in weite Ferne entschwinden. Die Geräusche kommen verzerrt in meinem Kopf an und es scheint, als würde der Film um mich herum stark verlangsamt ablaufen. Was solls! Ich werde jetzt einfach die Augen schließen und, mit viel Glück, werde ich sie irgendwann wieder öffnen.

Sonntag, 06. August, 16:14 Uhr
Hallo Madeleine,
ich habe gehört, dass du im Hospital bist. Ich hoffe es geht dir besser. Melde dich, sobald du dich besser fühlst. Ruh dich aus und hör auf die Ärzte.
Liebe Grüße Alexander

Adieu

Montag, 07. August, 07:06 Uhr
Hallo Madeleine,
ich muss dir noch etwas gestehen. Wir müssen nicht verhüten, denn ich hatte nach Emmas Geburt eine Vasektomie. Ich habe mich nicht getraut es dir zu erzählen, aber jetzt ist es raus. Ich hoffe, dir geht es besser. Bitte melde dich, sobald du kannst.

Montag, 07. August, 13:50 Uhr
Salut Alexander,
ich habe mich sozusagen selbst entlassen. Ich brauche Ruhe. Die letzten beiden Tage waren grauenvoll. In der Klinik fühle ich mich eingesperrt. Sie können nichts tun und ich bin kein Versuchskaninchen. Ein Test, eine Untersuchung, da wir schon dabei sind, noch ein paar Tests mehr und man müsste auch noch dies und das untersuchen. Non, ich will nicht mehr. Sie sagten, meine Blutwerte seien schlecht. Das sind sie immer. Nichts Neues! Ich will nach Hause, unter die Dusche und ins Bett. Ich bin es leid, mich für meine Entscheidungen zu rechtfertigen. Ich bin alt genug, meine eigenen Entscheidungen zu treffen. Sage ich nein, dann ist es ein nein. Ich habe niemand gesagt, dass ich jetzt nach Hause gehe. Okay, die Ärzte wissen Bescheid. Ich fahre mit dem Taxi nach Hause.
   Tut mir leid, dass du dir wieder Sorgen gemacht hast. Ich habe kein Haus gefunden. Es ist Ferienzeit und die Vermieter nehmen niemand für eine Übernachtung. Ich bin zu müde, um weiter zu suchen. Ich weiß nicht, ob mir heute Abend nach chatten ist. Im Moment bin ich zu erschöpft. Ich brauche im Moment einfach Abstand von allem. Bitte nicht böse sein. In meinem Kopf herrscht Chaos.

Montag, 07. August, 14:00 Uhr … Chatroom
»Ich bin froh, dass es dir besser geht. Mir geht es auch nicht so gut. Emma macht mir Sorgen. Wenn ihr Blutzucker nicht runtergeht, muss sie in die Klinik.«
   »Tut mir leid für sie. Drück sie von mir.«
   »Ruhe dich aus und melde dich, wenn es dir besser geht. Die Gesundheit ist wichtig.«
   »Kümmere dich um dein Kind. Sie ist wichtiger als ich.«
   »Das zu entscheiden ist schwierig. Wir müssen uns ausruhen und Kraft sammeln. Ich habe auch sehr wenig geschlafen, in den letzten Nächten.«
   »Kümmere dich um dein Kind.«
   »Ich hoffe, dir geht es bald besser.«

Ô mon Dieu! Ich habe mir vorgenommen, ihm heute Adieu zu sagen. Die letzten Tage waren schrecklich. Die Bauchschmerzen halten sich heute zurück. Ich bin so mit Schmerzmitteln zugedröhnt, dass ich sie nicht spüren kann. Der Schmerz, der in meinem Herz wütet, ist gegen jedes Schmerzmittel immun. Ich will ihn nicht verlieren, aber es muss sein. Ich ertrage es nicht länger, dieses hin und her. Weshalb ist er mir nicht schon vor zwanzig Jahren begegnet? Er war nicht verheiratet, hatte keine Frau, alles wäre so einfach gewesen. Und jetzt? Jetzt ist es zu spät …

Montag, 07. August, 17:26 Uhr

Salut Alexander,

ich hoffe, deiner Tochter geht es bald besser. Ich hoffe ebenso, dass du noch kein Haus oder eine Ferienwohnung gefunden hast. Ich werde nicht da sein. Tut mir leid.

Ich kann es nicht! Es zerreißt mir das Herz. Ich weiß, es wird ihm ebenso wehtun, aber ich kann es nicht ändern. Ich will es ihm sagen, aber ich will das Risiko, seine Frau am Telefon zu haben, nicht eingehen. Ich würde ihn gerne noch einmal in den Arm nehmen, doch ich weiß, dass es nicht geht. Nie wieder gehen wird …

Montag, 07. August, 17:35 Uhr

Hallo Madeleine,

du musst gesund werden, das ist wichtig. Versprich mir, dass du dich untersuchen lässt. Bitte!

Ich kümmere mich um Emma. Sie braucht mich. Es sieht nicht gut aus. Wenn es sich bis morgen nicht gebessert hat, muss sie in die Klinik. Ihre Mutter begleitet sie. Ich muss mich um die anderen beiden kümmern. Es kommt alles zusammen. Ich bin einfach nur müde und unglücklich. Bitte, lass dich untersuchen. Ich denke an dich.

Ô mon Dieu! Ich liebe ihn und will ihm nicht wehtun. Er hat genug Sorgen und braucht nicht auch noch mich und meine Probleme. Es soll nicht sein, ob ich es will oder nicht. Ich muss es ihm sagen … sagen, dass es vorbei ist.

Florence stellt mir eine neue Schachtel Kleenex auf den Tisch. Die wievielte für heute? Ich weiß es nicht. Als er mir sagte, dass Liebe weh tut und man auch mal weinen muss, habe ich es nicht verstanden. Inzwischen weiß ich, dass sie weh tut. Sie schmerzt so sehr, dass ich schreien möchte. Er vergaß zu erwähnen, dass sie am meisten schmerzt, wenn es heißt, Abschied zu nehmen.

Montag, 07. August, 20:40 Uhr

Du verstehst es nicht. Kümmere dich um Emma. Um mich muss sich niemand kümmern. Ich kann das allein. Mach dir keine Sorgen um mich. Es ist mein Schicksal. Du bist besser dran ohne mich. Besser ein Ende mit Schrecken, als ein Schrecken ohne Ende. Es tut mir leid, es ist meine Entscheidung, ich kann nicht anders. Ich habe heute ausnahmsweise den Jet genommen, um zu dem einzigen Menschen zu fliegen, der versteht, wie es in mir aussieht. Non … der ist es nicht!

Ich habe dir von damals erzählt. Du weißt, wie schlecht es mir damals ging. Ich war im MRT! Ich kann das nicht noch einmal. Vielleicht ist es feige von mir, aber ich kann dir nicht in die Augen sehen und es sagen. Auch wenn es schmerzhaft ist, auch dieser Schmerz vergeht. Adieu …

Montag, 07. August, 21:07 Uhr

Hallo und vielen Dank, dass du zum MRT warst. Wie ist das Ergebnis? Was sagen die Ärzte?

Montag, 07. August, 22:52 Uhr

Mach es mir doch bitte nicht so schwer. Kümmere dich um deine Kinder. Sie brauchen dich. Ich hoffe, dass es Emma bald besser geht. Bitte, schreib mir nicht mehr. Ich werde nicht mehr antworten. Es tut nur weh. So schwer es mir auch fällt, ich muss diesen Weg allein gehen. Dies ist mein Kampf.

Mittwoch, 09. August, 21:15 Uhr

Das ist Professor Jabouille. Er ist der Mann, der mir damals das Leben gerettet hat. Ich habe am einundzwanzigsten August einen Termin in der Universitätsklinik Mainz. Er wird mich begleiten. Ich würde gerne mit dir reden. Wenn du möchtest, können wir uns am neunzehnten August treffen. Wenn ja, sag mir bitte bis morgen früh zehn Uhr Bescheid. Wenn ich nichts von dir höre, komme ich erst Sonntag. Ich verstehe, wenn du dich nicht meldest. Ich hoffe, deiner Tochter geht es wieder gut.

Mittwoch, 09. August, 22:11 Uhr
Hallo Madeleine,
ich hoffe, es geht dir besser. Emma geht es nicht gut. Sie muss am achtzehnten August zum Spezialisten. Am neunzehnten August haben wir ein Spiel. Es wurde auf diesen Tag vorverlegt. Hanna wird Dienstag eingeschult. Es ist im Moment sehr stressig. Warum fährst du nach Mainz?

Ups! Mein Radar sagt mir, dass dies eine Lüge ist. Was sage ich eine Lüge … Diesmal will ich nicht darüber hinwegsehen. Ich habe es schon zu oft getan. Er weiß, dass ich nichts mehr hasse als Lügen.

Mittwoch, 09. August, 23:03 Uhr
Du siehst, es soll nicht sein.

Ich habe lange mit Leander geredet. Er kann nicht verstehen, weshalb ich es Alexander nicht persönlich gesagt habe. Ich konnte ihm keine Antwort geben. Was hätte ich sagen sollen? Weil ich zu feige war? Weil ich Angst hatte, in seiner Stimme den Schmerz zu hören? Was? Ich weiß selbst, dass es nicht richtig war, es auf diese Weise zu tun, ihn mit einem Haufen Fragen allein zurückzulassen. Ich habe mich entschlossen, ihm zu schreiben, es ihm zu erklären, so gut es geht.
    Weshalb muss Liebe alles so kompliziert machen?

Donnerstag, 10. August, 20:26 Uhr
Salut Alexander,
ich wollte es dir persönlich sagen, aber, wie du ja weißt, geht das leider nicht, also schreibe ich es dir. Ich hatte in den letzten Wochen häufig Bauchschmerzen. Ich ahnte, dass sich etwas in meinem Bauch abspielte. Ich wollte es weder sehen noch hören, also nahm ich meinen MRT-Termin nicht wahr. Die Ärzte waren nicht begeistert. Ich wusste, dass ich mich nicht vor der Wahrheit drücken konnte und sagte zu, ins MRT zu gehen. Die Untersuchung wurde für den siebenundzwanzigsten Juli terminiert.
    Dann kam Bernkastel. Ich fuhr nach Hause, mit diesem Gefühl, dass ich nicht einordnen konnte. Fragte mich, was geschieht, wenn es das ist, das ich erst einmal gefühlt habe? Was ist, wenn sich alles wiederholt? Erst Mathieu, dann Alexander! Habe ich ein déjà-vu? Passiert in meinem Bauch das, was ich befürchte?
    Damals, nachdem mir die Ärzte mein Todesurteil verkündet hatten, fuhr ich mit dem Gedanken nach Hause, dass ich in ein paar Wochen tot sein werde. Dann schlug das Schicksal zu und schenkte mir Mathieu, meine erste Liebe. Ich fragte mich, ob das Schicksal mich ein wenig versöhnen wollte. Er hätte mich geheiratet, aber ich wollte nicht. Heute weiß ich, dass es ein großer Fehler war, aber damals folgte ich meinem Kopf, nicht meinem Herz. Wie hätte ich auch nur ahnen können, dass ich leben darf, dass es einen Mann namens Jabouille gibt, der mein Leben retten wird?
    Nach Bernkastel fragte ich mich, ob das Schicksal mich diesmal schon mal vorab beschenken wollte. Ob das schreckliche Urteil erst kommen sollte, nachdem ich mich verliebt habe. Ich schob den Gedanken weit von mir.

Oui! Ich habe den MRT-Termin nicht wahrgenommen. Ich fuhr nach Riesweiler und war so glücklich, wie noch nie zuvor in meinem Leben. Der Gedanke, irgendwann mit dir für immer zusammen zu sein, war so schön. Jeden Morgen mit dir aufzustehen und abends mit dir zu Bett zu gehen, alles gemeinsam zu machen. Dich einfach mal so in den Arm zu nehmen, nur weil du da bist. Da wurde mir klar, dass es Liebe ist. Ich dachte nicht mal mehr an das, was eventuell kommen könnte. Dann kam unser Gespräch am Küchentisch und der Gedanke schob sich wieder in meinen Kopf. Schlagartig wurde mir klar, dass sich mein Fehler von damals nicht wiederholen dürfe. Ich wollte dich nicht verlieren, dich nicht fortschicken, wie ich es mit Mathieu tat. Ich dachte, egal was kommt, egal wie schlimm es wird, da ist Alexander und zusammen werden wir das durchstehen. Dann dachte ich, vielleicht bilde ich mir das alles nur ein. Bauchschmerzen bedeuten nicht das Schlimmste. Ich wollte es einfach nicht wahrhaben, ich wollte dieses wundervolle Gefühl nicht wieder verlieren. Dann kam unser Abschied und plötzlich sagte mein Herz, das ist ein Abschied für immer, du wirst ihn nicht wiedersehen. Mein Kopf und mein Bauch waren derselben Meinung. Ich wollte es nicht wahrhaben, wollte dich nicht verlieren, aber da war plötzlich wieder Jabouilles Stimme in meinem Kopf, die sagte, es kann jede Sekunde vorbei sein. Wenn das Implantat sich verhärtet und bricht, müssen sie gehen.

Auf dem Weg zum Airport liefen die Tränen unaufhaltsam. Als ich im Jet saß, war ich mir über eins absolut sicher … ich würde vieles aufgeben, aber niemals dich. Mit dem Wissen, dass es jede Sekunde vorbei sein kann, lebe ich schon viele Jahre. Ich war so aufgewühlt, dass ich nicht schlafen konnte. Auf dem Flug nach Los Angeles kamen die Schmerzen zurück. So stark, wie schon lange nicht mehr. Auf O'ahu wurden sie so stark, dass der Arzt kommen musste. Er teilte die Sorge, dass sich in meinem Bauch eine Katastrophe anbahnte und riet zum MRT. Ich wollte die Wahrheit nicht wissen, denn ich hatte Angst davor.

Maddox, ein Onkologe, den ich schon seit vielen Jahren kenne, der ebenfalls ein langjähriger Teilnehmer des Combats ist, arbeitet am Queens Medical Center. Nachdem meine Bauchschmerzen fast unerträglich waren, hat er mich überredet, eine Aufnahme meines Bauches machen zu lassen. Sie arbeiten in einem Feldversuch mit einem neuartigen 4D-MRT, mit dem sie den Blutfluss darstellen können. Es ist ein großer Fortschritt, denn bisher konnte man mit 4D-MRTs nur den Blutfluss in den Gefäßen des Herzens darstellen. Ich hatte für Freitagmorgen einen Termin, den ich auch wahrnahm. Ich war dort, bevor wir beide miteinander gechattet haben.

Die Auswertung ist etwas langwieriger, als bei herkömmliches MRTs, deswegen bekam ich die Ergebnisse erst abends, das heißt Samstagmorgen bei dir. Ich sollte um achtzehn Uhr bei Maddox sein, aber ich wollte um zwanzig Uhr mit dir telefonieren. Zu diesem Zeitpunkt dachte ich noch, dass du ein Problem hast oder dir etwas Sorgen bereitet. Ich hatte Angst vor dem Ergebnis und wusste, dass du sofort merken würdest, dass etwas nicht in Ordnung ist, also verschoben wir es auf zweiundzwanzig Uhr. Die Ärzte wussten, was sie in meinem Bauch finden würden, dass es Elly ist, aber sie konnten nicht sagen, ob das, was sie sahen, auch so aussehen sollte. Als Maddox die Frage stellte, was denn der dunkle Schatten sei, der sich durch Elly zog, war ich mit meinen Gedanken schon in der Vergangenheit angekommen. Zu diesem Zeitpunkt stürmten all die schrecklichen Dinge auf mich ein, von denen ich hoffte, sie nie wieder erleben zu müssen.

Ich wusste, was der dunkle Schatten bedeutete. Elly ist beschädigt und es gibt nichts, das sie wieder reparieren kann. Das Grauen war zurückgekehrt. Es kostete mich viel Mühe, mit dir zu chatten und zu wissen, dass es dem Ende entgegen geht. Die Nacht war schlimm, ich konnte nicht schlafen. Auf dem Airport hielten mich die Schmerzen in ihrem Griff. Waren sie auf dem Flug nach LA noch auszuhalten, steigerten sie sich auf dem Flug nach Paris und ich nahm zum ersten Mal seit langem wieder Valoron. Immer wieder driftete ich weg. Meine Füße trugen mich nicht, meine Gedanken waren langsam und verworren. Jede Nachricht an dich kostete mich unendlich viel Kraft und Mühe.

Irgendwann driftete ich auf Dauer weg und als ich aufwachte, lag ich in einem Klinikbett. Als ich aus dem Fenster sah, dachte ich, mein Herz setzt aus. Diesen Ausblick werde ich nie vergessen. Er hatte sich über viele Monate in mein Hirn gebrannt. Ich lag in dem Zimmer, in dem ich damals lag. Das Salpêtrière hatte mich wieder. Ich stand wieder ganz am Anfang. Hatte ich damals nicht die leiseste Ahnung, was da auf mich zukommen würde, so weiß ich diesmal, was kommen wird. Ich weiß nicht, ob mir das damals oder das heute lieber ist. Ich weiß nicht, was schlimmer ist. Nicht zu wissen, was kommt oder sehenden Auges in meinen Untergang zu gehen. Eins haben damals und heute gemein, ich brauchte damals ein Wunder und ich brauche heute eins. Damals schickte mir das Schicksal Jabouille. Diesmal wird es wohl kein Wunder geben.

Die Ärzte nervten, sie drängten zum MRT. Meine Kinder schlossen sich der Nerverei an. Victoria und Maxine stimmten ebenfalls mit ein. Ich konnte ihnen nicht sagen, dass ich kein MRT mehr brauchen würde. Ich hatte die Untersuchung bereits hinter mir und wusste, was mir bevorstand. Als Victoria sich verabschiedete, sah ich die Tränen in ihren Augen. Sie sagte, ich könne nicht lügen, meine Augen würden mich verraten, wenn ich es dennoch versuche. Da sei wieder dieser Blick, von dem sie hoffte, ihn nie wieder sehen zu müssen. Sie sagte, bei ihr niste sich wieder die Angst ein, dass jeder Abschied der letzte sein könnte.

Ich dachte an unseren Abschied, an dieses Gefühl, dass ich hatte und wäre in diesem Moment am liebsten gegangen. Danach ging es mir so schlecht, dass mich die Ärzte sedieren mussten. Montag konnte ich wieder klar denken. Ich wusste, dass mein schlechter Zustand noch nicht einer defekten Elly geschuldet war. Jabouille warnt mich immer wieder vor psychischem Stress. Den hatte ich zur Genüge, aber wie sollte ich ihn abstellen, wenn mein Herz vor Schmerz schrie?

Dann kam eine übernächtigte Maxine zu Besuch und sprach aus, was sie nicht zu Ruhe kommen ließ. Anscheinend habe ich die Gabe, mit den Augen zu reden. Ich werde wohl künftig immer eine Sonnenbrille aufsetzen. Das war ein Scherz!

Ich fing an mich zu fragen, wie ich es dir sagen soll. Ich wollte dich in die Arme nehmen und nie wieder loslassen. Ich war mir sehr wohl bewusst, dass ich dich nie bitten würde, für mich da zu sein. Dir nie ein Ultimatum stellen würde. Ich wusste, dass ich nicht so selbstsüchtig sein darf, dich an mich zu binden. Ich fragte mich, was ist, wenn ich keine Kraft mehr habe. Wird er meinen Kopf halten, wenn ich mich übergeben muss? Mich in die Badewanne setzen? Mich im Arm halten, wenn ich gehe?

Mir kamen unsere Probleme in den Sinn, dass es für dich nicht einfach war. Deine Frau, deine Kinder, dein Haus. Ich fragte mich immer, wann ist der richtige Zeitpunkt für einen liebenden Vater, seine Kinder zu verlassen? Dann war plötzlich alles ganz einfach. Mir war klar, dass du deine Kinder nie verlassen würdest. Du liebst sie. Deine Tochter ist krank, da geht man nicht. Wir beide verlassen unsere Kinder nicht. Sie verlassen uns und glaube mir, wenn der Tag kommt, an dem sie ausziehen, wird es für dich immer noch zu früh sein. Es ist, als würde dein Herz zerreißen. So war es für mich und so wird es für dich sein. Noch heute schmerzt es, wenn sie mich nach einem Besuch wieder verlassen. Bei uns sagt man, ein Mann geht an deiner Seite, dein Kind lebt in deinem Herz. Da wusste ich, dass es für uns nie ein wir geben wird.

Nachdem mir das alles klar geworden war, blieb nur ein Ausweg … besser ein Ende mit Schrecken, als ein Schrecken ohne Ende … und das schrieb ich dir. Nenn es feige, ich konnte nicht anders. Ich weiß, dass meine Kinder tief in ihren Herzen die Wahrheit kennen, aber die Angst ihnen die Kehlen zuschnürt und sie es nicht aussprechen können. Ihnen muss ich es sagen und davor fürchte ich mich.

In der Gewissheit, dass ich dich verloren habe und es wirklich ein Abschied für immer war, ließ ich mich auf eigenes Risiko aus der Klinik entlassen und floh zu Professor Jabouille. Ich wusste, dass nur er mich verstehen würde, verstehen konnte. Ich musste nichts sagen, er sah es mir an. Er nahm mich in den Arm, wir weinten ein bisschen zusammen und fingen an zu reden. Nach den langen Gesprächen mit Jabouille wurde mir bewusst, dass ich irrational gehandelt habe, dass ich dich verletzt habe, dir alles erzählen muss. Dass du aus meinem Gestammel vielleicht nicht die richtigen Schlüsse gezogen hast, nicht mal ahnst, weshalb ich es getan habe. Ich habe mir so sehr gewünscht, dass du mich noch einmal in deine Arme nimmst, dass ich das Gefühl habe, es lohnt sich zu kämpfen, auch wenn es ein aussichtsloser Kampf sein sollte.

Ich war etwas verwirrt, über deine Antwort. Meine Gedanken sind im Moment etwas schwerfällig. Ich dachte, das Schicksal will es nicht. Dann kam heute Morgen um 04:47 Uhr dieser Daumen und jetzt verstehe ich.

Ich weiß nicht, ob du all das, was ich dir geschrieben habe, auch lesen wirst. Ich weiß nicht, ob es mich verletzen würde, wenn du es nicht tust. In meinem Kopf herrscht im Moment ein riesiges Chaos. Jetzt hoffe ich aus tiefstem Herzen, dass ich am einundzwanzigsten lese, dass das Spiel am neunzehnten stattfand. Ansonsten muss ich mich fragen, ob bei all dem, was du mir erzählt hast, wenigstens ein klitzekleines bisschen Wahrheit war.

Nach Mainz gehe ich mit gemischten Gefühlen. Sie wollen prüfen, ob ich für die Einsetzung eines neuen Implantats geeignet bin. Wenn dem so ist, würden sie Elly entfernen und mir ein neues Implantat einsetzen. Ich weiß, dass ich das nicht überleben würde, denn ich würde das Versprechen brechen, dass ich Elly damals gab … sie nie wieder gehen zu lassen. Ich weiß, ihre Rache wäre furchtbar. Dagegen hätte auch das neueste Hightech Material keine Chance.

Donnerstag, 10. August, 21:01 Uhr
Hallo Madeleine,
es tut mir leid, das alles lesen zu müssen. Es macht mich noch trauriger, als ich eh schon bin. Es ist im Moment nicht leicht für mich. Als du mir geschrieben hast, ich solle nicht mehr schreiben, habe ich schweren Herzens beschlossen es zu tun. Ich werde und muss mich, wie du es von mir verlangt hast, auf meine Kinder konzentrieren. Sie brauchen mich, vor allem Emma. Du hättest sehen müssen, wie sie sich gefreut haben, mich zu sehen, als sie aus dem Urlaub zurückkamen Das war der Moment, als ich mir geschworen habe, sie nie zu verlassen. Das bedeutet, wir könnten uns nur sporadisch sehen und ich werde dir bei deinem Kampf nicht beistehen können, so wie es sich gehört.

Als ich dir sagte, wenn ich zu dir komme, musst du mir versprechen, dass es ihnen gut geht, meinte ich sehr wohl finanzielle Hilfe. Ich hätte nicht mehr für sie sorgen könnte. Zudem hatte ich die Sorge, dass sie ihre Heimat verlieren. Das war meine Angst und ich habe darüber nachgedacht, dass es nur funktioniert, wenn du mich finanziell unterstützt. Das will ich dir gestehen. Aber all das hätte nichts genutzt, ich wäre vor Sehnsucht nach meinen Kindern gestorben. Ich weiß, das kannst du verstehen.

Ich würde gerne weiterhin mit dir schreiben, aber ohne terminliche Verpflichtung. Im Moment weiß ich nicht, ob ich die Termine einhalten könnte.

Donnerstag, 10. August, 23:08 Uhr
Es ist jetzt wohl an der Zeit, die rosa Brille abzunehmen, die Sache realistisch zu betrachten. Du hast nicht erst bei der Rückkehr deiner Kinder beschlossen, sie nie zu verlassen. Du hattest nie vor zu gehen, sei wenigstens zu dir selbst ehrlich. Somit müssten wir auch nicht über die finanzielle Unterstützung reden. Ich werde es dennoch tun.

Du warst sehr wütend, weil ich anfangs vorhatte, dich deiner Frau abzukaufen und das ist verständlich. Ich schäme mich dafür, aber so bin ich nun mal. Ich habe eingesehen, dass man einen Menschen nicht kaufen kann. Non! Falsch! Man kann Menschen kaufen. Wenn der Preis stimmt, knicken alle ein. Glaube mir, ich weiß wovon ich spreche. Du weißt, ich bekomme immer, was ich will. Non! Ich bin noch nie so tief gesunken, mir einen Mann zu kaufen. Dich wollte ich, aus den Gründen, die ich dir schon geschrieben habe, über die wir gesprochen haben. Du sagtest damals, du bist nicht käuflich. Jetzt muss ich dich berichtigen. In dem Moment, in dem du zu mir gekommen wärst und ich für deine Kinder hätte zahlen sollen, wärst du käuflich gewesen.

Du hast mich damals gefragt, wie viel ich deiner Frau, wie viel ich deinen Kindern gezahlt hätte. Heute muss ich sagen … Nichts! Ich sagte dir, dass ich eingesehen hatte, dass du freiwillig zu mir kommen musst. Weshalb hätte ich dann zahlen sollen? Ich hatte dir angeboten, deine Kinder mitzubringen. Du wolltest nicht. Du wolltest ihnen die Mutter nicht nehmen, aber du hättest ihnen den Vater genommen? Non! Das hättest du nie getan. Du hattest nie vor, dein Leben mit mir zu teilen. Ich höre an fünf Tagen in der Woche jede Menge Ausreden, jede Menge Lügen. Glaube mir, ich erkenne, wenn ich eine höre.

Ich habe nie von dir verlangt, mir beizustehen. Ich sagte, dass es mein Kampf ist und ich meinen Weg allein gehen muss. Ich bin es gewohnt, allein zu sein. Es ist nichts Neues für mich. Zuerst sagst du, dass wir uns nur noch sporadisch sehen können, dann willst du keine terminlichen Verpflichtungen. Sei doch bitte ehrlich. Du hättest auch niemals deine Frau belogen. Seit sie wieder zuhause ist, hat sich dein Verhalten mir gegenüber verändert. Ich bin dir nicht böse. Es war absehbar, nur eine Frage der Zeit, wann es zu Ende ist.

Ich sage dir auch ehrlich, dass ich nicht glaube, dass das Spiel verschoben wurde. Du hast mir versprochen, immer ehrlich zu mir zu sein. Ich habe lange geschwiegen, was bei mir sonst nie vorkommt, aber ich stelle inzwischen vieles in Frage. Ich habe mir lange eingeredet, dass du vielleicht selbst gar nicht weißt, dass du nie gehen würdest, aber das spielt jetzt keine Rolle mehr. Wir werden uns nie wiedersehen. Auch wenn es schmerzt, ich muss es als gegeben hinnehmen. Ich möchte dir nicht mehr schreiben. Es würde mir alles nur noch schwerer machen. Ich weiß nicht, ob du mir noch antworten wirst. Ich werde den Messenger löschen. Er würde mich nur in Versuchung bringen, dir doch wieder zu schreiben.

Wenn ich Sonntag in den Zug steige, wird es kein wir mehr geben. Jetzt sage ich Adieu. Ich werde mich bemühen, so lange als möglich an dich zu denken. Irgendwann werde ich dich vergessen und es liegt nicht an mir, wann das sein wird.

Donnerstag, 10. August, 23:18 Uhr
Hallo Madeleine,
gib mir bitte ein paar Tage zum Nachdenken. Ich muss zur Ruhe kommen.

Kannst du Maxine bitten, mir nicht mehr zu schreiben. Das ist etwas, das nur uns beide betrifft. Sie sagt, du würdest mir nie verzeihen, wenn das Spiel nicht samstags ist. Heute wurde gebeten doch sonntags zu spielen. Es steht noch nicht fest. Nochmal! Ich brauche ein paar Tage, um zur Ruhe zu kommen. Ich kann nachts nicht mehr schlafen.

Und wieder schlägt das Radar an. Wieder hat er mich belogen. Weshalb tut er das? Weshalb tue ich mir das an? Lügen und immer wieder neue Lügen. Glaubt er wirklich, ich merke es nicht? Anscheinend ist es so …

Donnerstag, 10. August, 23:52 Uhr
Wenn du Maxine etwas zu sagen hast, dann mach das selbst. Ich bin nicht deine Sekretärin. Ich weiß

nicht, worüber du nachdenken musst. Ich habe dich nichts gefragt. Ich habe dich um nichts gebeten.

Freitag, 11. August, 22:51 Uhr
Salut Alexander,
pardon! Ich war mal wieder zu heftig. Meine Nerven liegen blank. Ich weiß wirklich nicht, was du meinst. Ich habe schon ein paar Tage nicht mehr mit ihr geredet. Ich gestehe, ich habe mich bei ihr ausgeweint. Es ist mir alles zu viel. Es geht mir nicht gut, mein Kopf dröhnt. Mein Herz schreit, ich will ihn wiederhaben, ich will ihn nicht verlieren. Mein Kopf sagt, dass das nicht geht. Ich bin so unglücklich. Du sagtest, Liebe tut weh. Du hast vergessen zu sagen, wie weh sie tut.

Du sagst immer nur, dass du Zeit brauchst, dass du nachdenken musst. Sag mir doch endlich mal, worüber du nachdenken musst. Ich bin kein Hellseher. Ich habe dir geschrieben, wie ich die Sache sehe. Sag mir, wie du sie siehst. Sag es, ohne nachzudenken. Einfach so wie es ist. Sag, es tut mir leid … es tut mir nicht leid. Es tut weh … es tut nicht weh. Egal was, aber sag mir endlich die Wahrheit. Du kennst sie, sag sie mir. Bitte! Es kann nicht mehr schlimmer werden. Ich habe schon so viel überstanden, ich werde auch die Wahrheit überstehen.

Bitte! Du hast mir versprochen, immer ehrlich zu mir zu sein. Es geht jetzt nicht um das Spiel, okay, nicht nur um das Spiel. Ich denke, es wird sowieso nur das sein, was ich schon lange ahne. Ich kann so nicht mehr weitermachen. Bitte, sei ehrlich zu mir.

Wie du weißt, habe ich nicht mehr alle Zeit der Welt. Tut mir leid! Ich muss dir jetzt ein Ultimatum setzen. Morgen Mitternacht! Wenn ich bis dahin nichts von dir gehört habe, lösche ich den Messenger.

Freitag, 11. August, 23:43 Uhr
Guten Abend Madeleine,
ich verspüre eine Art Druck hinter deinem Schreiben, deswegen möchte ich ehrlich zu dir sein. Ich habe im Moment so viele Probleme, dass ich nicht mehr klar denken kann. Die kranke Emma, Hanna wird eingeschult, Stress auf der Arbeit, all das raubt mir momentan meine Kraft. Wenn ich mal ein paar Stunden Freizeit habe, möchte ich sie mir so einteilen, wie ich will. Es ist im Moment einfach sehr wenig Zeit vorhanden und das wird sich so schnell nicht ändern. Ich habe es unterschätzt und du hattest recht. Wenn du der Meinung bist, mir Ultimaten setzen zu müssen, macht das die Sache nicht einfacher. Wenn du der Meinung bist, den Messenger löschen zu müssen, dann tu es. Ich möchte dir schreiben, wie ich will und wann ich Zeit habe. Ich will keinen Druck dahinter.

Freitag, 11. August, 23:45 Uhr … Chatroom
»Du solltest mir kurz und knapp die Wahrheit sagen. Kein Druck. Ich wollte nur die Wahrheit.«
    »Welche Wahrheit?«
    »Siehst du, du weißt nicht mal, was ich meine. Vergiss es! Du willst schreiben, wie und wann du willst. Was ist mit mir? Ich frage mich, ob das für dich alles nur ein Abenteuer war.«
    »Was ist mit mir? Wollt ihr, dass ich kaputt gehe? Jeder will was von mir. Ich kann nicht mehr. Nein, es war kein Abenteuer, aber ich kann es im Moment nicht. Ich muss erst mal mit mir fertig werden. Ich weiß doch gar nicht, wo mir der Kopf steht.«
    »Was glaubst du, wie ich mich fühle? Ich gehe kaputt!«
    »Es tut mir leid, dass im Moment alles ist, wie es ist.«
    »Ich will nicht, dass du kaputt gehst. Du hast dich kopfüber in ein Abenteuer gestürzt und jetzt bist du in der Realität gelandet.«
    »Nein! Ich bin nicht gelandet, sie hat mich eingeholt.«

»Ich habe mir von Anfang an gedacht, dass es irgendwann so kommen wird.«

»Wie geht es dir? Das ist die Frage, die für mich wichtig ist. Nicht dieses Gezanke!«

»Es geht mir schlecht! Hätte ich vor ein paar Wochen gewusst, wie das alles Enden wird, ich wäre nie nach Bernkastel gekommen.«

»Ich auch nicht!«

»Es tut mir leid, dass ich das gesagt habe, aber so fühle ich im Moment. Ich streite nicht mit dir. Ich wollte nur wissen, ob es dir ein klitzekleines bisschen ernst war.«

»Natürlich war es mir ernst, das habe ich dir aber schon gesagt. Glaub mir, ich habe das total unterschätzt. Seit meine Kinder wieder zu Hause sind, weiß ich, was ich vermisst habe.«

»Ich verstehe dich. Ich bin dir nicht böse, nur sehr enttäuscht. Ich denke, wir haben jetzt genug gesagt. Es fehlt nur noch ein Wort.«

»Welches?«

»Adieu!«

»Warum so abrupt? Nur weil ich nicht kann, wie du willst?«

»Non, weil ich nicht will, dass du leidest. Ich kann das alles nicht mehr.«

»Lass uns weiterhin schreiben, aber ohne Druck.«

»Weshalb? Damit ich immer daran erinnert werde, was ich mir mehr als alles andere wünsche, aber nie haben kann?«

»Nein, weil wir Freunde sind, ich es auch gern bleiben würde und weil ich einen so lieben Menschen wie dich nicht verlieren möchte.«

»Ich glaube nicht, dass ich das kann. … bist du so cool, dass du darüberstehst?«

»Nein, aber auch nicht so cool, um adieu zu sagen.«

»Wie stellst du dir das vor? Dass ich jeden Abend warte, ob du vielleicht Zeit für mich hast? Hast du mal darüber nachgedacht, was mir jetzt alles bevorsteht? Ich habe in den letzten Wochen viel Zeit für dich aufgebracht, habe vieles hintenangestellt. Du hast mein Leben völlig auf den Kopf gestellt. Jetzt brauche ich meine Zeit für mich. Ich habe nicht mehr viel davon. Das ist kein Vorwurf und ich will dir kein schlechtes Gewissen bereiten.«

»Das verstehe ich. Ich will damit sagen, dass, wenn du mir schreiben willst, ich dir antworten werde.«

»Jetzt halte ich dich schon wieder vom Schlaf ab.«

»Nein! Du hältst mich nicht vom Schlafen ab. Ich wache über Emma. Ihre Pumpe gibt ständig Alarm.«

»Das tut mir leid. Okay! Ich sage dir jetzt genau, wie es in mir aussieht. In meinem Bauch sitzt der Tod. Damit muss ich klarkommen, aber dieses Wissen, es schmerzt nicht mal annähernd so, wie der Schmerz, der in meinem Herz wohnt. Es tut sehr weh, dass ich dich nie mehr sehen kann. Ich wollte dich noch einmal in die Arme nehmen. Ich kann dir nicht schreiben und tun, als sei alles in bester Ordnung. Ich kann es nicht.«

»Es ist keine Frage des Wollens, sondern eine Frage der Zeit und die ständige Angst um Emma.«

»Das verstehe ich. Du sollst Emma nicht vernachlässigen. Weshalb willst du mich nicht verstehen?«

»Ich verstehe dich.«

»Aber du willst mich nicht gehen lassen.«

»Du würdest mich gerne sehen und ich kann es nicht einrichten.«

»Non, ich will dich nicht mehr sehen. Das würde ich nicht überstehen.«

»Ich kann dir nicht verbieten, mir nicht mehr zu schreiben.«

»Ich komme am zwanzigsten August zum letzten Mal nach Deutschland. Diese letzten Tage gehören Professor Weishaupt und seinem Team. Ich habe dir gesagt, was mich dort erwartet. Ich habe inzwischen meine Entscheidung getroffen. Ich fahre nur nach Mainz, um den Professor nicht zu ent-täuschen. Er würde gerne Elly kennenlernen und das möchte ich ihm nicht verwehren. Mehr als ken-nenlernen wird es nicht geben, denn nichts und niemand wird Elly etwas Böses tun. Sie hat sich all die Jahre an unseren Deal gehalten, jetzt muss ich mein Versprechen einhalten. Du weißt, wie pingelig ich mit meinen Versprechen bin. Auch wenn es nur ein Implantat ist, das eigentlich nicht reden kann …«

»Ja, ich weiß! Ich konnte mein Versprechen nicht einhalten und das werde ich mir nie verzeihen.«

»Ich verzeihe dir. Ich habe nur noch eine Frage und traue mich kaum, sie zu stellen.«

»Aber ich verzeihe mir nicht. Stell mir deine Frage.«

»Der Samstag, der wieder schön werden sollte … Ist es die Wahrheit, dass das Spiel verschoben wurde, war es eine Trotzreaktion oder geboren aus der Verletzung, die ich dir zugefügt habe? Wolltest du mir wehtun? Bitte! Sei ehrlich, ich bin dir nicht böse, egal was Maxine sagt.«

»Es ist bis heute nicht klar, wann wir spielen und nein, ich wollte dir nicht wehtun.«

»Ist das die Wahrheit? Ich habe es so verstanden und weiß, dass ich es verdient hätte.«

»Nein! Du hättest es nicht verdient.«

»Doch, ich habe dich vor den Kopf getreten. Das tut mir sehr leid. Ich kann nur immer wieder sagen, ich bin nun mal so. Ich habe nie gelernt, anders zu sein. Es tut mir leid, dass du zu meinem Opfer wurdest. Ich hätte mit dir reden müssen, aber ich war zu schnell. Inzwischen weiß ich zwar, dass ich nie die Chance haben sollte, es dir persönlich zu sagen, aber das entschuldigt nicht, dass ich es dir so vor den Kopf geworfen habe.«

»Ich komme hier im Moment zu gar nichts, egal wie sehr ich mich auch anstrenge.«

»Ich habe lange und viel mit Jabouille geredet. Ich kam erst heute Morgen nach Hause. Inzwischen bin ich mir über eine Sache absolut sicher. Ich bin wie ich bin und ich frage mich, ob ich jemals in der Lage gewesen wäre, mich für dich zu ändern, so zu ändern, dass ich dich nie verletzt hätte. Ich will ehrlich sein. Ich glaube nicht, dass ich es geschafft hätte. Ich habe es nicht mal geschafft, dich wenigs-tens anzurufen, um dir am Telefon zu sagen, was ich dir geschrieben habe. Eins kann ich dir sagen und das kommt ganz tief aus meinem Herz. Es tut mir leid, dass ich dir wehgetan habe.«

»Du musst dich für nichts entschuldigen. Ich entschuldige mich, dass ich mein Versprechen nicht einhalten kann.«

»Das ist Schicksal. Ich darf nicht glücklich werden, das habe ich inzwischen verstanden. Damit muss ich leben. Ich kann es nicht ändern. Schläft Emma? Hat sie Schmerzen?«

»Sie schläft, aber ständig piepst die Pumpe. Meine Frau und ich wechseln uns mit der Wache ab. Es ist im Moment extrem. Sie muss neu eingestellt werden. Ich muss jetzt ein bisschen schlafen. Okay?«

»Okay! Kümmere dich um sie. Sie braucht dich. Wie ich dir bereits sagte, habe ich bereits begonnen, mich zu verabschieden und ich möchte es jetzt auch tun. Ich wünsche dir, dass du irgendwann glück-lich wirst. Ich sage dir jetzt Adieu.«

»Vielen Dank für die schöne Zeit mit dir, möge Gott mit dir sein.«

»Ich glaube nicht an Gott. Leb wohl …«

»Adieu …«

Eigentlich müsste mein Herz jetzt schreien vor Schmerz, aber diese offensichtliche Lüge hat es zum Schweigen gebracht. Weshalb konnte er nicht sagen, dass es eine Trotzreaktion war, dass er mich nicht mehr sehen will. Er hat es nur noch schlimmer gemacht. Er weiß, ich hasse nichts mehr als Lügen und dennoch tat er es. Das werde ich ihm nie verzeihen. Ich werde mich immer daran erinnern und diese Erinnerung wird wie ein Schatten auf der schönen Zeit mit ihm liegen.

Im Wirrwarr der Gefühle

Seit heute weiß ich, dass er mich belogen hat. Dieses Gefühl ließ mir keine Ruhe. Ich tat es nicht gern, aber es musste sein. Das Spiel sollte nie verschoben werden. Ich habe telefoniert, drei Leute der gegnerischen Mannschaft angerufen, keiner wusste etwas davon, alle waren sehr erstaunt und auch sehr hilfsbereit, gaben mir sogar die Nummer des Vorsitzenden des Vereins, bei dem Alexander Trainer ist.

Normalerweise würde ich jetzt auf Rache sinnen, doch bei ihm kommt sie mir erst gar nicht in den Sinn. Ich bin nur enttäuscht, so sehr enttäuscht von ihm. Ich frage mich, war es die einzige Lüge oder gab es noch mehr. Wie oft habe ich das Gefühl unterdrückt, wenn es aufkam. So vieles kam mir seltsam vor, zudem verhält er sich dann seltsam. Es ist die Art, wie er es sagt, wie er es schreibt. Nennen wir es kleine Schwindeleien, keine großen Lügen, aber diese eine Lüge stellt leider alles andere in Frage.

Er sagte, er liebt seine Frau nicht mehr. Okay! Es war nur ein Traum, aber er war voller Gefühl, voller Schmerz, voller Verzweiflung. Jetzt diese Lüge, das ist zu viel. Logisch wäre es, wenn diese Liebe jetzt ausgelöscht wäre, aber das ist sie nicht. Dieses Gefühl ist noch immer da, quält mein Herz und ärgert meinen Kopf, der sich diskret zurückhält, obwohl er recht hatte.

Ich vermisse ihn, trotz allem. Ich will ihn wiederhaben. Ich weiß, es ist verrückt, völlig verrückt, aber ich liebe ihn. Es ist nicht schön, wie alles kam und es tut mir leid, doch ich weiß nicht, was ich noch tun kann, ob ich überhaupt etwas tun kann. Es ist mir so fremd geworden, seit seine Frau wieder zuhause ist. Ich weiß nicht, ob ihn das schlechte Gewissen plagt oder er einfach nur froh ist, wieder bei ihr zu sein.

Er verhält sich mir gegenüber so abweisend. Er ist freundlich und besorgt, aber das ist auch schon alles. Er ist zu nett, um mir zu sagen, lass mich in Ruhe.

Egal, wie alles gelaufen ist und egal, wie er sich verhält, ich mache mir Sorgen um ihn. Ich habe das Gefühl, dass ihn etwas belastet, das ihn quält und ihm den Schlaf raubt. Ich weiß nicht, was es sein könnte, aber da ist etwas. Ich weiß es ganz einfach. Ich weiß es, wie ich weiß, wenn es meinen Kindern nicht gut geht. Ô mon Dieu! Ist das auch der Liebe geschuldet?

Auch wenn ich sagte, es ist vorbei … ich mache mir zu große Sorgen. Ich werde ihn fragen …

Freitag, 18. August, 18:49 Uhr … WhatsApp
Wie geht es dir? Ich sorge mich um dich. Konnten die Ärzte Emma helfen?

Freitag, 18. August, 18:57 Uhr
Bin im Training. Es geht mir gut. Ich versuche alles zu vergessen. Emma geht es besser. Ich hoffe dir auch.
Gruß Alexander

Freitag, 18. August, 21:54 Uhr
Schön, dass es dir gut und Emma besser geht. Dann muss ich mich jetzt nicht mehr um dich sorgen.

Emma geht es besser, das ist schön. Ihm geht es gut? Non! Mein Gefühl sagt mir, er schwindelt, es geht ihm nicht gut. Es gibt etwas, das ihn plagt. Ich weiß, dass ich auch daran schuld bin, aber es ist nicht meinetwegen … nicht nur meinetwegen. Er hatte Halsschmerzen … ob es doch schlimmer ist, als er zugab? Ô mon Dieu! Weshalb habe ich ihn nicht gefragt, solange ich noch Zeit dazu hatte? Weshalb kann ich mit dieser Liebe nicht umgehen?

Er sagt, er will alles vergessen. Ich habe ihn doch verletzt. Sacrément! Weshalb mache ich das immer wieder? Weshalb kann ich nicht einmal richtig reagieren? Das Gefühl, der Liebe, es überfordert mich. Nichts an ihr ist logisch. Ich verstehe sie nicht.

Samstag, 19. August, 12:37 Uhr
Du willst alles vergessen. Du willst mich vergessen. Das tut weh, sehr weh … Ich hoffe, dass ich dich nie vergessen werde.

Samstag, 19. August, 19:39 Uhr
Salut Alexander,
als ich heute Morgen aufstand, blinkte auf all meinen elektronischen Geräten die gleiche Nachricht. Aujourd'hui, je fais la connaissance d'Alexandre … Heute lerne ich Alexander kennen. Ich hatte völlig vergessen, dass ich das vor ein paar Wochen programmiert hatte. Da dachte ich noch, dass ich dich heute kennenlerne, aber du warst so hartnäckig und den Rest kennst du. Heute ist es vorbei. Noch gestern dachte ich, dass ich heute wohl am besten den ganzen Tag im Bett bleibe, aber das Leben geht weiter und nimmt keine Rücksicht. Auch nicht darauf, dass ich heute eigentlich wieder … aber das ist jetzt vorbei.

Heute Morgen war ich mal wieder auf dem Père Lachaise, wie so oft in der letzten Woche. Egal, wie lange ich bleibe, ich finde keine Ruhe. Die werde ich wohl erst finden, wenn ich für immer bleibe. Heute hat mich deine Nachricht beschäftigt. Okay. Nicht nur heute, bereits gestern, nachdem ich sie gelesen hatte. Es war wie ein Schlag ins Gesicht, aber den habe ich wohl verdient. Ich weiß nicht mehr, was ich noch sagen soll, sagen kann. Ich habe keine Erfahrung mit Liebesleid. Ich habe mal wieder alles verbockt, wie Victoria sagen würde. Non, wie Victoria sagte. Hätte ich ihre Erfahrung, ich hätte mich besser aus der Affäre gezogen. So sagt man doch bei euch?

Ich habe zwei Mal versucht, dir meine Beweggründe zu erklären und jedes Mal habe ich es nur noch schlimmer gemacht. Ich konnte die Wahrheit nicht niederschreiben. Als ich Maxine erzählt hatte, was mich dazu trieb, ist sie fast ausgeflippt. Sie sagte, er hat mir versprochen, dich nicht zu verletzen. Was sie noch alles von sich gab, möchte ich hier nicht wiederholen, denn es spielt keine Rolle. Inzwischen habe ich mir eine Auszeit von ihr genommen. Sie hat wieder begonnen mich zu betüdeln und zu behandeln wie ein kleines Kind. Noch bin ich Herr über meine Sinne und kann meine eigenen Entscheidungen treffen. Ich brauchte einfach meine Freiheit.

Victoria hatte ich es bereits auf Hawaii erzählt. Sie nahm es locker hin, sagte, ich müsse dir die Wahrheit sagen. Wie solltest du sonst verstehen, weshalb ich tat, was ich tat. Sie sagte, sie wäre da für mich, wann immer ich sie brauche. Ich habe auch von Victoria Abstand genommen. Nicht, weil sie mich nervt, sondern weil sie selbst zurzeit viele Probleme hat. Die muss sie erst mal regeln, bevor sie sich um mich kümmert. Ich hoffe, sie lässt sich viel Zeit mit der Lösung ihrer Probleme.

Professor Jabouille sagte, ich solle mich fragen, ob ich es lieben würde, wenn man mir in einer Verhandlung nicht sagt, was Sache ist. Wenn sie wie die Katze um den heißen Brei schleichen, ich mir zwar denken kann, was sie wollen, aber letzten Endes von der Wahrheit überrascht würde. Ich kann das nicht so gut übersetzen. Es ist auch nicht so wichtig, aber er hat recht. Ich hasse solche Situationen, wenn Erklärungsversuche gestartet werden, die alles nur noch schlimmer machen. Wenn man nicht von Anfang an auf den Punkt kommt. Die Wahrheit verschweigt … Sacrément! Es fällt mir sehr schwer, es niederzuschreiben, aber ich habe mich heute Morgen auf dem Friedhof entschlossen, dir auch die letzte Wahrheit zu sagen. Ich hoffe, du verstehst dann ein klitzekleines bisschen, weshalb ich nicht gleich damit herausgerückt bin.

Ich habe dir von Mathieu erzählt. Ich weiß bis heute nicht, ob es wirklich Liebe war oder ob ich, mit dem letzten Mann in meinem Leben, so dachte ich doch damals sicherlich, nur ein paar Tage und Nächte wunderschönen Sex hatte. Alles, was ich darüber weiß, habe ich in meinem Tagebuch gelesen oder von Jean, das war Matthieus Freund, gehört. Maxine hat nichts bemerkt. Victoria sagt, ich hätte nie irgendwelche Anzeichen gezeigt, dass es da jemand gab, dem ich mein Herz geschenkt habe. Ich weiß es nicht. Ich habe es vergessen. Das Koma hat mir alles genommen. Selbst als peu à peu die Erinnerungen zurückkamen, blieb Mathieu im dunklen. Ich erinnere mich dunkel an einen Abend, als Yvo mich in eine peinliche Situation gebracht hat, die mit Matthieus Alter zu tun hatte. Ich erinnere mich, dass ich neben ihm saß, als wir in der Oper waren und ich habe eine verschwommene Erinnerung an ein Frühstück. Nachdem ich Valery nach vielen Jahren wieder getroffen und sie mir von Matthieus Tod erzählt hatte, war da so eine Wehmut, eine Trauer, die ich mir nicht erklären konnte. Ich wusste zu diesem Zeitpunkt noch nicht, dass es Mathieu in meinem Leben gegeben hatte.

Ich bezweifele nicht, dass all das, was in meinem Tagebuch steht, der Wahrheit entspricht. Ich sagte dir bereits, es ist nicht mehr wichtig. Wichtig ist etwas anderes. Ich frage mich, ob ich ihn so sehr geliebt habe, wie ich es immer und immer wieder gelesen habe. So sehr ich mich auch bemühe, ich kann zwischen meiner, nennen wir es Liebe, zu Mathieu und meiner Liebe zu dir keine Parallelen finden. Ich weiß, heute ist eine völlig andere Zeit. Ich habe meinen Freundinnen von dir erzählt und meine Zeit mit dir in so vielen Dateien gespeichert und, dass all das dafür sorgen wird, dass ich immer und immer wieder an dich erinnert werde, falls ich dich vergesse bevor … okay! Ich habe überlegt, ob es nicht besser wäre, dich zu vergessen und niemand erinnert mich an dich. Es hätte einen Vorteil … dieser Schmerz würde endlich aufhören.

Ich muss so oft an deine Worte denken. Du hast sie so oft gesagt. Wenn du Sonntag au revoir sagst und es tut weh, dann ist es Liebe. Ich erinnere mich auch noch sehr gut daran, wie es war, als ich endlich diese Worte über die Lippen brachte. Sie kamen tief aus meinem Herz. Ich sagte: Je t'aime und du warst so überwältigt, dass du Tränen in den Augen hattest. Ich hätte nie gedacht, dass der Schmerz beim Abschied so groß sein könnte. Ich sagte dir bereits, dass ich damals schon wusste, dass es ein Abschied für immer ist, aber ich habe dir nicht gesagt weshalb. Wenn ich damals deine Frage ehrlich beantwortet hätte, anstatt der Antwort auszuweichen … heute weiß ich, ich hätte uns viel Kummer und Schmerz erspart, aber zu diesem Zeitpunkt … ich konnte es einfach nicht. Und, wie du sicher schon bemerkt hast, versuche ich auch jetzt mich davor zu drücken. Es fällt mir so schwer, denn es war der Anfang vom Ende. Okay! Vielleicht finde ich dann endlich etwas Ruhe, wenn es raus ist.

Du erinnerst dich an Bernkastel, als ich dir sagte, dass du im Schlaf redest. Wir haben uns gefragt, ob man im Schlaf den Tag aufarbeitet, seine Probleme abarbeitet oder ob man ganz einfach nur seine Wünsche und die Wahrheit ausspricht. Dann kam Riesweiler. In der ersten Nacht hast du wieder mal über etwas geschimpft, das mit Fußball zu tun hatte. Du warst noch aufgeregter als in Bernkastel. Ich hielt deine Hand, habe dir die Wange gestreichelt und erst, als ich dir einen Kuss gab, hast du dich beruhigt. Samstags haben wir nicht über deine Träume geredet, aber dann kam der Sonntag. Wir saßen beim Frühstück und du hast mich … ich finde nicht das richtige Wort - taquiner - necken, hänseln, frotzeln. Ich weiß nicht mehr, worum es ging. Deine nachfolgende Frage hat mich völlig überrumpelt und ich habe alles andere vergessen. Du sagtest, du sagst immer, ich rede im Schlaf. Habe ich wieder geredet? Was habe ich gesagt?

Ich wusste nicht, was ich antworten sollte. Ich war noch so schockiert, verletzt, was weiß ich, was ich war, ich hatte nicht realisiert, dass dieser Satz bereits alles beendet hatte. Ich frage mich schon mein ganzes Leben, ist es eine Lüge, wenn man die Wahrheit verschweigt? Kommt es einer Lüge gleich?

Ich konnte es dir nicht sagen, denn ich hatte Angst, dann ist gleich alles vorbei. Deswegen druckste ich etwas herum, sagte etwas von Fußball, was ja keine Lüge war. Du hattest die Nacht zuvor von Fußball geträumt. Dann hast du von etwas anderem gesprochen, denn du hattest bemerkt, dass mir die Antwort unangenehm war. Vielleicht hast du es tief in deinem Herz gespürt. Du hast mir einen Kuss gegeben und meine Hand gedrückt. Okay! Die Wahrheit!

Am Abend zuvor warst du sehr müde. Wir wollten uns einen Film ansehen, doch dir fielen immer wieder die Augen zu. Ich habe dich zugedeckt und du hast dich in das Kissen gekuschelt. An diesem Abend hatten wir über deine Frau gesprochen, darüber, dass ich Probleme damit habe, dass du sie belügen willst. Du wolltest mir nicht sagen, was du ihr vorschwindeln wolltest, sagtest, das sei dein Problem und du willst mich nicht damit belasten.

Du bist auf der Couch eingeschlafen und ich habe mir den Film angesehen. Irgendwann wurdest du unruhig. Es war, als würdest du einen Kampf austragen. Du warst sehr aufgeregt und es hörte sich an, als ob du mit jemand streiten würdest. Es war nicht wie die Nächte zuvor. Ich habe dir übers Haar gestrichen, aber du hast nicht reagiert. Ich streichelte dein Gesicht und dann … Es tut so verdammt weh! Du hast nach meiner Hand gegriffen, hast sie gedrückt, so fest, dass es schmerzte. Dann hast du laut und voller Verzweiflung gesagt, es tut mir leid, ich mache es nie wieder. Es tut mir so leid. Ich liebe dich … dich und unsere Kinder.

Ich möchte jetzt nicht sagen, wie ich mich in diesem Augenblick gefühlt habe. Am liebsten wäre ich nach Hause gefahren. Es tat so furchtbar weh. Ich saß lange Zeit auf der Terrasse. Als ich völlig durchgefroren war, habe ich dich geweckt, damit du nicht die ganze Nacht auf der Couch zubringst. Du fragtest, ob ich müde sei, weshalb ich so rote Augen hätte. Was hätte ich dir antworten sollen? Ich habe in dieser Nacht nicht geschlafen. Dieser Satz hatte sich in meinen Kopf gebrannt. Was danach geschah weißt du. Ich habe es dir geschrieben.

Dann kamen Maxines Verrat und deine Frage, ob ich dich gekauft hätte. Ich fragte mich, will er mich jetzt provozieren, dass ich die Beziehung beende. Ich war so verletzt. Zuerst dieser Satz, dann Maxines Verrat und deine Frage. In meinem Kopf tauchten wieder viele Fragen auf, die ich mir zuvor bereits gestellt hatte, die ich aber immer wieder zur Seite schob, weil ich die Antworten gar nicht hören wollte. Ich fragte mich, weshalb küsst er mich nicht. Ich fragte dich, ob du nicht gerne küsst. Du hast mir diese Frage nicht beantwortet. Ich fragte mich, weshalb berührt er mich nicht, weshalb sieht er mich nicht an, wenn wir uns lieben. Bin ich zu alt, zu dick, zu hässlich. Nach diesem schrecklichen Satz spuckte eine Antwort durch meinen Kopf, der ich keinen Raum geben wollte. Ich weigerte mich, diesen Gedanken zuzulassen. Es schien mir einfacher, die Beziehung zu beenden. Ich dachte, ich tue dir einen Gefallen damit. Zudem war ich sehr verletzt. Dann sagtest du, dass dir die Trennung sehr ans Herz geht, dass du geweint hättest wie ein Kind. Du hast mir so leidgetan. Du hättest mir in diesem Augenblick wer weiß was erzählen können, ich wollte dich nicht verlieren, aber dieser Satz stand schon zwischen uns.

Ich wusste von Anfang an, dass ich dich nicht oft sehen werde. Egal, wann, egal, wie oft, egal, wie lange, es würden immer gestohlene Stunden sein. Es war mir egal. Ich wollte bei dir sein, dich im Arm halten, deine Nähe spüren. Ich wäre auch gekommen, um dich nur eine Stunde zu sehen. Es hätte sicherlich immer einen Weg gegeben, auch wenn Wochen oder gar Monate dazwischen gelegen hätten. Selbst als ich Ellys Riss sah, sah, dass es bald zu Ende sein würde, selbst da warst du mir wichtiger. Ich wäre gekommen, so lange es mir möglich gewesen wäre. Du bist so ein zartes Pflänzchen. So oft verletzt und so zerrissen. Ich wollte dir nicht wehtun und doch hatte ich dich bereits so sehr verletzt. Ich tat es nicht absichtlich. Ich denke, es geschah mehr unbewusst.

Als wir uns anfangs schrieben, dachte ich, er ist so einfühlsam, so liebenswert, so verletzbar und er berührt mein Herz. Das haben noch nicht viele Menschen geschafft. Ich glaube, ich habe dich schon geliebt, da hatte ich noch nicht mehr als ein Foto von dir gesehen. Dann war das auch noch dieses berühmte Foto … die Jeans … du. Da wuchs in mir der Wunsch, dich ganz allein für mich zu haben. … und dann kam mir dieser dämliche Gedanke. Ich weiß, dass auch das immer zwischen uns stand. Ich hatte wirklich gehofft, dass alles wieder gut wird, dass es nur ein schlechter Traum war. Ich wollte, dass es nur ein schlechter Traum war, aber dieser Satz verfolgte mich bis in meine Träume.

Dann kam der Tag, an dem deine Frau aus dem Urlaub zurückkam. Du hattest dich völlig verändert. Dieses vertraute zwischen uns war verschwunden. Es tat weh. Ich bin ein absoluter Neuling in Sachen Liebeskummer. Ich hätte liebend gern auf diesen Schmerz verzichtet. Dann drängte sich dieser Gedanke vehement in den Vordergrund. Hatte ich es lange Zeit geschafft, ihn zu verdrängen, war er plötzlich da. Er sagte, du weißt, wen er sah, wenn er die Augen schloss, wenn ihr euch geliebt habt. Mit wem er in Gedanken geschlafen hat. Mit seiner Frau! Sicher denkst du jetzt, ich bin völlig durchgeknallt, aber was hättest du an meiner Stelle gedacht?

Hattest du mir früher immer dein Herz ausgeschüttet, so gab es plötzlich Geheimnisse. Du musstest nachdenken, dich selbst finden und was weiß ich noch alles. Du konntest mir nicht sagen weshalb. Ich musste davon ausgehen, dass du kein Vertrauen mehr zu mir hast. Ich weiß, es ist alles meine Schuld. Ich hätte dir die Wahrheit sagen sollen, statt mich davor zu drücken. Ich habe irrational reagiert, dich verletzt. Das weiß ich selbst. Aber dieser, mit solch einer Vehemenz vorgetragene Satz, er hat mich völlig aus der Bahn geworfen. Er hat mich derart verletzt, dass ich nicht mehr klar denken konnte.

Du wolltest, dass ich dir weiterhin im Messenger schreibe. Weil wir Freunde sind, du es auch gern bleiben würdest und einen so lieben Menschen wie mich nicht verlieren möchtest. Ich sollte schreiben und du hättest geantwortet, wann immer es dir beliebt hätte. Hättest du gesagt, ich liebe dich und will dich nicht verlieren … ich wäre geblieben. Ich wäre mit dir überall hingegangen, aber du konntest diese Worte nicht mehr sagen. Vielleicht war dir inzwischen bewusst geworden, dass du mich zwar gerne hast, es aber nicht mehr ist, als eben dieses gernhaben.

Ich weiß nicht, ob ich alles aufgeschrieben habe, was ich dir sagen wollte. Es ist jetzt auch egal. Mein Kopf dröhnt und ich will und kann nicht mehr. Ich hoffe, dass du mich jetzt besser verstehst. Wenn nicht, dann soll es wohl so sein. Ich liebe dich und ich werde es tun, so lange ich lebe. Ich werde meine Liebe zu dir in mein Herz schließen und sie mitnehmen, wenn ich gehe.

Samstag, 19. August, 19:40 Uhr
Ich vergaß! Du zählst doch gerne deine Rekorde. Du hältst noch einen. Du bist der erste Mensch, der mich derart verletzen konnte, ohne dafür zu büßen.

Samstag, 19. August, 19:43 Uhr … WhatsApp
Ich habe dir eine Message geschickt. Es ist die letzte Wahrheit, vor der ich mich gedrückt habe. Vielleicht verstehst du mich etwas besser, wenn du sie gelesen hast.

Ich hatte gehofft, dass ich mich besser fühlen würde, nachdem ich ihm die Wahrheit gesagt habe. Dem ist nicht so. Ich fühle mich noch schlechter als vorher. Zu viel kam wieder hoch, geistert durch meinen Kopf, der froh ist, dass es endlich vorbei ist. Mein Herz ist anderer Meinung. Es liebt ihn. Egal was war, es liebt ihn so sehr. Dann wäre da auch noch dieses Gefühl, dass ich nicht einordnen kann. Das aus meinem Bauch kommt, dass mir sagt, er will dich doch gar nicht verlieren. Was glaubst du, weshalb er dir immer noch schreiben will. Weil er dich genau so braucht wie du ihn. Bring endlich deinen Kopf zum Schweigen und hör auf dein Herz. Egal, wie unlogisch die Liebe ist, sie ist etwas Wunderbares. Du musst sie nur zulassen. Einfach nur zulassen!

Sonntag, 20. August, 10:04 Uhr
Hallo Madeleine,
danke für die schönen Worte, das du mir verzeihst und ich nicht dafür büßen muss. Ich kann mich nur bei dir entschuldigen. Glaub mir bitte, ich war mir nicht bewusst, dass ich dich verletzt habe. Ich möchte mich noch mal bei dir für die schöne Zeit bedanken und hoffe, wir schreiben uns trotzdem das eine oder andere Mal.
    Ich habe im Moment sehr viel um die Ohren und versuche mein Leben auf die Reihe bringen, trotz der momentanen Umstände. Die Krankheit von Emma und neuerdings finanzielle Probleme machen es mir nicht leicht, aber du hast mit gezeigt, dass Geld nicht alles im Leben ist. Ich werde auch diese Phase überstehen.
Gruß Alexander

Finanzielle Probleme! Ich wusste, dass etwas nicht stimmt. Weshalb hat er nichts gesagt? Okay! Er ist zu stolz! Ich weiß, er würde nie Geld von mir annehmen. Lassen wir die Sache mit seinen Kindern jetzt mal außer Acht. Er weiß noch immer nichts von der Villa in Trier. Nichts davon, dass er sie nicht verloren hätte, dass seine Kinder ihre Mutter jederzeit hätten sehen können. Ich habe lange überlegt, ob ich ihm auch davon schreiben soll, aber es ist nicht mehr wichtig. Wichtig ist nur, dass es ihm nicht gut geht, dass er Probleme hat.
    Hätte er doch nur mit mir darüber geredet. Ich hätte ihm zugehört. Sicher wäre mir die eine oder andere Lösung eingefallen. Weshalb habe ich ein Superhirn? Sacrément! Weshalb kann er nicht einmal seinen verdammten Stolz vergessen? Männer und ihr Machogehabe! Alexander und sein verdammtes, antiquiertes Pflichtbewusstsein. Sein verdammter Stolz! Merde!
    Ô mon Dieu! Mein Herz rast wieder und lässt meinen Blutdruck ansteigen. Ich sollte mich besser auf die Couch legen und etwas ausruhen, doch ich muss zu einer Sitzung. Der Brexit verursacht uns diverse Probleme. Von wegen, es ändert sich vorerst nichts. Das sollte man denen auf der Insel sagen. Sie wissen nichts davon, dass sich noch nichts ändert. Es stehen so viele Punkte an, dass es sich wohl wieder Stunden hinziehen wird. Sacrément! Dieses Ziehen in meiner Brust macht mich verrückt. Seit Stunden ärgert es mich.
    Ich würde jetzt gerne Alexander in meine Arme nehmen, mit ihm kuscheln und alles andere vergessen. Weshalb ist alles nur so kompliziert? Weshalb mache ich immer alles kaputt?

Samstag, 26. August, 07:24 Uhr
Hallo Madeleine,
ich hoffe, es geht dir gut oder zumindest besser. Bitte glaube mir, dass ich an dich denke und hoffe, dass es dir bald besser geht.
Liebe Grüße Alexander

Ô mon Dieu! Sie hat es ihm erzählt. Jetzt macht er sich wieder Sorgen. Er hat selbst genug Probleme, da muss er sich nicht auch noch mit mir befassen. Er ist besser dran ohne mich und meine gesundheitlichen Probleme. Ich würde jetzt gern sagen, wenn es mir nicht das Herz brechen würde ... aber das ist bereits zerbrochen. Tja! Wer hätte Sonntag an so etwas gedacht, als ich mir Sorgen um ihn machte …

Ich war froh, als ich Sonntag endlich zuhause war. Stundenlang haben wir Probleme erörtert und nach Lösungen gesucht. Wir werden uns wohl alsbald aus Schottland zurückziehen. Wenn sie uns immer mehr aufbürden, bleibt uns nichts anderes übrig. Haben sie bei ihrer Abstimmung einmal an die Folgen gedacht? Die Menschen, die ihre Arbeit verlieren werden? Non! Ich denke nicht, dass diese Kleingeister daran gedacht haben. Ich bezweifle, dass sie das Ausmaß ihrer Entscheidung überhaupt verstanden haben.

Das Ziehen in meiner Brust und das Rasen meines Herzens haben mir den Tag nicht einfacher gemacht. Ich wusste, dass ich kürzertreten muss, mehr Auszeiten brauche, aber wie soll ich das anstellen? Leider habe ich den Warnschuss nicht verstanden und musste die Konsequenzen hinnehmen.

Als ich nach Hause kam, war mir speiübel. Das Ziehen, in meiner Brust, war so stark, dass es mir den Atem nahm. Irgendwann hat es mir das Licht ausgeschaltet und als ich aufwachte, lag ich mal wieder im Salpêtrière. Rings um mich piepste es und bunte Zacken und Linien flimmerten über unzählige Bildschirme. Ich sah die besorgten Mienen meiner Kinder und hörte, wie der Arzt etwas von Herzinfarkt sagte. Das hatte mir noch gefehlt! Langsam aber sicher geht dieser alte Körper kaputt. Stück für Stück macht er schlapp.

Sie verabreichten mir zahlreiche Medikamente und hofften das Beste. Dass ich bereits mehrere Untersuchungen hinter mir hatte, wusste ich zu diesem Zeitpunkt noch nicht. Mein Zustand verschlechterte sich und mir war es egal. Zu diesem Zeitpunkt war ich bereit zu gehen. Sie ließen es nicht zu. Wieder einmal!

Als sie dann nach Tagen die Diagnose stellten, dachte ich zuerst, sie machen einen Scherz. Broken Heart Syndrom! Es war kein Scherz. Man kann an diesem Syndrom sterben. Sterben an einem gebrochenen Herz. Die Symptome ähneln denen eines Herzinfarktes. Nur im Labor kann man die Unterschiede erkennen.

Victoria sagte, er hat dir das Herz gebrochen. Wie kann etwas brechen, das ich nicht habe? Anscheinend besitze ich doch eins. Ich will es nicht, denn es tut weh. Ohne Herz wäre ich besser dran. Ich will diesen Schmerz nicht mehr. Ich will mein Leben zurück. Mein Leben, wie es war, bevor ich Alexanders erste Nachricht las. Es war nicht perfekt, aber ich wusste immer, woran ich war. Dieses Hickhack will ich nicht mehr. Auch wenn es sehr weh tut und ich schreien könnte vor Schmerz, es muss aufhören. Ich gehe daran kaputt.

Freitag, 01. September, 18:24 Uhr
Möchtest du mit mir chatten?

Freitag, 01. September, 18:26 Uhr
Ja, gerne! Heute Abend gegen zweiundzwanzig Uhr?

Freitag, 01. September, 18:27 Uhr
Okay, heute Abend

Freitag, 01. September, 20:44 Uhr
Das Länderspiel … es läuft dann noch. Willst du den Chat verschieben?

Freitag, 01. September, 20:48 Uhr

Ich verzichte heute auf Fußball. Ich sehe mir mit meinen Töchtern die Schlümpfe an.

Freitag, 01. September, 20:54 Uhr
Ich staune! Viel Spaß!

Samstag, 02. September, 03:48 Uhr
Oh! Sorry, die Schlümpfe waren wohl nicht spannend genug. Ich bin eingeschlafen. Tut mir leid.

Samstag, 02. September, 11:12 Uhr
Sorry wegen gestern! Ich bin erkältet und war müde. Wie geht es dir?

Samstag, 02. September, 11:27 Uhr
Ich will nicht darüber reden.

Non! Ich will nicht mit ihm darüber reden. Ich soll alles vor ihm ausbreiten und er hüllt sich in Schweigen. So geht das nicht. Früher hat er mir alles erzählt. Okay! Wohl doch nicht alles. Was weiß ich schon von ihm? Nur das, was er mir erzählt hat. Will ich überhaupt noch etwas über ihn wissen? Ich weiß es nicht. Ich weiß überhaupt nichts mehr. Alles, was mit ihm zu tun hat, belastet mich und verursacht mir Schmerzen. Ich denke es ist besser, wenn es vorbei ist. Auch wenn mein Herz schreit, ich will nicht mehr hören, was es zu sagen hat. Es ist besser für alle, wenn es vorbei ist. Wenn ich ihn nur nicht so sehr vermissen würde …

Samstag, 02. September, 11:37 Uhr … Chatroom
»Okay! Das akzeptiere ich. Ich fahre gleich mit Nele ins Schwimmbad.«
    »Viel Spaß!«
    »Danke! Was machst du heute noch?«
    »Nichts! Claire ist bei mir und zählt meine Nerven.«
    »Zählt Nerven?«
    »Sie nervt mich! Man sollte nicht alles wortwörtlich übersetzen.«
    »Ach so! Das haben Töchter so an sich.«
    »Okay! Viel Spaß beim Schwimmen.«

Sonntag, 03. September, 00:40 Uhr
Weshalb schläfst du nicht?

Sonntag, 03. September, 00:52 Uhr … Chatroom
    »Ich schaue fern.«
    »Bien! Dann kann ich jetzt beginnen.«
    »Mit was beginnen?«
    »Mit dem beenden.«
    »Was soll das? Was willst du beenden?«
    »Ich werde jetzt unsere Freundschaft beenden.«
    »Das heißt jetzt für mich«?
    »Wenn du morgen online gehst, wird es mich für dich nicht mehr geben. WhatsApp habe ich bereits gelöscht.«

»Löschst du mich?«

»Oui! Es tut zu weh.«

»Ich verstehe dich, ich wünsche dir alles Gute! Danke für alles.«

»Es ist dir so egal?«

»Nein, das ist es nicht, aber wir wissen beide, dass es keine gemeinsame Zukunft für uns gibt. Ich habe meine Probleme, sehr große sogar und du bist krank. Es ist besser so. Wie hast du mal so schön geschrieben … besser ein Schrecken mit Ende als …«

»Darf ich dir noch eine Frage stellen?«

»Ja!«

»Du antwortest ehrlich?«

»Ja!«

»Was empfindest du für mich?«

»Ich empfand sehr viel für dich, aber im Moment kann ich keine Gefühle zulassen, so groß sind meine Probleme. Ich bin zu sehr mit mir beschäftigt und will keinen mit hineinziehen.«

»Vertraust du mir noch?«

»Ja! Wieso? Du hast dich die ganze Zeit sehr loyal verhalten.«

»Du hast mir sehr viel über dich erzählt. Über deine Frau, deine Familie, deine Arbeit und deine Kinder. Bitte! Erzähl es mir. Ich mache mir so große Sorgen um dich. Zuerst habe ich gedacht, du wärst krank. Dein Hals … die Halsschmerzen. Ich dachte, es ist vielleicht doch etwas Schlimmes.«

»Nein! Es sind keine gesundheitlichen Probleme. Du hast mir auch viel von dir erzählt. Das Vertrauen muss auf beiden Seiten vorhanden sein.«

»Meinst du, weil ich dir heute Morgen nicht sagen wollte, wie es mir geht? Ich vertraue dir immer noch. Bist du enttäuscht, weil ich dir nicht sagen wollte, wie es mir geht?«

»Nein, das war deine Entscheidung. Wenn man über etwas nicht reden will, muss der andere das akzeptieren.«

»Ich wusste nicht, ob es dich noch interessiert.«

»Noch sind wir Freunde, warum sollte es mich nicht mehr interessieren?«

»Du bist in letzter Zeit so seltsam. Ich habe das Gefühl, es wäre dir lieb, wenn ich mich nicht mehr bei dir melde.«

»Nein! Ich bin der gleiche Mensch, nur mit ein paar Sorgen mehr, um die ich mich kümmern muss. Ich schreibe gern mit dir.«

»Das mache ich auch. Ich würde wer weiß was dafür geben, wenn ich alles ungeschehen machen könnte, was ich verbockt habe.«

»Du musst dir keine Vorwürfe machen. Du hast nichts verbockt.«

»Doch, das habe ich. Ich habe alles verbockt.«

»Nein, hast du nicht.«

»Hättest du es beendet, wenn ich es nicht getan hätte? Sei bitte ehrlich. Es kann nicht mehr schlimmer werden.«

»Hast du es denn je richtig beendet?«

»Mein Herz sagt nein. Zum ersten Mal hört mein Herz nicht auf meinen Kopf und dann herrscht nur noch Chaos. Ich kann nicht damit umgehen. Selbst meine Kinder schimpfen.«

»Die hassen mich bestimmt.«

»Non, tun sie nicht. Emilia sagt, ich soll dir einfach sagen, was ich wirklich will. Claire sagt, es wird Zeit, dass ich erwachsen werde. In Sachen Liebe meinte sie.«

»Sie machen sich Sorgen um deine Gesundheit.«

»Oui, das tun sie, aber es ist ausnahmsweise nicht Elly. Der geht es etwas besser.«

»Prima! Das freut mich.«

»Darf ich es dir erzählen?«

»Ja, gerne.«

»In dieser Nacht, als du geträumt hast … okay! Ich weiß selbst, es war nur ein Traum. Ich träume manchmal, ich tauche zur Titanic hinab, obwohl mich Panik erfasst, bei dem Gedanken daran. Alle sagten, ich sei verrückt, dich wegen dieses Traumes zu verurteilen. Ich weiß nicht, was in mich gefahren war, aber ich war so verletzt. Danach hatte ich Kopfschmerzen … und Bauchschmerzen. Ich weiß, wie sich Bauchschmerzen anfühlen und ich weiß, wie sich Elly anfühlt. Es war Elly!

Okay! Es zwackte in der Brust. Ich nahm es nicht ernst. Ich nahm es auch auf Hawaii nicht ernst. Ich habe den Ärzten nichts davon erzählt. Der Schmerz wurde stärker und der Druck im Bauch wuchs. An diesem Sonntag, an dem ich eigentlich nach Trier wollte, hatte ich eine stundenlange Vorstandssitzung. Du weißt, wegen des Personalchefs, des Brexits, der uns viele finanzielle Probleme beschert und noch ein paar anderen Dingen. In meinem Kopf gab es immer nur ein Thema … dich.

Als ich nach Hause kam, ging es mir schlecht. Ich wollte nachsehen, ob du meine mail beantwortet hast. Es kam nicht mehr dazu. Die Schmerzen in meiner Brust nahmen enorme Ausmaße an und mein Kopf dröhnte. Dann hat es mir das Licht ausgeschaltet. Zum Glück war Florence zuhause. Sie rief den Notarzt und ich kam als Notfall, mit Verdacht auf Infarkt, ins Salpêtrière. Was dort ablief ist jetzt nicht so wichtig. Sie machten Tests, diverse Untersuchungen und auch ein MRT von Elly und meinem Brustkorb.

Ich hatte Probleme mit dem Blutdruck. Er war viel zu hoch. Irgendwann hatte ich das Gefühl, ich würde platzen. Sie gaben mir Medikamente, damit ich mich beruhige, haben mich schlafen gelegt. Dann stand ihre Diagnose fest. Broken Heart Syndrom. Das hört sich so lächerlich an, aber man kann daran sterben. Ich musste bis Donnerstag bleiben. Ich habe nicht lockergelassen und sie schickten mich nach Hause. Jetzt habe ich rund um die Uhr jemand, der mich beaufsichtigt. Sie trauen mir nicht.«

»Mein armer Engel! Ich sage doch, deine Angehörigen müssen mich hassen.«

»Non, das tun sie nicht. Sie sind sich einig. Du musst etwas Besonderes sein, wenn ich dir mein Herz schenke.«

»Und nach der Diagnose, welche Therapie haben sie dir verordnet?«

»Bettruhe! Deshalb sagte ich dir gestern Morgen, dass ich nichts tue. Ich nehme Medikamente, die den Blutdruck senken, aber er schlägt noch öfter mal nach oben aus und das macht mir sehr zu schaffen. Mein Blutdruck ist nie hoch, selbst nach dem Laufen steigt er nicht stark an. Jetzt schwankt er. Mal normal, mal hoch. Dann fühle ich mich schlecht. Ich hatte und habe Extrasystolen. Jetzt nicht mehr so viele, aber sie tauchen immer noch auf.«

»Extrasystolen?«

»Das sind zusätzliche Schläge, die nicht in den normalen Herzrhythmus passen. Das fühlt sich an, als würde das Herz stolpern.«

»Das habe ich mir gedacht. Du darfst dich nicht aufregen und brauchst Schlaf.«

»Ich bin nicht müde. Man wird nicht müde, wenn man den ganzen Tag auf der Couch liegt. Hast du mich noch ein klitzekleines bisschen lieb?«

»Ja, habe ich.«

»Jetzt hast du mich glücklich gemacht. Bist du müde?«

»Ja, ich muss schlafen.«

»Du kannst unbesorgt zu Bett gehen. Ich werde dich nicht löschen. Bonne nuit!«

»Danke! Schlaf gut!«

Kommt ein Vogel geflogen

Madlyn hat mir heute die Fotos geschickt, die sie, im Rahmen ihres Schulprojekts, von mir gemacht hat. Ich muss sagen, es sind ein paar schöne Aufnahmen dabei. Sie ist sehr stolz auf ihre Arbeit und trägt sich mit dem Gedanken, Fotografin zu werden. Wenn das Victoria hört, trifft sie der Schlag. Okay! Das soll nicht mein Problem sein. Meine Töchter haben die Berufe ergriffen, die sie wollten. Es ist ihr Leben und sie müssen es leben. Ob es mir gefällt? Nun ja …! Wie kann ich sie für etwas verurteilen, das ich selbst getan habe? Alles, nur niemals ins Unternehmen einsteigen …!

Okay! Ich werde ein paar der Aufnahmen Alexander schicken. Er wollte wissen, wie die andere Madeleine ist, wie sie arbeitet. Das kann er jetzt sehen. Ob es ihm gefallen wird?

Sonntag, 03. September, 20:11 Uhr
Du wolltest doch mal die andere Madeleine kennenlernen. Das wirst du ja nicht, deshalb die Fotos … Das ist sie! Du siehst, zwischen der Madeleine auf den Fotos und der Madeleine, die du kennst, liegen Welten …

Sonntag, 03. September, 20:37 Uhr … Chatroom
»Sehr schöne Fotos! Du siehst gut aus, hübsch …«
»Salut! Ich chatte mit einer Freundin. Du bist im Training?«
»Salut! Nein, ich liege auf der Couch und kann mich nicht mehr bewegen. Ich glaube, ich habe einen Bandscheibenvorfall.«
»Oh! Das tut mir leid. Vom Fußball?«
»Ja! Ich habe gestern im Tor gespielt. Wenigstens haben wir gewonnen.«
»Du kannst es nicht lassen. Möchtest du mit mir chatten oder hast du keine Lust?«
»Ich sehe mir ein Fußballspiel an.«
»Okay! Ich muss mich jetzt wieder um Vidette kümmern.«
»Bis später … vielleicht …«
»Okay! Nochmal! Möchtest du mit mir chatten? Ich will dich nicht belästigen.«
»Wir können später gerne schreiben, wenn mich die Ibu 800 nicht vorher aus dem Leben haut.«
»Quoi?«
»Schmerztablette!«
»Okay! Dann erhol dich. Gute Besserung!«
»Danke! Nochmal … sehr hübsche Bilder …«
»Schlaf gut!«
»Das wäre nicht so klug.«
»Weshalb?«
»Schreibe mit Vidette! Wir schreiben später, wenn das Spiel vorbei ist … gegen halb elf. Ich melde mich. Nicht sauer sein, wenn ich schlafe.«
»Schreib, wenn du kannst. Ansonsten sage ich dir schon mal gute Nacht.«

Er wird wieder einschlafen. Ich werde kurz online gehen, wenn er nicht da ist … Ich denke, es ist besser, den Chat langsam einzustellen. Immer öfter geistert diese Frage in meinem Kopf herum … weshalb tust du dir das an? Ich will sie nicht hören, aber sie schreit immer lauter, immer öfter. Ich weiß, wir haben keine Zukunft, aber ich will nicht darüber nachdenken.

Ich hatte vor Alexander keine Zeit und ich hatte mit Alexander keine Zeit. Ich habe mir Zeit für ihn genommen. Vieles delegiert, das ich besser selbst gemacht hätte. Vieles so terminiert, dass ein Termin den nächsten jagte. Es war klar, dass etwas auf der Strecke bleiben würde, aber dass ich es sein würde … Meine Gesundheit ist mehr als nur angeschlagen. Die Liebe forderte ihren Tribut. Ich habe bezahlt und merkte nicht mal, dass ich zu viel bezahlt habe. Als ich es endlich bemerkte, war es zu spät.

Es tut weh! Unaufhörlich bohrt der Schmerz in meinem Herz. Wie soll es je wieder heilen, wenn es sich so nach ihm sehnt? Alles ist so irrational. Ich brauche klare Strukturen, klare Ansagen. Das hier, das ist etwas, das mich nervös macht. Etwas in mir bäumt sich auf, weil diese Situation nicht mit meinem Kopf kompatibel ist. In meinem Leben gibt es schwarz und es gibt weiß. Dazwischen liegen ein paar Grautöne. Farben sind in meinem Leben nicht vorgesehen. Sie behindern mein Denkvermögen, machen es träge und unfähig, die richtige Entscheidung zu treffen. Die Entscheidung, endlich einen Schlussstrich zu ziehen, nicht nur zu sagen, es ist vorbei, sondern es auch durchzuziehen.

Wo sind meine Prinzipien, wenn es um Alexander geht? Seit mein Herz mitmischt, steht mein Leben auf dem Kopf. Ich bin nicht Lieschen Müller, die sich verliebt, heiratet, einen Stall voll Kinder bekommt und als Hausfrau und Mutter ihr Dasein fristet. Ich brauche Aktion in meinem Leben. Ich brauche klare Strukturen. Ich brauche den Stress, der mich antreibt. Ich brauche …

Sacrément! Ich brauche ihn! Ich will ihn nicht verlieren!

Dienstag, 05. September, 19:14 Uhr
Salut Alexander,
ich hatte mir gedacht, dass du einschlafen wirst. Ich hoffe, du hast lange und gut geschlafen und es geht dir besser.
Madeleine

Dienstag, 05. September, 19:15 Uhr
Hallo Madeleine,
ich liege im Krankenhaus. Verdacht auf Bandscheibenvorfall. Ist wohl nicht unsere Jahreszeit.

Dienstag, 05. September, 20:20 Uhr
Das tut mir leid. Gute Besserung

Nun ja! Ab einem gewissen Alter sollte man den Fußball nur noch von der Zuschauertribüne aus betrachten. Er tut mir leid, aber ich verstehe ihn nicht. Fußball ist nicht alles im Leben. Jetzt liegt er in der Klinik. Ist das der Sinn der Sache? Ich denke nicht!

Mittwoch, 06. September, 03:12 Uhr … Chatroom
»Boah! Mein Bettnachbar schnarcht und raubt mir den Schlaf. Ich finde es schlimm, wenn man nachts nicht schlafen kann und dann noch dieser Schnarchbär.«
»Du teilst dein Bett?«
»Nein, er liegt nebenan, in einem anderen.«
»Das war ein Witz! Ich kann auch nicht schlafen.«

»Ich habe es gesehen … zuletzt online vor einer Minute …«

»Hast du Schmerzen?«

»Ja! Ich bin vollgepumpt mit Medikamenten. Ich weiß nicht, wie ich mich legen soll. Morgen machen sie ein MRT, dann weiß ich mehr.«

»Sie werden dich operieren?«

»Nein, ich lasse mich nicht operieren, schon gar nicht in diesem Provinzkrankenhaus.«

»Du weißt, wo dein Prolaps ist?«

»Nein! Ich hatte schon welche, aber so schlimm war es noch nie. Wie geht es dir?«

»Nicht so gut. Mein Herz! Es kann sich nicht entscheiden. Im Moment rast es wieder.«

»Du musst versuchen zu schlafen.«

»Ich bin nicht müde.«

»Ich weiß, das bist du nie. Versuche jetzt zu schlafen, gute Nacht.«

»Bonne nuit!«

Wenn das so weiter geht, werde ich verrückt. Ich langweile mich zu Tode. Es wird Zeit, dass die Medikamente endlich Wirkung zeigen. Ich weiß, ich bin kein einfacher Patient. Ich hänge nicht mit Ehrfurcht an den Lippen der Ärzte und vergehe aus Dankbarkeit, wenn sie mir die Hand tätscheln. Der nächste, der mir das wird schon wieder zuflüstert, wird diese Worte alsbald aus dem Mund eines Kollegen hören. Grrr! Ich hasse diese Untätigkeit. Ich lese den Le Monde, zappe mich durch die Fernsehprogramme und ärgere mich über den Schwachsinn, den sie anbieten.

Heute Morgen habe ich doch ernsthaft versucht, Liebe mit mir zu machen. Das war ein Reinfall! Bereits nach kurzer Zeit fing mein Herz an zu rasen und es war vorbei mit dem glücklich machen. Wenn nicht mal mehr das funktioniert … Weinen!

Ich denke den lieben langen Tag an Sex. Wie sollte es auch anderes sein? Ich habe sonst nichts zu tun. Ô mon Dieu! Wie gerne würde ich Alexander diese Jeans auszuziehen, mich mit ihm auf dem Bett wälzen und tollen Sex haben. Ô non! Wie soll das gehen? Ich kann nicht mal Sex mit mir haben …

Ob er manchmal daran denkt? Ob er sich wünscht, es noch einmal zu tun? Ein letztes Mal? Ô mon Dieu! Ich will ihn! Ich brauche ihn! Ich will nicht nur den Sex mit ihm, ich will ihn ganz. Ich will abends mit ihm zu Bett gehen und morgens mit ihm aufwachen. Ich will mit ihm frühstücken, kochen, essen. Ich will mit ihm reden, mit ihm lachen. Ich will ihn in die Arme nehmen, wenn er traurig ist und will, dass er mich hält, wenn ich mich schlecht fühle. Ist das zu viel verlangt?

Xavier war heute zu Besuch. Er hat mir ein Buch und mehrere DVDs mitgebracht, damit ich etwas gegen meine Langeweile habe. Das lange Gespräch mit ihm tat gut. Es hat mich für einige Zeit von allem abgelenkt. Als er ging, kam die Frustration zurück. Kurz bevor mir die Decke auf den Kopf fallen konnte, bin ich ausgebüxt. Es tat so gut, die frische Luft zu atmen. Ich spazierte einfach los und landete an der nächsten Metrostation. Das Ticket lag plötzlich in meiner Hand. Ich habe immer ein paar davon in einer Schublade liegen … Die Metro brachte mich zum Père Lachaise und endlich kehrte Ruhe ein. Dieser Ort ist wundervoll. So still, so friedlich! Keine Hektik! Dort hat es keiner mehr eilig. Als ich endlich auf meiner Bank saß, schien plötzlich alles so einfach. Ruhe! Angenehme Ruhe! Kein Stress, den ich mir in den vergangenen Tagen selbst gemacht hatte. Keine nervenden Aufpasser. Nur Ruhe! Stille! Friede!

Auf Lucies Grab lagen wieder Rosen. Noch immer bringt ihr Mann ihr jeden Tag Blumen. An besonderen Tagen sind es Rosen. Nur er weiß, was diese Tage bedeuten. Sie müssen etwas ganz Besonderes sein, denn er lächelt dann immer so glücklich vor sich hin. Er muss sie sehr geliebt haben. Was sage ich geliebt haben … er liebt sie noch immer. Sie muss eine glückliche Frau gewesen sein. Wer so einen Mann an seiner Seite hatte, der muss ganz einfach glücklich gewesen sein. Sie ist seit mehr als zwanzig Jahren tot und er kommt noch immer jeden Tag. Nie wieder hat er eine Frau an seiner Seite geduldet. Er ist ihr treu über den Tod hinaus. Ich beneide diese Frau. Ich schaffe es nicht mal, Alexander mehr als ein paar Tage zu halten.

Mittwoch, 06. September, 19:46 Uhr
Hallo!
Wenn ich wieder fit bin, können wir uns gerne wieder auf ein schönes Wochenende mit ganz viel Sex verabreden … wenn du Interesse hast. Ich hoffe, du denkst jetzt nichts Falsches von mir … ich würde auch kochen.

Oh! Was soll das? Ist er völlig zugedröhnt? Was haben sie ihm gegeben? Nun ja! … so ein paar von den Dingern …, wenn er dann auf solche Gedanken kommt …, könnte er doch öfter einnehmen …
    Non! Der Ärmste würde süchtig … nun ja … süchtig nach mir … das wäre schön … aber ohne Medikamente …

Mittwoch, 06. September, 21:55 Uhr
Salut Alexander,
du gestattest mir eine Frage? Bist du zugedröhnt? Ich verstehe diesen plötzlichen Sinneswandel nicht.

Mittwoch, 06. September, 21:59 Uhr … Chatroom
»Warum auf alles verzichten, habe ich mir gedacht. Eine Beziehung ist nicht möglich, dann will ich wenigstens den Sex mit dir.«
    »Sagt dein Kopf und was sagt dein Herz?«
    »Das wurde nicht gefragt.«
    »Dann frag es … jetzt!«
    »Kannst du dir vorstellen, einfach nur Spaß zu haben, ohne mehr zu wollen, ohne Zwang?«
    »Was verstehst du unter mehr wollen? Ich will dich nicht heiraten!«
    »Na, eine Beziehung! Es geht um den Sex, das Kochen und ein paar schöne Stunden.«
    »Du wirst diese drei Worte nie wieder sagen?«
    »Das weiß man nicht. Du lenkst ab.«
    »Was sagt dein Kopf, wenn die Dröhnung aufhört? Ist dann alles wieder wie gestern?«
    »Es ist alles wie gestern. Wir treffen uns nur ab und zu, ohne jede Verpflichtung. Was hältst du davon?«
    »Das meinte ich nicht Ich frage mich, ob dein Vorschlag der Dröhnung geschuldet ist und wenn die Dröhnung aufhört, tut es dir leid, diese Frage gestellt zu haben.«
    »Nein! Ich vermisse den Sex mit dir.«
    »Den vermisse ich auch. Jetzt weiß ich, wie sich ein Brösel fühlt.«
    »Ein Brösel?«
    »Das musst du nicht verstehen. Bist du müde? Willst du schlafen?«
    »Noch nicht! Wie fühlt sich ein Brösel? Was meinst du damit?«
    »Okay! Ich erkläre es dir, wenn du es hören willst. Ich bemühe mich um die Kurzfassung.«
    »Ich will es hören!«
    »Es geht um meine Freundin Victoria. Da ich davon ausgehe, dass ihr euch nie begegnen werdet

und wenn doch, du nichts sagen wirst, erzähle ich es dir. Ich habe nur versprochen, Maxine nichts davon zu erzählen. Ich werde also kein Versprechen brechen.«

»Du weißt, dass ich ebenso loyal bin wie du.«

»Ich habe dir erzählt, dass ich immerzu einen Wächter um mich habe. Seit ich Donnerstag entlassen wurde, war es Claire. Sie hat genervt. Schrecklich, wenn Kinder ihre Eltern erziehen wollen. Du darfst nicht, du kannst nicht, du sollst nicht! Ich habe mich so sehr auf den Wachwechsel gefreut, denn Sonntag kam Victoria.

Die Freude währte nicht lange. Wenn sie etwas auf dem Herzen oder irgendein Problem hat, redet sie in Metaphern. Grauenvoll! Sie redete von Käsekuchen, Torte und Bröseln. Ich habe kein Wort verstanden. Dann fragte sie mich, ob ich mir vorstellen könnte, ein Brösel zu sein. Ich dachte wirklich, in ihrem Kopf stimmt etwas nicht. Ich habe zwar Phantasie, aber dafür reichte sie nicht. Sie kam einfach nicht zum Punkt.

Du verstehst … ein Brösel, den Rest auf dem Teller? Das, was manchmal von Gebäck abfällt.«

»Jepp! Würdest du dich so fühlen? Du hättest immerhin den Sex mit mir, den meine Frau nicht hat. Das ist mehr als ein Brösel.«

»Wie kommst du jetzt von Brösel auf Sex?«

»Weil ich dachte, du denkst, du bekommst von mir nur das, was meine Frau übriglässt und was sie übriglässt, ist der Sex.«

»Non! Ich dachte wirklich nur an Brösel. Ich wusste nicht, ob du weißt, was ich meine.«

»Ich weiß immer was du denkst.«

»Sie nimmt dich wieder in den Arm? Wir lügen nicht!«

»Ab und zu … aber nicht mehr, nur wie unter Freunden. Meine Spieler nehmen mich auch in den Arm, wenn wir gewinnen.«

In Deutschland gibt es einen Spruch, den ich jetzt gerne nehmen möchte … Die Botschaft hör ich wohl, allein mir fehlt der Glaube!

»Nicht so wie ich?«

»Nein! Du nimmst mich in den Arm und streichelst mich.«

»Soll ich weitererzählen?«

»Ja!«

»Victoria kam einfach nicht zum Ende. Dann hat es mir gebrodelt … sagt man so?«

»Ja!«

»Es war im Sommer 1983. Victoria, Maxine, meine Töchter und Madison, Victorias Tochter, fuhren nach Cannes. Wir lernten ein paar junge Männer kennen. Sie waren nett, mehr nicht. Okay, einer sah wirklich zum Anknabbern aus, aber er hatte nur Augen für Victoria. Die beiden waren verliebt und turtelten die ganze Woche herum. Sicher waren sie auch zusammen im Bett.

Wir blieben vier Wochen, die jungen Männer fuhren nach einer Woche ab. Victoria war todunglücklich. Sie sagte, er sei verheiratet und hätte Kinder. Er hätte sie die ganze Zeit über belogen. Wir glaubten ihr, weshalb auch nicht? Zu diesem Zeitpunkt dachten wir noch, das tat ich übrigens bis Sonntag noch, dass Yves Viard ihre große Liebe sei. Ich hatte dir von ihm erzählt. Er ist tödlich verunglückt.

Es war in den neunziger Jahren, als Maxine und ich in Rom waren. Ein junger Priester sprach uns an. Ich kenne keine Priester. Maxine war bestürzt. Sie kannte ihn und ich kannte ihn auch. Es war Vincenzo, der Mann, in den sich Victoria in Cannes verliebt hatte und der angeblich verheiratet war. Er erzählte uns, dass er damals einen letzten Urlaub mit Freunden verbracht hatte, bevor er zum Priester geweiht werden sollte. Dann traf er Victoria und verlor sein Herz an sie. Eine Woche wankte er zwischen seiner Liebe zu Victoria und seiner Liebe zu Gott.

Er hatte sich für seinen Gott entschieden. Das war Maxine und mir dann klar. Er hat nicht darüber geredet. Wir dachten, Victoria hatte sich deswegen geschämt. Verloren gegen den Herrn, den noch niemand gesehen hat. Du verstehst?«

»Ja!«

»Jetzt kommt die Sache mit dem Brösel. Die beiden trafen sich wieder und machten weiter, wo sie in Cannes aufgehört hatten. Seither treffen sie sich immer wieder. Im Sommer, wenn er Urlaub hat, im Winter, bevor er auf Exerzitien geht. Jede Minute, die sie sich abziehen können Ich verstehe, dass sie nehmen, was immer sie bekommen können Sie sagt, sie konnte die Torte nicht haben und hat sich mit den Bröseln begnügt. Sie würde diesen Brösel nicht gegen die beste Torte der Welt tauschen.«

»Lass mich dein Brösel sein.«

»Darf ich dir noch weitererzählen, bevor ich dir eine Antwort gebe?«

»Ja!«

»Ich sagte dir bereits, dass Madison mein Patenkind war. Kendall, Madisons Vater, war blond wie Madison. Victoria ist ebenfalls blond. Victoria hat noch eine Tochter, Madlyn. Sie ist schwarzhaarig. Conor, Victorias zweiter Mann ist ebenfalls blond. Als Madlyn ungefähr fünf oder sechs war, dachte ich zum ersten Mal, sie erinnert mich an jemand. Du kannst dir vorstellen, wem sie ähnlich sieht?«

»Ja!«

»Madlyn ist inzwischen das Abbild Vincenzos und Conor denkt, sie sei seine Tochter. Das ist zu viel für mich. Ich hätte nie gedacht, dass sie so etwas durchzieht.«

»Ja, das ist sehr hart.«

»Ich weiß im Moment nicht, wie ich damit umgehen soll. Maxine darf das nie erfahren. Sie wird es nicht verstehen. Ich habe dir erzählt, dass Victoria mannstoll ist. Sie liebt ihren Vincenzo, aber sie treibt es auch mit anderen Männern. Okay, das ist wie fremdgehen. Fragt sich nur, wen sie mit wem betrügt. Vincenzo weiß, dass sie auch andere Männer hat. Was sollte er dagegen tun? Er hat seinen Gott! In meinem Kopf herrscht Chaos. Ich liebe sie und kann sie verstehen.«

»Ich verstehe dich.«

»Besser ein Brösel als kein Vincenzo …«

»Ja! Das ist die Pointe.«

»Ein Priester! Ich bin ehrlich entsetzt. Ich glaube nicht an Gott, aber das ist doch wie eine Ehe. Zumindest so ähnlich. Du verstehst, wie ich das meine?«

»Ja, ich verstehe!«

»Es ist mir egal, was sie tun. Sie kann ihren Vincenzo lieben, bis in alle Ewigkeit, aber der Betrug an Conor … Ich mag ihn nicht, aber das … Ich muss das alles erst mal verarbeiten. Seit gestern muss ich in die Klinik, zur ambulanten Therapie. Da habe ich sehr viel Zeit zum Nachdenken.«

»Wenn ich dir dabei helfen kann, sag Bescheid. Ich denke, ich habe demnächst viel Zeit.«

»Du hast deinen Job verloren?«

»Noch nicht, aber ich kenne meinen Chef. Ich weiß, wie er handelt …«

»Dann wirst du klagen. Ich kenne mich in euren Gesetzen nicht aus, aber ich werde sie lesen, wenn du möchtest. Er darf dich nicht entlassen, nur weil du krank bist.«

»Der Arbeitgeber kann kündigen, wenn keine Aussicht auf dauerhafte Heilung besteht. Ich gehe Montag wieder zur Arbeit, vorausgesetzt, die Schmerzen sind erträglich.«

»Du bist doch nicht unheilbar erkrankt.«

»Ein Beinbruch ist etwas anderes. Das ist einmalig und verheilt. Bandscheibenschäden sind bleibende Schäden. Es ist mein vierter Bandscheibenvorfall. Es wird nicht mehr besser. Würdest du mich als Anwältin vertreten?«

»Wenn ich das dürfte, würde ich es tun. Leider darf ich es nicht. Der Schaden wird doch deine Arbeitskraft nicht beeinträchtigen. Ich werde lesen. Im Internet kann man alle deutschen Gesetze herunterladen. Haben die anderen drei Vorfälle deine Leistung beeinträchtigt? Hattest du die bereits, bevor du angefangen hast dort zu arbeiten?«

»Ja, zwei davon, beim dritten habe ich trotz Vorfall gearbeitet und für die Reha habe ich Urlaub genommen.«

»Wusste dein Arbeitgeber, dass du bereits zwei Vorfälle hattest, als er dich einstellte?«

»Nein!«

»Hat er nach Vorerkrankungen gefragt?«

»Es wurden nie Fragen zu meiner Gesundheit gestellt.«

»Ich werde lesen.«

»Du sollst gesund werden und dir nicht für mich den Kopf zerbrechen, das hast du schon mit deinem Herz getan. Ich gehe Montag arbeiten und warte ab, was passiert.«

»Ich tue es aber gern für dich. Mein Herz wird wieder heilen. Spätestens, wenn du mich zum ersten Mal wieder in den Arm nimmst. Ich sage es jetzt mal mit Victorias Worten. Wenn ich die Torte nicht haben kann, nehme ich die Brösel und ich nehme sie sehr gerne. Oui! Du darfst mein Brösel sein …«

»Das ist schön. Ich freue mich, dass ich dein Brösel sein darf. Ich möchte wieder nach Riesweiler, in unser Haus.«

»Darf ich dich etwas fragen?«

»Ja!«

»Was erzählst du Sylvia?«

»Das muss ich klären. Was hat der Priester zu seinem Herrn gesagt? Mit Sicherheit nicht die Wahrheit, denn er wollte Priester bleiben.«

»Wenn es den Herrn wirklich gibt, dann hat er es zugelassen Ich glaube nicht, dass es ihm gefällt, dass sein Bodenpersonal keinen Sex haben darf. Du meinst wirklich ein ganzes Wochenende? Von Freitag bis Sonntag?«

»Ja, warum nicht? Ich weiß aber noch nicht, wann es sein wird, aber sicher noch in diesem Jahr.«

»Ich freue mich darauf. Ich denke, heute Nacht schlafe ich zum ersten Mal seit langem wieder gut. Warst du im MRT?«

»Nein, das wurde auf morgen verschoben.«

»Ich habe morgen Reha-Sport, ich möchte auch wieder arbeiten. Mir fällt die Decke auf den Kopf. Sagt man so?«

»Ja, so sagt man. Wie lange bist du noch arbeitsunfähig geschrieben?«

»Bis Ende nächster Woche.«

»Dann hat dich die Justiz wieder …«

»Sagen wir mal so … dann habe ich sie wieder. Ich hätte nie gedacht, dass mir das Tribunal mal so fehlen würde. Lass dich ins Salpêtrière verlegen, dann besuche ich dich jeden Tag.«

»Ich glaube, das bezahlt meine Versicherung nicht.«

»Reha-Sport im Provinzkrankenhaus kann auch sehr nett sein, aber du bist ja außer Gefecht gesetzt.«

»Jepp, das muss warten bis Riesweiler.«

»Besucht sie dich?«

»Ja, gestern war sie mit den Kindern hier. Das war stressig, mit den drei Rackern.«

»Wie geht es Emma? Ich habe die Kleine ins Herz geschlossen. Sie ist so süß und sieht ihrem Papa so ähnlich …«

»Es geht ihr besser. Tja! Ich bin ein schnuckeliges Kerlchen und meine Töchter …«

»Nur fliegen ist schöner Monsieur Haag! Komm wieder runter …«

»Ich bin unten …ganz unten …«

»Ans Bett gefesselt … Oh, das bringt mich auf eine Idee. Du müsstest nichts tun, nur brav liegen …«

»Aber ich liege doch schon brav im Bett.«

»Stell es dir vor. Die Vorstellung lässt dich schnell wieder genesen.«

»Ich muss schnell wieder gesund werden. Die Vorstellung reicht mir nicht mehr …«

»Bist du jetzt ein klitzekleines bisschen glücklich?«

»Ja, das bin ich.«

»Ich auch!«

»Du erinnerst dich, wie oft du zu mir gesagt hast, du weißt, dass ich dich liebe, auch wenn ich es nicht sagen kann?«

»Warum?«

»Beantworte doch einfach mal meine Frage, ist doch nicht so schwer.«

»Habe ich das so oft gesagt?«

»Wir lassen das jetzt mal so stehen … Schlaf gut und träum etwas Schönes.«

»Du auch!«

Da ist wieder dieses Gefühl. Es sagt, was mein Herz sich wünscht, was mein Kopf nicht hören will. Es sagt, ich weiß, dass er dich liebt, es aber nicht mehr sagen will. Lass ihm Zeit. Wenn er dich das erste Mal wieder in seine Arme nimmt, wird er es sagen. Dann kann er nicht anders. Er liebt dich …

Donnerstag, 07. September, 10:01 Uhr

Bonjour Alexander

Ich hoffe, du hast gut geschlafen und hast noch immer den Wunsch, ein Schokoladenbrösel zu sein. Ich hatte heute Morgen um sieben Uhr Reha-Sport. War das öde. Aber! Mein Wächter saß im Café … ausgebüxt … dreißig Minuten Radfahren. Schön langsam … zwölf Kilometer … Mein Herz raste, aber ich wusste weshalb. Ich hatte zum ersten Mal seit Wochen wieder das Gefühl, ich lebe! Das war schön.

Jetzt fahre ich ganz brav in die Klinik und hole mir meine Dröhnung ab.

Donnerstag, 07. September, 10:09 Uhr

Hallo Madeleine,

freut mich, dass es dir so gut geht! Ja, ich will dein Schokoladenbrösel sein und ich hoffe, du gibst dich damit zufrieden. Wir haben keine andere Möglichkeit. Es freut mich, dass du es so aufnimmst und ich freue mich auf unser nächstes Treffen.

Donnerstag, 07. September, 10:52 Uhr

Ich nehme, was ich haben kann. Meine Gefühle für dich haben sich nicht verändert. Ein Schokoladenbrösel ist besser als nichts.

Wie geht es dir heute? Ups! Mein Termin …

Was bleibt mir anderes übrig? Wenn ich ihn sehen will, muss ich Kompromisse eingehen, ob es mir gefällt oder nicht. Ich will ihn, mehr als alles andere. Ô mon Dieu! Ich will ihn endlich wieder spüren. Ihm so nah sein, wie ich es nur ihm sein kann. Sacrément! Ich hasse Brösel! Ich will die Torte! Aber ich gebe mich notgedrungen mit den Bröseln ab. Wenigstens etwas von ihm …

Freitag, 08. September, 17:44 Uhr
Sieh dir das Foto an. Wenn das kein Zeichen von oben ist.

Freitag, 08. September, 19:35 Uhr
Das verstehe ich nicht …

Freitag, 08. September, 20:13 Uhr
Ein Vogel im Krankenzimmer … hat man nicht so oft oder?

Freitag, 08. September, 20:24 Uhr
Non, nicht oft! Wenn das kein Zeichen von oben ist. Zeichen? Von oben? Oben? Ich verstehe den Sinn nicht.

Freitag, 08. September, 20:36 Uhr
Wir Katholiken sagen ein Zeichen des lieben Gottes.

Freitag, 08. September, 20:54 Uhr
Also heißt das, Vincenzos Chef hat dir einen Vogel geschickt? Pardon, das verstehe ich auch nicht. Ich bin mit eurer Umgangssprache nicht vertraut. Du musst es mir nicht erklären.

Freitag, 08. September, 20:56 Uhr
Vielleicht war es Gott und er wollte mir etwas sagen …

Freitag, 08. September, 21:38 Uhr … Chatroom
»Désolé! Ich wollte weder dich noch deinen Gott beleidigen. Ich bin Atheist. Das ist mir alles zu suspekt. Wenn du denkst, er will dir etwas sagen, dann ist es schön für dich. Ich hoffe, es war etwas Gutes.«
    »Das weiß ich noch nicht …«
    »Dann frag ihn!«
    »Warum so sauer?«
    »Ich bin nicht sauer. Ich denke, wenn dir so viel daran liegt, solltest du ihn fragen. Vielleicht kann er dir helfen.«
    »Aber ein Vogel im Krankenzimmer ist schon seltsam oder?«
    »Oui, das ist seltsam, aber mein Hirn sieht das rational.«
    »Und was sagt dir dein Hirn?«
    »Ein Vogel, der sich verflogen hat … Désolé!«
    »Der mir genau in mein Gesicht sieht.«
    »Der Vogel?«
    »Es war also nicht der Teufel?«
    Ô mon Dieu! Der einzige Teufel, an den ich glaube, ist der Teufel, der in mir steckt. Ihn kenne ich und ich weiß, wozu er im Stande ist.
    »Das sagte ich nicht. Ich glaube auch an nicht an den Teufel Dieses Vögelchen wollte ganz sicher gehen, dass es auch den richtigen findet.«

~ 221 ~

»Okay! Lassen wir das …«

»Non, ich möchte noch etwas dazu sagen. Ich darf?«

»Ja!«

»Wenn du so sehr daran glaubst, dann rede mit Vincenzos Chef. Vielleicht kannst du ihm alles anvertrauen, dass du so fest in deinem Herzen verschlossen hast. All deinen Kummer und deine Sorgen. Menschen gegenüber verschließt du dich. Er wird dir zuhören, egal, wie ich darüber denke. Vielleicht schickt er dir Hilfe oder zumindest einen Rat. Oder, wie du so schön sagtest, ein Zeichen von oben. Das war jetzt nicht böse oder gar sarkastisch gemeint. Ich hoffe sehr, dass er dir helfen kann. Okay, du antwortest nicht. Bonne nuit.«

»Ich habe gerade die Nachtschwester zu Besuch, aber nicht so, wie du meinst.«

»Non, du weißt nicht immer was ich denke. Ich habe etwas bei Monsieur Internet gefunden. Vielleicht will dir Vincenzos Chef wirklich etwas sagen.

Wenn eine Meise in ihr Leben fliegt, will sie die Fröhlichkeit in ihr Leben zurückbringen. Befinden sie sich in einem Stimmungstief, sind sie häufig schlecht gelaunt, bringt sie ihnen neue Lebensfreude und hilft ihnen aus ihrem Tief. Sie weckt die Neugierde in ihnen, hilft ihnen körperlich und geistig in Bewegung zu kommen, damit sie nicht das Interesse am Leben verlieren. Gibt es etwas, dass sie gerne tun würden, es aber nicht in Angriff nehmen, weil sie zu müde sind oder sich Gedanken darüber machen, was ihre Freunde und Nachbarn davon halten würden. Warten sie nicht länger, tun sie es einfach! Leben sie ihr Leben, brechen sie aus dem Alltag, der Routine aus und fangen an zu leben. Greifen sie nach dem Glück, halten sie es fest und lassen es nie wieder gehen.

Du glaubst an das Schicksal. Jetzt glaube ich, es will dir etwas sagen. Rede mit ihm!«

»Mach ich!«

»Ich hoffe wirklich, er schickt dir eine Antwort. Wenn er dir beisteht, zünde ich alle Kerzen an, die Saint-Louis de la Salpêtrière zu bieten hat.«

Mon Dieu! Was schreibe ich da? Ich glaube nicht an Gott! Ich bin gewillt, an die Kraft der Gedanken zu glauben, mehr aber nicht. Ich habe schon viel über Selbstheilungskräfte gelesen und kann mir vorstellen, dass Menschen, die sich in einem Tief befinden, gesundheitliche Probleme bekommen. Sie hadern mit ihrem Leben, sehen schwarz und ihre Zukunft bedroht. Sie verkriechen sich und jammern sich immer tiefer in ihr Leid. Hilfe ist verpönt! Es könnte ja jemand auf die Idee kommen, sie aus ihrem Loch herauszuholen. Das darf und kann nicht sein.

Manchmal frage ich mich, ob Valery auf diese Weise zu ihrer Krankheit kam. Einer Krankheit, die sie letztendlich dazu trieb, sich selbst zu verletzen.

Ich mache mir Sorgen um Alexander. Er triftet ab. Ich verstehe seine Sorge um seinen Arbeitsplatz, aber sein Chef hat nicht die Macht, ihn zu entlassen. Er verrennt sich in etwas, das er nicht mehr steuern kann. Bereits in Riesweiler hat er davon geredet.

Sein Leben ist nicht einfach. Da ist seine lieblose Frau, die ihn psychisch kaputt macht. Er hat Angst um seinen Job. Dann noch die Doppelbelastung Job und Familie. Er erledigt den Einkauf, kocht, kümmert sich um Haus und Garten. Wann denkt er an sich? Beim Fußball? Das ist schon lange kein Spaß mehr. Er ist Trainer und soll die Mannschaft zum Erfolg führen. Immer unter Erfolgszwang. Wo bleibt der Spaß, die Freude am Spiel?

Finanzielle Probleme! Ich weiß nicht, welcher Art sie sind, aber sie belasten ihn. Er muss etwas ändern und das schnell … sehr schnell. Wenn es ein Vogel ist, der ihn animiert, etwas an seinem Leben zu ändern, dann will ich die letzte sein, die ihn davon abhält. Auch wenn es gegen meine Überzeugung ist, ich werde ihn in seinem Glauben unterstützen. Was tut man nicht alles aus Liebe …

Rabenkrähen

Ich habe lange darüber nachgedacht. Sein Gott ist für mich irreal. Es ist unlogisch, an ein höheres Wesen zu glauben, ein Wesen, das so viel Leid auf dieser Welt zulässt. Sie sagen, Gott sei gütig, er sei gnädig … Ist es gütig, wenn er zulässt, dass kleine Kinder gemetzelt werden? Non! Das ist es nicht! Erteilt er ihnen die Gnade des frühen Todes? Wenn ja, was soll daran gnädig sein? Ich habe die Bibel gelesen. Für mich ist sie ein Buch, nichts weiter. So vieles darin ist unlogisch. Man braucht schon einen festen Glauben, um alles als Wahrheit in sich aufzunehmen. Ich verurteile die Gläubigen nicht. Ich verurteile die Fanatiker, die ihren Glauben als das nec plus ultra ansehen und verteidigen. Jeder, der nicht glaubt, ist schlecht, ist böse. Ô non! Diese Fanatiker gibt es in allen Religionen.

Ich glaube an das Schicksal. An die Kraft, die in jedem einzelnen Menschen steckt, die Kraft, mit der man sein Schicksal meistern kann, ertragen kann. Es gibt so vieles, das jedweder Logik entbehrt, das niemand erklären kann, dass selbst außerhalb des Verständnisses von Superhirnen wie mir liegt. Es ist da, einfach da. Es geschieht so viel zwischen Himmel und Erde, das einfach geschieht, ohne dass man eine Erklärung dafür findet. Ich bin mir sicher, mit Gott hat es nichts zu tun. Ich nenne es lieber Magie … schön, geheimnisvoll und unerklärbar. Man muss nicht alles erklären, alles entschlüsseln. Ein paar Geheimnisse sind doch auch etwas Schönes. Wie wäre die Welt so öde ohne sie.

Wenn Alexander Kraft aus seinem Glauben schöpft, soll er es tun. Ich will ihm keine Vorträge über die Logik seines Glaubens halten, das ginge definitiv zu weit. Er braucht etwas, woran er sich festhalten kann. Er hat sonst nichts.

Etwas dieses Unerklärbaren sind die Rabenkrähen. Sie tauchen auf, bevor ein Mensch stirbt und verschwinden, wenn er gegangen ist. Ich frage mich immer, ob sie kommen, um das mitzunehmen, was einen Menschen ausmacht. Ich werde Alexander von ihnen erzählen. Sie sind ebenso geheimnisvoll, wie sein Vögelchen, das ihn gestern besucht hat.

Samstag, 09. September, 12:03 Uhr
Hallo Madeleine,
ich habe dir einen Link geschickt. Es ist ein Film. Schau ihn dir bitte an.

Samstag, 09. September, 12:40 Uhr
Falls du bereits online bist, wenn ich noch nicht fertig bin, komm bitte später wieder. Das ist so emotional für mich, dass ich keine Fragen beantworten könnte.

Zuerst sage ich mal wieder, es tut mir leid. Ich habe gestern wegen des Vogels völlig vergessen zu fragen, wie es dir geht, ob du im MRT warst, was die Ärzte sagen, wie lange du noch stationär bleiben musst und wie es danach weiter geht.

Ich habe letzte Nacht wenig geschlafen. Dieses Vögelchen spukte mir die ganze Zeit im Kopf herum. Ich werde dir jetzt etwas erzählen, worüber ich bis jetzt nur mit Professor Jabouille reden konnte. Damals, als ich in der Klinik lag, gab es viele Mitpatienten, die an Gott glaubten. Viele verloren während ihrer Erkrankung den Glauben, andere fanden zum Glauben zurück. Ich habe nie an Gott geglaubt, aber ich habe schon immer den Glauben von anderen respektiert.

Lucielle, die das Zimmer mit mir teilte, glaubte an Gott. Ihr Glaube schien unerschütterlich. Sie ging regelmäßig zur Messe und nahm später, als sie die Klinik nicht mehr verlassen konnte, auch an der, ich weiß jetzt nicht wie man das nennt … die Sache mit der Oblate. Wir haben mal darüber geredet. Daran nahm sie teil. Jedes Mal, wenn uns ein Mitpatient, den wir kennen- und schätzen gelernt hatten, verlassen hatte, ging ich mit Lucielle in die Église Saint-Louis de la Salpêtrière und wir zündeten eine Kerze für den Verstorbenen an. Ich musste ihr versprechen, dass ich auch für sie eine Kerze anzünden werde, falls sie vor mir gehen würde. Sie ging vor mir und ich habe für sie eine Kerze angezündet. Für sie und alle anderen, die ihr folgten. Seitdem gehe ich jedes Jahr im Dezember in die Kirche und zünde Kerzen für alle an, die gegangen sind. Dann leuchtet ein Lichtermeer und erhellt die kleine Kapelle. Es ist schön und doch macht es mich so unendlich traurig.

Ô mon Dieu! Es kommt alles wieder hoch. Ich bin bei meiner Kosmetikerin und im Moment spülen mir die Tränen die sündhaft teure Maske aus dem Gesicht, aber das ist nicht so wichtig. Ich kann mich heute nicht entspannen, denn ich bin viel zu aufgewühlt.

Ich habe dir erzählt, dass es im Park der Klinik viele Katzen gibt und auch manchmal Rabenkrähen zu Besuch kommen und diese Rabenkrähen sind es, die mir einfielen, als du sagtest, du weißt nicht, ob es Gott war, der dir in Gestalt dieses Vögelchens erschienen ist. Ich weiß nicht, wie ich es beschreiben soll, es ist so emotional für mich. Diese Rabenkrähen tauchten immer dann auf, wenn jemand starb. Anfangs hatte sich Rodney darüber lustig gemacht, doch dann sahen wir es als böses Omen an, wenn sie auftauchten. Irgendwann sagte Kathrin: »Sie hat mich angesehen. Sie sah mir direkt in die Augen. Ich weiß jetzt, dass ich gehen werde.« Sie hatte recht. Sie ging in der darauffolgenden Nacht.

Manchmal saßen die Rabenkrähen auf der Fensterbank des Zimmers, in dem derjenige lag, der als nächster sterben würde. In der Mythologie heißt es, dass die Rabenkrähen die Seelen der gefallenen Krieger nach Walhalla bringen. Das waren wir letztendlich auch … gefallene Krieger. Todgeweihte, die in den Kampf um ihr Leben zogen und einer nach dem anderen fiel in der Schlacht. Darüber haben wir auch schon geredet. Ich habe schon über so vieles mit dir geredet, muss ich feststellen.

Auch heute noch fliegen die Rabenkrähen über die Dächer des Salpêtrière. Ich glaube nach wie vor, dass sie kommen, um die Verstorbenen auf ihrem letzten Weg zu begleiten. Deswegen rede ich auch mit niemand darüber, weil die meisten denken würden, ich bin nicht richtig im Kopf.

Heute Morgen habe ich mit Professor Jabouille gefrühstückt. Ich genieße die Zeit mit ihm. Schade, dass du ihn nie kennenlernen wirst. Er würde dir gefallen und du ihm. Jabouille glaubt nicht an Gott, aber an etwas, das Gott nahekommt. Er kann es nicht beschreiben, aber er glaubt felsenfest daran und ist in diesem Glauben unerschütterlich. Er sagt, ein Arzt der nicht glaubt oder seinen Glauben verliert, hat den falschen Beruf. Dann kommt immer der Spruch, was ist der Unterschied zwischen Gott und einem Arzt? Gott weiß, dass er kein Arzt ist …

Beim Frühstück fragte er, weshalb ich heute so neben mir stehen würde. Ich habe ihn gefragt, ob er sich vorstellen könne, dass Gott als Vogel erscheint oder dass er ein Zeichen, in Gestalt eines Vogels, schickt, dass er einem Menschen, der völlig zerrissen ist und seinen Kummer und seine Probleme in sein Herz einschließt, etwas sagen will, einen Ausweg aufzeigen will. Seine Antwort war ein klares oui.

Ich habe ihn gefragt, weshalb er so unerschütterlich glauben kann, nach allem, was er im Laufe seines Lebens schon an Leid gesehen hat. Wir hatten diese Diskussion schon öfter, auch damals in der Klinik. Er sagte, dass schon manch Todgeweihter wie durch ein Wunder geheilt wurde. Sie glaubten fest an ihre Heilung. Viele von denen glaubten an Gott und daran, dass er sie wieder gesund machen würde. Sie wurden geheilt und die Medizin hatte keine Erklärung dafür. Er sagte, er hätte schon so manches Wunder gesehen und sein größtes Wunder säße direkt vor ihm.

Und plötzlich waren sie wieder da, die Gedanken an all die Patienten, die antraten, für ihr Leben zu kämpfen und die einer nach dem anderen starben. Nur vier durften leben. Diese Schuldgefühle überfallen mich häufig. Ich habe Jabouille gefragt, weshalb ich, ausgerechnet ich, leben durfte. Weshalb ich nicht auch gestorben bin. Er sagte, weil sie Alexanders Engel werden sollten.

Ich habe ihm nie erzählt, dass du mich deinen Engel genannt hast. Er weiß von dir, das habe ich dir bereits erzählt, aber das habe ich nie erzählt. Das war so aufwühlend, fast schon gespenstisch.

Ich musste an etwas denken, das Jean-Claude einmal zu mir sagte. Es ist schon viele Jahre her und ich war noch jung. Also schon sehr viele Jahre. Ich habe ihn gefragt, ob es irgendwo auf dieser Welt einen Mann geben würde, der mich lieben kann. Er sagte, ich würde die falsche Frage stellen. Es hätte schon viele Männer gegeben, die mich liebten und es würde noch viele geben, die mich lieben würden. Allerdings würde ich es nicht sehen, nicht sehen wollen. Es war und wäre nie der Richtige, denn den würde nur mein Herz finden. Ô mon Dieu! Non! Er redete nicht über *die* Männer. Nicht über diese Art Liebe, also nicht Liebe machen.

Er sagte, die Frage müsse lauten, gibt es auf dieser Welt einen Mann, den ich lieben kann, lieben werde. Er glaube zwar nicht daran, aber er wünsche es mir aus ganzem Herzen, dass es diesen Mann geben würde, auch wenn dafür ein Wunder geschehen müsse. Wenn das Wunder geschehen würde, wäre es jemand, der genauso verletzlich sei wie ich und dessen Herz sich ebenso nach Liebe sehnen würde wie meins. Ein Mann, der wisse, welch einen Engel ihm Gott schenkt. Es hat Jahrzehnte gedauert, bis dieses Wunder geschah und dieser Mann nannte mich mein Engel.

Du kannst dir nicht mal annähernd vorstellen, wie aufgewühlt ich war, okay, immer noch bin. Ich glaube immer noch nicht an Gott. Ich glaube an das Schicksal, das weißt du. Du hast recht. Es ist auch seltsam, dass mitten im Nirgendwo diese Skulptur steht und es ist genauso seltsam, dass ich ausgerechnet dieses Foto, aus zigtausend Fotos, gefunden habe. Ich bin gerne bereit zu glauben, dass es da draußen im Irgendwo, irgendetwas gibt, das man nicht erklären kann. Mehr lassen die 178 nicht zu.

Ich beschloss, diesem Irgendetwas zu sagen, dass ich bereit bin, an es, sie, ihn zu glauben, wenn Es, bleiben wir bei Es, noch einmal ein Zeichen schickt, Hilfe schickt. Den guten Willen hatte Es doch bereits gezeigt. Ich hatte damals mit Elly geredet, was wohl genauso wenig sinnvoll war, aber es hat mir geholfen. Nach wie vor bin ich der Meinung, dass ich damals mit Elly einen Deal abgeschlossen habe. Okay! Elly war real, aber niemand würde sagen, dass ein Implantat reden kann. Es ist irreal. Auch dein Gott ist für mich irreal, aber du glaubst an ihn. Deshalb habe ich mich entschlossen, für dich diesen Weg zu gehen und mit ihm zu reden.

Ich fuhr zum Salpêtrière, ging in die Kirche und kam mir, ehrlich gesagt, etwas dämlich vor. Ich habe gewartet, bis die Frauen mit der Blumendekoration für die Messe fertig waren, bis die Kirche leer war, dann habe ich mit Es geredet. Ich habe Es um nichts für mich gebeten, denn wenn es dieses Irgendetwas gibt, habe ich mein Maximum bereits erhalten. Mehr als ein Wunder kann man nicht erwarten, aber ich habe Es noch nie zuvor um etwas gebeten. Ich denke, einen Wunsch habe ich doch frei … Lach nicht, ich bin es nicht gewohnt, mit Es zu reden.

Ich habe Es erzählt, weshalb ich tue, was ich tat, dass du an Es glaubst, ich aber nicht sicher bin, dass du mit Es reden wirst, dass ich nicht an Es glaube und dieses Gespräch nur deinetwegen führe, weil mir dein Wohlergehen ganz besonders nahe liegt. Ich erzählte einfach alles, was mir auf dem Herzen lag und kann es immer noch nicht fassen, dass ich das getan habe. Ich will dir jetzt auch sagen, weshalb ich es getan habe. Ich habe große Angst um dich. Du hast dich mit all deinem Leid zurückgezogen und alles in dir verschlossen. Eines Tages gehst du daran zu Grunde. Du glaubst an deinen Gott, ich nicht, aber wenn es dir hilft, dann will ich es wenigstens versuchen. Ich weiß, dass ich dich nie haben kann, dass du mich nie lieben wirst. Ich sagte Es, ich würde auch auf den Brösel verzichten. Es soll dich nur endlich wieder glücklich machen. Jetzt hoffe ich aus ganzem Herzen, dass es dieses Irgendetwas wirklich gibt.

Samstag, 09. September, 12:43 Uhr … Chatroom
»Ich lese alles und melde mich dann.«
»Ich werde den Film herunterladen und sehe ihn mir zuhause an. Geht es dir gut?«
»Ja, den Umständen entsprechend. Wenn du willst schreiben wir heute Abend.«
»Ich chatte gerne mit dir heute Abend. Erzählst du mir dann, was die Ärzte sagen? Ich kann mir den Film nicht herunterladen. Ich habe eine schlechte Verbindung. Ich werde es später noch einmal versuchen.«
»Ich würde nicht darauf drängen, wenn er nicht so schön wäre. Chat gegen einundzwanzig Uhr?«
»Okay! Ich wusste nicht, dass du an Gott glaubst.«
»Ich glaube an Gott. Allerdings weiß ich nicht, ob er der Gott irgendeiner Kirche ist. Er ist mein Gott. Geld, Reichtum und Prunk bedeuten ihm nichts.«
»Das akzeptiere ich. Ich muss mich genauer damit auseinandersetzen. Es ist dir wichtig. Ich habe mein Möglichstes getan und habe es gern für dich getan. Ich hoffe so sehr für dich, dass es Es gibt.«

Samstag, 09. September, 21:11 Uhr … Chatroom
»Hi, da bin ich! Wie war der Film?«
»Er war sehr schön. Ganz besonders das Ende hat mir gefallen.«
»Bei mir liefen die Tränen, als ich ihn mir angesehen habe.«
»Als der Prolog lief, habe ich dich gesehen. Den Alkoholiker, das Kind. Hat er dich geschlagen?«
»Ich habe gesehen, wie er meine Mutter geschlagen hat, aber ich habe ihm verziehen Ich habe ihn sechs Monate gepflegt, als er Prostata-Krebs hatte und starb.«
»Ich verstehe, weshalb dich dieser Film so berührt hat. Als sie vor der Wiese der Lichter standen und sich dieser rote Fleck löste, zu seinem Vater wurde, habe ich an dich gedacht, an dich und meinen Vater. Nach all dem Chaos, das ich in der letzten Zeit angerichtet habe, weiß ich, weshalb es besser ist, nicht zu lieben. Man wird so verletzlich und angreifbar. Das würde ich meinem Vater sagen, wenn ich ihn sehen würde. Zudem habe ich festgestellt, dass ich nicht viel anders bin als er.«
»Das ist nichts Schlimmes, man muss nur gut von böse trennen können.«
»Was meinst du, ist nichts Schlimmes?«
»Verletzlich und angreifbar zu sein …«
»Für mich ist es so. Ich war es nie zuvor, es bringt das ganze Leben durcheinander.«
»Aber genau diese beiden Dinge machen dich zu einem Menschen. Wenn man dann noch gut von böse trennen kann, ist man für die Bösen nicht angreifbar und verletzlich, aber für die Guten hat man Liebe übrig und kann ihnen Gefühle entgegenbringen.«
»Aber, wenn man ein Monster ist, das angreift und verletzt?«
»Bist du das? Ich hatte nicht das Gefühl, dass du eins bist.«
»Ich sagte dir bereits, du kennst nur deine Madeleine, aber eben diese bringt die andere zum Nachdenken, du bringst sie zum Nachdenken. Bist du jetzt schockiert? Ich sagte dir bereits, dass es sie gibt.«
»Nein, ich würde Alexanders Madeleine den Vorzug geben. Macht im Leben vieles schöner …«
»Wenn das so einfach wäre … Ich habe auch dich verletzt und so vieles kaputt gemacht. Ich denke, das ist mein Schicksal. Wechseln wir das Thema. Erzähl mir, was dir an diesem Film gut gefallen hat.«
»Er hat mir Parallelen von meinem und dem im Film dargestellten Glauben aufgezeigt. Ich fand die Stelle in der Höhle toll, als er sich entscheiden sollte, welches der beiden Kinder er in die Hölle schickt und sie dies mit Gott verglichen hat. Er sagte, er würde für seine Kinder gehen.«
»Das gefiel mir auch gut. Es gab sehr viel Gutes in diesem Film. Das Beste kam am Schluss, als der

Freund sagte, er wurde wieder zu dem Kind, das er nie sein durfte. Ich dachte an die Meise und war mir absolut sicher, dass dir das Schicksal das Vögelchen geschickt hat. Geht es dir gut?«

»Ja, ich liege hier und muss an nichts denken. Ich bin ausgeruht und meine Gedanken sind frei. Und du, bist du zufrieden?«

»Ob ich zufrieden bin? So rundum oder was meinst du?«

»Ja!«

»Das kann ich nicht sagen, es gibt so vieles, das mir durch den Kopf geht. Zudem ist Matthias zu Besuch.«

»Das ist doch schön.«

»Wenn du es sagst.«

»Wäre es dir lieber, ich wäre bei dir?«

»Du bist nur noch ein Brösel. Schon vergessen?«

»Was macht Matthias, während du mit mir chattest?«

»Fernsehen!«

»Habt ihr Sex? Sorry für die direkte Frage.«

»Jetzt muss ich mal kurz rekapitulieren. Wir sind kein Paar mehr, haben keine Beziehung und werden keine mehr haben. Es wird nur noch ein paar gestohlene Tage geben, mit viel Sex. Du liebst mich nicht mehr …«

»Das ist nicht die Antwort!«

»Ich habe, hatte und werde keinen Sex mit ihm haben.«

»Du hattest nie Sex mit ihm?«

»Ich hatte oft Sex mit ihm, wir lebten nicht keusch zusammen. Oh! Du meinst, seit er in Paris ist?«

»Ja!«

»Non, hatte ich nicht und werde ich nicht. Oui, es wäre mir lieber, wenn du bei mir wärst. Ich schlafe nicht mit ihm und stelle mir vor, du wärst es …«

Ich bin nicht Alexander, der in Gedanken mit seiner Frau schläft, wenn er Liebe mit mir macht. Ô mon Dieu! Ich wollte nie wieder darüber nachdenken. Jetzt tue ich es doch. Sex … das ist alles, was uns noch zusammenhält … Ein Brösel, statt der Torte …

»Okay! Hast du kein Verlangen?«

»Nach ihm?«

»Nach Sex, nach einem Penis …«

»Doch, habe ich!«

»Er liegt vor dir, warum greifst du nicht zu?«

»Schläfst du mit deiner Frau?«

»Nein, sie möchte nicht, das ist der Unterschied. Ich denke, Matthias möchte mit dir schlafen. Du musst nur zu ihm gehen …«

Da ist sie, die Wahrheit! Er will mit ihr schlafen, aber sie will es nicht. Ich bedeute ihm nichts. Er schläft mit mir, weil er den Sex braucht. Alles andere braucht und will er nicht von mir.

»Du würdest es tun, wenn sie es möchte?«

»Wenn sie nackt vor mir knien würde … ich könnte mich nicht zurückhalten. Ich bin so was von scharf. Mein letzter Sex war mit dir und das ist lange her. Seitdem habe ich onaniert und dabei an unseren Sex gedacht, an eine ganz bestimmte Stellung. Du liegst auf dem Bauch und ich dringe von hinten in dich ein,
dann braucht es nicht lange und ich komme … Sorry, ist nun mal so …«

»Du bist ehrlich, das freut mich. Darf ich dich etwas fragen?«

»Ich kenne dich … Ich bin nicht böse, wenn du mit ihm schläfst …«

»Bist du eifersüchtig? Würde es dich verletzen, wenn ich mit Matthias schlafe? Sei bitte ehrlich!«

»Nein, weil ich weiß, dass es nur zu deiner Befriedigung dient. Nur bei mir wäre Liebe im Spiel, das ist der Nachteil als Brösel. Gott, was würde ich dafür geben, wenn ich jetzt in dich eindringen könnte … Ich würde dir deinen Verstand rausf… Sorry, musste raus. Oh, oh …!«

»Ich liebe dich!«

»Ich weiß …«

»Ich schlafe nicht mit ihm, weil ich dich liebe.«

»Du kannst trotzdem mit ihm schlafen. Ich bin dir nicht böse, quäle dich nicht, stille deine Lust.«

»Es wäre, als würde ich dich betrügen …«

»Das ist falsch, das tust du nicht. Du isst doch auch, wenn du Hunger hast. Du stillst doch nur ein Bedürfnis, das hat nichts mit Liebe zu tun.«

»Weshalb willst du mich unbedingt mit ihm zusammenbringen?«

»Nein, das will ich nicht. Ich weiß aber, wie sehr du Sex liebst. Verstehst du, wie ich das meine? Ich weiß, dass es nicht dasselbe für dich ist, weil du keine Liebe für ihn empfindest. Aus diesem Grund macht es mir auch nichts aus … verstehst du, wie ich das meine?«

»Ich frage dich noch einmal. Würde es dich verletzen, wenn ich es tue? Egal, wie viele Freibriefe du mir ausstellst. Sei bitte ehrlich!«

»Nein, weil du keine Liebe dabei empfindest. Du stillst nur ein Bedürfnis. Ich weiß, wenn ich bei dir auf der Couch sitzen würde, würdest du mir die Hand geben und mich in dein Bett ziehen.«

»Auch wenn du jedes Recht der Welt hast, mit deiner Frau zu schlafen … Es würde mich sehr verletzen, wenn du es tun würdest.«

»Da brauchst du dir keine Gedanken zu machen … Sie wird nicht nackt vor mir knien, aber du schon bald … Und darauf freue ich mich.«

»Okay! Ich vergaß … du liebst mich nicht mehr. Es ist dir egal, wenn ich mit ihm schlafe.«

»Sag doch nicht, dass ich dich nicht liebe …«

»Das sage nicht ich, das hast du gesagt.«

»Ich sagte bereits, ich schlafe nicht mit jemand, für den ich nichts empfinde.«

»Etwas empfinde … okay, ich verstehe! Ich muss akzeptieren, dass es ist, wie es ist.«

»Freust du dich auf mich?«

»Dennoch verstehe ich nicht, dass du mich in seine Arme treiben willst.«

»Ich habe es dir doch erklärt … willst du mit mir schlafen?«

»Ich freue mich auf dich und ich will mit dir schlafen, dich spüren und in deinen Armen liegen. Du fehlst mir.«

»Habe ich dir erzählt, dass ich bei unserem letzten Treffen eineinhalb Kilo abgenommen habe? Du hast mich gefordert …«

»Ich habe nichts getan … Du wolltest es so. Hättest du deine Hände von mir gelassen …«

»Es war toll. Alle Stellungen mit dir sind toll. Alles mit dir ist toll.«

»Wechseln wir das Thema! Warst du im MRT?«

»Nein, wurde auf Montag verschoben.«

»Bist du noch in der Klinik?«

»Ja! Ich wollte gerade etwas schreiben, aber ich lasse es … Du wolltest das Thema wechseln.«

»Dann schreib es!«

»Nein, ist okay!«

»Jetzt schreib es! Zick nicht herum wie eine Diva!«

»Ich habe verdammte Lust auf dich …«

»Und ich auf dich … darfst du aufstehen?«

»Ja! Wieso?«

»Wie scharf bist du?«

»Absolut geil!«

»Wenn du liegst, hast du Schmerzen?«

»Nein, ich nehme starke Schmerzmittel. Ich spüre nichts. Was hast du vor?«

»Wie wäre es mit reiten?«

»Reiten? Mit wem?«

»Mit mir!«

»Du bist nicht hier!«

»Jetzt nicht …«

»Wann?«

»Dienstag?«

»Wenn ich dann noch im Krankenhaus bin. Ich weiß es nicht. Du könntest aber in Boppard ein Zimmer buchen und ich komme dahin.«

»Du kannst doch nicht während eines Klinikaufenthalts ausbüxen.«

»Wie willst du es sonst machen?«

»Wann erfährst du, wie lange du noch stationär sein wirst?«

»Montag weiß ich mehr.«

»Schreib mir, sobald du es weißt. Merken wir den Dienstag vor. Egal wo!«

»Wir dürfen nicht gesehen werden … Hier kennt mich jeder.«

»Du liegst in Boppard in der Klinik?«

»Ja!«

»Dann kommt ein bisschen Risiko nicht in Frage.«

»Was meinst du mit Risiko?«

»Ô mon Dieu! In einer Klinik gibt es viele Plätzchen für die Liebe. Ich war monatelang in der Klinik. Ich weiß es … auch ein todkranker Mensch hat so seine Bedürfnisse.«

»Wir würden gesehen werden. Hier arbeiten Leute aus Illerich. Die Klinik ist eine schlechte Idee.«

»Im Auto?«

»Schon besser …«

»Es muss ja nicht so eine Nummer werden wie in Riesweiler. So lange und so schön und so … aufhören, daran zu denken. Ich werde mir ein Auto mieten. Der Porsche hat keine Liegesitze …«

»Du würdest für einen Quickie kommen?«

»Ich sagte doch, ich komme, auch wenn es nur für eine Stunde ist oder zwei. Du fehlst mir und ich will dich sehen. Freust du dich?«

»Ja, sehr. Kannst du mir bis dahin einen Gefallen tun?«

»Das kommt darauf an … Ich schlafe nicht mit ihm!«

»Ein außergewöhnlicher Wunsch …«

»Schreib es endlich auf!«

»Kannst du es dir selbst machen, es aufnehmen und mir schicken … Ich will es mir selbst machen und dir dabei zusehen …«

»In der Klinik?«

»Im Badezimmer! Schick es mir über WhatsApp. Bitte …«

»Ich tue es für dich, allerdings nicht heute Abend. Du weißt, ich bin etwas laut. Morgen früh, wenn er mit Claire unterwegs ist. Ist das noch ausreichend?«

»Ja! Das ist sehr lieb von dir.«

»Ich kann es kaum noch erwarten, dich wieder zu spüren.«

»Ich auch … Auch wenn es nur für eine kurze Zeit ist.«

»Das ist besser als nichts. Ich sehe inzwischen Victorias Bröselei mit anderen Augen. Ich hoffe nur, dass ich nicht immer ein halbes Jahr warten muss. Ich komme, wann immer du Zeit hast. Vielleicht geschieht ein klitzekleines Wunder und du kannst mich eines Tages in Paris besuchen. Keine Sorge, ich will nicht mehr, als du zu geben bereit bist. Du darfst wieder nach Hause fahren.«

» … das liebe ich so an dir.«

»Oh, du kannst dir nicht mal annähernd vorstellen, wie schwer es mir fällt, aber ich habe dir versprochen, dass ich mich mit dem zufrieden gebe, dass du mir gibst. Ich habe mal nachgerechnet, wie lange es dauert, bis deine Kinder flügge sind. Dann bin ich im günstigsten Fall einundsiebzig. Bis dahin könntest du die französische Sprache perfekt beherrschen.«

»Dann müssen wir die Zeit dazwischen nutzen.«

»Mais oui, wir werden die Zeit nutzen und nächste Woche fangen wir damit an. Darf ich dich etwas fragen? Du antwortest mir ehrlich? Ich bin auch nicht böse. Die Antwort ändert nichts am Brösel.«

»Ja!«

»In dieser Nacht, als du im Schlaf gesprochen hast … Dieser Satz, der mich derart tief getroffen hat. Du hast nie darauf reagiert. Liebst du deine Frau noch?«

»Ich liebe meine Familie und sie ist ein Teil davon.«

»Jetzt weichst du aus. Bitte, gib mir eine ehrliche Antwort. Ich fragte nicht nach deiner Familie. Ich fragte nach deiner Frau. Liebst du sie aus ganzem Herzen?«

»Das ist die Antwort … ich liebe meine Familie. Ich würde für meine Familie sterben.«

»Okay! Du willst meine Frage nicht beantworten, weil die Antwort wäre oui.«

»Warum legst du mir Worte in den Mund? Ich habe deine Frage beantwortet. Ich liebe sie nicht allein, ich liebe meine ganze Familie.«

»Du weichst meiner Frage aus. Ich fragte nicht nach deiner Familie und ich lege dir keine Worte in den Mund, das ist nicht möglich. Ich liebe meine Kinder, aber ich liebe sie auf eine andere Weise, als ich dich liebe. Ein Mann liebt seine Frau auf eine andere Art, als er seine Kinder liebt.«

»Eben nicht, weil es eine platonische Liebe ist.«

»Man liebt seine Kinder nicht platonisch! Darf ich dich noch etwas fragen?«

»Ja!«

»Wenn du keine Kinder hättest, würdest du bei ihr bleiben?«

»Nein!«

»Okay! Bist du mir jetzt böse?«

»Nein, warum sollte ich böse sein?«

»Ich musste es einfach wissen. Dieser Satz hat mich tief getroffen und völlig aus der Bahn geworfen.«

»Die Tabletten machen mich müde.«

»Okay! Bonne nuit!«

Platonisch! Weshalb kann er es nicht einfach zugeben? Er liebt sie! Ich habe ihm eine Brücke gebaut, er hätte über sie gehen, zur Wahrheit gehen können. Er wollte nicht, hat sie nicht mal betreten. Lieber erzählt er mir den Blödsinn mit der platonischen Liebe. Er sollte sich durchlesen, was er von sich gab. Vielleicht würde er erkennen, wie sehr seine Worte mich verletzt haben. Wieder einmal …

Seelenverwandt

Ich bin müde. Mein Herz schlägt mit Extrasystolen und mein Blutdruck kann sich nicht für eine Höhe entscheiden. Alexanders platonische Liebe geht mir nicht aus dem Kopf. Das ist zu viel für mich.

Constantijn hat mich zum Brunch eingeladen. Er meinte, ich müsse mal etwas anderes sehen, als immer nur meine vier Wände und das Salpêtrière. Ich weiß nicht, ob ich seine Einladung annehmen soll. Es werden wieder viele Leute da sein, die mir auf die Nerven gehen. Ich weiß, ich brauche mal wieder etwas Abwechslung in meinem Leben. Diese platonische Liebe nimmt zu viel Raum in meinen Gedanken ein.

Ich werde mir jetzt etwas Schickes anziehen. Wenn's außen stimmt, hebt sich meine Stimmung immer. Weshalb sollte es heute anders sein? Matthias will mit Claire zum Frühstück ins Café de Flore, doch er kommt heute Morgen nicht aus dem Bett. Claire wird warten müssen und ich auch. Ich habe Alexander ein Video versprochen, das ich erst noch aufnehmen muss. Ich möchte es nicht tun, wenn Matthias noch in der Wohnung ist. Mein zartes Stimmchen könnte ihn animieren und das wäre unangebracht.

Wir hatten immer tollen Sex und er gehört zu meinen Top Ten. Leider haben die Zeit und verschiedene Umstände alles zunichte gemacht. Ich weiß, dass es ihm leidtut, dass er gerne dort weitermachen würde, wo wir vor Jahren aufgehört haben, aber ich möchte das nicht mehr. Die Zeit mit ihm war schön, aber sie ist vorbei.

Auch die Zeit mit Alexander läuft ab. Ich weiß es. Er ist sich über seine Gefühle nicht im Klaren. Ich weiß nicht, was ich noch glauben soll. Einerseits will er nicht, dass ich mit Matthias schlafe, mit einem anderen schlafe, sagt es aber nicht, sondern verpackt alles mit vielen Worten in ein Geschenk, das ich gar nicht haben will. Ich will ihn, keinen anderen. Andererseits liebt er seine Frau noch immer. Auch diese Wahrheit verpackt er in viele Worte.

Er liebt mich nicht mehr, will nur noch den Sex mit mir, sagt, er schläft mit niemand, für den er nichts empfindet. Er sagt, er will mich nicht als Freund verlieren. Mit Freunden schläft man nicht. Wie soll ich das alles einordnen? Wo soll ich es einordnen? Mein Kopf kann es nicht verarbeiten. Ich habe keinerlei Erfahrung in Sachen Liebe. Habe ich mich früher mal nach Liebe gesehnt, so verlor sich dieses Gefühl im Laufe der Jahre. Dann kam sie, brach wie ein Hurrikan über mich herein, brachte mein Leben völlig durcheinander und ließ alles in Trümmern zurück. Jetzt soll ich alles sortieren und an den richtigen Platz stellen. Ich kann es nicht und will es auch nicht.

Ich schaffe es nicht, mein Herz auszuschalten und einfach wieder meinem Kopf die Führung zu überlassen. Er würde das Chaos in kürzester Zeit beseitigen und Alexander aus meinem Leben fegen. Aber will ich das? Ich weiß es nicht. Ich weiß, dass ich mich immer weiter von ihm entferne. Seine Worte tragen nicht dazu bei, mich in seiner Nähe zu halten. Ich will ihn nicht verlieren, aber ich verliere ihn … jeden Tag ein bisschen mehr. Bald wird der Tag kommen, an dem ich mich so weit von ihm entfernt habe, dass es kein Zurück mehr gibt. Wenn ich daran denke, zerreißt es mir das Herz.

Sonntag, 10. September, 08:19 Uhr … Chatroom
»Ich wollte Sex mit dir … Sorry! Ich bin heute Nacht an Infusionen gekommen, ich hatte so starke Schmerzen. Ich denke, das wird nichts mit Dienstag. Es wird wohl doch erst Riesweiler. Tut mir leid.«

»Weshalb sagst du mir nicht, was wirklich mit dir los ist?«

»Was meinst du? Ich habe wirklich Infusionen anhängen.«

»Du sagtest, es geht dir gut.«

»Ich muss mich irgendwie falsch gedreht haben, heute Nacht. Plötzlich kamen diese höllischen Schmerzen zurück. Ich habe die Schwester gerufen und sie den Arzt. Der hat übrigens genau dasselbe gesagt wie du. Herr Haag, sie sagten doch, es ginge ihnen gut.«

»Weshalb verschieben sie das MRT immer wieder? Was sind das für Ärzte? Tiefste Provinz! Ich musste erst mal googeln, wo Boppard liegt.«

»Es ist nicht mit deinem Krankenhaus zu vergleichen. Das MRT ist sehr begehrt, es gibt nur eins.«

»Ich würde gerne mit dir telefonieren, aber ich bin nicht allein.«

»Ich auch nicht! Ich werde wieder gesund und dann treffen wir uns in Riesweiler.«

»Darum geht es doch nicht. Ich mache mir große Sorgen. Wie therapieren sie jetzt? Cortison?«

»Das nennt sich Fellinger Infusion. Da ist auch Cortison drin. Meine Figur wird sich freuen. Oje! Ich habe meinem Chef gesagt, ich komme Dienstag arbeiten.«

»Du solltest nicht immer so voreilig sein. Er wird es verstehen.«

»Ich denke, ich bin bald auf dem Arbeitsmarkt zu haben ...«

»Denk doch nicht immer das schlimmste.«

»Brauchst du nicht noch einen persönlichen Trainer oder einen Chauffeur?«

»Ich schlafe nicht mit meinem Personal. Ich brauche dich, aber du hast mir verboten ...«

»Bei mir könntest du eine Ausnahme machen.«

»Lösen wir das Problem und kaufen die Firma!«

»Sie wurde im Januar für vier Milliarden verkauft. Ich denke, das dürfte dein Budget übersteigen.«

»Ô mon cœur, wenn du wüsstest ...«

»Das ist eine Menge Geld.«

»Ich weiß! Die zahlten auch nicht aus der Portokasse.«

»Ich muss noch bis Dezember durchhalten, dann bekommt jeder Mitarbeiter 12.500 Euro Prämie. Geld, das ich gut gebrauchen kann.«

»Du hast eben geschrieben, wenn ich wüsste ... Wenn ich was wüsste?«

»Wie unser Budget aussieht ...«

»Ach so!«

»Aber mit Geld kann man nicht alles kaufen.«

»Das nicht, aber man braucht es, um zu leben.«

»Ich würde alles geben, wenn ich dafür haben könnte, was ... vergiss es!«

»Sprich weiter ...«

»Ich mir wünsche. Tut mir leid. Mein Herz ist manchmal schneller als mein Kopf.«

»Kein Problem ... Vielleicht komme ich darauf zurück ...«

»Mach bitte keine Scherze damit.«

»Ich habe Existenzängste. Verstehst du das? Weniger um meine ... aber die meiner Familie.«

»Oui! Du wolltest nicht mit mir darüber reden, ich habe mir gedacht, dass es entweder gesundheitliche oder finanzielle Probleme sind.«

»Es sind finanzielle! Es sind Sachen dazwischengekommen, die nicht geplant waren. Der Unfall von Sylvia, ein neues Auto, ein zweites, damit Emma im Kindergarten abgeholt werden kann, wenn ihre Werte spinnen, während ich auf der Arbeit bin. Ich zahle für die Autos 485 Euro im Monat und eins davon ist auf dem Schrott. Das belastet mich. So, jetzt weißt du es.«

»Das ist hart. Kannst du die Raten nicht reduzieren?«

»Es funktioniert, aber es ist schwierig. Ich darf nicht daran denken, was passiert, wenn ich meine Arbeit verliere, wegen diesem, sorry ... Scheiß hier. Dann ist alles weg ... Unser Haus ... das wäre der Horror. Es sind schon verdammt schlechte Konditionen, die ich habe. Wenn ich jetzt noch verlängere, werde ich niemals mehr fertig. Ich muss da durch ...«

»Das tut mir leid. Hast du mal daran gedacht, mit deinem Chef zu reden? Ein klärendes Gespräch?«

»Du kennst ihn nicht. Er reitet auf den Schwächen seiner Mitarbeiter.«

»Hat er keine Schwächen?«

»Doch! Sein Fachwissen ist gleich null, deswegen schickt er uns immer in irgendwelche Besprechungen, damit er nicht Rede und Antwort stehen muss.«

»Bist du erschöpft? Du hast wenig geschlafen letzte Nacht?«

»Ja, ich bin müde und schlafe jetzt ein wenig. Wir können heute Abend weiterschreiben.«

»Schlaf gut und träum etwas Schönes.«

»Eine Frage noch ...«

»Ich habe nicht mit ihm geschlafen.«

»Hast du allein im Bett geschlafen?«

»Ich habe schon viel früher auf diese Frage gewartet. Kannst du jetzt besser schlafen?«

»Hat er bei dir im Bett geschlafen?«

»Non, ich habe allein geschlafen. Es hätte doch wehgetan?«

»Ich habe dir gestern ja schon erklärt, dass ich dir nicht böse wäre. Du musst bis zu unserem nächsten Treffen nicht Abstinenz leben. Das nennt man offene Beziehung, das ist allemal besser, als sich zu belügen und betrügen.«

»Es hätte wehgetan? Sei ehrlich! Wenn es nicht so wäre, würdest du mir nicht mit so vielen Worten erklären, dass es dir nichts ausmacht. Ich kenne dich inzwischen auch etwas besser.«

»Glaub mir, es würde mir nicht wehtun, weil ich weiß, dass du nur bei mir etwas fühlst. Ich will doch nur, dass du es weißt und nichts unterdrücken musst. Du bist frei ... Denk immer daran, tu was dir Spaß macht und freu dich auf unser Wiedersehen. Auch das ist Liebe.«

»Es ist sehr lieb von dir, mir einen Freibrief auszustellen. Ich weiß es zu schätzen, aber ich weiß auch, dass es dir wehtun würde.«

»Übrigens ... Du wolltest mir noch etwas schicken, für meine einsamen Stunden hier. Auch wenn ich nur das Video anschauen kann ...«

»Er ist noch hier. Ich habe es nicht vergessen.«

»Ich freue mich und werde es hüten wie meinen Augapfel. So, jetzt mache ich die Augen zu und träume noch ein bisschen, vielleicht fällt mir ja die Lösung auf all meine Probleme ein.«

»Ich muss noch etwas sagen. Du schläfst nicht mit deiner Frau, aus den bekannten Gründen, aber du gehst auch nicht auf die Suche nach einer Frau, mit der du schlafen kannst. Bei der du deine Bedürfnisse befriedigst. Weshalb soll ich es tun? Auch ich habe zwei Hände und einen Glücklichmacher.«

»Weil ich weiß, wie sehr du Sex magst.«

»Oh, mein süßer Schatz. Sex ist doch nicht alles.«

»Aber viel ...«

»Er ist schön ... aber ich will dich ... nur dich ...«

»Ohne Sex besteht keine Beziehung.«

»Sex und Beziehung in einem Satz?«

»Okay, aber du weißt, wie ich darüber denke.«

»Ich weiß, was dein Kopf sagt und ich weiß was dein Herz sagt. Was dein Herz sagt, gefällt mir besser. Es sagt ... tu es nicht.«

»Glaub mir, es wäre okay für mich. So, jetzt mache ich Augenpflege, ich melde mich heute Abend und warte auf deine Überraschung.«

Oui! Er ist eifersüchtig! Er kann es noch so oft leugnen, mir noch so viel erzählen. Ich weiß es! Es steht zwischen den Zeilen! Er würde es nie zugeben, dafür ist er viel zu stolz. Ha! Schön!

Jetzt macht es noch mehr Spaß, das Video für ihn aufzunehmen. Ich freue mich darauf. Zudem habe ich es nötig. Er hat recht. Ich liebe Sex, aber ich liebe auch ihn und mit ihm macht der Sex viel mehr Spaß. Es wäre so schön, wenn er jetzt bei mir wäre. Er ist es nicht, bleibt nur der Sex mit mir.

Matthias und Claire sind unterwegs und mein Sex mit mir war schön. Das Video ist grauenvoll. Ich bin fett … alt und fett. Manchmal frage ich mich, ob Alexander auch mit mir geschlafen hätte, wenn wir uns irgendwo begegnet wären, wenn es kein Facebook gegeben hätte, keine langen Nachrichten, keine Chats. Einfach nur zwei Fremde, die sich begegnen, sich im Café gegenübersitzen, in der Metro nach derselben Stange greifen, um sich festzuhalten. Es gäbe so viele Möglichkeiten, sich zu begegnen, aber das Schicksal hat uns Facebook ausgesucht.

Ich glaube nicht, dass wir uns jemals nähergekommen wären. Er hat sich in eine Frau verliebt, die er nicht kannte, von der er nichts weiter als viele geschriebene Worte hatte. Es ist, wie er einmal sagte … ich habe mich in deine Art zu schreiben verliebt. Hätte es das nicht gegeben, er hätte sich nie in die Frau verliebt. Weshalb fällt es mir so schwer, ihn loszulassen?

Constantijn klingelt mich aus meinen Gedanken. Er hält mir eine Tasse mit köstlich duftendem Cappuccino entgegen.

»Wenn der Cappuccino dich nicht animiert, mit mir zu kommen, weiß ich auch nicht, was ich noch tun könnte«, sagt er und schenkt mir sein betörendes Lächeln.

Ich schlüpfe in meine High Heels, greife mir meinen Schlüsselbund und folge ihm nach unten, wo wir von einer himmlischen Stille empfangen werden. Ich bin sprachlos. Brunch for two …

»Ich habe mir gedacht, dass wir uns mal wieder einen schönen Sonntag machen sollten. Ein langes Frühstück, das zu einem Dîner wird. Lange Gespräche, die uns beiden gut tun werden. Einfach mal die Seele baumeln lassen. Glaub mir, du hast es nötig und ich ebenso. Du fehlst mir. Ich will meine Freundin zurück, ich brauche dich.«

»Ich brauche dich auch. Es tut mir leid, dass ich dich so lange vernachlässigt habe. Erst jetzt wird mir bewusst, wie sehr mir unsere stillen Stunden gefehlt haben.«

Ich habe Maxine und ich habe Victoria. Mit ihnen teile ich viel, aber Constantijn ist mein Seelenverwandter. Mit ihm kann ich schweigen und sage ihm mehr, als ich meinen besten Freundinnen in derselben Zeit erzählen könnte. Oui! Er hat mir gefehlt.

Wir genießen den Cappuccino und die Croissants. Dippen die Marmelade und naschen vom Käse, den er aus den Niederlanden mitgebracht hat. Wir reden, lachen und schweigen zusammen. Es ist schön. Ô mon Dieu! Wie sehr ich das vermisst habe.

Als unsere Stille von einem Kunden gestört wird, der seinen Auftrag noch einmal besprechen will, nehme ich mir die Zeit, Alexander zu schreiben und das Video zu schicken.

Sonntag, 10. September, 12:05 Uhr … Chatroom
»Ô mon Dieu!«
»Was ist passiert?«
»Ich sollte öfter Videoaufnahmen von mir machen. Grauenvoll!«
»Warum?«

»Man sieht die Spuren der Klinik, zudem bin ich furchtbar fett und alt. Grauenvoll!«

»Ach was! Alles ist gut! Ich bin doch auch dicker geworden. Wir werden nicht jünger.«

»Non, ist es nicht. Ich bin eine fette, alte Schachtel.«

»Ich schreibe dir später, wie ich es fand.«

»Stell den Ton ab. Ich habe mich bemüht leise zu sein. Ich schicke es jetzt.«

»Okay! Ich freue mich darauf.«

»Ô mon Dieu! Du wirst erschrecken, aber das bin ich wirklich …«

»Kein Problem … Es wird schön sein …«

»Ich hätte länger bei meiner Kosmetikerin bleiben sollen. Viel Freude mit dir selbst, wenn es dir möglich sein sollte.«

»Danke!«

Sonntag, 10. September, 12:35 Uhr
Ein sehr schönes Video …

Oh, Alexander! Wenn du wüsstest, wie sehr du mir fehlst. Es tut weh, so sehr fehlst du mir. Es tut weh, weil ich weiß, dass wir uns bald verlieren. Ich weiß es einfach. Da ist ein Gefühl, das mir sagt, ich muss dich gehen lassen. Ich soll loslassen. Ich kann es nicht. Weshalb kannst du mir nicht sagen, was du für mich empfindest? Weshalb verschließt du dich immer? Sex ist doch nicht alles. Du hast es lange Zeit ohne ausgehalten. Du wirst es auch wieder ohne aushalten. Lass los!

Als sich der Kunde endlich verabschiedet, ist der Brunch ruiniert. Ich habe mich mit Käse vollgestopft und mein Magen rebelliert. Constantijn ist genervt und seine gute Laune hat sich verabschiedet.

»Père Lachaise? Ein langer Spaziergang? Auszeit auf meiner Bank? Oder besser unter meinem Baum? Ich muss mich nur umziehen. Mein weißes Kleid mag keine Grasflecke und die High Heels bleiben im Kopfsteinpflaster stecken.«

Ups! Meine Schuhe! Sie stehen noch unterm Tisch. Für einen gemütlichen Tag mit Constantijn bin ich völlig overdressed.

Fünf Minuten später stehe ich in Jeans und Shirt, mit einer legeren Jacke und bequemen Schuhen wieder vor ihm, bereit zum Aufbruch. Wir schlendern zur Metrostation, steigen in den Zug, in dem nur ein paar Leute sitzen, und fahren zum Friedhof.

Mein Begleiter hat Mandeln für uns und Leckerlis für die Katzen dabei. Es ist verboten, die Katzen zu füttern, wegen des Schmutzes, der dann überall herum liegen würde, aber wenn man ihnen Leckerlis anbietet, bleibt nichts übrig. Ich habe auch etwas dabei. Seit mich Poona in ihr kleines Katzenherz geschlossen hat, bringe ich immer etwas für sie mit. Auch heute erwartet sie mich wieder am Grab des Poeten. Sie schleicht mir maunzend um die Beine und schnurrt genüsslich, als ich ihr weiches Fell streichele.

Auf Lucies Grab liegen heute weiße Lilien. Wahre Liebe! Wieder beneide ich sie. Mit angezogenen Knien sitze ich auf der Bank und lehne mich an Constantijn. Er legt seinen Arm um meine Schulter und drückt mich kurz.

»Willst du darüber reden?«, fragt er und steckt mir eine Mandel zu.

Noch während ich auf der Mandel herumkaue, läuft mein Herz über und die Tränen laufen mir übers Gesicht. Dann bricht alles aus mir heraus. Schluchzend erzähle ich alles, was mich bedrückt. Mit jedem Wort, das ich loswerde, fühle ich mich leichter. Schweigend hört er mir zu, hält mich im Arm, drückt mich und hält mir immer wieder ein neues Kleenex vor die Nase.

Der Samstagnachmittag in Riesweiler kommt mir in den Sinn. Auch Alexander hielt mich im Arm, als mein Herz überlief und die Tränen sich ihren Weg bahnten. Ich fühlte mich so wohl, so geborgen bei ihm. Und das soll alles vorbei sein? Für immer? Wieder brechen die Tränen aus meinen Augen.

»Liebe ist kein Zuckerschlecken. Hat dir das niemand gesagt? Man muss hart dafür arbeiten. Sie fällt dir einfach in den Schoß und du musst damit klarkommen, ob du willst oder nicht. Sie besetzt dein Herz und treibt dich in den Wahnsinn. Glaubst du wirklich, Alexander ergeht es anders? Du kannst einen in den Wahnsinn treiben, dafür muss man dich nicht lieben. Ich liebe dich. Du bist meine beste Freundin. Ich weiß, wovon ich spreche. Wer dich liebt, der verfällt dem Wahnsinn, sonst bist du nicht zu ertragen.«

Während ich mich von diesem Schock erholen muss, lacht er mir verschmitzt ins Gesicht, steckt mir eine Mandel in den Mund und setzt zum Nachschlag an.

»Was denkst du, weshalb er dieses hin und her, vor und zurück mit dir erträgt? Er liebt dich und will dich nicht verlieren. Glaub mir, es tut ihm weh, was du tust, auch wenn er es nie zugeben würde. Glaub mir auch, dass er weiß, weshalb du dich so verhältst. Er wird zwar nicht immer genau den Durchblick haben, wer hat das bei dir schon, aber er weiß, dass du mit dem Gefühl der Liebe nicht umgehen kannst, dass du das alles erst lernen musst. Ich denke, einen besseren Lehrer als Alexander konntest du nicht finden. Weißt du auch, weshalb das so ist? Weil er die wahre Madeleine sieht, die Frau, die so ein großes Herz hat. Die Frau, die immer bemüht ist, alle Menschen auf Abstand zu halten, die nur das Monster loslässt, damit man sie in Ruhe lässt. Die Frau, die nicht verletzt werden will.

Hast du dich schon mal gefragt, weshalb er das Monster noch nie zu Gesicht bekam? Ich will es dir sagen. Weil seine Liebe das Monster an die Kette gelegt hat. Non! Nicht er hat es angekettet, das hast du ganz allein geschafft. Seine Liebe hat dein Herz geöffnet. Da ist kein Platz für ein Monster. Du sagst, er hat sich in deine geschriebenen Worte verliebt. Was hast du getan? Hast du gewartet, bis er vor dir stand? Non! Das hast du nicht. Du hast mir gesagt, er hat dein Herz berührt. Wie er das wohl geschafft hat? Mit Worten! Das weißt du. Nur mit seinen Worten.

Maxine hat recht. Ihr seid füreinander bestimmt. Du hättest ihn überall auf der Welt kennenlernen können. Ihr wärt einander verfallen. Ihr wärt nie aneinander vorbeigegangen. Eure Herzen hätten euch den Weg zueinander gezeigt. Glaub mir! Und bitte, trampele nicht auf immer auf seinen Gefühlen herum. Nimm sie einfach hin. Er schenkt sie dir. Siehst du das denn nicht? Männer können nicht so mit ihren Gefühlen umgehen, wie Frauen das können. Okay! Lassen wir dich mal außen vor. Gib ihm Zeit und nimm dir die Zeit. Und schalte endlich mal deinen Kopf aus! Tu es für ihn. Wenn du so weitermachst, wirst du ihn verlieren und es wird nicht seine Schuld sein.«

Seine Worte haben mich nachdenklich gemacht. Ich weiß, er hat recht, aber wie schaltet man ein Superhirn aus?

Langsam schlendern wir zum Ausgang und nehmen ein Taxi, das uns nach Hause bringt. Schade, dass dieser Mann für die Damenwelt verloren ist. Er ist nicht nur attraktiv, non, er hat eine wundervolle Art, den Menschen das Herz zu erwärmen. Er ist ein guter Zuhörer, ein exzellenter Ratgeber und ich verbiete meinem Hirn, sich vorzustellen, welch toller Liebhaber er sein muss. Mein Seelenverwandter! Was würde ich nur ohne ihn und seine Ratschläge tun?

Ô mon Dieu! Alexander! Ein Glück, dass du nicht schwul bist.

Die Tomatensauce köchelt im Topf und die Spaghetti garen vor sich hin. Constantijn und ich haben schon viele stille Stunden miteinander verbracht. Gekrönt werden diese Stunden immer von Spaghetti à la Miracoli. Ich habe es geschafft, dass dieser Gourmet ein Fan meines Leibgerichts wurde.

Als die Spaghetti endlich auf meinem Teller liegen und ich die erste Gabel davon in den Mund schiebe, stelle ich wieder mal fest, wie schön das Leben doch sein kann. Serviere mir eine Portion Spaghetti und ich bin glücklich. Non! Alexander! Geld macht nicht glücklich. Spaghetti schon …

Sonntag, 10. September, 21:09 Uhr … Chatroom

»Wie geht es dir?«

»Geht so! Ich habe wieder eine Infusion und meine rechte Hüfte ist taub, seit heute Morgen.«

»Ô mon Dieu! Was hat der Arzt gesagt?«

»Er hat mich untersucht und sagte, morgen sofort MRT.«

»Morgen MRT? Morgen? Weshalb arbeiten die am Wochenende nicht? Das gibt es bei uns nicht.«

»MRTs nur bei Notfällen, anscheinend bin ich keiner. Das ist das Los zweiter Klasse Menschen.«

»Ich bin zwar ein First-Class Patient, aber das gilt für alle. MRT am Wochenende! Zudem ist das ein Notfall. Wer weiß, was das noch alles blockiert. Nerven sind sehr empfindsam und nehmen vieles übel. Ich hasse euer Gesundheitssystem. Hast du Schmerzen? Ich mache mir große Sorgen um dich.«

»Nein, nach dem, was die hier in mich reinpumpen, nicht mehr.«

»Dann spürst du auch nicht, wenn sich da hinten etwas Schreckliches anbahnt?«

»Wenn ich ins Bett mache, schrillt der Alarm.«

»Du Blödmann! Sagt man doch so oder? Ich meinte deinen Prolaps.«

»Ja, sagt man so.«

»Ich würde dir jetzt gerne einen Tritt in den Allerwertesten versetzen, aber ich bin nicht bei dir und du bist krank. Hast du gefragt, wie lange du noch bleiben musst?«

»Das höre ich morgen. Ich denke nicht, dass ich nach Hause darf.«

»Denke ich auch nicht! Fühl dich mal ganz fest von mir gedrückt. Hast du schon mal etwas von Psychosomatik gehört?«

»Ja! Wieso?«

»Weil ich denke, dass sich deine Probleme ein Ventil gesucht haben.«

»Das habe ich schon mal gehört.«

»Du verschließt alles in deinem Herz und bist dadurch blockiert. Deine Probleme belasten dich, liegen dir auf der Seele. Irgendwann rächt sich er Körper. Google das mal, du wirst dich vielleicht auch darin finden. Das hat nichts mit einen an der Hirse haben zu tun. Ich glaube, so sagt man bei euch.«

»Ja, so sagt man. Ich werde morgen lesen, ich bin heute einfach zu müde! Ich muss das mal operieren lassen, sonst kommt es immer wieder.«

»Du lässt dich hoffentlich nicht in der Provinz operieren.«

»Wo denn sonst?«

»Sagen wir bonne nuit?«

»Gute Nacht. Danke für das Video, es hat mir sehr gut gefallen.«

Ô mon Dieu! Am liebsten würde ich ihn nach Paris holen. Ihn in die Obhut guter Ärzte geben, die sich kümmern. Okay! Ich weiß selbst, dass meine Ärzte extrem bemüht sind, weil sie Angst vor Repressalien haben. Wer lässt schon einer Hoheit nicht jede Aufmerksamkeit zukommen, die ihr zusteht. Ob sie die nun haben will oder nicht.

Mit mir im Nacken, würden sie bei Alexanders Behandlung über sich hinauswachsen. Ich verstehe das deutsche Gesundheitssystem nicht. Nicht nur, dass es ein mehrere Klassensystem ist, auch die Dauer, bis die Maschinerie anläuft, ist inakzeptabel. Jetzt liegt er schon tagelang in der Klinik und noch kein MRT wurde gefertigt. So viele Notfälle kann es in der Provinz doch gar nicht geben.

Belegte Betten bringen Geld ein, füllen die Kassen. Wie lange wollen sie ihn noch quälen. Ich hasse die Deutschen!

Montag, 11. September, 13:49 Uhr … Chatroom
»Warst du im MRT?«
»Ja, ich habe aber noch kein Ergebnis. Gleich ist Visite. Die Ärzte müssten jeden Moment kommen.«
»Ich bin beim Coiffeur, melde dich bitte, wenn du mehr weißt.«
»Ja, mach ich. Wie lässt du sie schneiden?«
»Wie immer! Bis später!«

Während ich meinen Cappuccino trinke, die Farbe auf meinem Kopf ihr Bestes tut, vereinbare ich mit Vincent Termine fürs Krönchen stecken. Mir stehen vier Bälle ins Haus. Bälle, zu denen ich mit Diadem im Haar erscheinen muss. Ich hasse diese Dinger. Sie zwacken und werden mit unzähligen Hilfs-mitteln festgesteckt. Meine Haare werden mit Haarspray in eine Schockstarre versetzt, aus der sich nicht das kleinste Härchen.heraustraut
Heute Morgen war ich zur Anprobe. Vier Roben wollen demnächst getragen werden. Ich hasse auch diese Dinger. Ich wünschte mir mal wieder, ich wäre als Junge geboren worden, dann könnte ich in Smoking oder Frack gehen. Ich wurde als Mädchen geboren und muss eine Robe tragen und ein Dia-dem im Haar. Weshalb bin ich nicht Lieschen Müller?
Nach vier Stunden Anprobe fuhr ich völlig gestresst zu Vincent. Jetzt genieße ich die Ruhe und meinen Cappuccino. Man sollte jedes Mädchen, das sich wünscht, eine Prinzessin zu sein, einmal zur Anprobe schicken, es für einen Ball in eine unbequeme Robe stecken und ihm zur Krönung ein Dia-dem ins Haar zementieren. Ihr Traum würde platzen wie eine Seifenblase.

Montag, 11. September, 16:51 Uhr … Chatroom
»Ich habe mir einen Wirbel gebrochen, muss aber nicht operiert werden. Die Wurzeln sind entzündet. Ab morgen bekomme ich Infiltrationen. Insgesamt drei! «
»Ô mon Dieu! Du bist beim Fußball unglücklich gestürzt? Und sie haben dich so lange nicht richtig behandelt. Du tust mir so leid. Fühl dich gedrückt … ganz vorsichtig. Du musst noch stationär blei-ben? «
»Ich denke, ich kann diese Woche noch nach Hause. Das verheilt von selbst. «
»Das freut mich für dich. «
»Danke!«

Ich mache mir Sorgen um ihn. Was muss er noch alles wegstecken? Wie konnte das passieren? Ein Wirbel bricht nur bei Ermüdung. Er sollte in seinem Alter nicht mehr nach Bällen hechten.
Ich würde ihm gerne helfen, aber ich weiß nicht wie. Es wäre ein leichtes, ihm ein paar tausend Euro zu geben, ihn in eine gute Klinik zu schicken, einen erholsamen Urlaub zu buchen und ihm einen neuen Job zu vermitteln, aber es ist nicht meine Aufgabe.
Zudem will ich nicht, dass, durch meine Hilfe, seiner Frau etwas Gutes widerfährt. Non! Sie nicht! Die Kinder … es tut mir leid für sie … Ihr Vater hat sich für seine Frau entschieden. Es sollte nicht sein …
Ich weiß nicht, weshalb er sich nicht mehr meldet. Hat ihn die Diagnose zu sehr schockiert? Ist es wieder etwas, das ich nicht verstehe? Ich weiß es nicht. Ich weiß nur eins … Constantijn hat sich geirrt.

Krankenbesuch

Wieder schlecht geschlafen. Immerzu geistert Alexander durch meinen Kopf. Ich mache mir immer noch Sorgen um ihn. Er hat so viele Probleme. Ich frage mich immer öfter, ob ich nicht auch eines seiner Probleme bin. Ich mag es nicht, dass er meinetwegen lügt. Er kann nicht lügen. Wenn ich es merke, wird sie es auch merken. Auch wenn sie zuerst nichts sagen wird, sie wird anfangen nach Beweisen zu suchen. Irgendwann findet sie etwas und dann bricht die Hölle los. Das will ich ihm nicht zumuten.

Nur wegen ein paar gestohlener Stunden, soll er sich nicht unglücklich machen. Okay! Noch unglücklicher, als er schon ist.

Während des Reha-Sports konnte ich mich nicht konzentrieren. Ich brach ab und stieg auf den Crosstrainer. Als auch er nicht mehr ausreichte, meine Gedanken zu ordnen, meinen Kopf frei zu kriegen, stieg ich aufs Laufband. Wow! Mein Herz hämmerte und ich dachte, es schaltet mir das Licht aus. Es war mir egal. Ich will das alles nicht mehr. Ich kann nicht mehr. Ich brauche endlich wieder Ordnung in meinem Leben. Auch wenn mir Constantijns Worte noch in den Ohren hallen, es geht nicht mehr. Ich gehe kaputt an dieser Beziehung, die wir nicht mal mehr haben.

Als ich vom Laufband stieg, war es klar. Ich werde es heute beenden. Diesmal werde ich nicht feige sein. Ich werde es mit Anstand und Würde hinter mich bringen, auch wenn es noch so emotional werden wird. Der Jet steht vollgetankt bereit. Pavillard hat die nötigen Genehmigungen eingeholt. Um 10:35 Uhr geht es los. Matthias stellt seinen Wagen an den Airport, damit ich nach Boppard, in die Klinik, fahren kann.

Es ist mir egal, was Alexander dazu sagen wird. Er muss da durch, so wie ich durch diesen Wirrwarr muss. Wenn ich heute Abend nach Hause fliege, ist es vorbei, auch wenn ich mein Herz in Einzelteilen mitnehmen muss.

Dienstag, 12. September, 10:11 Uhr
Wie geht es dir heute?

Dienstag, 12. September, 10:20 Uhr
Unverändert! Morgen bekomme ich die Infiltration. Ich darf eventuell Donnerstag nach Hause.

Dienstag, 12. September, 10:33 Uhr
Sie wollten doch heute diese Infiltration durchführen. Ô mon Dieu! Ich bin froh, dass ich nicht in der Provinz lebe. Pardon! Nimm es bitte nicht persönlich.

Dienstag, 12. September, 10:48 Uhr
Ich nehme es dir nicht übel. Es wird morgen gemacht. Meine Wirbelsäule wurde noch mal geröntgt, ich habe den Bruch gesehen.

Dienstag, 12. September, 10:56 Uhr
Bist du wieder am Arbeiten?

Der Flug verlief ruhig und wir konnten sofort landen. Der Cayenne stand vollgetankt auf dem Parkplatz. Es grenzt fast schon an ein Wunder, dass ich nicht auch noch tanken musste. Auf der Autobahn folgte Baustelle auf Baustelle, es gab viel Verkehr, einige Verrückte, die durch ihre Überholmanöver die anderen Verkehrsteilnehmer gefährdeten und dann wieder diese permanenten Linksfahrer. Ich hasse deutsche Autobahnen. Ich brauche einen Cappuccino.

Dienstag, 12. September, 12:39 Uhr
Habe noch zu tun. Schreibe dir in ein paar Minuten. Okay? Hast du Langeweile?

Er wird sich wundern, wenn er, statt einer Nachricht, Besuch bekommt. Mir ist nicht wohl. Mein Herz sagt, tu es nicht, sag ihm nicht Adieu. Mein Kopf ist froh, dass es bald vorbei ist. Er weiß nicht, dass heute ein Teil von mir sterben wird.

Wow! Bergauf, bergab! Als ich endlich auf dem Parkplatz stehe, muss ich erst einmal tief durchatmen. Provinz! Tiefste Provinz! Es wundert mich nicht, dass er tagelang auf einen MRT-Termin warten musste. Hier sagen sich die Hasen gute Nacht!

Ich folge dem Weg und stehe plötzlich zwischen einem Berg aus Säcken mit Schmutzwäsche, Abfallcontainern und leeren Fässern.

»Sie müssen leider außen rum gehen«, sagt mir ein freundlicher, älterer Herr, der einen verwaschenen, blauen OP-Anzug trägt. »Dahinten, zwischen den Rosenbüschen, führt ein Weg zum Haupteingang«, ruft er im Weggehen und zeigt in eine Richtung, die mehr Himmelwärts geht. Nun ja! Da will ich ganz sicher nicht hin. Ich bezweifele auch, dass ich Alexander dort oben finden werde.

Nach einem weiteren Weg in die Irre, erbarmt sich ein Arzt im weißen Kittel und führt mich auf den richtigen Weg. »Ärgern sie sich nicht. Da gibt es ein paar Spaßvögel, die immer wieder die Schilder in die falsche Richtung drehen«, sagt er lachend und lässt mich stehen. Ô mon Dieu! Das ging ja schon gut los. Hm! Was sind Spaßvögel?

Bei der Auskunft frage ich nach Alexanders Zimmernummer. Die Damen bestaunen mich von Kopf bis Fuß und die Passanten drehen die Köpfe. Ô mon Dieu! Ich hätte mir besser einen Kartoffelsack übergezogen. Gucci und Louis Vuitton erregen eine Menge Aufmerksamkeit in der Provinz. Vor allem bei der Damenwelt. Zudem habe ich Probleme, seinen Nachnamen auszusprechen. Franzosen sprechen kein H und so wird aus Haag ein Aag. Ich habe nicht die Absicht, seinen Namen zu schreien und notiere ihn auf einem Zettel. Die Damen sehen mich jetzt so seltsam an und finden Alexander Haag in ihrer Datei. Ô mon Dieu! Ich hoffe, sie kennen ihn nicht. Hier kennt doch jeder jeden, aber, wer kommt schon auf die Idee, dass Alexanders französische Geliebte vor ihnen steht. Das würde ihm kein Mensch zutrauen.

Als ich an seine Tür klopfe, tönt mir ein Herein aus mehreren Kehlen entgegen. Ô mon Dieu! Dieses entsetzte Gesicht. Dieser Blick! Wow! Begeisterung sieht anders aus. Sein Bett steht vorm Fenster und ich muss an seinem Zimmernachbarn vorbei, der mich böse ansieht. Er brummt etwas vor sich hin und beobachtet mich grimmig. Alexander weiß nicht, was er tun soll, was er sagen soll. Ich bleibe in angemessenem Abstand stehen, um ihm jede Peinlichkeit zu ersparen.

»Was machst du denn hier?«, kommt ihm mühsam über die Lippen.

»Ich bin gekommen, mich zu verabschieden«, flüstere ich fast. In einer Klinik soll man nicht laut reden, es könnte die Patienten stören. Ô mon Dieu! Er ist mir so fremd. Ich möchte ihm nicht mal die Hand zur Begrüßung reichen. Ich glaube auch nicht, dass er es möchte. Ich stehe neben seinem

Bett, nicht mal einen Meter von ihm entfernt und bin doch so weit von ihm weg, dass ich das Gefühl habe, ich sehe ihn nur noch aus der Ferne.

»Sollen wir einen Kaffee trinken?« reißt er mich aus meinen Gedanken. Es klingt nicht begeistert und hört sich an, als hoffe er auf eine negative Antwort. Da muss er jetzt durch. Ich will ihm Adieu sagen und dabei in seine Augen sehen, wie es sich gehört.

Der Aufzug ist nicht groß genug, uns auf Abstand zu halten. Ich hätte die Treppe nehmen sollen. So habe ich mir das nicht vorgestellt. Er ist hypernervös. Sagt, dass er seine Frau mit den Kindern erwartet, die jeden Moment kommen können. Dann wird sie ein bisschen warten müssen. Es ist mir egal, was er ihr erzählt, wie er seine Abwesenheit begründet. Auf eine Lüge mehr kommt es jetzt auch nicht mehr an.

»Wo hast du deinen Wagen geparkt?«

»Im Parkhaus, außerhalb war alles besetzt.«

»Sie parkt nicht im Parkhaus. Es sei denn, draußen bekommt sie keinen Parkplatz. Können wir uns in deinen Wagen setzen?«

»Können wir …«

»Oh mein Gott! Ich dachte, da kommt sie. Fast das gleiche Auto.«

Was soll ich dazu sagen? Er ist voller Panik. Wenn sie kommt und uns zusammen sieht, muss er ihr eine weitere Lüge auftischen. Ich werde keinen Ton dazu sagen. Das ist inzwischen nur noch peinlich und bekräftigt meinen Entschluss, ihm heute Adieu zu sagen.

Als wir im Auto sitzen, sieht er immer wieder auf sein Handy. Was er mir erzählt, geht an mir vorbei. Mein Kopf findet es nicht mal für nötig, sich etwas davon zu merken. Es ist nicht mehr mein Alexander, der da neben mir sitzt. Er ist ein Fremder.

»Warum hast du nicht gesagt, dass du kommst? Ich hätte es verhindern können, dass sie mich heute besucht.«

»Es war eine kurzfristige Entscheidung, die ich erst heute Morgen getroffen habe. Möchtest du gehen? Du bist nervös und panisch.«

»Wenn es dir nichts ausmacht. Ich will nichts riskieren. Wir können später schreiben.«

»Wie lange bleibt sie? Ich will mit dir reden. Ich bin nicht den weiten Weg gekommen, um Salut zu sagen.«

»Eine Stunde oder zwei. Ich schreibe, wenn sie weg sind.«

»Ich habe nicht viel Zeit und muss bald los. Ich bin nur gekommen, weil ich dir etwas sagen wollte. Geh jetzt, ich fahre in die Stadt und werde in einem Café warten, bis du schreibst. Darf ich dich noch einmal in den Arm nehmen?«

»Ja, darfst du …«

Getrennt durch die Mittelkonsole, ist es alles andere als eine Umarmung, aber es ist wenigstens etwas. Wenn es zu lange dauert, bis er sich meldet, fahre ich unverrichteter Dinge zurück. Dann sollte es nicht sein. Es fiel mir sehr schwer, her zu kommen. Wenn ich jetzt sehe, wie panisch er reagiert, macht er es mir nur noch schwerer.

Er hält mich so fest umschlungen, dass ich kaum atmen kann. Seine Hand streicht über meinen Rücken, wandert höher, streicht mir sanft über die Wange und sein Mund küsst zärtlich meinen. Dieser Blick, aus seinen blauen Augen, lässt mich schmelzen. Da ist etwas in seinen Augen, dass mir etwas sagen will, es aber nicht schafft, über seine Lippen zu kommen. Genauso sah er mich an, als er mir das erste Mal sagte, ich liebe dich. Beim ersten Mal und all die anderen Male. Es kann nicht sein, er liebt mich nicht mehr.

»Ich melde mich, wenn sie weg sind. Dann können wir uns sehen. Ich freue mich darauf.« Er haucht mir einen Kuss auf den Mund und geht. Wow! Ich kam mit dem festen Vorsatz, ihm Adieu zu sagen. Ein Blick aus diesen Augen und schon schmelzen all meine Vorsätze dahin.

Dienstag, 12. September, 13:35 Uhr
Sie ist noch nicht da, kann aber jeden Moment kommen.

Dienstag, 12. September, 13:36 Uhr
Meine Frau hat gerade geschrieben, sie sind gegen zwei Uhr da. Ich denke es wird siebzehn Uhr werden. Sorry für meine Reaktion. Ich war erschrocken. Tut mir leid.

Dienstag, 12. September, 13:50 Uhr
Das war nicht zu übersehen. Ich habe soeben Matthias Stoßstange demoliert. Er wird begeistert sein. Der Cayenne ist für das Parkhaus zu groß. Ich gehe jetzt in ein Café. Soll ich dir etwas Süßes mitbringen oder hast du sonst einen Wunsch? Viel Spaß mit deinen Kindern.

Dienstag, 12. September, 13:56 Uhr
Oje! Wünsche habe ich viele … Danke, ich bin dick genug, nichts Süßes.

Dienstag, 12. September, 13:59 Uhr … Chatroom
»O nein! Du hast die Stoßstange verbeult?«
    »Es gibt schlimmeres … ein Kotflügel beispielsweise … Non! Es ist nur die Verkleidung, die eingedrückt ist. Ich lasse sie reparieren.«
    »Wo bist du?«
    »In einem Eiscafé. Ich konnte nicht widerstehen …«
    »Ist der Spoiler deines Wagens repariert?«
    »Noch nicht! Matthias hatte noch keine Zeit, den Wagen in die Werkstatt zu bringen. Möchtest du ein Eis?«
    »Nein danke! Ich bin zu fett! Bist du nicht erschrocken, so ungepflegt, wie ich war.«
    »Non, du siehst nicht ungepflegt aus. Als ich in der Klinik lag, sah ich auch nicht frisch gepellt aus.«
    »Du hast gut gerochen und meine Jacke riecht jetzt auch.«
    »Zieh sie aus. Sie wird es riechen.«
    »Okay! Frauen und ihre Ahnungen …«
    »Wann gibt es das Dîner bei dir?«
    »Gegen siebzehn Uhr, wenn wir uns treffen. Egal! Ich bin viel zu fett.«
    »Wir wollten um siebzehn Uhr starten. Ich habe um einen späteren Take-off gebeten. Wir haben noch keine Erlaubnis für einen späteren, zudem müssen wir den nehmen, den sie uns geben. Es kann sein, dass ich um siebzehn Uhr schon auf dem Rückweg bin.«
    »Du bist mit dem Jet gekommen?«
    »Oui! Ich kam mit dem Jet. Wir sind in Saarbrücken gelandet und ich nahm den Cayenne, um zu dir zu fahren.«
    »Wann wollt ihr losfliegen?«
    »Der Plan ist voll. Es kann zweiundzwanzig Uhr werden oder schon alsbald sein. Wenn unser Take-off feststeht und ich zu dieser Zeit noch nicht da bin, fliegen sie ohne mich los. Dann übernachte ich in Saarlouis und nehme morgen den TGV.«
    »Es wäre schade, wenn wir uns nicht mehr sehen könnten.«

»Das Zeitfenster war sowieso klein. Ich bin nur gekommen, weil ich dir Adieu sagen wollte. Diesmal richtig, nicht per Mail, aber du wickelst mich mit deinem traurigen Blick um den Finger und in deinem Armen fühle ich mich so wohl.«

»Ach was, wie Adieu? Nie mehr schreiben? Nie mehr Riesweiler?«

»Du hast mich nicht ausreden lassen …«

»Okay, ich höre!«

»Ich sagte, ich wollte! Ich hatte schon gesagt, dass ich nachgedacht habe, dass ich dein Problem bin. Ich wollte Adieu sagen, aber du hast mich so … angesehen … ich kann es nicht. Ich muss wohl damit leben, dass du meinetwegen lügen wirst.«

»Ja und du meinetwegen.«

»Ich belüge niemand. Matthias fragt nicht. Zudem geht ihn das, was ich tue, nichts mehr an.«

»Okay!«

»Non! Ich sagte dir, er wollte mit mir schlafen.«

»Ich weiß!«

»Er fragte, weshalb nicht und ich war geständig.«

»Du hast ihm doch wohl nicht von mir erzählt? … das wäre gefährlich!«

»Non, ich sagte, ich habe mich verliebt. Wieso gefährlich?«

»Na, man weiß nicht, wie er reagieren wird. Nenn ihm bitte nicht meinen Namen und erzähl ihm nichts über mich. Okay, ich weiß, das machst du nicht.«

»Non, würde ich nicht machen.«

»Danke!«

»Ich weiß von seiner Miranda. Es tat nicht weh. Ich freue mich für ihn. Sie ist auch Ärztin und arbeitet mit ihm zusammen.«

»Wie? Er hat eine Miranda? … stimmt hast du mir erzählt.«

»Also … darf ich treu sein?«

»Ja! Das darfst du, aber verlange bitte nicht von mir, dass ich auch geständig bin.«

»Non, wir haben einen Deal!«

»Brösel …«

»Oui und ich liebe meinen Brösel.«

»Dafür bekommst du nachher einen Kuss.«

»Das will ich aber sehr hoffen.«

»Sie kommt etwas später. Hanna war noch nicht fertig mit den Hausaufgaben. Das ändert aber nichts an siebzehn Uhr.«

»Okay!«

»Wie gefällt es dir in Boppard?«

»Ich habe außer Parkhaus und Eiscafé noch nichts gesehen. Gibt es etwas Sehenswertes?«

»Mir fällt nichts ein … bist du in der Altstadt? Die ist sehenswert.«

»Weißt du, dass ich im Moment glücklich bin?«

»Ich weiß, es ist aber nicht gut, dass du unglücklich bist, wenn du nach Hause fährst. Du musst lernen, auch dann glücklich zu sein.«

»Ich bemühe mich. Freust du dich auf später?«

»Ja!«

»Ich mich auch. Darf ich dich dann richtig in den Arm nehmen?«

»Ja, das darfst du. Dann bin ich nicht mehr so erschrocken …«

»Ich hoffe es!«

»Mir fällt eben ein … Freibrief … Du hattest mir einen solchen ausgestellt, bevor wir uns je gesehen hatten. Ich darf tun mit dir, was immer ich möchte.«

»Echt? Oje!«

»Das heißt nicht Oje, sondern mais oui. Ich weiß auch bereits, was es sein wird …«

»Was?«

»Verrate ich noch nicht, aber ich verspreche dir, dass du sehr oft und sehr gern daran denken wirst.«

»Okay! Spannung …«

»Jetzt liegt es an dir. Je schneller du gesund wirst …«

»Das schaffe ich in drei Stunden nicht. Okay, ich strenge mich an.«

»Non, mir reicht aus, dass du mich in den Arm nimmst.«

»Ich werde dich nicht nur in den Arm nehmen. Ich möchte mit dir schlafen.«

»Und dein Rücken?«

»Scheiß auf die Schmerzen! Ich habe schöne Wunderpillen, da merkt man nichts mehr.«

»Du möchtest wirklich mit mir Liebe machen?«

»Schlimm?«

»Non!«

»Die Frage ist nur, eignet sich das Parkhaus dafür?«

»Ich denke nicht. Sonst haben wir bald viele Zuschauer, wir sind nicht leise. Hier gibt es viel Wald.«

»Wir lassen uns etwas einfallen.«

»Jetzt rutsche ich …«

»Ich weiß … Dann können wir uns das Vorspiel sparen.«

»Sie sind angekommen.«

»Wo siehst du das?«

»Das war eine Frage. Dieses ??? funktioniert nicht immer.«

»Ach so … Entschuldigung Madame, aber dann heißt es, sind sie angekommen?«

»Merci, mon Professeur!«

»Ich melde mich, wenn sie weg sind.«

»Ich gehe jetzt ins Museum. Bis später!«

Dienstag, 12. September, 15:26 Uhr
Sie kommen erst um sechzehn Uhr. Es kann ein bisschen später werden, so gegen halb sechs. Ich freue mich. Dafür gebe ich mir nachher extra Mühe.

Dienstag, 12. September, 15:38 Uhr
Bitte nicht sauer sein.

Dienstag, 12. September, 15:43 Uhr … Chatroom
»Ich bin nicht sauer. Hier gibt es leckeren Kuchen. Ich bin begeistert. Ô mon Dieu! Ich werde noch fetter.«

»Lass es dir gut gehen und sag dem Flieger, dass er warten muss.«

»Unser Take-off ist 22:55 Uhr.«

»Okay! Dann haben wir Zeit.«

Ich verstehe nicht, weshalb die Leute mit Bussen angekarrt werden. Was ist hier schon sehenswert? Die Altstadt? Die alten Gebäude? Die Burg? Der Rhein? Ich weiß es nicht. Ich weiß, ich darf nicht jede Stadt mit Paris vergleichen. Welche Stadt hält diesem Vergleich stand? Für mich ist Paris die schönste Stadt der Welt. Wer kennt schon Boppard?

Ich schlendere durch die Stadt, vorbei an Touristenströmen, die mir mit ihren Guides entgegenkommen. Japaner! Sie sind überall anzutreffen, aber was wollen sie in Boppard? Menschen, deren Dialekt ich nicht verstehe. Ich kaufe in einem Laden ein paar Steine für Alexander, denen heilende Kräfte nachgesagt werden. Der Verkäufer erklärt mir wortreich ihre Wirkung und ich verstehe kein Wort.

Im nächsten Laden, einem Trödelladen, kaufe ich eine alte Mokkatasse und einen Flötenspieler aus Meißener Porzellan für Peanuts. Die beiden uralten Damen, die da in ihren Schaukelstühlen sitzen, haben keine Ahnung, was sie da verschleudern. Das Pendant des Flötenspielers steht in einer Vitrine auf Lavalanche. Siebzehntes Jahrhundert! Meine grand-mère wäre begeistert.

Durch Zufall entdecke ich einen kleinen Supermarkt. Wir brauchen Kleenex und feuchte Tücher, ich habe nicht mit Sex gerechnet. Zwei Flaschen Wasser, denn Sex macht Durst.

Sacrément! Was tue ich da? Wieder einmal hat mein Herz meinen Kopf überrumpelt. Diesmal schlafe ich mit einem Mann, der mich nicht mehr liebt. Ob es noch so schön sein wird, wie es früher war? Früher, als er mich noch geliebt hat …

Es ist spät geworden. Ich denke, es wird Zeit, zur Klinik zu fahren. Ich hoffe, er hat es sich nicht anders überlegt.

Dienstag, 12. September, 17:35 Uhr
Die Kinder sind weg. Kommst du ins Parkhaus? Schreib mir, welche Etage, ich komme.

Dienstag, 12. September, 17:42 Uhr
Soeben eingeparkt. Ganz oben. Muss noch das Ticket bezahlen.

Dienstag, 12. September, 17:51 Uhr
Bin am Auto und warte auf dich …

Die Nachricht kommt, als ich das Parkdeck betrete. Etwas verloren steht er auf dem riesigen Deck, auf dem nur ein paar Autos stehen. Von hier oben hat man einen wundervollen Ausblick auf die Stadt. Weiter hinten erstreckt sich ein großes Waldgebiet. Dort müsste sich doch ein Plätzchen finden lassen, wo wir ungestört sein können.

»Schön, dass du hier bist«, sagt er und nimmt mir meine Einkäufe ab. »Wir werden etwas finden, wo wir ungestört sind.« Er lächelt mich an und wieder habe ich das Gefühl, er will mir etwas sagen, hat es aber tief in sich eingeschlossen, damit es ihm nicht versehentlich über die Lippen kommt.

Es ist schön, wieder bei ihm zu sein. Ô mon Dieu! Ich kann es kaum noch erwarten, ihn in den Arm zu nehmen, seine Hände auf meinem Körper zu spüren, ihn zu spüren, ganz nah bei mir.

Für einen Moment scheint es, als wolle er mich in den Arm nehmen, überlegt es sich dann aber und lässt es. Die Gefahr, gesehen zu werden, ist zu groß.

Wir fahren bergauf, dem Wald entgegen. Irgendwann führt ein schmaler Weg in ein Waldstück. Ich folge ihm und wir landen in einem kleinen, verwilderten Teil des Waldes. Hierher wird sich niemand verirren. Jetzt müssen wir nur noch die Rücksitze umlegen und die Decke ausbreiten und haben eine Liegefläche für unser Liebesspiel. Noch bevor ich überhaupt die Klappe öffnen kann, nimmt er mich in den Arm, hält mich so fest, dass es mir den Atem nimmt. Ich fühle die Beule in seiner Hose und die Vorfreude, die durch meinen Bauch zieht.

Vergessen sind meine neuen Schuhe, mit denen ich im Dreck stehe, vergessen meine Jeans, die sich in den Dornen eines Brombeerstrauchs verfangen hat, vergessen die Tränen der letzten Zeit. Er ist bei mir und hält mich in seinen Armen. Bröselzeit! Gestohlene Stunden! Eine kurze Zeit, um glücklich zu sein. Glücklich mit ihm …

In Windeseile bauen wir unsere Liegefläche auf. Polstern mit einer Decke, die immer im Kofferraum liegt. Reißen uns die Kleider vom Leib und fallen übereinander her. Die Lust rollt in immer neuen Wellen durch meinen Unterleib. Er spreizt meine Beine und sein Mund küsst meine empfindsamste Stelle. Seine Zunge kreist und der erste Höhepunkt schwappt über mich. Seine Zunge wird fordernder und dann lässt er mich fliegen. Jetzt will ich ihn spüren, endlich wieder spüren. Er streichelt meine Brüste, küsst meine Knospen und sein Mund wandert höher, an meinem Hals hinauf, über mein Gesicht zu meinem Mund. Als seine Zunge mit meiner spielt, dringt er in mich ein und lässt eine neue Welle über mich gleiten. Ô mon Dieu! Ist das schön.

Ich spüre die kleinen Zuckungen, die durch seinen Unterleib fliegen. Es ist schön, zu spüren, wenn er seine kleinen Höhepunkte hat. Ich sehe aber auch den Schmerz, in seinen Augen. Nur eine kleine Drehung und er liegt auf dem Rücken. Jetzt nehme ich mir, was ich brauche und beschere ihm dabei wundervolle Gefühle der Lust. Als wir gemeinsam fliegen, ist es wunderschön. Das Zucken, in meinem Bauch, will gar nicht aufhören. Tausend Schmetterlinge fliegen und nehmen mich mit. Er hat mir so sehr gefehlt.

Als wir schweißüberströmt nebeneinander liegen, hält er mich in seinem Arm und es ist so schön. Sanft hebt er mein Gesicht zu sich und sieht mich wieder mit diesem Blick an. Ô mon Dieu! Sag es endlich! Einmal, ein einziges Mal würde ich gerne hinter diese Mauer blicken, nur ein einziges Mal. Ich glaube, was ich sehen würde … es würde mich erschlagen. Wie gerne nähme ich ihm ein paar Lasten ab, aber ich kann es nicht. Ich kann mich nicht in sein Leben einmischen, in das Leben, zu dem ich nicht gehöre. Er muss allein damit klarkommen, auch wenn es mir das Herz zerreißt.

»Du hast mir gefehlt. Ich wünsche mir jetzt das Murmeltier. Gefangen in einer Zeitschleife. Das wäre schön.« Er schenkt mir ein trauriges Lächeln und mir wird weh ums Herz.

»Ja, das wäre schön, aber diese Zeitschleife würde irgendwann enden. Das Murmeltier grüßte auch nicht ewig.«

Statt einer Antwort drückt er mich ganz fest und atmet tief ein. Welch große Last muss er tragen? Gehöre ich auch dazu? Ganz sicher bereite ich ihm Kummer. Wie sagte Constantijn … glaub mir, es tut ihm weh, was du tust, auch wenn er es nie zugeben würde. Oui! Er hat recht, ich weiß es. Ich weiß auch, was er noch sagte. Trampele nicht immer auf seinen Gefühlen herum. Nimm sie einfach hin. Er schenkt sie dir. Siehst du das denn nicht? Non! Er schenkt sie mir nicht. Er liebt mich nicht mehr, das hat er selbst gesagt. Er will nur noch den Sex mit mir.

»Ich muss dir etwas beichten. Ich wollte es dir schon viel früher sagen, aber ich hatte Angst vor deiner Reaktion.«

»Ist es so schlimm? Was kann schlimmer sein, als eine Ehefrau und drei Kinder? Pardon!«

»Ich war schon einmal verheiratet …«

»Das hast du mir erzählt, als wir anfingen uns zu schreiben. Eine kurze Ehe von einem Jahr.«

»Daran erinnere ich mich nicht. Habe ich dir das erzählt?«

»Du siehst, du hattest von Anfang an großes Vertrauen zu mir. Es gibt nichts zu beichten.«

»Doch! Ich habe eine Tochter aus dieser Ehe. Sie ist zwölf Jahre alt, heißt Jule und lebt bei ihrer Mutter. Ich darf sie nicht sehen, weil meine Exfrau es nicht will.«

»Wow! Du musstest heiraten, weil sie schwanger war?«

»Ja! Ich weiß noch genau, wann es passiert ist. Wir haben nicht verhütet. Ich wusste genau, es geht nicht gut, sie wird schwanger.«

»Weshalb hast du trotzdem mit ihr geschlafen? Du hättest nein sagen oder ein Kondom benutzen können.«

»Es ist passiert und ich kann es nicht mehr ändern.«

»Du hast sie geheiratet, weil sie schwanger war oder weil du sie geliebt hast?«

»Weil sie schwanger war. Die Beziehung war nicht die beste.«

»Aber man heiratet doch nicht, weil eine Frau schwanger ist. Man zahlt, übernimmt vielleicht Verantwortung, aber man heiratet nicht! Du und deine antiquierten Ansichten. Weshalb darfst du sie nicht sehen?«

»Meine Exfrau will es nicht. Sie will mich damit strafen. Ich habe es versucht, war vor Gericht, sie hat gewonnen. Meine Mutter wollte ihre Enkelin sehen. Auch sie hat keinen Kontakt zu ihr.«

»Das ist schade. Überleg dir, ob du es vielleicht noch einmal versuchen willst. Siehst du sie wenigstens manchmal?«

»Sie wohnt nicht weit von mir entfernt. Ich habe das Haus aus strategischen Gründen gekauft. Verstehst du?«

»Ich verstehe!«

»Wir sollten uns anziehen, dir ist kalt. Zudem wird es dunkel und wir müssen noch aus diesem Dickicht fahren. Wir können auf dem Klinikparkplatz noch ein bisschen miteinander reden.«

Ô mon Dieu! Ein Kind, das man ihm vorenthält. In meinem Kopf hat sich in Sekundenschnelle ein Plan entwickelt, aber es ist nicht mein Kampf. Es ist sein Leben.

Alexander fährt den Cayenne aus dem Dickicht und weiter, bis zum Parkplatz. In der hintersten Ecke parkt er den Wagen. Es fängt an zu regnen und niemand lässt sich blicken. Wir richten die Rückbank wieder auf und machen Ordnung im Kofferraum. Die Decke weist Spermaspuren auf und der Cayenne riecht nach unserem Liebesspiel. Ich werde mit geöffneten Fenstern fahren müssen.

Wir reden, halten uns an den Händen und sind traurig, weil wir uns bald trennen müssen. Ich erzähle ihm von den Geschäften, die mein Unternehmen macht, von den Sorgen, die man in der heutigen Zeit hat. Er erzählt mir von seinen Sorgen, von den Schulden, die ihm den Schlaf nehmen. Ich habe ein schlechtes Gewissen. Ich gebe mein Geld aus, ohne groß darüber nachzudenken. Die Lederjacke von Gucci, die ich heute trage, kostete sechstausend Euro. Alles, was ich trage, kostete mich einen fünfstelligen Betrag. Alexander sieht mich staunend an. Ich denke mir nichts dabei. Ich kaufe, was mir gefällt. Die Läden, in denen ich kaufe, sind exklusiv und teuer. Ich kann es mir leisten, er nicht.

»Vermisst du vielleicht irgendetwas?«

»Ich vermisse mein Schlafshirt. Hast du es aus Versehen eingesteckt? Es ist mein Lieblingsshirt.«

»Ja! Ich hatte meine Tasche ausgepackt. Es lag noch auf meinem Bett. Ich hatte vergessen, es wegzusperren. Sie kam ins Zimmer, sah das Shirt, fragte, wem es gehört. Ich sagte, ich habe es aus Versehen im Training eingesteckt, es muss Anton gehören. Sie sagte, das ist kein Herrenshirt. Ich sagte, es war niemand hier, du kannst Kurt fragen. Sie fragte noch einmal, wem es gehört. Ich sagte, ich weiß es nicht. Sie nahm es und ist damit verschwunden. Ich weiß nicht, was sie damit gemacht hat.«

»Oh, oh! Sie hat es versteckt. Sie wird es nicht vergessen, jetzt hat sie einen Grund, misstrauisch zu sein. Jetzt wird sie suchen und wenn du nicht aufpasst, wird sie etwas finden. Es ist deine Schuld. Wie konntest du das Shirt herumliegen lassen?«

Statt einer Antwort sieht er mich schuldbewusst an. Mir macht das Shirt keine Probleme. Ihm wird wohl noch Ärger ins Haus stehen.

Als es dunkel ist und der Regen in dicken Tropfen vom Himmel prasselt, ist es Zeit, Abschied zu nehmen. Als er aus dem Auto steigt und den Weg zur Klinik hinaufgeht, kämpfe ich mit den Tränen.

Die Zeit mit ihm war schön und verging wie im Flug. Jetzt wird es lange dauern, bis wir uns wiedersehen. Ich habe das Gefühl, wir sind uns wieder nähergekommen. Auch wenn er mich nicht in sein Herz blicken ließ, war er heute so offen, wie schon lange nicht mehr.

Dienstag, 12. September, 21:12 Uhr
Ich hoffe, ich habe dich heute nicht zu sehr schockiert. Ich musste es dir erzählen, vielleicht verstehst du jetzt besser, warum ich manchmal so zurückhaltend bin. Es war sehr schön mit dir …

Dienstag, 12. September, 22:27 Uhr
Starkregen, drei schwere Unfälle, Umleitung, großer Umweg. Ich bin jetzt in Saarlouis. Das Auto ist leergeräumt und ausgesaugt. Die Decke liegt im Wäschekorb. Darum wird sich die Haushälterin kümmern. Jetzt geht es im Tiefflug zum Airport. Ich schreibe, wenn ich angekommen bin.

Dienstag, 12. September, 23:20 Uhr
Wir haben die Flughöhe erreicht, jetzt darf ich dir schreiben. Beim letzten Mal war es knapp … fünf Minuten. Heute rollte er los, da war die Tür noch nicht ganz geschlossen. Jetzt genieße ich meinen Cappuccino. Den brauche ich jetzt. Ich muss jetzt ein bisschen relaxen.

Es war ein schöner Tag. Anstrengend, aber schön. Er hat vier Töchter. Die kosten Geld, das glaube ich. Für Jule muss er Unterhalt zahlen. Geld, das ihm fehlt. Okay! Ich habe auch meine Zweifel, dass er mit seinem Geld richtig wirtschaftet. Er hat mir erzählt, wie viel er verdient, wie viel seine Frau mit dem Austragen von Zeitungen verdient. Ich weiß, wie viel Kindergeld er bekommt und wie hoch seine laufenden Kosten sind. Wenn ich das alles addiere, komme ich auf eine Summe, von der man leben kann. Ich bin nicht dämlich und lebe nur in meiner Welt. Ich weiß, was meine Angestellten verdienen, wie hoch die Lebenshaltungskosten in Paris sind, wie hoch sie sonst wo sind. Ich weiß, mit wie viel Geld Otto Normal leben kann.

Ich verstehe nicht, wie er immer tiefer in die Schulden rasen kann. Weshalb er zwei Autos benötigt. Nur um mit Emma zum Arzt zu fahren, wenn der Zucker entgleist? Wenn es zu einem Notfall kommt, fährt kein intelligenter Mensch mit dem Auto zur Klinik. Man ruft den Notarzt und er kommt. Wie verantwortungslos muss ein Mensch sein, wenn er das Leben eines Kindes aufs Spiel setzt und selbst losfährt?

Er hat mir bereits in Riesweiler erzählt, dass er bald eine Sonderzahlung erhält. Das Geld will er nicht nehmen, um Schulden abzuzahlen. Damit will er sein Badezimmer renovieren, dass inzwischen zu alt ist und nicht mehr dem heutigen Standard entspricht. Ich verstehe ihn nicht. Nur weil die Fliesen nicht modern sind und die Armaturen nicht dem neusten Stand entsprechen, muss man doch nicht das Badezimmer renovieren, wenn man das Geld sonst wo dringender benötigt. Nicht genug mit dem Badezimmer, auch eine neue Küche muss sein. Das will er als nächstes angehen. Ich kann verstehen, dass er es seiner Familie so angenehm wie möglich machen möchte, aber doch nicht um jeden Preis.

Er bräuchte einen Businessplan. Es wäre kein Problem, ihn zu erstellen. Einsparmaßnahmen, öffentliche Töpfe, aus denen er sich bedienen könnte … aber es geht mich nichts an. Ich glaube auch nicht, dass er mir so viel Vertrauen schenken würde, ihm dabei zu helfen. Er ließ mich nicht mal Gesetzestexte lesen. Die Kluft, zwischen uns, ist zu groß geworden. An dieser Tatsache ändert auch der heutige Tag nichts.

Was ist es und wo ist es

Mittwoch, 13. September, 00:13 Uhr
Ich kann bereits die Lichter der Stadt sehen. Paris ist auch von oben wunderschön. Es war sehr schön mit dir. Ich hätte heute Morgen, als wir losflogen, nie gedacht, dass ich solch einen schönen Tag haben würde. Wie sehr du mir gefehlt hast, habe ich erst gemerkt, als ich dich endlich wieder im Arm halten durfte. Ich überlege, ob ich mich alsbald wieder waschen soll, denn ich rieche so gut nach dir, nach deinem Aftershave. Okay, nach dem anderen rieche ich auch. Ich werde wohl oder übel duschen müssen, wenn ich Zuhause bin.

Du hast mich nicht geschockt. Es ist schön, dass wir wieder so offen miteinander reden können. Das hat mir sehr gefehlt. Fühlst du dich ein bisschen besser, wenn du mir deine Sorgen erzählen kannst? Es würde mich freuen.

Wir sind gelandet. Ich muss jetzt leider aufhören. Ich werde morgen an dich denken und in Gedanken deine Hand halten. Es wird alles wieder gut werden. Ich hoffe sehr, dass deine Schmerzen nicht stärker geworden sind. Es war sehr schön und ich habe jede Sekunde genossen. Ich hoffe, du auch …

Mittwoch, 13. September, 04:40 Uhr
Ja, das habe ich. Danke! Ich schlafe jetzt noch ein bisschen.

Mittwoch, 13. September, 05:39 Uhr
Wären die echt ohne dich geflogen? Man lässt doch keine Prinzessin im Regen stehen.

Mittwoch, 13. September, 07:36 Uhr … Chatroom
»Non, die wären nicht ohne mich geflogen. Wäre ich nicht pünktlich gewesen, hätten wir bis heute Morgen warten müssen, denn ab dreiundzwanzig Uhr ist Startverbot für alle Flugzeuge. Lärmschutz! Das Flugzeug begann zu rollen, als ich an Bord war. Während des Rollens kann man noch die Tür schließen. Wir mussten pünktlich abheben.«

»Okay! Ich dachte, du wärst, wie in einem James Bond Film, während des Rollens in den Flieger gehechtet.«

»Sie hätten deine Prinzessin nicht im Regen stehen lassen. Ich wäre nass geworden. Okay! … Ich war nass. In doppeltem Sinn. Es regnete in Strömen und mein Lover hatte mich geflutet. Es lief nach dem Sex … Es lief auf dem Nachhauseweg … Es lief heute Nacht … Du hattest onaniert und warst dennoch so geil. Gestern hätte jede Samenbank ihre große Freude an dir gehabt. Ich habe geduscht und gestöpselt. Meine Unterwäsche, meine Bettwäsche … alles riecht nach dir. Ô mon Dieu! Schon geil am frühen Morgen. Kein Wunder, bei dieser Erinnerung …«

»Es war mal wieder geil … aber im Verhältnis zum letzten Mal ein Quickie.«

»Oui, für andere wäre es ein Marathon gewesen. Übrigens! Ich hatte recht. Du hast mir erzählt, dass du schon einmal verheiratet warst. Nur von deiner Tochter wusste ich nichts.«

»Genau! Jule habe ich unterschlagen.«

»Ich habe heute Nacht noch ein bisschen in unserem Chat gelesen. Unfassbar, wie sehr wir bereits einander vertrauten, als wir uns noch nicht mal gesehen hatten. Und was du für liebe Worte hattest …

Oh, ich schmelze. Und du warst schon spitz auf mich …«

»Jepp …«

»Wie geht es dir? Hast du Schmerzen?«

»Es geht! Ich nehme jetzt meine Tabletten, später muss ich zur Infiltration.«

»Ich werde an dich denken.«

»Danke!«

»Ich muss mich jetzt ankleiden. Ich habe um neun Uhr einen Termin. Die Klinik wartet.«

»Okay! Bis später und viel Glück.«

»Dir auch! Ich halte in Gedanken deine Hand.«

»Danke!«

Oh! Ich hasse diese Untersuchungen! Sie rauben meine kostbare Zeit und sind einfach nur nervend. Diese Zeit könnte ich besser nutzen. Ich muss Geschäftspapiere durchsehen, Briefe diktieren, Termine planen und so vieles mehr, das wichtiger ist, als diese Untersuchungen. Wenn es nach den Ärzten ginge, würden sie mich ins Bett legen und daran festbinden, damit ich auch brav liegen bleibe.

Ich muss nach einer Alternative für die Schließung des schottischen Betriebes suchen. Ich kann es nicht zulassen, dass die Mitarbeiter arbeitslos werden. Arbeitsplätze sind in dieser Region Mangelware. Sie würden keine neue Arbeit finden, es sei denn, sie ziehen aus der Heimat weg. Es würde Familien trennen oder gar zerrütten. Wochenendbeziehungen sind nicht von Dauer, ich weiß, wovon ich rede.

Ich sehe aber auch nicht ein, dass ich die überzogenen Transportkosten zahlen soll. Die Produktion in Frankreich käme mich billiger. Es wäre so einfach, wenn es nicht um die vielen Arbeitsplätze ginge. Wenn man einen Mitarbeiter einstellt, übernimmt man auch die Fürsorge für ihn. Wer seiner Arbeit nachgeht und sein bestes für den Betrieb gibt, hat es verdient, dass man auch das Beste für ihn tut. Wie soll ich ihnen erklären, dass sie plötzlich nichts mehr wert sind, dass sie mich zu teuer kommen? Oui! Sie liegen mir am Herz, sie alle!

Ich hoffe, dass in der Vorstandssitzung ein paar Vorschläge auf den Tisch kommen, die man auch umsetzen kann. Wie soll mein Herz heilen, mein Blutdruck sinken und alles andere wieder ins Lot kommen, wenn ich so viele Sorgen habe? Einerseits sind es die Sorgen um das Wohlergehen des Unternehmens und seiner Mitarbeiter, andererseits sind es die Sorgen, die ich mir um Alexander mache.

Er nimmt sich alles viel zu sehr zu Herzen. Er hat seine antiquierten Ansichten, die ihm das Leben schwer machen. Sein verdammter Stolz, der ihm immer wieder Probleme macht. Er ist ein Mann und Männer regeln ihre Probleme selbst. Hilfe von anderen … non! Hilfe von einer Frau … Ô mon Dieu! Alles nur das nicht! Er ist ein Mann und Männer tun so etwas nicht! Ich verstehe ja, dass es ihm guttut, wenn er mit mir reden kann, aber ich habe das Gefühl, dass er mir längst nicht alles erzählt. Okay! Es wäre anmaßend, zu denken, dass er es tut. Wer hat nicht seine kleinen und großen Geheimnisse? Ich erzähle ihm auch nicht alles, was mich bedrückt. Über das Unternehmen erzähle ich fast gar nichts. Wenn er wüsste, wofür ich stehe, es würde ihn erschlagen. Er weiß es nicht und es ist besser, es dabei zu belassen.

Trotz aller Geheimnisse und allen Stolzes, so ein kleiner Businessplan … Ein Versuch wäre es wert, aber es liegt nicht in meiner Macht. Ich muss einsehen, dass ich nichts für ihn tun kann.

Mittwoch, 13. September, 19:09 Uhr … Chatroom

»Wie geht es dir? Hast du die Infiltration gut überstanden? Ich bin eben erst nach Hause gekommen, aber ich habe den ganzen Tag an dich gedacht.«

»Bitte nicht erschrecken. Es wird erst morgen gemacht, es gab zu viele Notfälle.«

»Oh! Das ist gut für die Nerven.«

»Jepp, ich komme damit klar.«

»Mich macht es wütend. Wie geht es dir jetzt? Hast du Schmerzen?«

»Nein, alles unter Kontrolle.«

»Keine Nachwehen?«

»Heute Morgen ein paar. Und bei dir? Alles okay?«

»Ich bin wieder stärker erkältet. Du hattest recht. Ich hätte mich ankleiden sollen. Das frieren war nicht gut für mich.«

»Ich habe immer recht … also oft …«

»Mein Blutdruck fährt heute wieder rauf und runter. Ich habe auch wieder Extrasystolen.«

»Warum? Was ist los?«

»Die Erkältung! Jede Hustenattacke ist schlecht für mich. Ich musste heute viele Untersuchungen über mich ergehen lassen. Nach ihrem Konzil schickten sie mich noch zum Lungenfunktionstest, dessen schlechtes Ergebnis noch einige Untersuchungen nach sich zog. Jetzt bin ich erschöpft und habe wieder eine klitzekleine Atemnot.«

»Das war zu stressig gestern.«

»Non, das war schön und ich habe es genossen.«

»Leg dich schlafen und ruhe dich aus.«

»Ich bin nicht müde und ich will nicht mehr liegen. Sie haben mich weiterhin arbeitsunfähig geschrieben.«

»Die Gesundheit geht vor.«

»Ich weiß! Wo war deine Einsicht gestern? Du hast deine Gesundheit aufs Spiel gesetzt. Ich hatte ein schlechtes Gewissen, als ich heimflog.«

»Als ich heimflog …?«

»Oui, auf dem Heimflug ging mir so vieles durch den Kopf. Ich machte mir Sorgen um dich. Ich wollte dich glücklich machen, dir keine Schmerzen verursachen.«

»Nein, alles ist gut! Es war schön und du hast mich glücklich gemacht. Das war eine Rehabilitationsmaßnahme.«

»Aha! Kann ich die Therapie mit deiner Krankenkasse abrechnen? Vielleicht eine Reha in Paris beantragen für dich?«

»Ja, gerne! Wenn es die Zeit zulässt. Ich würde gerne kommen.«

»Wenn du jetzt kommst, lasse ich dich nicht mehr gehen. Nicht böse sein.«

»Nein … Du weißt, ich muss zurück …«

»Ich weiß! Es ist ja nicht mehr lange, bis du für immer kommst.«

»Wo verbringen wir unseren Lebensabend?«

»Auf einer einsamen Insel? Überall, nur nicht in Deutschland. Möchtest du später noch ein bisschen chatten. Ich bin hungrig …«

»Ja, können wir machen. Ich gehe noch einen Kaffee trinken. Halb neun?«

»Okay! Bis später!«

Mittwoch, 13. September, 20:11 Uhr … Chatroom

»Hast du Kabel 1? Da läuft ein schöner Film. Das Streben nach Glück.«

»Es gibt auch Fußball.«

»Nein, der Film ist schöner. Schau ihn dir mit mir an.«

»Wenn dein Herz daran hängt. Ich habe ihn schon gesehen.«

»Wie findest du ihn?«

»Ich mag diese Art Film nicht, aber ich sehe ihn mit dir an. Ich muss mit meinem Laptop ins Fernsehzimmer wechseln. Bin gleich wieder bei dir.«

»Rede mit mir, warum magst du es nicht?«

Weshalb ist er so aggressiv? Es ist doch nur ein Film. Was ist los mit ihm? Machen seine Schmerzen ihn aggressiv oder ist es die lange Wartezeit? Was auch immer es ist, ich kann nichts dafür. Ich würde ihn jetzt gern in die Arme schließen und ihm seine Aggression nehmen. Ich weiß, dass es ihn belastet, so lange untätig in der Klinik zu liegen. Er hat Angst um seinen Arbeitsplatz und je länger sie die Behandlung aufschieben, desto größer wird seine Sorge. Ich hasse diese Abzockerei, die in deutschen Kliniken zum Alltag gehört. Die Betten müssen belegt sein, da schiebt man gerne mal was auf. Dass die Patienten dabei auf der Strecke bleiben, interessiert niemand.

»Oh! Das ist Will Smith! Ich habe mich im Film geirrt. Das ist der Film … ein Vater sucht Arbeit?«

»Jepp! Und seine Frau macht Druck, wegen des Geldes.«

»Okay! Auch gesehen. Erinnere mich nur schwach. Ich sehe ihn mit dir an.«

»Warum magst du das nicht?«

»Pardon! Ich war im falschen Film.«

»Welchen Film meintest du?«

»Ich erinnere mich nicht an den Titel. Ich meinte einen Film mit Michael Douglas. Auch etwas mit der Börse.«

»In welcher Straße wohnst du? Deine Straße und Hausnummer!«

»Verrate ich noch nicht.«

»Warum? Also, wenn du mir jetzt nicht vertraust, wann dann?«

»Willst du mich besuchen?«

»Nein! Ich suche dein Haus.«

»Ich vertraue dir. Moment!«

»Hast du die Straße vergessen?«

»Ich wollte dir ein Foto schicken, aber ich finde es nicht.«

»Egal! Sag mit Straße und Hausnummer, dann sehe ich es.«

»Ich finde es nicht. 27 Rue Tholozé 75018 Paris. Du googelst?«

»Ja! Wer ist Willem van Leeuwen?«

»Ich habe es gefunden, sogar mit Video.«

»Schön! Wer ist Willem van Leeuwen?«

»Van Leeuwen ist ein Unternehmer. Er wohnt in meinem Haus, ist homosexuell, handelt mit Skulpturen und sein Freund ist mir äußerst suspekt. Meine Wohnung ist in der dritten Etage. Bist du noch da? Das Bild springt wieder.«

»Ja, ich bin am schauen …«

»Das Video?«

»Nein! Satellitenfotos! Du vergisst, ich war Soldat! Ich stehe direkt davor, ich sehe auch, was hinter, vor, links und rechts vom Haus ist. Ich hoffe, da ist ein guter Masseur in der Nähe, falls ich Rückenschmerzen habe, wenn ich dich besuche.«

»In Paris gibt es viele Physiotherapeuten, auch Massage. Massage gibt es auch bei Damen im liegenden Gewerbe.«

»Wie weit muss ich bis zur nächsten Massage laufen?«

»Vom Salon ins Schlafzimmer?«

»Nein, ich meine von deinem Haus aus.«

»Aucune idée! Ich brauche keinen Masseur. Ich kann fragen, wenn es dich interessiert.«

»Ich weiß es schon.«

»Du weißt was?«

»Wo der nächste Masseur in der Nähe ist. Das solltest du eigentlich auch wissen.«

Weshalb schickt er mir das Foto dieses Billigpuffs? Was will er? Soll ihm eine Nutte sein bestes Stück massieren?

»Du meinst liegendes Gewerbe?«

»Erkennst du diese Massagepraxis?«

»Das ist nicht van Leeuwen.«

»Nein! … Aber erkennst du die Praxis?«

»Das ist doch keine Praxis.«

»Was ist es und wo ist es?«

Was soll das? Wieder diese Aggression. Ich verstehe nicht, was er will. Was hat Willem mit diesem Puff zu tun? Weshalb steht Willems Name unter dem Foto? Es gehört ihm nicht und er verkehrt nicht dort. Gefällt es ihm nicht, dass ich in der Nähe eines Puffs wohne? Ich habe nicht die Absicht umzuziehen, weil Monsieur Haag meine Nachbarschaft nicht gefällt.

»Hallo!«

»Ich verstehe nicht, was du meinst. Das ist ein Puff, zwei Häuser die Straße runter. Keine richtige Massage. Du möchtest dort hin?«

»Nein!«

»Weshalb fragst du dann danach? Du möchtest ins Bordell gehen? Dann gibt es aber bessere.«

»Nein, möchte ich nicht.«

»Du dachtest, das ist ein richtiger Masseur?«

»Ja!«

Oh! Er dachte, es sei eine Massagepraxis. Er hat keine Ahnung, dass diese Schilder nur Tarnung sind, dass sich dahinter billige Bordelle verstecken. Ein fünfzig Euro Fick und fummeln umsonst. Okay! Woher sollte er es wissen?

»Bist du böse auf mich?«

»Nein! Wieso?«

»Du möchtest lieber den Film ansehen?«

»Was steht da auf der Straße, vor deiner Tür. Ich kann es nicht lesen.«

»Ich verstehe nicht. Was willst du wissen?«

»Was da auf der Straße, vor deiner Tür, in dicken, weißen Buchstaben steht.«

Ô mon Dieu! Er meint nicht das Puff. Er glaubt mir nicht, dass ich hier wohne. Er denkt, ich belüge ihn. Er misstraut mir. Das tut weh. Erst gestern sagte er, dass er mir vertraut, doch er tut es nicht. Im Gegenteil! Er misstraut mir. Sacrément! Wie konnte ich so dämlich sein, ihm die ganze Zeit zu glauben, ihm zu vertrauen. Jetzt versucht er auf eine derart infame Art, mich der Lüge zu überführen. Das ist zu viel.

»Bonne nuit!«

Mittwoch, 13. September, 21:47 Uhr

Bonne nuit … warum? Ich will ehrlich zu dir sein. Der Grund meiner Fragerei ist meine Unsicherheit. Ich habe das Gefühl, dass es nicht deine Adresse ist. Ich habe das Gefühl, dass du mir nicht die Wahrheit sagst. Bitte! Beweise mir das Gegenteil.

Mittwoch, 13. September, 21:50 Uhr
Warum tust du das? Ich habe dir vertraut. Ich wusste es schon, als du mir Bilder geschickt hast, die du aus dem Internet hattest. Was ist deine Intention? Warum machst du mir etwas vor? Sollte ich falsch liegen, mit meiner Vermutung, dann beweise mir das Gegenteil. Ich bin dir nicht böse. Ganz im Gegenteil! Ich will, dass du mir die Wahrheit sagst, so wie ich es getan habe.

Mittwoch, 13. September, 21:57 Uhr
Auf der Straße steht PAYANT

Mittwoch, 13. September, 21:59 Uhr
Stimmt! Das kann ich gar nicht leiden … einem Konflikt aus dem Weg gehen! Rede mit mir!

Mittwoch, 13. September, 22:03 Uhr … Chatroom
»Ich mag es nicht, was du hier tust.«
    »Ich weiß, aber ich kann nicht mehr mit den Zweifeln leben. Ich habe dich auch lieb, wenn das nicht alles so ist, wie du es sagst, es ändert nichts … Du kennst mich und weißt, dass mir Geld oder materielle Werte nichts bedeuten, die Wahrheit jedoch sehr viel.«
    »Ich hatte dir angeboten, zu mir zu kommen. Du hast abgelehnt.«
    »Du weißt, ich kann es nicht im Moment.«
    »Das weiß ich. Ich hatte es dir vorher angeboten. Jetzt fängst du plötzlich an, alles in Frage zu stellen.«
    »Nicht uns, sondern das rundherum. Es ist für mich alles so unvorstellbar.«
    »Ich weiß nicht, was ich davon halten soll. Das rundherum gehört zu meinem Leben. Ich wusste, dass es irgendwann so kommen wird.«
    »Was kommen wird?«
    »Wir leben in zwei verschiedenen Welten. Deshalb wollte ich dir gestern Adieu sagen. Ich habe bemerkt, dass du damit nicht klarkommst. Ich kann nicht alles aufgeben, damit du zufrieden bist.«
    »Das verlangt doch gar keiner.«
    »Du hattest recht. Ich gehöre in meine Welt, nicht in deine. Wir passen nicht zusammen, denn zwischen uns liegen Welten. Ich hatte dir geglaubt, als du sagtest, dass es für dich kein Problem ist. Es ist leider doch eins.«
    »Ist es auch nicht. Das ist nicht das Problem!«
    »Was ist das Problem? Willst du meine Geburtsurkunde sehen? Meine Kontoauszüge? Was?«
    »Ich habe Angst und nur das ist es, Angst, dass du nicht die bist, in die ich mich verliebt habe.«
    »Wer bin ich? Lieschen Müller aus Hintertupfingen? Hast du dich in mich verliebt oder in deine Prinzessin? In das, was ich habe, was ich bin oder in mich?«
    »Du glaubst nicht, was ich auf dieser beschissenen Welt schon gesehen habe.«
    »Ich kann mir vieles vorstellen. Vorstellen! Aber, was du jetzt tust, zeigt mir, dass du mir nicht vertraust und das tut weh.«
    »Ich will, dass du die bist, von der du mir immer erzählst und mit der ich geschlafen habe. Alles andere würde mir das Herz brechen … Du weißt … Broken Heart …«
    »Sacrément! Ich kann es nicht ändern.«
    »Ich hätte jetzt gerne dein Gesicht gesehen, beim Fluchen.«
    »Besser nicht! Meine grand-mère hat sich soeben im Grab gewendet. Ich kann dir nicht irgendetwas erzählen, damit du zufrieden bist. Entweder du nimmst mich, wie ich bin oder wir lassen es.«

»Ich nehme dich doch, wie du bist. Habe ich doch gestern gemacht. Verstehst du mich wenigstens ein bisschen?«

»Du willst unbedingt die andere Madeleine kennenlernen. Weshalb kannst du dich nicht mit der Madeleine zufriedengeben, die du kennst und mit der du so gerne schläfst? Ich sagte dir schon öfter, ich bin nicht immer so, wie ich bei dir bin. Bei dir bin ich ein Mensch. Jetzt fängst du an, die andere Madeleine und ihre Welt zu suchen und davor habe ich Angst. Sie würde dir nicht gefallen.«

»Ich will diese Welt kennenlernen. Ich werde versuchen, schnellstmöglich einen Termin zu finden, um dich zu besuchen.«

»Als wir noch dachten, wir könnten für immer zusammen sein, habe ich mich immer gefragt, ob du das alles gut finden würdest, ob es dir bei mir gefallen würde. Victoria hatte recht. Du würdest es nicht wollen, so zu leben. Ich weiß nicht, ob ich das noch will.«

»Wirst du mich abholen? Kommst du mit dem Jet und nimmst mich mit? Du willst, dass ich dein Leben kennenlerne, dann machen wir das ...«

»Non, du willst wissen, ob ich dir die Wahrheit sage.«

»Nein, ich will mit dir im Jet fliegen.«

»Ich war bereit, mit dir zu bröseln, aber du machst alles kaputt, mit deinem Misstrauen.«

»Das ist mein Ernst! Also, machen wir das?«

»Meiner auch! Ich weiß jetzt, dass du mir nicht traust. Es ist ein Unterschied zwischen jemand vertrauen und jemand trauen. Du willst nur wissen, ob ich dir die Wahrheit gesagt habe. Das kann ich nicht so einfach vergessen. Es tut mir leid. Ich würde mich immer fragen, traut er mir oder tut er es nicht. Bei allem, was ich in Zukunft tun und sagen würde. Auch dann, wenn du dich mit eigenen Augen von der Realität überzeugt hast.«

»Sorry ich bin ausgebildet worden, nur zu glauben, was ich sehe.«

»Glauben? Wie wäre es mit Vertrauen? Ich habe dir mein Herz ausgeschüttet, dich in meine Seele blicken lassen. Du zweifelst alles an. Was soll ich noch tun? Ich denke, es ist besser, wenn wir es jetzt beenden.«

»Hör auf, immer alles zu beenden, wenn es nicht nach deinem Kopf geht.«

»Das hat doch nichts damit zu tun.«

»Doch! Immer, wenn dir irgendwas nicht passt, machst du Schluss. Habe ich das einmal getan? ... Nein! Und was sagt uns das?«

»Du meinst, alles läuft so, wie du es willst.«

»Nein! Überhaupt nicht! Ich spiele nicht mit Gefühlen!«

»Ich auch nicht!«

»Doch! Immer deine Beenden-Geschichten. Ich habe auch ein Herz, das brechen kann.«

»Was soll bei dir brechen? Du liebst mich doch nicht mehr.«

»Wer sagt das?«

»Du!«

»Woher weißt du das?«

»Du hast geschrieben, du hattest sehr tiefe Gefühle für mich. Jetzt kannst du das alles nicht mehr zulassen Du willst keine Beziehung, du willst dies nicht, jenes nicht. Ich habe alles getan, damit ich wenigstens ein klitzekleines bisschen von dir haben kann.«

»Genau! Das Bröseln! Mehr geht nicht und das weißt du.«

»Darum geht es doch gar nicht.«

»Worum geht es?«

»Das du mir nicht traust, dass ich alles beweisen muss. Wie soll das künftig sein? Alles in doppelter

Ausführung vorlegen, damit du siehst, es ist wahr?«

»Nein!«

»Eine weitere Kopie für die Ablage?«

»Wie meinst du das?«

»Das war ein wütender Scherz. Ihr braucht doch immer alles in hundertfacher Ausführung.«

»Ups! Fataler Fehler! Wen meinst du mit ihr? Vergleich mich bitte nicht mit anderen!«

»Die Deutschen!«

»Okay! Ich bin nicht wie alle anderen. Jetzt beruhige dich. Ich werde mich bemühen, alles zu verstehen. Dazu werde ich dich besuchen.«

»Ich werde mich nicht beruhigen. Du willst es mit eigenen Augen sehen und das zeigt mir, dass du mir nicht traust. Lass es, ich muss das erst mal verarbeiten.«

»Also war's das jetzt?«

»Bleib in deiner Welt. Du hattest viele Chancen, dir meine anzusehen. Damals wolltest du nicht. Ich denke, jetzt ist es zu spät.«

»Okay, dann wünsche ich dir alles Gute und sei glücklich in der Welt, die ich verpasst habe, kennen zu lernen.«

»Ich bat dich, mich zu besuchen, du hattest abgelehnt. Ich hätte dich mitgenommen, nach Hawaii. Du erinnerst dich? Ich hatte dich gefragt, ob du noch Urlaub hast, ob du mich besuchen kommen würdest. Du wolltest nicht. Was hätte ich noch tun sollen? Ich habe dir viele Brücken gebaut, du hast sie nicht mal betreten. Jetzt würdest du alles möglich machen, nur um mich zu kontrollieren. Was soll ich davon halten? Glaubst du wirklich, ich habe dir das alles angeboten, in der Hoffnung, dass du nicht kommst? Was denkst du nur von mir? Im Moment bin ich froh, dass ich noch arbeitsunfähig bin. Ich fühle mich schlecht.«

»Da bist du nicht allein. Ich fühle mich auch schlecht. Du hast recht, wenn es uns beiden schlecht geht, kann das ganze nichts Positives sein. Wir sollten uns schützen und das ganze beenden.«

»Dann tu es jetzt. Du hast diese Freundschaftsanfrage angenommen und begonnen, mir zu schreiben. Du hast mir gezeigt, dass ich doch ein Mensch bin. Du, nicht ich. Dann ist es jetzt deine Aufgabe, uns auf Facebook zu trennen. Dann wird es sein, als wäre einer für den anderen gestorben und es wird kein Zurück mehr geben.«

»Das ist doch quatsch. Wir haben noch unsere Telefonnummern.«

»Die werde ich danach löschen.«

»Ich werde dich nicht löschen. Da musst du durch. Du kannst nicht immer weglaufen, wenn dir etwas nicht passt.«

»Ich bin hier, ich laufe nicht weg.«

»Nochmal! Ich werde dich nicht löschen.«

»Wir sollten uns schützen und das ganze beenden … das hast du geschrieben.«

»Jepp! Aber warum löschen?«

»Soll ich es beenden, damit du dich besser fühlst? Löschen … damit wir beide wissen, es ist vorbei. Ansonsten wäre da immer dieses letzte Loch, das noch eine kleine Verbindung zulässt.«

»Du willst das doch gar nicht … Genau so wenig wie ich. Freundschaften dieser Art findet man selten, die löscht man nicht einfach.«

»Ich suche etwas. Moment … Wir alle tragen etwas mit uns herum. Natürlich ist es schön, wenn wir jemand neben uns haben, der uns die Last abnehmen kann. Normalerweise ist es leichter, einfach fallen zu lassen, was wir getragen haben, damit wir schneller nach Hause kommen. Vorausgesetzt natürlich, dass jemand da ist, um uns zu begrüßen, wenn wir ankommen. Weshalb klammern wir uns so an dieses Gepäck, auch wenn wir unbedingt weiterkommen wollen? Weil wir alle wissen, dass wir möglicherweise zu früh loslassen … Das ist aus Desperate Housewives, sehr tiefsinnig, sozusagen eine Metapher.«

»Ja! Das merke ich. Ich musste es dreimal lesen. Das war ein Wink mit dem Zaunpfahl. Bin ich eine Last für dich?«

»Ein Wink mit dem Zaunpfahl?«

»Sagt man so!«

»Bin ich eine Last für dich?«

»Zuerst der Zaunpfahl! Verstehe ich nicht!«

»Na, du hast das auf uns projiziert.«

»Oui!«

»Also, wenn wir immer so streiten, kann das lustig werden. Das geht voll an die Nerven … Du Zicke … Zickelchen, bist du noch da?«

»Meine Übersetzung der Metapher … Man trägt eine Last, die man loslassen und doch behalten möchte. In einer Beziehung, die wir ja nicht haben, ist es nicht immer einfach. Jeder hat seine Probleme. Manchmal würde man am liebstem davonlaufen, aber man hat Angst, zu verlieren, was man doch so sehr liebt. Aber du liebst mich ja nicht …«

»Wer sagt das?«

»Moi!«

»Ich schlafe nicht mit Personen, für die ich nichts empfinde.«

»Das sagtest du bereits, aber für eine richtige Beziehung reicht empfinden manchmal nicht. Ich weiß, wovon ich rede. Dein Spruch sagt doch alles. Ich bin nur eine Person für dich?«

»Nein, das war allgemein gemeint. Du verdrehst mir die Worte im Mund.«

»Das ist nicht möglich.«

»Wieso nicht?«

»Man kann Worte nicht verdrehen, schon gar nicht im Mund.«

»Das ist eine Redewendung!«

»Oh! Wie verdrehe ich die Worte oder was auch immer man darunter versteht.«

»Du denkst, ich hätte dich Person genannt. Das war allgemein gemeint. Jetzt habe ich mir was Schönes eingebrockt …«

»Du sagst es! Ich überlege und was dabei herauskommt, wirft viele Fragen auf.«

»Ich werde nie Privatjet fliegen …«

»Non, wirst du nicht!«

»Nie in einer goldenen Badewanne mit dir baden …«

»So etwas besitze ich nicht. Du siehst zu viele kitschige Filme.«

»Nie mit fünf Gabeln, fünf Löffeln, fünf Messern essen …«

»Du kannst in ein Restaurant gehen.«

»Nie Sex in einem fünf Sterne Hotel haben …«

»Für Sex findest du immer ein Plätzchen.«

»Nie nach Hawaii fliegen …«

»Reisebüro!«

»Nie Cabrio fahren …«

»Bist du schon!«

»Kein Chauffeur einer Prinzessin sein …«

»Warst du schon mehrfach.«

»Nie mit Mütze und Sonnenbrille durch Paris laufen …«

»Du hast den Bart vergessen.«

»Nie …«

»Non! Nie … Soll ich dir ein bisschen helfen?«

»Bei was?«

»Beim Jammern …«

»Nie, mit dem Trikot von Neymar, im Stadion von Paris Saint-Germain sitzen …«

»Dazu brauchst du mich nicht.«

»Mich nie stolz mit meiner Prinzessin, bei einem Empfang, präsentieren können …«

»Du hast eine Prinzessin?«

»Ich habe sie verloren.«

»Ach ja, die Welt ist schlecht …«

»Das ist sie. Okay! Wann fliegen wir?«

»Nimm ein Betttuch aus dem Schrank, damit du deine Tränen trocknen kannst.«

»Und nun gib mir einen Kuss und dann gehen wir schlafen.«

»Ich möchte noch etwas sagen. Ich darf?«

»Du darfst!«

»Alles, was du jetzt geschrieben hast, sind materielle Dinge. Die braucht man nicht. Nicht eins davon. Du hast etwas, das man für kein Geld der Welt kaufen kann. Das noch nie zuvor jemand besaß.«

»Ich schon, ich bin der Freund einer Prinzessin, da spielen solche Dinge eine große Rolle und ich gewöhne mich gerade daran.«

»Jetzt bin ich wieder eine Prinzessin?«

»Bist du doch … oder?«

»Ô mon Dieu! Nicht schon wieder.«

»Was?«

»Oder …«

»Das war ein Scherz!«

»Okay!«

»Ich kenne dich. Du wirst mich abholen, wenn ich dich bitte, das weiß ich.«

»Non, Alexander, diesmal irrst du dich. Ich werde nicht kommen. Du hast etwas kaputt gemacht.«

»Ich möchte dir noch etwas erzählen. Willst du es hören?«

»Okay!«

»Ich will nicht, dass du es aus der Presse erfährst. Ich hatte 2010 für drei Monate den Führerschein verloren, wegen Alkohol am Steuer. Jetzt weißt du alles von mir.«

»Was soll ich dazu sagen?«

»Das du mir glaubst und vertraust.«

»Ich möchte dir mit einem Zitat antworten, das ebenfalls aus dieser Serie stammt. Der Glaube ist ein Vertrauen in etwas, das man nicht beweisen kann und so vertrauen wir den Worten des einzigen Vaters, den wir je gekannt haben. Wir glauben den Versprechen der Frau, die das Bett mit uns teilt. Wir verlassen uns auf das Beispiel guter Freunde, die uns helfen, bessere Menschen zu sein. Ja, wir alle wollen an diejenigen glauben, die uns am nächsten stehen, doch wo der Zweifel auftaucht, beginnt unser Glaube zu schwinden und die Angst stürmt heran, und nimmt seinen Platz ein.

Du hast gezweifelt. Jetzt haben wir alles gesagt. Fehlt nur noch …«

»Was?«

»Bonne nuit!«

»Du würdest kommen …«

»Non, würde ich nicht!«

»Doch, würdest du!«

»Du kennst mich nicht so gut, wie du denkst.«

»Du liebst mich!«

»Aber das gibt dir keinen Freibrief.«

»Du bist einen ganzen Tag unterwegs, um mich eine Stunde zu sehen. Du würdest kommen. Wetten?«

»Non, ich wette nicht um dein Vertrauen.«

»Ich werde dich besuchen.«

»Ich schicke keinen Jet und du wirst mich auch nicht besuchen. Da ist etwas, das an mir nagt, das weh tut. Es ist nicht einfach, so etwas zu hören und dann zu tun, als sei nichts gewesen. Du hast mir misstraut und dieses Misstrauen wird immer an dir nagen. An dir und an mir … und es wird immer zwischen uns stehen.«

»Okay, lass uns schlafen … Wenn du deine Meinung änderst, schreib mir … Ich warte auf dich …«

»Ich werde meine Meinung nicht ändern. Bonne nuit! Schlaf gut und für morgen alles Gute.«

»Dann bleibt nur Adieu?«

»Wenn du auf einen Besuch bestehst … oui. Sag einfach bonne nuit. Ich kann nicht mehr. Mein Kopf dröhnt, ich brauche Ruhe.«

»Meiner auch … Mir geht es gerade gar nicht gut.«

»Weil du mir nicht mehr vertraust. Das nagt an dir. Dein Misstrauen, es nagt an mir. Egal, was auch immer wir jetzt noch sagen würden, es macht das gesagte nicht ungeschehen. Bonne nuit!«

»Bonne nuit und …«

Mittwoch, 13. September, 23:59 Uhr
Adieu

Donnerstag, 14. September, 00:13 Uhr … Chatroom
»Adieu! Lösch es!«

»Nein!«

»Du bist ein Masochist!«

»Nein!«

»Doch, das bist du. Du musst lernen, unnötigen Ballast abzuwerfen.«

»Der da wäre?«

»Moi!«

Donnerstag, 14. September, 00:18 Uhr
»Ich liege hier und warte …«

»Worauf? Auf deine Operation?«

»Das du schreibst …«

Donnerstag, 14. September, 00:20 Uhr
Ich war nur ehrlich …

Donnerstag, 14. September, 00:28 Uhr

»Weshalb schläfst du nicht?«

»Ich kann nicht. Du bist der Grund …«

»Weil du nicht schläfst?«

»Ja! Hat dir eigentlich schon mal jemand den Hintern versohlt?«

»Non, das hat sich noch niemand getraut. Ich würde es auch niemand raten.«

»Du bist auf dem besten Weg …«

»Auf welchem Weg?«

»Dass ich dir den Hintern versohle …«

»Das möchte ich sehen, wie du das machst.«

»Ich leg dich übers Knie.«

»Du müsstest es erst mal schaffen, mich auf dein Knie zu legen. Du würdest schneller auf dem Boden liegen, als du denkst. Du würdest Gewalt anwenden oder ist das wieder ein Spruch, den ich nicht verstehe?«

»Nein, niemals! Das sagt man so, wenn jemand jemanden ärgert. Keine Sorge, spätestens, wenn ich dich über meinem Knie liegen hätte und dir die Hose runterziehen würde … deinen nackten Hintern sehen würde … ich käme ganz schnell auf andere Gedanken. Es war schön gestern und ja, ich bin süchtig nach dir. Ich mag den Geschmack von dir auf meiner Zunge und ich liebe es, in dich einzudringen und in dir zu kommen.«

»Aber du küsst nicht gerne, weshalb nicht?«

»Ich habe dich geküsst. Oben und unten und beides mit Zunge. Hat es dir gefallen?«

»Oui, es hat mir gefallen.«

»Bist du gekommen?«

»Also, wenn du das noch fragen musst. Wenn ich mich recht erinnere, warst du dabei …«

»Werden wir es wiederholen? Ich küsse dich auch ganz innig.«

»Du musst mir nichts versprechen, dass du nicht möchtest. Ich frage noch einmal! Du küsst nicht gerne?«

»Doch, ich küsse dich gerne. Das nächste Mal auch gerne mehr. Mir war nicht bewusst, dass ich etwas falsch mache.«

»Ô mon Dieu! Ich sagte doch nicht, dass du etwas falsch gemacht hast. Weshalb denkst du immer sofort an das Schlimmste?«

»Ich will es wiederholen und besser machen. Ich will noch ganz oft mit dir schlafen. Ein ganzes Wochenende mit dir im Bett verbringen.«

»Was willst du besser machen? Du hast nichts schlecht gemacht, nichts falsch gemacht. Du hast immer Angst, etwas falsch zu machen. Denkst immer sofort an das Schlimmste.«

»Ich will alles richtig machen, damit es dir gefällt. Ich will, dass du glücklich bist, genauso wie ich, wenn ich mit dir schlafe.«

»Du musst nicht alles tun, um mir zu gefallen, um mich glücklich zu machen.«

»Ich will, dass du glücklich bist, wenn wir zusammen sind.«

»Und ich will, dass du glücklich bist. Unsere Beziehung, wir haben eine Beziehung, soll kein Wettkampf für dich sein. Es soll schön sein. Nur du und ich. Wenn ich bei dir bin, dann ist alles andere weit weg, dann zählen für mich nur wir beide.«

»Es ist schön für mich … Ich hatte schon lange keinen so intensiven Orgasmus mehr wie gestern.«

»Dann freu dich darüber. Ich war auch sehr glücklich.«

»Mach ich …«

»Du hast gestern deine Gesundheit aufs Spiel gesetzt.«

»Das mache ich so oft.«

»Aber doch bitte nicht für mich. Ich sorge mich um dich.«

»Ich wollte mit dir schlafen. Ich war so scharf.«

»Es war schön. Ich wollte auch mit dir schlafen, aber es war trotzdem sehr riskant. Man sieht dir an, dass du krank bist und Schmerzen hast und schon tagelang hattest. Du bist so …«

»Wie?«

»Ich weiß nicht das richtige Wort … nicht dünn … weniger geworden. Dein Gesicht ist so schmal.«

»Es sind die Probleme, die mich auffressen. Nein! Ich habe zugenommen. Fünf Kilo!«

»Wo waren die gestern? Auf dem Zimmer geblieben?«

»Nein, ich war komplett anwesend oder meinst du meinen Penis? Ist der weniger geworden?«

»Non, ich meinte dich, den ganzen Menschen. Dein Penis ist noch ganz ansehnlich. Das war ein Witz. Werde ich jetzt besohlt?«

»Versohlt! Ja, das nächste Mal. Gott, ich könnte dich jetzt vernaschen.«

»Du sagst, du bist süchtig nach mir. Nach dem Sex mit mir?«

»Sex gehört zur Liebe dazu.«

»Liebe?«

»Nochmal, ich schlafe nicht mit jemand, für den ich nichts empfinde.«

»Das fällt mir jetzt erst ein … Du hattest schon lange keinen so intensiven Orgasmus mehr?«

»Das letzte Mal in Riesweiler. Keine Angst … Meine Finger können dich nicht ersetzen. Wie geht es dir jetzt? Besser?«

»Ein bisschen … und dir?«

»Mir geht es gut. Ich weiß, dass wir uns nicht Adieu sagen können. Es ist zu viel passiert. Und … Nein! Das schreibe ich jetzt nicht …«

»Schreib es!«

»Nein, dann mach ich dich wieder sauer …«

»Schreib es endlich!«

»Und ich weiß, dass du mich abholen kommst … irgendwann …«

»Irgendwann …«

»Sag ich doch …«

»Ich habe in unserem Chat gelesen und etwas gefunden. Das hast du mir damals geschrieben. Ich gehe nicht fremd, nur um ein paar Stunden Spaß zu haben, aber ich gehe fremd, wenn ich mich neu verliebe …«

»Dazu stehe ich …«

»Okay! Dann hoffe ich jetzt, dass du es mit mir tun wirst … für immer …«

»Ja! Das werde ich, ich werde für immer dein Brösel sein.«

»Wir können nicht miteinander, aber auch nicht ohne einander sein.«

»Doch, wir können sehr gut miteinander …«

»Oui! Das können wir sehr gut miteinander. Ich habe noch meinen Freibrief …«

»Um mich zu prügeln?«

»Non, aber ich könnte den Freibrief etwas auslegen … besohlen … Ups! Versohlen! Da habe ich vorhin etwas missverstanden, mit dem besohlen …«

»Du weißt schon, dass wir seit viereinhalb Stunden chatten?«

»Non, aber jetzt! Es gab aber ein paar Pausen dazwischen.«

»So und jetzt schlafen wir.«

»Schick mich doch nicht immer ins Bett. Ich bin erschöpft, aber nicht müde. Ich werde jetzt noch ein bisschen lesen.«

»Okay! Mach die Augen zu … stell dir vor, meine Zunge gleitet zwischen deine Beine … Ganz langsam … Ich umkreise mit meiner Zungenspitze die Stelle, wo du es ganz besonders magst … Wie gestern … Na, wirst du heiß?«

»Was heißt werden? Ich bin …«

»Okay, dann hast du jetzt die richtige Betriebstemperatur zum Einschlafen.«

»Du Blödmann! Das war gemein! Ich möchte jetzt zu gerne mal einen Blick unter deine Gürtellinie werfen.«

»Tut mir leid! Warum?«

»Hat er alles regungslos überstanden?«

»Nein, er steht! Ich wünschte mir, du könntest ihn jetzt in den Mund nehmen wie in Riesweiler.«

»Hmmm, kann ich mir vorstellen …«

»Okay! Schlaf jetzt!«

»Du fängst doch immer wieder damit an.«

»Womit?«

»Mit dem Schreiben.«

»Stimmt! Nerve ich dich?«

»Non, es ist schön.«

»Hast du mich wieder lieb?«

»Non!«

»Gute Nacht und bezieh schon mal ein Bett für mich … falls du mich abholen kommst. Hast du eben non gesagt? Auf die Frage, ob du mich wieder lieb hast …«

»Oui, ich habe non gesagt.«

»Oui, du hast mich lieb oder oui, du hast mich nicht lieb?«

»Non, ich habe dich nicht wieder lieb.«

»Oh!«

»Ich wollte dich ein bisschen ärgern. Ich liebe dich. Schlaf jetzt!«

»Schön! Bonne nuit!«

»Bonne nuit!«

Wie soll ich jetzt schlafen? So muss man sich fühlen, wenn ein Panzer einen überrollt hat. Alles tut weh, sofern man es überlebt hat. Ich lebe noch, aber wie. Wie soll ich das überstehen? Ich habe mit vielem gerechnet, aber damit nicht. Ich habe ihm geglaubt, habe seinen Worten vertraut. Noch keine zwei Tage sind vergangen, seit er mir sagte, dass es guttut, jemand zu haben, dem man blind vertrauen kann. Weshalb hat er mir das angetan? Weshalb hat er mich nicht einfach gefragt? Es tut so weh und wird für immer zwischen uns stehen. Die schönen, glücklichen Stunden sind vorbei. Es wird nie wieder sein, wie es war. Sein Misstrauen, es wir für immer in meinem Kopf sein.

Mein Kopf sagt wieder, lass ihn los, lass ihn gehen. Er tut dir nicht gut. Doch mein Herz ist noch immer anderer Meinung. Es liebt ihn und will ihn nicht gehen lassen …

Tja! Weil wir alle wissen, dass wir möglicherweise zu früh loslassen … Wie wahr …

Die Nähe schwindet

Schreckliche Nacht! Sein Misstrauen schwirrt durch meinen Kopf und hindert ihn, klar zu denken. Ich hätte nie gedacht, dass er mich so sehr verletzen könnte. Er wusste, dass das Fundament meines Lebens Ehrlichkeit und Vertrauen sind. Er hat dieses Fundament erschüttert. Es war ein Erdbeben, das mich in Trümmer gelegt hat. Mein Kopf sagt, es reicht, geh! Mein Herz sagt, bleib! Es liebt ihn noch immer …

Donnerstag, 14. September, 06:38 Uhr
Guten Morgen Alexander,
ich hoffe, du hast gut geschlafen. Ich muss jetzt zum Reha-Sport und habe danach noch weitere Termine. Ich hoffe, dass du heute deine Operation hast und alles gut und schmerzlos wird.

Donnerstag, 14. September, 09:07 Uhr
Ich bin wieder oben. Gleich ist Visite, danach darf ich nach Hause.

Donnerstag, 14. September, 12:32 Uhr
Geht es dir gut?

Donnerstag, 14. September, 14:37 Uhr
Ich bin zu Hause. Ich werde jetzt erst mal mit den Kindern spielen.

Er ist auf dem Rückzug. Zurück in seine Höhle, in der er sich wieder verkriechen wird. Nur niemand an sich heranlassen, alles Unliebsame hinter sich zurücklassen. Was ist mit mir? Fragt er sich vielleicht einmal, was er mir angetan hat? Welchen Schmerz er mir zugefügt hat? Non! Er ist viel zu sehr mit sich selbst beschäftigt. Okay! Ich werde auch allein damit fertig. Ich wurde schon immer allein mit allem fertig. Mit jedem Schmerz, jeder Verletzung, jeder Demütigung. Ich werde auch Alexander überstehen.

Freitag, 15. September, 08:31 Uhr
Dein Misstrauen belastet mich sehr.

Freitag, 15. September, 11:40 Uhr
Wenn du willst, schreiben wir heute Abend, aber erst gegen zweiundzwanzig Uhr.

Freitag, 15. September, 15:35 Uhr
Ich fahre heute noch nach Deutschland. Moira hat morgen Geburtstag. Ich habe eine Einladung für heute Abend. Feiere mit mir in meinen Geburtstag! Morgen feiert sie mit Brunch. Zwei Feste, wegen der Auswahl der Gäste. Einige können nicht miteinander. Du verstehst? Ich weiß nicht, ob es mir heute Abend gefällt. Es werden Gäste erscheinen, die ich nicht mag. Wenn ich gegen zweiundzwanzig Uhr nicht online bin, gefällt mir das Fest und ich werde nicht mit dir chatten.

Freitag, 15. September, 15:40 Uhr ... Chatroom
»Okay, alles ist okay!«
  »Was ist mit dir?«
  »Es geht mir gut. Ich mache mit Hanna Hausaufgaben. Wie kann man Kindern in der ersten Klasse so viele Hausaufgaben aufgeben?«
  »Aucune idée! Ich meinte ... okay, alles ist okay! Du bist böse auf mich?«
  »Nein, wirklich nicht! Wie kommst du darauf?«
  »Du bist so, ich finde nicht das richtige Wort ... ähnlich, wie festgebunden ... Du verstehst?«
  »Nein! Ich fühle mich gerade in meine Jugend versetzt, wegen den Hausaufgaben.«
  »Oh! Ich verstehe!«
  »Mach dir keine Sorgen, es ist alles okay.«
  »Geht es dir gut? Ich muss mich jetzt ankleiden. Ich muss bald los.«
  »Ja, es geht mir gut. Viel Spaß heute Abend.«

Freitag, 15. September, 17:23 Uhr
Merci! Ich musste an etwas denken, dass du mir vor unserem ersten Date geschrieben hattest. Ich hatte beabsichtigt, schon Freitagabend nach Deutschland zu fahren. Du hast geschrieben, wie soll ich in dieser Nacht schlafen, wenn du quasi im Zimmer nebenan schläfst? Ich denke an dich, bevor ich einschlafe.

Freitag, 15. September, 20:57 Uhr
Wenn du noch immer mit mir chatten möchtest ... Ich verlasse jetzt die Feier, sonst kann es passieren, dass ich jemand besohle oder war es versohlen? Egal, du weißt, was ich meine!

Freitag, 15. September, 22:09 Uhr
Du möchtest nicht mehr chatten. Okay! Bonne nuit!

Ob er wieder mal eingeschlafen ist? Ob er nicht mehr mit mir chatten will? Ich will nicht mehr darüber nachdenken. Mein Herz stolpert vor sich hin und ich kann nichts tun, um es aufzufangen. Mein Kopf schreit inzwischen, geh! Ich kann es nicht. Ich liebe ihn.

Samstag, 16. September, 03:32 Uhr
Sorry, ich bin mit Emma auf der Couch eingeschlafen.

Samstag, 16. September, 09:58 Uhr ... Chatroom
»Moin! Sorry, ich bin gestern eingeschlafen. Jetzt muss ich die Aufstellung für morgen machen. Der Alltag hat mich wieder. Ist bei dir alles in Ordnung?«
  »Ich bin beim Brunch! Moin? Verstehe ich nicht!«
  »Das heißt guten Morgen!«
  »Wieder etwas gelernt ...«
  »Ja!«

Er entfernt sich immer weiter von mir. Wenige, kurze Nachrichten ... Was soll ich dazu sagen? Es ist seine Entscheidung, die ich hinnehmen muss. Jetzt, da ich weiß, dass er mir nie vertraut hat, sehe ich vieles mit anderen Augen. Wenn er gehen will, soll er gehen, aber er soll es tun wie ein Mann. Er soll mir sagen, es ist vorbei. Nicht glauben, nicht vertrauen, aber immer noch befreundet sein … das geht nicht. Ich möchte einmal, nur einmal, einen kurzen Blick in sein Herz werfen.

Samstag, 16. September, 22:44 Uhr
Tut mir leid. Ich weiß nicht, was ich dir noch schreiben kann. Ich habe das Gefühl, dass du alles, was ich sage, in Frage stellst. Ich glaubte dir, als du sagtest, es ist dir egal, wer ich bin und was ich bin. Ich hätte nie gedacht, dass du alles in Zweifel ziehst.

Sonntag, 17. September, 10:00 Uhr … Chatroom
»Madeleine! Alles ist gut! Der Alltag hat mich wieder, das ist alles. Alexander hier, Alexander da. So geht das im Moment. Das hat nichts mit dir zu tun. Alles ist gut!«
    »Aber du misstraust mir noch immer?«
    »Das habe ich nicht gesagt. Sorry, ich muss gleich los. Wir haben heute ein Spiel. Wir versuchen den achten Sieg einzufahren. Wir können heute Abend schreiben.«
    »Wenn du nicht vorher auf der Couch einschläfst …«
    »Okay, bis dann!«

Sonntag, 17. September, 20:09 Uhr
Ich wollte noch kurz Hallo sagen, bevor ich die Kleinen ins Bett bringe. Schade, dass du nicht online bist. Wir haben heute den achten Sieg im achten Spiel eingefahren.
Gruß Alexander

Sonntag, 17. September, 20:51 Uhr
Félicitation

Hallo sagen! Dazu muss ich nicht online sein. Er hat keine Zeit mehr für mich. Weshalb soll ich mir Zeit für ihn nehmen?

Montag, 18. September, 04:18 Uhr
Danke

Montag, 18. September, 11:30 Uhr
Ô mon Dieu … Wann bist du aufgestanden? Ich habe Sport gemacht … bin geduscht und eingecremt … Gucci Bamboo von Kopf bis Fuß. Das Parfum, dessen Duft du so liebst.

Montag, 18. September, 17:28 Uhr
Ich bin um vier Uhr aufgestanden. Du sollst dich nicht überanstrengen. Versprich es mir. Denk an dein Herz! O ja! Ich liebe diesen Duft …

Montag, 18. September, 19:00 Uhr
Mach dir keine Sorgen um mich.

Montag, 18. September, 19:01 Uhr
Ich mache jetzt die Kinder fertig, fürs Bett.

Am besten er geht gleich mit, dann schläft er nicht wieder auf der Couch ein. Er sagt, ich soll mich nicht überanstrengen. Was ist mit ihm? Ich denke, er hat die Ruhe nötiger als ich. Ich weiß, was ich mir zumuten kann. Wenn ich zu weit gehe, muss ich mit den Konsequenzen leben. Es ist allein meine Entscheidung, was ich tue und wann ich es tue. Ich kann und werde auf niemand Rücksicht nehmen. Auch nicht auf mich …

Dienstag, 19. September, 18:13 Uhr
Tu me manques …

Dienstag, 19. September, 21:25 Uhr
Ein anstrengender Tag geht zu Ende. Ich bin um fünf Uhr aufgestanden und in die Firma gefahren. Halb acht musste ich zu einem Lehrgang. Von vier bis halb sechs war ich in der Firma. Halb sieben zum Training und jetzt geht's ins Bett. Ich bin K.O. So geht das die ganze Woche. Stress pur, aber es wird nicht langweilig.
   Meine Kinder bekommen mich kaum zu Gesicht. Sie freuen sich schon auf das Wochenende mit ihrem Papa. Sie fragen schon, wie oft sie noch schlafen müssen, bis Wochenende ist.

Er hat Stress! Habe ich auch! Er könnte einiges delegieren, er will es nicht. Jetzt muss er mit den Konsequenzen leben, wie ich mit den meinen. Er hat keine Zeit, ein Brösel zu sein. Wo will er sie hernehmen? Wem die Zeit nehmen, die er braucht, um ein Brösel zu sein?

Dienstag, 19. September, 22:00 Uhr
Du kannst doch gar kein Brösel sein. Du weißt es … es war nur ein schöner Traum. Lass einfach los … lösche es …

Dienstag, 19. September, 23:49 Uhr
Ein Brösel ist ein Brösel

Ich habe einen Spruch von Paulo Coelho gefunden, der es ihm vielleicht leichter machen wird, loszulassen. Er steht auf einem Bild, das sehr gut dazu passt. Ich vergaß… sein englisch ist nicht das Beste.

Mittwoch, 20. September, 01:19 Uhr
Okay! Ich übersetze den Spruch auf dem Bild. Es bedarf keiner Stärke festzuhalten. Es bedarf großer Stärke loszulassen.
   Dein Leben ist prall gefüllt. Da ist kein Platz für Brösel. Lass los … Es ist besser für uns beide.

Seit Tagen schreit mein Herz vor Schmerz, aber mein Kopf sagt, endlich. Mein Herz wird sich daran gewöhnen, dass es keinen Alexander mehr in unserem Leben gibt. Ich kann sein Misstrauen nicht vergessen. Er hat mich verletzt und ich will das nicht mehr. Es wird auch ohne ihn weitergehen.

Dienstag, 26. September, 21:55 Uhr
Salut Alexander,
ich bin gegangen, weil ich nicht länger ein Problem für dich sein will. Du hast auch ohne mich schon genug Kummer und Sorgen. Du hast kein Vertrauen mehr zu mir. Ganz im Gegenteil, du misstraust

mir und das tut sehr weh. Du hast selbst gesagt, dass du mit den Zweifeln nicht mehr leben kannst. Ich habe dir nur ein Problem genommen. Mich!

Ich habe auch Probleme. Sie sind nicht existenzgefährdend und in deinen Augen vielleicht nicht mal Peanuts, aber mich belasten sie. Ich möchte dir nichts weiter dazu sagen, weil ich nicht schon wieder etwas tun oder sagen will, dass dich wieder zweifeln lässt und dein Misstrauen noch mehr steigert.

Ich bin seit heute Morgen auf Rhodes. Du erinnerst dich? Ich habe dir davon erzählt. Bis heute Nachmittag war es schön, doch ich hatte das Gefühl, Maxine hat etwas vor. Heute Abend ist es wieder mal eskaliert. Sie hatte mit vielem Recht. Ich mag ein herzloses Biest sein, aber ich hatte ein Herz. Wie hätte es brechen können, wenn ich keins gehabt hätte? Ich habe mich über vieles geärgert, dass sie mir vorgeworfen hat. Ihre Doppelmoral ist äußerst verwerflich. Mehr möchte ich nicht dazu sagen.

Aber, wie gesagt, sie hat mit vielem Recht. Ich kann nicht mit meinen Gefühlen umgehen. Liebe ist etwas völlig Irrationales und überfordert mich. Es entbehrt jedweder Logik, was sich im Herz und im Kopf abspielt, wenn man liebt. Ich kann es nicht einordnen, war diesem Gefühl hilflos ausgeliefert, habe falsch reagiert, viele falsche Entscheidungen getroffen. Maxine hat ganz besonders mit einer Sache recht. Wir waren nicht in der Lage, von Angesicht zu Angesicht miteinander zu reden. Wann hätten wir es tun sollen?

Ich werde nie dein entsetztes Gesicht vergessen, als ich dich in der Klinik besucht habe. Als wir dann zusammen waren, fielen wir übereinander her, als gäbe es sonst nichts mehr für uns. Ich glaube, wir hatten beide Angst, über das zu reden, was uns wirklich wichtig war, was uns auf der Seele lag. Es war viel einfacher, hunderte Kilometer voneinander getrennt, ein paar Zeilen zu schreiben, auch in Kauf zu nehmen, den andern zu verletzen. Du sagtest, wir können uns nie Adieu sagen. Es sei zu viel passiert. Was ist es, dass zu viel passiert ist? Ich habe dich verletzt, durch mein Verhalten dir gegenüber. Du hast mich verletzt, durch dein Misstrauen. Nehmen wir den Satz doch einfach aus dem Kontext. Was bleibt übrig? Es ist zu viel passiert!

Ich habe mit meinem Verhalten deine Liebe gelöscht. Du hast mir mit deinem Misstrauen endgültig das Herz gebrochen. Wie lange hat dieses Misstrauen in dir gebrodelt, bis es ausbrach? Ich weiß nicht, ob ein persönliches Gespräch noch etwas retten könnte. Wir würden wieder übereinander herfallen und das Reden beiseiteschieben.

Ich würde gerne noch mehr dazu sagen, aber was würde es ändern? Zudem bin ich sehr müde. Ich bin seit mehr als vierzig Stunden wach. Ich kann nicht mehr als sagen, was ich schon so häufig sagte. Es tut mir leid. Und wie das leider immer der Fall ist, wenn man etwas zu häufig wiederholen muss … Es verliert an Wert, an Glaubwürdigkeit.
Bonne nuit

Mittwoch, 27. September, 20:38 Uhr … WhatsApp
Das hatte ich dir gestern im Messenger geschickt. Hat wohl nicht funktioniert.
PS: Wir gewinnen heute Abend!

Mittwoch, 27. September, 20:40 Uhr
Ich habe nichts bekommen … Von was träumst du nachts? FC Bayern … Stern des Südens!

Mittwoch, 27. September, 20:42 Uhr
Oh! Ich träume weder vom FC Bayern noch von PSG. In zwei Stunden wirst du weinen …

Ich träume von ihm. Jede Nacht! Immer, wenn ich meine Augen schließe, ist er da. Er fehlt mir. Wenn er mich in seine Arme nahm, fühlte ich mich geborgen. Wenn er mich mit seinen blauen Augen ansah, kribbelte es und wir fielen übereinander her. Dass seine Hände mich völlig kirre machten und der Sex mit ihm wunderschön war … es ist vorbei … es kommt nie wieder, so sehr ich es mir auch wünsche.

Mittwoch, 27. September, 20:46 Uhr
Okay, schauen wir mal. Es geht gleich los … Viel Spaß auf Rhodos.

Mittwoch, 27. September, 20:46 Uhr
Merci!

Sacrément! Er fehlt mir so sehr. Ich hätte nie gedacht, dass ich ihn so sehr vermissen würde. Ich verstehe jetzt, weshalb es besser ist, nicht zu lieben. Der Schmerz ist kaum auszuhalten, wenn man den Menschen verliert, den man liebt.

Donnerstag, 28. September, 19:09 Uhr … WhatsApp
Salut Alexander,
du weißt, dass ich dich mitnehmen wollte. Ging leider nicht. Ich sollte dir viele Fotos schicken … Jetzt … Ich darf ich dir ein paar Fotos schicken? Trotz allem?

Donnerstag, 28. September, 19:32 Uhr
Hallo Madeleine,
ja, wir sind doch Freunde und das würde ich gerne beibehalten.
Gruß Alexander

Freunde! Weshalb kann er mich nicht loslassen? Okay! Ich kann ihn auch nicht loslassen, aber ich muss es tun. So schwer es mir auch fällt.

Freitag, 29. September, 00:24 Uhr … WhatsApp
Das freut mich sehr! Zuerst … ich habe doch ein Herz. Ich habe gestern am Pool einen etwas jüngeren Mann kennengelernt. Es war Liebe auf den ersten Blick … für uns beide. Er ist verrückt nach mir. Gemeinsam Kaffee und Kuchen … Abendessen … Frühstück … Plantschen im Pool heute Nachmittag. Gemeinsames Abendessen heute Abend. Okay! Das Essen mit ihm gestaltet sich etwas schwierig und an seinen Küssen muss er noch etwas arbeiten. Sie sind ein klitzekleines bisschen zu feucht.
    Darf ich vorstellen … Marcel! Er ist so niedlich … Ich meine den jungen Mann im Vordergrund! Ich diniere seid heute im Kinderrestaurant. Ich brauche keine drei Sterneküche. Ich will Pasta, Gemüse, Sauce und Käse.
    Das ist ein schönes Foto! Essen mit Marcel auf dem Schoß … daran muss ich mich erst wieder gewöhnen. Ist schon so lange her …
    Ich habe die Blockierung bei Facebook gelöscht, als ich dir geschrieben habe. Ich weiß nicht, weshalb es nicht funktioniert. Schlaf gut!

Freitag, 29. September, 08:43 Uhr
Salut Alexander,
wie geht es dir? Hast du noch Schmerzen? Du siehst im Messenger nach, ob du mir schreiben kannst? Bitte! Die kleine Tastatur vom Handy ist nervig. Die schönen Fotos sind auf dem iPad.

Freitag, 29. September, 10:27 Uhr

Hier gibt es viele deutsche Touristen. Ihr gebt für euren Urlaub viel Geld aus, das der Bank gehört. Ihr seid arrogant und peinlich. Pardon! Ich meine nicht dich. Du bist wirklich nicht typisch deutsch. Wenn du es wärst … ich wäre bereits in Bernkastel geflüchtet.

Ich fühle mich heute nicht wohl. Matthias besteht auf einer Konsultation beim Arzt. Weshalb? So schlecht fühle ich mich nicht. Okay! Heute Morgen kein Fitnessraum … Ich mache dir noch ein paar Fotos. Oh! Ich vergaß … zum Frühstück gibt es Austern und Champagner … und griechische Leberwurst.

Freitag, 29. September, 11:45 Uhr

Weiterhin viel Spaß auf Rhodos!

Freitag, 29. September, 12:33 Uhr

Ich werde dir nicht mehr schreiben. Ich habe das Gefühl, dass ich dir lästig bin.

Freitag, 29. September, 14:08 Uhr

Nein, alles gut. Ich muss arbeiten. Sorry!

Freitag, 29. September, 22:22 Uhr

Wünsche dir eine gute Nacht.
Gruß Alexander

Wieder diese kurzen, knappen Mails. Ich denke, es ist besser, ihn endlich loszulassen. Wenn das doch nur nicht so schwer wäre. Ich werde eine Nacht darüber schlafen. Vielleicht fällt es mir morgen früh leichter.

Samstag, 30. September, 12:50 Uhr

Pardon! Ich habe noch immer dieses Gefühl. Ich werde dich nicht mehr belästigen. Versprochen!

Samstag, 30. September, 12:51 Uhr

Alles ist gut. Ich habe viel zu tun, das weißt du doch …

Samstag, 30. September, 17:51 Uhr

Ich habe viel nachgedacht, seit Maxine gepoltert hat. Sie hat recht. Ich bin ein Egomane und du hast immer nur geschwiegen. Hättest du nur einmal so gepoltert wie Maxine … Du hast mir von Anfang an misstraut. Jetzt willst du trotzdem mit mir befreundet sein. Wie soll das gehen? Du traust mir doch nicht. Sagen wir uns Adieu …

Samstag, 30. September, 18:41 Uhr

Video … Schenk mir bitte eine Nacht … wollte ich dir letzte Woche schicken …

Wieder schweigt er. Weshalb tue ich mir das noch an? Sacrément! Ich würde ihn gerne aus diesem Schneckenhaus holen. Ihn in die Sonne setzen und auf ihn einprügeln, bis er mir sagt, was in seinem Kopf vorgeht.

Er hat versucht mir zu erklären, weshalb Sylvia ist, wie sie ist, hat mir von all den Verletzungen erzählt, die sie früher erlitten hat. Was ist mit ihm, mit seinen Verletzungen? Glaubt er wirklich, dass er die Verletzungen aus seiner Kindheit verarbeitet hat, dass er die Verletzungen, die Sylvia ihm immer wieder zufügt, wegsteckt, ohne dass sie Spuren hinterlassen? Oui! Er macht sich selbst etwas vor.

Er büßt noch immer für die seelischen Verletzungen, die sein Vater ihm zugefügt hat. Er hat sie nicht verarbeitet, da hilft auch jahrelange Pflege nichts. Er hat seinem Vater nichts angetan. Er musste keine Abbitte leisten, musste keine Schuld abtragen. Was war mit seinem Vater? Er hat mir nie gesagt, dass sein alter Herr sich jemals bei ihm entschuldigt hat, dass sie sich ausgesprochen haben. Nie!

Was kann er für die Verletzungen von Sylvia? Nichts, aber sie lässt ihn büßen. Ihn! Er hat sich eine Irre aufgeladen, weil er sie geliebt hat, geglaubt hat, er kann ihr helfen, kann sie ändern. Das geht nicht! Er ist zu gutmütig, will die Welt verbessern, will helfen, wo keine Hilfe gewünscht ist. Monsieur Haag, der barmherzige Samariter! Wo bleibt er? Wo? Er blieb irgendwann, irgendwo auf der Strecke. Jetzt läuft er davon, verkriecht sich in seiner Höhle, will keine Hilfe annehmen.

Okay! Ich bin alles andere als pflegeleicht, aber das wusste er von Anfang an. Ich weiß nicht, was er von mir erwartet hat. Anscheinend konnte ich es ihm nicht geben. Wie sollte ich, ich wusste nicht mal, was er erwartete. Es wäre einfach gewesen, hätte er mir nur einmal gesagt, was er will, hätte er mir nur einmal sein Herz geöffnet. Ich hätte alles getan, ihm zu helfen. Er wollte es nicht. Lieber leidet er still vor sich hin und geht irgendwann daran kaputt.

Er sagte mal zu mir, Liebe sei nicht nur nehmen, sondern auch geben. Was soll ich mit meiner Liebe, wenn er sie nicht annimmt?

Sonntag, 01. Oktober, 21:56 Uhr … WhatsApp … Chatroom
»Ich bin am Einschlafen, es war heute stressig.«
»Pardon … noch eine Frage. Wie geht es deinem Rücken?«
»Besser, aber nicht gut, danke der Nachfrage.«
»Weshalb nicht gut? Wegen der Sache im SUV?«
»Nein, das hat damit nichts zu tun. Ich muss einfach abnehmen und darf nicht so schwer heben.«
»Okay! Bonne nuit!«
»Gute Nacht!«

Montag, 02. Oktober, 06:54 Uhr
Ich hoffe, du bist bereits wach. Ich weiß, ich bin eine Last für dich, du traust mir nicht und alles, was ich schreibe macht es noch schlimmer. Ich möchte dir gerne etwas erzählen. Ich weiß, es ist nicht sehr glaubhaft und ach ich weiß nicht, was noch alles.

Ich habe Maxine und Matthias. Ich weiß, du kannst es auch nicht ändern, doch mein Herz sagt, erzähle es ihm und alles wird gut. Kannst du mir einmal vertrauen? Bitte! Ich brauche dich.

Montag, 02. Oktober, 08:06 Uhr
Guten Morgen Madeleine,
ich habe dir gesagt, dass wir Freunde bleiben, dazu gehört auch Vertrauen. Ich bin bei der Arbeit und habe viel Stress momentan. Ich weiß nicht, ob ich heut viel schreiben kann, aber ich werde deine Nachrichten lesen und, wenn es die Zeit erlaubt, zurückschreiben.

Montag, 02. Oktober, 08:35 Uhr
Merci! Ich muss jetzt einsteigen. Erkläre dir später weshalb. Ich wünschte, du könntest mich jetzt in

den Arm nehmen. Ich bin so unglücklich.

Montag, 02. Oktober, 09:10 Uhr
Ich hoffe, es ist nichts Schlimmes …

Montag, 02. Oktober, 09:47 Uhr
Oh, ich wollte nicht, dass du dir Sorgen machst. Wir sind jetzt wieder über Festland und ich habe Empfang. Ich gehe jetzt ein bisschen in der Zeit zurück. Du erinnerst dich an mein Gespräch mit deinem Irgendetwas? Ich habe Es etwas versprochen. Ich verzichte auf den Brösel, wenn Es dir hilft und deine Probleme nimmt. Wenigstens eins! Nach den Gesprächen mit dir … ich dachte über Mathieu nach … so viele Parallelen … aber du bist nicht Mathieu… bist kein Ersatz… an dich erinnere ich mich. Plötzlich … ich konnte mich erinnern … an diese eine Sache. Ich denke, Es hat mir ein Zeichen geschickt … diese Erinnerung.

Ich habe mich damals gefragt, mit wem ich den Rest meines Lebens verbringen will. Die Antwort war einfach. Ich musste mich nicht entscheiden zwischen Mathieu und meinen Töchtern. Es waren meine Töchter. Mit ihnen wollte ich die kurze Zeit, die mir noch blieb, zusammen sein. Ich erinnere mich wieder an das Gefühl, das ich damals hatte. Ich sagte zwar immer, ich verstehe und akzeptiere deine Entscheidung, aber erst jetzt verstehe ich sie so richtig. Du verstehst?

Plötzlich fiel mir die Entscheidung leichter. Okay … Sie war entsetzlich schwer und es tat sehr weh, aber da war dein Misstrauen und mein Versprechen, das ich Es gab. Es erfüllte sich sozusagen selbst. Ich nahm dir ein Problem und mir den Brösel. Du verstehst?

Zum ersten Mal fiel es mir unsagbar schwer ein Versprechen einzuhalten. Ich weiß, ich muss loslassen, aber es gelingt mir nicht. Ich bemühe mich … versprochen!

Montag, 02. Oktober, 10:31 Uhr
Ich danke dir, dass du das verstehst. Kinder sind wichtiger, als alles andere auf der Welt. Ich würde sie nie verlassen oder ihnen ihr Zuhause nehmen.

Für uns beide ist es gut so, wie es ist. Es wird uns besser gehen.

Montag, 02. Oktober, 11:00 Uhr
In letzter Zeit ist sehr viel passiert, dass mich sehr belastet. Ich kann einfach Victorias Betrug an Conor nicht verstehen. Es gibt noch so viel mehr, aber das sind meine Probleme. Oh, das alles wollte ich dir gar nicht erzählen. Seltsam … jetzt fühle ich mich ein klitzekleines bisschen besser. Ich denke, mehr muss ich nicht sagen. Was ich dir eigentlich erzählen wollte, ist ganz allein mein Problem. Es war sehr lieb von dir, zu sagen, dass wir Freunde sind, aber ich kann nicht dein Freund sein. Es würde uns beiden nicht guttun.

Bei uns gibt es einen Spruch … sogar zwei. Mit seinen Freunden schläft man nicht! Der Mensch, mit dem du das Bett geteilt hast, kann nie dein Freund sein … Es stimmt! Ich will keinen Freund … ich will dich, doch dich kann ich nicht haben. Wenn du jetzt ganz ehrlich zu dir selbst bist … in dein Herz, besser noch in deine Seele siehst … Du willst nur etwas festhalten, das vorbei ist. Da ist noch irgendwo dieser klitzekleine Wunsch … die Hoffnung, dass es Riesweiler eines Tages wieder für uns geben wird. Ich weiß es, denn dieser Wunsch wohnt auch in meinem Herz. Du musst nicht antworten. Du wolltest, dass ich ehrlich zu dir bin. Das war ich eben und war es immer.

Jetzt landen wir gleich in Paris. Ich werde wieder Zuhause sein. Egal, was heute noch geschieht, ich werde es überstehen.

Montag, 02. Oktober, 11:04 Uhr … Chatroom

»Wir haben uns darauf geeinigt, dass wir Freunde bleiben und dass es keinen Brösel mehr geben wird. Das würde ich gerne beibehalten. Freunde sind rar, die sollte man nicht einfach wegwerfen, wegen etwas, das einmal war. Ich hoffe es geht dir gut …«

»Non, es geht mir nicht gut. Et non, wir haben uns nicht geeinigt, dass wir Freunde bleiben. Es tut mir leid. Die winzige Tastatur, ich muss mich sehr anstrengen. Ich sehe nicht mehr viel. Mein Problem … vergiss es. Ich muss mich jetzt um mich kümmern.

Okay … ich habe letzte Nacht einen Zettel von Maxine unter meinem Kopfkissen gefunden. Sie hat einen Wunsch, den ich ihr nicht allein erfüllen kann. Leider! Sie wünscht sich, rede mit ihm und sieh ihm dabei in die Augen. Wir erfüllen ihren Wunsch? Ich komme, wann du willst, wohin du willst. Ich bleibe auch auf großem Abstand und erwarte nicht mehr von dir. Überlege es dir. Jetzt muss ich los. Ich habe einen wichtigen Termin.

»Anscheinend willst du mir nicht sagen, was du hast. Ich hoffe, du wirst schnell gesund. Ich kann dir leider kein Treffen zusagen, denn die nächsten Wochen sind verplant. Arbeit, Fußball und natürlich Kinder. Hanna spielt jetzt auch Fußball. Sie hat samstags öfter mal ein Spiel und da muss der Papa mit. Ich bitte dich, mich diesbezüglich nicht unter Druck zu setzen. Das wäre nett von dir. Ich hoffe, dass es dir bald besser geht. Ich habe es so verstanden, dass wir Freunde bleiben. Schade, dass du das nicht willst. Ich hoffe, dass es dir bald besser geht. «

»Wie kommst du darauf, dass ich krank bin? Es ist nicht Elly … Pardon … ich bin nervig! Ich will dich zu gar nichts drängen. Ich habe ein Problem und es macht mir große Angst. Alles andere ist nicht mehr wichtig. Oui! Ich bin egoistisch. «

»Du hast geschrieben, dass es dir nicht gut geht. «

»Aber es ist nicht Elly. Nicht alles ist Elly. Okay, ich erzähle es dir. Es ist kein Märchen, auch wenn es sich so anhört.

Wir kamen Dienstag auf Rhodes an. Am Pool gab es eine seltsame Familie. Deutsche und typisch deutsch … schrecklich. Dienstagabend kam noch eine Familie an. Laut … schrecklich … deutsch! Eine Familie nenne ich Anorexia, weil die Frau magersüchtig ist. Sie haben zwei Töchter von drei und vier Jahren. Die andere Familie nennt Maxine Dick und Doof. Er ist dick und sie … Pardon! Sie haben zwei Töchter von vier und fünf Jahren und einen Sohn, er ist ein Baby. Die beiden Familien mögen sich nicht. Beide sind arrogant und typisch deutsch. Pardon … Du bist nicht typisch deutsch. Seit Dienstag haben sie Streit. Vom Frühstück bis nachts an der Bar. Gestern gab es Krieg … Zicken-krieg!

Im Frühstückssalon gibt es eine Champagnerbar. Ich betrat den Raum, als es losging. Die Zicken wollten Champagner … etwas lief schief … sie zeterten los … sie schrien … Geschirr flog … ich wollte gehen. Etwas traf mich am Auge. Es war sehr schmerzhaft. Etwas traf mich am Kopf und knockte mich aus. Ich kam zu mir, als der Notarzt kam, Matthias mich entsetzt ansah und Maxine Tränen in den Augen hatte. Ich habe Kopfschmerzen und eine riesige Beule. Wir fuhren in die Klinik. Mein Auge … Ich habe solche Angst. Es ist schwer verletzt. In der Klinik sagten sie, es wird nicht mehr heilen. Ich werde blind oder das Auge verlieren. Sie haben keine Untersuchungsmöglichkeit. Heute Morgen flog ich nachhause. Ich habe mit einem anderen Gast, der ebenfalls in Paris lebt, den Flug getauscht. Claire fährt mit mir ins Salpêtrière. Sie warten bereits auf mich. Ich habe dir ein Foto geschickt. So sehe ich jetzt aus. Ich habe Angst. Du verstehst? «

»Ja, ich verstehe. O Gott, ich hoffe, dass die Ärzte es hinbekommen. Das tut mir sehr leid, du Arme. Ich wünsche dir alles Glück dieser Welt und dass die Ärzte dir helfen können.

Deine Töchter sind bei dir und werden dir beistehen. Das sind die Momente, wo man froh ist, dass es sie gibt. Sie kümmern sich um dich. Du hast eine sehnt wie deins, da werde ich mich nicht hineindrängen. Ich muss jetzt zu einer Besprechung. Halte mich auf dem Laufenden …«

Montag, 02. Oktober, 14:25 Uhr … Chatroom
»Was sagen die Ärzte?«
»Es ist schlimmer als angenommen. Ich werde heute noch operiert. Jetzt muss ich zum Lungenfunktionstest. Du weißt … mein Asthma. Ich habe die letzte Zeit wieder Probleme. Normalerweise würden sie mich in diesem Zustand nicht operieren, aber es eilt. Vielleicht habe ich Glück und … vergiss es … Es ist lange her, seit ich mir das gewünscht habe.«
»Alles Gute für die Operation. Er wird dir helfen.«

Es war fast Mitternacht, bis ich wieder Herr meiner Sinne war. Die Operation verlief etwas problematisch, denn ich wollte nicht mitspielen, sagte mir Dr. Lebrun.
Ich will bei so vielem nicht mitspielen. Wollte ich nie und werde es auch nie wollen. Im Moment ist mir alles zu viel. Ich brauche eine Auszeit, Abstand von allem. Ich muss nachdenken.

Dienstag, 03. Oktober, 06:50 Uhr … Chatroom
»Operation überstanden … heute Nachmittag noch ein Eingriff unter Lokalanästhesie. Sie hoffen das Beste.«
»Ich habe für dich gebetet, er wird dir helfen. Melde dich, wenn es Neuigkeiten gibt.«
»Ich glaube nicht an ihn. Tut mir leid. Ich brauche eine Auszeit!«

Montag, 23. Oktober, 21:31 Uhr
Sacrément! Ich bin so wütend auf dich. Ich habe in den letzten Tagen alles versucht, dich aus meinem Kopf zu jagen. Es gelingt mir nicht, zu viel brodelt in mir. Da du jeder Konfrontation aus dem Weg gehst, werde ich mir meinen Schmerz von der Seele schreiben. Es ist mir inzwischen egal, ob du es liest oder nicht. Es ändert sowieso nichts.

Es war dir schon immer egal, was ich schreibe, es kam nie eine Reaktion. Reagiert hast du nur an diesem einen Abend. Da ging es um deine Befindlichkeit. Da sollte ich Rede und Antwort stehen. Du bist gar nicht in der Lage, dich zu öffnen, jemand in dein Herz oder deine Seele blicken zu lassen. Du ziehst dich in deine Höhle zurück und sitzt alles aus.

Ich habe unseren Chat von Anfang bis Ende gelesen. Ich habe mich die ganze Zeit gefragt, ob ich etwas überlesen habe, wegen des Wirrwarrs, das da manchmal entstanden war. Überschneidende Antworten auf Fragen, die schon viel früher gestellt wurden. Aussagen, die durch Fragen und Antworten unterbrochen sind. Ich habe gehofft, dass ich etwas finde, das mir erklärt, weshalb du bist, wie du bist.

Ich habe dich zweimal gefragt, wer dich so verletzt hat. Ich habe eine Antwort gefunden, auch wenn du sie nicht hören willst. Du hast mir erzählt, weshalb du deine Heimat nicht magst. Du hast geschrieben, immer, wenn ich zu meiner Mutter fahre, kommt die Angst in mir hoch. Du sagst, dass du mit deinem Vater Frieden geschlossen hast, dem ist wohl nicht so. Vielleicht solltest du dich damit noch einmal genauer auseinandersetzen.

Du hast mir erzählt, dass deine Beziehungen immer viel jünger waren als du. Du hast dir mal überlegt, dass du einen Beschützerkomplex haben könntest? Ups! Oh! Du würdest jetzt mit mir diskutieren? Vielleicht sogar etwas lauter werden? Ich passe so gar nicht in dieses Schema. Bin ich die alte Oma, die dich beschützend in den Arm nahm? Ich weiß es nicht. Ich weiß nur, dass du den Sex mit mir mochtest. Alles andere …

Du willst Ehrlichkeit! Die kannst du haben. Ich habe nie verstanden, weshalb du bei deiner Frau bleibst, dich dies eine Mal geritzt hast, welchen Sinn das hatte. Deine antiquierten Ansichten zu Familie und Treue verstehe ich ebenfalls nicht. Du quälst dich … wofür? Für Kurt und all die anderen, die sich das Maul über dich zerreißen könnten?

Irgendetwas stimmt nicht mit dir. Du hattest vier Mal … nennen wir es mal Ausraster. Ich war nicht sofort online, wenn du geschrieben hast, und schon warst du der Meinung, alles sei nur ein Fake. Ich würde dich an der Nase führen. Du verstehst? Merde! Pardon! Ich habe Probleme, die richtigen Worte zu finden. Ich verstehe, dass du nach all dem, was du mir erzählt hast, Verlustangst hast … aber weshalb bei mir? Ich verstehe es nicht.

Als ich unseren Chat las, kam so vieles wieder hoch. Schönes und weniger schönes. Anfangs konnten wir uns unterhalten, ohne Tabu. Man kann spüren, wie sich eine Vertrautheit aufbaut, wie immer mehr Gefühl einfließt. Es hat mein Herz berührt zu lesen, wie wir versucht haben, den anderen dazu zu bringen, zuerst zu sagen, was er empfindet. Wie zwei Teenager, die zum ersten Mal verliebt sind.

Es war eine schöne Zeit. Bernkastel war schön. Die Zeit dazwischen war so unbeschwert, voller Träume und ganz viel Liebe. Riesweiler war wunderschön. Nun ja! Bis zu diesem verhängnisvollen Abend. Oui! Ich konnte es nicht vergessen, so sehr ich mich auch bemüht habe. Dieser Satz hat sich in meinem Kopf festgesetzt. Ich habe es dir geschrieben. Du hast nicht mal versucht, darüber zu reden.

Dann kam dein Chat mit Maxine. Du kannst dir nicht mal annähernd vorstellen, wie sehr ihr beiden mich verletzt habt. Sie missbraucht mein Vertrauen und du lässt mich ins offene Messer laufen. Das tat sehr weh. Trotz allem war ich immer noch bereit, alles zu vergessen. Was ich sonst nie tun würde und noch nie getan habe, aber ich habe dich geliebt und wollte dich nicht verlieren. Du warst etwas ganz Besonderes für mich.

Ich weiß, dass ich auf vieles falsch reagiert habe. Du wusstest, dass ich, in Sache Liebe, keinerlei Erfahrung habe. Du hattest mir versprochen, mir zu helfen, dich zu lieben. Du hast es nicht getan. Als ich dich gebraucht hätte, hast du dich in deine Höhle zurückgezogen.

Jedes Mal, wenn ich einen Fehler gemacht hatte, habe ich versucht, es wieder gut zu machen. Es hat nichts genützt. Ich habe dich damit nur noch weiter von mir weggetrieben. Ich habe dich nie wieder aus deiner Höhle holen können.

Du hast mich irgendwann gefragt, ob ich auch böse sein kann und was du nie tun darfst, damit ich es rauslasse. Ich sagte dir, mich belügen und mein Vertrauen missbrauchen. Du hast geschrieben, nein, das werde ich nicht. Ich werde dich nicht belügen und immer ehrlich sein, auch wenn die Wahrheit manchmal wehtun kann, aber das gehört dazu. Dein Vertrauen missbrauchen werde ich nicht, das habe ich dir ja schon versprochen. Du hast es doch getan …

Ich hatte dich fast angefleht, dich irgendwo mit mir zu treffen, damit wir reden können. Du wolltest nicht und hast mir eine Lüge aufgetischt. Oui! Ich weiß, dass du mich belogen hast. Das Spiel sollte nie verschoben werden. Ich gebe es zu, ich habe es überprüft. Ich wollte wissen, ob ich dir noch vertrauen kann. Ich habe drei Leute unabhängig voneinander gefragt. Keiner wusste etwas davon. Das tat weh, aber selbst das habe ich verdrängt. Ich dachte, ich habe ihn so tief verletzt, dass er sich nicht mit mir treffen will. Ich habe Ausreden für dich gesucht. Du hattest mir gesagt, dass Liebe vieles verzeihen kann. Ich habe es getan. In Boppard habe ich dich erneut gefragt und du hast deine Lüge wiederholt.

Maxine sagte zu mir, dass du mich so sehr lieben würdest, dass du mir nicht mal in meinem Treiben, ich finde nicht das passende Wort, Einhalt gebieten würdest. Ich sehe das nicht so. Du hast dich in deiner Höhle verkrochen und warst zu feige, mir zu sagen, dass ich dir auf die Nerven gehe, dass du das alles nicht mehr willst, dass du mich nicht mehr willst.

Ich verstehe, dass du viele Probleme hast, aber mit denen habe ich nichts zu tun. Ich sagte schon einmal, dass du dich nicht in dir verkriechen darfst. Du brauchst Hilfe. Irgendwann zahlst du mit deiner Gesundheit. Immer alles in sich beerdigen ist doch keine Lösung. Ich weiß, dass mich all das nichts mehr an geht, aber du kannst nicht immer alles in dir vergraben, es einschließen und den Schlüssel wegwerfen. Du gehst daran zu Grunde. Du musst mit jemand darüber reden. Vertrau dich jemand an. Bitte! Auch wenn es denjenigen nicht sonderlich interessiert, er hört dir zu und das ist doch schon mal eine kleine Hilfe. Es erleichtert dich sicherlich. Du bist so sensibel, verletzbar und zerbrechlich. Such dir Hilfe. Bei der Telefonseelsorge kannst du auch dein Herz ausschütten. Dort kennt dich niemand. Vielleicht wissen sie Rat. Bitte! Du musst mit jemand reden. Du gehst sonst zu Grunde.

Okay! Ich wollte es dir nicht sagen, doch ich tue es, weil ich mir vorgenommen habe, mir alles von der Seele zu schreiben. Als du mir von deinen finanziellen Problemen erzählt hast, war mein erster Gedanke, ich gebe ihm das Geld, doch da war mein Versprechen, das ich dir gab. Das Versprechen, nie wieder zu versuchen, dich zu kaufen. Hätte ich dir das Geld gegeben, es hätte immer so ausgesehen, als hätte ich es getan. Es hätte immer zwischen uns gestanden. Ich bin ehrlich! Es wäre mir egal gewesen. Ich wollte, dass du nicht mehr so leiden musst, wollte dir eine Last nehmen, aber da gab es etwas, das es mir unmöglich machte. Wäre es nur um dich und deine Kinder gegangen, ich hätte es getan, aber da war noch deine Frau und für sie würde ich nie etwas tun, niemals. Ich gebe es ehrlich zu. Ich hasse deine Frau aus tiefstem Herzen. Aus vielerlei Gründen! Non! Keine Sorge, ich würde ihr nie Schaden zufügen.

Ich wusste, dass ich dich nicht haben kann, aber ich wollte dich trotzdem, wenigstens ein klitzekleines bisschen. In Boppard dachte ich wirklich, du willst es auch. Du hast versprochen, mich zu besuchen, nächstes Jahr mit mir Urlaub zu machen. Ich habe mich darüber gefreut, dachte, du meinst es ehrlich. Die Freude hielt einen Tag. Am nächsten Abend hast du alles zerstört. Ich wollte zuerst nicht glauben, was du da tust, aber dann kam … Was steht da auf der Straße, vor deiner Tür. Ich kann es nicht lesen.

In diesem Moment lag plötzlich ein großer Scherbenhaufen in mir. Ich hätte nie gedacht, dass du so niederträchtig, hinterlistig und gemein sein kannst. Mir wurde bewusst, dass du mir nie vertraut hast, dass alles nur eine große Lüge war. All die schönen Worte. Alles Lügen! Ist dir jemals in den Sinn gekommen, mich einfach zu fragen? Zu sagen, ich verstehe das alles nicht, du erklärst es mir?

Es wäre so einfach gewesen, statt gemeinsam nach Riesweiler zu fahren, zu mir nach Paris zu kommen, aber das wolltest du nicht. Das wolltest du nie. Erst an diesem Mittwoch hattest du deine Meinung geändert, aber du wärst nicht aus Liebe gekommen. Du wärst gekommen, um mich eines riesigen Betrugs zu überführen. Wie soll ich damit umgehen? Vor Freude jubeln, dass du mich besuchen kommst? Egal, aus welchem Grund?

Hast du jemals in Betracht gezogen, dass ich dir die Wahrheit sage? Ich denke nicht! Du bist ein sehr misstrauischer Mensch. Ich habe schon lange gemerkt, dass es da etwas gibt, das in dir brodelt. Ich dachte, du kommst nicht damit klar, wer ich bin. Ich konnte so dämlich sein? Oui, dämlich, denn ich habe dir vertraut. Ich habe dich nie in Frage gestellt. Okay! Diese Lüge, die ich dir nie geglaubt habe! Sie war zu offensichtlich! Aber ansonsten …

Hast du dich jemals gefragt, kann man, bei all dem Grauen in deinem Leben, nicht auf den Gedanken kommen, da stimmt etwas nicht? Das ist alles zu viel? Zu übertrieben? Mein Herz hat nie daran gezweifelt, ließ die Zweifel, die durch meinen Kopf liefen, ins Leere laufen. Nächste Ehrlichkeit! Außer Maxine, hat dir niemand geglaubt. Sie hat dich in ihr Herz geschlossen. Alle anderen zweifeln. Maxine sagt immer, wir seien füreinander bestimmt worden. Es gab eine Zeit, da glaubte ich das auch.

An diesem verhängnisvollen Mittwoch hast du geschrieben, das kann ich gar nicht leiden … einem Konflikt aus dem Weg gehen. Rede mit mir. Ich bin nicht gegangen. Ich habe mit dir geredet. Wann hast du mit mir geredet? Du hättest anrufen können. Ich hätte es gerne getan, aber ich hatte Angst, dass du mich dann so abwertend behandelst, wie in den wenigen Zeilen der letzten Zeit.

Du wolltest mein Freund sein, trotz all deinem Misstrauen? Was hätte ich tun sollen? Dir noch ein Video schicken? Ich hoffe, du hast es gelöscht, denn es steht dir nicht mehr zu! Du wolltest mich weiter quälen? Du wolltest wirklich mein Freund sein? Weshalb, du hast nicht gesagt, geh nicht?

Ich will dir jetzt sagen, wie ich die letzten Wochen sehe. Anfangs war es ein Abenteuer für dich. Sex, den du mochtest. Dann wurde ich dir lästig. Deine Höhle war dir wichtiger, als mir nur ein einziges Mal zu sagen, wie es in deinem Herz, in deiner Seele aussieht. Ich hätte es verstanden, wenn du es ausgesprochen hättest. Wir hätten uns Adieu gesagt und ich hätte mich nie wieder bei dir gemeldet.

Und noch eins! Ich bin keine Person! Du sagst, du schläfst nicht mit Personen, für die du nichts empfindest. Es gibt zwanzig Personen, für die du etwas empfindest. Das ist viel? Ich gebe zu, bei mir waren es ein paar mehr, aber das weißt du bereits. Empfunden habe ich nur für drei etwas. Es war keine Liebe, aber ich hatte sie gern. Ich habe sie nie Person genannt. Es ist so entwertend, abwertend? Egal! Es tat weh!

Weh tat auch dieser schreckliche Satz. Es war ein Traum und doch war es Realität. Es kam tief aus deiner Seele, was du dir mehr wünschst, als alles andere. Die Liebe deiner Frau. Such dir Hilfe, euch Hilfe. Du willst gar keine Beziehung zu einer anderen Frau. Du willst nur deine Frau zurück.

Ich würde jetzt auch gerne sagen, bitte, beweise mir das Gegenteil, so wie du es getan hast. Sag mir, dass ich mich irre, dass es mehr war als Sex, aber du würdest dich wieder in Schweigen hüllen. Meine Gefühle und meine Befindlichkeit spielen für dich keine Rolle. Das hast du mir oft genug bewiesen und dafür hasse ich dich. Dass ich immer wieder versucht habe, wenigstens ein klitzekleines bisschen von dir zu bekommen, mich dabei jedes Mal lächerlich gemacht habe, dafür hasse ich mich.

Ich dachte, wenn ich mir meinen Frust von der Seele schreibe, geht es mir besser, aber dem ist leider nicht so. Ich glaube, ich müsste dich wirklich prügeln, damit es mir besser geht. Mais oui! Einmal quer durchs Zimmer, das wäre es, aber wenn ich so richtig schön in Rage bin … vergiss es! Fühl dich einfach nur geprügelt.

Bittere Erkenntnisse

Mittwoch, 25. Oktober, 12:21 Uhr … WhatsApp … Chatroom

»Warum machst du mir nur Vorwürfe, das ist nicht schön, lass es bitte.«

»Sacrément! Rede mit mir! Schimpfe! Fluche! Prügel mich, aber sag etwas. Sag mir, dass ich dich in dir drin nicht kaputt gemacht habe, dass ich kein Monster war … nicht bei dir.

Weshalb hast du mich nicht gefragt, ob ich wirklich der Mensch bin, von dem ich dir erzählt habe? Wirklich das bin, all das habe, worüber wir geredet haben?«

»Weil ich dich nicht verletzen wollte. Du warst kein Monster, warum soll ich schimpfen? Wir haben beide Fehler gemacht.«

»Weshalb stellst du dich so … ich finde nicht das Wort … so klein. Du verstehst? Hättest du gefragt, ich hätte dir geantwortet. Ich habe wirklich gedacht, du glaubst mir. Weshalb sollte ich dich belügen?«

»Ich habe vor jedem Menschen Respekt und erwarte ihn auch von jedem Menschen.«

»Ich habe keinen Respekt vor dir? Weshalb denkst du so?«

»Nein! Das war wieder allgemein, wie mit der Person …«

»Okay! Ich verstehe immer alles falsch. Ich hätte fragen können und nicht immer sofort so irrational sein.«

»Tu mir einen Gefallen … Die Erinnerungen sollen so schön bleiben, wie sie sind.«

»Ich weiß. Ich höre jetzt auf und schreibe dir nicht mehr.«

»Ich habe nie gesagt, dass du mir nicht mehr schreiben darfst. Nichts ist endgültig, alles ist entbehrlich!«

»Ich bin entbehrlich? Das verstehe ich nicht. Was ist entbehrlich?«

»Was man nicht mehr hat, vermisst man irgendwann nicht mehr. Das ist entbehrlich.«

»Okay! Das war deutlich. Ich darf etwas fragen?«

»Ja!«

»Ich habe dich sehr verletzt?«

»Nein! Ich weiß nicht, wie du darauf kommst.«

»Weil ich ein Monster bin und immer alle verletze, aber dich wollte ich nie verletzen.«

»Du hast mich nicht verletzt.«

»Du musst arbeiten. Ich will dich nicht mehr stören.«

»Du störst nicht. Was macht dein Auge?«

»Du willst ein Foto sehen? Von meinem Auge?«

»Ja!«

»Es sieht gut aus. Professor Strichard hat gut Arbeit geleistet.«

»Sieht doch wieder gut aus. Kannst du normal sehen?«

»Non, ich kann nur eingetrübt sehen. Es wird vielleicht nie wieder gut, aber es ist noch da und das ist schön. Geht es dir gut?«

»Hast du die Personen angezeigt?«

»Oui! Wir verhandeln in Frankreich. Unser Recht … Ich will Schmerzensgeld. Was ich bekomme, werde ich der Hornhautbank spenden. Diese Weiber haben sich nicht entschuldigt. Ich wäre ihr in den Weg gelaufen. Die ist verrückt! Nochmal … Wie geht es dir … dein Rücken?«

»Oje! Ich bin zu schwer … mittlerweile fünfundneunzig Kilo. Die Schokolade … ich esse sie in Mengen.«

»Ich darf etwas fragen? Ups! Zu spät. Ich habe einen Termin.«

»Du kannst ja später fragen …«

Mittwoch, 25. Oktober, 12:50 Uhr

»Ich habe noch ein bisschen Zeit. Seit gestern bin ich in Deutschland. Matthias hat die Küche geflutet. Ich habe einen Termin bei der Versicherung. Du sagst, du bist wieder dick. Ich frage jetzt so direkt, wie du mich immer fragst. Du hast keinen Sex? Das macht schlank! Das ist keine … Andeutung?«

»Stimmt, ich habe keinen.«

»Ich auch nicht …«

»Ich darf etwas fragen?«

»Ja! Frag!«

Ich habe gegooggelt, weil ich die Bedeutung des Wortes entbehrlich genau wissen wollte. Jetzt bin ich entsetzt. Nicht notwendig, nutzlos, überflüssig, unnötig, unwichtig, verzichtbar! Das war mehr als deutlich. Überflüssig! Okay! Wer braucht mich schon?

Mittwoch, 25. Oktober, 14:25 Uhr

Du weißt, dass ich meine Versprechen sehr ernst nehme. Ich muss noch ein Versprechen, das ich dir gab, einlösen. Ich würde es gerne persönlich tun. Wir können uns noch einmal sehen? Nur kurz! Vielleicht in einem Café?

Mittwoch, 25. Oktober, 14:30 Uhr

Während der Woche ist es schlecht, ich arbeite momentan lange und am Wochenende habe ich Kinderdienst. Nächste Woche sind zwei Feiertage, da hätte ich etwas Zeit. Das kann ich aber erst in den nächsten Tagen sagen.

Mittwoch, 25. Oktober, 14:53 Uhr

Ich habe am dritten November einen Termin in Trier und bleibe bis zum fünften, weil ich noch etwas Wichtiges erledigen muss, aber da hast du Kinderdienst. Ich weiß nicht, ob ich in diesem Jahr noch einmal nach Deutschland komme. Dann soll es nicht sein. Ich hätte es gerne erfüllt. Du gibst mich frei, von meinem Versprechen?

Mittwoch, 25. Oktober, 15:12 Uhr

Ich schaue, ob ich es am vierten November einrichten kann, kann es aber nicht versprechen. Zu deinem Versprechen. Ich weiß, was du meinst, aber man kann nichts erzwingen. Was nicht geht, das geht nicht.

Mittwoch, 25. Oktober, 15:20 Uhr … WhatsApp … Chatroom

»Merci! Du musst dich nicht verbiegen für einen Termin. Es sollte kein Ultimatum sein. Du verstehst?«

»Ja, ich verstehe. Ich will keine Pflichtbesuche, verstehst du? Kein müssen …«

»Es war nur eine Frage. Kein muss! Tut mir leid! Ich hätte nicht fragen sollen. Vergiss es!«

»Ich meinte nur, wie es sein sollte … keine Verpflichtungen. Verstehst du? Du interpretierst das falsch.«

»Ich verstehe es nicht. Ich habe nur gefragt. Es war keine Verpflichtung! So haben wir immer aneinander vorbeigeredet.«

»Ich will damit nur sagen, wenn wir uns treffen, heißt das nicht, dass wir uns danach wieder treffen. Verstehst du?«

»Vergiss meine Frage. Das war nicht meine Absicht. Es ist wieder soweit. Wir verstehen einander nicht. Kein Café …«

»Wieso Café? Warum nicht ein Zimmer nehmen und miteinander schlafen?«

»Ich will nur mein Versprechen einlösen. Ich habe nicht nur Sex im Kopf.«

»Doch, hast du! Und ich würde dich gerne f… Sorry … Kopfkino …«

»Es liegt mir schwer auf der Seele. Ich glaube, du hast gedacht, ich hätte es nur so dahingesagt. Ich habe mein Versprechen gehalten. Schon auf dem Heimflug. Es war keine Lüge.«

»Was meinst du? Ich verstehe nicht …«

»Das Trikot! Ich wollte dich nur glücklich machen.«

»Ach so! Kein Sex?«

»Das war das einzige Versprechen, das ich noch einlösen muss. Ich kann es auch an den Sportverein schicken. Es soll keine Bezahlung sein, auch nicht kaufen, einfach nur ein Geschenk.«

»Das habe ich auch nicht gemeint.«

»Du musst nichts dafür tun.«

»Das meinte ich eben … Sex ohne Verpflichtungen.«

»Das wollte ich doch gar nicht. Ich wollte nur sehen, wie du dich darüber freust. Du verstehst?«

»Ja! Ich freue mich darüber. Ich würde trotzdem gerne mit dir schlafen.«

»Aber ich nicht mit dir. Ich habe eben deine Ausführung gelesen. Non! Ich habe nicht nur Sex im Kopf.«

»Aber oft … wie ich. Ich freue mich sehr über das Trikot … Danke!«

»Du weißt, weshalb ich es dir gekauft hatte?«

»Ja, weil ich es mir gewünscht habe.«

»Oui! Weil ich dich glücklich machen wollte. In Boppard hatte ich es vergessen.«

»Wie gesagt, ich schaue, dass ich mir für den vierten November Zeit nehmen kann. Okay? Ich muss jetzt los. Ich schreibe später nochmal.«

»Okay!«

»Wirklich kein Sex?«

»Non! Ich bin keine Nutte. Siehst du … du hast gedacht, ich will mit dir ins Bett gehen. Wir verstehen einander nicht mehr. Ich schicke das Trikot an den Sportverein?«

»Okay! Ich möchte, dass du es mir persönlich gibst. Wir werden Kaffee trinken, ich will dich nicht als Freund verlieren. Ich will weiter mit dir schreiben.«

»Non! Ich war wieder egoistisch. Ich suche die Adresse im Internet und schicke es, wenn ich in Trier bin. Ich muss endlich lernen, dass es nicht immer nur um mich geht.«

Entbehrlich, aber gut genug für Sex! Non! Das ist vorbei! Ich bin entbehrlich! Er soll sein Trikot haben, weil ich es versprochen habe. Mehr kann er von mir nicht mehr erwarten, auch wenn mein Herz etwas anderes sagt. Es gibt noch meinen Kopf und ich bin gewillt, künftig nur noch auf ihn zu hören. Er bringt mich leichter durchs Leben.

Mittwoch, 25. Oktober, 18:04 Uhr
Tut mir leid, dass ich mal wieder nur an mich gedacht habe.

Mittwoch, 25. Oktober, 19:30 Uhr
Ich gebe dir eine Adresse, wo du es hinschicken kannst. Er ist ein guter Freund von mir. Nicht zum Sportverein bitte.

Mittwoch, 25. Oktober, 19:33 Uhr
Okay! Ich tue es schon wieder. Egal, was ich tue, es ist falsch. Maxine hat recht. Auf Rhodes hat sie mir so vieles vorgeworfen, dass ich egoistisch bin, war nur ein kleiner Teil davon.
Ich musste googeln, um es zu übersetzen. Sie sagte, ich würde dich wie Dreck behandeln. Immer nur ich, nie du. Ich hätte mit meinem Egoismus etwas Wundervolles zerstört. Deine Liebe!
Du verstehst? Egal, ob wir uns sehen oder nicht … Es ist falsch, wie ich mich entscheide. Immer wie ich will. Ich will nicht wieder etwas tun, das diesen Vorwurf bestätigt. Ich wollte dir das Trikot persönlich geben. Ich! Weshalb bin ich so?
Maxine hat einmal etwas zu mir gesagt. Es war lange bevor wir uns kennenlernten. Ich weiß jetzt, dass auch dieser Vorwurf die letzte Zeit in meinem Kopf war. Okay! Du musst ja wissen, wovon ich rede. Sie sagte, dass ich wohl über ein besonderes Talent im Bett verfügen muss, dass die Männer verrückt macht. Ich würde sie um die Hand wickeln. Sie wollten alle den Sex und nehmen dafür das Monster in Kauf.
Ich war nach diesem bösen Mittwoch so verletzt, dass ich dachte, du hast mir nie vertraut, aber für den Sex mit mir, hast du es hingenommen. Ich habe in unserem Chat so viel Liebevolles gelesen, dass du geschrieben hast. Es wurde immer weniger und seltener, je irrer ich mich benommen habe. Du hast dich immer mehr in deine Höhle zurückgezogen. Ich bin schuld an unserem Desaster.
Ich habe dir immer wieder wehgetan. Maxine hat recht. Ich habe ein bisschen Monster auf dich losgelassen. Ich kann nicht mehr sagen, es tut mir leid, denn diese Worte würden es nicht mal annähernd treffen. Irgendein klitzekleiner, guter Teil in mir hat dich vor mir gerettet und allem ein Ende bereitet. Ich habe Angst, wenn ich dich wiedersehe, tue ich es wieder. Du verstehst?
Du kommst nur, weil ich gefragt habe. Auch da hat sie recht. Weil du, ganz tief in dir … non, das sage ich jetzt nicht.
Und bitte … sag nie wieder dieses „f"-Wort. Es ist so vulgär. Wir nennen es Liebe machen. Bei dir hatte dieser Ausdruck zum ersten Mal die richtige Bedeutung. Es war kein Sex. Es war wirklich Liebe machen. Ich habe Angst, es wäre nie wieder so schön. Du verstehst?
Ich muss jetzt los. Ich fahre um einundzwanzig Uhr nach Hause und auf der Autobahn gibt es viele Baustellen.

Mittwoch, 25. Oktober, 19:40 Uhr
Okay! Gute Fahrt! Fahr langsam und mach dir nicht so viele Vorwürfe, du hast recht. Und nochmal, du bist kein Monster. Du bist sehr nett zu mir. Danke …

Mittwoch, 25. Oktober, 21:21 Uhr
Ich habe recht? Wow! Du sagst mir jetzt auch noch, womit ich recht habe? Der ICE hatte Verspätung. Ich brauche jetzt erst einen großen Cappuccino. Ich darf dir dann noch ein bisschen schreiben? Du kannst es lesen, wenn du Zeit hast. Ich war vorhin so mit dem schreiben beschäftigt, dass ich fast das Nachhause fahren vergessen hätte. Ich vergaß … Du hast das Video noch?

Donnerstag, 26. Oktober, 03:30 Uhr

Sorry, bin mal wieder eingeschlafen, trotz eines Bayern Spiels. Ich habe das Video gelöscht. Es ist nur noch in meinem Kopf.

Donnerstag, 26. Oktober, 14:30 Uhr … WhatsApp … Chatroom
»Tja! Mit diesem Grauen musst du leben.«
   »Was meinst du?«
   »Das Video!«
   »Ach so! Ich habe es gelöscht, du hast es verlangt und ich habe es getan.«
   »Ich meinte, dass du dieses grauenvolle Video jetzt im Kopf hast. Da funktioniert das Löschen leider nicht so einfach.«
   »Nein, es war nicht grauenvoll. Sonst hätte ich es mir nicht zehnmal angeschaut und mit mir selbst Liebe gemacht.«
   »Aha! Du hast Entzug?«
   »Nein, ich bin weg davon.«
   »Du isst Schokolade … zum Trost?«
   »Jepp! Die esse ich jetzt in rauen Mengen.«
   »Man kann nicht alles haben. Schokolade und Sex … Völlerei und Wollust … Ich bin beim Coiffeur. Wir reden über die Todsünden … Hat eben gut gepasst …«

Donnerstag, 26. Oktober, 18:26 Uhr … WhatsApp … Chatroom
»Und … sitzt die Frisur?«
   »Wie immer …«
   »Ich muss kochen und danach zur Vorstandssitzung. Ich hätte mal eine Frage. Macht ihr mit euren Firmen auch Sponsoring?«
   »Non, nur Charity! Weshalb?«
   »Schade! Wir suchen noch einen Sponsor, für einen Satz Trikots. Bei uns ist das so … eine Firma sponsert unsere Trikots, wir lassen dafür ihren Namen auf die Trikots drucken. Nur hat uns bis jetzt keiner zugesagt. Verstehst du, was ich meine?«
»Oui! Trikotwerbung! Was in Deutschland der Staat regelt, zum Beispiel Kindergärten und Tierheime, ist bei uns privat. Der Staat gibt nur Zuschüsse, doch sie reichen nicht aus und Spenden fließen spärlich. Dafür ist unsere Charity. Das hat mein grand-père eingeführt. Du verstehst?«
»Ja, ich verstehe.«
»Okay, noch eine Frage?«
»Nein, du hast meine Frage beantwortet.«
»Weshalb das Zwinkergesicht? Du glaubst mir nicht?«
»Na, weil du die Frage mal wieder zu meiner vollsten Zufriedenheit beantwortest hast.«
»Okay! Ich muss jetzt zu einem rendez-vous.«
»Oh! Ich wünsche dir viel Spaß.«
»Pardon … auf Deutsch … zu einem Treffen! Kein Spaß …
»Ach so, ich dachte, du gehst mir fremd. Schlimm?«
»Non! Rutscht mir immer wieder raus. Das weißt du doch. Ich muss jetzt gehen.«

Freitag, 27. Oktober, 21:43 Uhr
Salut Alexander,
ich schreibe es dir über word. Es ist einfacher für mich. Ich sehe wenig und die kleine Tastatur des

Handys ist schrecklich. Zudem korrigiert word meine Fehler und versetzt alles in die richtige Grammatik. Es ist einfacher für dich zu lesen.

Okay! Wahrheit und Gefühl! Ich weiß nicht, wie weit dein Vertrauen geht, wie viel du mir glaubst. Ich sage schon mal vorab pardon, wenn ich irgendetwas schreibe, dass dich verletzt. Wenn es so ist … Bitte! Sag es mir und schließ nicht wieder alles in dir ein. Und nochmal! Bitte! Verkriech dich nicht in deiner Höhle. Sage mir, was du nicht verstehst, was dich ärgert, was dich verletzt.

Es wäre so viel einfacher, dir das persönlich zu sagen. In einem persönlichen Gespräch kann man alle Missverständnisse sofort klären. Uns bleibt nur das Internet. Ich bemühe mich, alles in chronologischer Reihenfolge zu schreiben. Wenn es doch durcheinander gerät … sortiere es um.

Okay! Ich kann es nicht glauben, dass du mir plötzlich all das glaubst, das du noch vor wenigen Wochen in Frage gestellt hast. All das, was dich an mir und meinen Worten zweifeln ließ. Sei mir nicht böse, aber ich kann es nicht vergessen. Deine Zweifel haben sozusagen die Fundamente der Dinge, an die ich glaube und nach denen ich lebe, erschüttern lassen. Ehrlichkeit und Vertrauen!

Es ist schön, dass du mich besuchen willst, aber schon ist wieder der Zweifel in meinem Kopf. Du verstehst? Ich frage mich, kommt er nur um mich zu kontrollieren oder will er wirklich bei mir sein? Wenn ja, weshalb will er es? Um mit mir zu schlafen? Mehr gibt es ja inzwischen nicht mehr. Das hast du nur allzu deutlich gesagt. Ich kann das alles nicht einordnen.

Ich habe dir erzählt, dass ich unseren Chat gelesen habe. Ich weiß, dass ich dir von meiner Professur erzählt habe, deshalb kann ich dir jetzt auch das erzählen. Allerdings habe ich auch hier Zweifel, dass du es glauben wirst.

Zwischen der Universität Trier und der Sorbonne gibt es seit ein paar Jahren eine Cooperation. Studieren im Ausland, Austauschprogramme und vieles mehr, im Rahmen des Erasmus-Programms. Bilinguale Professoren sind gefragt und sollen ihr Wissen weltweit an die Studenten weiterreichen. Man hat mich schon oft gefragt und auch bedrängt, ich solle eine Gastprofessur im Ausland annehmen. Ich habe immer abgelehnt, weil ich meine Heimat liebe und das Tribunal mein Leben ist. Ich habe auch immer abgelehnt, wenn mir die Sorbonne einen Lehrstuhl als Vollzeitjob angeboten hat, denn ich würde das Tribunal nie verlassen, da war ich mir sicher. Dann kam Bernkastel …

Ich fuhr nach Bernkastel mit dem Wissen, dass ich mich ein klitzekleines bisschen in dich verliebt hatte. Alles war so anders, als bei und mit anderen. Du warst so anders. Ich hatte nie die Befürchtung, dass mich eine große Enttäuschung erwarten würde. Dann kamst du und es war schön zu sehen, dass du genauso aufgeregt und nervös warst wie ich. Da war nichts Böses. Dennoch hatte ich meine Zweifel, ob ich das hinbekomme. Ich dachte, wenn er mich wirklich sofort in die Arme nimmt und ich steif werde wie ein Brett, dann wird das nichts. Du hast es nicht getan, denn du warst zu schüchtern und das gefiel mir. Als wir auf dem Zimmer waren, dachte ich, ich muss ihn in die Arme nehmen. Wenn ich steif werde, muss ich ihm sagen, dass ich es nicht kann. Was dann kam weißt du.

Wir hatten uns im Chat schon gegenseitig hochgetrieben, aber es dann auch zu tun … ohne Kondom! Das ist etwas, das es bei mir nie gab! Okay! Einmal bei Thibaud und dieses eine Mal ist schon lange erwachsen und das im Doppelpack. Lach nicht! Ich liebe meine Kinder, aber sie waren in meiner Lebensplanung nicht vorgesehen. Ich möchte sie nicht missen, auch wenn sie mich zurzeit in den Wahnsinn treiben.

Okay! Ich bin mir nicht sicher, ob ich es dir schon einmal erzählt habe. Ich tue es jetzt eventuell noch mal. Als wir zum ersten Mal zusammen waren, in dem Augenblick, als du zu mir kamst, war plötzlich ein Gefühl in mir. Es strömte durch mich hindurch und mir wurde bewusst, das ist das Teil, das mir immer gefehlt hat. Ich fühlte mich so ganz, komplett, richtig, vollständig. Ich finde nicht das richtige Wort, um es genau zu beschreiben. Dieses Teil war nicht dein bestes Stück, non, du warst es.

Der Mensch, dein Herz, deine Seele, einfach alles.

Der Sex, den wir hatten, war so anders als der, den ich früher hatte. Ich fragte mich, weshalb ist es mit ihm so anders. Heute weiß ich weshalb. Es war Liebe. Es war nicht nur Sex, nicht faire l'amour. Es war wirklich Liebe machen.

Es waren deine Augen. Sie zogen mich immer tiefer hinab. Sie änderten sich im Laufe der wenigen Stunden. Ich glaube, es war die Zeit, die es brauchte, um aus gernhaben, mögen zu machen, aus mögen liebhaben und die schließlich aus liebhaben Liebe machte. Du hast mir schon am ersten Abend gesagt, dass ich dich liebe, dass du mich liebst, kam erst viel später. Du warst dir meiner Liebe so sicher. Woher hattest du diese Sicherheit? Etwas zu wissen, dass nicht mal ich selbst wusste. Ich ahnte nicht mal, dass ich in lodernden Flammen stand. Ich wusste nur, dass ich dich wollte, für immer … Auch das war neu für mich. Ich hätte einen Mann mit nach Hause genommen, für immer. Unfassbar! Der Abschied fiel mir schwer, sehr schwer. Das gab es auch noch nie zuvor.

Reden wir ein bisschen über Mathieu. Ich sagte dir bereits, ich erinnere mich nicht. Wenn ich mich in ihn verliebt hatte, dann war es wohl so, wie es im Tagebuch steht, aber sollte man sich an solch ein wundervolles Gefühl nicht wenigstens ein klitzekleines bisschen erinnern? Non! Ich sage nicht, es war nicht so. Es steht so in meinem Tagebuch. Da steht nichts davon, dass ich das Gefühl hatte, ich sei endlich komplett. Das ist das Teil, das mir immer gefehlt hat. Du verstehst?

Jetzt will ich wieder etwas sagen, worüber ich noch nie geredet habe, mit niemand. Es gibt so viele Parallelen zwischen dir und Mathieu. Ich habe mich gefragt, was ist, wenn ich Alexander nur als Ersatz für Mathieu nehme. Wenn er mir das Gefühl vermittelt, irgendwo, tief in mir, gibt es noch einen Funken Liebe für Mathieu und Alexander soll ihn wieder entfachen. Ich konnte aus tiefstem Herzen sagen, dem ist nicht so. Ich liebe Alexander. Ich liebe ihn so sehr, dass ich mit absoluter Sicherheit sagen kann, das gab es noch nie zuvor. Er ist meine große Liebe.

Okay! Ich fuhr nach Hause. Ich suchte nach Möglichkeiten, dich öfter zu sehen. Im Zug fiel mir plötzlich die Gastprofessur ein. Ein paar Tage zuvor hatte man mir erneut ans Herz gelegt, doch eine Gastprofessur in London anzunehmen. Victoria war begeistert. Ein Jahr in ihrer Nähe. Mir hätte es auch gefallen, aber ich wollte nicht von Paris weg. Dann gab es plötzlich einen Mann, dem ich so oft es ging nahe sein wollte. Dich!

Als ich in Paris aus dem Zug stieg, war klar, dass ich nach Trier gehen würde. Ich musste mich nicht fragen, ob sie mich nehmen würden, denn ich wusste, sie wären überglücklich. Sie fragten jedes Jahr mehrmals an. Ich bin mir nicht sicher, wen sie mehr wollten, den Professor oder die Frau die dahinter steckt. Du verstehst?

Montags konnte ich es kaum erwarten, dass ich Pause hatte. Ich rief den Dekan der juristischen Fakultät Trier persönlich an. Er war sprachlos. Dann willigte er ein, alles schnellstmöglich in die Wege zu leiten. Ich sprach mit meinem Präsidenten, meinem Dekan. Sie waren nicht begeistert, mich für ein Jahr gehen zu lassen, aber sie nahmen es hin. Das Tribunal hätte mich freigestellt. Die Unterlagen kamen bereits zwei Tage später. Der Vorvertrag war unterschriftsbereit und ich unterschrieb. Das Gehalt ließ mich zwar tief einatmen, aber ich unterschrieb. Ich war nicht auf dieses Minigehalt angewiesen. Oui! Ihr zahlt euren Professoren nur Minigehälter. Für dich hätte ich es genommen. Oui! Für dich hätte ich Paris verlassen. Im Januar sollte es beginnen. Ich dachte, dass wir die Zeit bis dahin schon irgendwie überbrücken können. Ich hätte mir eine Wohnung genommen und du hättest mich besuchen können. Wir hätten uns irgendwo zwischen Trier und Illerich treffen können. Nur mal kurz zum Reden und Liebe machen. Es hätte alles so schön sein können.

Ich gebe zu … nach all dem Trouble der letzten Wochen, habe ich es völlig vergessen. Okay! Vielleicht aus meinen Gedanken verdrängt. Wir hatten ausgemacht, dass ich im November eine

Gastvorlesung halten würde. Als ich aus dem Urlaub zurückkam, war die Einladung in der Post. Ich war schockiert. Ich hatte kurz zuvor den letzten Draht zu dir durchtrennt. Jetzt rief die Universität, an die ich nur deinetwegen wechseln wollte. Es war der pure Hohn.

Ich sagte zu, versuchte alles, um aus dem Vertrag zu kommen. Ein netter Kollege, von der Sorbonne, ist für mich eingetreten. Er geht Ende des Jahres in den Ruhestand und suchte nach einer neuen Herausforderung. Ich werde nur einige Gastvorlesungen halten, als kleine Gutmachung sozusagen.

Okay! Mir war zu diesem Zeitpunkt schon klar, dass ich dich aus meinem Kopf holen musste, egal wie. Nachdem ich den Termin für die Gastvorlesung schweren Herzens zugesagt hatte, fiel mir ein, dass Riesweiler nicht weit entfernt liegt. Was lag näher, als es dort zu tun, wo ich zum ersten Mal in meinem Leben so richtig glücklich war.

Ich schrieb Kathrin, sagte, dass ich aus sentimentalen Gründen den Bungalow mieten möchte, weil ich etwas zurücklassen muss und sie gab ihn mir. Ich hatte bereits auf Rhodes mit dem Gedanken gespielt, den Bungalow noch einmal zu mieten, doch dann kam der Unfall und es schien aussichtslos. Ich habe eingeschränktes Sehen, aber ich werde langsam fahren. Professor Strichard hat es erlaubt.

Ich habe dir bereits erzählt, dass Maxine und ich auf Rhodes Streit hatten. Inzwischen haben wir uns eine Pause voneinander genommen. Okay! Ihr blieb nichts anderes übrig. Es war nicht erst auf Rhodes. Es begann schon viel früher.

Nun muss ich wieder etwas weiter zurückgehen, in der Zeit. Du hattest mein Herz berührt. Ich war zum ersten Mal ein Mensch. Ein Mensch, der lieben konnte und geliebt wurde. Ich hatte mir fest vorgenommen, mich zu ändern, das Monster wenigstens ein klitzekleines bisschen zu bändigen und hoffte, es eines Tages ganz aus mir zu vertreiben. Ich hatte Angst, wenn es eines Tages in deinem Beisein ausbricht, werde ich dich verlieren. Oh, Alexander! Du kannst dir nicht mal annähernd vorstellen, wie ich sein kann. Es ist eben dieses Monster, das über Leichen geht. Ich weiß, dass es weder meinen Töchtern, noch Maxine und Victoria gefällt, aber, wie das nun mal so ist, jeder Mensch ist käuflich. Das sagte ich dir bereits. Du wolltest es mir nicht glauben, aber es ist so. Es muss kein Geld fließen, non! Man ist bereits käuflich, wenn man sich die schlechten Seiten eines Menschen zu Nutze macht. Man nimmt das Monster gern in Kauf, wenn es das Leben leichter macht. Wenn es Probleme löst und unliebsame Geschehnisse aus der Welt schafft.

Oui! Auch Victoria und Maxine sind käuflich. Auch sie hatten Leichen im Keller, die das Monster mal eben verschwinden ließ. Meine Kinder sind es nur indirekt. Sie mussten nie etwas sagen, um nichts bitten. Egal, was sie auch verbockt hatten, Maman war da und hat alles wieder gerichtet. Frag mich bitte nicht wie. Es war nicht nur Geld im Spiel. Ein immenses Wissen kann mehr Wert sein, als alles Geld der Welt. Es sind meine Kinder. Es gefiel mir meistens nicht, was sie verbockt hatten, aber ich war da, wenn sie mich wieder mal brauchten. Nennen wir es netterweise Mutterliebe.

Weißt du, sie alle mussten mich nicht bitten. Sie klagten ihr Leid und ich tat, was getan werden musste. Non! Es fiel mir nicht immer leicht. Ich ging oft an die Grenzen der Legalität. Non! Ich habe sie nie überschritten. Das würde ich nie tun, denn es würde die Fundamente meines Lebens erschüttern. Meine Kinder überschritten die Grenzen, die ich ihnen gesetzt hatte und ich tobte, aber ich bin ihre Mutter … ich tat, was getan werden musste. Doch dann gab es dich. Ich wollte das alles nicht mehr. Ich wollte ein Mensch sein. Ein Mensch, den du lieben kannst. Das Monster hätte dich verscheucht.

Weißt du, wenn man wie ich zwei Freundinnen hat, die im Laufe eines Lebens zu Seelenverwandten wurden, mit denen ich fast alles teile, da gibt es auch so manch dunkles Geheimnis, das man hüten muss. Dass ich ein Monster bin, ist weithin bekannt. Das ist kein Geheimnis, das man hüten muss. Ich habe dieses etwas peinliche Geheimnis. Das teile ich mit Maxine, Victoria und meinen Kindern. Die beiden, für mich wirklich wichtigen Geheimnisse, die kannte außer mir nur Jean-Claude. Er hat sie mitgenommen, als er ging. Jetzt muss ich allein damit klarkommen. Ich wollte sie dir anvertrauen. In Riesweiler hätte ich sie dir fast erzählt, aber du wolltest nichts vom Monster hören. Da dachte ich, das willst du auch nicht wissen.

Nachdem du mir in Boppard von Jule erzählt hast, dachte ich, sag es ihm. Nachdem du so viel falsch gemacht hast, zeig ihm, wie sehr du ihm vertraust, doch dann sagtest du, dass du zurück müsstest und die Chance war wieder vertan. Du würdest vielleicht vieles besser verstehen.

Nun ja! Ich hüte einige finstere Geheimnisse. Niemand hat mich gefragt, ob ich sie hüten will. Ob du es glaubst oder nicht … die meisten belasten mich. Ich weiß, dass ich nichts tun kann, um es zu ändern. Ich muss damit leben. Ich habe den Punkt versäumt, an dem es noch sinnvoll gewesen wäre, zu sagen, ich will das alles nicht wissen. Victorias Beichte war sozusagen der Höhepunkt. Das hat mir den Rest gegeben.

Okay! Es kam so vieles zusammen. Ich hatte dich, zum wer weiß wievielten Mal, verletzt. Oui! Ich habe
dich verletzt! Sag nicht, ich hätte es nicht getan. Hätte ich es nicht getan, du hättest dich nie in deiner Höhle verkrochen. Es hätte keine Zurückweisungen deinerseits gegeben, ich hätte anders reagiert und hätte dich vielleicht wieder herausgeholt. Dann kam dieser verhängnisvolle Mittwoch und alles lag in Scherben.

Irgendwann habe ich beschlossen, mir eine Auszeit zu nehmen. Eine Auszeit von Maxine und Victoria, von meinen Kindern. Es war kurz vor meinem Urlaub auf Rhodes. Der Unfall hat es nur etwas verschoben. Okay! Sie haben alle versucht, auf irgendeine Weise Buße zu tun. Sie wollten mich nicht verlieren, wie Victoria sagt. Dann habe ich etwas getan, wofür ich mich inzwischen schäme.

Ich wusste, ich habe dich verloren, ich wusste, es ist einzig und allein meine Schuld, aber ich wollte die Schuld nicht haben. Ich wollte, dass alle, die mich enttäuscht und auf die eine oder andere Art verletzt haben, dafür büßen müssen. Ich ließ das Monster los. Zum ersten Mal in meinem Leben, tat ich es bewusst. Die entsetzen Gesichter, die Tränen, all das war mir egal. Ich wollte meine Rache und habe sie bekommen. Selbst Maxine, dieser friedliebende Mensch, die immer an das Gute im Menschen glaubt, hat aufgegeben. Jetzt habe ich meine Ruhe. Es war zwar nicht die vornehme Art, aber es musste raus. Zulange habe ich geschwiegen. Ich habe mich nur in einem geirrt. Diesen Schmerz in mir, den konnte auch das Monster mir nicht nehmen.

Als mir Maxine auf Rhodes ein paar Wahrheiten gesagt hat, war ich wütend. Ich wusste, sie hat recht, aber ich hätte es nie eingestanden. Weißt du, ich habe nie gelernt, etwas Positives anzunehmen. Meine Kindheit war geprägt von negativen Erlebnissen, Zurückweisungen und Lieblosigkeit. Ich kann vieles geben, aber nichts nehmen. Ich vertrage keine Kritik und keine Zurückweisung. Ich mag es nicht, wenn sich jemand verschließt. Ich hasse Lügen, Verrat, Vertrauensbruch und, wenn es geschieht, sehe ich rot.

Und noch etwas kann ich nicht. Liebe annehmen! Ich habe schon öfter gehört, wie Männer mir sagten, dass sie mich lieben. Auch die drei Männer, von denen ich sagen kann, ich hatte sie sehr gern, aber ich wollte ihre Liebe nicht. Ich konnte nichts damit anfangen. Du weißt, dass ich nicht in der Lage war, zu lieben.

Dann kamst du! Du hast mir die Liebe geschenkt. Es war schön. Obwohl ich dich liebe und nicht verlieren wollte … ich war anscheinend nicht in der Lage, deine Liebe so anzunehmen, wie sie es verdient hatte, wie du es verdienst hattest.

Dann kamen die Dinge, die ich nicht vertrage und es war vorbei. Ich weiß, ich habe das Monster losgelassen. Ich habe es nicht mit Absicht getan. Es hat sich langsam eingeschlichen, dann mehr und mehr und ich habe es nicht bemerkt. Vielleicht, weil es nur ein klitzekleines bisschen hervorkam, aber zu viel für dich. Ich frage mich, wie oft du gedacht hast, sie ist verrückt. Weshalb tut sie das?

Du bist entsetzt! Ich weiß es. Nun ja! Der Engel, den dir der Himmel irgendwann geschickt hat, ist in Wirklichkeit ein Teufel. Ich kann das Monster nicht bändigen. Ich habe es versucht, doch es geht nicht. Zu lange ließ ich es gewähren.

Ich sagte dir bereits, dass Maxine der Meinung ist, ich würde dich wie Dreck behandeln. Sie sagte auch etwas anderes. Ich weiß nicht, ob ich es sagen soll, aber ich denke, du wirst es ihr nicht verraten, zudem habe ich nichts versprochen. Sie hat dich in ihr Herz geschlossen und hätte sicherlich nichts dagegen.

Okay! Sie sagte, wie sehr muss er dich lieben, dass er alles über sich ergehen lässt. Er will dich nicht verlieren. Sieh das doch endlich ein. Schalte dein Hirn aus und lass endlich mal dein Herz gewähren. Nimm, was er dir geben will, seine Liebe. Sie war fest von deiner Liebe überzeugt. Selbst nachdem ich schon alles in Trümmer gelegt hatte.

Nachdem ich das Monster auf sie losgelassen hatte, selbst da hat sie an dich gedacht. Sie sagte, dass sie froh sei, dass du mich endlich los bist. Ich hätte so einen wundervollen Menschen nicht verdient. Dann fügte sie noch hinzu, obwohl ich immer noch fest daran glaube, dass ihr beiden füreinander bestimmt seid.

Ich hatte im Chat gelesen, was du mir nach Bernkastel geschrieben hattest. Ich liebe dich so sehr, dass es schon fast weh tut. Ich habe Schmetterlinge und das hatte ich noch nie zuvor. Heute sind die Schmetterlinge verschwunden und deine Liebe ist gestorben. Nur der Schmerz ist noch da. Ich habe alles kaputt gemacht.

Nachdem wir heute Morgen gechattet hatten, habe ich nachgedacht. Du hast deine Meinung mehr als deutlich geäußert. Ich habe dich verloren. Ich weiß, dass ich nichts daran ändern kann und muss es hinnehmen, denn ich habe es verdient. Sehe ich normalerweise bei Zurückweisung rot und das Monster taucht auf, so ist jetzt alles anders. Es tut so weh, dass selbst das Monster in seiner Höhle bleibt.

Ich hoffe, dass ich dich in Riesweiler zurücklassen kann. Ich werde dir nicht sagen, wie ich das anstellen werde. Ich weiß es und das zählt. Jean-Claude hat es mich gelehrt, weil er genau wusste, dass ich es eines Tages brauchen würde. Er kannte mich so gut, wie kein anderer Mensch zuvor und mich auch nie wieder ein Mensch kennen wird. Würde er noch unter uns weilen, ich hätte so manchen Fehler nicht begangen. Ich hätte jemand gehabt, dem ich alles, wirklich alles, hätte erzählen können. Er ist nicht mehr hier. Ich weiß, dass er nie geglaubt hat, dass ich einmal glücklich sein würde, dazu kannte er mich zu gut. Er hat es mir auch gesagt. Ein Orakel sozusagen.

Oh! Ich habe etwas vergessen! Oui! Ich will mit dir schlafen, aber da gibt es etwas, das mir Angst macht. Diesmal wäre dein Herz nicht mehr dabei. Es wäre nicht mehr faire l'amour. Es wäre nur noch Sex. Du könntest das f-Wort benutzen, denn es wäre nur noch f... Das würde mich dann doch zur Nutte machen. Man kann mir viele Attribute anheften, aber eins bin ich ganz sicher nicht ... eine Nutte.

Ich habe alles aufgeschrieben, was mir einfiel. Ich muss etwas relativieren. Ich muss hinzufügen ..., wenn du nach diesem Geständnis noch mit mir redest ... Et oui! Ich habe heute auf dem Père Lachaise eine Entscheidung getroffen. Es war schwer, aber du hast mir die Entscheidung leichter gemacht.

Jetzt hoffe ich, dass du mir wenigstens ein klitzekleines bisschen glaubst, aber ich habe meine Zweifel.

Sag Adieu …

Samstag, 28. Oktober, 06:34 Uhr … WhatsApp … Chatroom

»Ich brauche die Adresse deines Freundes. Ich will das Trikot schicken.«

»Ich freue mich auf das Trikot. Es bekommt einen Ehrenplatz in meinem Häuschen, direkt neben dem Bayern Trikot.«

»Ich dachte, du willst es tragen. Egal … geht mich nichts an. Es hat die Flockensicherung schon gemacht. Florence hat es gewaschen.«

»Was ist Flockensicherung?«

»Mit links waschen und bügeln. Die Flocken mussten gefestigt werden.«

»Ach so! Ja, sonst geht die Beflockung kaputt.«

»Das musste innerhalb drei Tagen, nach der Flockung, getan werden. Du verstehst?«

»Ja! Bist du schon lange wach?«

»Oui!«

»Ich bin erst aufgewacht. Die kleinen werden auch bald wach werden. Meine Frau arbeitet heute und ich werde den ganzen Tag die Kinder betreuen. Was machst du heute?«

»Ich fahre zum Père Lachaise. Ich brauche Ruhe. Denke die letzte Zeit zu viel.«

»Das stimmt. Du musst viel ruhen. Machst du Handarbeiten oder so was?«

»Handarbeiten?«

»Malen oder so?«

»Non! Ich bin nicht in der Stimmung, zu malen. Mein Kopf denkt zu viel nach. Du hast die Adresse?«

»Moment … Habe ein Foto geschickt …«

»Merci! Darf ich etwas fragen?«

»Ja!«

»Du hast gedacht, mein Versprechen war mit dir zu schlafen?«

»Nein!«

»Okay! Ich habe wohl wieder nicht richtig verstanden.«

»Ich wusste, dass es das Trikot ist. Ich habe mich darauf gefreut, ich wusste, dass du dein Versprechen hältst.«

»Du hast nie gezweifelt? Du hattest viele Zweifel. Weshalb hast du mir diesmal geglaubt, als ich sagte, du wirst dein Trikot bekommen. Ich meine … auf dem Rückflug von Hawaii … damals. Ô mon Dieu! Ich muss mehr deutsch reden. Nochmal!«

»Ich hatte es im Gefühl.«

»Okay! Du hast doch verstanden.«

»Ja!«

»Es hängt in meinem Kleiderschrank und treibt mir jedes Mal Tränen in die Augen, wenn ich es sehe.«

»Na, du bist es ja bald los.«

»Oui!«

»Ehrlich, es bekommt einen Ehrenplatz und wird mich jedes Mal an dich erinnern.«

»Kannst du auch Alexander aus meinem Kopf nehmen? Nicht nur aus dem Schrank.«

»Nein, das kann ich nicht, nur wenn wir nie mehr schreiben, aber das will ich nicht.«

»Weshalb nicht?«

»Ich will weiter mit dir schreiben, ich brauche einen Freund der mir Ratschläge gibt. Ich habe sonst keinen. Okay! Thorsten, aber mit dem kann man nicht über solche Dinge reden …

»Ratschläge?«

»Na, jemand, der mir zuhört, wenn ich mein Herz ausschütten will. Das tust du, du hast mir immer zugehört.«

»Zuhören? Das sind doch keine Ratschläge, wenn ich dir zuhöre. Zudem nimmt dich ein Freund auch mal in den Arm.«

»In den Arm nehmen und drücken gehört dazu. Wenn die Zeit es erlaubt, trinkt mein Freund auch einen Kaffee mir. Dann kann ich ihn auch in den Arm nehmen.«

»Wenn der Freund das aber nicht mehr will?«

»Wie war dein Rendezvous?«

Okay! Er wechselt mal wieder das Thema. So schnell, wie er sich inzwischen immer wieder in seine Höhle zurückzieht … was soll ich dazu sagen? Er macht es mir nicht leichter. Ich kann das nicht mehr. Ich würde es ihm gerne persönlich sagen, aber ich habe eingesehen, dass das nicht gehen wird.

»Nervig! Es waren drei Freundinnen … Viele Gespräche …«

»Darf ich fragen, worum es ging? Ein Kaffeeklatsch?«

»So ähnlich … Essen und Trinken … Kein Sex! Meine Töchter sagten, ich muss wieder mal ausgehen.«

»Ihr redet nicht über Sex? Das ist ja nicht zu glauben.«

»Blödmann! Du dachtest, ich hätte Sex?«

»Nein! Dachte ich nicht! Echt nicht! Auch ich habe noch andere Sachen im Kopf als Sex …«

»Haha!«

»Ich weiß, du bist böse. Darf ich dich trotzdem mal besuchen? Das meine ich ehrlich …«

»Wenn die seelischen Wunden verheilt sind. Das tat sehr weh.«

»Ich weiß, mir auch.«

»Wir haben uns gegenseitig verletzt.«

»Ja, aber die Zeit heilt alle Wunden.«

»Non! Nicht alle! Ich darf fragen?«

»Ja!«

»Ich weiß nicht, wie ich es formulieren soll. Es soll nicht wieder falsch ankommen.«

»Schreib einfach, ich helfe dir.«

»Gehört das auch zur Liebe, das sich verletzen? Ich komme mit diesem Gefühl nicht klar.«

»Ja, leider! Manchmal geht es ohne Schaden vorbei und manchmal nicht.«

»Ich habe alles kaputt gemacht? Dein Herz kaputt gemacht?«

»Wie gesagt, die Zeit wird es bringen. Wenn du versuchst, mich zu vergessen, wird es dich krank machen. Mir zu schreiben, ist ein guter Weg und irgendwann stehe ich vor deiner Tür und wir umarmen uns.«

»Bitte! Beantworte meine Frage!«

»Du hast nichts kaputt gemacht.«

»Aber ich fühle so …«

»Du hast das Gefühl, dass du etwas verloren hast. Du hast mich nicht verloren, ich bin weiter in deinem Leben, nur anders.«

»Damit komme ich nicht klar. Du verstehst?«

»Ja, ich verstehe!«

»Hätte ich nicht so irre gehandelt, wäre es auch so gekommen? Das ist eine Frage!«

»Ich kann es dir nicht beantworten, aber nochmal, ich bin froh, dich zu kennen und ein kleiner Teil in deinem Leben zu sein. Was ist anders als vorher? Wir sind kein Paar mehr, richtig, aber man mag den andern trotzdem, sonst würden wir doch nicht wollen, weiterhin befreundet zu sein.«

»Ich will nächstes Wochenende mein Herz beerdigen. Du verstehst?«

»Wenn du mit mir schlafen wolltest, würde ich es auch tun, aber man verpflichtet sich zu nichts. Verstehst du?«

»Ich sagte dir, dass ich etwas Wichtiges erledigen muss.«

»Was denn?«

»Beerdigen!«

»Was beerdigen? Was hast du vor?«

»Ô mon Dieu! Nicht mich!«

»Erzähl es mir … bitte.«

»Die Liebe! Ich will meine Liebe beerdigen. Ich dachte, ich tue es dort, wo ich glücklich war … mit dir. Du hilfst mir?«

»Erzähl es mir doch. Bitte!«

»Was meinst du? Was soll ich erzählen?«

»Was du vorhast. Ich will wissen, ob ich dir helfen kann.«

»Ich will den Alexander, der in meinem Kopf wohnt et oui … auch in meinem Herz … dort zurücklassen, wo ich mit ihm glücklich war.«

»Im Geländewagen?«

»Haha!«

»In Riesweiler, du fährst nach Riesweiler … wann?«

»Freitag! Ich habe morgens einen Termin in Trier. Anschließend treffe ich Kathrin, wegen des Schlüssels.«

»Okay! Ich weiß, was du meinst. Du willst, dass ich da hinkomme. Nächstes Wochenende ist schwierig.«

»Non! Ich will nicht, dass du kommst. Okay … wünschen, aber nicht wollen.«

»Okay! Wie kann ich dir sonst helfen?«

»Gar nicht!«

»Du hast geschrieben … Du hilfst mir?«

»Du sollst nur aus meinem Herz verschwinden. Einfach gehen! Ich hoffe, ich kann dich in Riesweiler lassen.«

»Und wenn du mich dort gelassen hast, schreibst du nie mehr?«

»Ich will endlich wieder leben. Ich habe mich verloren. Ich bin leer und doch voller Schmerz.«

»Aber, was ist besser … zu leben, mit dem Gedanken, mich als Freund zu haben oder leben mit dem Gedanken, ganz aus deinem Leben zu sein.«

»Du stellst dir diese Frage? … oder leben mit dem Gedanken, ganz aus deinem Leben zu sein?«

»Ich will dich nicht als Freund verlieren, das weißt du.«

»Ich weiß es nicht. Wie kann ich dein Freund sein, wenn mein Herz etwas anderes will?«

»Was genau will dein Herz?«

»Dich!«

»Beschreibe es genauer …«

»Ich will, dass alles wieder gut ist. Ich will dich. Ich liebe dich. Genau genug?«

»Mit genau meinte ich … zusammenleben bis an Lebensende, sich ständig sehen können, und mehr. Das kann ich nicht. Das weißt du und das ist es, was das Ganze so schwierig macht oder gemacht hat.«

»Gemacht hat … Vergangenheit! Du willst nicht mehr. Ich verstehe …«

»Ich will mit dir schreiben. Ich gehe gerne auch mit dir Kaffee trinken, ohne dass ich das tun muss, weil wir ein Paar sind. Verstehst du das?«

»Ich bin nicht dämlich!«

»Ich mag dich sehr und das weißt du auch. Ich habe Angst, dich aus meinem Leben zu verlieren.«

»Aber du liebst mich nicht mehr … Es ist okay!«

»Ich will mit dir reden können, wenn es mir schlecht geht. Ich brauche einen Zufluchtsort, der mich tröstet, wo ich weiß, dass ich geliebt werde. Verstehst du mich? Ich brauche jemand, der mich in den Arm nimmt, wenn mir alles über den Kopf wächst. Zu dem ich kann, wenn ich nicht mehr weiter weiß …«

»Hast du dich auch gefragt, wie es mir damit geht? Wie ich mich dabei fühle? Das meinte ich, als ich sagte, ich kann nicht dein Freund sein.«

»Aber, wenn man doch jemanden liebt, dann vergisst man ihn doch nicht. Die Gefühle sind da, man muss sie nur neu einordnen.«

»Irgendwann schreibst du mir, dass du dich verliebt hast … versteh mich doch, bitte!«

»Verliebt …? Wie meinst du das?«

»Wenn du jemand kennen lernst. Dich verliebst in eine andere Frau.«

»Das werde ich nicht tun. Ich habe genug um die Ohren …«

»Liebe fällt vom Himmel. Sie fragt nicht, ob du Zeit hast.«

»Doch, sie muss mich fragen, sonst wird das nix. Das habe ich jetzt gelernt.«

»Sie wird nie fragen. Mich hat sie zum ersten Mal gefragt. Jetzt bin ich unglücklicher als je zuvor.«

»Dann vergeudet sie bei mir ihre Zeit.«

»Wenn die Richtige kommt, ist sie jede Zeit der Welt wert.«

»Warum sehen viele Menschen nur das Unglück, nach dem Glück mit der Liebe.«

»Weil sie unglücklich sind.«

»Weil sie süchtig sind, nach diesem Gefühl der Liebe.«

»Non … Weil sie nicht verlieren wollen, was sie lieben. Ich weiß, ich darf nicht jammern. Ich werde diesen Schmerz in meinem Herz verschließen. Ich habe Erfahrung damit, alles zu ertragen.«

»Aber dieses Gefühl ist nicht ewig das gleiche. Irgendwann wird es weniger und dann erlischt es. Der Alltag, der Streit, die Kinder, jeder pustet nach der Kerze der Liebe und irgendwann ist sie erloschen. Das habe ich dir über die Liebe verschwiegen. Ich habe es durchgemacht und weiß, dass es die Hölle ist. Deswegen ist man froh, jemand zu haben, auf den man sich verlassen kann.«

»Ich fahre nach Trier und schicke das Trikot. Ich fahre nach Riesweiler und beerdige, was ich beerdigen muss. Ich schließe den Schmerz in meinem Herz ein. Mehr kann ich nicht tun.«

»Die Kinder sind wach und fangen an zu nerven. Ich muss Frühstück machen. Ich melde mich später. Okay?«

»Okay!«

»Ich bin froh, dich zu kennen.«

»Es wäre besser, du hättest diese Freundschaftsanfrage nie angenommen.«

Samstag, 28. Oktober, 08:29 Uhr
Warum?

Samstag, 28. Oktober, 08:37 Uhr
Sie hat mehr schlechtes, als gutes gebracht.

Samstag, 28. Oktober, 08:38 Uhr
Dieser Meinung bin ich nicht, nochmal ich bin froh dich zu kennen.

Samstag, 28. Oktober, 08:42 Uhr
Ich habe noch nie zuvor geliebt. Weshalb auch immer. Du hast es bereits zwanzig Mal erlebt. Du kannst damit umgehen, ich nicht. Ich trage schon mein ganzes Leben einen tiefen Schmerz in meinem Herz. Jetzt kommt einer hinzu. Meine Mutter hatte recht, mit dem, was sie damals sagte, aber auch das ist in meinem Herz verschlossen.

Samstag, 28. Oktober, 08:45 Uhr
Nein, sie hatte nicht recht. Schau sie an, du hast mir viel gezeigt von ihr. Meinst du, sich aufzupeppen ist ein Zeichen von Selbstbewusstsein? Glaub mir, sie ist leerer in ihrem Herz als du. Du hast erlebt, was Liebe heißt, sie nicht.

Samstag, 28. Oktober, 08:47 Uhr
Darum geht es nicht. Es geht um ein Geheimnis. Kümmere dich jetzt um deine Kinder.

Samstag, 28. Oktober, 08:51
Okay, vielleicht erzählst du mir deine Geheimnisse irgendwann. Bis später!

Samstag, 28. Oktober, 08:52 Uhr
Das hätte ich getan. Ich habe dir gestern etwas geschrieben. Hast du es gelesen?

Samstag, 28. Oktober, 09:01 Uhr
Sorry, noch nicht

Sacrément! Ich will mir seinen Seelenschmerz nicht mehr anhören. Ich kann und will nichts mehr von Sylvia hören. Wer eine Irre heiratet, muss damit leben, dass sie irre ist. Wer die Augen vor der Wahrheit verschließt, kann dennoch sehenden Auges in sein Verderben rennen.

Ich kann ihn nicht aus seiner Höhle holen, denn er hält sich krampfhaft darin fest. Jetzt muss er damit leben, dass auch Liebe Grenzen hat. Ich habe alles versucht, jetzt muss ich an mich denken. An mich und alles, was mit mir steht und fällt. Er gehört nicht mehr dazu. Das ist mir heute Morgen klar geworden.

Sonntag, 29. Oktober, 07:34 Uhr
Guten Morgen Madeleine,
danke für den langen Brief, der mir, ehrlich gesagt, ein bisschen Angst macht, weil ich nicht weiß, was du in Riesweiler tun wirst. Ich hoffe nur, dass es zu deinem besten ist.
Gruß Alexander

Sonntag, 29. Oktober, 07:41 Uhr

Mach dir keine Sorgen. Ich bin nicht mehr dein Problem.

Sonntag, 29. Oktober, 07:43 Uhr
Du warst nie ein Problem für mich. Mach bitte nichts Unüberlegtes. Bitte!

Sonntag, 29. Oktober, 07:45 Uhr
Ich weiß, was ich tue. Es ist nicht unüberlegtes.

Sonntag, 29. Oktober, 07:48 Uhr
Okay, dann bin ich beruhigt. Ich stehe jetzt mal auf, aber wenn ich aus dem Fenster schaue, habe ich überhaupt keine Lust. Es ist schlechtes Wetter, am liebsten würde ich liegen bleiben.

Sonntag, 29. Oktober, 07:50 Uhr
Ich mag es auch nicht, wenn man meine Entscheidungen in Frage stellt.

Sonntag, 29. Oktober, 07:56 Uhr
Ich stelle deine Entscheidungen nicht in Frage, du bist eine intelligente Frau und weißt, was du tust. So … ich stehe jetzt auf und werde mich auf heute Nachmittag vorbereiten. Ich wünsche dir einen schönen Sonntag.

Sonntag, 29. Oktober, 12:36 Uhr
Wünsche ich dir auch

Sonntag, 29. Oktober, 12:37 Uhr
Danke

Sonntag, 29. Oktober, 20:56 Uhr
Du hast den Brief gelesen. Du möchtest nichts dazu sagen?

Non! Möchte er nicht! Wollte er noch nie. Wird er nie wollen. Weshalb soll ich mir noch die Mühe machen, ihm auch nur eine Zeile zu schreiben. Es wäre vergebliche Mühe.
Wenn ich heute Nacht zu Bett gehe, weiß ich, dass ich ihn zum letzten Mal im Weinberg sehen werde. Morgen wird es keinen Weinberg mehr geben.

Montag, 30. Oktober, 04:31 Uhr
Ich habe dir gestern doch geschrieben.

Montag, 30. Oktober, 04:35 Uhr
Okay! Wenn das alles war, was du dazu zu sagen hast.

Montag, 30. Oktober, 04:43 Uhr
Ich glaube nicht, dass du mir deine Geheimnisse erzählen wirst.

Die Zeit ist gekommen. Ich bin so weit. Wenn er sich das nächste Mal meldet, werde ich es tun. Ich kann nicht mehr. Ich will mein Leben zurück. Jeder Schmerz ist erträglich. Auch dieser Schmerz wird vergehen und zu einer Erinnerung werden. Eine Erinnerung, die einen Hauch von Wehmut durch mein Herz wehen lässt.

Montag, 30. Oktober, 05:16 Uhr
Ich werde dir niemals wieder etwas erzählen. Als ich dir den Brief schrieb, wusste ich, du wirst mir nicht glauben. Du hast mir nie geglaubt und du wirst mir auch in Zukunft nicht glauben. Du traust mir nicht. Dein Besuch wäre nur Kontrolle. Ich will nicht mehr verletzt werden.

Montag, 30. Oktober, 05:19 Uhr
Schade, dass du mir nicht vertraust. Ich werde dich nicht mehr verletzen. Ich muss mich fertig machen. Ich wünsche dir einen schönen Tag

Montag, 30. Oktober, 06:07 Uhr … WhatsApp … Chatroom
»Es geht mir schlecht. Seit diesem schrecklichen Mittwoch fühle ich mich grauenvoll … Du hast nie gesagt, ich glaube dir, ich vertraue dir. Niemals! Dieser Mittwoch hat meinen Glauben an dich erschüttert. Ich habe dir vertraut. Es tat scheußlich weh, als mir bewusst wurde, dass du nie an mich geglaubt hast. Von Anfang an hast du geglaubt, alles, was ich erzähle, ist eine große Lüge. Du hast mich und mein Leben in Frage gestellt. Immer, wenn ich etwas für dich geschrieben habe, fragte ich mich, weshalb sagt er nichts. Niemals wäre ich auf den Gedanken gekommen, dass du mir nicht vertraust, dass du denkst, ich belüge dich.

Dann kam dieser Mittwoch. Deine Zweifel lagen offen. Die Art und Weise, wie du es gemacht hast, war so infam. Danach fühlte ich mich, als sei ich zerbrochen. Ich war so starr in mir, dass ich Angst hatte, wenn ich mich bewege, verliere ich dieses Teil, das mich komplett macht. Ich habe nicht mal ahnen können, dass mir das Teil schon lange nicht mehr gehörte, vielleicht nie gehört hat.

Ich habe dir auch geschrieben, als ich auf Rhodes war. Du hast nicht reagiert, weil du mir nicht geglaubt hast. Oui! So denke ich. Du hast mir niemals gesagt, es ist nicht so. Also bitte, sag nicht, es ist schade, dass du mir nicht vertraust.

Merci, dass du mir zugehört hast. Ich wünsche dir alles Gute und jemand, der dich liebhat und den du liebhaben kannst. Ich werde jetzt gehen. Leb wohl!«

»Ich habe für dich gebetet. Er wird dir helfen. Melde dich, wenn es dir besser geht.«

»Sieh es doch endlich ein, ich glaube nicht an ihn. Ich melde mich auch nicht mehr.«

»Okay! Schade, das tut mir leid.«

»Non, es tut dir nicht leid. Ich finde nicht, wie ich dich löschen kann. Merde! Pardon … ich fluche sonst nicht.«

»Das ist er, er will nicht, dass du es löschst.«

»Mach du das, bitte! Ich mag dein Irgendetwas nicht.«

»Ich sehe keinen Grund, deine Nummer zu löschen. Wenn du nicht willst, dass ich dir schreibe, werde ich das respektieren.«

»Ich sagte dir bereits, wir können keine Freunde sein. Ich kann es nicht. Einem Freund muss man vertrauen. Du vertraust mir nicht.«

»Okay, dann werde ich nur noch antworten, wenn du mir schreibst. Wenn du aber darauf bestehst, dass ich die Nummer lösche, tue ich das.«

»Mach es jetzt!«

»Auf Wiedersehen und alles Gute.«

»Nicht auf Wiedersehen! Das werden wir nicht. Sag Adieu … das ist für immer.«

»Adieu Madeleine …«
»Adieu Alexander!«

Wie so oft in letzter Zeit, sitze ich wieder im Jet und fliege durch die Welt. Nach langer Zeit wieder ein Besuch in Deutschland. Monsieur Redoute wurde in Glasgow aufgehalten und der Termin mit dem neuen Kunden muss eingehalten werden. Man kann nicht schon zu Anfang einer Geschäftsbeziehung mit Änderungswünschen kommen.

Es ist kalt und der Raureif hat sich auf die Tragflächen gesetzt. Die Welt, unter mir, sieht aus, als hätte man sie eingezuckert. Die spärlichen Sonnenstrahlen, die sich durch die dichte Wolkendecke stehlen, lassen sie glitzern. Als ich in den Jet stieg, habe ich mir geschworen, dass es mein letzter Besuch sein wird. Ich habe dieses Land noch nie gemocht. Es wird Zeit, ihm Adieu zu sagen.

Die Limousine steht bereits auf dem Rollfeld und wartet auf mich. Flughafenpersonal, das einen grauenvollen Dialekt spricht, wuselt um mich herum. Wir sind zu spät gelandet, weil uns der Tower keine Landeerlaubnis erteilt hatte. Jetzt breitet sich Hektik aus, die sich zur tagtäglichen Hektik gesellt und die Menschen unleidlich werden lässt. Jemand grüßt freundlich, andere laufen mit gesenkten Köpfen an mir vorbei.

Der Chauffeur, ein großer Kerl mit unbeweglichem Gesicht, hält mir die Wagentür auf. Die Scheiben des Wagens sind getönt und halten optisch das ungeliebte Land draußen. Der Motor schnurrt leise und der Wagen gleitet davon. Deutsche Wertarbeit, wenigstens bei ihren Autos können sie es noch einhalten. Die Skandale, der letzten Zeit, muss man dabei außer Acht lassen.

Wir sind spät dran und jede Ampel hält uns auf. Rote Welle! Nicht mal das kriegen sie hin. Fließender Verkehr sieht anders aus. Deutschland! Was ist nur aus dir geworden!

Als ich aus dem Wagen steige, sehe ich ihn … Alexander! Er sieht mich nicht, geht an mir vorüber. Würde er auch weitergehen, wenn er mich gesehen hätte? Er ist mir so fremd geworden. Mein Herz … da ist nichts mehr. Keine Liebe mehr. Sie ist gegangen und ich habe es nicht mal bemerkt, als sie sich still und heimlich davongestohlen hat. Zu viele Verletzungen. Zu oft ausgeteilt. Zu oft eingesteckt. Zu viel eingesteckt. Zu oft meine Prinzipien für ihn über Bord geworfen. Zu oft auf mein Herz gehört, das ihn nicht loslassen wollte. Jetzt ist es vorbei. In bin in meine Welt zurückgekehrt und habe ihn in einer Welt zurückgelassen, die für eine klitzekleine Weile nur uns beiden gehört hat. Jetzt gibt es sie nicht mehr.

War es jemals Liebe? Wir waren einsam und wollten einfach nur verliebt sein. Das waren wir auch. Verliebt in den Wunsch, verliebt zu sein. War es jemals mehr? Oui! Das war es, aber wir haben alles getan, um dieses zarte Pflänzchen Liebe zu zerstören.

Meine Liebe zu ihm, sie hat sich zurückgezogen, in die Rumpelkammer meiner Gefühle, hat sich versteckt, zwischen all den anderen Gefühlen, die nie wieder diese Kammer verlassen werden. Doch ich weiß, die Sehnsucht stirbt nie. Die Sehnsucht nach der wundervollen Zeit mit ihm.

Ich bin traurig. Wir sind nur noch zwei Fremde, die aneinander vorübergehen. Dabei waren wir der Liebe so nah.

~ ~ ~ * ~ ~ ~